EX—LIBRIS

SPRING

野

更具体地生长

All This Wild Hope

在这个世界上，只要有五法郎的隔阂，
就不会有爱。

——

谁谈论未来，谁就是浑蛋，
重要的是现在。

Louis-Ferdinand Céline
1894—1961

长夜行

Voyage au bout de la nuit

I

Louis-Ferdinand Céline

[法] 路易-费迪南·塞利纳 著

徐和瑾 译

GUANGXI NORMAL UNIVERSITY PRESS
广西师范大学出版社

·桂林·

图书在版编目（CIP）数据

长夜行：全三册/（法）路易-费迪南·塞利纳著；
徐和瑾译.——桂林：广西师范大学出版社，2024.7
ISBN 978-7-5598-6840-4

Ⅰ.①长… Ⅱ.①路… ②徐… Ⅲ.①长篇小说－法
国－现代 Ⅳ.①I565.45

中国国家版本馆CIP数据核字（2024）第062916号

CHANGYE XING
长夜行

作　　者：（法）路易-费迪南·塞利纳
责任编辑：彭　琳
特约编辑：夏明浩
书籍设计：汐　和　at compus studio
内文制作：陆　靓

广西师范大学出版社出版发行

　广西桂林市五里店路9号　邮政编码：541004
　网址：www.bbtpress.com

出版人：黄轩庄
全国新华书店经销
发行热线：010-64284815

河北鑫玉鸿程印刷有限公司印刷
开本：889mm×1260mm　1/64
印张：16.25　　　字数：409千
2024年7月第1版　　2024年7月第1次印刷
定价：118.00元（全三册）

目录

路易-费迪南·塞利纳与《长夜行》

张秋子

一　摇摆之间

《长夜行》是法国作家路易-费迪南·塞利纳的长篇小说首作，也是他最著名的一部作品。

塞利纳于一八九四年出生于巴黎郊外塞纳省的库尔贝瓦镇（今属法兰西岛大区上塞纳省）。他的父亲费迪南·德图什（Ferdinand Destouches）曾在一家保险公司工作，他的母亲玛格丽特-路易丝-塞利纳·吉尤（Marguerite-Louise-Céline Guillou）在巴黎开了一家花边店，赚了不少钱，甚至还买得起钻石，直到如今，她的孙女还佩戴着这些钻石。

如果找一个词来概括塞利纳的人生之路，大

概可以用"摇摆"。

在他人生早年，发生过两件很有代表性的事。一九二六年至一九三二年，美国舞蹈家伊丽莎白·克雷格（Elizabeth Craig）成为塞利纳的情人与知己。据她回忆，两人在荷兰的时候，塞利纳带她去了一条街，那里有很多年轻女人在卖她们漂亮的孩子，女人们在街头走来走去，然后寻得一个男人，只要这个男人给母亲一美元，就可以对女孩子为所欲为。塞利纳对克雷格说："你看到生活是多么恶毒了吗？"克雷格觉得，也许只有荷兰人喜欢这些把戏，不可能全世界都这样，塞利纳却说，巴黎也有这种情况，方式不同而已。出身优渥的女舞蹈家问道："你既然觉得这是可怕恶毒的事情，为什么不做点什么呢？比如让这种事情非法化。"塞利纳显得有些不置可否，他觉得如果被抓住，这些女人会有大麻烦，但如果只是在街上走来走去，宪兵与警察其实都会睁一只眼闭一只眼的。言下之意，他无可奈何，甚至觉得这样也无可厚非。这种态度让女舞蹈家有些难以忍受，而塞利纳却对这些底层的惨景与无力感见多不怪了，只要读者翻开《长夜行》，就会发现里面恶行累累，而主角的态度同样是满不在乎，乐在其中。

然而，更早一些时日，塞利纳却是一个想要通过行医拯救世人的青少年。他在童年时期，就希望成为一名医生，在他去世前不久接受记者雅克·达里伯奥德的采访时，塞利纳回忆起他对医学的兴趣，称这是一个充满爱心的职业，比他母亲为他规划的珠宝商生涯更有诱惑力，毕竟他觉得父母只想把他"变成一个采购员！一个百货商店的小贩"。青少年时代的塞利纳看到有医生来为自己的母亲治病，深深感动于医生身上"神奇"的利他主义力量，这与父母所在的商业世界里的利己主义截然相反，于是，他开始想象自己也能够治病救人，救赎苦难，简直如同魔术师一般！他历经波折，终于如愿以偿地获得了医学学位，并于一九二八年在蒙马特开设了私人诊所。我们会看到，他早期的访谈一般都会把他描述成一个品行端正、身着白大褂的年轻人，兢兢业业从事着自己的医学事业，而在他自己的作品中，他喜欢为主角设计医生的身份，这样，一个人就可以在不同的社会空间穿梭、观察，游刃有余，这本《长夜行》中的主角巴尔达米正是如此。

救赎与放任之间的摇摆有可能来自塞利纳夹缝般的出身。他既没有生于底层，也没有生而显贵，而是生在一个处于中间位置的小资产阶级家庭，他的父母终生的期待就是从小商人的位置向上爬，甚至把他送去塞纳河畔的学校读书也是为了学到一些最终能用在蕾丝花边生意上的知识。为了能够向上爬升，塞利纳的父母显出了一种令他感叹不已的"狂热的接受"态度，他们不仅仅痴迷于金钱，还毫无道理地尊崇那些有钱人。作为一名裁缝、一名蕾丝花边的经营者，母亲的全部生计都依赖于有钱人的采购，所以，她可不能得罪金主，甚至连逞逞口舌之快的批评都不允许，据塞利纳回忆，母亲总是对他说："你这个小坏蛋，如果没有富人，我们就没有东西吃……"所以，在他的另一部自传色彩同样非常浓郁的作品《死缓》中，他以母亲为原型刻画了小说中的母亲克莱芒丝，这个角色对待工作孜孜不倦，对待社会秩序安然接受，对待苦难逆来顺受，对待小资产阶级的那套价值观也全套照搬，与塞利纳的母亲毫无二致。她因小儿麻痹落下的残疾以及对孩子能在珠宝交易中获得一席之地的期望，几乎也都是塞利纳母亲的写照。

塞利纳对父母这种向富人毫无原则的卑躬屈膝感到极端的屈辱和厌恶，所以，他毫无讳言地批评上流社会的生活风气，在《长夜行》中，读者会接触到一个与《追忆逝水年华》（后简称《追忆》）截然相反的底层世界，塞利纳也在小说中明确谈到："普鲁斯特这个人一半是幽灵，他以非同寻常的韧性，沉溺于社交界人士无法摆脱的漫无止境、琐碎无聊的礼仪和活动之中。这些社交界人士思想空虚，是追求欲望的幽灵，是优柔寡断的浪荡公子。"一个人若是习惯了普鲁斯特小说中软绵绵的空气，悦耳的钢琴声，可口的椴花茶以及豪华沙龙里没完没了的闲聊，猛地被扔到塞利纳的世界里，肯定会被吓一跳。然而矛盾之处也在这里，虽然塞利纳批评上流人士的空虚、想入非非以及寻欢作乐，可是他笔下的人物也在干同样的事情，并没有显出更多的理想色彩，所处的环境与所采取的行径甚至更为恶劣直白，暗杀、猥亵、滥交、诈骗、抛弃等恶行数不胜数。

比如说，普鲁斯特在《追忆》中曾经描绘过一个女佣之恶，她为了赶走自己讨厌的女工，设计让这位女工剥芦笋，引发她的哮喘，而且发作起来十分厉害，最后只能辞职不干，普鲁斯特称其有着"一套巧妙而残忍的诡计"。在《追忆》中，一切恶行都是曲折的、遮掩的，然而在《长夜行》中，一切罪行都无须"设计"或者伪装成"诡计"，都是壮着胆子直接去干。比如小说中主角的好朋友鲁滨逊要帮助一对夫妇害死老母亲，干脆就在兔笼装炸弹，等老太太打开笼子时把她炸上天，至于这个毒计是否得逞，读者大可自行勘探。

矛盾与摇摆还体现在塞利纳的职业选择上。

早年间，他就将学医视为摆脱从商的潜在出路，所以，当作家根本就不在他的考虑范围之内。然而，刚从学校毕业的那几年里，医生梦遥不可及，他只能过上一种四处漂流的生活，在各种职业与人生选择中摇摆不定。流浪漂泊的生活带来的却是难以消弭的灾难性结果：疾病。一九一二年，他开始服兵役，"一战"爆发时，他在法国骑兵部队服役了三年。在前线，他经受了严重的创伤，手臂神经问题与耳鸣持续余生。《长夜行》中，塞利纳写过好几次关于耳鸣的细节，尤其是昂鲁伊老太太的儿子就患有剧烈的耳鸣，他痛苦地抱怨说这耳鸣越想它鸣得越厉害，可恶至极，害得他睡不安宁。一九一六年，塞利纳又前往喀麦隆的桑加-乌班吉木材公司任职，在这里不幸罹患的痢疾和疟疾与战场上留下的后遗症一样困扰了他一辈子。因此，《长夜行》中也留下了大量关于疟疾的书写，巴尔达米到达非洲后因为疟疾与腹泻，一到傍晚五点钟就会头昏眼花，浑身发烧。这些疾病的书写几乎都取材于作家本人飘摇流离的人生经历。

直到一九一七年，塞利纳在殖民地医院度过了几个月的煎熬后回到了法国，他这才有机会真正接近幼年时梦想的职业。他的英语水平不错（小说中也有对应的情节，主人公因为英语口音极好，所以教一个疯人院的老板巴里通的女儿学习英语），因而获得了美国洛克菲勒基金会设在巴黎的一个职位，讲授肺结核的认识和预防。正是这段经历，似乎让他历经磕磕绊绊后终于找到了自己的职业使命，选择了医学领域，并最终在蒙马特开设了私人诊所。蒙马特是巴黎非常年轻的一个区，圣心大教堂与红磨坊都在这里，许多文人雅士也聚居于此，塞利纳由此遇到了不少志同道合的艺术家，从医学走向文学之路似乎就有了必然性。

最早，塞利纳创作的是戏剧，但这些作品只遭逢冷遇，它们显得结构复杂且篇幅过长，于是，他又转向了小说创作，并在《长夜行》中找到了自己的风格与笔名——来自"塞利纳"的颠覆之作不再关注神与美，不再追逐文化与精致，对英雄也不屑一顾，只有对罪恶与黑暗生活的穷极描写。这部作品最终被出版商罗伯特·德诺埃尔看中。此人与塞利纳颇为相似，也学过医，也有无政府主义倾向，甚至也自诩为边缘人。他精准地抓住了塞利纳的"卖点"——把一切优雅的东西全都打翻在地，狠狠践踏一番。在最初的版本中，德诺埃尔还别出心裁地附带了一份挑衅插页，它向所有读者预告：这位正值壮年的作家会以极其粗暴的方式攻击医生、学者和文人。可以说，这位很有宣传头脑的出版商精准地抓住了塞利纳身上摇摆的东西，并且迅速将其变现，树立"人设"：这是一个谦卑的医生兼不情愿的作家。

早在十九世纪，就有出版商通过"匿名"或"笔名"的方式摆噱头，刺激图书销量，《简·爱》的作者夏洛蒂·勃朗特以"柯勒·贝尔"这个男人的名字初出茅庐，就引得四方猜疑：这个贝尔究竟是何方神圣？只有狄更斯猜出这个男名背后可能是一位慧心的女子。二十世纪以来的图书市场更为成熟，出版商们深谙包装的门道，很快，塞利纳就被包装成在两重身份中摇摆与挣扎的形象，而他也乐于配合：人们经常会拍到他在药房里穿着白大褂，被医学界同事包围的照片，他写信时也故意使用带有诊所标识的信笺；越是在文学之路上功成名就，他就越要出面贬低和诅咒自己的成就，他为《长夜行》持续受到推崇感到气愤，但在迟迟未获得龚古尔奖后，他又将自己与世隔绝，大量减少曝光的机会。这大概是出版界屡试不爽的"饥饿营销"，作家们往往会通过故意和公众疏远来激起更狂热的兴趣，《我的天才女友》的作者费兰特、《麦田里的守望者》的作者塞林格都精通此道，我们如今还在阅读与讨论《长夜行》这本书，各种文学畅销排行榜上本书也经久不衰，也许其中不能少了作家与出版商共同谋划的摇摆"人设"的功劳吧。

当然，在塞利纳的一生中，最摇摆也最具争议性的是他对待战争与纳粹的态度。早年走上战场的经历让他留下了深切的身心阴影，许多评价者甚至认为他本人和在作品中展现出来的偏执、神经质、狂躁症与濒临疯狂都可以归因于万恶的战争，所以，他感到需要不惜代价阻止下一场战争，这也是他后来倒向纳粹的原因，他相信这股力量可以力挽狂澜，终结现代世界的混乱。再加上他很早就表现出反犹的倾向，所以投身纳粹几乎是自然而然的，除了在小说中透露出反犹思想，他甚至还专门写过小册子宣传该思想，这些作品后来遭到了销毁。当然，也有一些人提出，应该把它们重新挖掘出版，作为当时的历史证言，反向理解纳粹对人心的屠戮。这一举动也许会伤害很多活着的人，所以最终作罢，但无论如何，在反战和纳粹之间的摇摆，成了我们理解塞利纳生平最大的谜团。

二　否定之作

说回这部作品本身。《长夜行》是一部让人惊讶的小说，因为它几乎就是一个大写加粗的"不"，否定这个词也可作为读者理解全书的关键词。

通过对塞利纳生平的介绍，读者可能会发现小说有着强烈的自传色彩。小说中的费迪南人生经历大致可以分为如下几个阶段：我们第一次见到巴尔达米时，他还是一名医学生，却被战争的狂热冲昏了头脑，所以他自愿参军，并讲述了战争中残酷的耳闻目睹；故事的第二部分围绕巴尔达米在巴黎的生活展开，他在那里养伤；之后，我们跟随他去了非洲和美国，可是，美国充满机械与现代设施的环境再次令他感到失意；最终，他回到法国，先是自己开诊所，后在戏院跑龙套，结尾在一家精神病院工作。在一本书中，主角横跨了欧、非、美三大洲，所从事的工作不计其数，遭遇的人也难以胜数，整体的经历与作者塞利纳本人几乎是重叠的，当读者几乎相信这就是塞利纳的自传时，塞利纳却通过大量虚构且夸张的情节否定了这种想法。他始终在创造一种虚构文体，任何非虚构的来源都会被转化为文学性的素材，可以说,《长夜行》的文体本质是虚构对自传性的否定。

对于读者来说,需要有能力区分塞利纳和他笔下的巴尔达米。美国当代重要的小说家菲利普·罗斯对塞利纳推崇备至,他的代表作《波特诺伊的怨诉》明显受到了塞利纳《死缓》的影响。在 1984 年评论塞利纳时,罗斯说,尽管自己也有犹太背景,但是他完全能够将塞利纳这个人和他的作品区分开,所以,在阅读《长夜行》时,读者可能需要始终自我提醒:我所读到的这个巴尔达米是一个纯然虚构的角色,跟塞利纳这个活生生的人处于一个截然不同的世界。这也就意味着,我们需要明确小说的本质是什么。

简而言之,小说的本质是虚构,甚至是谎言,它的逻辑与支配现实生活的逻辑是截然不同的两套体系。

纳博科夫曾经讲过一个"狼来了"的故事。在石器时代,有个小男孩出门打猎,回家之后向爸爸妈妈撒谎说"狼来啦"! 他的父母当然不相信他，只是结结实实地打了他一顿，可是，纳博科夫却觉得，文学就是从这句谎言里发端的，现实生活里是有狼，可是文学中的狼却永远只能"无中生有""向壁虚造"——无论它多么像现实生活的狼——这就是虚构对非虚构的否定。另外，纳博科夫在讲述福楼拜的《包法利夫人》时，也讲过一个例子，说包法利先生天天睡在自己老婆旁边，怎么就没发现老婆每天晚上都会半夜溜出去和情夫幽会呢？睡眠再好的人，也许都会有偶尔的失眠或者半夜惊醒吧，对此，只能这么解释：读者需要预设小说逻辑不等同于现实逻辑，读者必须接受丈夫从来不会夜醒这个可能。

无论在《长夜行》中主角巴尔达米目睹或做了什么样的事，都不等于塞利纳自己做过，小说中的人物与行为永远都是一种虚构的隐喻。从《长夜行》开始，塞利纳就习惯性地采用了半自传的口吻进行虚构，在他后来创作的《寓言》（*Féerie pour une autre fois*）中，他甚至让叙事者"我"的声音在费迪南·塞利纳、德图什博士（他行医时的职业名）与路易（密友对他的称呼）之间滑动，同时，由这个"我"讲述出来的故事更加充满讽刺性与夸张性，对所谓的真实性不置可否，这实际上也是在提醒读者：请注意，我是在想象与编纂故事，现实事件不过是我未经加工的原材料。

小说中的第二重否定体现在塞利纳对于战争的思考上，在战场上所亲身经历的苦楚使得他对战争充满了憎恨，并以其尖锐的笔调描述了战争对人的全面剥夺，所以，他的基本政治立场是否定战争以及相关的军国主义乃至爱国主义思想的。

在传统的西方文学中，常常能看到对战争的鼓吹与歌颂，最为典型的就是《荷马史诗》。荷马以壮丽的笔触事无巨细地描写了希腊人与特洛伊人持久的鏖战。每一位英雄都会得到诗人的祝福与特权，并不会毫无尊严地胡乱死去，而是充满力量与悲悯地死去，而一个人之所以能被载入史册、歌之颂之，甚至也是因为他会战死，如果英雄真的像奥林匹斯山上的神明一样免于衰老和死亡，那么反而会变得乏味、缺乏意义，毕竟，史诗中的那些神明被人刺伤后，最多涂抹些许神奇的灵药就会恢复，他们没有英雄的肠穿肚烂、肝脑涂地，也没有英雄在和家人告别前的依恋，所以，他们必然缺乏深度与真实感。在荷马笔下，英雄的伟大程度常常与他惨死的程度有关，荷马从不吝惜笔墨书写战死的恐怖，比如英雄阿喀琉斯击杀对手后，对方被"利刃劈中脐旁，肚肠涌溢地上，他长叹一声，黑暗罩住了他的眼睑"[1]。黑暗的死亡带来的不是终结，而是刻在功勋与荣誉榜上的永恒。

在塞利纳的世界中，这种对战争与伤亡的歌颂彻底消失了，他用极为冷漠的笔法否定了传统世界的价值观与意义感。小说中，巴尔达米置身战场时，只感觉到"陷身于二百万挣开锁链、武装到头发丝、充满英雄气概的疯子之中"，当他被密集的子弹所包围时，感到的也只是"无数的死

1　《伊利亚特》第 21 卷第 180—181 行。引文出自罗念生、王焕生译本，后同。

神把我们包围起来"。而且，他目睹了一个不亚于古代世界冷兵器战斗中才会有的死亡场面，那是热衷于作战、比狗还凶猛的上校之死：

> 起初我没有看到他的尸体。原来他给炸飞了，这时侧卧在斜坡上，正好倒在步骑兵的怀里，这信使也死了。他们此刻抱在一起，而且将永远抱在一起，但骑兵已经没了脑袋，脖子上只有一个口子，血从里面咕嘟咕嘟地冒出来，就像锅里用文火煮的果酱一样。

这是极具有画面冲击力的一幕。荷马在描述鏖战冲突时，也喜欢用取自日常生活的比喻，比如将作战的将士形容为集聚的苍蝇，"在牛奶浸湿木桶时，在牧人的牛圈里纷飞"[1]，也许是因为荷马的听众都是手工业者与农民，这些来自生活的比喻反而能让大家在安全的世界里贴切地想象残

1　《伊利亚特》第 2 卷第 470 行。

酷的战场，就像今天的人们大可以窝在家里看恐怖片一样。塞利纳同样是将日常的果酱与反日常的死亡联系在一起，却让读者感到一种冷酷的反讽：死去的人再也不可能享用果酱了，他自己被做成了果酱，对日常的变形挪用深深透露出战争对普通生活的掠夺，战死毫无荣誉可言，只有灰飞烟灭的虚无。从十四岁起，塞利纳就开始质疑军事爱国主义的价值，他在学生时代受到德国学生的霸凌经历，也为他埋下了未来的和平主义的种子，当然，如果没有"一战"的亲身经历，他是不会真正开启他的文学之路的。本书问世后，塞利纳开始被很多人视为人民代言人，他声誉日隆，只可惜，小说中的和平主义与反战思想后来滑入了政治小册子中的仇恨与偏见，这不能不令人感到遗憾。

除了否定战争，塞利纳还对二十世纪初依然如火如荼的欧美殖民事业进行了严厉的指控与否定。小说中巴尔达米从战场归来后，历经一番波折，终于决定前往非洲大陆，思来想去，他既没有钱，学业也没有完成，去不了美国，就只能选择等而下之的非洲，他相信自己一定能谋到好差使。非洲部分是小说中最具有异域风情、最浓墨重彩的部分。

西方近代殖民事业开启之后，出现了一大批以海外探险求生为主题的冒险小说，最早可以追溯到笛福的《鲁滨逊漂流记》。在笛福笔下，海外的殖民地是有待开拓的丰饶之土，那里气候宜人、水草丰茂，只要鲁滨逊足够勤劳便可以依靠地缘优势获得无尽的物质回报，小说中对于农作物牲畜与瓜果的丰收描写数不胜数，这是对殖民活动的想象性美化。但是，十九世纪末出现的一批殖民文学开始有了一个显著的变化：对美好虚饰的戳破。殖民地环境既不宜人，收获的利益也未必丰厚，甚至许多作家都开始怀疑海外扩张与殖民这项事业的正义性。康拉德在十九世纪的最后一年出版了重要的《黑暗的心》，将英国海外的殖民地比喻成一颗黑暗的心，人们进入其中便会迷失自我，小说中常年躲在丛林中的库尔茨先生已经丧失了人性，他的居所外面被一圈柱子围起来，每根柱子上都串着一个反叛者的头颅；二十多年后，法国作家纪德从刚果回来后写下了《刚果之行》，对殖民者的盘剥行为毫不遮掩，原住民用几个月辛苦收集橡胶，殖民者却只拿一块绿色手帕作为交换物，这些描写无不激起欧洲左翼的愤怒之情，《长夜行》就是在这样的社会语境中出现的。

　　一八八〇年，法国议会批准成立了四十多家大型殖民公司。塞利纳于一九一六年加入的就是其中一家，他积极参与了法国最新阶段的海外扩张。这时，他碰巧读了康拉德的《黑暗的心》，更是满怀期待，一如小说中的巴尔达米对非洲"心驰神往"。当然，一开始他只是为了冒险，换个环境以及赚钱，所以，最初写给父母的信中，他还歌颂了非洲的自然风貌，那是一片微风吹拂的土地，千朵白色的小花上洒下一粒粒金色的沙尘……但很快，他发现环境的恶劣程度远远超出想象，而且耳闻目睹的人类恶行更甚于自然的恶劣。所以，小说中的巴尔达米用素描的方式还原了一片残酷原始的大陆形态：那里天气酷热，早上死去的人到晚上还是热乎乎的，因为凉不下来；那里确实有吃有喝，但喝的全是泥浆水，白蚁抢占了人的屋子，连打开一个罐头都得小心翼翼，免得被蚁族发现；巴尔达米吃了一只小鸡后，甚至染上了疫病，昏沉乏力了很久。但比自然环境更为残酷的是，他发现，殖民事业无非还是一群蝼蚁在给老板卖命：

> 这些招募来的青年，来到热带的非洲，向老板奉献自己的肉体、鲜血、生命和青春，为了每天二十二法郎（还未扣除税款）的工钱而卖命，却仍然心满意足，连被第一千万只蚊子窥伺的最后一粒红细胞也感到满足。

小说中，疾病缠身、放荡不羁的例子比比皆是，所有人的生命都在殖民地被浪费了，大家不是谈论诈骗就是谈论性爱。虽然塞利纳自己在非洲时过着乐观积极的生活，但他笔下的巴尔达米则是万千被殖民事业所腐蚀的人中的一员，整日昏昏欲睡、疫病缠身，满脑子关于性爱的幻想。透过巴尔达米的眼睛去看，殖民地是一块收留欧洲浪荡弃儿的飞地，这其实也是当时许多作家的共同观察：人们认为，只有在帝国本土，一个人才算是活着；在海外，都只能算是漂着。十九世纪以来的许多小说中，被主流社会驱逐的可疑之人几乎都有一个遥远的海外背景，不是印度、澳大利亚，就是南非、南太平洋岛屿……这些散落全球的殖民地通常用来放置文本中的失败者，或者复活新的角色，它们也常常成为小说中的起点、结尾与戏剧性转折的背景。伍尔夫的《达洛维夫人》中，被众人认为一事无成的颓废男主角彼得·沃什也是从英国当时的殖民地印度回来的。

　　不同之处在于，对于塞利纳来说，他对殖民地与殖民生意的否定，还有一个更深的诉求，也即洞察土地之上的人的天性。他发现，人的本性病态、无能，又充满了动物性，小说中，他给出了一个定义式：

> 总之，生存之所以十分累人，也许只是因为
> 我们花费了巨大的力气，使自己在二十年、
> 四十年乃至更长的时间里都过着理智的生活，
> 而不是保持自己的本色，即邪恶、残忍和荒
> 诞。我们生来就是瘸腿的下等人，却要从早
> 到晚把当超人作为普遍的理想，真是一场
> 噩梦。

对非虚构文体的否定、对战争与殖民事业的否定，最终驱使塞利纳走向了对人性的否定。小说中，几乎读不到什么光辉的事迹与角色，每个人都陷于无可挽救的缺陷之中，每个人都为了满足自己的兽欲，形如困兽之斗。也许正因为如此，小说刻画了浓厚的黑暗：天色总是黑暗的，世界一味在黑暗中旋转，人们会消失在一条路的黑暗尽头，平原上常年笼罩着茫茫黑夜——总之，提及黑夜与黑暗的地方多达百余处，甚至，书名就

已经提示着我们，人的一生无非是在这种黑暗与那种黑暗中探索与穿行罢了，哪有什么光明可言。对于人性与人生的悲观预言以及黯淡描画，让许多评论家将塞利纳视为虚无主义的代言人。苏联时期，本书被翻译成俄语，但是审查员对该书进行了一些删减和编辑，高尔基也评价它是"绝望的虚无主义"，现代的一些精神分析学家则试图从弗洛伊德的"死亡驱力""性驱力"等角度解释小说中充斥的肉欲与死亡气息，这些元素可谓充斥全书的核心元素——这里可以插一句，塞利纳很喜欢弗洛伊德的著作，在小说中对精神分析的元素多有借鉴，尤其是在写性欲的部分，但弗洛伊德却不喜欢《长夜行》，竟然正是因为本书"太虚无主义"了。

然而，人们必须正视虚无主义，它可能是现代人精神状态的标志性症候。战争与殖民，正是世界进入现代性阶段后的必然结果。

三　传统之中

乍一看《长夜行》，读者大概会觉得耳目一新，它和传统的小说似乎很不同，特别是在修辞方面大胆地采用了口语、俗语乃至脏话，这些洋溢着鲜活生命力的语言快速推动着故事的进展，使得整部小说进入了非凡的加速度之中，在几十页内场景、故事、人物就会得到戏剧性的充分发展，当人们对一桩事件还在瞠目结舌、来不及用理性思考时，裹挟着大量口语的独白又泥沙俱下地催促人奔赴下一个情节之中，此时，由本能带来的情绪反应尚在心中盘桓不去。由此，塞利纳在写给美国评论家米尔顿·欣德斯（Milton Hindus）的信中提出了一个著名的"地铁"隐喻：

> 我记得在开始创作《长夜行》之前，我突然有了一个想法。我告诉自己，穿越巴黎（或纽约）有两种方式。第一种是在地面上——开车、骑自行车或步行等——因此你会遭遇

一切，可在任意地点驻足，获得从蒙马特到蒙帕纳斯的每一个印象、描述等。然后是另一种方式——乘坐地铁——通过亲密地贴近事物直接到达目的地。但是，如果不给自己的思绪一个旋律优美的转折点——给它们一个可遵循的轨迹——坚决不偏离路线，不惜一切代价不偏离轨道，就无法做到这一点！你必须深入神经系统——深入情感——驻留其间，直到抵达目标。将口语转化为文字并非易事。

其实，这种对于口语以及叙事速度的追求并不是塞利纳的首创，早在中世纪的伟大作家拉伯雷那里，就已经花样百出地玩弄起大量口语乃至猥亵滑稽的表达了。在拉伯雷所生活的年代，主流的话语总是华丽、典雅、整饬的，但是，拉伯雷却对典雅的语言进行了亵渎，他大量采用了从人民生活深处吸取来的词，并且让《巨人传》中的主要角色都染上了怪诞的色彩，他们的肉体性被大大强化，充满了垂直往下直捣地狱的力度，而他们的欢乐也集中在咀嚼、性交、宴饮、分娩、排泄等看起来难登大雅之堂的活动中。小说中，最具有隐喻意味的一个细节就是，一只原本高悬在教堂钟楼里的大钟，被我们的巨人摘下来，挂在自己的马脖子上，听着叮叮当当的，倒也不差，这匹马本是用来驮咸鱼和奶酪的，估计味道也够销魂。这个细节表明了拉伯雷的写作最深处的渴望：通过颠倒一切"高大上"与一本正经的东西，通过引入大量口语及猥亵滑稽的词汇，实现对特权的革命般的解构与嘲弄。

而塞利纳不过将这种技法套上了一个现代社会中极具速度感的隐喻载体：地铁。他的目的，仍然是通过颠倒语言与道德在现代社会的等级制度，以投出憎恨的一瞥。他的一生几乎无时无刻不在目睹底层人类的生活困境，作为一名在战壕中身负重伤的士兵，一名在非洲殖民地的种植园工作的视察员，以及后来在大萧条时期每天在巴黎贫民窟巡诊的医生，他目睹了普通人被有计划地践踏在脚下，而冷漠的当局却袖手旁观，当然，他同时看到的也有被践踏的人是如何对自己的困境无能为力乃至最终麻木的。所以，俗语与猥亵，成为他发泄愤怒的唯一手段，他也当之无愧地成了拉伯雷的继承人，他不止一次地为当时尚未被正典化的《巨人传》鸣不平，在一九五七年的一次访谈中，他向拉伯雷的语言献上了颂词："拉伯雷想要的是一种人人都能使用的语言，一种真正的语言。他想让语言民主化，这是一场真正的战斗。他反对索邦大学、学者和所有这一切。他反对一切公认和既定的东西、国王、教会和风格。"

为了呼应拉伯雷，在本书中，一切官方机构制定的道德标准与表达原则都被毫无道德的言行摧毁了，当巴尔达米躺在医院里养伤时，他的母亲前来看望他，他却说自己的母亲：

她见到我时高兴得哭了起来，就像终于找到自己崽子的母狗那样。她以为拥吻我也许能给我很大安慰，不过她在这方面却不如母狗，因为她相信了别人为把我带走而对她说的话。

母狗至少只相信自己的感觉。

通过把母亲比喻为母狗，巴尔达米以异常冷酷的口吻宣布了穷人世界里的愚昧：人们被政府愚弄，前往战场送命，然后又被摆布，试图以亲情改善战争带来的创伤。这句话的粗俗与无情，远远超过了加缪在《局外人》中那个著名的开篇："今天，妈妈死了，我不知道，也许是昨天。"可是，只有极致的冷酷，只有无耻的谩骂，才能揭开世界温情脉脉的面纱，让人看到其下的腐肉与蛆虫。

从广阔的文学史的角度来看，《长夜行》的出现不是偶然，因为在文学与艺术的发展史上，一个必然的规律是：继承永远大于创新，看起来再新颖的文体与风格，都内嵌着传统的余韵。除了在语言与意识形态方面继承了拉伯雷的衣钵之外，小说总体上采用的是在欧洲流传已久的流浪汉小说的体裁，甚至，连流浪汉小说最典型的"双身模式"也得到了沿用和发扬。

流浪汉小说源于十六世纪的西班牙，当时的西班牙在卡洛斯一世治下，财富分配极不平均，全国竟然有三分之一的人沦为乞丐与流浪汉，流浪汉小说也应运而生。在西班牙语中，"流浪汉"（pícaro）不是什么好词，指的是违法者、无赖、恶棍、骗子，这群人无所事事，成天偷鸡摸狗，只为填饱肚子。在代表性的流浪汉小说《小癞子》中，主角小癞子为了求生，走马灯式地找主人，一会儿成为教士的用人、一会儿甘做侍从的仆人，可是这些活计依旧只能让他在垂死边缘挣扎，小癞子形容自己饿得"连腿都站不直"，为此，他只能揩油、骗主人、制造假货来贩卖，这些流浪汉的故事似乎透露出一个沉重的真相：人性之恶是走投无路的产物，没有人是天生的坏胚。

流浪汉小说有一个天然优势，主人公不会受到单一的身份与空间的束缚，可以自由地根据情境改变身份，四处游走也为观察大千世界提供了契机。在《长夜行》中，塞利纳正是沿用了传统的流浪汉小说模式，让巴尔达米在一本书中横跨几大洲，遍览不同的风土人情。同样地，在此过程中，巴尔达米从来不想做一个好人，他几乎一有机会便要在法律的边缘试探，而且，他似乎并不像小癞子那样，是因为饥饿不得不去作恶，相反，恶行具有了某种消遣和发泄的意味。小说中，当巴尔达米从战场上来到一户农家时，发现这家人的儿子被刚刚路过的德国兵杀死了，孩子的小小身体正躺在床垫上，这个时候，巴尔达米的第一句不是去安慰这家人的不幸，而是问："你们能卖给我一瓶酒吗？"将近一九一三年时，巴尔达米到一家商店里去打工，正好碰到了以前的战友，两个人一见面不是畅叙幽情，而是立马决定去敲老板的竹杠……

这些去道德化的描述让读者看到了一个光怪陆离的真实世界，或许也透露出塞利纳对人内在世界的判断，他非常信服弗洛伊德的精神分析，相信在体面理性的意识之下，总是隐藏着不可告人、肮脏卑下的潜意识，那么，文学的作用就在于使不可见的东西可见，让藏于人心底的渣滓浮泛而出。这大概也能解释，为什么塞利纳对十六世纪尼德兰地区的画家勃鲁盖尔推崇备至，他后来的情人西莉·安博尔（Cillie Ambor）回忆起两人一起去看画展的情形，塞利纳对勃鲁盖尔笔下的畸形人、瘸子、乞丐等非常痴迷。或许，勃鲁盖尔与塞利纳都相信一点：在传统道德退让的地方，反常规的美感才能登台。

值得一提的是，流浪汉小说还有一种"双身模式"，也就是让主角总是与一位朋友结伴同行，两人共同进退，仿佛是一个人的一体两面。当然，这也并不是流浪汉小说首创的结构，熟悉西方文学的人会在很多经典中看到主角结伴而行的描写。比如但丁在《神曲》中，下到地狱之前，遇到了古罗马诗人维吉尔的灵魂，在维吉尔的带领下，但丁才成功穿越了地狱，到达炼狱；而在大家更为熟悉的《堂吉诃德》中，堂吉诃德也有一位贴身不离的随从桑丘，每当不切实际的骑士又开始想入非非时，务实精明的桑丘就把他拉回到地面上，这两个形象仿佛一个人身上理想与现实的来回博弈。自然，在《长夜行》中，读者也会接触到一个像幽灵般缠绕在巴尔达米身边的角色：鲁滨逊。

巴尔达米和鲁滨逊最初相识于战场，两个人都想当逃兵，如果说这次相遇还比较合逻辑，那么之后的"偶遇"就匪夷所思了。巴尔达米来到非洲后，发现自己要取代的正是鲁滨逊的职位，在一个狼狈的丛林之夜，鲁滨逊弃他而走，顺便卷走了所有的物资；在美国时，巴尔达米发现此人因伪造证件滞留美国，成为一名看门人。越往后，两个人的相遇就越不可思议，甚至有时候巴尔达米走在路上都会遇到鲁滨逊，只能说，塞利纳是通过一种虚构的传统手段告诉读者：鲁滨逊就是巴尔达米内心的产物，两个人甚至可以"共享"同一个女人。很多时候，鲁滨逊以行动表现的都是巴尔达米自己内心的欲望，比如小说结尾处的高潮，马德隆向鲁滨逊"逼婚"，鲁滨逊咬死不从，最终下场惨淡。而对婚姻的抗拒正是巴尔达米自己的根本态度，他需要女人，但只要女人给他带来的性爱快感，整部小说都在歌颂"屁股"，却对结婚避而不谈，在美国认识妓女莫莉可能是巴尔达米一生中最接近爱的时刻。

这其实也是塞利纳本人的态度。他有过失败的婚姻，一辈子的女友情人没有断过。在他与前妻的离婚诉讼案中，律师找到了一封他写给前妻措辞恶毒的信件作为证据，信中的口吻与鲁滨逊拒绝马德隆的言辞几乎毫无二致：

至于我，我不可能和一个人生活在一起——我不想把你拖在我身后哭哭啼啼、凄凄惨惨，你让我厌烦，就这样——别抓着我不放。我宁愿自杀，也不愿继续和你生活在一起——我想让你知道这一点——不要再用依恋、温柔来打扰我，还是按照你自己的想法安排你的生活吧。我想一个人，一个人，不被支配，不被监护，不被爱，自由自在。我讨厌婚姻，我憎恶婚姻，我唾弃婚姻；婚姻对我来说就像一座我会死在其中的监狱。

对婚姻的恐惧背后可能暗含着更为广阔的恐惧，也就是对资产阶级现代家庭生活方式的恐惧，塞利纳的父母已经这样过了一辈子，到他这里，必须终止。因为他发现，现代生活体面的外表之下可能是一个巨大的空洞，每个现代人都通过维护外表正常和妥帖的生活掩盖了这个空洞。几乎没有人敢站出来承认内心的仓皇与无助，贫乏与无聊。正是对现代人生活与精神状态的观察，使得塞利纳加入了一个近代最为核心的文学传统：现代生活的意义感瓦解后，人成了"空心人"。

十九世纪末到二十世纪初，发生了人类史上一次巨大的认识论变革。几乎就是在这一百年间，传统的价值观、意义来源、生活方式、道德体系、信仰系统全部遭遇了瓦解。人们无法再说服自己仅仅信奉上帝就足以内心安稳地度过此生，何况，在一个连上帝都已经死了的年代，内心的神坛早已变成空虚之地。没有一个时代的文学会比二十世纪以来的文学传达过更多的颓废、消极、痛苦、放纵、麻木的情绪，它们纷纷涌进了这块空虚之地。美国作家 T. S. 艾略特在写于一九二五年的诗作《空心人》中，比出版于一九三二年的《长夜行》更早地预告了现代人内心世界的根本状态，而且，诗人预言道，整个世界将会在"一声抽泣"中走向终结，全诗充满了悲观主义和虚无主义的气氛；同一时代的詹姆斯·乔伊斯的名作《尤利西斯》中，全部的笔力也只涌向了一些乏味的都市男女平庸的一天……

在《长夜行》中，巴尔达米对现代生活最精准的观察集中于他的美国之行部分。塞利纳一九二六年随国际联盟卫生署出访美国，他率领一个由八名拉丁美洲医生组成的代表团，对北美洲（从路易斯安那州到加拿大）的公共卫生进行实况调查，此时，正值美国现代工业化生产如火如荼的时期，所以他也来到福特工厂参观，并写下了详细的观察报告。他的主要任务是评估工人的健康与卫生状况，但工人们的身体状况促使他对机器本身有了思考，他发现，在福特公司这样的现代化工厂中，机器比人重要，机器也优于人，人类远逊于他们所使用的设备，甚至，人类会被机器吞噬。其实，从卓别林到麦尔维尔，从电影到文学，二十世纪初的艺术文化几乎在同一时间发现了机械自动化生产对人的异化。小说中的巴尔达米为了讨生活，加入福特公司干活，那里环境恶劣，把人当成"黑猩猩"，一切都被工具化了。不难想象，在这样推崇技术与机器的时代，人怎么可能不会被掏空呢？

纵观《长夜行》全书，塞利纳涉及了繁复的主题和叙事技法，但对于每一个主题的渲染、每一种技巧的运用，几乎都是灰色和阴暗的，然而，成熟的读者应该具备一种基础的阅读伦理：推迟与搁置三观审判，尽可能感受作家传递的理性与审美的冲击（虽然它们常常会戴上非理性与丑陋的面具），最后实现更深层次的理解——对作家、对作品，也对自己。

1949 年再版序言

啊，《长夜行》又要上路了。

这引起了我的注意。

十四年来发生了许多事情……

如果我不是因生活所迫，要挣钱糊口，我就立刻告诉你们，我会把这一切通通删除，连一行字也不留下。

一切都被曲解。我制造了过多的邪恶。

请你们看一下，周围有多少死亡，有多少憎恨……这些邪恶的东西……产生的污泥浊水……这些怪物……

啊，得要视而不见、充耳不闻才行！

你们会对我说：但这不是《长夜行》的错！您犯了罪，因此而被拖垮，这是毫无办法的！您活该倒霉！您的《无足轻重的话》[1]！您可耻的错误！您想象出来的卑鄙行为，真是滑稽可笑！司法机关会把您抓住？绞死？见鬼，您舍不得什么？小丑！

啊，千万饶命！千万饶命！我表示愤怒！狂怒！激动！可憎！我虚伪！我不三不四！你们不要弄错！他们找我是因为《长夜行》！我在铡刀下大声喊叫！这是我和"他们"之间的账！过节很深……无法说清……他们发怒也神秘兮兮！事情真是复杂！

如果我不是因生活所迫，要挣钱糊口，我就立刻告诉你们，我会把这一切通通删除。我对豺狼致了敬！……我就是要这样！……太好了！……预先送的礼……"献给上帝的银币"[2]！……我摆脱了幸运之神……从三六年起……在刽子手的刀下！去受苦受难！自找

1　指《对屠杀说些无足轻重的话》(*Bagatelles pour un Massacre*)，塞利纳 1937 年出版的反犹主义小册子。

2　denier à Dieu，也指交易中预先支付的押金。

的！……一本、两本、三本好书，就要把我宰了！让我呻吟！我送了礼！我当时好心，就是这样！

善与恶的世界，使我浪费时间……过去曾是这样……但我不会再为此浪费时间。

如果我不是因生活所迫，我会把这一切通通删除……特别是《长夜行》……在我所有的书中，真正恶毒的只有《长夜行》……这我自己有数……敏感的书……

一切都将重新开始！吵吵闹闹！你们将会听到哨声从上面传来，从远处传来，从无名之地传来：一些词语，一些命令……

你们将会看到这些马戏！……你们会对我说……

啊，你们别以为我在演戏！我不再演戏了……我甚至不再和蔼可亲。

如果我不是迫不得已，就像站着时背部得靠着什么东西那样……我会把这一切通通删除。

献给伊丽莎白·克雷格

我们的一生是一次旅行，

在严冬和黑夜之中，

我们寻找着自己的路径，

在全无亮光的天空。

法国王室瑞士卫队之歌，1793 年 [1]

---

1 1812 年，拿破仑军队从莫斯科撤退，抢渡别列津纳河，损失惨重。
其中，一个瑞士军团的军官们在临死前，于河岸唱起了这首歌。
法国大革命期间，守卫杜伊勒里宫的法国王室瑞士卫队于 1792
年遭屠杀覆灭。此处写明 1793 年，说明是虚构。

旅行十分有益，使人浮想联翩。其他的一切只是失望和厌倦。我们的旅行完全是想象性的。这就是它的力量所在。

这旅行从生到死。人、牲畜、城市和事物，全都是想象出来的。这是部小说，只是个虚构的故事。利特雷[1]就是这么说的，这是绝不会错的。

再者说，所有的人都会想象。只要闭上眼睛就行。

这是在生活的另一面。

---

[1] Émile Littré（1801—1881），法国词典编纂家、医生、哲学家，以其编纂的四卷本《法语词典》闻名。

—

事情是这样开始的。我可从未说过什么。什么也没有。是阿蒂尔·加纳特让我说的。阿蒂尔是个大学生，也是学医的，是我的同学。我们在克利希广场见面。那是在午饭后，他想和我说话。我就听他说。"我们别待在外面！"他对我说，"到里面去！"就这样，我跟他一起进去了。"这个露天座，"他打开了话匣子，"是笨蛋待的地方！你到这儿来！"这时，我们发现，因为天热，街上一个人也没有；汽车也没有，什么都没有。天气非常冷的时候也是这样，街上空无一人；我记得，也是他在谈到这点时对我说："巴黎人看上去总是忙忙碌碌，但实际上，他们从早到晚都在闲逛。至于证据，就是在天气太冷或太热，不能闲逛的时候，他们就不见了；他们都躲到屋里去喝牛奶咖啡和啤酒了。就是这么回事！他们说，这是速度的时代！可快在哪儿？他们又吹嘘，这是变化巨大的时代！可又是怎么变的？其实毫无变化。他们还是在自我陶醉，如此而已。而这也不是什么新鲜事。有些词换了，但说起话来还是变化不多！这儿变两三个，那儿变两三个，变动不大……"我们说出了这些有益的真理，感到扬扬得意，就高兴地坐在那儿，望着咖啡馆里的太太们。

接着谈到普恩加莱总统[1]。正是在那天上午，总统在幼犬博览会的开幕式上剪彩；于是，我们就慢慢扯到了刊登这条消息的《时代报》上[2]。"你看，《时代报》多帅！"阿蒂尔·加纳特逗弄我说，"捍卫法兰西民族的就此一家！"——"法兰西民族确实需要捍卫，毕竟它根本就不存在！"我针

---

1 Raymond Poincaré（1860—1934），法国政治家，曾任法兰西第三共和国总统（1913—1920）。

2 *Le Temps*，其影响力相当于法国当今的《世界报》，但它并没有阿蒂尔·加纳特所说的种族主义立场。

锋相对地回敬了他，表示自己有充分的根据。

"不对！法兰西民族是存在的！而且是优秀的民族！"他坚持道，"甚至是世界上最优秀的民族，谁否认这点就是王八！"接着他把我痛骂了一顿。我当然不买他的账。

"不对！民族，你说的民族，只是一大帮像我这样的穷光蛋，满目眼屎、全身跳蚤、冻僵一般，他们受到饥饿、瘟疫、肿瘤和寒冷的纠缠，作为失败者从世界各地来到这里，在这里又遭到失败。因为有大海相隔，他们不能到更远的地方去。这就是法兰西，这就是法兰西人。"

"巴尔达米，"他这时神情严肃、有点伤心地对我说，"我们的父辈不比我们差劲，你别说他们的坏话！……"

"你说得对，阿蒂尔，这点你说得对！他们充满仇恨却又俯首帖耳，他们被人侵犯、掠夺、残杀，却始终愚顽不化，他们是不比我们差劲！你可以这样说！我们没有变化！袜子没变，主子没变，观点也没变，要不就是变得太慢，变了也白搭。我们生来忠心，也死于忠心！我们是不领军饷的士兵，一人为大家的英雄，会说话的猴子，真是字字辛酸。我们是贫困之王的宠儿。是他在掌管我们！我们不听话，他就掐……我们的脖子被他的手指掐住，一直这样，难以说话，要想吃口饭也得好好留神……为了点小事，他会把你扼死……真不是人过的日子……"

"还有爱情，巴尔达米！"

"阿蒂尔，爱情无穷无尽，但只有卷毛狗才能得到，我可有自己的自尊！"我向他答道。

"你有自尊？你是个无政府主义者，如此而已！"

他是个机灵鬼，你们能看得出来，他在任何情况下都有前卫的看法。

"说得没错，你这个打肿脸充胖子的家伙，我是无政府主义者！而最好的证明，是我写的这篇带有报复性和社会性的祷文，你听了立刻会对我赞不绝口：《金翅膀》，这是这篇祷文的题目！……"我对他朗诵起来：

一位数着分钟和铜板的上帝，绝望、好色，像猪一样不满地哼哼。一头长着金翅膀的猪到处乱窜，肚子朝天，准备让人抚摸，这就是他，我们的主宰。让我们互相拥抱！

"在生活面前，你这篇短文是站不住脚的。我呢，我赞成现存的秩序，不喜欢政治。不过，一旦祖国要我为她洒热血，我一定会在所不惜，决不袖手旁观。"这就是他对我的回答。

这时，战争不知不觉地来到我们俩跟前，我的头脑却变得晕乎乎的。这场短暂而又激烈的争论使我感到疲倦。另外，我也有点激动，原因是堂倌为了小费把我看成小气鬼。最后，我和阿蒂尔又完全言归于好。我们对几乎所有问题都有了一致的看法。

"是的，你说得有道理，"我用和解的口吻说道，"但说到底，我们都坐在一艘巨大的战船上，用力划着桨，你决不能否认这点！……我们如坐针毡，还得奋力划桨！可得到的是什么？什么也没有！只有挨棍子、受折磨、听大话，还有恶语中伤。他们叫我们干活！这种活比什么都要难受。我们在下面的底舱里累得气喘吁吁，浑身发臭，睾丸湿透，受够了罪，但是你看！上面的甲板却十分凉快，主子们待在那里取乐，搂着坐在他们膝盖上的脸色红润、香气扑鼻的美人。有人让我们登上甲板。这时，主子们就戴上高礼帽，对我们这样吼道：'一群浑蛋，这是战争！'他们说，'祖国二号上的那些脏鬼，让他们立刻上船，把他们的脑袋崩了！干吧！干吧！船上应有尽有！大家齐声喊吧！先叫喊一声，要喊得震天动地：祖国一号万岁！让你们的声音传到远方！谁叫得最响，仁慈的耶稣就赐给他奖章和蜜饯！他妈的！还有，那些不想死在海上的人，可以到陆地上去死，那儿死起来快得多！'"

"一点不错！"阿蒂尔对我表示赞同，他显然已经变得很容易被人说服。

正在这时，一个团的士兵从我们占着座的咖啡馆门前经过，上校骑着马走在队伍前面，他看起来和蔼可亲，又十分矫健。我兴奋地跳了起来。

"我去看看到底是不是这样！"我对阿蒂尔叫道，说完我就入伍了，还是跑着去的呢。

"费迪南，你真糊……！"阿蒂尔也对我叫道。他感到不快，无疑是因为我的壮举让注视我们的人都印象深刻。

他这种反应使我有点恼火，但我并没有停下。我仍然朝前跑着。我心里想："我入了伍，就不走了！"

"走着瞧吧，傻瓜！"我对阿蒂尔叫道，然后和部队一起跟在上校和军乐队后面拐了弯。当时的情况就是这样。

我们走了很长时间，走过一条又一条的街道，街上的平民男女鼓励着我们，鲜花从露天座上、火车站前和挤满人的教堂里向我们扔来。爱国的人有的是！后来，爱国的人开始变少……雨落了下来，人越来越少，然后，鼓励声也没了，路上一个行人也没了。

我们只有孤零零的一支队伍了吗？一个接一

个地走着？乐队也停止了演奏。"总之，"我看到情况是怎样变化的，心里想，"没意思！一切又得从头再来！"我想溜之大吉。可是为时已晚！他们已在我们这些平民的身后把门悄悄关上。我们就像耗子一样，给逮住了。

二
二

一旦到了那儿，倒也不错。他们先让我们骑马，可骑了两个月又让我们步行了。也许是因为开销太大。最后，一天早晨，上校找不到自己的坐骑，他的传令兵骑着那匹马走了，不知是去什么地方，大概是个小地方，子弹在那儿不像在路中央那么容易射到人。而我们正是走到了路中央，上校和我，我拿着他的本子，他则在上面签署命令。

远处的公路上，就在肉眼能够看到的远处，有两个黑点，也和我们一样在公路中央，但这是两个德国人，他们在那里专心射击，已经整整一刻钟了。

我们的上校，他也许知道，这两个人干吗要

射击，德国人可能也知道，但我却真的一无所知。在我能回想起来的遥远年代里，我没有对德国人做过任何坏事。我对他们总是客客气气，彬彬有礼。对德国人我有所了解，我小时候还在他们的学校里念过书，在汉诺威附近。我说过他们的语言。这是一群呆头呆脑的孩子，喜欢大声说话，有着灰白色的、鬼鬼祟祟的眼睛，就像狼的眼睛一样；放学后，他们一块儿到附近的树林里去摸摸小姑娘，用弩弓射箭，或者用四个马克买来的手枪射击。他们还喝甜啤酒。可现在，他们却朝我们的胸口开枪，也不先来和我们打个招呼。在公路的中央，出现了一条界线，甚至是一条鸿沟。这前后的差别真大。

总之，谁也不明白战争是怎么一回事。不能再这样继续下去了。

这些人身上到底发生了什么特别的事情？我可没感觉到，一点也没有。我无法觉察……

我对他们的感情仍然没有改变。不管怎样，我还是想试着理解他们的暴行，但我更想离开这儿，非常想，因为我突然感到，这一切都是由一个大错铸成的。

"在这种情况下，没有别的办法，只有溜之大吉。"总之，我心里这样想……

在我们的头顶上，在离太阳穴两毫米，也许是一毫米的地方，杀人的子弹正在夏日炎热的空气中，一颗接一颗地呼啸而过，活像一条条引人注目的长钢丝。

在这些子弹和阳光中间，我感到一种从未有过的无能为力。真是莫大的、天大的嘲讽。

我当时才二十岁。远处是荒无人烟的农庄，教堂里也空无一人，门户洞开，仿佛农民们白天都离开了这些村庄，所有人，都到这个县的另一头去过节了，仿佛他们把自己拥有的一切都交给我们看管，他们的村庄，手柄朝天的手推车，他们的农田，围起来的小块土地，道路，树木，还有奶牛，一条系着链条的狗，这一切全交给了我们。这样，我们就可以趁他们不在，从容不迫地干我们想干的事。这看起来是他们的好意。"不过，要是他们不在别处多好！"我心里想，"要是这里还有人，我们肯定不会干得这么卑鄙！这么恶劣！当着他们的面，我们就不敢这么干！但是，这里已经没人会来监视我们了！只有我们这些人，就像新婚夫妇一样，客人一走，就会干起见不得人的勾当。"

我还（在一棵树后）想，我真希望能在这儿看到戴鲁莱德[1]，别人给我讲了许多有关他的事，希望他给我讲讲他腹部中弹时的表现。

这些德国人蹲在公路上，固执地射击着，他们枪法不准，子弹却特别多，大概堆满了他们的仓库。战争确实没有结束！说实在的，我们的上校表现出令人惊讶的勇敢！他在公路中央踱来踱去，在枪林弹雨中从容地走来走去，就像在火车站的月台上等候一位朋友，只是稍微有点不耐烦而已。

1　Paul Déroulède（1846—1914），法国诗人、剧作家、政治家，激进民族主义者，爱国者联盟（Ligue des patriotes）的创始人之一。普法战争时期参军入伍，其诗集《士兵之歌》（*Chants du soldat*）流行一时。

我得马上声明一下，我对农村向来没有好感，一直觉得它凄凉，有那些数不清的泥坑，那些一直无人居住的房屋，以及不通向任何地方的道路。现在再加上战争，更加叫人无法忍受。突然起风了，在斜坡的两边，吹得杨树的叶子飒飒作响，和那边向我们射来的轻微嚓嚓声交织在一起。这些与我们素不相识的士兵始终没有射中我们，但用无数的死神把我们包围起来，我们就像穿了由死神制成的衣服。我不敢再动弹了。

这个上校，可真是个怪物！现在我敢肯定，他比狗还不如，连死到临头都不知道！同时我又在想，像他这样的人，勇敢的人，在我们军队里一定有很多，在对方的军队里大概也有这么多。谁知道有多少？总共有一百万、二百万，也许有几百万？想到这里，我的胆怯就变成了惊慌。有这批人在，这种可怕的蠢事就会无止境地持续下去……他们干吗要停止呢？我对人和事物的看法，从未像现在这样冷酷无情。

我是地球上唯一的懦夫吗？我心里这么想，

怀着何等的恐惧！……我是否陷身于二百万挣开锁链、武装到头发丝、充满英雄气概的疯子之中？戴钢盔的，不戴钢盔的，不骑马的，开摩托的，吼叫的，坐汽车的，吹哨的，射击的，密谋策划的，天上飞的，跪着的，挖沟的，隐蔽的，跳跃在小道上的，把车开得噼里啪啦响的，他们关在地球上，就像关在疯人院里一样，要在地球上摧毁一切，把德国、法国和新旧大陆通通摧毁，把一切生灵通通摧毁，他们比狗还要疯狂，居然喜欢自己的疯劲（这一点是狗所不及的），比一千条狗还要疯狂一百倍、一千倍，还要坏一百倍、一千倍！我们真行！我想，我真的加入了世界末日的十字军远征。

对恐怖一无所知，就像在情欲上保持童贞一样。我在离开克利希广场时，怎么会想到有这样的恐怖？在真正参加战争之前，谁又会料到人们英勇又懒惰的肮脏灵魂在想些什么？现在，我被卷入这一大逃亡之中，逃向集体的屠杀，逃向战火……这逃亡来自心灵深处，并且已经发生。

上校还是一动不动。我见他站在路边的斜坡上，接过将军写来的一张张手令，在枪林弹雨中不慌不忙地看完，然后撕成碎片。在这些手令中，难道就没有一张是立即停止这可恶战争的命令？上级难道没有对他说是出了差错，是可恶的差错，是误会，是人们搞错了？说这是人们取乐的演习，是人们有意搞的，而不是屠杀！但是没有！"请继续，上校，您干得好！"这大概是我们大伙儿的师长德·昂特拉耶[1]将军给他写的内容。他每隔五分钟收到将军的一张手令，手令是一个通信兵送来的。通信兵每一次来都比上次更加脸色发白、屁滚尿流。我真想把这个胆怯的小伙子认作难兄难弟！但是，我们没有时间称兄道弟。

难道就没有搞错？没看到对方的影子就互相射击，这种事并没有受到禁止！这样的事非但准许做，不会受到责备，甚至有可能得到正人君子的认叮和鼓励，就像抽签、订婚和围猎一样！……

---

1 Entrayes，法语中与"entrailles"（内脏）一词同音。

没什么可说的。我刚才一下子发现了战争的全貌。我失去了童贞。要像我刚才那样，几乎是单独在它面前，才能看清可恶的战争，看清它的正面和侧面。不久前，有人在我们和对面的人们之间点燃了战火，现在战火正熊熊燃烧！就像弧光灯中两根炭棒之间通了电流。炭棒是不会马上暗下来的！这电流会穿过我们所有人，包括上校和其他人，上校看起来虽然十分狡黠，但当对面射来的子弹从他双肩之间穿过时，他身上烧焦的肉会和我一样多。

要想被判处死刑，有好多办法。啊！在这个时候，要是能进监狱而不是待在这儿，我这个傻瓜愿意付出任何代价！譬如，要是早能料到，可以在还有机会的时候到某个地方偷一件东西，这是很容易做到的。人总有想不到的事！从监狱中可以活着出来，从战争中却不能，其他一切都只是空话而已。

我要是还有机会去偷就好了，可我再也没有这样的机会了！已经没有任何东西可偷！我心里想，要是在一座安静的小监狱里该多好！不会有子弹射进来，永远不会！我知道有一座现成的监狱，在太阳底下，暖烘烘的！是在梦里看见的，就是圣日耳曼监狱，离森林很近，这座监狱我很熟悉，以前我经常从那儿经过。人真会变呀！我那时是个孩子，看到监狱会感到害怕。原因是我当时还不了解人。他们说的话，他们的想法，我现在再也不会相信了。人，而且只有人，是值得畏惧的，永远如此。

这些怪物的狂热要持续多久，才会使他们精疲力竭地停下来？像这样发作一次会持续多长时间？几个月？几年？到底多少时间？莫非要到所有的人、所有的疯子死光为止？直到最后一个人死去为止？既然事态变得毫无希望，我就决定孤注一掷，做最后的尝试，企图单枪匹马地使战争停下来！至少在我所在的这块地方使战争停下来。

上校在离我两步远的地方走来走去。我想对他说话。我可从未做过这样的事。这是大胆说话的时候。在当时的情况下，这几乎是有利无弊。我心里想，我斗胆对他说话，他一定会感到非常吃惊，就会问我："您要干什么？"我就把自己对事情的看法向他说明。我会看到他对此是怎么想的。人们在生活中谈出各自的看法才是最重要的。两个人总比一个人谈得清楚。

我正要进行这决定性的尝试，只见一位精疲力竭、走路像脱了骱似的步骑兵（当时人们是这么说的），一路小跑来到我们面前。他手里拿着翻转的钢盔，就像贝利撒留[1]那样，他浑身发抖，全身是泥，脸色比那个通信兵还要苍白。这个骑兵叽里咕噜地说着，像是极其困难地从坟墓里爬出来，心里十分难受的样子。这个幽灵也不喜欢子弹吗？他也和我一样，对子弹有一种预感？

"你说什么？"上校听得糊里糊涂，就粗暴地打断他的话，并向这个幽灵射出钢刀般尖利的

---

1 Belisarius（约500—565），东罗马帝国皇帝查士丁尼一世麾下名将，他征服了北非和意大利大部分地区，被称为"最后的罗马人"之一。据传，他晚年被忘恩负义的皇帝抛弃，被迫拿着头盔沿街行乞（但并非史实）。

目光。

这卑微的骑兵军纪如此不正，又吓得屁滚尿流，我们的上校见了大为恼火。他不喜欢看到别人害怕。这是明摆着的。另外，特别是手里拿着的钢盔，活像一顶圆顶礼帽，这在我们这个进攻团里，这个在战争中冲锋陷阵的团里，会造成极坏的影响。这位步骑兵的样子，就像在战争进门时对它脱帽行礼。

在这种使人感到耻辱的目光下，身体摇摇晃晃的信使重新"立正"，小指贴在裤子的线缝上，就像在这种场合下所要求的那样。他笔直地站在斜坡上，身体摇摇晃晃，汗水沿着颈静脉流了下来，上下颚剧烈地打战，不停地发出细小的呼喊，活像一条正在做梦的小狗。真弄不清他是想跟我们说话还是在哭泣。

蹲在公路那边的那些德国人刚换了家伙。他们现在用机枪继续干他们的蠢事，打得噼里啪啦，像是点燃了大盒的火柴，疯狂的子弹在我们周围飞舞，活像一群胡蜂。

通信兵嘴里总算说出了发音清楚的句子：

"报告上校，骑兵中士巴鲁斯刚被打死。"他一口气说了出来。

"还有呢？"

"报告上校，他是在通往埃特拉普的路上去找运面包的车子时被打死的。"

"还有呢？"

"他是被炮弹炸死的！"

"还有呢，他妈的！"

"就这些！上校……"

"就这些？"

"是的，就这些，上校。"

"那么面包呢？"上校问道。

这段对话就这样结束了，因为我现在还清楚地记得，他刚说出"那么面包呢"就不作声了。这以后只有火光和爆炸声。这爆炸声真响，想不到世上会有这么响的声音。眼睛、耳朵、鼻子、嘴巴里一下子全是声音，我想这下可完了，我整个人都要成为火光和声音了。

但事实并非如此。火光没了，爆炸声却久久地留在我的脑袋里。我手脚发抖，就像有人在后面摇我似的。我的四肢仿佛脱离了我，不过后来总算还是留在我的身上。过了好久，烟雾仍然刺眼，火药和硫黄的刺鼻气味还留在我们身上，仿佛要把地球上的臭虫和跳蚤全部杀光。

过后，我立刻想起骑兵中士巴鲁斯，他刚被炸死，就像前来报告他噩耗的通信兵那样。这是好消息。太好了！我立即这样想："团里又少了个大浑蛋！"为了一个罐头，他曾想把我送交军事法庭。"每个人都有自己的战争！"我心里想。从这点来看，得承认战争有时还有点用处！据我所知，这样的浑蛋团里还有三四个，我非常愿意帮他们每个人找到一颗炮弹，就像炸死巴鲁斯的那颗一样。

至于上校，我倒不希望他死。但他也死了。起初我没有看到他的尸体。原来他给炸飞了，这时侧卧在斜坡上，正好倒在步骑兵的怀里，这信使也死了。他们此刻抱在一起，而且将永远抱在一起，但骑兵已经没了脑袋，脖子上只有一个口子，血从里面咕嘟咕嘟地冒出来，就像锅里用文火煮的果酱一样。上校的肚子给炸开了，脸上显出难看的怪相。当时那一下一定够他受的。算他倒霉！他要是在第一批子弹射来时就离开，也不会发生这种事。

这堆肉鲜血淋漓。

在刚才出事的地方，炮弹还在左右两边爆炸。

我不敢久留，立刻离开了这个地方，十分高兴有这样好的借口，可以逃之夭夭。我甚至哼起小调，跌跌撞撞地往前跑，就像划了好一会儿船，两条腿还有点不听使唤。"一颗炮弹！事情就立刻解决，只要一颗炮弹。"我心里想。"啊！嘿！"我反复在心里说，"啊！嘿！……"

公路的另一头已不见人影。那些德国人已经走了。不过，我很快就学会了一个诀窍，就是只在树荫中行走。我想尽快赶到营地，以便了解团里是否还有其他人在侦察中被打死。我心里想，要送上门去当俘虏，想必还有窍门！……土堆上到处是呛人的烟雾。"也许他们现在都死了?"我在想,"既然他们什么也不想弄懂,让他们很快都被打死,倒是既合算又方便……这样事情就会马上了结……我们就可以回家……我们也许会凯旋,回到克利希广场……只有一两个人会活下来……我希望的是……可爱的小伙子们摇晃着走在将军的后面,而其他人都死去,就像上校……就像巴鲁斯……就像瓦纳耶(另一个浑蛋),等等。人们会给我们挂满勋章,献上鲜花,我们会从凯旋门中走过。我们走进餐厅,不用付钱就能吃饭,一点钱也不用付,永生永世都不用付!我们是英雄呀!在结账时人们会这么说……祖国的卫士!凭这点就够了!……付钱时就用法国的小国旗来代替!……女收银员不会要英雄的钱,你走到收银台时,她还会给你钱,和你接吻。这样活着可真值了。"

我在逃跑时发现自己的胳膊在出血,但不多,不能算受伤,只是擦破点皮。一切都得从头开始。

天又下起了雨，佛兰德地区[1]的田里流着污水。又走了好长时间，我仍然没有碰到一个人，有的只是风，以及不久后出来的太阳。有时，也不知从哪里飞来一颗子弹，穿过阳光和空气，肆无忌惮地找到我头上来了，好像非要把我这个孤苦伶仃的人杀死不可。为什么？我即使再活上一百年，也不会到农村里来散步了。我发誓。

我往前走着，想起了昨天举行的仪式。仪式在一个牧场举行，是在山冈的后面，上校用粗大的嗓门向全团训话："振作精神！"他说，"振作精神！法兰西万岁！"一个人要是没有想象力，死亡就算不了什么，但要是他有想象力，死亡可就太严重了。这就是我的看法。我从未像现在这样，一下子懂得这么多事情。

上校从未有过想象力。他的全部不幸，就是由此而来，我们的不幸更是。我是这个团里唯一能想象出死亡的人吗？我希望自己能死得晚

---

1 Flandre，传统上指中世纪佛兰德伯国的领土区域，大致对应今法国北部省、荷兰南部泽兰省和比利时东、西佛兰德省。

些……再过二十年……三十年……也许更长一些，而不愿像别人希望的那样马上就死，嘴里塞满佛兰德的泥土，嘴巴被炸得一直裂到耳朵。人们有权对自己的死发表意见。但是，到哪里去呢？一直往前走？背朝敌人。要是宪兵看到我在这样游荡，我相信他们会找我算账的。他们会在当天晚上立刻审判我，毫不客气，地点就在没有学生的学校教室里。在我们经过的地方，这种空教室到处都有，而且很多，他们会跟我玩审判犯人的游戏，就像教师走后学生玩的游戏。当官的坐在台上，我戴着手铐站在小课桌前面。第二天一早，他们就会把我枪毙：十二颗子弹，再加一颗。等于多少？

这时，我又想起了上校，他多么勇敢，身穿护胸甲，头戴钢盔，蓄着小胡子，要是让他在杂耍歌舞剧场登台表演，就像我看到他在枪林弹雨中散步那样，他的表演会使往日的阿尔罕布拉[1]

1　Alhambra，位于巴黎第十一区的知名剧场，落成于1866年，最初是帝国马戏团的演出场地，后来几度易名，1904年重新开业后称为阿尔罕布拉剧场，直至1956年关停。

坐无虚席，他本人也会使红极一时的明星弗拉格松[1]黯然失色。我想的就是这些。精神不振！我心里想。

我走了好几个小时，偷偷摸摸，小心谨慎，终于在由几个农庄组成的小村子前面看到了我们的士兵。这是我们的一个前哨，一个驻扎在那儿的骑兵连的前哨。他们对我说，他们那儿没人被打死，全活着！而我却有一条大新闻。"上校死了！"我走近前哨时就对他们喊道。"现在缺的不是上校！"下士皮斯蒂针锋相对地回答我。他正好在站岗，还兼管杂务。

"在有人来接替上校之前，你还是去领肉吧，跟昂普耶和凯东屈大一起去，你这个傻瓜，你们每人拿两袋，在教堂后面领……到那儿要看看清楚……别像昨天那样光拿些骨头来。另外，天黑之前要回到班里，你们这些浑蛋！"

我们三人就出发了。

1　Harry Fragson（1869—1913），歌手、词曲作者、喜剧演员，20世纪初杂耍歌舞剧场的明星。

"我以后什么也不告诉他们了！"我心里十分恼火地想。我看清了，对这些人什么都不用说，把我看到的悲惨场面说给这些讨厌的家伙听，简直是浪费时间！现在太迟了，说这些事不会使人感兴趣。要是早一个星期，各报一定会发表四个通栏的文章来报道上校之死，还要刊登我的照片，这种事过去有过。真是一群傻瓜。

八月，军团在一个牧场里分肉，那里长着成荫的樱桃树，牧草已被夏末的太阳晒干。在袋子上，在摊开的帐篷上，甚至在草地上，放着几公斤摊开的肠子，一片片黄白色的肥肉，开膛的绵羊及其内脏，血在周围的草地上流成一条条弯弯曲曲的小溪，整头牛剖成两半，吊在树上，团里的四个屠夫一面咒骂一面用刀子割着，把内脏从里面拉出来。大苍蝇只有在这种时候才能看到，它们如此显眼，发出的声音像小鸟一样动听。在这群苍蝇之间，班与班之间拼命争吵，为的是争夺肥肉，特别是腰子。

血又流了出来，到处都是，在草地上汇成一

摊摊湿漉漉的血水，然后往低处流淌。在几步远的地方正在宰杀最后一头猪。四个士兵和一个屠夫却已在争抢还没从肚子里拉出来的内脏。

"你这个不要脸的！昨天牛腰肉就是你拿去的！……"

我倚靠在一棵树上，对这场食品引起的争吵又看了两三眼，就止不住大吐特吐起来，最后吐得晕了过去。

有人用担架把我抬到营房，并顺手牵羊把我那两个茶褐色的帆布袋给拿走了。

我苏醒过来时，听到下士又在谩骂。战争没有结束。

三

什么事都会发生。就在那个八月的月底，轮到我当下士了。上面经常派我和五个弟兄一起给德·昂特拉耶将军当联络员。这位长官身材矮小，沉默寡言，第一眼看上去既不显得残暴，又不显得英武。但看人不能看表面……他看起来最喜欢舒适。他甚至无时无刻不在考虑自己的舒适，虽说一个多月来我们一直在撤退，但一到新的营地，只要他的传令兵没给他找到一张干净的床和一间布置现代化的厨房，他就会把所有的人都臭骂一顿。

这种对舒适的讲究，给军装上有四条杠的参谋长增添了不少工作。德·昂特拉耶将军对吃住的要求使他感到不快。这主要是因为他脸色发黄，胃病极其严重，又有便秘，对吃喝丝毫不感兴趣。但他还是得在将军的餐桌上吃溏心蛋，并聆听将军的抱怨。是军人就得服从，除非你不当军人。然而，我不能同情他，因为他这个军官是大大的坏蛋。大家可以评一评。我们从道路走到丘陵，从苜蓿地走到胡萝卜田，一直走到晚上，最后还是停了下来，为了让我们的将军有个睡觉的地方。大家给他去找，找到个安静的村庄，村庄十分隐蔽，还没有部队驻扎，要是村里已有部队驻扎，他们也得迅速开拔，我们得把他们赶走；即使他们已经架枪扎营，也得露天过夜。

村庄是专门留给参谋部及其马匹、旅行箱、手提箱的，也是给这个浑蛋少校用的。这个坏蛋名叫潘松[1]，潘松少校。我希望他现在已经死了（而且不得好死）。但是，在我现在讲述的那个时候，这个潘松却还好好地活着。每天晚上，他就

---

1 Pinçon，法语中意为淤青，也有虱子的隐喻义。塞利纳也有可能以此指代同音词"pinson"（燕雀），法语中有"gai comme un pinson"（欢乐如燕雀）的说法。

叫我们这些联络员集合，训我们一顿，要我们安分守己，还想要唤起我们的斗志。我们跟着将军奔波了整整一天，可他还要差遣我们。下马！上马！再下马！就这样给他到处传送命令。干完了累得要命，还不如把我们溺死好受。这样对大家都好。

"你们都走吧！回到自己团里去！快走！"他喊道。

"我们的团在哪里，少校？"我们问道……

"在巴尔巴尼。"

"巴尔巴尼在什么地方？"

"在那边！"

他指的那边，只有一片黑夜，就像所有的地方一样，这茫茫黑夜吞没了我们面前两步开外的公路，从黑暗中只显出一段像舌头一样长的路。

他的巴尔巴尼，你们就到天涯海角去找吧！要找到他的巴尔巴尼，至少得牺牲整整一个骑兵连！而且是一个勇敢的骑兵连！我一点也不勇敢，一点也看不出为什么要勇敢，我当然最不愿意找到他的巴尔巴尼，再说这个地名他只是随口说说而已。这就像有人把我痛骂一顿，以为声量够大，就能让我想去自杀。但这种事，想干就干，不想干就不会干。

黑夜沉沉，只要把手臂伸到离肩头稍远一些的地方，你就会感到仿佛再也看不到它了。对这种黑暗，我只了解一点，而且对此确定无疑，那就是它包蕴着许许多多杀人的欲望，多到不可胜数。

一到晚上，参谋长这张嘴就不停地对我们喊叫，派我们去送死，而且往往是太阳一落山就来劲。我们和他软磨硬顶，硬是说"不明白他的意思"，尽可能在舒适的营地里多赖一会儿，但到最后，当天黑得再也看不见树木的时候，还是得遵命去冒生命危险。这时，将军的晚餐已经准备就绪。

从此刻起，一切都得碰运气。那个团和他所说的巴尔巴尼，有时找得到，有时找不到。而且往往是因为警卫连的哨兵在我们去时朝我们开枪才歪打正着地找到的。这样我们就只好让对方认出是自己人。我们几乎每晚都得干各种杂务，搬运许多袋燕麦，担好多桶水，又要挨骂，再加上瞌睡，干完了就觉得头昏脑涨。

第二天一早，我们这个联络组又返回德·昂特拉耶将军的营地，继续打仗。

但在大部分情况下，我们找不到团部，就等待天亮，在村庄周围的陌生小道上，在人员已疏散的小村庄和阴沉沉的矮树林边缘走来走去，而那些村庄和树林，我们尽可能不进去，因为那儿有德军巡逻。不过总得找个地方等待天明，在黑夜中找个地方。我们不能什么地方都不去。从那时起，我就体会到了林中兔子的处境。

怜悯总是来得十分奇怪。如果我们对潘松少校说，他只是个胆小、卑鄙的杀人犯，那就正中他的下怀，他会叫宪兵队长把我们立即枪毙。宪兵队长和他寸步不离，想干的正是这种差使。宪兵队长恨的可不是德国人。

因此，我们得在一个接一个毫无意义的夜晚

闯过埋伏，而回来的希望却越来越小，但我们也只有这种希望，要是能回来，我们一定不会忘记、永远不会忘记我们在陆地上发现了一个人，这个人和我们自己长得一模一样，却比水里的鳄鱼和鲨鱼更嗜血。鳄鱼和鲨鱼只是潜在水里，围着哈瓦那港外大海里的垃圾船转，并张开大嘴吞食倒在海里的腐肉。

在所有事情中，最惨重的失败莫过于遗忘，特别是忘记是什么让你死的，特别是死了也不知道人能凶狠到什么地步。当我们将要进坟墓时，我们可不能自作聪明，也不能遗忘，而是要把人们身上最坏的东西一字不改地全部说出来，然后才闭上嘴去死，才进坟墓。做了这件事，这一生一世也算没有白活。

这个潘松少校，我真想把他送去喂鲨鱼，还有他的宪兵队长也一起送去，让他们知道该如何生活，同时也把我的马送去，让它别再受罪，因为这匹马实在可怜，背上的皮已经没了，疼得厉害，只剩下马鞍下面两块肉，就像我两个巴掌那么大，上面还在渗水，那一条条的脓水沿着马鞍边一直流到腿弯。但是我还得骑着它奔跑，一、二……它奔跑可得费很大的劲。不过，马的忍耐力要比人强得多。它还是一摇一摆地向前跑着。我只能把它拴在外面。在谷仓里，由于它伤口发出的气味很重，人闻了会感到透不过气。骑到马背上时，它会痛得弯下身来，就像是在鞠躬，肚子碰到了膝盖。这样，骑在上面的人就像是骑着一头驴。不过说实话，这样倒舒服。我们头上戴的和肩上扛的都是钢家伙，已经够累的了。

德·昂特拉耶将军正在为他准备的屋子里等待用餐。桌上餐具已经摆好，灯也已掌上。

"你们全给我滚，他妈的，"潘松又对我们下令，同时用手提灯在我们鼻子前面晃动。"要吃饭了！我不想说第二遍！你们这些浑蛋快滚！"他甚至吼叫起来。他怒气冲冲地打发我们去送死，苍白的脸上居然透出几分红润。

有时，将军的厨师在我们出发前给我们一点吃的。将军吃的东西太多了，按规定他一个人可以领四十份！他已不是年轻人，而且快要退休。他走路时屈着膝盖。他的小胡子想必是染过的。

我们出发时在灯光下看得十分清楚，他太阳穴上的青筋弯弯曲曲，就像流出巴黎的塞纳河那样。他的几个女儿已经长大，听说还没有出嫁，也和他一样并不富裕。也许是因为记挂着这些事，所以他的样子才如此吹毛求疵、怨天尤人，就像一条生活习惯被人打乱的老狗，只要有人家愿意让它进去，它就试图找到自己那个带垫子的狗筐。

他喜欢美丽的花园和玫瑰，在我们所到之处，玫瑰园他一个也不错过。没有一个将军像他那样喜欢玫瑰，这点大家都知道。

不管怎样，我们还是出发了。问题是要让那些走起来像鸭子一样的马跑得快些。它们怕动首先是因为伤口，另外它们怕我们，也怕黑夜，它们什么都怕！我们也一样！我们回来向少校问路有十次之多，每次他都说我们游手好闲，是借故偷懒的坏蛋。最后，我们用马刺刺马，通过了最后一个哨所，我们对哨兵说了口令，然后立刻投身于该死的冒险，进入一片黑暗之中，去那些不属于任何人的地方。

我们在黑暗中穿来穿去，最后依稀认出自己所在的地方，至少我们自以为认出了……只要一片云比另一片云更明亮，我们就以为看见了什么东西……但在我们面前，确定无疑的只有回荡的声音，那是马匹疾驰的回声，这声音令人窒息，响得叫人不想再听。马儿就像要一直跑到天上，把地球上所有的马都叫来，以便把我们踩死。其实，要杀掉我们，只要一只手拿着一支卡宾枪，在一棵树旁，等我们来时扣动扳机就行了。我一直在想，我们将看到的第一道亮光，也许就是送我们上西天的子弹发出的光。

仗打了四个星期，我们已经疲惫不堪、可怜至极，我十分疲倦，一路上也就不大害怕了。这些有军衔的官，特别是那些小官，比平时更为愚蠢、吝啬、记仇，受到这帮人白天黑夜的折磨，最后连贪生怕死的人也不想活了。

啊！真想离开这儿！去睡觉！首先睡觉！要是真的没有办法离开这儿去睡觉，生的愿望自然就没了。只要还活着，就得装出在寻找团部的样子。

要使傻瓜脑袋开窍，得让他经历许多事情，而且是十分残酷的事情。使我平生第一次进行思考，真正考虑问题，并得出切合实际的、我自己的想法的人，无疑是潘松少校这个折磨人的家伙。因此，我尽量多去想他。同时我背着枪，全身披挂，摇摇晃晃，被盔甲压得喘不过气来，在这次难以置信的国际事件中充当无足轻重的配角，而且还是满怀热情地投入……这点我承认。

在我们面前，每一米阴影都是对完蛋和呜呼的新的许诺，但是以什么方式呢？在这种事情中，除了行刑者身穿军服之外，没有不可预料的东西。这家伙会是我方的，还是敌方的？

对这个潘松，我可没有做过任何对不起他的事！对他没做过，对那些德国人也没有！……你说，是他那烂桃子一般的脑袋，是使他从脑袋到肚脐眼都闪闪发光的四条杠，是他坚硬的小胡子和尖尖的膝盖，是像奶牛铃那样挂在他脖子上的望远镜，还是他那比例为千分之一的地图？我心里在想，是什么疯劲使他让其他人，也就是其他那些没有地图的人，去送死？

我们四个骑兵在路上发出的声音有半个团那么大。在四小时路程远的地方也能听到我们来了，否则就是装聋作哑。这是可能的……也许是德国人害怕我们？谁知道呢？

每只眼的眼皮上都积了一个月的瞌睡，这就是我们沉重的负担，除了那几公斤废铁之外，脑袋后面也是沉甸甸的。

我手下的那些骑兵不会说话。总的来说，他们说得不多。这些小伙子是从布列塔尼的腹地来服役的，他们的知识不是在学校里学的，而是在团里学的。那天晚上，我想谈谈巴尔巴尼村，就跟身边的那个名叫凯尔叙宗的聊了起来。

"喂，凯尔叙宗，"我对他说，"这儿是阿登省，你知道……你看到前面远远的有什么吗？我可什么也看不到……"

"黑乎乎的，像屁眼里一样，"凯尔叙宗对我回答道。说完这句就没话了……

"那么，你白天没听人说过巴尔巴尼？是在哪一边？"我又问他。

"没听说过。"

谈话就此结束。

巴尔巴尼这个地方我们从未找到过。我们转圈子，一直转到第二天早晨，来到另一座村庄，戴望远镜的人在那儿等着我们。我们到达的时候，他的将军正在镇政府门口的凉棚下喝咖啡。

"啊！青年时代多美好呀，潘松！"那老头，看到我们走过，就对他的参谋长大声说道。说完，他站起来去小便，后来又去了一次，背着手，弓着背。那天早晨将军很疲倦，传令兵悄悄对我说，他晚上没睡好，听说膀胱里有点不舒服。

每当我在夜里对凯尔叙宗发问，他总是回答那几句，到头来我觉得听他回答很好玩，像是一种怪癖。"黑乎乎"和"屁眼"的回答他又重复了两三次，后来他就死了，我记得是过了一段时间，在走出一个村子时被打死的，我们以为那个村子是另一个村子，而一些法国人以为我们是另一边的人。

就在凯尔叙宗死后的几天，我们动脑筋想出了一个小窍门，夜里可以不迷路，为此很是得意。

我们又被赶出营房的大门。好吧。我们一声不吭，也没有一句牢骚。"你们走吧！"这个脸色蜡黄的家伙像往常一样说道。

"是，少校！"

我们五人不用别人催促，立刻朝炮声的方向走去，就像去采樱桃一般。那边山冈起伏，是默兹省，丘陵地区，上面种葡萄。虽说已是秋天，但葡萄还没有熟，还有那些木头做的村庄，在夏天的三个月中已被晒干，因此容易着火。

一天夜里，我们这几个人不知道该再往哪儿走的时候，有了这个发现。一个村子一直在炮声响的那边燃烧。我们没有走近那个村子，没有走得太近，只是在相当远的地方观望，可以说像在看戏那样，在十公里、十二公里远的地方。之后，每天晚上，在这个时候，许多村子在远处的地平线上烧了起来，而我们被围在中间，四周那些地方都在燃烧，仿佛是在庆祝古怪的节日，我们的前面和两边都在烧，火光直冲云霄。

我们看到的所有东西都被火焰席卷，教堂和谷仓，一个接一个，干草堆烧得更旺，火焰也蹿得更高，还有那些房梁，在黑夜中竖得笔直，上面长着胡须一般的火花，不一会儿就倒在火光之中。

一个村子是怎么烧掉的，在二十公里之外也能看得清清楚楚。真是欢乐。穷乡僻壤的一个小村子，白天还看不见，可晚上烧起来的时候，真是难以想象！就像巴黎圣母院！一个村子可以烧整整一夜，小村子也可以，烧起来就像一朵巨大的花，然后只剩花蕾，最后什么也没了。

烧到只冒烟的时候，天已经亮了。

我们把马匹放在身边的田里，马鞍没有卸掉，马匹也没有走远。我们到草丛里去打个盹，只留下一个人负责警卫。夜里有火烧可看，就好过多了，不再感到难熬，也不再感到孤独。

可惜好景不长……一个月后，这个县的村子都已烧光。森林也遭到炮击，不到一个星期就烧光了。森林烧起来也很好看，但经不起烧。

此后，炮兵车队沿着所有的道路往一个方向前进，平民则朝另一个方向逃难。

可我们却既不能往前走，也不能往回走，只好留在原地。

大家排着队去死。将军再也找不到没有士兵的营地了。我们后来都露宿在田里，不管是不是将军。有些人过去还有一点善心，现在一点都没了。从那几个月起，部队开始一个班接一个班地枪毙一些士兵以提高士气，宪兵队长因此受到表彰，他进行这小型的战争很有一套，深不可测、地地道道的战争。

四

几个星期后，经过休整，我们又骑上马，再次向北方进发。寒冷也随着我们而来。炮声一直伴随着我们。

但是，我们只是偶尔和德军相遇，有时是一个轻骑兵，有时是一队散兵，有时在这儿有时在那儿，军装是黄绿色的，颜色真好看。我们仿佛是在寻找他们，但一看到他们就走得远远的。每次相遇，总有两三个骑兵死掉，有时是他们的人，有时是我们的人。他们的马匹获得了自由，浮华的马镫没人控制，就空载着疾驰起来，从很远的地方向我们跑来，它们马鞍的后鞒形状奇特，皮色鲜亮，就像新年用的皮夹子那样。它们是来找我们的马匹的，在一起立刻交了朋友。运气真好！

可那边的人却不会来找我们交朋友！

　　一天上午，德·圣昂让斯[1]中尉侦察回来后，就把其他军官请来，让他们知道，他不是在对他们吹牛。"我用刀劈了两个！"他肯定地对周围的人说，同时把他的马刀拿给大家看，小小的血槽里确实满是凝血，血槽就是专门派这个用场的。

　　"他干得真棒！好，圣昂让斯！……先生们，你们要是能看到才好呢！攻得真妙！"奥尔托朗上尉支持他的说法。

　　这事就发生在奥尔托朗的骑兵连里。

　　"我从头到尾都看到了！我离他不远！往前一刀刺中脖子，再往右一刀！……啪嗒！第一个倒下！……另一刀刺进胸膛！……往左一刀！来个穿膛透！真像一场比武，先生们！再为你叫好，圣昂让斯！两个枪骑兵！在离这儿一公里的地方！那两个家伙还躺在那儿呢！在耕好的田里！他们的仗已经打完了，是不是，圣昂让斯？……好个

1　Sainte-Engence，法语中"Engence"与"engeance"（孬种）一词同音。

一箭双雕！他们准像兔子那样，内脏都给掏出来了！"

驱马疾驰而来的德·圣昂让斯中尉，这时谦虚地接受战友们的敬意和称赞。现在有奥尔托朗为他的战功做担保，他就放下心来，走出人群，牵着他的那匹牝马出来遛一遍，让马身上的汗吹干，并让马绕着聚集在一起的骑兵连转了一圈，仿佛是在等待马术障碍赛的结果。

"我们应该立即派另一支侦察队到那里去，去同一个方向！立即派去！"奥尔托朗上尉显然十分激动，"那两个家伙想必是在这儿迷了路，但后面应该还有其他人……喂，您，巴尔达米下士，您带四个人去！"

上尉是在对我说话。

"在他们向你们开枪的时候，你们要设法弄清他们的方位，并立刻来向我报告他们在什么地方！他们想必是勃兰登堡人！……"

那些职业军官说，在和平时期，奥尔托朗上尉几乎从来不在营房露面。现在到了战争时期，他来了个一百八十度的大转变，成了营房中的常客。其实，他这人不知疲倦。而他的活跃，即使同其他许多冒失鬼相比，也变得越来越令人注目。有人说，他在吸可卡因。他脸色苍白，眼圈发黑，两腿无力，摇摇晃晃，下马时脚一着地，要踉踉跄跄走几步才能保持平衡，之后便狂怒地走在耕地上，寻觅勇敢的壮举。他真想派我们到对方的炮口上去借个火。他在跟死神合作。我们真可以发誓，死神同奥尔托朗上尉签过合同。

奥尔托朗的前半生（我打听过）是在赛马中度过的，每年要摔断几次肋骨。他的双腿由于摔断的次数多，行走的机会少，腿肚子就萎缩了。他行走时踮着脚，步履紧张，就像踩高跷一般。他站在地上，穿着肥大的宽袖长外套，在雨中驼着背，活像跟在一匹赛马后面的幽灵。

这里要说明一下，在这场骇人听闻的战争的初期，即八月，甚至一直到九月，一天里有几个小时，有时是连续几个整天，有几段公路，有些偏僻的地方，对我们这些被判处死刑的人来说还很安全……我们会产生一种错觉，觉得在那些地方基本上是安宁的，可以吃个面包，开一听罐头，把一顿饭吃完，而不必过于担心这将是生前吃的最后一个罐头。但是，从十月开始，这种片刻的安静也消失了，冰雹变得越来越厚，越来越密，调配得越来越好，里面填了炮弹和子弹的馅料。不久，我们将处于暴风骤雨中，到那时我们的眼前将会是我们现在不想看到的东西：自己的死亡。

起初，我们十分害怕夜晚，现在相比之下，夜晚已变得相当温柔。我们最后竟等待和盼望夜晚的来临。在夜晚，我们不像在白天那样容易遭到别人的射击。而只有这个差别才是重要的。

要抓住根本的东西很难，即使事关战争也是如此，不切实际的幻想会长期存在。

猫要是受到火的威胁太大，最终还是会跳到水里去的。

我们在夜里离巢外出，东边待一会儿，西边待一会儿，这些刻把钟的时光很像是美妙的和平时期，很像是那个已变得难以置信的时期，那时，一切都温暖如春，一切都无关紧要，那时还发生其他许多事情，这些事都变得不同寻常地可爱，不可思议地可爱。这和平时期，真像天鹅绒一样富于生气……

但是，不久之后，夜晚也被无情地围捕。夜里几乎总是这样，累了还得干活，得再忍着一点，为的只是能吃上饭，能在黑暗中多睡一会儿。食品运到前线，就像爬一样慢，仿佛没脸见人似的，用的是有篷的蹩脚小推车，排成长长的一行，一瘸一拐地往前行进，车里装满了肉食、俘虏、伤兵、燕麦、大米和宪兵，还有葡萄酒，装在短颈大腹瓶里，瓶子大腹便便，上下颠簸，真像是在干那个事儿。

步行的有掉队的人，走在锻炉和面包车的后面，还有抓回来的逃兵，也有俘虏的敌军，这些人戴着手铐，判了这个刑或那个刑，混在一起，手腕系在宪兵的马镫上，有些人要在第二天枪毙，但他们并不比其他人更悲伤。他们也在吃自己那份难以消化（他们不会有时间消化）的金枪鱼，并在路边等待车队重新开拔，还和同他们拴在一起的一个平民吃着最后一份面包，据说那平民是个奸细，可他自己却不知道有这回事。我们更不清楚。

对我们团的折磨以夜晚的形式继续。村里没有灯光，也看不到一张面孔，我们在弯弯曲曲的小巷里摸索，被比人还沉的袋子压弯了腰，从一座陌生的谷仓到另一座，被人谩骂，受到恐吓，又从一座到另一座，惊慌失措，没有其他指望，只能指望在恐吓、污辱和厌恶中死去，受人折磨，被人欺骗，直至流血，这些折磨、欺骗我们的人是一群无恶不作的疯子，他们突然变得只会杀人，只要活上一天就去杀人，或者被人开膛破肚，而不知道为什么要这样做。

我们在地上的两堆粪肥之间爬来爬去，受人骂，挨靴踢，过一会儿又被当官的叫起来，再去给车队装其他的货物。村子里的食品和一班班的士兵就像水满了溢出来一样，夜里全是猪油、苹果、燕麦和白糖，这些食品需要搬到车上尽快运出，由哪些班搬运则没有一定。车队能运来一切，但就是不能让我们乘着逃走。

杂务队疲惫不堪，就在推车周围倒下休息，这时司务长突然走来，提着灯来照这些懒虫。此人是一只长着双下巴的猴子，不管怎么混乱，也能找到饮水槽。就是饮马的地方！但我看到过四个弟兄，全身包括屁股，都浸在满是水的槽里打盹，他们困得昏睡过去，水一直没到脖子。

离开水槽之后，又得回到农庄，找到我们来时走的小巷，我们觉得是在那条小巷上和自己的班走散的。要是找不到，我们也算完成了任务，就再次倒在一堵墙的脚下，睡上一个小时。干这种卖命的行当，可不能挑肥拣瘦，得装出若无其事的样子，这种自欺欺人才是最叫人难受的。

军用货车重又返回后方。车队在黎明前上路，扭曲的车轮发出嘎吱嘎吱的声音，带走了我的心愿，我希望车队当天就遭到突然袭击，被炸得粉碎，烧个精光，就像军事题材的版画所展示的那样，车队被洗劫一空，保镖的宪兵队、马蹄铁和拿提灯的再次服役的军人也通通完蛋，车队的杂务队也没了，车里的小扁豆和面粉也全都没了，不能再煮来吃了，我们再也看不到车队了。不管是因劳累或其他原因而死，最痛苦的莫过于死的时候扛着袋子，而且是在夜里扛。

等到这批浑蛋车毁人亡之日，他们至少会让我们安宁一会儿，我心里想，哪怕只有一个完整的夜晚，我们也可以让肉体和灵魂都美美地睡上一觉。

军需供应等于多做了一个噩梦，是在战争这个大怪物之上令人头痛的小怪物。前后左右，都是野蛮人。他们把这种人派到各处。我们是被判延期执行的死囚，心里只想睡上一大觉，除此之外，时间难过，吃饭费劲，一切都是痛苦。一段小溪，一堵墙面，那边我们好像见到过……我们闻着气味找到了自己班所在的农庄，在战争时期的夜晚，我们又成了丧家之犬，出没于被遗弃的村庄。屎的气味，仍然是最好的引路方法。

军需处的军士长，是全团的凶神，此刻却是

世界的主宰。谁谈论未来，谁就是浑蛋，重要的
是现在。为自己的后代祈求，无异于对别人夸夸
其谈。在战时村庄的夜晚，准尉把人间的牲畜留
给那些刚开张的大型屠宰场。准尉是国王！死亡
之王！克勒泰勒准尉！完全如此！没有人比他更
有权势。只有对方的军士长才能和他比肩。

　　村里除了几只受惊的猫之外，已没有任何活
物。家具先被劈成小块，然后拿来烧饭，有椅子、
扶手椅、碗橱，从最轻的到最重的都有。而可以
放在背包里的，我的同志们都已带走。有梳子、
小灯、杯子和一些不值钱的小东西，甚至还有新
娘戴的头冠，能带的都带走了。仿佛还可以活上
好几年。他们偷东西是为了取乐，是要装出样子，
仿佛还能活上很长时间。真是欲壑难填。

　　对于他们来说，枪炮只是噪声而已。正因为
如此，各种战争才能持续下去。即使是发动战争
的人们、正在打仗的人们也不会去想象战争。他
们即使腹部中弹，也会继续在路上捡"还能穿"
的旧凉鞋。这就像牧场上的绵羊，病倒在地，奄

奄一息，却还在吃草，大部分人在最后一刻才真正死去，而其他人提前二十年就已经开始死去，有时甚至更早。这些都是世上的可怜虫。

我这个人不算十分聪明，却相当讲求实际，所以最终变得胆小怕事。也许是因为心甘情愿这样，我反倒显得镇定自若。然而，正因为这样，我阴差阳错地得到了我们的上尉奥尔托朗的信任，他决定在那天晚上派我去执行一项棘手的任务。他秘密地对我说，要我快马加鞭，在天亮前赶到利斯河畔努瓦瑟[1]，该市织布工人集居，离我们扎营的村庄有十四公里的路程。我要去摸清敌人是否确实在该市。关于这一点，从上午起，派去的那些人带回的情报互相矛盾。德·昂特拉耶将军对此焦急不安。为执行这次侦察任务，我获准在马群中化脓最少的马匹里挑选一匹。我好久没有单独执行任务了，突然感到像是去旅行一样。但

1　Noirceur-sur-la-Lys，利斯河流经法国北部和比利时，"一战"期间，利斯河沿岸曾发生多次战斗。努瓦瑟为作者虚构的地名，法语中意为黑暗。

是，这种解脱是虚构的。

上路后，由于很累，我无法立刻进行想象，虽说动足了脑筋，也无法相当确切地想象出我自己杀人的许多细节。我沿着路旁的树木前进，身上的铁器哐啷作响。单是我那把铜合金的漂亮马刀，就值一架钢琴的价钱。我也许值得同情，但不管怎样，我肯定令人发笑。

德·昂特拉耶将军派我来到这寂静的地方，让我穿戴像铙钹一样哐啷作响的东西，现在他会在想什么？当然不会想我。

阿兹特克人剖腹杀人习以为常，据说在他们的各个太阳神庙里每周要剖腹杀死八万信徒来祭献云神，求它降雨。这种事情在去打仗之前是难以相信的。但打了仗之后，一切就全明白了：阿兹特克人把他人的肉体看得轻如鸿毛，就像塞拉东·德·昂特拉耶将军不把我下贱的五脏六腑当回事一样。将军高升之后，就确定了神的地位，成了苛求得残忍的小太阳。

我只剩下一丁点希望，希望能当俘虏。这只

是一线希望，黑夜中的一线希望，因为在这种情况下无法先礼后兵。在这种时候，子弹打来的速度要比脱帽的速度来得快。另外，对这个基本上怀着敌意、专门从欧洲的另一头来杀我的军人，我能说些什么呢？……他要是犹豫一秒钟（这对我来说已经足够），我对他说些什么呢？……首先问他原来是干什么的？某个商店的雇员？再次服役的职业军人？也许是掘墓人？文职人员？厨师？……马儿的运气多好，它们也和我们一样参加战争，但没有人要求它们赞成战争，装出相信的样子。马儿不幸，却自由！唉，这该死的热情！只是对我们而言！

这时的道路，我看得十分清楚，还有两旁潮湿的软泥上建起的方方正正的高大房屋，墙壁被月光照得发白，犹如大小不一的大冰块，一堆堆静静地躺着，颜色苍白。一切都将在这儿完结？他们把我干掉之后，我会在这种孤独中度过多长时间？在完蛋之前？在哪一条沟中？在这些墙中哪一堵的旁边？他们是否会一下子将我结果？一刀刺死？他们有时会割掉双手，挖去眼睛和其他东西……这方面的传闻很多，而且不是开玩笑！谁知道呢？……马往前走一步……再走一步……就会出事？这些牲畜疾驰起来，就像两个人穿着粘在一起的铁鞋并排小跑，毫不协调，令人发笑。

我火热的心犹如兔子一般，关在肋骨这道小栅栏里，烦躁不安，傻乎乎地蜷缩着。

从埃菲尔铁塔顶上跳下来，大概也会有这样的感觉。会想在空中停住不动。

这座村庄对我隐瞒了自己的威胁，但也没有完全隐瞒。在一个广场的中央，有个小小的喷泉咕嘟咕嘟地为我一人歌唱。

那天晚上，我什么都有，一人独占。我终于拥有了月亮、村庄，还有巨大的恐惧。我准备再次驱马疾驰。到利斯河畔努瓦瑟，至少还有一个小时的路程。这时我看到有扇门上透出隐隐约约的亮光。我径直向这个亮光走去，发现自己有了一种胆量，其实是一种敢于临阵脱逃的胆量，但也是确定无疑的。亮光很快就消失了，但我确实看到过。我拼命敲门，不停地敲，连续不断地敲，并大声叫唤，一半用德语，一半用法语，轮流用这两种语言叫，要把躲在这黑暗深处的陌生人都叫出来。

门最后微微开启，开了一小口。

"您是谁？"一个声音问道。我有救了。

"我是个龙骑兵……"

"是法国人？"说话的是个女人，我能够看到她。

"是的，是法国人……"

"我问您是因为今天下午有一些德国龙骑兵到这儿来过……他们也讲法语……"

"对，不过我可真的是法国人……"

"啊！……"

她好像有怀疑。

"他们现在在哪儿？"我问道。

"他们大约在八点钟时去努瓦瑟……"她用手指了指北方。

这时，一个姑娘、一条披肩和一件白围裙从

黑暗中显现出来，一直来到门口……

"他们对你们干了些什么，"我对她问道，"那些德国人？"

"他们烧了镇政府附近的一栋房子，后来到这里，他们杀了我的弟弟，用刺刀捅了他的肚子……他当时正在红桥[1]玩，看着德国人经过……瞧！"她指给我看，"他在那儿……"

她没有哭。她又点燃了蜡烛，我刚才在门外看到的就是这蜡烛的亮光。确实，我看到屋里有一具小尸体，躺在一张床垫上，穿着水手服；脖子和头部苍白，如同烛光一般，在蓝色的大方领上显露出来。这孩子的身体蜷缩着，四肢和背弯曲着。刺刀就像一条死亡轴线，正刺在肚子的中央。他母亲跪在旁边，哭得很响，他父亲也是。后来，他们全都抽噎起来。可是，我渴得厉害。

"你们能卖给我一瓶酒吗？"我问道。

"您得去问母亲……她也许知道是否还

1　Pont Rouge，位于法国北部省阿尔芒蒂耶尔郊外，法国第 12 重骑兵团曾经过此地，塞利纳曾于该团服役。

有……今天下午，德国人拿了我们很多酒……"

于是，她们开始商量我的要求，但声音很轻。

"已经没了！"姑娘回来时对我说，"德国人都拿走了……不过是我们给他们的，给了很多……"

"是啊，他们喝了很多！"母亲指出，她这时已停止哭泣，"他们喜欢喝酒……"

"肯定有一百多瓶。"父亲补充道，他仍然跪着……

"那么，一瓶也没有了？"我抱着希望，仍然问道，因为我实在渴得要命，特别渴望喝白葡萄酒，味道很苦，喝了能解解困，"我可以多付点钱……"

"只有上等好酒了。五法郎一瓶……"母亲表示同意。

"好吧！"我从口袋里掏出一枚五法郎的大硬币。

"你去拿一瓶来！"她轻轻地对男孩的姐姐吩

咐道。

姐姐拿起蜡烛走了，过了一会儿从小地窖里拿来一瓶酒。

我喝完酒，就准备走了。

"他们还会来吗？"我又担心起来，就问道。

"也许会来，"他们一起说，"不过，那时他们会把东西都烧光……他们走的时候这样说过……"

"我去看看。"

"您真勇敢……是往那边！"父亲给我指着利斯河畔努瓦瑟的方向……他甚至走到大路上给我送行。女儿和母亲仍然胆怯地留在小尸体旁守灵。

"回来！"她们从屋里对他喊道，"你回来，约瑟夫，你没事别待在大路上……"

"您真勇敢。"这位父亲又对我说，并和我握手告别。

我又在通往北方的路上疾驰。

"您至少别对他们说我们还在这儿！"女儿走

出门来对我喊了这句话。

"你们要是还在这儿,"我回答道,"他们明天会看到的!"我付了五法郎,心里不大痛快。我们之间有五法郎的隔阂,就足以产生恨,希望他们通通死光。在这个世界上,只要有五法郎的隔阂,就不会有爱。

"明天!"他们满腹狐疑地重复道……

明天,对他们来说也是遥远的,这样的一个明天没有很大的意义。对我们大家来说,明天的真实含义是多活一个小时,而在这杀人充斥一切的世界里,多活一个小时就已经是件了不起的事情。

这次走的时间不长。我沿着路旁的树木驱马疾驰,时刻期待着被人叫住或打死。但平安无事。

时间大约是凌晨两点,不会更晚,我慢慢地登上一个小山冈的顶部。放眼望去,我立刻看到下面是一排排点燃的煤气路灯,在近处是一座灯火通明的火车站,以及车厢和车站餐厅,但没有传来一点声音……一点也没有。街道、大道、路灯，还有其他一条条发亮的平行线，一个个街区，然后是周围的一切，黑魆魆，空荡荡，贪婪地围着城市，而广阔的城市展现在我的眼前，仿佛曾被人丢失过，整座城市灯火通明，在黑夜的中央伸展开去。我下了马，在一个小土堆上坐下，看了很长时间。

我还是看不出名堂，不知道德国人是否已进入努瓦瑟，但是我知道，在这种情况下，他们要是进了城，通常就会放火，要是他们没有立即放火烧城，那他们也许有不同寻常的想法和计划。

也听不到炮声，真奇怪。

我的马也想睡觉。它用头拉着缰绳，我听到后就转过头去。我回过头来重新朝城市那边望去，发现我面前的小土堆变了样，当然变化不大，但有这样的变化我还是要叫喊。"喂！谁在那儿？……"黑影位置的变化是在离我几步远的地方……大概是个人……

"别叫得这么响！"一个男子低沉而嘶哑的声音回答道，这声音听上去很像法国口音。

"你也掉队了？"他问我。现在我看清了，那人是个步兵，帽舌裂开，像个老兵。过了这么多年，我至今仍清楚地记得那个时刻，他的轮廓从草里钻出来，就像以前过节时打靶的士兵。

我们互相走近。我手里拿着手枪。要是再离得近一些，我就会开枪，但不知是为了什么。

"喂，"他问我，"你看到他们了？"

"没有，但我来这儿是为了看到他们。"

"你是第 145 龙骑兵团的？"

"是的，那你呢？"

"我是预备役军人……"

"啊！"我说。预备役军人？我感到奇怪。他是我在战争中碰到的第一个预备役军人。我们总是和现役军人在一起。我看不见他的脸，但他的声音跟我们已经不同，比我们更悲伤，因此也更有说服力。正因为如此，我不禁对他有了点信任。就这么一丁点。

"我受够了，"他再三说，"我要让自己被德国佬抓住……"

他毫不隐瞒。

"你要怎么做呢？"

他的计划突然使我感兴趣，比什么都感兴趣。他用什么办法才能让人抓住呢？

"我还不知道……"

"你以前是怎么逃跑的？……让人抓住可不容易！"

"我可不在乎，我会自己送上门去。"

"你害怕喽？"

"我是害怕，你要是想知道我的看法，我还觉得这事窝囊，对德国人嘛，我可不在乎，他们对我什么也没干过……"

"别出声，"我对他说，"他们也许在听我们说话……"

我也想对德国人客客气气的。我真想趁这个预备役军人在这儿的机会，让他来对我解释一下，为什么我也没有勇气来打仗，就像其他所有人一样……但是，他没有做任何解释，他只是再三说他受够了。

他接着告诉我他的团是如何溃退的。那是在前一天，天蒙蒙亮的时候，是我们那儿的轻步兵造成的，在他的连队穿越田野时，轻步兵误以为是敌人，就向他们开了火。轻步兵想不到他们会在这个时候来。他们来得太早，比预定的时间早三个小时。当时轻步兵十分疲倦，又感到意外，就向他们猛烈射击。我知道这是装的，有人曾对我耍过这种花招。

"我嘛，当然喽，我抓住了这个机会！"他接着说，"'鲁滨逊'，我心里想——鲁滨逊是我的名字……鲁滨逊·莱昂！——'要走就得现在走，要不就别想走掉。'我心里这么想！……难道不对吗？我于是沿着一片小树林走了，可在那儿，真没想到，我碰到了我们的上尉……他靠在一棵树上，伤得可不轻，这家伙！……他快要死了……他双手抓着裤子，在吐血……他浑身是血，眼睛转动着……他身边没有一个人。他受不了……'妈妈！妈妈！'他哭哭啼啼地说，一边慢慢死去，一边还在滋血……

　　"'别叫了!'我对他说,'妈妈! 去你妈的!'……就这样一下子! ……脱口而出! ……你说说,这话是不是够他受的,这个兔崽子! ……唉,老兄! ……嘿,对着上尉想说什么就说什么,这可不是常有的事……得抓住这个机会。这可是少有的事! ……为了跑得更快,我先扔下装备,然后连武器也扔掉了……扔在一个养鸭的水塘里,就在这儿旁边……你想想,你看得出我是什么人,我不想杀死任何人,这我没学过……我在和平时期就不喜欢打架这类事……我看到了就走开……你明白了吗? ……在当平民时,我曾想去工厂当正式工人……我甚至当过一段时间的镌版工,但我不喜欢干这行,原因是常有争吵,我情愿去卖晚报,在一个安静的、大家都认识我的街区卖,在法兰西银行周围……你要是想知道的话,那地方就在胜利广场……小田园街……这就是我的地盘……我从不越过卢浮宫街和王宫的这一边,你可以想想看……上午我为商人们干点活儿……有时下午送一次货,干点零活……使点花招……但我不要武器！……要是德国人看到你带着武器，嗯？你就完了！你要是像我现在这样，不穿军装……两手空空……口袋空空……他们就会觉得，要抓你这个俘虏不会费很大的劲，你懂吗？他们知道在跟什么人打交道……要是我们能赤身裸体地跑到德国人那儿去，那就更好了……就像一匹马！他们就会弄不清我们是哪个军队的，对吗？……"

"是这样没错！"

我顿时悟出了道理，多活几年，想法到底不一样，就讲求实际。

"他们在那儿，是吗？"我们一起确定并估计我们的运气，寻找我们的未来，犹如在地图上寻找一般，而在我们面前，万籁无声的城市就是一张发光的大地图。

"走吧。"

我们首先得穿过铁路线。要是有哨兵，我们就会成为射击的目标。也许没有。得去看看。从隧道上面或下面过去。

"我们得赶快走，"鲁滨逊补充道……"这事得在夜里干，在白天，人找不到朋友，大家都装腔作势，在白天，你看，即使战争时期，也像是市集……你把马带上。"

我牵了马。是为了以防万一，要是我们不受欢迎，就可以逃之夭夭。我们走到了平交道口，只见红白相间的长栏木竖着。我从未看到过这种样子的栅栏。巴黎郊区可没有这样的栅栏。

"你认为他们已经进了城？"

"这是肯定的！"他说，"再往前走！……"

现在，我们不得不像那些勇士一样勇敢，因为走在我们后面的马泰然自若，仿佛在用自己的马蹄推我们走，我们只听到它的声音。笃笃！笃笃！马蹄铁作响。马蹄的撞击声在空中回荡，仿佛什么事也没有似的。

这个鲁滨逊难道想靠黑夜来使我们从这儿脱身？……我们俩以平常的步伐走在空荡荡的街道中央，完全没有躲躲闪闪、绕来绕去，而且步伐有节奏，就像在操练一样。

他说得对，鲁滨逊，白天是冷酷无情的，从地上到天上都是如此。我们俩这样走在马路上，那模样想必安分守己，甚至老实巴交，就像休假回家的士兵。"第一轻骑兵团通通当了俘虏，你听说了吗？……在里尔？……听说他们就那么进了城，他们事先可没知道啊！上校走在前面……在一条主街上，我的朋友！被包抄了……从前面……从后面……德国人到处都是！……窗口上也是！……到处都是……这下可好……他们就像耗子一样给逮住了！……像耗子一样！运气真好！……"

"啊！这些浑蛋！……"

"瞧你说的！瞧你说的！……"这样当俘虏真妙，干净利索，一劳永逸，我们俩可没机会这样当上俘虏……我们巴不得也能轮上。店铺的门窗全都关着，居民的小屋也是这样，屋前有小花园，全都十分干净。但过了邮局之后，我们看到一栋小屋，比其他小屋稍微白一点，各个窗口全都灯火通明，二楼和下面的中二楼[1]都是如此。我们走到门口按铃。我们的马仍在我们后面。给我们开门的是个矮胖的大胡子。"我是努瓦瑟市长，"他不等我们询问，就做了自我介绍，"我恭候德军光临！"市长说着走出屋子，来到月光之下，看看我们是谁。当他发现我们不是德国人，而是地道的法国人时，他就不再这样郑重其事，而只是显得热情而已。另外，他也感到尴尬。显然，他等候的已不再是我们，我们的到来有点打乱他所做的安排和已做出的决定。德国人应该在这天夜里进入努瓦瑟市，市长已接到通知，并且和省政府做好了一切准备，德国人的上校住这儿，他们的野战医院设在那儿，等等……要是他们现在进城，我们却在这儿，怎么办？这样肯定会引起麻烦！这样肯定会使事情变得复杂……这点市长没有对我们明说，但我们看得很清楚，他是在考虑这点。

于是，他开始对我们讲总体利益，就在这

---

1 巴黎的旧式房屋在底楼和二楼之间往往另有一层，比较低矮。

黑夜之中，在我们陷入的沉默之中。只讲总体利益……讲集体的物质财富……讲努瓦瑟的艺术遗产，这遗产交给他保管，要说是一种责任的话，这可是神圣的责任……特别讲到十五世纪的教堂……要是他们去烧毁这十五世纪的教堂呢？就像艾泽尔河畔孔代[1]的教堂那样！嗯？……只是因为不高兴……因为看到我们在这儿感到恼火……市长使我们意识到我们要承担的全部责任……我们这些小兵真是昏头昏脑！……德国人不喜欢可疑的城市，不喜欢市里还有敌军出没。这点大家都知道。

当市长压低声音对我们说话时，他的妻子和两个女儿，两个丰满、诱人的金发姑娘，不时东插一句西插一句，竭力表示赞成……总而言之，他们都想把我们撵走。在我们之间浮动着情感的和考古的价值，这些价值突然变得光彩夺目，因为在努瓦瑟的夜晚，已不再有人会来否定这些价

---

1 Condé-sur-Yser，艾泽尔河流经法国北部和比利时西北部，艾泽尔河沿岸没有名为孔代的地方，为作者虚构。

值……这些爱国主义的、道德的价值，被词语拔高，犹如市长企图抓住的幽灵，但它们在被我们的害怕和自私战胜之后，在被纯粹的真理战胜之后，就立刻变得朦朦胧胧。

努瓦瑟市长做出了动人心弦的努力，却也已精疲力竭，他热情洋溢地使大家相信，我们的义务是立即滚他妈的蛋，当然喽，他没有我们的少校潘松那样粗暴，却也同样专断。

能同所有这些强者分庭抗礼的，肯定只有我们俩的微弱欲望，就是不想死去，不想烧焦。它微不足道，特别是因为这种事不能在战争期间公开宣布。因此，我们就走到空无一人的其他街道。显然，我在那天夜里遇到的所有人，都向我表露了自己的心迹。

"这就是我的运气！"鲁滨逊在我们离开时指出，"你瞧，你要是个德国人，又忠厚老实，你就会把我俘虏，一件好事也就办成了……在战争中，要摆脱自己真难！"

"那你呢，"我对他说，"你要是个德国人，也会把我俘虏？你也许还会得到他们的军功章！他们的军功章，用德语说起来大概是个古怪的词吧，嗯？"

由于在我们走的路上没有人想把我们俘虏，我们最后就在一座街心小花园的长凳上坐了下来，并吃了鲁滨逊·莱昂的金枪鱼罐头，罐头从早晨起一直在他的口袋里搁着，这时也有点热了。在很远的地方，可以听到炮声，不过确实很远。敌对的双方要是都待在自己的一边，让我们安静地留在这儿，该有多好！

然后，我们沿着一条河滨街走。河边停泊着几条货卸了一半的驳船，我们停下来往水里撒泡尿，放出两条长长的水柱。我们仍然牵着马，马跟在我们后面，就像一条硕大的狗。走到桥边，我们看到神父的屋子，那屋里只有一个房间，床垫上躺着个死人，孤零零一个，是法国人，轻骑兵的少校，他的脑袋有点像鲁滨逊。

"真恶心！"鲁滨逊对我说，"我不喜欢看到死人……"

"最有趣的，"我对他回答道，"是他有点像你。他的鼻子很长，就像你一样，另外，你的年纪也不比他小多少……"

"你看到的，是我疲倦的模样，这时大家都有点像，但要是你以前见过我……那时我每个星期天都骑自行车！……是个漂亮的小伙子！腿肚子上都是肉，老兄！你知道，是运动！也会使大腿发达……"

我们走出了屋子，我们为看尸体而点燃的火柴已经熄灭。

"你看，太晚了，你看！……"

在城市的边缘，在黑夜之中，一条灰绿色的长线已在远处勾画出山丘的顶部。天亮了！又是一天！又少了一天！而这一天又得设法过去，就像其他日子一样，那些日子已变成一只只越来越小的桶箍，而里面全是枪林弹雨。

"今天夜里你还来这儿吗？"他和我分手时问道。

"今天夜里是不会了，老兄！……你以为自己是将军？”

“我什么也不想了，”他最后说，“什么也不想，你听明白了吗？……我只想着不要死……这就够了……我想，能捞到一天，就多活一天！”

“你说得对……再见，老兄，祝你好运！……”

“也祝你好运！也许我们还会见面！”

我们各自回到战争之中。后来，又发生了许多事情，现在要讲述并不容易，因为现在的人们已经不能理解这些事了。

五

要使自己受人欢迎和尊重，就得赶紧和平民打成一片，因为随着战事的推移，后方的平民变得越来越坏。我回到巴黎后立刻看出了这点，我还发现，他们的女人来去匆忙，就像屁股着了火一样，老头唠唠叨叨，大发牢骚，人们的手到处伸，有摸屁股的，也有摸口袋的。

后方的人们在继承战士们的遗产，他们很快就明白了什么是荣誉，并学会良好的举止，以便勇敢地、毫无痛苦地去承受这种荣誉。

那些母亲有时是护士，有时是殉道者，她们不再脱掉长长的黑面纱，也一直带着部长命令市政府职员及时发给她们的那张小小的护士证书。总之，凡事都做了组织安排。

在精心组织的葬礼上，人们也都十分悲伤，但心里仍在考虑遗产，考虑未来的假期，考虑那娇小可爱、据说性欲旺盛的遗孀，还考虑相比之下自己会活得长久些，也许永远不会死掉……谁知道呢？

当你走在送葬队伍后面时，所有的人都会向你举帽致敬。这使人感到高兴。这时可得举止文雅，神情得体，不能高声说笑，只能心里欢喜。这是允许的。在心里干什么都行。

在战争时期，人们不是在中二楼跳舞，而是在地下室跳舞。这点战士们可以忍受，他们甚至喜欢这样。他们一到就要跳舞，但没人觉得这样做可疑。其实，只有勇敢才可疑。让自己的身体勇敢？你等于叫蛆勇敢。蛆颜色淡红、苍白，软绵绵的，就像我们一样。

说到我，我可没什么可抱怨的。我甚至正在用我获得的军功章和伤口来解放自己。军功章是我在养伤时他们派人送来的，送到了医院。同一天，我去剧院看戏，在幕间休息时把奖章拿给平民看。印象深刻。这是人们在巴黎看到的第一批军功章。真了不起！

就是这次，在喜歌剧院里，我遇到了矮小的美国姑娘洛拉，她使我完全懂得了人情世故。

在人的一生中，像这样的一些日子十分重要，相比之下，有许多个月不活也可以。我戴着军功章去巴黎喜歌剧院的那天，在我的一生中具有决定性的意义。

由于她，由于洛拉，我才对美国有了兴趣，因为我当时立即对她提出一些问题，而她对这些问题几乎没有作答。人们这样出去旅行，在能回家时才回家，只要能回家就回家……

在我所说的那个时候，巴黎所有的人都想有一套军装。只有中立者和间谍没有，而这两种人几乎是一路货。洛拉也有一套正宗的军装，货真价实，小巧玲珑，到处绣上小小的红十字，袖子上有，小巧的警便帽上也有，那帽子斜戴在波浪卷的头发上，显得调皮。她对医院院长说了心里话，说她是来帮助我们拯救法兰西的，虽说只能尽菲薄之力，却完全是真心实意！我们立即互相了解，但并未完全了解，因为我已对心灵的冲动十分厌恶。相比之下，我喜欢的是肉体的冲动，仅此而已。对心灵可得多加小心，这是别人教给我的，当然喽，是在战争之中！而我也不想忘掉这点。

洛拉的心灵温柔、脆弱、热情，肉体又可爱、极其温顺，所以我就把她整个占有了。总之，洛拉是个可爱的姑娘，只是我们之间隔着战争，这该死的狂热，它支配着在爱或不在爱的一半人类，并把另一半送到屠宰场。像这样的狂热，必定会影响人的关系。养伤的日期我拖一天是一天，根本就不想重返战斗这个燃烧的墓地。我在市里每走一步，就感到我们这场屠杀滑稽可笑，犹如假首饰上的浮华的闪光。弄虚作假，随处可见。

但是，我却不大可能逃避这场屠杀，因为我没有从中脱身所必需的任何关系。我认识的只有穷人，就是那些死了也无人过问的人。至于洛拉，可不能靠她来给我搞个不上火线的好差使。她是护士，可我简直想不出有人会比这可爱的姑娘更有战斗力，奥尔托朗也许除外。在尝过英雄主义这污泥般的大杂烩的味道之前，她那贞德式的模样也许会激励我改邪归正，可是现在，自我在克利希广场入伍以来，我对任何口头的或真正的英雄主义，都有一种恐惧症患者的厌恶。我的毛病治好了，完全治好了。

为了方便美国远征军的女士们，洛拉所在的护士组被安置在巴丽兹[1]酒店，而为了特别照顾洛拉（她有关系），她被派在这家酒店里领导一个特种服务组，任务是为巴黎各家医院提供苹果煎饼。每天上午，服务组要分发几千打煎饼。洛拉完成这项工作相当卖力。但不久之后却引发了十分糟糕的结果。

这儿得说一下，在此以前，洛拉从未做过煎饼。因此她雇用了一些女厨师，经过几次试验，煎饼做成，可以按时交货，那些煎饼汁多，颜色

---

1 Paritz，缩合了巴黎（Paris）和丽兹（Ritz）二词，暗指现实存在的巴黎丽兹酒店。

金黄，甜得妙不可言。在把煎饼送到各家医院之前，洛拉只要尝一尝味道就行了。每天上午，洛拉十点钟起床，洗完澡就来到位于地下室旁边的厨房。我可以说，她每天上午都是如此，而且只穿一件黄黑相间的日本和服，是一位旧金山男友在她离开美国前夕送给她的。

总之，一切都十分顺利，我们正在赢得战争。但是有一天，在吃午饭的时候，我看到洛拉心烦意乱，一点饭菜也不想吃。我预感到她出了什么事，或是突然得了什么病，就恳求她告诉我，并相信我无微不至的爱。

一个月来，洛拉按时品尝煎饼的味道，结果体重增加了整整两斤！她那条皮带放宽了一格，也证实了这场横祸确有其事。她难过得掉下了眼泪。我尽量安慰她，并和她一起乘上出租汽车，忐忑不安地跑了好几家位于不同地点的药房。说来也巧，所有的磅秤都毫不留情地证实，她确实重了两斤，这两斤无法否定，于是我就建议她把这项工作让给一个同事去干，因为这个同事想从中捞到"好处"。洛拉对这种折中办法一点也听不进，因为她认为这种办法对她这样的人来说是一种耻辱，是真正的开小差。这时她告诉我，她曾祖父的兄弟是一六七七年在波士顿登陆的五月花号[1]名垂青史的乘务组的成员，考虑到先祖的名声，她无法逃避煎饼工作的职责，这职责虽说不大，却也仍然神圣。

然而，从那天起，她在品尝煎饼时只用牙齿咬一点，她那副牙齿长得十分整齐、优美。她担心发胖，焦虑不安，已使她失去任何乐趣。她日渐憔悴。她在短期内对煎饼害怕的程度，就像我害怕炮弹一样。因为煎饼的缘故，我们现在常常在河滨街和林荫大道上进行健美性散步，但我们不再进那不勒斯人茶室，因为那里的冰激凌也会使女士们发福。

她的房间全是淡蓝色的，旁边有一间浴室，我从未想到会有这样舒适的房间。房间里到处是

1　历史上，五月花号于 1620 年搭载英国人到北美洲定居，登陆的　地点不是波士顿，而是普利茅斯。

她朋友的照片，还有题词，女的照片不多，许多都是男的，是一些漂亮的小伙子，长着棕色的卷发，就像她那样，她对我谈论他们眼睛的颜色，然后谈那些题词，题词温柔、庄重，而且都写得非常出色。开始时，出于礼貌，我在这些人像照片面前有点拘束，但后来就习惯了。

我只要停止拥吻她，她就立刻又谈了起来，谈战争的事，或是煎饼的事，我也不去打断她。法兰西在我们的谈话中有着一定的位置。对于洛拉来说，法兰西仍是一种具有骑士风度的实体，其轮廓在空间和时间上都游移不定，但在此刻，它伤势危险，正因为如此，它很有刺激性。可我听到有人对我谈到法兰西，就无法抑制地想到自己的五脏六腑，因此在热情方面，我就必然比别人克制得多。每个人都有自己恐惧的东西。然而，由于她在性的方面百依百顺，我也就只是洗耳恭听，从不对她进行反驳。但在精神方面，我却不大能使她感到满意。她希望我精神振作，容光焕发，而在我这边，我一点也不明白我为什么要这样，要装出正人君子的样子，相反，我觉得自己有一千条理由，而且都是无可辩驳的理由，来保持与此完全相反的精神状态。

不过，洛拉也只是由于幸福和乐观而说说瞎话，就像所有那些人一样，他们处于生活的良好一面，有特权、健康和安全，他们还能活很长时间。

她谈论灵魂的事情，使我感到烦恼，可她却满嘴灵魂。只要肉体健康，灵魂就是肉体的虚荣和乐趣，但一旦肉体患病或情况变坏，灵魂就也是走出肉体的愿望。你只是在这两种姿势中选取你当下觉得最舒服的姿势，情况就是这样！只要能在这两者中进行选择就行。可我呢，我再也不能选择，我的赌注已下！这太符合我的实际情况了，我的死神可以说寸步不离地跟在我的后面。我没有心思去想别的事情，一心只想我那被缓期处决的命运，而大家也认为我有这样的命运完全正常。

这种延期的死亡，死者头脑清醒、身体健康，不可能了解绝对真理之外的其他东西，只有经历过这种死亡，才能永远理解人们所说的话。

我的结论是，德国人可以到这儿来，把酒店、煎饼、洛拉、杜伊勒里宫、部长们、他们的男宠、法兰西学院、卢浮宫、所有的百货商店，通通杀光、抢光、烧光，猛烈袭击城市，用天雷来轰，地火来烧，摧毁这腐烂之极、肮脏透顶的市集，但对我来说，我确实不会失去任何东西，只会得到一切。

房东的屋子着火，房客不会有很大损失。房东如果不是老的，就会来一个新的，德国人或法国人，英国人或中国人，到时候把房租收据送来……付马克还是法郎？这要到付钱的时候再看……

总之，我的精神状态糟透了。要是我和洛拉谈了我对战争的看法，她准会把我看成魔鬼，她对我的最后一点温情也会荡然无存。因此我十分小心，不向她吐露真情。另外，我感到我们的关系有点别扭，我也有了情敌。有些军官想把洛拉从我手里夺走。他们的竞争十分可怕，因为他们有荣誉勋位这样诱人的东西。而在这时，美国报纸开始大量谈论这著名的荣誉勋位。我现在甚至认为，我那时戴了两三回绿帽子，我们的关系也有可能告吹。但正在这时，这个水性杨花的女人突然发现我可以派上一个大用场，就是每天上午代替她品尝煎饼。

这一技之长在最后一刻救了我。她同意由我来替代她。我不也是个勇敢的战士吗，因此完全可以担当这一重任！此后，我们不但是情人，而且是合作者。就这样开始了摩登时代。

对我来说，她的肉体是一种无穷无尽的欢乐。在玩遍这美国肉体时，我从未感到过厌倦。说实在的，我是一头可恶的猪，而且一直如此。

我甚至产生了一种令人愉快、坚定不渝的信心：一个国家既然能生产出具有如此果敢的优雅和如此诱人的奔放感情的肉体，也应该能提供其他许多重要的启示，当然是生物学方面的启示。

我不断抚摸洛拉，就下了决心，早晚要去美

国旅行，就像一次真正的朝圣，而且一有可能就马上动身。在我完成这次神秘解剖学的深入探险之前（穿越这无法改变逆境、烦恼不断的人生时），不会有停止和安宁的日子。

这样，我就在洛拉的屁股旁边，得到了新世界的信息。得这样说，洛拉不光有一具肉体，而且还有一个娇美的小脑袋，脑袋显得有点凶，原因是那双灰蓝色眼睛的眼角有点往上翘，活像是野猫的眼睛。

只要从正面望着她，我就会垂涎欲滴，就像喝了干葡萄酒那样有一种回味，即火石的味道。那双眼睛总的来说是冷酷的，没有卖身者讨好顾客的那种东方人的、弗拉戈纳尔[1]画中的机灵，而在这里，几乎所有的眼睛都有这种表情。

我们大多在附近的一家咖啡馆里见面。越来越多的伤员一瘸一拐地走在街上，而且往往衣冠不整。为了这些人组织了募捐活动，"募捐日"为

---

1 Jean-Honoré Fragonard（1732—1806），法国洛可可时期最后一位代表画家，基调轻浮的情欲场景是其绘画的一大主题。

这批人组织，又为那批人组织，特别是为“募捐日”的组织者们组织。欺骗、接吻、死亡。进行其他活动刚被禁止。人们狂热地撒谎，已到了匪夷所思的地步，远远不止是可笑和荒谬而已，不论在报纸上、布告上，还是走路时、骑马时、乘车时。所有的人都在撒谎。而且还要比一比谁牛皮吹得大。不久之后，市里就不再有真话了。

在一九一四年，市里还听得到一点真话，可现在人们却引以为耻。人们接触到的一切都是假货，白糖、飞机、凉鞋、果酱、照片；人们阅读、吞食、吮吸、欣赏、宣布、驳斥、捍卫的一切，全都是充满仇恨的幽灵，弄虚作假的赝品，假面舞会的人群。连叛徒也是假的。染上撒谎和轻信的狂热，就像得了疥疮一样。小洛拉只会几句法语，可这几句法语却包含着爱国热忱：“咱们一定能打败他们！……”“《马德隆》[1]，唱吧！……”这真叫人感动得流泪。

---

1 Madelon，即《当马德隆……》(“Quand Madelon...”)，“一战”中风靡一时的军歌。

洛拉就这样来关心我们的死亡，十分固执，却并不庄重，这点倒和所有的女人一样，只要在他人面前显得勇敢成为时髦，就立即会付诸实施。

而我呢，我正在对使我能远离战争的一切事物发生莫大的兴趣！我好几次向洛拉询问美国的情况，可她对我的回答却十分模糊，矫揉造作，显然很不可靠，她竭力想使我在脑中产生美妙的印象。

可是，我现在并不相信印象。人们已经用印象骗过我一次，就不能用大话再骗我。谁也不能。

我相信她的肉体，不相信她的精神。我把洛拉看作一个远离火线工作的美妙女郎，她处于战争的反面，生活的反面。

她用《小日报》[1]的思想来逾越我的忧虑：好胜、夸耀、保卫洛林[2]、戴白手套……作为权宜

---

1 *Le Petit Journal*，创办于 1863 年，1886 年成为世界上第一家发行量达到一百万份的报刊，1944 年停刊。该报宣扬种族主义思想。

2 Lorraine，位于法国东北部，北邻比利时、卢森堡及德国。普法战争后被割让给普鲁士，1919 年又根据《凡尔赛和约》划归法国。

之计，我对她说的客套话越来越多，因为我让她相信，这样能使她减肥。但她更相信用长距离散步的方法减肥。可我讨厌这种散步。她却一定要这样。

这样，我们就经常在布洛涅林园进行运动量相当大的散步，时间在每天下午，长达几个小时，"环湖散步"。

大自然是一种可怕的东西，即使已经十分驯化，就像在林园那样，仍会使真正的城里人感到焦虑不安。于是，他们就会十分轻易地说出真心话。什么也比不上布洛涅林园，林园潮湿，有铁栅栏围着，脏兮兮、光秃秃的，城里人在树丛间散步，往事就会无法抑制地涌现出来。洛拉也无法摆脱这种使人推心置腹的焦虑不安。她在我们散步的时候，对我叙说了许许多多事情，这些事大致上是可靠的，她说了她在纽约的生活，以及她在那里的亲密女友。

她说的事涉及美元、订婚、离婚、购买衣裙和首饰，我看她的生活就充满了这些东西，由于事情复杂，我也无法完全搞清究竟哪些是真实可信的。

那天我们朝赛马场走去。我们看到附近还有许多出租马车，以及一些骑驴的孩子，另一些孩子弄得尘土飞扬，汽车里坐满了休假的军人，他们迅速开进林荫小道，寻找无客的女人，掀起了更多的尘土，他们急急忙忙去吃晚饭，做爱，他们心神不安、令人厌恶，又时刻戒备，因无情的时光和生活的欲望而感到烦恼。他们身上散发出激情和热情。

林园的保养要比平时差，无人照料，行政管理处于瘫痪的状态。

"在战前，这地方应该是很美的，是吗？"洛拉指出，"很优雅，是吗？……您给我说说，费迪南！……这儿的赛马呢？……这儿以前是不是跟我们纽约一样？……"

说实话，战前我从未去看过赛马，但我为了给她解闷，就立即编造出有关赛马的许多细节，讲得有声有色，我是根据别人对我讲过的一些事编造的。什么裙子啦……漂亮的女人啦……闪闪发光的四轮马车啦……比赛开始……轻快而又欢乐的号声……赛马在河上一跃而过……共和国总统……下赌注时起伏不定的狂热，等等。

我完美的描述让洛拉听了极为高兴，也使我们更加亲近。从那时起，洛拉自以为发现我们俩至少有一种共同的爱好，这种爱好在我身上表现得深藏不露，就是爱好隆重的社交活动。她甚至激动得主动来拥吻我，我得说明，这在她来说是少有的事。另外，她见过去的盛况已不复存在，从心里感到惘然若失。每个人都用自己的方式为消逝的时光而哭泣。洛拉是通过习俗的消亡来发现年月的流逝的。

"费迪南，"她问道，"您认为以后在这片场地上还会有赛马吗？"

"在战争结束之后，也许会有，洛拉……"

"不一定会有，是吗？……"

"对，不一定……"

在隆尚[1]不会再有赛马的这种可能性使她感到困惑。世间的凄凉会尽可能抓住人心，而它看起来几乎总能得逞。

"费迪南，您设想战争还会持续很久，譬如说几年……那时对我来说就太晚了……不能再回到这儿……您懂我的意思吗，费迪南？……您知道，我多么喜欢美的地方，就像这儿……充满社交……十分优雅……那时就太晚了……永远太晚了……也许……我那时已经老了，费迪南。等到那种聚会恢复的时候……我已经老了……您会看到的，费迪南，到那时就太晚了……我感觉，到那时就太晚了……"

她再次陷入忧伤之中，就像体重增加两斤时那样。为了安慰她，我能想到的那些希望，我全对她说了……说她总共才二十三岁……说战争很快就会过去……说好日子还会来的……就像过去一样，比过去还要好。至少对她来说是如此……

1　Longchamp，位于布洛涅林园西南部的赛马场，"一战"期间被空军征用为营地。

她多娇美……流逝的时光！她会完全弥补时间的损失！……崇敬……赞赏，她很快就会得到……她装出不再难过的样子，以便让我高兴。

"还得再走吗？"

"为了减肥？"

"啊！对，我忘了……"

我们离开了隆尚，在附近玩的那些孩子已经走了。灰尘也没有了。休假的军人们还在追逐幸福，但此刻幸福已走出了大树丛，想必是受到追捕，转战于马约门的那些店铺之间了。

我们沿着河岸往圣克卢走去，河岸蒙着一层秋雾，犹如晃动着的光晕。桥边停泊着几条驳船，船头碰到了桥拱，装载的煤无情地把船往水里压，使河水一直没到舷缘。

公园一片青翠，如一把巨扇，展现在栅栏之上。这些树木温柔、开阔而雄伟，犹如广阔的梦境。但自我遭到树丛伏击以来，就感到草木皆兵。仿佛每棵树后都有个死人。在两行玫瑰之间，有一条林荫大道通往山上的泉水。在亭子旁边，卖汽水的老太太仿佛把夜晚的所有暮色慢慢地聚集在自己的裙子周围。稍远处，在侧面的几条道路上，摇晃着用深色布料绷在框架上制成的大立方体和长方体，市集的临时布棚因战争爆发而空置，突然沉浸在寂静之中。

"他们离开这儿已有一年了！"卖汽水的老太太告诉我们，"现在，这儿一天来不了两个游客……我还来这儿，因为习惯了……以前这儿有好多人哪！……"

此外，老太太对过去发生的事情一无所知，她知道的就是这些。洛拉希望和我一起到那些空无一人的布棚旁边去看看，她产生了一种伤感的奇怪愿望。

我们数了一数，配有玻璃的长布棚有二十来个，小的数目更多，那都是些市集的糖果铺、彩票站，还有个小戏台，里面都是穿堂风；每两棵树中间都有一个布棚，到处都是，还有一个在林荫大道旁边，上面的门帘都没了，四处通风，就像一个古老的秘密，一经揭开，就失去了魅力。

那些布棚已经在朝落叶和泥土倾斜。我们在最后一个布棚旁边停下来，它比其他布棚倾斜得厉害，在支架上随风颠簸，犹如一艘帆船，帆已失去控制，桅杆上最后一根绳子即将断裂。这布棚摇晃着，中间的布被风往上掀，掀向天空，掀到棚顶之上。布棚的三角楣上用绿色和红色写着它以前的名称；这是个射击棚，名叫"国际射击台"。

射击棚也无人看管。棚主现在也许正在射击，和过去的顾客一起射击。

棚里的那些小靶子上，曾经穿过多少子弹！它们上面都有许多白色的小孔！表现的是进行娱乐的婚礼：第一排是用锌做的人像，即手拿鲜花的新娘、表兄、军人和有一张红色大脸的新郎；第二排是宾客，他们在婚礼结束之前，想必曾被打死多次。

"费迪南，我相信您一定打得很准，是吗？现在要是还有市集，我一定跟您比一比！……费迪南，您打得很准，是吗？"

"不，我打得不太准……"

在婚礼靶的最后一行，有一排五颜六色的图画，画着插上国旗的市政府。那时，人们大概也朝市政府射击，射中了窗子会打开，并发出一声生硬的铃响，人们甚至对着锌制的小国旗射击。然后对着在旁边的斜坡上行进的一个团射击，这个团就像我在克利希广场入伍的那个团一样，只是两边挂着烟斗和小气球，人们曾对所有这些拼命射击，现在又朝我射击，昨天这样，明天也会这样。

"洛拉，他们也在向我开枪！"我不禁对她叫了起来。

"我们走吧！"她说，"您尽说傻话，费迪南，我们会着凉的。"

我们避开泥泞，沿着林荫大道下山，也就是王家大道，朝圣克卢的方向走去，她握着我的手，她的手小巧玲珑，可我的脑子却不能再想别的事情，一心只想山上射击棚中被遗弃在阴暗小道上的锌制婚礼。我甚至忘了拥吻洛拉，我实在无法自制。我感到自己变得怪异。我觉得，就是从那时起，我的脑子里便思绪万千，难以平静。

当我们走到圣克卢桥时，天已经完全黑了。

"费迪南，您愿意在'迪瓦尔'[1]吃晚饭吗？您是很喜欢'迪瓦尔'的……这样可以让您换换脑筋……那里顾客一直很多……除非您想在我房间里吃晚饭？"总之，那天晚上她对我十分体贴。

我们最后决定在"迪瓦尔"用餐。但是，我们刚在桌边坐下，我就感到那地方怪得不得了。我仿佛觉得，我们周围坐着的一排排顾客，吃饭时都在提防子弹从四面八方向他们突然射来。

"你们通通走开！"我警告他们，"你们走开！有人要开枪了！把你们打死！把我们都打死！"

人们立即把我送到洛拉住的酒店。我到处都看到同样的景象。在巴丽兹酒店的各条走廊里行走的所有人仿佛都要遭到射击，在巨大的收款处后面的职员们也是这样，他们在那儿就是当射击

1　Duval，即"迪瓦尔"饭店（Bouillon Duval），1850年代初在巴黎出现的连锁餐厅，价格低廉，饭菜量大。

的靶子，甚至巴丽兹酒店楼下的那个家伙也是这样，他穿着制服，蓝色如天空，金黄如阳光，人们叫他门房。另外还有军人、闲逛的军官和将军，他们当然没有门房漂亮，尽管也都穿着制服，到处都在拼命射击，人们逃不了，谁都逃不了。这可不再是娱乐了。

"有人要开枪了！"我对他们喊道，在大厅的中央拼命喊，"有人要开枪了！你们通通滚开！……"接着我又朝窗外喊。我无法停下来，真是丢脸。"可怜的士兵！"有人说。门房出于好心，十分客气地把我带到酒吧。他给我喝了酒，我喝了不少，最后宪兵们来找我，他们可真粗暴。在国际射击台里也有宪兵，我看到过。洛拉拥吻了我，帮宪兵给我戴上手铐，然后带走。

我就这样病倒了，浑身发烧，精神错乱，宪兵们向医院解释说，我是给吓疯的。有这个可能。活在这个世界上，人能做的最好的事情就是逃，不是吗？无论你疯不疯，怕不怕。

六

　　这下可惹出了麻烦。有些人说："这小子是个无政府主义者，得把他枪毙，这正是时候，马上干掉，没什么可犹豫的，别磨磨蹭蹭，这可是战争！……"但还有一些人就比较耐心，希望我只是得了梅毒，并且真的是疯了，因此希望把我一直关到实现和平之时，或者至少关上几个月，因为他们没有疯，精神完全正常，他们说，他们靠自己去打仗的同时，也要给我治病。这说明，要别人相信你精神正常，只要像这样有胆量就行。你只要胆子大，就几乎什么事都能做，都可以做，因为你获得了多数票，而这个多数可以决定怎么才算发疯，怎么才不算发疯。

　　然而，对我的诊断仍然十分含糊不清。因此，当局决定对我观察一段时间。我的女朋友洛拉获准来看过我几次，我母亲也来过。就是这样。

我们这些精神错乱的伤员住在伊西莱穆利诺[1]的一所高级中学里，这所中学专门用来接待像我这样的士兵，就是爱国主义理想有些问题或完全有问题的士兵，并根据不同的情况，软硬兼施地逼供。我们得到的待遇不算太坏，但我们还是感觉时刻受到护理人员的监视，他们虽然沉默寡言，可耳朵伸得很长。

这里的人忍受着这种监视，过了一段时间之后，他们悄悄地离开这儿，有的去疯人院，有的上前线，但往往是被送到执行枪决的木桩。

我一直在琢磨，在那些被集中到这个鬼地方的同伴之中，有哪个会因为在食堂里说悄悄话而即将成为幽灵。

在校门口的栅栏旁，有一间小屋，里面住着女门房。她卖给我们麦芽糖、橘子和缝纽扣的针

1　Issy-les-Moulineaux，位于法兰西岛大区上塞纳省的市镇。

线。另外，她还把欢乐卖给我们。士官欢乐一次要花十法郎。所有的人都可以去买。只是得注意，在这种时候你会轻而易举地吐露真情，这样会付出很高的代价。你对她说的真心话，她会一字不漏地向主任医生报告，这些话就会记入你的档案，呈给军事法庭。在对她说了真心话而被枪毙的人中，有一个是北非骑兵下士，年纪不满二十岁，另一个是工兵部队的预备役军人，吞了几只钉子使自己患胃痛的毛病，还有一个是癔病患者，他说出他是如何使自己得这种歇斯底里的毛病的。这些事看起来都已得到证实……一天晚上，她为了试探我，建议我去冒名顶替一个有六个孩子的父亲，她说此人已经死了，说这样做对我有好处，可以调到后方工作。总之，她是个毒妇。在床上，她干得妙极了，所以我们常去找她，她也使我们十分快乐。说到婊子，她可是货真价实。不过这种婊子也需要，可以使人快乐。在这种厨房里，就是屁股的厨房里，风骚就像在美味酱料里加入的胡椒粉，是必不可少的，可以使汁浓味鲜。

　　中学的那些楼房前面有一个十分宽敞的平台，夏天在树木中间呈金黄色，从平台可以看到巴黎的壮丽景色。每星期四，来探望我们的人就在这儿等候我们，洛拉也在探望者之中，她按时给我送来蛋糕、忠告和香烟。

　　我们的医生每天上午来给我们查房。他们和蔼可亲地询问我们，但我们从来不知道他们到底在想些什么。他们的表情总是和颜悦色，却让死刑的阴影在我们周围游荡。

　　在这里接受观察的病人中间，有许多人比别人更情绪化，在这种虚情假意的气氛中，变得极为激动，夜里不是睡觉，而是起床，在宿舍里踱来踱去，高声责怪自己焦虑不安，他们在希望和绝望之间感到烦恼，犹如站在危险的山坡之上。他们就这样一天又一天地忍受着痛苦的折磨，最后在某天晚上，他们的精神突然崩溃，就去找主任医生，把自己的问题全部交代出来。从此，这些人就再也见不到了，永远见不到了。我也是这样，心里七上八下。但是，在软弱无力的时候，只要把你最害怕的人看得一无是处，一点也不值得尊敬，你就会获得力量。得学会识破他们的真面目，就是把他们看得更坏，在各方面都是如此。这样，你就会获得解脱和解放，你就会得到意想不到的保护，你就会获得另一种自我。一个人就等于两个人。

之后，他们的行动就不会对你有邪恶而又神秘的诱惑力，这种诱惑力会使你软弱无力、浪费时间，而他们的喜剧，就像最下流的臭猪演出的那样，既不会使你感到愉快，也不会给你的精神带来什么好处。

在我的旁边，即相邻的床上，躺着一位下士，也是志愿入伍的。八月以前他在图赖讷地区的一所高级中学当教师，他告诉我，他在那儿教历史和地理。打了几个月的仗，这个教师成了小偷，像他这样的也不止一个。他一偷再偷，谁也无法阻止，他在自己团的货车里偷罐头，在后勤部队的货车里偷，在连队的储藏室里偷，只要能偷到，到处都偷。

他和我们这些人一样，也被送交某个军事法庭。但是，由于他家里的人拼命说是炮弹吓坏了他的脑子，才使他变得道德败坏，预审法庭就一个月又一个月地推迟对他进行审判。他对我说话不多。他要花上几个小时来梳理自己的胡子，但他对我说话时，几乎总是说一件事，就是他发现的不让妻子再生孩子的方法。他是否真的疯了？当世界完全颠倒过来的时候，当你询问别人为什么要杀你就会被认为发疯的时候，你要被人看成疯子显然不用费吹灰之力。不过也得使别人相信。但是，为了不使自己粉身碎骨，有些人也确实挖空心思，动足了脑筋。

显然，有趣的事都是在暗中进行的。别人的真实情况，你一无所知。

这个教师名叫普兰沙尔。为了拯救自己的颈动脉、肺和视神经，他可能做出什么决定呢？这是根本的问题。我们这些人要完全合乎人情，真正讲求实际，就得提出这个问题。但是，我们远没有这样做，而是在荒诞不经的理想中摇摆不定，把好战和癫狂的陈词滥调挂在嘴上。我们已经是被烟熏黑的耗子，发疯似的企图逃离着火的船只，但没有任何总体计划，互相之间也毫不信任。我们被战争惊得目瞪口呆，患上了另一种疯病：害怕。这就是战争的反面和正面。

这个普兰沙尔，通过这种共同的谵妄，还是对我表示了某种好感，但同时也理所当然地对我抱有戒心。

在我们住的地方，由于大家都厄运临头，所以既不会有友谊，也不会有信任。每个人只是吐露出自以为对保命有益的话语，因为告密者在暗中窥伺，会把听到的话一字不漏或者几乎一字不漏地向上面汇报。

有时，我们中的一个人销声匿迹，原因是他的案子已经搞清，将上军事法庭结案，被送往惩训连或前线，最好的情况是被送到克拉马尔疯人院。

另一些有问题的战士也陆陆续续地被送进来，各个兵种的都有，有的年纪很轻，有的差不多已是老头，有的胆小如鼠，有的胆大包天。他们的妻子和双亲在星期四来看望他们，他们的孩子也一起来，眼睛睁得大大的。

在探望室里，这些人都哭得泪如泉涌，特别是在傍晚的时候。人们在战争中无能为力，就来这里哭泣，直到探望结束，妻儿拖着沉重的脚步，在走廊里煤气灯昏暗的光线中慢慢离去。他们就是一群哭鼻子的家伙，真叫人恶心。

对于洛拉来说，到这种像监狱一样的地方来看我也是一次冒险。我们俩可不哭，因为我们没有地方可以弄到眼泪。

"费迪南，你是否真的疯了？"她在某一个星期四问我。

"我是疯了！"我承认。

"那么，他们会在这儿给您治病？"

"恐惧是不能治的，洛拉。"

"您难道怕得这么厉害？"

"比这还要厉害，洛拉，怕极了，您知道吗，我以后要是安享天年，最不希望火葬！我希望被埋在土里，在墓地里腐烂，安安静静，也许还会复活呢……有这个可能！但如果把我烧成骨灰，洛拉，您知道吗，那就完了，彻底完了……不管怎样，一副骨架还有点像人……总比骨灰更能复活……烧成骨灰就完了！……您说呢？……怎么，不是吗，战争……"

"哦！您真是彻头彻尾的懦夫，费迪南！您叫人恶心，就像耗子一样……"

"是的，彻头彻尾的懦夫，洛拉，我不要战争，也不要战争中的一切……我可不为战争感到难过……我可不会逆来顺受……我可不会对此哭哭啼啼……我就是不要战争，以及战争所涉及的一切人，我不想同他们发生任何关系，也不想和战争有任何牵连。即使他们有九亿九千五百万，而我只有一个人，错的也是他们，洛拉，而对的则是我，因为只有我一个人知道我希望的是什么：我希望不要再去死。"

"但是，不要战争是不可能的，费迪南！在祖国处于危险中的时候，只有疯子和懦夫才不要战争……"

"那就让疯子和懦夫万岁！或者更确切地说，让疯子和懦夫活得比别人长久！洛拉，在百年战争[1]中被打死的士兵中，您是否记得一个人的名字？……您是否曾想知道其中的一个名字？……没有，是吗？……您从未去了解过？对于您来说，他们无名无姓，无足轻重，比我们面前这个镇纸上最小的一个原子，比您早上拉的屎更加不为人知……您看，洛拉，他们死得没有价值！这些蠢货，死得毫无价值！我敢对您肯定！这就是证明！只有生命才重要。一万年之后，我敢跟您打赌，我们现在认为如此了不起的这场战争，会完全被人遗忘……只有十来个专家学者还会为这为那辩论不休，争论使战争闻名于世的几次大屠杀的日期……这就是到那时为止学者们找到的值得记忆的所有事情，这些事都是几个世纪、几年，甚至几个小时以前的事……我不相信未来，

---

1 百年战争指 1337 年至 1453 年法国和英格兰之间断断续续进行的长期战争。

洛拉……"

她看到我对自己可耻的想法竟如此大言不惭，就不再对我有怜悯之心……她最终觉得我可鄙。

她决定立刻离开我。随她去吧。那天晚上，我把她一直送到我们收容所的门口，但她没有拥吻我。

显然，她不能容忍一个注定要死的人没有志气。我向她打听我们煎饼的情况，但她没有回答我。

我回到房间，看到普兰沙尔在窗前对着煤气灯光试戴墨镜，身旁围着一圈士兵。他对我们解释说，他的这个想法是在海滨度假时产生的，因为现在是夏天，所以他想白天在花园里戴这副墨镜。这花园很开阔，但有几个班的护士在对花园进行毫不松懈的监视。到了第二天，普兰沙尔一定要我陪他到平台上去试戴这副漂亮的墨镜。下午的阳光照在普兰沙尔脸上，光彩夺目，可他有这副墨镜保护。我发现他的鼻子在鼻孔的部位几乎是透明的，还发现他呼吸十分急促。

"我的朋友，"他对我说了心里话，"时间过去了，但我并没有出现转机……我心里是不会感到内疚的，谢天谢地，我已经不再畏首畏尾！……在这个世界上，引人注目的不是罪行……对此人们早已不加注意……而是不合时宜的蠢事……这种事我认为自己干过一件……完全无法挽回……"

"是偷罐头吗？"

"是的，您想想，我当时还以为这样做很聪明！可以不去打仗，用这种方法，虽说不光彩，但还能活着，等到战争结束后可以回家，就像别人一样，精疲力竭，犹如在水中潜了很长时间之后重返海面……我差一点就成功了……但是，战争持续的时间实在太长……随着战争时间的延长，那些使祖国感到厌恶的令人厌恶的人，再也无法被人理解……祖国开始接受不管来自何方的所有牺牲品，接受所有祭献的肉……祖国在选择殉道者时变得无限宽容！现在，已经不再有不配拿起武器的士兵，特别是不再有不配战死沙场的士兵……最新消息，他们要使我变成英雄！……疯狂的屠杀要变得异乎寻常地迫切，才能使他们对偷窃一听罐头加以原谅！我说什么呢？把这事忘掉！当然，我们习惯于每天赞赏那些大盗，全世界也和我们一起对他们的富有表示仰慕，不过，只要稍微仔细地观察一下就会发现，他们的一生是一种每天变更花样的长期犯罪，但这些人却光宗耀祖、有权有势，他们的滔天罪行也不触犯法律。然而在历史上，不管是在多么遥远的历史上——您知道，我挣到钱是因为熟悉历史——所有的事都向我们表明，小偷小摸，特别是偷窃平常的食品，如面包、火腿或干酪，都必然会使偷窃者蒙受无法否认的耻辱，明确地遭到社会的唾弃，受到严厉的惩罚，同时自然也就声名狼藉、遗臭万年。这有两个原因，首先是因为犯这种罪的人一般都是穷人，而穷苦本身就意味着极大的耻辱，其次是因为这种行为包含着一种对社会的心照不宣的指责。穷人的偷窃变成了个人夺回财产的一种巧妙手段，您懂我的意思吗？……

我们会落到怎样的地步呢？因此，请您注意，对小偷小摸的惩治，在世界各地都极为严厉，这不仅是社会保护的手段，而且尤其是对所有穷人的严厉告诫，要他们安分守己，留在自己的社会等级里，悠然自得，愉快地忍受死亡，一个世纪又一个世纪地、无穷无尽地在贫困和饥饿中死亡……然而，至今为止，小偷在共和国中仍有一种好处，就是被剥夺拿起爱国武器的荣誉这一好处。但从明天起，这种情况将会改变，我这个小偷，从明天起将要重返部队……命令就是这样下的……上峰决定把他们所说的‘我一时误入歧途’一笔勾销，请您注意，这样做是考虑到他们所说的‘我家庭的名誉’。多么宽宏大量！我要问您，朋友，给混在一起的法国子弹和德国子弹去当过滤器和筛子的难道是我的家庭？……是我一个人去，是不是？当我死了以后，我家庭的名誉会使我死而复生？……您瞧，我从这儿看到了自己的家，看到了战争过去之后的情形……因为一切都会过去……夏天到来时，我家里的人在草坪上欢快地跳跃，我从这儿看到了他们，在天气晴朗的星期天就是这样……然而，在三尺深的地下，我这个爸爸浑身爬满蛆虫，比七月十四日[1]的一公斤大粪还要臭几倍，全身失望的肉将会难以置信地烂掉……在无名农夫的田里当肥料，这就是真正的士兵的真正未来！啊！朋友！我可以肯定地对您说，这个世界只是在大干嘲讽世界的事业！您年纪还轻。希望这几分钟的开导能使您受用几年！您好好听我说，朋友，对于我们这个社会一切杀人不见血的虚伪所炫耀的主要迹象，您不要再把它轻易放过而不去深入了解其重要性，这就是：'同情穷人的命运、状况……'我要对你们说，你们这些天真的家伙，生活中的蠢货，挨别人打、受别人敲诈、整天累得汗流浃背的东西，我要告诉你们，这个世界上的大人物一旦开始喜欢你们，就意味着他们将要把你们当成炮灰……这就是迹象……可靠的迹象。这是以'喜欢'作为开场白的。你们想想，路易十四非常瞧不起平民。路易十五

---

1 法国国庆日。

也是如此。他把平民当作屁股里拉出来的东西。那时平民的日子不好过，当然喽，穷人们从未有过好日子，但那时人家并不像今天的暴君们那样，固执而狂热地把穷人们剖腹开膛。我要对您说，小人物只有蔑视大人物才能得到安宁，因为大人物只有在受私利驱使或者有虐待狂时才会想到平民……在我们心明眼亮的时候，您还得记住，哲学家们先是对平民讲故事……平民当时只知道教理！哲学家们宣布，他们开始对平民进行教育……啊！他们要向平民揭示真理！而且妙语如珠！不是味同嚼蜡！是闪闪发光！叫人眼花缭乱！是这样！朴实的平民开始说，正是这样！确实是这样！咱们都为这个去死！平民要求的只是去死！就是这样。'狄德罗万岁！'他们叫道，然后又叫，'伏尔泰，好！'那些哲学家，至少就是如此！卡诺[1]是胜利的优秀组织者，也应该万岁！大家万岁！这些人至少是一条条汉子，不让朴实的平民在愚

1　Lazare Carnot（1753—1823），法国军事家、数学家，是优秀的军备和后勤组织者，由于在法国大革命战争中做出重要贡献，被誉为"大卡诺""胜利的组织者"。

昧无知和盲目崇拜中死去！他们向平民指出了自由之路！他们解放了平民！事情进展迅速！首先让大家看懂报纸！这是拯救灵魂！他妈的！快干！消灭文盲！文盲不再需要！只要公民士兵！能投票！能阅读！能打仗！能走路！还要能接吻！在这样的制度下，朴实的平民很快就完全成熟。不过，解放的热情总得派上点用场，是吗？丹东[1]不会为一点小事而发表演说。他用几句有分量的话，就把朴实的平民动员起来，这些话我们现在还能听到！狂热的解放者组成的首批部队首次开拔！迪穆里埃[2]把第一批举着旗子的愚蠢选民带到佛兰德地区去当靶子！这场前所未有的理想主义的小型游戏，迪穆里埃参加得太晚了，他看看还是钱

1　Georges Jacques Danton（1759—1794），法国政治家，具有极高的演说天赋，法国大革命初期经常在科德利埃俱乐部和雅各宾俱乐部发表演说。

2　Charles-François Dumouriez（1739—1823），法国将军、政治家。1792 年，法国大革命期间，他率军在佛兰德地区的瓦尔米击败了普鲁士军队，次日，国民议会宣布法兰西第一共和国成立。这场战役中的法军由大量无作战经验、志愿参军的公民组成，因此被宣传为"人民的军队打败了旧军队"。然而，在瓦尔米战役后第二年，迪穆里埃通敌叛国。

好，就当了逃兵。他是我们最后一个雇佣兵。……
不拿钱的士兵，在当时可是新鲜事……非常新鲜，
连歌德这样的人，来到瓦尔米看了之后也大为赞
叹。看到这些衣衫褴褛、热情洋溢的步兵，为了
捍卫莫须有的爱国梦想，自发前来让普鲁士国王
剖腹开膛，歌德感到自己还可以学到许多东西。
他根据自己的天才所养成的习惯，说出了一句掷
地有声的话：'从这一天起，一个新的时代开始
了！'[1] 当然如此！后来，由于这种方法很好，人
们就开始批量生产英雄，成本越来越低，因为生
产的方法得到了改进。所有的人都从中捞到了好
处。俾斯麦、两个拿破仑、巴雷斯[2] 以及女骑士埃
尔萨[3] 都是如此。崇拜旗帜的宗教很快就代替了崇

---

1 引自歌德的《进军法兰西》："我认为，在这个地方，从这一天
起，世界历史的一个新时代开始了，人们将来可以说，我当时在
那里。"

2 Maurice Barrés（1862—1923），法国作家、政治家，两次世界大
战期间右翼民族主义思想的代表人物。

3 女骑士埃尔萨是法国作家皮埃尔·马克·奥朗（Pierre Mac
Orlan，1882—1970）1921年同名小说的主人公。小说中把女骑
士埃尔萨描写成苏联领导人看中的"共产主义的贞德"，他们在
征服西欧时用她来鼓舞士气。

拜天主的宗教，后者犹如衰老的云彩，已经被宗教改革弄得像瘪掉的皮球，并且早已凝结成几个主教的扑满。过去，流行的狂热口号是：'耶稣万岁！烧死异端！'不过，异端虽说倔强，人数毕竟不多……可在我们这个时代，'枪毙不三不四的人！像柠檬那样被挤干的人！无辜的读者！几百万人，脸朝右边，开枪！'的喊声如乌云压城，激起人们的使命感。那些人既不愿捅破别人肚子，又不想把别人杀死，是臭名昭著的温和派，得把他们抓起来五马分尸！得用各种巧妙的办法把他们宰了！要教会他们如何生活，首先得把他们的肠子从肚子里扯出来，再把眼睛从眼眶里挖出来，使他们肮脏的一生减去几年！让他们成群结队地去死，戴着骑兵军帽转来转去，去流血，在酸中烧得冒烟，这都是为了使祖国变得更加可爱，更加愉快，更加甜美！如果在那里竟有卑鄙下流之徒，不愿埋会这些崇高的事物，那么他们就只配立即和其他人葬在一起，不过不是完全葬在一起，而是埋在公墓的角落里，墓碑上刻着无理想的懦夫这种名誉扫地的词句，因为这些无耻之徒已经失去了美好的权利，无权享受市镇委托得标人在公墓的中央大道为殉国者树立的墓碑的半点庇荫，同时也无权聆听部长演说的一点回音，部长将于这星期天亲临省政府撒尿，用过午餐之后要在这些墓前发表动人的演说……"

正在这时，花园深处有人在叫唤普兰沙尔。是主任医生派自己的值班护士来叫普兰沙尔，并请他立刻过去。

"我就来。"普兰沙尔回答道。他只是把刚才对我试讲的那篇演说稿交给了我。那是一篇哗众取宠的文稿。

这个普兰沙尔，我以后再也没有见到过。他有知识分子的通病，拘泥小节。他知道的事情太多了，这些事把他搞得稀里糊涂。他需要许多东西来刺激自己，做出决定。

当我回想起这件事时，他走的那天晚上离我们现在已十分遥远。但我仍然记得十分清楚。当时，我们花园周围那些市郊的房屋还清晰可见，就像尚未被夜晚吞没的一切事物那样。树木在黄昏中变得越来越高大，一直伸到天上，融入黑夜之中。

我从未去打听他的消息，从未设法了解这个普兰沙尔是否真的"销声匿迹"，就像别人反复说的那样。不过，他还是销声匿迹为好。

七

我们这种惹不起的和平，在战争中业已播下种子。

只要看到奥林匹亚[1]的酒馆内歇斯底里的狂欢，就可以猜出这种歇斯底里会是什么样的东西。这长长的地下舞厅，装饰着百面镜子，这歇斯底里，在灰尘和绝望之中，在黑人音乐、犹太音乐和撒克逊音乐交杂的乐声之中，顿足狂舞。英国人和黑人混杂在一起。地中海东岸的人和俄国人到处可见，他们坐满了那些深红色的沙发，有抽烟的，有大声叫嚷的，有忧郁伤感的，有军人打扮的。这些军装，如今已开始被人遗忘，却是孕

1　Olympia，位于巴黎第九区的综合游乐场所，设有酒馆，1893 年正式开业，是巴黎最古老的仍在营业的杂耍剧场、音乐厅。

育今日的种子，这东西现在还在长，还要过一段时间才会久而久之地完全变成肥料。

我们每个星期在奥林匹亚进行几个小时的欲望训练后，就成群结队地去拜访我们的埃罗特太太[1]。埃罗特太太既出售内衣、手套，又出售书籍、文具，她的铺子开设在女神游乐厅[2]后面的别列津纳胡同[3]里，这条死胡同现已不复存在，而在当时，那些小狗由小姑娘们牵着来这儿方便。

我们来这儿是为了在摸索中搜寻我们的幸福，就是全世界都在疯狂地威胁着的那种幸福。我们对这种愿望感到羞耻，但总得干这事！舍弃爱情比舍弃生命还要难受。在这个世界上，人们把时间花在杀人或爱情上，或者兼而有之。"我恨你！我爱你！"人们保护自己，维持自己的生活，过

---

1 Herote，暗指法语中的"erotique"（色情的）一词。

2 Folies Bergère，知名的观光娱乐场所，1869 年开业后即成为巴黎主要的杂耍歌舞剧场之一。

3 Impasse des Beresinas，这条街的名字在《死缓》中更为引人注目，暗指位于巴黎第二区的舒瓦瑟尔巷（Passage Choiseul），即塞利纳幼时居住的地方。

着下个世纪两足动物的生活，而且狂热地、不惜一切代价地过这种生活，仿佛继续活下去是极其愉快的事情，仿佛这样最终会使我们永垂不朽。不顾一切地去拥吻的愿望，就像给自己搔痒那样舒服。

我的神经有了好转，但我的军人地位仍然模糊不清。有时他们允许我到城里去，因此我就找上了我们的内衣店老板娘埃罗特太太。她的额头很低，又十分狭窄，你在她的面前，一开始会感到不大舒服，但她的嘴唇笑容可掬、厚实丰满，你接着会感到不知如何才能摆脱她的诱惑。她以滔滔不绝的话语和令人难忘的气质作为掩护，来掩盖一系列简单、贪婪、纯属商业性质的意图。

她在几个月里开始发迹，靠的是盟军，特别是她的肚子。得说明一下，前一年她因输卵管发炎动了手术，切除了卵巢。这次生殖腺切除手术使她获得了解放，也使她发了迹。妇女的那些淋病，有的患了之后反而会因祸得福。一个女人一天到晚担心怀孕，是残废的表现，绝不会有很大的出息。

老年人和年轻人都认为，我当时也这样认为，在某些兼营书籍和内衣的店铺后间，寻欢作乐十分容易，而且花的钱不多。二十几年前确实如此，但到后来，许多最愉快的事情都不能再这样干了，这件事尤其如此。盎格鲁-撒克逊的清教主义，使我们一个月比一个月更加清瘦，并且已经使店铺后间那种即兴的风流韵事几乎绝迹。干这种事，要么结婚，要么受罚。

埃罗特太太充分利用了这些最后的许可，就是还可以站着接吻，而且价钱不贵。有一个星期天，一个闲着无事的拍卖估价人路过她的店铺门前，走了进去，就一直留了下来。他本来就有点老年痴呆，后来也一直没好，就是这样。他们过得幸福，但丝毫没有引人注目。各家报纸在疯狂地号召做出爱国主义的最后牺牲，可是在它们的近旁，生活照样以其严格的节奏和远见卓识继续进行，甚至比过去还要诡谲得多。这就是同一事物的正面和反面，犹如奖章的两面，一明一暗。

埃罗特太太的拍卖估价人为那些消息十分灵通的朋友在荷兰进行投资，自从他们成了埃罗特太太的知己之后，他也为她进行投资，她出售领带、胸罩和衬衣，招来了一批又一批的男女顾客，吸引他们常来光顾。

大量外国人和本国人的会见就在这些小窗帘粉红色的阴影下进行，只见老板娘口若悬河，整个身体仿佛都在说话，身上香气扑鼻，简直叫人眩晕，连老迈干瘪的肝病患者也会神魂颠倒。埃罗特太太面对这些鱼龙混杂的顾客，非但没有晕头转向，反而捞到了不少好处，因为，首先在金钱方面，她对感情的买卖提成；其次，她周围许多人在找乐子。她使男男女女配对成双，或是把他们拆散，都干得兴高采烈，方法是论长道短，含沙射影，背信弃义。

她不停地设想着悲欢离合。她维持着激情的生活。她的买卖也因此更加兴旺。

普鲁斯特这个人一半是幽灵，他以非同寻常的韧性，沉溺于社交界人士无法摆脱的漫无止境、琐碎无聊的礼仪和活动之中。这些社交界人士思想空虚，是追求欲望的幽灵，是优柔寡断的浪荡公子，一直等待着他们自己的华托[1]，无精打采地寻找着虚无缥缈的基西拉岛。但是，埃罗特太太出身下层，生来讲求实际，用确切而带有兽性的巨大欲望，牢牢地抓着脚下的土地。

人们如此凶恶，也许只是因为他们在受苦，但是，他们不再受苦之后，要过很长时间才会稍有善心。埃罗特太太在物质和爱情上的成功，并没有使她征服的锋芒有所收敛。

她并不比周围大多数女商贩更凶狠，却煞费苦心向你表明她更为凶狠，使人印象深刻。她的铺子不光是一个碰头的地点，而且还是进入华贵世界的秘密入口。尽管我十分向往这个世界，可是我至今从未进入其内。有一次我偷偷地闯了进

1　Jean-Antoine Watteau（1684—1721），法国画家，以"雅宴体"（fête galante）绘画而闻名，此类画作具有洛可可风格，描绘了18世纪法国贵族在户外举办的消遣活动，代表作有《去基西拉岛朝圣》（*Pèlerinage à l'île de Cythère*，1717），画中的贵族们在幻想的圣岛之上求爱、取乐。在古希腊神话中，基西拉岛是爱与美之神阿佛洛狄忒诞生之地，具有风情的象征意味。

去，就立刻被赶了出来，这是第一次，也是唯一一次。

在巴黎，有钱人住在一起，他们的街区连成一片，就像一块蛋糕，尖端是卢浮宫，圆边是奥特伊桥和泰尔纳门之间的树木。这是巴黎这个蛋糕中味道最美的一块。其余的一切都是苦难和渣滓。

当你走到有钱人住的街区时，你不会立即发现和其他街区有很大的区别，只是那儿的街道稍微干净一点，仅此而已。要进入这些人家，深入了解这些事物，就得靠运气，或者靠交情。

通过埃罗特太太的铺子，就能比较深入地了解这块禁地，因为来自有钱人街区的那些阿根廷人要到她的店里来购买衬裤和衬衫，同时来逗引她精心选择的一帮女友，这些女人有的是演员，有的是乐师，个个婀娜多姿，野心勃勃，埃罗特太太有意把她们吸引到自己的身边。

我喜欢上了其中的一个，不过喜欢得过了头，我除了自己的青春之外，没有任何东西可以奉献给她。在这个圈子里，别人叫她小米西娜。

在别列津纳胡同里，所有店铺里的人多年来一直挤在巴黎的两条街之间，就像在一个真正的外地小省里一样，大家都互相熟悉，就是说他们都互相窥伺，互相人身攻击，并达到狂热的程度。

说到物质生活，在战前，商人之间讨价还价，生活清苦，如鸟儿觅食一般，而且极为节俭。这些店主长期愁眉不展，就是贫穷的证明。下午四点一到，店里已是半明半暗，得点上煤气灯，才能照亮陈列的商品。不过，店里的昏暗环境，正适合推销微妙的商品。

由于战争，许多店铺不管如何努力，仍然濒于破产，而埃罗特太太的店铺，由于年轻的阿根廷人和领退伍金的军官频繁光顾，由于拍卖估价人这位朋友出谋划策，生意十分兴隆，周围所有的人对此议论纷纷，用词之刻薄是可想而知的。

举个例子吧。就在这个时候，112号那位有名的糕点商因为动员令的关系，突然失去了那些漂亮的女顾客。由于许多马匹都被征用，经常戴着长手套来品尝糕点的女顾客只能徒步前往，就索性不来了。她们也许再也不会来买糕点。而精装乐谱装订师桑巴内，由于无法抑制自己长期的欲望，鸡奸了某个士兵。在晚上如此大胆地干这种勾当，而且胆大得又不是时候，就使他造成不可挽回的损失，有几个爱国者一下子就指控他进行间谍活动，他也只好关门大吉。

26号的埃尔芒斯小姐的情况恰恰相反。她至今一直专营可公开承认或不可公开承认的橡胶制品。在当时的情况下，她的生意原可以十分兴隆，可惜她困难重重，原因是来自德国的避孕套供货不足。

总之，在柔软衣物大众化的新时期前夕，只有埃罗特太太一家铺子轻而易举地繁荣了起来。

那些店铺当时互相写匿名信，而且词语下流。埃罗特太太与众不同，喜欢给上层人士写匿名信，她在这方面也显得野心勃勃，而这点正是她真正的气质。例如，她给总理写匿名信，只是为了对他说他戴上了绿帽子，而借助辞典用英语给贝当元帅[1]写信，是为了使他暴跳如雷。匿名信？是羽毛上浇水——里面不湿！这种未署名的信，埃罗特太太自己也每天收到小小一叠，而且内容都有股不妙的气息，这点我可以向你肯定。她看后十分惊讶，露出沉思的样子，但过了十来分钟，她又立即恢复平静，不管别人怎么说，不管说什么，她都是这样，而且稳如泰山，因为在她的内心世界，怀疑没有立足之地，真理就更没有了。

在她的女顾客和受保护者之中，有许多是小艺人，她们欠的债比裙子还要多。埃罗特太太给她们一个个出主意，她们也对此十分满意，在她们之中，我感到米西娜最为娇美。她真是个音乐小天使，可爱的小提琴手，十分世故的爱神，她已向我证明了这一切。她有着不可抗拒的欲望，想在地上而不是在天上取得成功，在我认识她时，

1　Philippe Pétain（1856—1961），法国将军，参加了马恩河战役，在凡尔登战役中指挥法国取得胜利。1916 年被任命为法国军队总司令，1918 年被任命为法国元帅。"二战"中主张对德求和，后成为维希法国总理。1945 年受审并被判处死刑。戴高乐将其减刑为终身监禁。

她正在综艺剧院[1]混个差使，演一个小节目，非常可爱，巴黎味十足，但也容易被人遗忘。

她拿着小提琴出来，犹如演出一种即兴的和富有旋律的诗体序幕。

我对她怀有这种感情，我的时间就在狂热中度过，总是从医院冲到她剧院的门口。另外，等候她的人几乎总是不止我一个。陆军军人拼命讨好她，飞行员也是如此，不过要容易得多，但是，能使她倾倒的男人，无可争辩是那些阿根廷人。由于新兵大量出现，他们的冻肉买卖就像一种自然力那样不可抗拒。小米西娜充分利用了这些唯利是图的日子。她当时做得对，现在阿根廷人已不复存在。

我当时并不理解。我戴了绿帽子，碰到所有的事和所有的人都是这样，在女人、金钱和思想方面都是这样。戴绿帽子，心里就不痛快。现在，我还偶然遇到米西娜，每隔两年遇到一次，或者大致是这样，就像遇到过去十分熟悉的大多数人

---

1 Variétés，位于巴黎第二区的知名杂耍剧场，落成于 1807 年。

那样。两年的时间是我们所需要的，可以一眼看出——就像本能的感觉那样，绝不会看错——脸变得难看了，即使在这张脸最美妙动人的时候。

相遇时你会犹豫片刻，但最后还是接受脸部变化的既成现实，就是整张脸的这种不匀称越来越厉害，十分丑陋。是啊，谁都得承认，两年的时光缓慢地留下了微妙的漫画像。得接受时间给我们画的这幅肖像。这样我们就可以说，我们完全清醒地感到（就像一张外币，刚看到时我们犹豫不决，不知该不该去拿），我们没有走错路，我们相互之间并没有商量过，但走的都是最恰当的路，在两年的时间里都走了必然要走的路，即衰败之路。就是这样。

米西娜偶然遇到我时，看到我的大脑袋就惊恐万状，好像无论如何也要躲开我，避开我，转过头去不看我，不管干什么都行……我使她感到不舒服，这是明摆着的，因为有所有这些往事，但我认识她这么多年了，对她太了解了，知道她的年龄，所以她是白费力气，休想躲开我。她站在那儿，脸色尴尬，看到我这个人就像看到妖怪一样。她为人十分机灵，却认为自己必须对我提出笨拙、愚蠢的问题，就像做坏事被人撞见后提出的问题。女人们有着仆人的一些天性。但是，她的这种厌恶也许只是想象出来的，而不是亲身体验到的，这是我尚存的一种自我安慰。我也许只是使她联想到我的卑鄙下流。我可能就是这种艺术家。不管怎样，为什么丑的艺术不能和美的艺术一样多呢？总之，这是一门有待栽培的艺术。

有很长时间，我一直认为，小米西娜是个傻瓜，但这只是被拒于门外却又爱面子的人的一种看法。你们知道，在战前，我们大家比现在还要愚昧无知、自命不凡得多。我们对世界上一般的事物几乎一无所知，说到底都是些头脑不清的人……当时，像我这样的小伙子，比现在的人要差得多，很容易把膀胱当作灯笼。我心里想，爱上这样可爱的米西娜，可以使我具有各种各样的能力，特别是我所缺少的勇敢，原因是我这个情妇不但人长得美，而且乐器演奏得悦耳动听！爱情犹如醇酒，你越是无能为力、酩酊大醉，就越是觉得自己力大无穷、思路敏捷，而且对自己拥有的权利确信无疑。

埃罗特太太的许多远房亲戚成了为国捐躯的英雄，所以她走出这条胡同时总是戴着重孝。另外，她也很少到市里去，因为她那位当拍卖估价人的男朋友相当会吃醋。我们在店铺后面的餐室里聚会，生意兴隆的时候，这餐室变得和小客厅一模一样。我们来这儿聊天、玩乐，在煤气灯下，大家都举止文雅，十分得体。小米西娜用钢琴演奏古典乐曲，我们听了心旷神怡，她只演奏古典乐曲，因为古典乐曲适宜于这种痛苦的年代。我们整个下午待在那儿，肩并着肩，拍卖估价人在中央，我们一起在乐声中摇晃着我们的秘密、恐惧和希望。

埃罗特太太新雇的女仆很想知道，哪几位男士将在什么时候决定和另几位女士结婚。在她的家乡，男女同居是无法想象的事。所有这些阿根廷人、军官和东张西望的顾客，使她产生一种动物般的焦躁。

米西娜越来越常被那些南美顾客缠住。我由于总是在他们的配膳室等候我的心上人，所以最后对这些先生的厨房和仆人都了如指掌。另外，这些先生的随身男仆都把我看作皮条客。最后，所有的人都把我看作皮条客，包括米西娜本人也是如此，同时我感到埃罗特太太铺子里的所有常客也都是这样看的。我对此毫无办法。再说，别人早晚会把你分类归档。

我从军事当局那儿又得到了两个月的病假，甚至有人说我要退伍。我和米西娜决定一起住到比扬库尔去。这实际上是对我设下的圈套，因为她借口我们住得远，回家的次数就越来越少。她要留在巴黎，总找得到新的借口。

比扬库尔的夜晚是安静的，有时也能听到通知飞机和齐柏林飞艇来临的无谓警报，有了这种警报，城里人就能感受到心安理得的战栗。天黑之后，我一面等候自己的情人，一面出去散步，一直走到格勒内尔桥[1]，黑暗就在那儿从河里升起，一直升到桥面上的地铁，只见桥上的路灯如一串念珠，伸展的桥面则一片漆黑，巨大的地铁也是如此，即将以雷鸣般的响声，飞快地插入帕西河滨街那些高楼的肋部。

在每座城市里，总是有一些这样偏僻的地方，难看得要命，所以在那儿的人几乎总是孤单的。

到后来，米西娜每星期只回我们这个家一次。她在那些阿根廷人的家里给歌女伴奏的次数越来越多。她原可以在电影院里伴奏谋生，这样我去找她也方便得多，但那些阿根廷人乐呵呵的，给的钱又多，而电影院既阴沉，付的钱又少。生活就是这样，得挑肥拣瘦。

更为倒霉的是，这时突然冒出个战地巡回剧团。米西娜立即和部里的军人搭上了许多关系，于是她就越来越多地到前线去给我们那些小兵解

1　Pont de Grenelle，桥面上有地铁的并非这一座，而是该桥西北方向的另一座——帕西桥（Pont de Passy），1948 年更名为比尔 - 哈基姆桥（Pont de Bir-Hakeim）。

闷，而且一去就是几个星期。她在军队里演奏奏鸣曲和柔板的片段。正厅坐着参谋部的军官，可以看到她的腿。士兵们坐在长官后面的阶梯座位上，只能欣赏悦耳的回音。演出后她一定在军区旅馆里度过了错综复杂的夜晚。有一天，她兴高采烈地从部队回到我的身边，带回来一份英雄证书，证书是我们的一位大将军签署的。这份证书使她最后取得了成功。

在阿根廷侨民中间，她一下子成了极受欢迎的人物。大家都向她表示祝贺。大家都迷上了我的米西娜，这个战争中的小提琴手，如此可爱！她容光焕发，一头卷发，而且又是女英雄。这些阿根廷人吃着人家的饭心里感激，对我们的大将军们特别钦佩，所以看到我的米西娜回到他们身边，带回来货真价实的证书，脸蛋漂亮，手指纤细灵巧，又立了功劳，他们就开始爱上了她，而且是你争我夺，就像在拍卖时那样。英雄的诗意会畅行无阻地支配没有去打仗的人们，更会支配正在靠战争发大财的人们。这很正常。

啊！我要告诉你们，淘气的英雄主义，真叫人吃不消！里约热内卢的船主们向这位可人儿求婚，献上自己的姓氏，并把自己的股份奉送给她，因为她极其出色地把法国尚武的勇敢女性化，以供他们使用。应该承认，米西娜为自己创作了一组十分迷人的节目，反映战争中发生的一些事，这组节目犹如一顶式样淘气的帽子，戴在她头上妙不可言。她表演时分寸掌握得恰如其分，常常使我感到惊讶，我得承认，同她相比，我在吹牛方面只是个一知半解的冒牌货。她有一种才能，善于把自己的新发现置于戏剧的某种远景之中，使一切都变得矫揉造作、精辟深刻，并且保持不变。我突然感到，我们这些战士说的无聊事情，有确切的时间，并且确有其事。我的美人所做的事则是为了流芳百世。得相信克洛德·洛兰[1]的话，一幅画的近景总是令人厌恶，所以艺术要求画家

1　Claude Lorrain（1600—1682），法国风景画家，一生中大部分时间居于罗马。他是同时代最优秀的风景画家之一，其画作注重表现静物和远景，但终其一生是文盲，这里的论述似乎出自塞利纳的手笔。

把作品的中心置于远景之中，置于不可捉摸的地方，在那里隐藏着假象，即被当场捕获的梦幻，以及人们唯一的爱。女人善于体察我们可怜的本性，就轻而易举地成了我们的心肝宝贝，我们必不可少的最高希望。我们待在女人身边，期待她来维持我们存在的骗人理由，但在期待的同时，她可以一面行使这一神奇的职责，一面谋生赚到大钱。出于本能，米西娜也是这样干的。

她的那些阿根廷人住在泰尔纳门那边，特别是布洛涅林园周围，住的是一座座小公馆，四周用墙围住，十分引人注目，在冬天的那些日子里，公馆里暖和得极为舒服，从街上走进屋内，你的思想就会不由自主地突然变得乐观起来。

在我绝望得微微颤抖的时候，我又做了蠢事，就是像我说过的那样，在配膳室等候我的女伴，而且去的次数尽可能多。我耐心等待，有时要等到天亮，我很困，但因心里嫉妒，才勉强没有睡着，另外也靠白葡萄酒提神，仆人们给我喝了不少。那些阿根廷主子，我不常见到，只听到他们的歌声，呱嗒呱嗒的西班牙语，以及从不间断的钢琴声，但弹钢琴的往往不是米西娜的手，而是他人的手。那么，在这段时间里，这个婊子的手到底在干什么呢？

我们清晨在门口重逢时，她看到我就做个鬼脸。在那个时刻，我像动物那样朴实，只因不舍得丢掉我的美人，就像不舍得丢掉肉骨头一样。

人们因干尽蠢事而浪费了绝大部分的青春时光。显然，我的心上人即将把我完全抛弃。我当时还不知道，世界上有两种人，而且差别很大，一种是有钱人，一种是穷人。我和其他许多人一样，过了二十年的时间，经历了战争，才学会安分守己地待在我这类人中间，才学会先问问人和物的价钱，然后才去接触乃至喜欢这些人和物。

我在配膳室和陪伴我的仆人们一起取暖的时候，并不知道在我头顶上跳舞的是阿根廷神祇，他们也可以是德国人、法国人、中国人，这点并不重要，但他们是神，是有钱人，这点是应该知道的。他们在楼上有米西娜陪伴，我在楼下却一无所有。米西娜在严肃地考虑自己的未来，她希望和一位神一起编织未来。我当然也在考虑自己的未来，不过是在一种妄想之中考虑，因为我总是担心在战争中被打死，害怕在和平中饿死。我是死缓的犯人，又是多情的种子。这并非只是一场噩梦。在离我们不远的地方，在不到一百公里远的地方，有几百万全副武装、训练有素的勇敢军人正在等待着我，以便把我结果，一些法国人也在等候着我，如果我不愿让对方的人们把我打得血肉横飞，他们就会要我的命。

在这个世界上，穷人的死法有两大类，要么因你的同类在和平时的漠不关心而死，要么因他们在战争爆发时的杀人狂热而死。这些人要是想到了你，就立刻想到要折磨你，而且只想这样做。这些浑蛋，只有在你血淋淋的时候才感到有趣！在这方面，普兰沙尔说得十分正确。在即将被送往屠宰场的时候，你不会再对未来的事情寄予很大的希望，就只想在临死前的几天里谈情说爱，因为这是稍稍忘却自己肉体的唯一方法，而你的皮会很快被人从头到脚剥下来。

米西娜避开我，我就把自己称为理想主义者，人们就是这样用高尚的言辞来掩盖自己低下的本能的。我的休假期就要结束。各报又在拼命宣传，让所有可以归队的战士都归队，当然首先是那些没有牵绊的战士。官方的口号是一心一意赢得战争。

同洛拉一样，米西娜也希望我尽快返回前线，并留在那儿，但由于我显出迟迟不想动身的样子，她就决定加速我的成行，这可不是她惯常的作风。

一天晚上，我们破例一起回到比扬库尔。正在这时，消防队员吹喇叭发出警报，我们这栋房子的所有人急忙奔到地下室，以便恭候我也不知是哪艘的齐柏林飞艇。

在一阵小小的慌乱中，整个街区的人都穿着睡衣，拿着蜡烛，叽叽咕咕地消失在地下室里，以便躲避几乎完全是想象出来的危险。这种慌乱可以用来衡量这些人不安的无用，他们一会儿像惊慌失措的母鸡，一会儿像自命不凡而又百依百顺的绵羊。如此变幻莫测，连最有耐心、坚信不疑的博爱者见了也会倒胃口。

听到第一声喇叭警报之后，米西娜就忘了不久前别人还觉得她在战地巡回剧团有许多英雄的表现。她坚持要我尽快和她一起钻到地下，钻进地铁，钻进下水道，钻到随便什么地方都行，只要安全，而且要钻到最深的地方，尤其是马上就要钻！看到这些房客这样往下跑，有的胖，有的矮，有的轻浮，有的庄重，看到他们四个接着四个地朝那个救命的洞跑去，我看到最后竟变得无动于衷。胆小或者勇敢，这并不说明什么。在这儿像兔子，在那儿当英雄，人却是同一个，他在这儿想的并不比在那儿多。除了赚钱，其他的事他根本连想也没想。与生死有关的一切，他毫不在意。就连自己的死，他也不好好考虑，即使考虑也错误百出。他只知道金钱和戏剧。

米西娜见我不愿走，就哭哭啼啼。其他房客催促我们跟他们一起走，我这才勉强同意。对于选择哪个地下室，大家提出了一连串不同的意见。最后，肉店老板的地下室得到了多数人的认可，因为这些人认为，这个地下室比这栋楼其他任何一个地下室都要深。刚走到地下室的入口，你就会闻到一阵阵呛人的气味，这种气味我十分熟悉，闻到后立刻感到难受。

"米西娜，你要到下面和钩子上吊着的那些肉待在一起？"我问她。

"为什么不呢？"她十分惊讶地对我回答道。

"可我，"我说，"我想起了过去的事，情愿回到楼上去……"

"你要走喽？"

"等结束以后你就来找我！"

"不过时间可能很长……"

"我情愿在楼上等你，"我说，"我不喜欢肉，这很快就会结束的。"

在警戒时，房客们躲在一间间小屋里，愉快地互相寒暄。有几个身穿浴衣的夫人最后才到，她们优雅而又谨慎地朝这个气味扑鼻的拱门里挤，肉店老板和老板娘对她们殷勤接待，同时又对室内的人工降温表示歉意，不过低温是确保这种商品保存良好的必不可少的条件。

米西娜和其他人一起消失了。我在楼上的我们家里等候她，等了一夜，等了整整一天，等了一年……她一直没有回来找我。

从这个时候起，我变得越来越难以满足，我的脑子里只有两个想法：保住性命，前往美国。但是，逃避战争是首要的工作，这份工作使我好几个月都喘不过气来。

"大炮！士兵！弹药！"这就是爱国者们的要求，而且他们乐此不疲。看来，只要可怜的比利时和无辜的小阿尔萨斯[1]不摆脱日耳曼的桎梏，我们就无法安心睡觉。有人对我们肯定地说，这种萦绕脑际的念头，会使我们之中最优秀的分子无法呼吸、吃饭、交媾。不过，这种念头似乎并没有妨碍那些幸存者做买卖。可以说，后方的士气

1　Alsace，位于法国东北部，和洛林都在普法战争之后割让给普鲁士，"一战"结束后重新归属法国。

高昂。

我们必须迅速回到自己的团里。但是，在第一次体格检查时，医生就认为我的体重大大低于正常标准，正好可以被送往另一所医院，因为这所医院专门收容瘦骨嶙峋、神经过敏的病号。一天上午，我们六个伤病员：三个炮兵、三个龙骑兵，离开兵站去寻找这个修复失去的勇气、丧失的反应和打断的手臂的地方。像当时所有的伤员一样，我们先到圣宠谷[1]医院进行检查。这是一座大腹便便的城堡，十分庄严，长满了胡子一般的树木，走廊里充满了公共马车的气味，这种气味今天已经消失，也许永远不会再有，那就是脚味、麦秆味和油灯味混杂在一起的气味。我们在圣宠谷没有把事情办成，两个主管军官长满头屑、劳累过度，只看了我们一眼就把我们狠狠地训了一顿，威胁说要把我们送交军事法庭，我们就被其他行政官员赶到街上。他们说，他们那儿没有地

1　Val-de-Grâce，原是巴黎的一所修道院，1796 年改为军医院，1850 年成为军医学校。

方给我们住，并给我们指了个含糊不清的目的地，一座棱堡，说是在市郊的某个地区。

这样，我们六个人从一个酒吧找到一个个棱堡，从一杯杯苦艾酒喝到一杯杯奶油咖啡，在错误的方向乱找一通，寻找这新的安身之处，这地方看起来是专门医治我们这种无能的英雄的。

我们六个人中，只有一个人有那么一丁点财产，全部放在一只"佩尔诺"饼干的锌皮小盒子里，这种牌子的饼干当时很出名，现在却再也听不到了。在盒子里，我们这个同伴藏着香烟，还有一把牙刷，我们看了都感到好笑，笑他对牙齿的爱护与众不同，也正因为他有这种不同凡响的讲究，我们就把他看作"同性恋"。

我们经过多次犹豫，终于在半夜时分到达比塞特尔[1]棱堡漆黑一片的路堤，棱堡上写着"43"。正是我们要找的地方。

比塞特尔刚修葺一新，用来接收轻伤员和老

---

1 Bicêtre，位于巴黎南郊，建于路易十三时期，此地臭名昭著，集医院、疯人院和监狱于一体，负责收治所有"不受欢迎的人"。

人。花园的修缮工作尚未结束。

我们到达时，军人部里只住着一个女门房。当时雨下得很大。听到我们叫唤，女门房感到害怕，但我们立刻用手摸她身上的敏感部位，摸得她笑出声来。她说："我还以为是德国人呢！"我们回答说："他们还远着呢！"她不安地问道："你们什么地方有病？"一个炮兵回答道："到处都有病，就是鸡巴没病！"可以说，这才是真正的风趣，而且女门房听了也很喜欢。后来，跟我们一起住在这座棱堡里的，还有公共救济事业局安置的一些老人。人们赶紧为他们建造了新的楼房，上面装的玻璃有几公里长，人们把他们收养在楼里，直至战争结束，就像收养昆虫一般。在周围的小山冈上，开出的一块块狭窄土地在争夺一堆堆淤泥，因为一排排简陋棚屋之间的淤泥常常流失。在这些棚屋的庇护下，有时会长出一两棵莴苣和两三棵萝卜，人们永远无法知道，那些挑肥拣瘦的鼻涕虫为什么会嘴下留情，把这些东西留给主人。

我们的医院很干净，像这样的地方可得赶紧参观，就是在最初的几个星期去看，因为在我们这儿，大家对养护工作毫无兴趣，简直弄得肮脏不堪。我们随便躺在铁床上，在月光下，这些房间看上去面貌崭新，新得连电灯也来不及安装。

我们醒来时，新的主任医生前来自我介绍，看来他很高兴见到我们，表面上十分热情。从他的角度来说，他也有高兴的理由，他军装上的饰条刚加到四条杠。另外，此人长着一双世界上最美的眼睛，目光柔和而又神奇，他充分利用自己的眼睛，看得四位志愿服务的迷人护士春心荡漾，对她们的主任医生大献殷勤，竭力模仿，把他的一言一行都铭记在心。刚一接触，他就抓住了我们的精神状态，就像他对我们说的那样。他不拘礼节，亲切地抓住我们中一个人的肩头，慈父般地摇了摇，用令人振奋的声音给我们讲了规章制度，并指出尽快地、兴高采烈地再去送死的捷径。

不管他们来自何方，他们心里想的只有这件事，好像这事对他们有好处似的。这是新的恶习。

"朋友们，法兰西信任你们，法兰西是个女人，是最漂亮的女人！"他唱起了高调，"法兰西指望的是你们的英雄主义！法兰西是最卑鄙、最可恶的侵略的牺牲品，有权要求自己的儿子们报仇雪恨！恢复领土的完整！即使做出最大的牺牲也在所不惜！在这里，我们将各自履行自己的义务，朋友们，你们也要履行自己的义务！我们的科学属于你们！它是你们的科学！它的全部本领都应当用于恢复你们的健康！请你们诚心诚意地帮助我们！我知道，你们已经把自己的诚心诚意交给了我们！希望你们不久就能重返岗位，同你们战壕中的亲密战友并肩战斗！你们的岗位是神圣的！是为了保卫我们可爱的土地。法兰西万岁！前进！"他有对士兵们讲话的才能。我们都站在自己的床脚边，保持立正的姿势，听着他讲话。他那帮漂亮的护士中有位棕发女郎，这时正站在他的身后，听他高谈阔论，激动得心潮澎湃，无法自制，不由得掉下了几滴眼泪。其他的护士，也就是她的同事，急忙说道："亲爱的！亲爱的！我向您保证……他一定会回来的，我们看吧！……"

　　那个有点矮胖的金发女郎，是她的一个表姐，对她的劝慰工作做得最好。矮胖的姑娘扶着她，在走到我们身边时对我说，她漂亮的表妹这样晕过去，是因为未婚夫最近被动员入伍，到海军服役去了。热情的主任慌了手脚，努力平息他简短而动人的讲话所引起的崇高而悲伤的激情。在那位护士面前，他感到局促不安，心里难受。在精英的心中，唤起了一种过于痛苦的不安，显得那么哀婉动人，令人同情。"主任，我们要是知道这样，"金发的表姐又低声说道，"就会给您打个招呼……他们相爱得多深，您要是知道就好了！……"这帮护士和这位主任，就这样一面交谈一面走了出去，在走廊里还在低声细语。他们不再管我们了。

　　我试图回忆和理解这位双目炯炯有神的医生刚才所讲的一番话的意义，但当我仔细考虑这些话时，我非但不感到伤心，反而觉得这些话讲得妙极了，使我对死感到厌恶。其他弟兄也是这样看的，但他们不像我这样，觉得这些话带有挑衅和侮辱的味道。他们不想去弄清我们周围的生活中所发生的事情，他们只是隐隐约约地看到，几个月来，世界上习以为常的狂热已经增长，而且幅度很大，以致人们的生存不再有任何稳定的基础。

在这儿的医院里，就像在佛兰德地区的黑夜中一样，死亡也在纠缠着我们，只是在这儿，死亡是在比较远的地方威胁我们，但也和在那儿一样，确实，行政当局一旦对你进行治疗，使死亡附在你颤抖的身体上，它就是一种不容撤销的判决。

在这儿，他们不训斥我们，而且对我们说话十分和气，他们老是对我们说其他事情，从不谈起死亡，但是我们已被判处死刑，我们的判决清楚地写在他们要我们签名的每份文件的角上，清楚地出现在他们对我们采取的每一项预防措施中：号牌……腕套……最少的假期……任何一种劝告……我们感到自己被计算进去，被人监视，被编上号码，纳入明天开拔的庞大预备队之中。相比之下，周围所有这些文职医务人员自然要比我们轻松。这些婊子一样的护士不会分担我们的命运，相反，她们一心只想长命再长命，并且显然喜欢到处闲逛，喜欢一千次、一万次地做爱再做爱。这些天使个个都渴望实施会阴中的小小计划，就像苦役犯那样，准备在将来实施爱情的小小计划，而与此同时，我们却将要死在某个地方的污泥之中，怎么死只有上帝知道！

到那个时候，她们会特地将你回忆，发出温柔的叹息，并因此变得更加迷人，她们会十分激动，默默地回忆起战争的悲惨时光，回忆起那些亡灵……"你们是否记得小巴尔达米，"她们在黄昏时分想起我时说道，"那个咳嗽很难治好的小伙子？……他精神不振，可怜的小伙子……他后来怎么样啦？"

几句富于诗意的哀悼，说得又恰到好处，如同月光下几绺朦胧的头发一样，跟一个女人十分相称。

　　她们每一句话和每一个关心后面的意思，从现在起就得理解："你去死吧，可爱的军人……你去死吧……这是战争……每个人都有自己的生……每个人都有自己的作用……每个人都有自己的死……我们看上去是在分担你的忧伤……但我们不分担任何人的死亡……世上的一切都应属于健康的灵魂和肉体，以便用来娱乐，就是这样，而我们是身体结实的姑娘，年轻漂亮，受人尊重，智力健全，教育良好……对我们来说，一切都自动归结于生物学，都成了愉快的景象，并化为快乐！这就是我们健康的要求！我们不会对忧愁发出讨厌的许可证……我们需要兴奋剂，而且只要兴奋剂……你们这些小兵，很快就会被人遗忘……你们要乖，快快去死……等战争结束，我就可以在我喜欢的军官中挑选一个，和他结婚……特别要挑一个棕发的！……爸爸老是在谈论的祖国万岁！……他打完仗回来时，爱情该有多好！……我那可爱的丈夫将会获得勋章！……他将会出人头地……小兵，您要是在我们结婚的大喜日子里还活着，就请把他漂亮的皮鞋擦亮……小兵，到那个时候，您难道不为我们的幸福感到高兴吗？……"

每天上午，我们都看到主任医生，看到他后面跟着那帮护士。我们获悉，他是个有学问的人。在我们专用的病房周围，隔壁收容所里的老人们迈着杂乱、蹒跚的步伐闲逛。他们从一个病房窜到另一个病房，带来零星的流言蜚语和过时的恶言中伤，咧着满嘴的蛀牙，唠唠叨叨地说三道四。这些年老的劳动者关在这儿，就像关在一块肮脏不堪的圈地里面，过着官方安排的贫困生活，他们在摆脱长年的奴役之后，要把堆积在灵魂周围的污垢全部清除。他们在充满尿臭的集体宿舍中过着无所事事的生活，怨恨无处发泄，就成了老古董。他们声音颤抖地使用最后一点精力，只是为了再给自己带来一点损害，并把他们最后一点乐趣和气息消灭干净。

最后的乐趣！在他们干瘪的身体里，每一个原子都是十足的恶棍。

老人们听说我们这些士兵将和他们分享棱堡中不算舒适的起居设备，就立刻开始对我们深恶痛绝，同时却仍然不断来乞讨我们乱放在窗台上的烟屁股和掉落在长凳下的不新鲜的面包块。在开饭时，他们干瘪而皱纹密布的脸紧紧贴在食堂的窗玻璃上。在他们鼻子上嵌着眼屎的皱纹之间，射出了贪婪的老吝啬鬼的短促目光。在这些身体虚弱的老人中间，有一个显得比其他人更为机灵、调皮，大家都叫他比鲁埃特[1]老头，他常来给我们唱些他年轻时唱的小调，给我们解闷。你只要给他烟丝，叫他干什么他都愿意，只是不肯从棱堡的太平间门口走过，那太平间并没有闲着。恶作剧的一种办法是说和他一起走走，却把他带到那边，等走到太平间门口就问他："你不想进去吗？"比鲁埃特老头听了立刻就会十分生气地逃走，逃得既快又远，至少两天不再露面。他已隐约看见死亡在向他招手。

---

1 Birouette，源自法语中的"biroute"（原意为风向袋，俗语中指大的男性生殖器）。

我们这位眼睛漂亮的主任医生，贝斯通布教授，为重振我们的精神，已安装了一整套十分复杂、闪闪发光的电疗器械，我们则定期接受这些器械的放电治疗，教授认为放电有强身作用，病人必须接受这种疗法，否则就要被驱逐出院。看来，贝斯通布非常有钱，因为要买下这套五花八门的电刑器械，得有钱才行。他岳父是政界要人，在政府收购土地时大捞了一笔，这才使他能如此慷慨地买下这批器械。

这个机会得要利用。一切都会妥善解决。罪行和惩罚都是如此。他这样的人，我们并不讨厌。他检查我们的神经系统特别仔细，对我们提问的语气亲切有礼。他手下那些护士小姐十分高雅，看到这种精心装出的善良，心里就美滋滋的。每天上午，这些美人等待着他显示自己和病人亲密无间的美妙时刻，以便一饱眼福。总之，我们大家都在一个病房里得到了乐趣，而贝斯通布则在其中选择了学者的角色，这位学者不但乐善好施，而且具有深刻、亲切的人情味。最重要的就是要和睦相处。

在这所新建的医院里，我和再次服役的布朗勒多尔[1]中士同住一间病房。他是医院的常客，几个月来，他带着穿孔的肠子，先后住过四家医院。

在住院期间，他学会如何让护士小姐主动地来同情他，然后又学会不失去这种同情的方法。布朗勒多尔经常吐血，小便和大便常常带血，另外呼吸也十分困难，但这样的病例医务人员见得多了，所以还不足以使他博得他们的特别好感。于是，在两次呼吸困难的间隙，如果有个医生或护士小姐在那儿走过，布朗勒多尔就叫道："胜利！胜利！我们必胜！"或者根据不同的情况，从他肺部的一角或整个肺部，低声说出这些话来。这样，他通过不失时机的表演，热情而好斗的大话，在精神状态方面赢得了极高的评价。他可是有诀窍的。

既然剧院到处都有，就得有人演戏，布朗勒

---

1 Branledore，源自法语中的"branler"（原意为摇动，俗语中指手淫）。

多尔做得很有道理。确实，一个呆头呆脑的观众，偶然登上舞台，就会愚不可及，叫人看了非常难受。可不是，一旦上了舞台，就得拿出台上的腔调，生动活泼地进行表演，决定演就演下去，不演就索性下台。女人们特别要别人演戏，但这些婊子对不知所措的业余演员却又铁面无情。战争无疑会刺激卵巢，所以她们就需要英雄，这样，完全不是英雄的人们得装出英雄的样子，否则就得忍受奇耻大辱的命运。

在这所新建的医院里住了一个星期之后，我们懂得了改变模样的迫切性；我们刚来时胆战心惊，怕见阳光，脑子里全是屠宰场的可耻回忆，在布朗勒多尔（他在当平民时是花边推销员）的帮助下，我们摇身一变，成了一帮堂堂的男子汉，个个决心夺取胜利，我可以向你保证，人人都用坚实的活力、了不起的决心来武装自己。一种粗犷的语言已经变成我们自己的语言，而且极其下流，她们听了有时会面红耳赤，但从不口出怨言，因为一个士兵当然应该既勇敢又无忧无虑，往往还粗鲁，而且越粗鲁就越勇敢。

开始时，我们虽然尽量模仿布朗勒多尔，但我们这些小小的爱国主义举动还没有做得十分到家，不是完全令人信服。我们进行了整整一个星期甚至两个星期的强化排练，才演得字正腔圆、完全合拍。

我们的大夫贝斯通布是有学衔的教授。这位学者发现我们的精神素质有了明显的提高，就立刻决定加以鼓励，准许我们外出进行几次探访，首先是看望我们的父母。

我听到别人说，有些士兵天资很好，参加战斗之后就会感到陶醉，甚至产生一种强烈的快感。但我刚试图想象这种十分特殊的快感，就会感到难受，而且至少难受一个星期。我感到自己实在无法杀死一个人，所以最好还是别去杀人，而是让自己立刻死去。这并不是因为我缺乏经验，人们为了使我产生兴趣，什么事都做过，是我天资不好。也许我要慢慢地学才能入门。

有一天，我决定告诉贝斯通布教授，说我心

里希望自己勇敢，非同寻常的局势也要求我这样去做，可我的肉体和灵魂却感到很难使自己勇敢起来。我有点担心，怕他会立刻把我看作不知羞耻之徒，认为我讲话没有分寸……但他并没有这样做。恰恰相反，主任说他十分高兴我能坦诚，能把心里的疑虑向他倾诉。

"您情况好转了，巴尔达米，我的朋友！一句话，您的情况好转了！"这就是他得出的结论，"您完全自发地对我说出了这番知心话，我认为，巴尔达米，这是您的精神状态有了明显好转的十分可喜的迹象……再说，沃代斯坎[1]这位谦虚而又明察秋毫的学者，对帝国士兵的精神不振进行了观察，在一八〇二年对观察的结果进行概述，撰写了一篇论文，这篇论文如今已成为经典，却受到我们现在的大学生不公正的忽视。据我所知，他在这篇论文中十分正确和准确地记载了精神上正在康复的病人的'供认'——在发作的所有迹象

---

1 Vaudesquin，疑为作者虚构。

中，这是一种良好的迹象……大约过了一个世纪，我们伟大的迪普雷[1]对这种症状进行归类，一举成名，把这种相同的发作命名为'回忆聚集性'发作。这位作者认为，如果治疗情况良好，在发作之后不久，应该出现焦虑意念的大量崩溃和意识场的彻底解放，即心理康复过程中的第二现象。另一方面，迪普雷用他独有的、十分形象的术语，即'解放的思考式腹泻'这一名称，来命名这种发作，因为患者的这种发作，伴随一种十分活跃的欣快感觉，交际活动有十分显著的恢复，另外，睡眠也明显复原，突然之间会持续整整几天。最后转入另一个阶段：生殖器官的机能十分明显地过度活跃，因此，以前患性冷淡的病人变成'性饥渴'患者的例子也并非罕见。由此得出这一格言：'病人不是进入康复期，而是冲入康复期！'这种说法难道不是对这些康复所取得的胜利的极妙描述吗？上世纪我们法国另一位伟大的精神病

1　Ernest Dupré（1862—1921），法国医生、精神病学家，以其癔症研究而闻名，发明了"mythomanie"（谎语癖）一词。

学家菲利贝尔·马尔热通[1]则用这种说法来描述患恐惧症的病人真正恢复一切正常的活动……说到您，巴尔达米，我从现在起把您看作真正的康复病人……巴尔达米，既然我们得出了这一令人满意的结论，我明天就向军事心理学会提交一篇关于人的精神的基本素质的论文，不知您是否感兴趣？……我想，这是一篇有质量的论文。"

"当然喽，主任，对这些问题我很有兴趣……"

"那么，概括来说，巴尔达米，您得知道，我要在论文中论述：在战前，人对于精神科医生来说还是一个与外界隔绝的陌生之物，他精神的力量则是个谜……"

"这也正是我的拙见，主任……"

"您看，巴尔达米，战争赋予我们无与伦比的手段来检验神经系统，战争的作用犹如人的精神的美妙显影剂！对最近发现的这些病理现象，我们思索了几个世纪，进行了几个世纪的热忱研

1　Philibert Margeton，疑为作者虚构。

究……我们得坦率地承认这点……在此之前，我们只是怀疑人拥有情感和精神的财富！但是现在，由于有了战争，这事就成了……我们深入它们的内部，是用破门而入的方法，这样做当然是痛苦的，但对科学来说却有决定性的意义，再说这样做也是天意！第一批发现一经问世，对我贝斯通布来说，心理学家和伦理学家的责任就不再有任何疑问！对于我们的心理学观念，必须来个彻底的改革！"

这也正是我巴尔达米的看法。

"主任，我确实认为，最好……"

"啊！您也是这样想的，巴尔达米，这可是您说的！您瞧，在人的身上，善和恶是互相平衡的，一边是利己主义，另一边是利他主义……在精英身上，利他主义多于利己主义。这样说对吗？是这样吗？"

"说得对，主任，正是这样……"

"我问您，巴尔达米，在精英这种主体身上，能够激起利他主义并迫使其不容置疑地表现出来的已知的最高实体会是什么呢？"

"是爱国主义，主任！"

"啊！您瞧，这可是您说的！您完全理解我的意思……巴尔达米！爱国主义及其必然的结果，荣誉，也就是它的证明！"

"对！"

"啊！请注意，我们的小兵经受了战火的初步考验，就能立即自发地从一切诡辩论及其附属的观念中解放出来，特别是从保命的诡辩论中解放出来。他们立即本能地和我们存在的真正理由，我们的祖国，融合在一起。为了获得这一真理，智力不但是多余的，而且还会碍事！祖国是一种心领神会的真理，就像一切基本的真理一样，人民是不会弄错的！这正是平庸的学者误入歧途的地方……"

"说得妙，主任！太妙了！这像是古训！"

贝斯通布几乎是亲切地握了握我的两只手。

他为了我好，用变得像慈父一般的声音补充道："我就是要用这种方法来治疗我的病人：治疗肉体使用电，治疗精神则用大剂量的爱国主义伦理，用滋补道德的真正注射液！"

"我懂您的意思，主任！"

我确实越来越开窍了。

同他分手之后，我立刻同恢复健康的病友们一起到崭新的小教堂去做弥撒，看到布朗勒多尔斗志昂扬地站在大门后面，正在开导女门房的小女儿如何生机勃勃。我立刻走到他的身旁，因为他要我过去。

下午，亲属从巴黎来看望我们，这是我们来这里之后的第一次，以后是每星期探望一次。

我后来给母亲写了信。她见到我时高兴得哭了起来，就像终于找到自己崽子的母狗那样。她以为拥吻我也许能给我很大安慰，不过她在这方面却不如母狗，因为她相信了别人为把我带走而对她说的话。母狗至少只相信自己的感觉。我和母亲一起在医院附近的街道上转了一大圈，走了一个下午，在那儿初具规模的街上闲逛，只见街上的路灯还没有漆过，街道两边长长的门面上渗出水来，窗前五颜六色，挂着破旧的衣服、穷人的衬衣，可以听到中午噼噼啪啪的轻微油炸声，那种劣质荤油炸出来的声音。城市周围是一片萎靡不振，城市豪华的假象在这里显露出来，以衰败的景象作结。在这种萎靡不振之中，城市向愿意观看的人们展示了由垃圾箱组成的巨大臀部。我们在散步时避开了几家工厂，因为它们散发出各种各样的臭味，有些臭得令人难以置信，把周围的空气弄得奇臭难闻。附近，在两座参差不齐的大烟囱之间，正举办小型的市集，但生意清淡，那些油漆剥落的木马，对想骑的孩子们来说价钱太贵。这些小孩发育不良，手指揾着鼻子，往往想骑木马想了几个星期，既被音乐吸引，又因贫穷无法如愿，就不由自主地留了下来。

在这些地方，每个人都竭力把真相从自己身边赶走，可真相却还要回来为每个人哭泣。人们不管做什么，也不管喝什么，天上还是红色的一片，像墨汁一样稠密，天空仍然那样，在上面紧紧地封闭着，犹如巨大的池塘，蓄着郊区的烟雾。

地上泥泞，使你走起来感到吃力，而生命的两边也是封闭的，被一些旅馆和工厂关得严严实实。连那里的墙壁都已是一口口棺材。洛拉走了，米西娜也走了，我已无人做伴。正因为如此，我最后才给母亲写了信，以便见到一个亲人。我只有二十岁，可除了过去之外就一无所有。我和母亲一起走过星期天一条又一条的街道。她给我讲述她做生意的一些琐事，她周围的那些城里人对战争的看法，说战争是悲惨的，甚至是"令人恐惧的"，但只要非常勇敢，我们最终就能结束战争，她认为被打死只是一些意外事故，就像赛马那样，只要好好地骑在上面，就不会掉下来。说到她自己，她在战争中只是增添了很多忧伤，她试图不去过多加以触动，这种忧伤对她来说犹如害怕，充满了她不理解的可怕事情。她心里认为，像她这样的小小平民出生就是为了受尽一切苦难，这是他们在人世间的角色，而近来的情况如此糟糕，主要是因为他们这些小小平民过去犯的错误积得太多……他们想必是干下了蠢事，当然是在无意中干的，但还是有罪的，现在让他们受苦，是给他们赎罪的机会，这已经非常客气了……我母亲是个"贱民"。

这种逆来顺受的、带有悲剧性的乐观主义是她的信仰，并构成了她本性的精髓。

我们俩冒着雨，沿着那些分块出售的街道行走。那儿的人行道在脚下陷了下去，道旁小椿树的树枝上久久地挂着雨滴，在冬天的寒风中颤动着，煞是好看。在回医院的路上，要经过许多新建的旅馆，有些取了名字，有些甚至还没费这份神。它们反正"按星期出租"。战争突然把住在旅馆里的包工头和工人全部撵走了。这些住客要死也不会回来死。死也是一件活儿，但这活儿他们将在外面干完。

我母亲哭哭啼啼地把我送回医院，我万一出了意外事故死亡，她可以接受，她不但会在心里同意，而且还会想，我是否也像她那样逆来顺受。她相信命数，就像相信高等工艺专科学校的米尺那样，她以前对我谈起这种米尺，总是带有尊敬的口吻，因为她在年轻时获悉，她在缝纫用品买卖中使用的米尺，是严格按照这种美妙的标准原器复制而成的。

在这衰败的农村，在分块出售的土地之间，仍零星散布着一些农田和庄稼，几个老农民赖在这些小块土地上，夹在新建的房屋之间。晚上回医院之前，我们还有一点时间，我就和母亲一起去看望他们，看这些古怪的农民拼命用铁制的农具挖掘这细粒软土。泥土用来埋葬将要腐烂的死尸，但粮食也是从泥土里长出来的。"这泥土想必很硬吧！"我母亲每次望着他们时总是这样困惑地说。她所知道的烦恼，只是她那样的人的烦恼，也是城里的烦恼，现在她试图想象乡下会有什么样的烦恼。这是我过去所知道的我母亲唯一的好奇心，它足以使她乐上一个星期天。她带着这种乐趣回到城市。

我没有得到洛拉的任何消息，也没有米西娜的消息。这两个婊子的处境一定很好，有这种处境的人们虽说面带笑容，却毫不留情，按明文规定把我们拒于门外，因为我们这些肉只配用作祭品。他们已经两次把我送到关人质的地方。现在只是时间和等待的问题。赌注已经下定。

八

　　前面已经说过，我同房的病友布朗勒多尔中士深受女护士们的青睐，而且经久不衰，他虽说浑身都是绷带，可仍然十分乐观。医院里的所有病人都羡慕他，模仿他的一举一动。我们变得像样了，精神上也丝毫没有令人讨厌的地方，就开始接待社会名流和巴黎市政府高级官员的来访。人们在沙龙里反复地说，贝斯通布教授的神经医学中心成了强烈爱国热忱的真正圣地，也可以说是策源地。之后，我们在会客的日子里不仅见到了几位主教，而且还见到一位意大利公爵夫人、一位大军火商，不久之后，巴黎歌剧院的演员和法兰西喜剧院的演员也来了。他们来现场观赏我们。法兰西喜剧院一位漂亮的女演员，朗诵诗比谁都强，竟会走到我的床头给我朗诵英武绝伦的诗句。她那勾魂摄魄的红棕色头发（同肤色相配），在朗诵时激起阵阵美妙的波涛，通过震荡一直传到我的会阴。由于这位天使询问我的战绩，我就向她叙说无数细节，个个都激动人心，叫人心碎肠断，听得她目不转睛地瞅着我。她久久无法平静，就要求我允许她请一位崇拜她的诗人，把我叙述的事情中那些最为激动人心的段落写成诗句打印出来。我立刻表示同意。贝斯通布教授得知这一计划之后，表示极为赞赏。为此，他在当天接受了发行量很大的《国民画报》派来的记者的采访，那些记者则让我们都到医院的台阶上和法兰西喜剧院那位漂亮的女演员一起合影留念。"在我们正在经历的悲惨时刻里，诗人们的最高职责，"不放过任何机会的贝斯通布教授说，"是使我们重新喜爱史诗！现在不是玩弄趣味低级的字母组合的时候！打倒那些空洞无物的文学！在伟大而高尚的战斗声中，我们涌现了新的灵魂！这是伟大的爱国主义新高潮的要求！我们的荣誉必将出现一个个高峰！……我们要求的是史诗般的宏伟气魄！……在我领导的这所医院里，我们亲眼看到，诗人和我们的一位英雄决定进行这种创作上的崇高合作，令人难以忘怀，我要说，这件事值得称道！"

我同房的病友布朗勒多尔，在当时想象力要比我慢上半拍，在照片中也没有他的人影，所以他对此十分嫉妒，始终耿耿于怀。之后，他开始野蛮地和我争夺英雄的桂冠。他编造出一些新的故事，表演得越发精彩，无人能使他停止下来，他的战绩近于发狂。

我却感到难以找到刺激性更强的东西，很难再对这样夸张的事情添油加醋，然而，医院里无人甘心落后，我们之中好胜心强的人争先恐后地编造出另一些"战争的壮丽篇章"，以便拔高自己。我们在一部伟大的武功传奇中身临其境，扮演着神奇人物的角色，而在内心深处，我们却微不足道，整个肉体和灵魂都在颤抖。要是有人看到我们的真实面目，一定会惊讶得目瞪口呆。战争已经成熟。

我们伟大的贝斯通布接待的来访者中还有许多外国名流，其中有科学家、中立者、怀疑者和好奇者。陆军部的总监们腰佩军刀，身穿漂亮的军装，在病房里进进出出，度过他们延长的军事生涯，也就是说，他们恢复了青春，腰包里全是新的津贴。因此，这些总监在勋章和表扬方面并不吝啬。一切顺利。贝斯通布及其出色的伤员们成了卫生部门的光荣。

我那位漂亮的女保护人，法兰西喜剧院的演员，不久又再次专程来看望我，这时，她亲密的诗人即将完成叙述我战绩的押韵诗篇。这个脸色苍白、忧虑不安的年轻人，我终于在一条走廊的拐弯处见到了。他对我说，他的心肌纤维十分虚弱，连医生们也认为是个奇迹。因此，这些关心虚弱者的医生把他留在远离军队的地方。作为报答，这位歌颂英雄业绩的矮小诗人，不顾自己的健康，使用自己全部的精神力量，开始为我们铸造"胜利之神的精神铜像"。当然喽，令人难忘的诗句也是优良的武器，就像其他一切东西那样。

既然他在这么多当之无愧的勇士中选择我来当他的主人公，我就不能对此抱怨！另外，说句老实话，我已得到国王一般的待遇。这确实妙不可言。朗诵会在法兰西喜剧院隆重举行，时间是一天的下午，这个下午被称为诗歌的下午。医院的全体人员都应邀出席。我那位头发红棕、激动人心的朗诵者登上了舞台，只见她姿态英武，修长的胴体紧裹在蓝白红三色的衣服之中，显得十分性感。她的上台犹如发出信号，被激起情欲的观众全场起立，发出经久不息的欢呼。我思想上虽有准备，但听到这位女友美妙的朗诵，却仍然十分惊讶，无法对邻座掩盖这种感情。我听到她用颤抖的声音激励将士，有时如同低声呻吟，以便使我为她编造的插曲中的所有悲剧成分更富感染力。她的诗人在想象方面显然胜我一筹，他把我的想象又加以畸形地拔高，使用了火一般的韵脚，奇妙无比的形容词，这些都庄严地陷入赞美的、死一般的寂静之中。在朗诵到一个和谐复合句的高潮，即这篇作品最热情的段落时，艺术家转向布朗勒多尔和我以及另外几个伤员所在的包厢，伸出美妙的双臂，仿佛已委身于我们中最英雄的人物。这时，诗人虔诚地阐明我赋予自己的一个神奇的英勇行为。当时发生的事情，我现在已记不大清楚，不过，这并不是微不足道的小事。幸运的是，英勇的行为都是可信的。观众猜出了这个艺术作品奉献的对象，就全都朝我们转过身来，高兴地大声喊叫，情绪激昂，拼命跺脚，要英雄出来。

布朗勒多尔独自占据了包厢的整个前沿，把我们全都挡在后面，因为他身上包扎的绷带，几乎可以把我们完全遮住。他这样做是有意的，这个浑蛋。

但是，我们中的两个病友爬到他身后的椅子上，超出他的肩膀和脑袋，总算让观众欣赏到了自己的尊容。观众对他们报以雷鸣般的掌声。

"但是，他们赞扬的是我！"我这时差点没喊起来，"是我一个人！"我了解我的布朗勒多尔，我要是这样做，我们就会在众人面前吵起来，也许还会打起来。最后，是他赢得了胜利，压倒了众人。他胜利了，如他所愿，一个人待在那儿，以便获得巨大的敬意。我们失败了，只能涌向后台，我们这样做了，并在那儿再次受到热烈的祝贺。这是一种安慰。然而，我们这位鼓舞人心的女演员并非独自待在化妆室里。在她的身边站着诗人，是她的诗人，也是我们的诗人。他像她一样，喜欢年轻的士兵，对他们十分亲热。他们用艺术的手法使我明白了这点。一件韵事。他们对我重复了一遍，但我一点也没有考虑接受他们体贴的暗示。算我倒霉，因为事情本来可以得到妥善的安排。他们有很大的名气。我突然告辞走了，而且莫名其妙地生起气来。我还年轻。

总之：飞行员们抢走了洛拉，阿根廷人抢走了米西娜，最后，这位性欲倒错的诗人夺走了我美妙的女演员。我失魂落魄地离开了喜剧院，只见走廊里最后几支蜡烛正被人熄灭。我没乘有轨电车，独自一人在夜里走回医院。在黏糊糊的泥泞和桀骜不驯的郊区，我们的医院活像个捕鼠器。

九

说实在的，我得承认，我的头脑一直不大清醒。但是现在，要答应一句"是"或"不"，我就会晕头转向，就会被汽车压死。战争这条路，我走起来摇摇晃晃。说到零用钱，我在住院期间只能靠我母亲每星期勉强省下的几法郎。因此，我一有机会就到处去捞点外快，哪儿捞得到就上哪儿。我首先感到我以前的一位老板是这方面的合适人选，而他也立刻接待了我的来访。

我当时恰巧想起我曾在马德莱娜广场的那位珠宝商罗歇·皮塔[1]那儿干过一阵子兼职，时间是在宣战前不久。我在这个卑鄙无耻的珠宝商那儿

---

1 Puta，源自法语中的"pute"（妓女）。

工作，当"临时工"，在需要送礼的那些节日期间，擦洗店里数量众多、各式各样的银器，因为银器难以保养，不断抚摸容易弄脏。

我当时在医学院进行要求严格、漫无止境的学习（因为我考试老是不及格）。学院的大门刚关上，我就跑到皮塔先生商店的后间，用"西班牙白垩粉"拼命擦他那些巧克力壶，一擦就是两三个小时，一直干到吃晚饭的时候。

我干活的报酬是供自己吃饭，可以在厨房里饱餐一顿。另外，我在上课前还得把店里的那些看门狗牵出去遛一圈，让它们撒泡尿。干这些事，每月可得到四十法郎。皮塔珠宝店有千百颗钻石，在维尼翁街的街角上闪闪发光，每颗钻石的价格都等于我好几十年的工资。现在，这些珠宝仍在那儿闪闪发光。皮塔老板在动员时被列为辅助人员，开始专门给一位部长当差，有时给他开车。但另一方面——这可完全是非正式的工作——皮塔向部里供应首饰，成为一员非常得力的干将。当大官的投机倒卖，干得十分顺利，签了一个个合同，又要签订新的合同。战争进行的时间越长，人们就越是需要首饰。皮塔先生有时接到的订单过多，感到难以应付。

皮塔先生在劳累过度时，才露出一点聪明的神色，这是因为他受到疲劳的折磨，而且只有在这种时候才会如此。但是，休息好了之后，他的脸虽然带有不容置疑的清秀，却满面都是愚蠢的平和，这种表情使人终生难忘，回忆起来叫人绝望。

他的妻子皮塔太太和家里的银箱就像一个人一样，可以说是寸步不离。她受教育的目的，就是要成为珠宝商的妻子。这是父母的雄心壮志。她知道自己的职责，自己的全部职责。银箱财运亨通，家庭生活就幸福美满。这并非因为皮塔太太长得丑，不，她甚至可以变得相当漂亮，就像其他许多女人那样，只是她非常谨慎，生性多疑，所以就停留在美貌的边缘，就像停留在生活的边缘那样，原因是她的头发梳得有点过于整齐，她的微笑有点过于随便和突然，她的动作有点过于迅速或过于鬼鬼祟祟。人们弄不清楚她心里算来算去到底在算计些什么，也不知道为什么走到她身边时总会觉得浑身不自在。商人们会使那些走近他们的聪明人产生一种不由自主的反感，但对不卖任何东西给任何人的人们来说，由于他们确实穷得要命，这样的反感倒是一种十分罕见的安慰。

因此，皮塔太太一心一意挂念着自己的买卖，就像埃罗特太太那样，不过是属于另一种类型，犹如修女们把自己的肉体和灵魂都交给了上帝。

不过，我们的老板娘，她有时也关心世事。因此，她有时会不由自主地想到士兵的父母。"对于孩子已经长大成人的人家来说，这场战争是多大的不幸啊！"

"你说话得好好想想！"她丈夫立刻接过她的话头，他听到这种多愁善感的话，早已做好准备，而且态度坚决，"难道法兰西不应当有人保卫？"

他们心肠好，最主要是爱国，总的来说是临危不惧，在战时的每个晚上，他们都能在店里的几百万法国财产上面进入梦乡。

皮塔先生有时去逛妓院。在妓院里，他显得苛求，又不愿被人看出他是挥霍无度的人。"我可不是英国人，美人儿，"他一到那儿就先打招呼，"我是内行！我是个没有急事的法国小兵！"这就是他的开场白。女人们都对他十分青睐，因为他寻欢作乐是这样从容不迫。他追求享乐，但不会上当，是个男子汉。他利用自己熟悉商界的有利条件，替妓院的老鸨做成几笔首饰买卖，因为老鸨不相信交易所的证券投资。皮塔先生在军事方面取得惊人的进展，从暂时退役变为永久性的缓期征募。不久之后，经过不知多少次恰当的体格检查，他终于完全退役。他一生中最大的乐趣之一，是欣赏并在可能的情况下抚摸漂亮的腿肚子。这至少是一种使他比妻子高明的乐趣，因为他妻子只知道做买卖。在能力相同的情况下，男人不管如何孤陋寡闻，如何游手好闲，似乎总要比女人多一份操心。总之，这个皮塔有那么一点艺术家的细胞。在艺术方面，许多男人和他一样，总是对漂亮的腿肚子有一种怪癖。皮塔太太对自己没有孩子感到高兴。她老是对自己的不育表示满意，所以她丈夫终于把他们俩的这种满意告诉了妓院的老鸨。"不过，总得让某个人的孩子上那儿去，"老鸨回答道，"因为这是一种义务！"确实，战争也包含着一些义务。

皮塔给一位部长开过车，那位部长也没有孩子，部长们现在都没有孩子。

在一九一三年左右，另一个辅助工同我一起为这家商店干杂活。他名叫让·瓦勒兹[1]，晚上在小戏院干一点"跑龙套"的活，下午在皮塔的店里当送货员。他也对十分微薄的工资感到满足。不过，他是靠地铁才应付过来的。他送货时，走路的速度几乎和乘地铁一样快。这样，他就把买地铁票的钱放进自己的腰包。完全是外快。确实，他的脚有点臭，甚至非常臭，但他自己知道，所以要我在店里没有顾客时通知他，使他可以溜进店里而又不造成损失，并悄悄地和皮塔太太结账。

1　Voireuse，源自法语中的"foireux"（懦夫）。

钱放进银箱之后，他就立刻被打发到我干活的后间来。在战争期间，他的两只脚又帮了他的大忙。他被认为是全团走得最快的联络员。养伤期间，他到比塞特尔棱堡来看望我，也正是在这次来访中，我们决定一起去向我们以前的老板借钱。说干就干。在我们到达马德莱娜广场时，店里的货刚陈列好……

"啊！是你们来啦！"皮塔先生看到我们时有点惊讶，"我非常高兴！请进！您，瓦勒兹，您脸色不错！很好！但您，巴尔达米，您像是有病，小伙子！不过你们还年轻！身体会好的！不管怎么说，你们还算走运！别人说什么都可以，你们可是在经历壮丽的时刻，是吗？在北边？是在露天！这可是历史，朋友们，或者是我一窍不通！而且是怎样的历史啊！"

我们一声也不吭，让皮塔先生把想说的话都说完，然后再向他借钱……于是，他继续说道：

"啊！我承认，战壕里是很苦！……这不假！但你们知道，这里也非常艰苦！……你们都受过伤，是吗？可我已经精疲力竭！我在市里上夜班已经有两年了！你们知道吗？你们想想！简直要累断腰！要累死啊！夜里巴黎的街道！没有灯光，我的朋友们……在这种街上开车，而且车上坐的往往是部长！又要开得快！你们无法想象！……这等于要在夜里自杀十次！……"

"是啊，"皮塔太太附和道，"有时他还要给部长夫人开车……"

"是啊！而且还没完哪……"

"真可怕！"我们一起说道。

"那些狗呢？"瓦勒兹出于礼貌问道，"您把那些狗弄到哪儿去了？是不是还带它们到杜伊勒里公园去散步？"

"我叫人把它们宰了！它们对我有害处！对商店也不利！……那几条德国牧羊犬！"

"真可怜！"他妻子遗憾地说，"但我们现在新养的几条狗很好，是苏格兰种的……就是有点味儿……而我们那几条德国牧羊犬，您还记得吗，瓦勒兹？……它们可以说从来没有味儿。我们可以把它们关在店里，甚至在雨里淋过也是这样……"

"是呀！"皮塔先生补充道，"可不像该死的瓦勒兹那两只脚！让，您的脚还臭吗？该死的瓦勒兹！"

"我觉得还有点。"瓦勒兹回答道。这时，几位顾客走进店里。

"朋友们，我不再留你们了，"皮塔先生对我们说，因为他想尽快把让撵出去，"特别祝你们身体健康！你们从哪儿来我不想问！不！保卫国家高于一切，这是我的看法！"

说到保卫国家这几个宇，皮塔变得十分严肃，就像他在找零钱时那样……就这样，他把我们打发走了。临走时，皮塔太太给我们每人二十法郎。商店擦得闪闪发亮，犹如一艘游艇，我们再也不敢在店里穿过，因为我们的鞋子踩在精致的地毯上，就像怪物一样。

"啊！罗歇，你瞧瞧他们俩！他们多滑稽！……他们已经不习惯了，他们真像踩过什么东西那样!"皮塔太太惊讶地叫道。

"他们会重新习惯的!"皮塔先生真诚而又善意地说。他很高兴花这么少的钱,这么快就把我们打发走了。

我们一走到街上,就立刻想到,每人二十法郎,是用不了很长时间的,但瓦勒兹又想出一个主意。

"走,"他对我说,"到一个战友的母亲那儿去,那战友是我们在默兹省时死的。我每个星期都到他父母那儿去,对他们讲他们的儿子是怎么死的……他们是有钱人家……我每次去,他母亲就给我一百法郎……他们说,他们见到我很高兴……那么,你明白……"

"我到他们那儿去干什么?我对他母亲说些什么呢?"

"你就对她说,你也认识她的儿子……她也会给你一百法郎……他们真是有钱人家!这叵是我说的!而且不像皮塔那样没有教养……他们花钱不在乎……"

"我是想去，不过，你能肯定她不会问我一些细节吗？……因为我不认识她的儿子……她要是问到我，我就傻眼了……"

"不，不，这不要紧，你就像我那样说……你就说：是的，是的……你别担心！这女人心里难过，你要知道，只要有人对她说起她的儿子，她就感到高兴……她要求的就是这个……随便说些什么都行……这不难嘛……"

我难以做出决定，但又很想要这一百法郎，在我看来，这钱唾手可得，就像是天上掉下来的那样。

"好吧，"我最后做出了决定，"但是，可不能让我编造任何事情，嗯，我要对你先打这个招呼！你答应我吗？我就像你那样说，就这样……先说说这小伙子是怎么死的？"

"他是脸部中了炮弹死的，老兄，而且炮弹不小，是在名叫加朗斯¹的地方……在默兹省，一条

---

1 Garance，法语中意为茜红色的染料，是作者虚构的地名。

河的边上……小伙子的'这个'也找不到了！这可不是一般的往事……另外，你要知道，这小伙子个头高，人长得十分匀称，又结实，又喜欢运动，但要抵挡一颗炮弹？可挡不住！"

"是呀！"

"我对你说，他是给炸死的……他母亲到今天还无法相信！我一遍又一遍地对她说也没用……她希望他只是失踪了……这种想法真蠢……失踪！……这不是她的过错，炮弹她可从未见过，她无法理解，像这样被扔到空中去，就像放屁一样，啪一下就完了，何况这是她的儿子……"

"当然喽！"

"首先，我已经有两个星期没去他们家了……但是，你会看到，我到了那儿，他母亲会立刻在客厅里接见我，另外，你要知道，他们家很漂亮，就像剧院那样，到处是窗帘、地毯、镜子……你要知道，拿出一百法郎不会使他们十分为难……这就像要我拿出一百个苏[1]，大概这么个数……今

---

1 法国辅币名，20苏为1法郎。

天，她甚至会给二百……她已经有两个星期没见到我了……朋友，你会看到仆人们的纽扣都是镀金的……"

我们在亨利马丹街往左拐，然后再往前走一点路，就来到一个栅栏门前，门的两边都是树木，中间是花园的一条小径。

"你瞧！"瓦勒兹在我们走到门前时说，"就像一座城堡……我对你说过……别人对我说，他父亲是个铁路大亨……是个大人物……"

"是不是车站站长？"我开玩笑地说。

"别开玩笑了……他从那儿下来了。他朝我们走来……"

但是，他指给我看的那个老人没有立刻过来，而是驮着背沿着草坪的边缘走着，一面和一个士兵说着话。我们走到近前。我认出了这个士兵，他就是我去利斯河畔努瓦瑟侦察时在夜里遇到的那个预备役军人。我这时甚至想起他当时告诉我的名字：鲁滨逊。

"你认识那个步兵？"瓦勒兹问我。

"是的，我认识他。"

"他也许是他们的一位朋友……他们想必是在谈论老太太，我不希望他们不让我们去看望她……因为给钱的是她……"

老先生走到我们面前。他说话声音颤抖。

"亲爱的朋友，"他对瓦勒兹说，"我十分沉痛地告诉您，自从您上次来看我们之后，我可怜的妻子陷入了巨大的悲痛之中……星期四，我们让她独自待了一会儿，是她要求我们这样做的……她哭着……"

他无法把话说完。他突然转过身去，就离开我们走了。

"我认出你了。"我等老先生离我们相当远之后才对鲁滨逊说。

"我也认出了你……"

"老太太出了什么事？"我问他。

"她在前天上吊自杀了，就是这样！"他回答道，"真是傻瓜！"

他又补充了一句，"她是我的教母！算我走

运！就像是彩票！我可是第一次回来休假！……
这一天我已经等了六个月！……"

瓦勒兹和我，我们不禁对鲁滨逊遇到的不幸
开起了玩笑。要说意想不到的倒霉事，这可算得
上一件，只是她死了，这二百法郎也就不会再给
我们，而我们原来都想随机应变，再来大吹一通。
想到这儿，我们就不乐了，一个也乐不起来。

"你这个大坏蛋倒是美滋滋的，嗯？"我们俩
逗弄鲁滨逊，想让他急得直跳，以便嘲笑他，"你
以为你可以和老头老太一起大吃一顿？你也许还
以为你可以蒙骗教母？……你想得真美！……"

我们总不能老是待在那儿，对着草坪哈哈大
笑，所以三个人就一起朝格勒内尔的方向走去。
我们三个人各自数了数身上的钱，可不是很多。
由于当天晚上得回到各自的医院或兵站，三个人
就只有到酒吧吃一顿晚饭的时间，吃完饭也许还
会有一点空余的时间，但要去妓院"楼上"是来
不及了。不过，我们还是到那儿去了一次，但只
是在楼下喝了一杯。

"我很高兴又见到了你，"鲁滨逊对我说，"可那小伙子的母亲真是个蠢货！……我想起她就不是个滋味，她干吗正好在我回来的那天上吊呢！……我才忘不了她呢！……我会不会上吊？……要是伤心呢？……我也会上吊自杀！……你呢？"

"有钱人，"瓦勒兹说，"比其他人更容易冲动……"

瓦勒兹心地善良，他又补充道："我要是有六法郎，就跟那个棕发小妞一起上楼，就是你在那儿看到的那个，在'吃角子'老虎机旁边……"

"那你就去吧，"我们对他说，"你过后对我们说说，她口交的本领高不高……"

不过，我们找来找去也没凑足这个数。我们付了小费，剩下的钱就不够他去玩一次，只够每人再喝一杯咖啡和两杯黑加仑酒。喝完了，我们就立刻出来散步！

我们走到旺多姆广场才最后分手。各人走各人的路。我们分手时，天已经黑得伸手不见五指，我们说话的声音很低，因为回声很响。没有灯光，因为禁止点灯。

让·瓦勒兹我再也没有见到过，鲁滨逊我后来倒是经常见到。让·瓦勒兹在索姆省给毒气熏坏了。两年后，他在布列塔尼海边的一所海员疗养院里去世。他刚去那儿时给我写过两封信，后来就杳无音信。他以前从未到过海边。"你想不到这儿有多美，"他在给我的信中写道，"我洗了几次海水浴，这对我的脚有好处，但我的嗓子，我想是治不好了。"这使他感到难过，因为他心里有个雄心壮志，希望有朝一日能进剧院的合唱队。

跟单纯跑龙套相比，合唱队员的收入要高得多，而且更有艺术性。

十

那些大人物最后把我给忘了，我的五脏六腑这才有了救，但我的脑袋里却永远留下了印记。没什么可说的。"滚吧！……"他们对我说，"你已经不中用了！……"

"到非洲去！"我对自己说，"走得越远越好！"我乘上了"私掠船联合公司"的一艘船。这艘船跟公司的其他船只一样，驶向热带地区，装载着棉织品、军官和公务人员。

这艘船非常陈旧，旧得连上甲板的铜牌也给人拿走了，曾经铜牌上写有它出生的年份。这年份非常遥远，乘客们要是知道了会感到害怕，也会感到好笑。

总之，我上了这条船，想到殖民地去脱胎换

骨。那些要我好的人希望我能发财。可我只想离开这儿，但因为没钱的人总要装出顶用的样子，另外也因为我没有完成自己的学业，这样下去不行。要去美国，我的钱不够。"那就去非洲吧！"我就说，并让人推上了前往热带地区的船只。有人向我担保：在热带地区，只要不太贪心，并且表现良好，就能立刻找到一份好工作。

这些预测使我浮想联翩。我没有很大的才干，但我的举止可以说是好的，态度谦和，对人尊重，老是担心不能准时，但愿在生活中永远不要超过别人，还有对人体贴……

一个人能从一场疯狂的国际大屠杀中保住性命，就说明他做事仔细，小心谨慎。不过，我们还是回过来谈这次旅行吧。当我们尚未驶出欧洲海域时，情况还算不错。乘客们无所事事，分散在阴暗的统舱、厕所和吸烟室里，三个一群五个一簇，疑神疑鬼，说话带着鼻音，喝着波功开胃酒，说着流言蜚语，从早到晚都是如此。人们一会儿打嗝，一会儿打盹，一会儿大声叫喊，但看起来对离开欧洲毫不后悔。

我们的船名叫"布拉格通[1]海军上将"号。它能在温水海域航行，全靠船体上的涂层。一层层的沉积物，像洋葱那样裹在船壳上，最后成了"布拉格通海军上将"号的第二船壳。我们向非洲驶去，向真正的、巨大的非洲驶去，那儿人烟稀少，有着无边无际的森林，弥漫着有毒的瘴气，黑人大暴君们躺卧在漫无边际的条条河流的汇合处。用一包"皮莱特"双面刀片，我就可以从他们那儿换到这么长的象牙、火红色的鸟儿、未成年的女奴。这是希望之乡。生活嘛！这同到处是代办处、建筑物、铁路和牛轧糖的面目全非的非洲毫无共性。是的！我们将要看到的是非洲的本来面目，是真正的非洲！我们，"布拉格通海军上将"号上嗜酒如命的乘客！

但是，在经过葡萄牙的海岸之后，情况就立刻开始恶化。有一天早晨醒来时，我们犹如无法

1　Bragueton，源自法语中的"braguette"（男裤前的门襟）。

抗拒地被一种温热的、令人不安的浴室般闷热的气氛笼罩住。杯中的水、大海、空气、床单、我们的汗水，一切都是温的、热的。之后，夜里也好，白天也好，手上、屁股上和喉咙里，就不可能有一点凉快的感觉，除非是在酒吧里喝加冰块的威士忌。于是，"布拉格通海军上将"号的乘客们感到灰心丧气，只好待在酒吧里，像着了魔似的，守着风扇一动也不动，仿佛和一个个小冰块连接在一起，打完牌后互相威胁，然后又立刻表示歉意。

这种情况没有持续下去。在使人灰心丧气的持续炎热之中，船上所有的人全都像喝醉了一样。人们在甲板之间懒洋洋地走来走去，活像是淡水缸底下的章鱼。从这时起，我们看到白人令人不安的本性明显地显露出来，他们真正的本性受到挑动，被释放出来，表现得十分放肆，就像在战争时期一样。热带的闷热使本能憋不住了，犹如癞蛤蟆和蝮蛇那样，到八月终于变得十分活跃，在监狱中布满裂痕的墙上到处乱爬。在寒冷的欧

洲，在北方羞怯的平淡气氛中，人们在不进行杀
戮时，只是怀疑我们的弟兄们十分残忍，但只要
热带中可恶的热病使他们兴奋起来，他们的腐败
就立刻显露出来。这时，他们就大放厥词，脏话
连篇，把我们团团围住。这是生物本能的流露。
一旦工作和寒冷不再约束我们，一时松开了它们
的钳子，人们就能看到白人的真实面目，就像大
海退潮之后，在充满生机的海滩上能看到臭味很
重的水潭、螃蟹、腐尸和粪便。

　　因此，经过葡萄牙海岸之后，船上所有的人
都开始借着酒兴，疯狂地解除对自己本能的约束，
解除束缚的还有因旅行完全免费而产生的那种内
心的愉悦感，现役军人和在职公务人员尤其如
此。在连续四个星期的时间里，自己不付一分钱
就可以吃饭、睡觉、喝酒，想到这点，就会因免
费旅行而胡作非为，不是吗？只有我一个人是自
费旅行。因此，这个与众不同之处被别人知道之
后，我立刻被看作极其厚颜无耻之徒，显然令人
讨厌。

如果我在马赛上船时对殖民地人士已经有所接触，我这个不够格的旅伴就会跪倒在地，请求我到处可以遇到的、在殖民军步兵中级别最高的军官的原谅和宽恕，为了更加安全起见，我也许还会拜倒在资历最老的公务人员脚下。这样，这些古怪的乘客也许会容许我待在他们中间而不来伤害我。但是，我十分无知，竟在无意中认为可以在他们周围自由地呼吸，这可差点要了我的命。

谨小慎微，永远做不到无懈可击。我还算有点机灵，只失去了我所剩无几的自尊。事情是这样的。过了加那利群岛之后不久，我从船舱的一个侍者那儿得知，船上的人都说我装腔作势，甚至蛮横无理……他们怀疑我拉皮条，还怀疑我搞鸡奸……甚至怀疑我有点可卡因的癖好……不过这只是附加的罪名……另外，有一种想法引人注目，就是我逃离法国是因为犯下了几件大案，后果十分严重。然而，这只是我经受考验的开始。这时，我才得知这班船有个规定，就是接受自费旅客极为谨慎，而且还带有苛刻的条件。自费旅客既不像军人那样可以免费乘船，又不能在行政机关中报销旅费，因为大家知道，法国侨民本身就是《年鉴》[1]上的贵族。

总之，一个普通的平民要到那种地方去冒险，是没有什么正当理由的……间谍、嫌犯，人们找到一千条理由来对我侧目而视，军官们死死地盯着我看，妇女们则发出会心的微笑。不久之后，仆人们的胆子也大了起来，在我的背后讽刺挖苦。最后，大家不再怀疑我是船上最没教养的、最讨厌的人，而且可以说是这艘船上唯一如此的人。这可是前奏。

跟我同桌吃饭的是加蓬邮政部门的四个公务人员，他们患有肝病，牙齿掉落。旅行开始时他们和我亲密无间，到后来都对我默无一言。这就是说，船上的人取得了默契，共同对我进行监视。因此，我走出自己的船舱后极为小心谨慎。空气

1　*Annuaires*，载有陆军、海军和各种行政部门正式任职人员的名单。

热得像煮过一般，压在皮肤上犹如固体一样。我插上门闩，赤条条地待在里面，一动也不动，试图想象那些魔鬼般的乘客会想出什么办法来干掉我。我在船上没有一个熟人，而船上的每个人好像都认出了我。我的体貌特征想必已在他们的脑子里变得十分清楚，转瞬即现，就像登在报上的著名罪犯的体貌特征那样。

我不由自主地扮演着必不可少的"千夫所指的坏蛋"的角色，成了各个世纪到处都会发现的人类耻辱，这种人大家都听说过，就像魔王和上帝那样，但在人世间和生活中又总是各式各样，稍纵即逝，总之不可捉摸。要把"坏蛋"最终孤立起来，并加以辨别，缉拿归案，就得具有只能在这条狭窄的船上遇到的特殊环境。

在"布拉格通海军上将"号上，真是人人兴高采烈。"恶魔"将无法逃脱自己的命运。这恶魔就是我。

光冲着这件事，这次旅行就值得。我在这些自发的敌人中间过着深居简出的生活，好歹想对他们进行鉴定，同时又不让他们发现这点。为了做到这点，我悄悄地从我船舱的舷窗对他们进行观察，特别是在早上。我的敌人们在早饭前出来乘凉，从阴部到眉毛、从直肠部位到脚底都毛茸茸的，身上穿着在阳光下变得透明的睡衣。他们沿着舷墙躺着，手里拿着酒杯，在那儿打着嗝，已经准备在周围呕吐，特别是那个眼睛突出、充血的上尉，深受肝病的折磨，一清早就来到这儿。每当他醒来时，他就向其他家伙打听我的情况，询问"大家"是否还没有把我"扔到船外"。"就像吐掉一口浓痰！"为了形象化起见，他同时向泛着泡沫的大海吐了口痰。多容易啊！

"海军上将"号几乎不在前进，只是慢吞吞地开着，发出轰隆轰隆的声音，在横向摇摇摆摆。这不像是在旅行，倒像是在生病。我从舷窗里仔细观察，觉得早上聚会的这些人，个个都病入膏肓，有的患疟疾，有的酒精中毒，也许还有患梅毒的，他们的虚弱在十米开外的地方就能看出，这倒减轻了我的一点烦恼。不管怎么说，这些冒充好汉的家伙是失败者，比我还不如！……他们还要硬充好汉，就是这样！这是唯一的区别！蚊子已经吸了他们的血，并在他们的血管里注入再也不会排出的毒汁……密螺旋体[1]当时已经在侵蚀他们的动脉……酒精耗费着他们的肝脏……太阳把他们的肾脏晒得干裂……阴虱粘在他们的毛上，湿疹布满腹部的皮肤……灼热的阳光最终将会把他们的视网膜烧焦！……过不了多久，他们还会剩下什么呢？一点点大脑……能派什么用场呢？这是我要问你们的问题……他们去哪儿？去自杀？在他们去的地方，大脑也只能派这个用场……说也没用，在没有娱乐的国家里，变老可不好受……在那种地方，只好照着锡汞齐涂层变绿的镜子，看着自己越来越衰弱，越来越难看……尸体很快就会在绿色的草木丛中腐烂，特别是在天气热得要命的时候。

在北方，你的尸体至少能保存完好。北方人

1　一种细菌，梅毒的病原体。

生来脸色苍白，而且永远如此。去世的瑞典人和没有睡好的年轻人，脸色没有很大的区别。但殖民军的军人登陆后才一天，身上就已爬满了蛆虫。这些无限勤劳的蠕虫等待的就是他们这种人，并且要到他们死后很久才放掉他们。真可谓是装蛆虫的口袋。

在到第一个希望之乡布拉加芒斯[1]中途停泊之前，我们还要在海上航行一个星期。我感到自己仿佛待在一个火药桶里。我几乎不去吃饭，以便不坐到他们的餐桌上，在白天不穿过他们的统舱。我再也不说一句话。人们也绝不会看到我散步。乘在一条船上，要像我那样少露面，是很难做到的事情。

我舱房的侍者是有孩子的父亲，但还是悄悄地告诉我，殖民军的那些出色军官手拿酒杯发了誓，说一有机会就要打我耳光，然后把我扔到船外。我问他为什么要这样，他一无所知，并反过

1　Bragamance，作者虚构的地名。

来问我到底干了什么事才落到这种地步。我们还是无法解开这个疑团。这种状况会持续很久。我的嘴脸讨人厌，仅此而已。

我再也不会和这样难以相处的人们一起旅行。他们无所事事，一连三十天待在一起，所以只要有一点小事就会劲头十足。另外，在日常生活中，咱们好好想想就会知道，在普普通通的一天时间里，至少得有一百个人想要你这条可怜的命。譬如说，在地铁里排队排在你后面而又十分着急的那些人，因为你碍了他们的事；还有在你公寓前经过而又没有公寓的那些人；希望你赶快撒完尿以便让他们去撒的那些人；最后是你的子女和其他许多人。这种事不断发生。人们对此习以为常。在船上，这种迫不及待可以看得更加清楚，也更加令人难受。

这个地方像文火炖的汤那样闷热，这些人仿佛沸水烫过后泛起的浮渣那样聚集在一起，他们预感到自己和自己的命运不久将要埋没在广阔而又偏僻的殖民地，就像垂死者那样怨天尤人。他们纠缠不休，又咬又撕，大放厥词。我在船上的重要性越来越大，大得不可思议。我去餐桌吃饭的次数很少，而且尽量做到偷偷摸摸、悄无声息，这样，我去吃饭就真的成了一件大事。只要我一走进餐厅，这一百二十名乘客就会大惊失色，窃窃私语……

围坐在船长的餐桌旁一杯一杯地喝着开胃酒的殖民军军官，还有税务局和邮局的职员，特别是在刚果工作的小学女教师，这些人在"布拉格通海军上将"号上为数不少，他们从不怀好意的猜测发展到造谣中伤的推断，最后把我拔高为恶魔。

我在马赛上船时，是个微不足道的人，只会胡思乱想，但到现在，由于酒鬼和骚货阴差阳错地凑在一起，我变得面目全非，具有使人心神不定的魔力。

船长是搞非法买卖的，诡计多端，身体肥胖，满脸赘肉，在航行开始时很乐意跟我握手，但现在每次和我相遇，却仿佛不认识我了，就像是在避开一个不光彩的案件的通缉犯，已被确定有罪的人……犯的是什么罪？当人们的憎恨不会有任何危险的时候，他们的愚蠢行为很快被认为合情合理，理由也就自然而然地想了出来。

　　我在敌意密布的气氛中苦苦挣扎，但据我观察，有一个当教师的小姐在这个阴谋集团的女性中煽风点火。这婊子是回刚果去死的，至少我希望如此。她和殖民军的军官们几乎形影不离，这些军官上身穿着色彩鲜艳的紧身衣衫，发誓在到达下一个中途停泊港之前让我粉身碎骨，就像踩死一条讨厌的鼻涕虫那样。周围的人都在想，我被踩扁之后是否还会像活着时那样令人厌恶。总之，他们以此取乐。这位小姐在给他们火上浇油，在"布拉格通海军上将"号上呼风唤雨，她要等他们最后把我摔死，让我永远改正想象中的失礼言行，惩罚我竟敢存活于世，狠狠地打我，打得我浑身是血，鼻青脸肿，在一个大汉的拳脚下苦苦哀求，方肯善罢甘休，因为她急于欣赏这些大汉拳头的功夫和发怒的英姿。这种大开杀戒的场面，可以使她萎缩的卵巢春心荡漾。时间在流逝，让混乱的局面长久地持续下去十分危险。我是眼中钉、肉中刺。全船的人都要把我除掉，他们群情激昂，其震颤一直传到底舱。

大海把我们关在这座用螺栓装配起来的杂技场。连机械师们也知道了这件事情。由于我们在中途停泊前只剩下三天，决定性的三天，好几名斗牛士就挺身而出。我越是忍气吞声，他们就越是咄咄逼人，对我步步紧逼。这些祭司已经开始动手。有一次，他们在两个舱房之间的门帘后面把我逮住。我好不容易才逃了出来，但之后我要上厕所也十分危险。我们在海上就只有这三天的时间，我决定大小便不上厕所。有舷窗就足以应付。在我的周围笼罩着仇恨和无聊的气氛，使人透不过气来。可以说，船上的这种无聊令人难以置信，实话说，是宇宙级的无聊。无聊笼罩着大海、船只和天空。稳重的人也会因无聊而变得怪僻，这些胡思乱想的蠢货就更不用说了。

一个祭品！我即将在祭坛上丧命。一天晚上，在晚饭之后，事态急转直下。我饿得实在难熬，只好去吃晚饭。我眼睛看着自己的盘子，只顾吃饭，甚至不敢从口袋里掏出手帕擦汗。在吃饭时从来没有人像我这样小心翼翼。你坐着的时候，机器的振动会从下面传到你的屁股上，振动微弱却又不停。和我同桌的那些人想必知道他们决定对我干的事情，因为使我吃惊的是，他们开始放肆而又得意地和我谈论决斗和致命的一剑，对我提出一些问题……这时，刚果的小学女教师，就是口臭十分厉害的那位，朝客厅走去。我发觉她穿着一条十分华丽的饰有镂空花边的裙子，紧张而又匆忙地走到钢琴前面演奏（如果可以称得上演奏的话），没有一首曲子她是弹到结尾的。气氛变得极为紧张、神秘。

我立刻逃走，以便躲到我的舱房里去。我快要走到那儿时，只见殖民军的上尉中胸部最凸出、肌肉最发达的那位拦住了我的去路，虽然没有使用暴力，却十分坚决。"咱们一起到甲板上去。"他对我命令道。我们走了几步路就上了甲板。当时，他头戴金黄色极为鲜艳的军帽，从衣领到裤裆的纽扣全部扣上，从我们开船以来他从未这样做过。因此，我们完全处于戏剧性的仪式之中。我提心吊胆，心都快跳出嗓子眼了。

这样的开场，这种无可指摘而不正常的礼仪，使我预感到这是一次缓慢而痛苦的处决。此人使我想起了战争的一个残片。他突然挡住我的去路，固执地拦在那儿，目的是想杀人。

在他的后面，同时站着四名下级军官，堵住统舱的大门，这些命运之神的护卫，注意力极为集中。

看来是跑不了了。这次问讯想必是精心策划好的。"先生，我是殖民军上尉弗雷米宗[1]！我的弟兄们和这条船上的乘客们理所当然地对您的卑劣行为感到愤慨。我荣幸地代表他们请您做出解释！……自从您在马赛上船以来，您所说的有关我们的某些言论使人无法接受！……先生，现

---

1 Frémizon，源自法语中的"frémir"（震颤）。

在您可以大声说出您的不满！……公开说出您二十一天以来可耻地低声说出的话！并向我们最终说出您的看法……"

听到这番话，我感到十分宽慰。我起初担心处决已无法避免，但既然上尉先动口，他们就向我提供了一种逃脱他们魔掌的方法。我立刻抓住这个意外的机会。对深谙此道的人来说，任何怯懦的可能性都会变成美妙的希望。这是我的看法。对于免遭杀害的方法，决不能挑三拣四，也不要把时间浪费在寻找受到迫害的原因上面。对聪明人来说，只要保住性命就行。

"上尉！"我当时尽可能用深信不疑的声音对他回答道，"您将要犯何等奇特的错误！您！我！怎么能认为我会有如此恶毒的感情？这实在太不公平！上尉，我会感到难过！在难忘的战斗岁月里，我的血曾和您的血流在一起！上尉，您要这样对付我，真是太不公平了！"

然后，我对聚集在那儿的所有人说道：

"先生们，你们到底受了何种恶言中伤的欺

骗？你们难道认为，我，你们的兄弟，竟会执意散布中伤英勇军官的无耻谣言？太过分了！实在太过分了！而且是在这样的时刻，在那些勇士，那些举世无双的勇士，正准备以何等的勇气重返保卫我们不朽的殖民帝国的神圣岗位的时刻！"我继续说道："在我们民族的那些最出色的士兵获得不朽荣誉的地方。那些芒然[1]！那些费代尔布[2]，那些加列尼[3]！……啊！上尉！我？会干这个？"

我卖了个关子，希望能感动别人。幸运的是，我一时间达到了这个目的。于是，我不再迟疑，利用说话结结巴巴而休战的这一时机，径直走到上尉的面前，激动地紧紧握住他的双手。

我双手握住他的双手，就稍微放下心来。我一面握着他的手，一面继续滔滔不绝地解释，我

---

1 Charles Mangin（1866—1925），法国将军，职业生涯前期参与法国在非洲的殖民战争，后因在"一战"期间表现出色而声名鹊起。

2 Louis Léon Cesar Faidherbe（1828—1889），法国将军，曾任法属塞内加尔总督。

3 Joseph Gallieni（1849—1916），法国将军，职业生涯大部分时间都在殖民地驻扎，曾任法属苏丹总督、马达加斯加总督。

说他有理，一千个有理，同时又使他相信，我们之间的一切关系都要重新开始，但这次是向好的方面发展！造成这次天大误会的原因，是我生性胆怯，不善于交际！船上的男女乘客，当然会把我的举止看作一种难以想象的蔑视，因为他们"是英雄和巫师的混合体……伟大的性格和天才鬼使神差地结合在一起……同时，也别忘记那些有音乐才能的无与伦比的女士，她们使船上锦上添花！……"我一面大唱是我错，一面在结束时恳求他们毫不迟缓、毫无保留地允许我加入他们既爱国又友好的快乐团体……我一定从此刻起做到和蔼可亲，而且永远如此……当然，我没有松开他的双手，而且更加口若悬河。

军人只要不杀人，就是个孩子，就会轻而易举地被人耍。由于军人没有思考的习惯，只要你对他说话，他就只好花费九牛二虎之力，试着听懂你说的话。弗雷米宗上尉没有杀我，也没在喝酒，他两只手闲着，两只脚也闲着，他只是在竭力思考。这对他来说实在是力不从心。实际上，他的头脑已在我的控制之下。

在我经受这种卑躬屈膝的考验期间，我逐渐感到我的自尊心已经准备离我而去，变得更加模糊不清，然后放开我，把我完全地，或者不妨说正式地，抛弃了。不管怎么说，这是个十分愉快的时刻。自从这件事发生之后，我就变得无限自由和轻松，而且一直如此，当然是在道德方面。在生活中要摆脱困境，最需要的东西也许往往是胆怯。至于我，从那天起，我再也不需要其他的办法，或其他的美德。

上尉的战友们本来是特地来让我出血的，准备把我的牙齿打落下来做掷接羊骨的游戏，现在他们犹豫不决，就只好捕捉空口白话作为战利品。那些文职人员听说要进行处决，就兴致勃勃地跑到这儿，现在都显出失望的样子。由于我自己也弄不清到底在说些什么，只知道自己尽量保持抒情的语调，所以我在握住上尉双手的同时，在柔美的薄雾中写下了完美的句号。"布拉格通海军上将"号则在破雾前进，一面喘着气，一面随螺旋桨的转动吐出海水。最后，我冒险放开上尉的一只手，只放开一只，把自己的一只手臂举到头顶上面转动，并开始给我的高谈阔论收尾："军官先生们，好汉相争，最终难道不应握手言和？他妈的，法兰西万岁！法兰西万岁！"这是布朗勒多尔中士的诀窍，这次又奏效了。只有这次法兰西救了我的命，在此之前它可一直要送掉我的命。我看到听众们一时间曾经犹豫不决，但对一个军官来说，不管他心情有多坏，在一个平民像我刚才那样高呼"法兰西万岁！"之时，要在大庭广众之下打他耳光，还是十分难以下手。这一犹豫可救了我的命。

我在这群军官中随便抓住两条胳膊，并把众人请到酒吧，为我的健康和我们的言归于好开怀畅饮。这些勇士只是推辞片刻，然后就一起痛饮了两个小时。只是船上的女人们逐渐失望，一声不响地用眼睛注视着我们。另外，我透过酒吧的舷窗看到那个顽固不化的弹钢琴的女教师回到一群女乘客中间，真是个阴险狠毒的女人。这些婊子看出我从这次伏击中脱身是用了计谋，就打算用迂回的方法把我逮住。在此期间，我们这些男人在风扇下一杯接一杯喝酒，这风扇毫无用处，但能使人神志不清，自加那利群岛以来，一直在磨着像棉花一样温暖的空气。然而，我还得打起精神，谈笑风生，以便使我的新朋友们高兴。我害怕出错，就不停地赞扬爱国，并一而再再而三地请这些英雄依次叙述自己在殖民地如何英勇的一个个故事。这些英雄的故事，就像缺德的事情那样，在任何时候都会使所有国家的所有军人感到高兴。不管人家是不是军人，我都得同他们和平共处，处于休战状态，这种状态当然靠不住，但已经难能可贵，而要确实做到这点，必须在任何情况下都让他们自吹自擂，沉溺于无聊的吹嘘之中。虚荣是没有理智的。这是一种本能。人最喜欢的就是虚荣。对人奴颜婢膝、赞不绝口的作用几乎只有一个，就是可以使他们比较乐于互相容忍。和这些当兵的在一起，我不必使用过多的想象力。只要不断地显出赞叹的样子就行了。一而再再而三地请他们讲战争的故事是容易做到的事。这些旅伴有的是这种故事。我仿佛又回到医院里那些最美好的时日。他们讲完每一个故事之后，我在进行评价时总是使用从布朗勒多尔那儿学来的一句铿锵有力的话："这真是历史上优美的一页！"这句话比什么都管用。我刚刚神不知鬼不觉地加入的这个小圈子，渐渐感到我是个有趣的人。这些人开始讲起有关战争的空话，讲得和我过去听到过的、和我自己后来为了同医院里的伙伴们比拼想象力而说过的，都差不多。只是他们讲的故事背景不同，他们吹嘘的事情发生在刚果的森林中，而不是在孚日山脉或佛兰德地区。

我的弗雷米宗上尉，就是在片刻之前自告奋勇要把我这块烂肉从船上清除出去的那位，自从感到我听他讲话比任何人都要专心之后，就开始发现我具有无数可爱的美德。在我别出心裁的赞美声中，他动脉中的血液仿佛减慢了流速，他的视野变得明亮，他那双周围布有条纹的眼睛，因长期酗酒充满了血丝，这时却终于透过迟钝的表情发出了光芒，他以前在内心深处对自身价值的某些怀疑，在极为消沉之时也曾在他脑中一闪而过，此刻却变得十分淡漠，真令人高兴，这可是我机灵而中肯的评论所产生的奇妙效果。

显然，我成了欣快症的创造者！大家都高兴得手舞足蹈！这儿热得汗流浃背，十分难受，只有我一个人能使生活变得快乐！另外，我的洗耳恭听，不是也到了出神的地步？

正当我们这样东拉西扯之时，"布拉格通海军上将"号又放慢了速度，慢到随波逐流的地步，我们周围连一点流动的空气也没有了，我们想必是沿着海岸行驶，而且步履沉重，仿佛是在泥泞中行走。

船壳板上面的天空也同泥泞一样，仿佛是一张融化的黑色膏药，我高兴地偷偷看着。我非常愿意回到黑夜之中，哪怕汗流浃背、唉声叹气，也不管处于何种状态！弗雷米宗没完没了地讲述自己的事情。我感到陆地已近在眼前，但我逃跑的计划使我感到万分不安……我们的谈话渐渐脱离军事话题，变得轻佻肉麻，后来索性变得黄色下流，最后是东拉西扯，叫人不知该如何接过话茬。我的客人们一个接一个中止了谈话，呼呼睡着，发出十分难听的鼾声，讨厌的睡意刺激着他们的鼻腔深处。这可是溜之大吉的时候，要不就永远走不了。不管怎样，大自然也会迫使世上最邪恶、最好斗的机体暂时停止暴行，这样的机会可不能放过。

这时，我们的船已在离岸很近的地方抛锚停泊。只见沿岸有几盏晃动的灯笼。

不一会儿，我们的船边驶来一百条摇摇晃晃的独木舟，舟上载着大声叫嚷的黑人。这些黑人冲上各层甲板，以便提供服务。我迅速把悄悄打包好的几件行李拿到下船的舷梯上，并跟着一个船夫下了船，由于天黑，我几乎一点也看不清他的面貌和动作。走到舷梯的下面，在接近啪啪作响的海水时，我才打听我们到达的地点。

"这是什么地方？"我问道。

"邦博拉 - 戈诺堡[1]！"那个黑影对我回答道。

我们用力划着短桨，船自由地驶去。我助船夫一臂之力，使船行驶得更快。

我在逃离时，还有时间再次看到轮船上的那些危险旅伴。借着甲板间风灯的灯光，我看到他们最终因酒醉和胃炎倒在桌上，但仍然情绪激昂，在睡梦中发出低沉的叫声。这些人吃饱了躺倒后，不管是军官、公务员、工程师还是医务人员，不管是疱疹满脸、大腹便便还是肤色黄褐，都混杂在一起，都是一个模样，几乎是一个模子里刻出来的。狗和狼在睡着时也十分相像。

过了一会儿，我登上了陆地。在树下，夜色更为浓重，而在夜幕的后面，则有寂静与其共谋。

1　Bambola-Fort-Gono，"Bambola"源自法语中的"bamboula"（原意为非洲黑人的手鼓，引申为花天酒地、吃喝玩乐）；"Gono"源自法语中的"gonococcie"（淋病）。

SPRING 野
更具体地生长

主　　编｜苏　骏

特约编辑｜夏明浩

营销总监｜闵　婕

营销编辑｜狄洋意　许芸茹

版权联络｜rights@chihpub.com.cn

品牌合作｜zy@chihpub.com.cn

野望
SPRIN
MOUN
TAIN

出品方　春山望野（北京）
文化传媒有限公司

Room 216, 2nd Floor, Building 1, Yard 31,
Guangqu Road, Chaoyang, Beijing, China

EX—LIBRIS

SPRING

野

更具体地生长

All This Wild Hope

我们生来就没有出息，
只有娱乐才会使我们真正不想去死。

在一生中，人们寻找的也许就是这个，
只是这个，即尽可能大的哀愁，
以便在去世之前成为真正的自我。

Louis-Ferdinand Céline
1894—1961

长夜行

Voyage au bout de la nuit

II

Louis-Ferdinand Céline

[法] 路易-费迪南·塞利纳 著

徐和瑾 译

广西师范大学出版社

·桂林·

目

录

十一

　　在邦博拉-布拉加芒斯这块殖民地上，总督凌驾于众人之上，八面威风。当他俯看手下的军人和文官时，他们连大气也不敢出。

　　在这些显贵之下，移居此地的商人们诈取钱财、兴旺发达，看起来要比在欧洲更加容易。在整片领土上，没有一个椰子，没有一粒花生能免遭他们的掠夺。那些文官知道，由于他们变得更易疲劳、更多病，别人就不把他们放在眼里，让他们来到这里，只是给他们晋级、填写表格，几乎不给他们加钱。因此，他们对商人感到眼红。军人比商人和文官更愚蠢，他们热衷于殖民军的荣誉，而为了得到这种荣誉，他们服用大量奎宁，遵守几公里长的军规。

大家老是在盼望温度计的刻度下降，等来等去，就变得越来越凶狠，这点是可以理解的。个人的私仇和集体的怨恨没完没了地持续下去，变得稀奇古怪，有时是军人和政府部门之间的矛盾，有时是政府部门和商人之间的矛盾，有时是商人们暂时联合起来反对军人，有时是他们一起反对黑人，有时则是黑人之间发生冲突。这样，在经受疟疾、干渴、烈日之后所剩无几的精力，都消耗在无法消除的刻骨仇恨之中，许多移民最终死在当地，就像蝎子那样，因自己的毒汁而死于非命。

尽管如此，这种毒性很强的无政府状态，只是限制在神秘的警察机关规定的范围之内，就像螃蟹无法爬出篓子那样。这些官员喋喋不休，但毫无用处，而总督却乘机招兵买马，以便把殖民地治理得俯首帖耳，把他需要的所有穷苦民兵都招到麾下，他们都是负债的黑人，数以千计地被贫困赶到沿海地区，他们是商人的手下败将，来此找碗饭吃。这些新兵在受训中学习对总督敬仰的权利和方式。总督仿佛在军服上展览自己财产中的所有黄金，阳光照在上面，真叫人眼花缭乱，更何况还有那些羽饰。

总督每年都要去维希度假，并且只看《政府公报》。许多官员都曾希望总督有朝一日会跟他们的妻子睡觉，但总督并不喜欢女人。他什么都不喜欢。每次流行新的黄热病瘟疫，总督总是幸免于难，并且身强力壮，而在那些希望把他埋入黄土的人中，有许多却在瘟疫刚刚出现之时像苍蝇那样死去。

记得有一年的"七月十四日"，总督在他卫队的北非骑兵簇拥之下，正骑着马走在一面这么大的旗子前面，检阅着总督府的部队，这时有一名中士大概因身患黄热病而情绪激动，冲到总督的马前，对他叫道："往后退，大王八！"看来，这种出格的行为使总督十分难堪，但不了了之。

由于热带地区的人和事物都泛出色彩，所以很难看透。颜色和事物都在沸腾。中午在马路上，一个打开了的小沙丁鱼罐头会发出各种光泽，看上去就像出了一起事故。得留点神。那儿患歇斯底里的不光是人，还有物。只有在夜幕降临时，生活才变得可以忍受，但是，黑夜几乎立刻被成群的蚊子占为己有。不是一只、两只或一百只，而是几万亿只。在这种条件下混日子，真成了保全自己的大事。白天像狂欢节，夜里像用漏勺撇汤沫那样进行扫荡，战争在悄悄进行。

人们藏身的小屋，看上去倒还宜人，最后变得鸦雀无声，但白蚁前来承揽建筑物，这些可恶的东西永远忙忙碌碌，啃食你房屋的支柱。但愿陆龙卷刮进这花边般的蛀孔，让整条整条的街道夷为平地。

我这次是无意中在戈诺堡停留的。这个城市目前是布拉加芒斯的首都，位于大海和森林之间，但需要的东西一切齐备，有银行、妓院、咖啡馆、露天座，甚至还有征兵处，可以成为小小的首府。另外还有费代尔布街心花园和比若[1]大道，可供

---

1 Thomas Robert Bugeaud（1784—1849），法国元帅、贵族，曾任阿尔及利亚总督，在法国对阿尔及利亚的殖民进程中发挥了重要作用。

人们散步。一群建筑物光彩夺目，坐落在起伏不平的悬崖中间，里面全是昆虫的幼虫，切除了脾脏的催税员和高级行政官员有几代人在此留下了足迹。

将近五点钟，军人们喝着开胃酒低声埋怨，在我到达那里时，开胃酒的价格刚刚涨过。顾客们将派一个代表团去晋见总督，请求他下令禁止各家酒吧随意抬高开胃酒和黑加仑酒的市价。听某些常客说，我们的殖民化因冰块而变得越来越难以推行。把冰块引进殖民地，这是个事实，但也是殖民者去阳刚化的信号。殖民者养成习惯，只喝加冰块的开胃酒之后，就不会再依靠自己的刻苦耐劳来战胜炎热的气候。咱们顺便提一下，那些费代尔布、斯坦利[1]和马尔尚[2]只想到啤酒、葡萄酒和浑浊的温水的好处，他们成年累月地喝这

1　Henry Morton Stanley（1841—1904），英国记者、探险家，以勘探刚果地貌而闻名。

2　Jean-Baptiste Marchand（1863—1934），法国将军、探险家，1898年法绍达危机期间，率领法国远征军从刚果出发，横跨中非，成为法国的英雄人物。

些饮料，从不抱怨。关键就在这儿。殖民地就是这样失去的。

我在棕榈树的树荫之下，还知道其他许多事情。街道两旁的房屋都不坚固，相比之下，这些沿街的棕榈树却十分茂盛，具有一种挑衅性的活力。这地方树木青翠，引人注目，除此之外，和拉加雷讷-伯宗完全一样。

夜晚来临之后，当地妓女在一群群带着黄热病毒、忙碌不堪的蚊子之间，把拉客引向高潮。这时，苏丹人前来增援，向闲逛者兜售他们缠腰布里的尤物。价格十分公道，一家人花不了多少钱就可以乐上一两个小时。我真想在这些男男女女之间逛来逛去，但我不得不做出决定，去寻找一个能给我工作的地方。

有人对我肯定地说，小刚果波迪里埃尔[1]公司的经理正在找一个初出茅庐的职员，让他到穷乡僻壤去管理公司的一个办事处。我立刻去找这位

---

1 Pordurière，由法语中的"port"（港口）和"ordures"（垃圾）二词组合而成。

经理，表示自己虽说不大内行，但乐意马上为他效劳。经理在接待我时并不十分热情。这个躁狂症患者——对他应该如此称呼——住在离总督府不远的一间小屋里，屋子宽敞，是用木材建造的茅屋。他没有看我一眼，就向我提出几个唐突的问题，以了解我过去的情况，听到我的回答十分幼稚，他变得有点平静，他对我的蔑视也显得相当宽宏大量。但是，他认为还不能让我坐下。

"从您的证件来看，您懂一点医，是吗？"他指出。

我对他回答说，我确实学过一点医。

"这对您会有用处！"他说，"您喝威士忌吗？"

我不喝。"您抽烟吗？"我又谢绝了。我烟酒不沾，使他感到意外。他甚至噘了噘嘴。

"我不大喜欢烟酒不沾的职员……您也许是搞同性恋的吧？……不是？真糟糕！……这种人骗我的钱要比其他人来得少……这是我凭经验得出的结论……他们互相依恋……总之，"他想纠正前面说的话，"一般来说，我感到自己发现搞同性恋的有这种优点，这种好处……您也许会给我们做出相反的证明！……"然后，他接着说道："您很热，是吗？您一定会习惯的！再说您也一定要习惯！旅途好吗？"

"很不愉快！"我对他回答道。

"好吧，朋友，好戏还在后头。我要派您去比科曼博接替那个调皮捣蛋的家伙，您在那儿待上一年，到时候您再来给我讲讲在这个国家的见闻……"

他的黑人女仆蹲在桌旁，摸着自己的脚，用一块小木片刮脚。

"滚开，丑八怪！"主人对她叫道，"给我把男仆叫来！另外，再把冰块一起带来！"

去叫的男仆过了很久才来。经理见了十分恼火，嗖的一声站了起来，狠狠地打了男仆两个嘴巴，又朝他的小肚子砰砰踢了两脚。

"这些人将来非要我的命不可！"经理叹着气预言道。他又跌坐在扶手椅里，那扶手椅的黄色布套又脏又松。

"喂，老弟，"他突然变得和蔼可亲，刚才拳打脚踢之后，他一时间仿佛如释重负，就说道，"请把我的马鞭和奎宁递给我……就在桌上……我不该如此发火……一上火就发作，这样可不聪明……"

从他的屋子向外望去，我们可以俯瞰，透过弥漫的灰尘，只见河港在下面闪闪发光，那灰尘十分浓密，所以只能听到港口杂乱无章的喧嚣，而看不清场面的详细情况。在岸边，一排排黑人在皮鞭的抽打之下，一面叫喊，一面不停地干活，一个货舱接一个货舱地卸着船上永远卸不完的货物，他们沿着微微颤动的细长跳板，一步步往上走着，头上顶着一筐筐满满的货物，保持着平衡，嘴里说着骂人的话，就像一只只直立的蚂蚁。

他们透过鲜红的水汽，来来往往，犹如一串串不连贯的念珠。在这些干活的身形之中，有一些背上还有一个小黑点，那是一些母亲，她们也来搬运装着油椰子的袋子，另外还背着自己的孩子这个额外的重负。我心里在想，不知蚂蚁是否也会这样做。

"在这儿总感到像星期天那样，不是吗？……"经理开着玩笑继续说道，"快活！这是明摆着的！女的总是赤条条的。您注意到了吗？还有漂亮的女人，嗯？从巴黎来的人会感到奇怪，是吗？可我们这些人，老是穿着白色斜纹布的衣衫！您看，就像是在海滨浴场！这样不美吗？像是在领圣餐！这儿天天过节，错不了！真像八月十五日[1]！一直到撒哈拉沙漠都是这样！当然是这样喽！"

然后，他停止说话，叹了口气，低声埋怨，连说了两三次"他妈的！"，擦了擦汗，又继续谈话。

"您代表公司去的地方，是在森林里面，很潮湿……从这儿去要十天时间……先走海路……然后转入河流。那条河红彤彤的，您以后会看到的……对岸是西班牙人……您去接替的那个办事

---

1 圣母升天节。源自天主教的重要节日。

处职员，是个大浑蛋，您得记住……我们之间说说……这是我说的，错不了……没有办法让他把欠账寄还给我们，这个浑蛋！没有办法！我给他寄去一张张催单，让他结清欠账，可全是白费力气！……他一个人管事之后，没多久就要花招了，嘿！您会知道的！……您也会知道这点！……他给我们写信说他病了……就算这样！病了！我也有病！病了能说明什么？大家都有病！您也会病倒的，而且要不了多久！这不是个理由！他病了，别人可不在乎！……首先是公司！到了那里以后，您先要给他盘货！……在他的办事处，还有三个月的食品，物品至少可用一年……您会应有尽有的！……您特别不要在夜里起程……您得多加小心！他会派手下的黑人到海边来接您，他们也许会把您扔进海里。他想必训练过他们！他们和他一样狡猾！我可以肯定！他大概已对这些黑人面授机宜，教他们如何对待您！……在这儿，这种事可以做！动身前，您还得随身带上自己的奎宁……他可能已在他的奎宁里做了手脚！"

经理对我叮嘱够了，就站起身来送客。我们头顶上的铁皮屋顶，看起来至少有两千吨重，把全部的热量都压到我们身上。我们俩都热得龇牙咧嘴。真像会马上给热死。经理补充道：

"巴尔达米，在您动身之前，咱们也许不用再见面了！在这儿，做什么事都累！不过，在您动身时，我也许会到码头为您送行！……您到了那里之后，我们会给您写信的……邮件每月运送一次……这儿是起运点……好吧，祝您好运！……"

他的脸消失在自己太阳帽和短上衣之间的阴影中。他脖子后面的两根键带清晰可见，就像两根弧形的手指撑着他的脑袋。他转过身来说道：

"您去告诉那个怪人，让他赶快回到这儿来！……说我有话要对他说！……叫他在路上不要耽搁！啊！坏蛋！特别是不要让他在路上死了！……那样就可惜了！十分可惜！啊！这个大浑蛋！"

服侍他的一个黑人拿着很大的手提灯给我带

路，领我去住宿的地方，我在出发去比科曼博这块可爱的福地之前就住在那儿。

我们沿着小路走着，在小路上，所有的人看起来都是在黄昏之后下山散步的。到处都是黑夜，黑夜里不时响起铿锵有力的锣声，并夹杂着低低的、不连贯的歌声，如同打嗝一样，这是热带国家浓重的黑夜，达姆达姆鼓过于急促的鼓声犹如黑夜剧烈跳动的心脏。

我那年轻的向导赤着脚轻快地走着。在矮树林里想必有一些欧洲人，可以听到他们正在闲逛，他们那种白人的声音咄咄逼人、矫揉造作，很容易辨认出来。我们的灯光把一群群昆虫吸引到我们走的道路周围，那些蝙蝠也不断在昆虫中间飞来飞去，来来往往。蟋蟀的叫声此起彼伏，震耳欲聋，看来，在树木的每片树叶之下，至少躲着一只蟋蟀。

在半山腰两条大路的交叉口上，我们被一队土著步兵拦住去路，他们正在一口棺材旁边争吵，棺材放在地上，上面盖着一面起伏不平的三色大旗。

棺材里的人是在医院里死的，那些步兵不知该把他埋在何处，原因是上面的命令含糊其词。一些人想把他埋在山下的一块田里，另一些人则坚持要把他埋在山上的一块圈地里。得统一意见。这样，我和男仆就得对此事发表自己的意见。

最后，这些抬棺材的步兵决定把死者埋在山下的墓地，而不是埋在山上的墓地，原因是下山省力。我们在路上还遇到三个年轻的白人，在欧洲时他们常在星期天去看橄榄球赛，都是球迷，样子好斗，脸色苍白。他们和我一样，也是波迪里埃尔公司的职员，非常客气地把通往那幢尚未竣工的房子的路指给我看，在房子里，临时为我搭了一张轻便的折叠床。

我们往那儿走去。那房子里简直空无一物，只有几件厨房用具和我那张床。我刚躺到这张摇摇晃晃的窄床上，二十只蝙蝠就从各个角落里钻了出来，在屋子里飞来飞去，发出嚓嚓的声响，就像二十发扇形的礼炮在我头顶掠过，使我胆战心惊，无法休息。

给我当向导的年轻黑人，回过身来要向我提供肉体的服务，但那天晚上我没有兴趣，他虽然失望，却立即表示愿意把自己的妹妹介绍给我。我真想知道，在这样的黑夜里，他怎么能找到自己的妹妹。

村里的达姆达姆鼓声仿佛就在附近，把你的耐心切成碎片，化为乌有。上千只勤快的蚊子立即占领了我的大腿，但我却再也不敢把一只脚伸到地上，原因是害怕蝎子和毒蛇，我猜想，它们捕捉猎物的可怕活动已经开始。蛇选择的猎物是老鼠，我听到老鼠在啃东西，能啃的都啃，我听到它们在墙上，在地板上，正在颤动，还有在天花板上。

月亮终于升起，屋子也就稍微安静了一点。总之，在殖民地的日子并不好过。

第二天还是来到了，热得像锅炉里一般。回欧洲去的强烈愿望攫住了我的肉体和灵魂，要走，可就是没钱。别说了。再说，我在去被描绘得十

分可爱的比科曼博上任之前，只要在戈诺堡待上
一个星期。

在戈诺堡，除了总督的宫殿之外，最大的建
筑物就是医院。我不论走到哪里，都能见到医院。
我在城里走上一百步就会见到医院的一栋房子，
老远就闻到石炭酸的怪味。我有时一直走到装货
的码头，以便到现场观看我那些患贫血症的年轻
同事工作，他们是波迪里埃尔公司从法国的教养
院里整批整批地招募来的。他们就像在打仗那样
忙忙碌碌，不停地给一条条货船卸货、装货。"一
条货船的停泊费真贵！"他们再三说，真心实意
地感到心疼，就好像要他们付钱似的。

他们疯狂地催促着黑人装卸工。他们十分卖
力，这点无可争议，但同时又十分卑劣、凶恶。
总之，是精选出来的优秀职员，十分卖力，却又
稀里糊涂，叫人羡慕。这样的儿子，我母亲真想
有一个，这些对老板毕恭毕敬的伙计，要是有一
个全然属于她就好了，有这样一个亲生儿子，可
以在众人面前引以为豪。

这些招募来的青年，来到热带的非洲，向老板奉献自己的肉体、鲜血、生命和青春，为了每天二十二法郎（还未扣除税款）的工钱而卖命，却仍然心满意足，连被第一千万只蚊子窥伺的最后一粒红细胞也感到满足。

殖民地不管是使小职员发福，还是使他们消瘦，都把他们留了下来。在人世间死去只有两条道路，即肥胖之路和消瘦之路。其他的路是没有的。人们可以选择，但这取决于各人的本性，要么变得大腹便便，要么死时骨瘦如柴。

红色悬崖上面的经理，住在要承受一万公斤重的阳光的铁皮屋顶下面，像恶魔一样对待黑人女仆，自己也逃脱不了这个大限。他属于消瘦型，他只是在挣扎而已。他看起来像是制服了热带的气候。这只是表象！实际上，他消耗的精力比其他所有的人都要多。

有人认为，他有一个绝妙的诈骗计划，可以在两年内发家致富……但是，他永远无法实施自己的计划，即使他夜以继日地诈骗公司的钱财也不行。他的二十二位前任都曾试图用同样的计划来发财致富，就像轮盘赌一样。对这一套，公司的股东们了如指掌，知道了只是付之一笑，他们在更高的地方，在巴黎的蒙塞街那儿监视着经理。这一套如同儿戏。股东们心里十分清楚，因为他们是最大的强盗，无人能同他们匹敌，他们知道自己的经理是梅毒患者，在热带地区极为焦躁不安，知道他在服用奎宁和铋剂，吃得鼓膜破裂，又在服用砷，弄得牙齿全部掉光。

在公司的总账本里，经理的月份已屈指可数，就像一头猪存活的月份那样。

我年轻的同事们相互间不谈思想，只说些一成不变的套话，那些想法说了又说，就像面包丁一样坚硬。他们说："不必担心！""他们一定会被制服！……""总代办是王八！……""那些黑人得把他们痛打一顿！"等等。

晚上，我们干完了最后的苦差事，就和政府部门的一个助理代办一起喝开胃酒，助理代办名叫唐代诺先生，是拉罗舍尔人。唐代诺和商人们混在一起，只是为了让他们给他付酒钱。没有办法，只好屈尊俯就。他一点钱也没有。在殖民地的等级制度中，他的职位是再低也不过了。他的职责是领导森林中的公路建设。那些土著在那儿工作，当然是在他手下民兵的棍子底下工作。但是，任何白人从不经过唐代诺新建的公路，而黑人们则不喜欢走公路，宁愿走森林中的小道，以便尽量少被别人发现，可以不要付税。另外，唐代诺为政府部门修建的公路不通到任何地方，所以这些公路很快就被植物覆盖，可以说，一个月之后就消失得无影无踪。

"去年，我损失了一百二十二公里！"这个古怪的工程兵在谈到自己修建的公路时很乐意告诉我们，"信不信由你们！……"

我逗留期间，只听到唐代诺出于小小的虚荣心吹过一次牛，就是在布拉加芒斯的室内气温达到四十四摄氏度时，他是唯一会得感冒的欧洲人……有了这个独特之处，他对许多事情也就想得开了……"我又得了重感冒！"他在喝开胃酒时十分自豪地宣布，"只有我才会有这种事！"我们这帮身体虚弱的人听到后都惊叫道："这个唐代诺，真是怪人！"这种自鸣得意总比什么也没有强。有虚荣心，不管是怎样的，总比什么也没有强。

波迪里埃尔公司那帮小职员的另一个娱乐项目，是组织热度比赛。这事并不难，白天大家互相比赛，可以消磨许多时间。到了晚上，热度也上来了，几乎天天如此，大家就测量体温。"瞧，我三十九度！……""啊，你别着急，我四十度，跟我想的一样！"

而且，这些测量的结果十分准确，很有规律。在回光灯的光线下，大家互相比较各自的温度计。胜者得意扬扬，同时又微微颤抖。"我汗出得太多，连尿也撒不出了！"一位热度冠军如实地说。他是阿列日省人，在这些同事中最瘦。他对我说，他来这儿是为了逃出神学院，因为在那儿"不够自由"。但是，随着时间的流逝，这些同事中没有一个能告诉我，我将去比科曼博接替的那个人到底怎么古怪。

"这是个怪人！"他们对我告诫道。别的就没了。

"刚到殖民地时，"发高烧的阿列日青年对我提出了忠告，"得显示你的本领！二者必居其一：在经理看来，你要么身价百倍，要么一钱不值！而且你得注意，对你的评价是一锤定音！"

我十分担心会被评为"一钱不值"，或是得到更坏的评价。

我那些贩卖黑奴的年轻朋友，带我去见波迪里埃尔公司的另一位同事，此人在这个故事中值得专门提及。他在欧洲人住宅区中心掌管一个分店。他老态龙钟，累得动不了，快要原地发霉，皮肤脏得黏糊糊的。他害怕任何光线，因为他在瓦楞铁皮的屋顶下面连续待了两年，眼睛被烤得奇干无比。据他说，他早上要用整整半个小时来睁开眼睛，然后再要过半个小时才能稍微看清一点东西。任何光线都会使他受到伤害。真像一只满身疥疮的大鼹鼠。

气闷和痛苦已成了他的第二习性，还有诈骗

钱财。要是一下子恢复他的健康，使他变得小心谨慎，他就会张皇失措。他对经理这个总代办的仇恨，即使在隔了这么多年的今天看来，也是我平生在一个人身上所看到的最根深蒂固的激情。一种令人惊讶的狂怒，透过他的痛苦，传遍他的全身，一有机会，他就勃然大怒，并且从上到下地搔痒。

他不停地在身体四周搔痒，可以说是回旋式的，从脊椎骨的末端一直搔到颈部的起点。他一面用指甲在表皮和真皮上搔出一道道血淋淋的条痕，一面不停地接待顾客，顾客众多，几乎都是黑人，或多或少地光着身子。

他用空着的那只手匆忙地伸进各种不同的货盒，在阴暗的店铺里忽左忽右地移动。他取出货物，从不出错，熟练而又迅速得令人叫绝，十分准确地拿出顾客需要的茎部发臭的烟草、潮湿的火柴、沙丁鱼罐头和大勺舀出的废糖蜜，贴有假冒商标、酒精含量过高的小瓶啤酒，但要是他搔痒的狂热上来，譬如说要把手伸到裤子里面去搔痒的当口，他就会突然把这些东西放开。这时，他就会把整条手臂伸进裤子，不一会儿又从开裆里伸出来，他的开裆总是半开半闭，以备不时之需。

这种折磨他皮肤的疾病，他给起了个当地的名称，叫作"科罗科罗"。"这可恶的'科罗科罗'！……当我想到，那个浑蛋经理还没有得'科罗科罗'，"他怒气冲冲地说，"我肚子就更加难受！……'科罗科罗'不会沾到他的身上！……他烂得太厉害了。这皮条客不是人，是害虫！……他真是狗屎一堆！……"

这下，在场的人都乐得哈哈大笑，那些黑人顾客也跟着笑了起来。我们有点惧怕这个伙伴。他好歹也有个朋友，就是那个头发花白、患气喘的小个子，给波迪里埃尔公司开卡车的。他总是给我们带来冰块，显然是从停靠在码头旁的船上什么地方偷来的。

我们在柜台上为他的健康干杯，周围的黑人顾客看了垂涎三尺。那些顾客是相当机灵的土著，敢于接近我们这些白人，总之，是挑选出来的精华。其他黑人有所顾忌，宁愿待在远处。这是本能的反应。但是，那些最机灵、受影响最深的黑人，成了商店的伙计。在铺子里，要认出那些黑人伙计，只要看他们是否在劲头十足地责骂其他黑人。那位患"科罗科罗"的同事收购生橡胶，有人从丛林里给他一袋袋运来，里面装着湿漉漉的球状物。

我们待在那儿，对他的话百听不厌，只见采集橡胶的一家人胆怯地来到他商店门口，站住不动。父亲站在最前面，脸上布满皱纹，腰里系着一块橘黄色的缠腰布，手里拿着开路用的长刀。

这个野人不敢进来。一个土著伙计请他进来："来吧，乡巴佬！到这儿来看看！我们不吃野人！"这番话终于使他们下了决心。他们走进蒸笼般的棚屋，只见我们那位患"科罗科罗"的同事正在里面大发雷霆。

这个黑人似乎从未见到过店铺，可能也从未见到过白人。他的一个妻子垂下眼睛，跟在他的后面，头上四平八稳地顶着装满生胶的大筐。

收购橡胶的伙计们擅自抬下她的大筐，把筐里的东西放到磅秤上过秤。野人弄不懂磅秤这个玩意儿，也弄不懂其他事情。他妻子仍然不敢抬起头来。这一家的其他黑人在外面等候他们，眼睛睁得大大的。店里的伙计让他们也进了屋，包括孩子们在内，全都进来了，使他们能看到全部情景。

他们像这样全家走出森林，到城里来找白人，可是破天荒头一回。他们采集到这些橡胶，想必花了很长的时间。因此，对结果如何，一定都感兴趣。胶乳滴到固定在树干上的小碗里的速度非常缓慢。让胶乳滴到一个小玻璃杯里，往往花两个月的时间还不能装满。

过秤之后，我们的搔痒者把万分惊讶的一家之主拉到柜台后面，用一支铅笔替他算了账，然后把几枚银币塞到他的手心里。"走吧！"他这样对顾客说道，"这是给你的钱！……"

所有年轻的白人朋友见他把这件买卖做得如

此出色，都不禁捧腹大笑。那黑人呆立在柜台前面，十分尴尬，橘黄色的缠腰布像短裤衩那样，遮住他那话儿。

"你，不认识钱？是野人？"我们的一个机灵的伙计同他打了招呼，让他清醒过来。这个伙计对这种不许讨价还价的买卖习以为常，也许还经过专门的训练。"你，不讲法语？你，还是大猩猩？……你，讲什么话？库斯库斯话？马比利亚话？你，笨蛋！布须曼人¹！大笨蛋！"

但那个野人仍站在我们面前，手里握着银币。他要是有胆量，早就逃走了，但他没有胆量。

"你用钱买过什么东西？""搔痒者"及时进行干预。"我已经好久没见到像他这样可笑的家伙了，"他指出，"这家伙想必来自远方！你要什么？把你的钱给我！"

他不由分说，把黑人的钱又拿了回来，并敏捷地从柜台的一个货盒里拿出一条碧绿的大手帕，

---

1 Bushman，英语中意为丛林人，是对非洲南部民族桑人（San）的贬称。

揉成一团塞在黑人的手心里。

　　黑人父亲拿着手帕，仍然犹豫不决，不知该不该离开。这时，搔痒者把事情做得更加到家。他显然对征服者做生意的所有诀窍了如指掌。他在一个黑人小孩的眼前挥动着这条平纹薄织物的绿色大手帕，并说："孩子，你说好看吗？你说，我的小宝贝，你说，我的小脏鬼，你说，我的小丑鬼，你常见得到这样的手帕吗？"说着，他就自作主张把手帕系在孩子的脖子上，像是给孩子穿上衣服。

　　现在，野人一家注视着用这块绿色棉布大手帕打扮起来的孩子……既然手帕已经是他家的东西，在这儿也就无事可干了。只有把手帕拿下，然后带走。

　　因此，全家人开始慢慢地退出，走出店门，父亲走在最后，转过身来，正想说些什么，只见那个最为放肆的伙计，穿着皮鞋，对着一家之主的屁股狠狠地踢了一脚，把他踢出店门。

　　这一家老小聚集在费代尔布街对面的玉兰树

下，静静地望着我们喝完开胃酒。他们看起来像是想弄清刚才发生的事情。

"科罗科罗"患者款待了我们。他甚至放留声机给我们听。他店里什么都有。这使我想起战争时期的货车队。

十二

我已经说过，和我同时为小多哥波迪里埃尔公司[1]服务的，有大批黑人和像我这样的年轻白人，他们在公司的码头和种植园干活。那些土著只有挨了棍子才肯干活，他们保持着这种尊严，而受过国民教育的白人，则会主动干活。

棍子最终把使用棍子的人弄得疲惫不堪，而白人们用来塞满脑袋的希望，即成为权贵和富翁的希望，则不用花任何钱，完全不用。别再来向我们吹嘘埃及和鞑靼的暴君了！在让直立动物拼命干活的高超艺术上，这些古代的业余爱好者只是些自命不凡的小投机商。这些原始人不知道称

1　前文称"小刚果波迪里埃尔公司"。原文如此。

奴隶为"先生"，让奴隶不时参加选举，也不知道给奴隶订报，特别是把奴隶带去打仗，以便让奴隶发泄自己的激情。我有所体会的是，二十个世纪的教化之下，一个当代的基督徒，看到一个军团在自己面前经过，就无法自制。这会使他突然产生过多的想法。

因此，在自己这方面，我决定从此要严加检点，另外要学会沉默寡言，隐瞒逃跑的企图，如有可能，无论如何也要在为波迪里埃尔公司工作期间发迹。再也不能耽误一分一秒。

沿着我们的码头，在满是污泥的岸边，总是有一群群鳄鱼时隐时现，虎视眈眈。它们的皮就像金属一般，喜欢这种热得发疯的天气，看来黑人也是如此。

正午时分，人们不禁会想，那一群群人在码头边上忙忙碌碌，那么多的黑人极其兴奋、呱呱乱叫地干活，这景象是否真实。

在去丛林之前，要把我训练好，使我能给一袋袋货物编号，所以我得和其他伙计一起，逐渐习惯公司的中央货场里令人窒息的空气，站在两个固定在中间的大磅秤之间，周围是一群衣衫褴褛、长着脓疮、唱着歌的黑人，散发出汗酸的味道。他们每个人都在身后扬起一小片灰尘，并有节奏地使其晃动。负责搬运工作的职员的棍子沉闷地落在这些漂亮的背脊上，却既没有唤起反抗，也没有引起呻吟。他们处于消极的状态，犹如惊呆了一般。他们想老老实实地忍受疼痛，就像忍受这充满灰尘的火炉中酷热的空气。

经理不时来到货场，每次来都咄咄逼人，来核实我在编号技术和过秤时弄虚作假的技术方面是否真有长进。

他挥舞棍子，在土著的人海中开出一条道路，一直走到两个磅秤前面。"巴尔达米，"他一天上午正在兴头上，就对我说，"我们周围的这些黑人，您看到了，是吗？……我刚到小多哥公司时，就是在将近三十年以前，这些坏蛋还只靠打猎、捕鱼和部落间的屠杀维生！……我开始时在代办处当小职员，就像现在同您讲话那样，看到他们打了胜仗后回到自己的村庄，带着一百多筐血淋淋的人肉，以便大吃一顿！……您要听清，巴尔达米！……血淋淋的！是他们敌人的肉！简直像圣诞节子夜弥撒后的聚餐！……现在，这种胜利没有了！有我们在这儿！部落没有了！好客没有了！炫耀也没有了！有的是劳动力和花生！干活！不打猎了！枪支没了！有花生和橡胶！……要交税！交税，为了再给我们运来橡胶和花生！这就是生活，巴尔达米！花生！花生和橡胶！……另外，瞧，通巴[1]将军正朝我们这儿走来。"

将军确实朝我们走来，老头被烈日晒得像是要瘫倒下来。

将军已不是正宗的军人，但也还不是文职人员。他是"波迪里埃尔"的密友，负责在政府部门和商界之间进行联系。这种联系是必不可少的，尽管双方一直在进行竞争，并始终处于敌对状态。但通巴将军调解得十分出色。不久前，有一桩变

---

1 Tombat，由法语中的"tomber"（跌倒）和"combat"（战斗）二词组合而成。

卖敌人资产的案件，搞得很臭，上峰认为无法解决，将军却把它了结了。

战争一开始，通巴将军的耳朵就受了伤，有点裂开，正好可以在沙勒罗瓦[1]战役之后光荣引退。之后，他立刻效力于"最伟大的法兰西"。但是，早已成为过去的凡尔登[2]战役仍使他忧心忡忡。他在手心里乱翻一份份"电报"。"他们会抓住我们'长毛的小兵'[3]！他们一定会抓住的！"……货场里热得要命，法国的事又离我们这么远，所以我们没有请通巴将军对战事做出更多的预测。最后，我们出于礼貌，还是连连齐声说道，经理也跟着我们一起说："他们真棒！"通巴听着这话就离开了我们。

过了一会儿，经理在那些忙碌的身子中间

1　Charleroi，比利时城市，"一战"中第一场战役的战场，1914 年 8 月底被德军攻占。

2　Verdun，法国东部城市，在这里发生了"一战"中最长、伤亡最惨烈的一场战役，从 1916 年 2 月持续至 12 月，最终法军战胜了进犯的德军，史称"凡尔登绞肉机"。

3　petits poilus，法国兵在"一战"中的绰号。

用暴力开出了另一条路，并消失在胡椒味的灰尘之中。

经理的眼睛像木炭那样闪闪发亮，占有公司的强烈欲望消耗着他的精力，他使我感到有点害怕。只要他在，我就感到不自在。我无法想象，世界上会有这种贪得无厌的人。他几乎从来不对我们高声说话，而只是用隐语说话，仿佛他生活和思考的唯一目的就是密谋策划、暗中监视、背信弃义。有人肯定地说，他一个人诈骗、舞弊、私吞的东西，比其他所有职员捞到的油水加在一起还要多得多——我可以担保，这些职员也都是手勤眼快的角色。但要我相信这点并不困难。

在戈诺堡实习期间，我还有一些空余时间，可以在这座城市里散散步，但我真正愿意去的地方只有一个，那就是医院。

只要你来到一个地方，你身上就会显露出一些抱负。我的抱负是生病，只有生病。人各有志嘛。我在医院的那些楼房周围散步，觉得它们殷勤好客又充满希望，虽显得悲伤，却又与世隔绝、不受伤害，所以我离开它们及其灭菌剂的影响范围之时，总是十分惋惜。医院的四周是一块块草坪，悄悄飞来的小鸟和五颜六色、一刻不停的蜥蜴，给草坪增添了生气。这真是"人间天堂"。

至于黑人，对他们很快就会习惯，习惯他们喜滋滋的缓慢、拖拖拉拉的动作和他们妻子鼓鼓囊囊的肚子。黑人住的地方散发出臭味，说明他们一贫如洗，老是喜欢虚荣，又极其逆来顺受，总之，和我们那儿的穷人一样，只是孩子还要多些，周围的脏衣服和红酒却要少些。

我在这样深深地吸入医院的气味之后，就尾随土著人群，来到一座塔一般的建筑物前停留片刻，那座塔位于堡垒附近，是一个饭店老板建造的，用作殖民地中好色之徒玩乐的场所。

戈诺堡有钱的白人夜里来到此地，热衷于赌博，一面大口大口地喝着酒，打着哈欠，并听任自己打嗝。花二百法郎，就可以和漂亮的老板娘睡觉。那些色鬼的裤子让他们无法搔痒，他们就让背带不断滑落。

晚上，一大群人走出土著区的茅屋，聚集到"宝塔"的前面，观看白人们在钢琴周围不断地扭动身子，倾听发霉的琴弦吃力地奏出走调的圆舞曲，从不感到厌倦。老板娘一面听音乐，一面装出心荡神驰想要跳舞的样子。

我经过多日的试探，终于悄悄地跟她谈了几次。她对我透露说，她月经持续的时间不少于三个星期。这是热带地区的影响。另外，她的顾客也把她弄得精疲力竭。这不是因为他们经常做爱，而是由于宝塔饭店的开胃酒价钱太贵，他们想使自己的钱花得合算，就在离开之前拼命捏她的屁股。这就是她感到累的主要原因。

这个做生意的女人了解殖民地发生的所有事情，以及军官们和寥寥无几的文官太太之间的绝望恋情，军官们对高烧感到烦恼，而文官太太月经不断，坐在凉棚下倾斜不定的躺椅里暗自伤心。

戈诺堡的小道、办公室和店铺，都涌现出残缺不全的欲望。保持欧洲的生活方式，看起来是这些狂徒脑中的主要念头，是他们不惜一切代价想要得到的满足和想要做出的努力，虽说高温极其难受，萎靡不振的状况日益严重、无法解决。

充斥花园的植物，长得极为茂盛，已难以在栅栏之间容身。一丛丛青翠的树木，犹如疯长的生菜，环绕在每栋房子的周围，房子像是凝结起皱的大蛋白，一个欧洲人在里面就像已经烂掉的小蛋黄。因此，在戈诺堡最繁华、行人最多的法绍达大街的两旁，有多少官员就有多少长满生菜的花园。

我每天晚上回到自己的住房，房子当然尚未竣工，里面放着一张骨架般的小床，是那个性欲倒错的男仆给我搭的。他给我设下一个个圈套，他像猫一样淫荡，想和我成为一家人。但是，我却一心在想其他事情，这些事一直在我脑中萦绕，特别是我计划再到医院住一段时间，因为在这酷热的狂欢节中，医院是我唯一能藏身的地方。

我在和平时期就像在战争中一样，一点也不想干那种无聊的事情。另外，老板的一个厨师最近也真心诚意地提出要和我干这种下流的事情，但我觉得没有意思。

我最后一次问遍了波迪里埃尔公司中我那些年轻的同事，以便了解那个不可靠的职员的情况，因为根据公司的命令，我无论如何也要到森林中去接替那个家伙。但什么也没有问出。

费代尔布咖啡馆位于法绍达大街的尽头，将近黄昏时分，里面便弥漫着各种恶言中伤、流言蜚语、造谣诬蔑，但我在咖啡馆里也没有听到有关此人的任何实质性情况，只听到一些印象。在这镶上彩灯的昏暗之中，印象就像一箱箱满满的垃圾，被人打得粉碎。风摇曳着花边一般的巨大棕榈树，把一群群乌云般的蚊子吹落到茶碟里面。在周围的这些谈话中，总督受到严厉的谴责。他那无可救药的粗野，成了喝开胃酒时高谈阔论的话题，这使人在晚饭前不再因为肝难受而感到恶心。

戈诺堡的汽车，总共有十来辆，这时都在露天座前驶来驶去。这些汽车仿佛从不开到很远的地方。费代尔布广场就像狂热状态下的法国南方专区那样，具有勃勃的生机和艳丽的景色，植物和人们说的话都过于多。这十辆汽车离开费代尔布广场之后，只过了五分钟就又开了回来，再一次驶过同样的路程，装载着脸色苍白的欧洲贫血症患者，他们穿着灰褐色的布衣服，身体虚弱，就像果汁冰糕一样，一碰就化了。

一个星期又一个星期，一年又一年，这些侨民就这样面对面地走过，最后他们懒得互相厌恶，就不再朝对方看上一眼。几个军官带着全家一起散步，他们的家人对军人的敬礼和平民的致意都十分注意，他们的妻子带着专用的月经带，孩子们则像难养的欧洲胖蛆，被炎热弄得腹泻不止。

要发号施令，光有一顶军帽是不够的，还需要拥有部队。在戈诺堡的气候下，欧洲的军官融化得比黄油还快。一个营开到那儿，就变成咖啡中的一块方糖，望着它的时间越长，它就变得越小。大部分官兵长期住院，治疗疟疾，他们身上的毛里和衣服的皱褶里长满寄生虫，整班整班的士兵处于香烟的烟雾和苍蝇之间，躺卧在发霉的床单上手淫，没完没了地无病呻吟，从发烧到发作都受到小心翼翼的撩拨和爱抚。这些可怜的家伙，在绿色百叶窗半明半暗的柔和光线之中受苦，组成一个可耻的七星诗社[1]，他们被动员入伍后就病倒了，同店铺的小职员——医院里的病人中也有平民——混杂在一起，他们都走投无路，才逃离丛林和老板。

在疟疾病人迷迷糊糊地长时间午睡时，天气极为炎热，连苍蝇也在休息。一条条毛茸茸的苍白手臂，伸在床的两边，手里拿着肮脏小说垂了下来，这些小说都残缺不全，有一半页数已经没了，原因是患痢疾的人手纸总是不够用，另外也因为当护士的修女心情不好，用她们的方式来查禁对上帝不敬的作品。部队的阴虱也在骚扰修女，就像骚扰众人一样。她们为了搔得更加舒服，就走到屏风后面，撩起裙子搔痒，那里放着上午

1　Pléiade，16世纪法国文艺复兴时期七位诗人组成的团体，成员有龙萨、杜贝莱等。

死的一个病人，因为天气太热，到那时身体还没有冷下来。

医院十分凄凉，却是殖民地中人们能感到自己悄悄被别人遗忘，感到自己不受外面的人们和头头们骚扰的唯一地方。受奴役的休假，这是我能得到的主要的，也是唯一的幸福。

我去打听入院的条件、医生们的习惯和他们的癖好。我对出发去森林这件事，只感到绝望和愤慨，并且已经决定尽快染上我能得的所有热病，以便返回戈诺堡，而且在返回时要骨瘦如柴、令人厌恶，让他们不仅得把我收留，而且还得把我遣送回国。得病的诀窍我已掌握，可说是妙不可言，我还学会了殖民地专用的新诀窍。

我准备克服千难万险，因为波迪里埃尔公司的经理们和营长们都不会轻易放过他们那些瘦弱的猎物，即在散发尿臭的病床之间呆呆地玩伯洛特纸牌的病人。

这样，他们就会认为我下定决心，千方百计赖着不走。再说，一般说来，病人在医院里只能待上很短的时间，除非他一劳永逸地在此结束自己的殖民生涯。在发热的病人中，那些最机灵、最调皮、最有毅力的人有时能钻到空子，被送回法国本土。这可是令人欢欣雀跃的奇迹。在计谋用尽之后，大部分住院病人承认自己不是规章制度的对手，只好返回丛林，耗尽自己最后那些公斤的体重。当他们在医院治疗时，如果奎宁无济于事，让他们完全听任疟原虫处置，那么神父就会在十八点左右给他们合上眼睛，四个值班的塞内加尔人会把这些缺血的尸体抬到戈诺堡教堂附近的红土墓地。教堂的屋顶是瓦楞铁皮做的，里面奇热无比，从未有人连续进去过两次，真是比热带还要热带。在教堂里站着，就像让狗站立一样困难。

那些人就这样去了，他们很难做到别人要求他们做的一切：年轻时像蝴蝶，去世时像蛆虫。

我仍然到处打听，试图得到某些细节，有了这些情况，我就可以想出个主意。经理给我描述的比科曼博的情况，仍使我感到无法相信。总之，那个办事处是试验性的，是深入远离海岸的内地的一种尝试，去那儿至少要十天的时间，办事处与世隔绝，周围都是土著，还有他们居住的森林，有人对我说，那森林是野兽成群、疾病蔓延的广阔地区。

我心里在想，波迪里埃尔公司的那些年轻同事，一会儿垂头丧气，一会儿咄咄逼人，是否只是对我的命运感到嫉妒。他们的愚蠢（他们只剩这个了）程度，取决于他们刚喝进肚里的烧酒的质量，取决于他们收到的信件，取决于他们在白天或多或少失去的希望的多少。一般说来，他们越是衰弱，就越是神气十足。要是成了幽灵（就像战争时期的奥尔托朗），他们就会胆大包天。

我们喝开胃酒喝了整整三个小时。大家一直在谈总督，他是所有谈话的中心人物，其次谈论能偷和不能偷的物品，最后谈论性欲，这是殖民地的三色旗。在座的文职人员直言不讳地指责军官们盗用公款、滥用职权，但军官们也寸步不让，以牙还牙。至于商人们，则把所有这些吃俸禄的人一律视为虚伪的骗子和强盗。说到总督，每天上午都有他将奉召回国的谣言，这谣言传了整整十年，但这封证实他失宠的如此令人注目的电报却一直未到，虽说长期以来每星期至少有两封匿名信寄给部长，对这个当地的暴君万炮齐发，说他暴行累累，而且说得十分确切。

黑人们长着像洋葱皮一样的皮肤，真是走运，而白人被封闭在身上的酸汁和网眼衬衫之中，十分烦恼。因此，谁接近白人就要倒霉。自从乘坐"布拉格通海军上将"号以来，我算是受了这方面的教训。

在几天的时间里，我了解到我的经理的许多丑事！他干过的荒淫无耻的事情，比军港的一个监狱里全部犯人加起来还要多，他过去什么事都干过，据我猜测，他还制造过重大的错案。确实，他的脑袋长相不好，一副杀人犯的相貌，令人不安，如果这样说过于夸张，倒不如说他像急于求成的冒失鬼，这其实是一码事。

在午睡时间，路人到处可以看到几个白种女

人无精打采地躺在她们在费代尔布大街的住房的阴影处，她们是军官、侨民的太太，这里的气候把她们弄得比男人们还要消瘦得多，她们低低的说话声优雅而又犹豫不决，微笑显得宽宏大量，苍白的皮肤上都涂满了脂粉，活像是临死前心满意足的女人。这些移居此地的资产者的胆量和风度，显然不如只能自食其力的宝塔饭店老板娘。波迪里埃尔公司要消耗许多像我这样的白人小职员，在沼泽附近、森林之中的办事处里，公司每个季度要损失十几个低级职员。他们是开拓者。

每天上午，军队和商界都派人来到医院的办公室，唉声叹气地向医院要人。每天都有一名上尉向医院的主管大发雷霆，并对他进行威胁，要他赶快放出三名患了疟疾在医院里玩纸牌的中士和三名患梅毒的下士，因为上尉要组建一个公司，正缺少几个干部。要是医院里回答说他的那些"懒鬼"已经死了，他就不再纠缠医院的管理人员，并回到宝塔饭店再喝上一杯。

在这个树木青翠的地方，在这种气候、炎热

和蚊子之中，你几乎来不及发现人们、时日和事物的消失。一切都在消失，真叫人厌烦，一段一段地，一句话一句话地，一个肢体一个肢体地，一个遗憾一个遗憾地，一个血细胞一个血细胞地消失在太阳底下，融化在光线和色彩的激流之中，趣味和时间也随之消失，一切都在消失。空气中只剩下闪闪发光的焦虑。

小货轮终于在戈诺堡的海面上抛下锚，我要乘坐的这艘货轮将沿着海岸行驶，一直开到我工作地点附近。轮船名叫"帕帕乌塔"，是一艘小小的平底船，适合在小港湾中停泊。"帕帕乌塔"号用木柴当燃料。我是船上唯一的白人，所以特地为我安排了一间舱房，位于厨房和厕所之间。我们的船开得极慢，我起初还以为是开出锚地时小心谨慎的缘故。但后来一直没有加快速度。"帕帕乌塔"号的动力极为不足。我们就这样沿着海岸行驶，只见海岸像一条无边无际的灰色带子，上面长着茂密的小树，沉浸在炎热的、闪闪发光的水汽之中。真像是泛舟游览！"帕帕乌塔"号破水而行，这水仿佛是从船里流出的汗水，十分痛苦。它把小浪花一个接一个地分开，就像解开绷带时一样小心。我在远处感到，驾驶员应该是个混血儿。我说"感到"，是因为我一直提不起精神，不想去上面的驾驶台进行核实。我同船上那些清一色的黑人乘客一起，待在阴凉的纵向通道里，因为甲板上的太阳一直要晒到五点左右。要使阳光不致灼伤眼睛，就得像耗子那样眯着。五点之后，就可以极目远望，真是舒服极了。眼前那条灰色的流苏，在水面上长得十分茂盛，宛如被压扁的腋下，但并没有使我看出任何有意思的东西。呼吸这种空气，叫人十分难受，在夜里也是如此，空气仍然是热烘烘的，有一股海水的霉味。这一切平淡乏味，再加上机器的味道，叫人心里难受。在白天，这边的海水赭石色太深，那边的海水又蓝得太深。在这条船上比在"布拉格通海军上将"号上还要糟，当然只是少了那些想要杀人的军人。

最后，我们的船靠近我到达的港口。有人告

诉我，港口的名字叫"托波"。"帕帕乌塔"号发出的声音，就像在不断咳嗽、吐痰、颤抖，花了三倍于吃四顿罐头食品的时间，在像洗碗水一样油腻的水中行驶，这条船终于要靠岸了。

在杂草丛生的岸上，显出三座巨大的茅屋。从远处望去，这景色相当动人，你立刻会被它吸引。这儿是一条含沙的大河的河口，有人对我说，我将沿着这条河流逆流而上，乘小船前往我在森林中的办事处。在托波，在海边的这个哨所，我只需待上几天，这是事先讲好的，而正是这几天使我下定了待在殖民地的决心。我们朝一条轻便的筏船驶去，在到达筏船之前，"帕帕乌塔"号挺着大肚子破浪前进。我现在还清楚地记得，筏船是用竹子做的。筏船有它的问题，每月都得重新建造，我听说是给数以千计灵活、敏捷的软体动物逐渐啃坏的。这种没完没了的建造工作，是格拉帕[1]中尉十分头痛的一件事，中尉是托波哨所和

---

1 Grappa，渣酿白兰地，知名的意大利烈酒品种。

周围地区的指挥官。"帕帕乌塔"号每月只来一次，但软体动物把趸船吃完的时间却不会超过一个月。

到达之后，格拉帕中尉接过我的证件，核实其可靠性，在一本尚未用过的簿子上进行登记，然后给我喝开胃酒。他对我说，这两年多来，我是来到托波的第一位旅客。没有人来托波，也没有任何理由要来托波。在格拉帕中尉手下工作的有阿尔西德中士。他们离群索居，却并不友好相处。"我每时每刻都得提防自己的部下，"我们刚认识，格拉帕中尉就告诉我，"他有点不拘礼节！"

在这个荒凉的地方，即使想象出一些事件，也使人难以相信，这环境不适合惹是生非。正因为如此，阿尔西德中士预先准备好许多填有"平安无事"的报表，格拉帕则立刻签发，由"帕帕乌塔"号按时送交总督。

在附近的几个环礁湖之间和森林深处，生活着几个毫无生气的部落，它们因锥虫和慢性病一般的贫困而变得懒散、迟钝，死于非命。虽然如此，这些部落还是交纳一笔数目不大的税金，这当然是用棍子打出来的。在部落的青年之中也招募民兵，以便让他们代行使用这种棍子。民兵的人数高达十二人。

可以说，我当时对他们十分了解。格拉帕中尉用自己的方式来装备这些幸运儿，并定期给他们吃米饭。十二个人发一支枪，这就是标准！还给每人发一面小旗。但不发鞋。由于世上的一切都是相对而言、比较而言的，所以在当地招募的民兵都觉得格拉帕办事漂亮。志愿应征者每天都有，格拉帕只好回绝这些热心人，他们都是对丛林感到厌恶的青年。

在村庄周围打猎几乎一无所获，由于猎不到羚羊，村里每周至少要吃掉一个老奶奶。每天上午从七点钟开始，阿尔西德的民兵们就进行操练。他在茅屋里腾出一个地方让我住，所以我在屋里看他们操练，就像坐在二楼包厢里看演出那样清楚。在世界上任何一支军队里，从未有过比他们更加真心诚意地进行操练的士兵。在阿尔西德的口令下，这些原始人四人一排，八人一排，然后是十二人一排地走在沙地上，十分卖力，一面想象自己背着背包，穿着鞋子，甚至上了刺刀，更妙的是，还要装出在使用这些东西的样子。他们刚来自生机勃勃、近在咫尺的大自然，身上只穿着一条土黄色的短裤衩，说是裤衩也有点勉强。其他的一切想必是他们想象出来的，而且实际上也是如此。在阿尔西德果断的指挥下，这些机灵的战士把他们假想的背包放在地上，跑向空处用假想的刺刀向假想的敌人刺去。他们假装解开衣服的纽扣之后，架起了无形的枪支，根据另一道命令，他们卖力地做出抽象的齐射动作。看到他们分散开来，这样仔细地做手势，全神贯注地做着这种犬牙交错、毫不连贯、毫无用处的动作，会使人感到泄气，甚至会感到消沉。特别是因为在托波，沙滩把酷暑和闷热完全汇集在一起，而沙滩则夹在海面和河面这两面平滑、共轭的镜子之间，这酷暑和闷热会使你用屁股发誓，有人硬要让你坐在刚从空中落下来的一小块太阳上。

但是，这种恶劣的气候并不妨碍阿尔西德大声喊叫，恰恰相反。他的叫喊声如汹涌的波涛声，在他那虚幻的操练场地上空回荡，并传到远处，一直传到热带边缘巍巍雪松的顶端。他叫的"立正！"如雷鸣一般，甚至会传到更远的地方。

这时，格拉帕中尉正在准备审判。对此我们到下面再交待。另外，他也一直在远处，在他的茅屋里注视着那该死的趸船不可捉摸的建造工作。"帕帕乌塔"号每次来到时，他都既乐观又怀疑地期待着那船能为他部下运来全套装备。两年来，他一直在要求全套装备，但都白费力气。作为科西嘉人，格拉帕看到自己的那些民兵仍然赤身裸体，也许要比其他任何人都感到丢脸。

在我们的茅屋，也就是阿尔西德的茅屋里，进行着几乎是公开的小笔交易，买卖小件物品和各种价值不大的东西。再说，托波所有的非法买卖都由阿尔西德经手，因为他拥有一个小仓库，也是唯一的仓库，里面存有烟叶和卷烟，几升酒和几段棉布。

看得出，托波的十二个民兵对阿尔西德确有好感，虽然阿尔西德对他们破口大骂，还要蛮横地踢他们的屁股。但是，这些赤身裸体的军人发现，阿尔西德的身上具有某些无可否认的成分，和他们十分相似，就是天生的、无法改变的卑微无能。虽说他们是黑人，但香烟使他们和阿尔西德亲近起来，这是环境所致。我随身带来几份欧洲的报纸。阿尔西德翻阅了一下，想了解有什么消息，但是，他虽说三次拿起报纸，使自己的注意力集中到这些互不协调的栏目上，仍然没能把报纸看完。他想看报没看成，就对我承认道："其实，我现在对消息毫不在乎！我在这儿已经有三年了！"这并不是说阿尔西德想冒充隐士，使我吃惊，不，不是这样，而是他作为再次服役的中士，看到全世界都对他粗暴、冷淡，就只好把托波以外的世界看作月球那样的天体了。

不过，阿尔西德生性善良，有着热心助人、慷慨大方等优点。我后来才了解到这些，但为时有点过晚。他对上司百依百顺，这个基本的品质使军队中或别处的穷人既容易被人杀死，又容易被人养活。这些小人物对自己忍受的一切，从来不问或者几乎不问为什么。他们互相仇恨，这就够了。

在我们茅屋周围，在环礁湖中酷暑袭人的沙洲上，长着奇异的小花，鲜艳而又短暂，有绿的、粉红的和紫的，就像欧洲某些瓷器上画的那样，是一种粗而不俗的牵牛花。这些花藏在茎上的花苞里，忍受着漫长而可恶的白昼，等到傍晚刚吹来温和的微风，它们才优雅地颤动着伸展开来。

有一天，阿尔西德看到我正在采集一小束花，就告诫我说："你要采就采吧，但就是别浇水，这些小妞会给浇死的……这些花很娇嫩，可不像我们在朗布耶给军人子弟种的向日葵，在上面撒泡尿也行！……浇什么都能吸收！……另外，花就像人一样……越胖就越蠢！"这显然是在说格拉帕中尉，因为中尉的身体丰满、多病，双手粗短、紫红、令人害怕。这双手从来不讲任何人情。另外，格拉帕也不想体谅别人。

我在托波待了两个星期，不仅和阿尔西德同吃同住，和他分享床上和沙地上的跳蚤（两种类型）的叮咬，而且还分享他的奎宁和附近的井水，井水极其温热，喝了会拉肚子。

有一天，格拉帕中尉十分客气，破例请我去他家喝咖啡。格拉帕有嫉妒心，从不让任何人看到他的土著姘妇。因此，他就选择他的黑女人回村里看望父母的那天邀请我去做客。那天也是他的法庭审理的日子。他想让我开开眼。

在他茅屋的周围，挤满了一大早就来到此地的原告，他们参差不齐，缠腰布五颜六色，中间夹杂着叽叽喳喳的证人。被告和看热闹的站着，混杂在这一圈人之中，他们都散发出强烈的大蒜味、檀香味、变质的奶油味和藏红花般的汗味。就像阿尔西德的民兵一样，所有这些人好像首先要在想象之中狂热地摇晃一番。他们在头顶上挥舞着抽搐的双手，互相说着像响板一样清脆的土语，一阵风似的说出一连串理由。

格拉帕中尉坐在扶手藤椅上面，把牙齿咬得嘎吱作响，并唉声叹气，同时对这群乌合之众付之一笑。他明辨是非要靠哨所的翻译，翻译用自己的习惯用语大声地说着，结结巴巴地对他转述使人难以相信的诉状。

事情似乎涉及一头独眼羊。有一家的父母不愿归还这头独眼羊，而他们已正式收过聘礼的女儿却一直没去夫家，原因是在这段时间里，她的兄弟设法杀了看羊人的姐妹。还有其他许多更加复杂的申诉。在我们身旁，上百张热衷于这些利害关系和习俗问题的脸露出了牙齿，说着黑人的土话，或者喊喊喳喳，或者咕噜咕噜。

天气热到了极点。人们从屋顶的一角眼望天空，心里不禁在想，是否会有大祸临头。可是连雷雨也没有。

"我立刻让他们全都和睦相处！"格拉帕最后做出决定，气温和空洞的议论促使他下定决心，"新娘的父亲在哪儿？……把他带来！"

"他在这儿！"二十个同伴回答道，并把一个年老的黑人推到他们的前面。老头脸上的肉相当松弛，身上裹着一条黄色的缠腰布，显得十分神气，就像古罗马人那样。他紧握拳头，抑扬顿挫地把别人在他周围说的话都大声说了一遍。他一点都不像是来这儿打官司的，倒像是以打官司为名来取乐的。对这场官司，他早已不指望会有圆满的结果。

"好吧！"格拉帕命令道，"打二十下！这事就此结束！打这个老皮条客二十鞭……两个月来，为了一只羊这种鸡毛蒜皮的事，他每星期四都来这儿烦我，这样可以给他一个教训！"

老头看到四个肌肉发达的民兵朝他走来。他开始时不明白他们想对他干什么，后来开始转动充血的眼睛，就像一头从未挨过打的老牲口，惧怕得眼睛充血。他实际上并不想反抗，但也不知道该保持何种姿势，才能在挨打时尽量少受皮肉之苦。

民兵们拉住老头的缠腰布。其中两个非要他跪下，另两个则命令他趴在地上。最后，四个人同意就这样把他按倒在地上，解开他的缠腰布，一上来就在他背上和松弛的屁股上用鞭子狠狠地抽了一下，一头结实的母驴挨了这一鞭，也会疼得叫上一个星期。老头扭来扭去，细沙从他带血的肚子周围涌出，他一面号叫，一面吐出嘴里的沙子，活像一头怀胎的短腿大猎犬，受人恣意折磨。

老人挨打时，在场的人都鸦雀无声，只听到鞭打的声音。刑罚执行完后，挨了这顿打的老头想要爬起来，捡起他身边那条古罗马式缠腰布。他大量出血，嘴里、鼻子里，特别是背上都是血。人们把他抬走，四散离去，他们议论纷纷，说出无数闲言碎语，声音嘈杂，就像送葬一般。

格拉帕中尉把雪茄重新点燃。在我面前，他想要对这些事情显出冷淡的样子。我并不认为他比别人更像暴君尼禄，他只是不喜欢别人逼他思考。这会使他感到不快。他在当法官时，别人对他提出问题会使他感到恼火。

在那天，我们还看到另外两次令人难忘的体

罚，起因是另一些莫名其妙的事情，如讨回嫁妆，答应给毒药……不可靠的诺言……不明生父的孩子……

"啊！要是他们都知道我对他们的诉讼不感兴趣，他们就不会离开森林来这儿对我说这些无聊的事情，让我感到讨厌！……我难道会把自己的琐事告诉他们吗？"格拉帕总结道。"但是，"他接着说，"到头来我还真会以为，这些浑蛋对我的法庭产生了兴趣！……两年来，我试图使他们对此失去兴趣，可他们还是在每个星期四来……请相信我，年轻人，再次来的几乎总是这些人！……总之，是一些坏蛋！……"

然后，话题转到了图卢兹。格拉帕定期去那儿休假，并打算再过六年退休之后到那儿去居住。这事已经谈妥！我们正津津有味地抵达"卡尔瓦多斯"[1]时，又有一个黑人来打扰我们。我不知他受了什么委屈，他来申冤却迟到了。他自愿比其他人晚来两个小时，以便挨鞭子。他离开村庄穿

---

1 Calvados，法国诺曼底大区省名，亦指该地出产的苹果白兰地。

过森林，走了两天两夜才到达目的地，所以不想空手而归。但是他迟到了，而格拉帕在执法时十分守时，一丝不苟。"算他倒霉！他上次只要不回去就行了！……上个星期四，我判过他五十鞭子，这个黑鬼！"

这家伙还是提出不同的意见，因为他迟到有充分的理由：他上次得尽快赶回村庄，去埋葬他的母亲。他一个人有三四个母亲。都是借口……

"这事下次再审！"

但是，这家伙回到村庄后要下星期四再赶回来，时间上不大来得及，就表示反对，而且态度十分坚决。这样，就只好对着这个受虐狂的屁股狠狠地踢上几脚，把他赶了出去。他挨了几脚毕竟舒服了一点，但仍然不够……最后，他到阿尔西德那儿去待了一会儿，阿尔西德则乘机向这个受虐狂出售各种烟叶、卷烟和鼻烟末。

我见识了这许多事情，十分开心，就向格拉帕告辞，格拉帕也正要去里屋午睡，他那土著主妇已从村里回来，在屋里休息。这黑女人在加蓬修女会中受过良好的教育，有一对漂亮的乳房。这姑娘不但会讲发音不准的法语，而且会把奎宁拌在果酱里，替你在脚底捉热带跳蚤。她会用各种方式讨这个殖民军军人的喜欢，有时不使他感到疲倦，有时使他感到疲倦，这要由她来决定。

阿尔西德在等我回去。他有点不高兴。格拉帕刚才赏脸邀请我去做客，也许是阿尔西德决定对我推心置腹的原因。这些知心话是严厉的抨击。他没等我询问，就对格拉帕做了明确的描述，把中尉说成冒热气的狗屎。我回答他说，我的看法也是这样。阿尔西德也有自己的弱点，就是他不顾那些矛盾百出的军规进行非法买卖，对象是附近森林里的黑人，还有他民兵部队的十二名土著步兵。他用贩卖的烟草来供应这块小天地里的人们，手下毫不留情。民兵们在得到自己那份卷烟之后，就无饷可领，钱全给花光了。他们甚至提前支取军饷。这种做法虽说微不足道，但由于该地区货币稀少，所以格拉帕认为有损于税款入库。

格拉帕中尉生性谨慎，不希望他治理下的托波出现丑闻，但他说到底也许是出于嫉妒，露出了不满的神情。他本来希望土著居民拥有的数目有限的金钱都用于纳税，这是可以理解的。每个人都有自己的口味，都有自己的小算盘。

那些土著步兵参军，只是为了抽阿尔西德的烟。起初，他们觉得预支军饷购烟的做法有点奇特，甚至难以忍受，但他们屁股挨了踢之后，也就对此习以为常了。现在他们甚至不再想去领自己的军饷，而是心安理得地用预支的军饷买烟抽。在两次模拟操练间休息时，他们坐在阿尔西德的茅屋边，在生气勃勃的小花之间抽烟。

总之，托波地方虽小，却仍能容纳两种文明体系，一种是格拉帕中尉的文明，确切地说是古罗马式的，用鞭打驯服者的方法来榨取税款，据阿尔西德说，中尉从中截留了自己不光彩的一份；另一种是阿尔西德的文明体系，这体系比较复杂，从中已经显出文明的第二阶段的特征，每个土著步兵身上出现了顾客的特征，可说是军商结合，总之，这种结合要现代化得多，也更加虚伪，这就是我们的做法。

说到地理，格拉帕中尉只能靠他哨所里几张很不精确的地图来了解他管辖的广阔领土。他也并不想对这些领土有更多的了解。树木、森林是什么，人们毕竟是知道的，在远处就能看得一清二楚。

有几个极其隐蔽的部落，隐藏在广阔的药茶树林浓密的叶簇和层叠的褶皱间，生活在跳蚤和苍蝇之中，被图腾弄得头脑糊涂，一成不变地用烂木薯来填饱肚子……这些部落十分幼稚，天真地吃着人肉，被贫困弄得一筹莫展，经受千百种瘟疫的浩劫。没有任何东西值得别人去接近这些部落。也没有任何理由要组织一次令人难受而又不会引起反响的行政官员远征。格拉帕在执法完毕之后，情愿面向大海，观赏海面，他曾在某一天从海面而来，如果一切顺利，他又将在某一天从海面离去……

这些地方我已熟悉，最终也感到十分可爱，

虽然如此，我还是得考虑最后离开托波，以便经过三天的内河航行和林中跋涉，前往答应给我的店铺。

我已和阿尔西德相处得十分融洽。我们一起去钓锯鳐，这些鱼像鲨鱼，在茅屋前的河里大量繁殖。他钓鱼和我一样笨拙。我们一条也没钓到。

他茅屋里的家具只有他的一张折叠床和我的那张，以及几只空的或满的箱子。在我看来，他靠自己的小买卖一定攒了不少钱。

"你把钱放在哪儿？……"我问了他好几次，"你把你的臭钱藏到哪儿去了？"这是想让他发急。"你回国后可以吃喝玩乐了，是吗？"我这是在逗弄他。至少有二十次，当我们打开必不可少的"番茄罐头"时，我想象他在回波尔多之后，会在各家妓院之中恣意取乐。他并不回答我，只是乐呵呵的，仿佛他高兴我说这些事情。

除了操练和开庭审判之外，在托波确实没有其他事情发生。没有其他话剧，我只好常常重复这个玩笑。

在最后几天，我有一次想到给皮塔先生写信，向他借些钱。阿尔西德等"帕帕乌塔"号下次来时会替我把信寄掉。阿尔西德写信的文具放在一个小饼干盒里，和布朗勒多尔的那个饼干盒完全一样。再次服役的中士都有同样的习惯。但是，阿尔西德看到我打开他的饼干盒，就做了个使我感到意外的手势，不让我打开盒子。我感到尴尬。我不知道他为什么不让我打开，就把盒子放回桌上。"啊！把盒子打开吧！"他最后说，"没关系！"我立刻看到，在盒子里面贴着一张小姑娘的照片。只有头像，是一张十分温柔的小脸蛋，长着长长的环形卷发，就像当时时兴的那样。我拿了纸和笔，立刻把盖子盖上。我对自己的冒失感到十分尴尬，但同时又在想，为什么这事会使他如此慌张。

我立刻想到，这是他的一个孩子，他至今一直没有和我谈起过。我没有去问，但我听到他在我背后想跟我谈论这张照片，声音奇特，我还没听到过他用这种声音说话。他结结巴巴地说着。我不知如何是好。我得帮助他，让他对我吐露隐情。要过这一关，我不知该如何做才好。我确信，他的隐情听起来一定十分难受。我真不想听。

"这没什么！"我终于听到他说，"是我兄弟的女儿……他们俩都死了……"

"她的父母？……"

"是的，她的父母……"

"那么，现在谁抚养她呢？你的母亲？"我这样问道，表示自己对这事感兴趣。

"我母亲也已经不在了……"

"谁抚养呢？"

"我！"

阿尔西德的脸涨得通红，并傻笑着，仿佛他刚才做了一件见不得人的事情。他急忙接着说道：

"就是说，我来对你解释……我把她交给波尔多的修女照料……但不是照料穷人的修女，你明白我的意思吗？……是交给'品德好的'修女……既然由我来抚养她，你就可以放心。我想让她要什么有什么！她名叫吉内特……是个可爱的小姑娘……就像她妈妈一样……她给我写信，她有进步，只是，你知道，像这样的寄宿学校，很贵……特别是她现在十岁了……我希望她同时学习钢琴……你说学钢琴怎么样？……女孩子学钢琴正合适，是吗？……你看呢？……还有英语呢？英语有用，是吗？……你会英语？……"

阿尔西德承认自己有错，错在不够慷慨。他说着说着，使我不由得开始对他端详起来，只见他小胡子涂过油，眉梢往上翘，皮肤像焦炭一样黑。腼腆的阿尔西德！他的积蓄想必是节省下来的，从他微薄的军饷中省……从他可怜的津贴中省，从他地下的小本买卖中省……在这地狱般的托波，一个月一个月、一年一年地省！……我不知该回答他什么，我这方面不大在行，但是，看到他的心地比我好不知多少倍，我不由得面红耳赤……与阿尔西德相比，我只是个无能为力的粗人，笨拙而又自负……没什么可说的。这一清二楚。

我再也不敢和他说话，我突然感到自己实在不配和他说话。可我昨天还对他视而不见，甚至有点看不起他，这个阿尔西德。

"我运气不好，"他继续说道，并没有发觉他吐露的隐情使我局促不安，"你想想，在两年前，她得了小儿麻痹症……你想想……你知道什么是小儿麻痹症吗？"

于是，他对我解释说，这孩子的左腿仍然萎缩，正在波尔多的一个专家那儿接受电疗。

"你说，这能治好吗？……"他不安地问道。

我叫他放心，说这病用电疗是会治好的，而且能完全治好，但需要时间。他谈论死去的母亲和小姑娘的残疾时措辞婉转。即使是在这么远的地方，他也生怕伤害了她。

"她生病后你去看过她吗？"

"没有……我一直在这儿。"

"你不久之后要去吗？"

"我看三年内去不了……你在这儿看到，我在做点买卖……这对她帮助很大……如果我现在回去休假，回来时这位置就给别人占了……特别是有那个浑蛋在……"

因此，阿尔西德要求延长逗留的时间，连续在托波干六年，而不是三年，这都是为了他的小侄女，而他只有侄女的几封信和这张小照。"我感到不安的是，"他在我们睡觉时又说道，"她放假时那儿没人陪她……一个小女孩，这样也怪难受的……"

显然，阿尔西德自由自在地进入了崇高的境界，用通俗的话说，他和天使们亲密无间，却又若无其事。他几乎没有意识到，他忍受几年的磨难，在这炎热、乏味的地方消磨他可怜的生命，全是为了一个沾上点亲的小姑娘，他这样做不讲条件，不讨价还价，没有别的好处，只有心地善良的美名。他献给这远方小姑娘的一片温情，足以改变整整一个世界，可这种事却并未发生。

在烛光下，他一下子就睡着了。我睡不着，就索性起来，以便在烛光下好好看看他的面容。他睡觉和大家一样。他的模样也没有特别的地方。要是有什么东西能把好人和坏人区分开来，那就好了。

十三

要进入森林，有两种办法。一种是像耗子那样，在一簇簇草丛中开出一条地道。这种办法会使人透不过气来，我不喜欢。另一种办法是坐在独木舟里，沿着河流逆流而上，船靠划短桨推进，从河弯划到绿树成荫的河边，日复一日地等待着黄昏来临，看着白昼充满着强烈的阳光，一筹莫展。另外，那些黑人老是大叫大嚷，叫得人头昏脑涨，但人要去该去的地方，也只好强打起精神来。

每次出发时，那些桨手都要过一段时间才能协调一致。这样就要争吵。先是一片桨入水，接着是两三声有节奏的喊叫，森林传来了回声，浪花激起，船只滑动，两片桨划，然后是三片，他们没法互相协调，船头波浪掀起，船内是不连贯的话语，朝船尾望去，只见那儿的大海平如镜面，渐渐远去，前面是长长的平滑水面，我们在上面划出痕迹离去。我在远处还能依稀看到阿尔西德站在趸船上，他几乎再次陷入河上的水汽之中，头戴巨大的钢盔，像钟一样，现在只能看到他的脑袋，那脸就像一小块干酪，下面的身体在军装中晃动，仿佛已经消失在一种奇特的由白裤子构成的回忆之中。

对于托波这个地方，我现在记得的就是这些。

经过这样长的时间，这炎热的小村庄是否还未被淡灰褐色的河水吞食？村里三座跳蚤滋生的茅屋，是否至今还在？一些新的格拉帕和陌生的阿尔西德，是否还在训练新征的土著步兵进行那种虚无缥缈的战斗？那儿是否还在行使那种不装腔作势的法律？在那儿喝的水，是否仍然有馊味，仍然温热？每次喝过之后，连续一个星期嘴里都会有怪味……仍然没有冰箱？吃了奎宁之后，耳朵里是否嗡嗡作响，就像不知疲倦的熊蜂在和苍蝇打架？有硫酸盐吗？有盐酸盐吗？……但是，首先要弄清，在这闷热的地方，是否还有可以榨干、会生脓疮的黑人？也许已经没了……

也许这一切都已经荡然无存，也许在某一天晚上，当陆龙卷经过那儿时，小刚果河用泥泞的舌头一下子就把托波舔掉，这样就完了，全完了，连这个地名也从地图上消失，只有我还在，仍然思念着阿尔西德……他的侄女可能也把他忘了。格拉帕中尉也许再也没有见到他的图卢兹……在雨季即将结束时一直对沙丘虎视眈眈的森林，也许已把所有的地方都夺了回来，把所有的东西都压倒在巨大的桃花心木树荫之下，所有的东西都是，连出乎意料地长在沙地上的小花也是如此，当时，阿尔西德不让我给这些花浇水……也许什么都没有了。

沿这条河逆流而上的十天的情景，将久久地留在我的脑海之中……待在独木舟里，观察着泥泞的旋涡，灵活地避开漂流的巨大树枝，选择一条又一条隐蔽的航道。真是被放逐的苦役犯干的活。

每天黄昏，我们在一个岩石的岬角上休息。有一天早晨，我们终于离开了这条肮脏、原始的小船，从一条隐蔽的小径进入森林，小径潮湿，在绿色的树荫中慢慢延伸，时而被从树顶射入的一束阳光照亮，那些树叶构成一座无边无际的教堂。砍倒的树木像一头头怪物，使我们这些人多次绕道而行。在这些树里，一列地铁也可以畅行无阻。

在一个特定的时刻，我们又重见天日，面前是一片开垦的林地，我们还得往上爬，这也很吃力。我们登上高地，只见下面是无边无际的森林，连绵起伏，顶点有黄色，有红色，有绿色，山冈和谷地到处都是，森林浩如烟海，就像天空和大海一样。有人指给我看，我们要找的那个人，住在另一个小山谷里……还得稍微走一段路。那个人正在那儿等着我们。

他对我说，他在两块巨大的岩石之间建造了

一种防空壕，是为了躲避东面刮来的陆龙卷，这种龙卷风最讨厌，也最猛烈。我表示同意，说这是个优点，但说到那茅屋本身，肯定属于最破的一类，茅屋到处都是破洞，几乎只是在理论上存在。在住房方面，我也料想到会这个样子，只是现实比我预料的还要糟。

这位朋友想必看到我十分难过，只见他粗声粗气地叫我，打断了我的思索。"喂！您在这儿要比打仗时来得好！在这儿，不管怎样，还是可以应付过去！吃得差，这是事实，喝的呢，像泥水一样，但是可以尽情地睡……这里没有大炮，朋友！也没有子弹！总之，这是一桩买卖！"他讲话的语调有点像总代办，但他那双颜色浅淡的眼睛却像阿尔西德。

他大概快三十岁了，留有胡子……我到达时没有仔细瞧瞧他，当时我看到他的住房这么破，感到不知所措，这住房他将留给我，我也许要在里面住上几年……但是，我后来对他观察时，发现他显然有一张冒险家的脸，脸上棱角分明，甚至可以说有个叛逆的脑袋。这种人在生活中太容易冲动，不愿意得过且过。他鼻子又圆又大，脸颊丰满，如两条驳船，对着命运啪啪作响，像是在喋喋不休。他是个不幸的人。

"确实，"我说，"比打仗时要好！"

在当时，说这句知心话就够了，我不想再多说一句。但是，他顺着这个话题继续说道：

"特别是现在打仗打得这么久……"他补充道，"好吧，您以后会看到，朋友，这儿情况不妙，就是这样！没什么可干的……就像休假一样……只是在这儿休假！不是吗？……不过，这也许要看各人的性格，我什么也说不出……"

"那么水呢？"我问道，我这时已在大口杯里给自己倒了一杯水。我看到这带黄色的水，就感到不安。我喝了一点，这水叫人恶心，又十分温热，就像托波的水一样，放到第三天杯底就会沉淀一层淤泥。

"就是这水？"我又要受这种水的罪了。

"是的，这儿只有这种水，另外还有雨水……

只是下起雨来，时间长了这屋子受不了。这屋子的情况，您看到了吗？"我看到了。

"说到吃的东西，"他接着说，"这儿只有罐头，我已经吃了一年……没死呗！从一方面来看，这十分方便，但没有营养。土著居民吃烂木薯，这是他们的事情，他们喜欢吃这种东西……三个月来，我吃下去的东西都拉了出来……是腹泻。也许还有热度，两者都有……到下午五点，我甚至眼睛都看不清楚……从这点我看出自己有热度，因为说到热，也不会比这儿更热，气温就这么高嘛！……总之，你要打寒战了，才知道自己有热度……另外，你感到不大无聊了，也可以看出有热度……但是，这可能也要看各人的体质……有人也许可以喝白葡萄酒提提精神，可我不喜欢白葡萄酒……我喝了受不了……"

看来，他对自己所说的"体质"十分重视。

另外，他在这儿时，还给我提供了另一些值得注意的情况："这儿白天炎热，但夜里最难受的是嘈杂……真难以相信……是乡下的小动物在追来追去，以便把对方一口吞下或者吃掉，这是别人对我说的，我可一无所知……简直是在大吵大闹！……其中声音最大的要算鬣狗！……它们会来到茅屋附近……那时您就会听到它们的声音……您是绝不会搞错的……这可不像服了奎宁引起的耳鸣……有时会以为奎宁的耳鸣是鸟叫，是大苍蝇在飞……这种事是有的……而鬣狗叫起来就像哈哈大笑……它们要闻的是你肉的味道……闻到了就眉开眼笑！这些畜生巴不得看到你死掉！……听说还能看到它们的眼睛闪闪发光……它们喜欢吃腐烂的尸体……我可没对着它们的眼睛看过……我有点遗憾……"

"这儿真有意思！"我接着说道。

但是，夜里的乐趣还不止这些。

"还有村庄呢，"他补充道，"村里的黑人不满一百，但他们发出的嘈杂声就像一万个人那样，这些搞鸡奸的家伙！……您也会尝到他们的滋味！啊！您要是来听达姆达姆鼓，算是没找错地方！……因为在这儿，有时他们是为月亮击鼓，有时又不是为月亮……那是因为他们在等待月亮升起……总之，都是为了某件事！他们就像和野兽讲好的一样，一起来折腾你，这些浑蛋！我是说把你弄死！我要不是这样累，就把他们一下子全杀光……但我还是情愿在耳朵里塞上棉花……以前，我的药品里还有凡士林，就涂在耳朵里的棉花上，现在我就涂香蕉油。香蕉油也不错……有了这个，他们爱闹就闹吧，这些黑鬼，闹得像打雷一样也不怕！我塞上涂了香蕉油的棉花，一点也不在乎！我什么声音也听不见！那些黑人，您立刻会发现，都像死人一样，都是败类！……白天他们蹲着，看上去好像连站起来走到树边去撒尿的力气也没有，可一到天黑，就走得连影子也没了！他们变得好色！冲动！歇斯底里！在夜里干着歇斯底里的勾当！这就是黑人，错不了！总之，是一些肮脏的家伙……腐化堕落！……"

"他们是否常来买您的东西？"

"买东西？啊！您得了解一下！在他们偷您的东西之前，得偷他们的东西，这就是买卖！夜里，我两个耳朵里都塞了涂油的棉花，他们可是无拘无束！他们要是拘束就错了，不是吗？……另外，您已经看到，我的屋子也没有门，您可以说，他们是在充分利用……对他们来说，这可是不错的生活……"

"那么，盘货呢？"我听到这些细节，感到十分惊讶，就问道，"总经理对我再三叮嘱，叫我一到就盘货，而且要仔细清点！"

"至于我，"他若无其事地对我回答道，"总经理，我才不在乎呢……这点我可以荣幸地告诉您……"

"但是，您路过戈诺堡时，不是要去见他吗？"

"我永远不再去戈诺堡，也不去见总经理……森林可大呢，老弟……"

"那么，您去哪儿呢？"

"如果有人问起您这个，您就说什么也不知道！但是，既然您好奇，现在又还有时间，我就给您一个忠告！别去管'波迪里埃尔公司'的事，就像公司不管您的事那样。我今天就可以对您说，如果您跑的速度像公司使您感到讨厌的那样快，那么您就一定能赢得'大奖'！……我给您留下点钱，您应该感到满意，别再问我要了！……至于货物，要是经理确实叫您负责……您就对他回答说，货物已经没了，就是这样！……他要是不相信您，也没有什么大不了！大家对我们已经有了成见。怎么看也是贼！因此，这样做丝毫也不会改变公众的舆论，而且每次都能让我们捞到一点……再说，您也别担心，经理的手段比谁都高明，不值得去反驳他！这是我的看法！您是不是也这样看？大家都知道，要来这儿，就得准备杀父弑母！怎么样？……"

他对我说的是否都是真话，我吃不大准，不过，这位前任立刻给我留下一个印象，就是他是十足的豺狼。

我心里十分不安。"我又碰上一件倒霉的事情。"我心里想，而且这种想法越来越强烈。我不再和这个强盗交谈。在一个角落，我偶然发现一堆放得乱七八糟的货物，是他想要留给我的，一些不值钱的棉织品……不过，另外还有好几打缠腰布和布鞋，几盒胡椒粉，几盏小油灯，一个注射器，特别是"波尔多式"的什锦菜罐头，数量多得令人高兴，最后还有一张彩色明信片，是"克利希广场"。

"在柱子旁边，是我从黑人那儿买来的橡胶和象牙……开始时，我很卖力，后来就是这样。给，三百法郎……是向你交账。"

我不知道这是什么账，但我不想去问他。

"你也许还能进行几次以物换物的交易，"他告诉我说，"因为在这儿，你知道，人们不需要钱，钱只能用来逃命……"

他说着笑了起来。我当时不想冒犯他，就跟着笑了，我和他一起乐，仿佛十分高兴。

几个月来他虽说缺乏生活必需品，周围却是奴仆成群，各种各样的人都有，但主要是一些男孩，这些人服侍殷勤，给他递上屋里唯一的匙子或独一无二的大口杯，或是细心地从他的脚掌里一个个捉出捉不完的、无孔不入的普通热带跳蚤。作为交换，他为他们免费服务，不时把手伸到他们的大腿中间。我看到他给自己干的唯一的事，就是给自己搔痒，他搔痒就像戈诺堡的那位店主一样，极为敏捷，这种敏捷只有在殖民地才能看到。

他留给我的家具使我看到，只要有灵巧的手艺，用拆开的肥皂箱什么都能做，椅子、独脚小圆桌和扶手椅都可以做。这个阴郁的家伙还告诉我，为了取乐，如何飞起一脚，用脚尖把笨拙的带硬壳的毛虫踢到远处，因为不断有新的毛虫爬上来，它们微微颤动，流着黏液，向我们这间林中小屋进攻。把它们踩死时要是不得法，可就糟了！你就会受到惩罚，它们被踩烂的、令人难忘的虫体会慢慢发出恶臭，要臭上一个星期。他在文摘里看到，这些笨拙、讨厌的家伙，是世界上最古老的一种动物。据他说，它们起源于地质期的第二纪！"朋友，我们的历史和它们一样长，怎么会不臭呢？"就是这样。

在这个非洲的地狱里，黄昏也非同寻常。你

不能不看。每次都十分悲惨，就像太阳在进行巨大的屠杀。全都是虚假的。只是对一个人来说，有许多东西可以欣赏。在一个小时之中，天空到处喷射出猩红的色彩，像是在疯狂地耀武扬威，然后，绿色在树木中间显露出来，颤动着从地面冉冉升起，一直升到第一批露面的星星。接着，整个地平线都呈现出灰色，但还有红的颜色，不过已经显得疲乏，而且时间不长。白天就这样结束了。所有的颜色都化为碎片，无精打采地落到森林上面，犹如在一百次演出之后，从戏装上掉下来的闪光铜片。每天下午将近六点的时候，就会出现这种景象。

于是，在几千只癞蛤蟆的鼓噪中，黑夜开始了群魔乱舞。

森林一听到它们的信号，就从里面的各个地方开始颤动，发出鸟叫和野兽的吼叫。它像一座巨大的车站，情人在里面幽会，挤得满满的，又没有灯光。那些树木，里面像是摆满丰盛的酒宴，又像是阴茎勃起，残缺不全，十分可怕。弄到最后，我们在屋里听不到对方说话的声音。我得把头伸到桌子上面，像猫头鹰那样叫喊，才能让我的同伴听清我说的话。

"您叫什么名字？您刚才是不是对我说叫鲁滨逊？"我对他问道。

当时，我的同伴正在反复对我说，附近地区的土著居民被所患的各种疾病弄得萎靡不振，并说这些穷光蛋不会做任何买卖。我们在谈论黑人时，这么大的苍蝇和昆虫从四面八方向手提灯扑来，数量是这么多，一批一批又是这么密，所以只好把灯熄了。

我在熄灯前又一次看到了鲁滨逊的脸，只见他的脸被昆虫构成的网遮住。也许正因为如此，他的相貌奇妙地刻在我的记忆之中，而在这以前，却未能使我想起任何确切的东西。在黑暗中，他继续对我说话，而我则跟着他说话的声音，回到我的过去之中，就像被叫到那些年代、月份以及我度过的那些日子的一扇扇门前，以便询问我曾在什么地方见到过此人。但是，我一无所获。人们不回答我。回想起过去的事物和人们，却又不见动弹，真叫人害怕。被错误地带到时间的地下室中的活人，和死人一起沉睡不醒，并同样处于阴暗之中，已无法分清哪些是死人，哪些是活人。

人的年纪越来越大，却不知该把谁叫醒，叫醒活人还是死人。

我力图弄清这个鲁滨逊是什么人，正在这时，外面不远的地方响起一种极其夸张的笑声，把我吓了一跳。接着这声音就没了。鲁滨逊对我说过，这可能是鬣狗的叫声。

然后，只听到村里的黑人和他们的达姆达姆鼓的声音，击鼓声翻来覆去，就像是白蚁在啃木头。

但最使我感到头痛的，却是鲁滨逊的名字，这点越来越明显。我们开始在黑暗的屋子里谈论欧洲，谈到有钱时能在那儿吃到的饭菜，还有饮料！多清凉的饮料！我们并不谈论明天，明天我将独自留在这儿，也许要待上几年，吃完所有这些"什锦罐头"……是不是还是打仗好呢？打仗当然不好。而且更糟！……他也是这样想的……
他也打过仗……但是，他将离开这儿……不管怎
样，他对森林感到厌倦……我试图让他再次谈论
战争。但他避而不谈。

最后，我们俩各自在用树叶和隔板铺好的破
败不堪的角落里躺下睡觉。这时，他才直截了当
地向我承认，他经过反复考虑，情愿因倒卖骗来
的商品的诈骗行为而受到民事法庭起诉，而不愿
长期忍受这种"什锦罐头"的生活，这种生活他
已在这儿过了将近一年。我心里明白，我将要过
的是怎样的生活。

"您耳朵里没有塞棉花？"他又问我，"您要
是没有棉花，就用毯子上的毛来代替，再涂上香
蕉油。这样可以做成很好的耳塞……我才不想听
到那些母牛吼叫呢！"

在这乱哄哄的地方，什么动物都有，就是没
有母牛，但他喜欢使用这个不确切的、含义笼统
的词。

棉花耳塞突然给我留下深刻的印象，仿佛这

东西包含着他的某种阴谋诡计。我不禁感到十分害怕，怕他把我杀死在我的折叠床上，然后把银箱里剩下的钱都拿走……这想法使我感到不知所措。但是，怎么办呢？叫唤？叫谁呢？村里那些吃人肉的家伙？……销声匿迹？实际上我几乎已经如此！在巴黎，没有财产，没有借款，没有遗产，你就难以生活，就只好销声匿迹……那么这儿呢？有谁会一直跑到比科曼博来，不做别的事，就只往水里吐一口痰，来让我记住他的这点好处呢？当然，谁也不会来。

　　几个小时的时间，在一会儿平静一会儿焦虑之中度过。他没打呼噜。森林中传来的所有这些嘈杂和呼唤，使我听不到他的呼吸声。不需要棉花。但是，由于我反复在想，鲁滨逊这个名字最终使我想起曾熟悉的躯体、步履乃至声音……后来，当我即将睡着时，那个人仿佛站在我的床前，我想起了他，当然不是他本人，而是我记忆中的鲁滨逊，就是在利斯河畔努瓦瑟遇到的那个，在佛兰德地区见到的那个，那天夜里，我和他一起在河边走着，一起寻找一个能避开战争的地方，后来又在巴黎和他相逢……全都想起来了……几年的时间一下子在脑中掠过。我的脑子坏了，我难以……现在我知道了，我认出了他，不禁感到十分害怕。他是否认出了我？不管怎样，他可以相信我，我会和他串通一气，守口如瓶。

"鲁滨逊！鲁滨逊！"我高兴地叫道，仿佛要告诉他一个好消息，"喂，老兄！喂，鲁滨逊！……"没有回答。

我站了起来，心跳得厉害，以为腹部会挨一冷拳……可什么也没有发生。于是，我胆子大了起来，摸索着朝屋子的另一头走去，几小时前我看到他睡在那儿，可现在他已经走了。

我不时划一根火柴，一直等到天亮。白昼来临时，光线如龙卷风一般倾泻而来，接着，那些黑人仆人也突然跑来，乐呵呵地为我干着毫无用处的事情，不过他们给屋里带来了欢乐。他们已经想教我无忧无虑地生活。我仔细考虑之后，做出一系列的手势，想让他们知道我对鲁滨逊不辞而别感到不安，但白费力气，看来他们对此满不在乎。确实，不去管自己眼前的事情，而去管别的事情，是十分荒唐的。我在这件事中最感到遗憾的是银箱。不过，一般不大可能找到拿走银箱的人……这种情况使我做出推测，如果只是为了杀死我，鲁滨逊是不会回来的。这总是好事。

因此，我现在是独揽风景！我心里想，从此我就有充分的时间在这儿玩，把这海洋一般广阔的森林里里外外全都走遍。林中有红色，有黄色的大理石花纹，也有闪闪发亮的盐渍，对喜爱大自然的人们来说确实十分壮观。可我却一点也不喜欢。热带的诗意叫我倒胃口。我看到这些东西、想到这些东西就不舒服，就像吃了金枪鱼要打嗝一样。这些事说也白说，这地方总归是蚊子和非洲豹的家乡。各人都有自己待的地方。

我还是情愿回到自己的茅屋，对它进行加固，以防即将来临的陆龙卷的袭击。但是，没过多久，我只好放弃自己的加固工作。屋子的结构中柱子有长有短，加固时可能会倒塌，而且再也竖不起来，茅屋顶已给蛀得散成丝缕。我这茅屋连像样的公共小便池也不能改建。

我在丛林里懒洋洋地转了几圈之后，只好回屋躺下，默无一言，因为太阳实在厉害。只有太阳。一切都是静悄悄的，一切都担心在中午时会燃烧起来，再说，只要再加一点温确实会烧起来，野草、动物和人们都热到了燃点。这是中午的中风。

我唯一的一只小鸡也害怕这个时刻，它和我一起回屋，这是鲁滨逊留下的唯一活物。就这样小鸡和我一起生活了三个星期，像一条狗那样跟着我散步，经常咯咯地叫，到处发现有蛇。有一天我十分无聊，就把小鸡吃了。鸡一点味道也没有，鸡肉被太阳晒得褪了色，就像白布一样。我病得这么厉害，可能是这只鸡引起的。不管怎样，在吃了这只鸡的第二天，我就起不来了。将近中午时，我四肢不听使唤，步履艰难地走到小药箱那儿。里面只剩一瓶碘酒和一张南北线路[1]图。来

---

1 Nord-Sud，巴黎早期地铁线路之一，于 1910 年通车，北起蒙马特高地，南至蒙帕纳斯。现为巴黎地铁 12 号线。

代办处的顾客我还没见到过，只有来看热闹的黑人，他们没完没了地做着手势，嘴里嚼着可乐果，是一群好色的疟疾患者。现在，这些黑人把我团团围住，像是在评论我难看的脸色。我真的病了，病得仿佛不再需要自己的双腿，我两条腿垂在床边，就像两件无关紧要的东西，显得有点滑稽。

经理从戈诺堡派人给我送来的东西，只有几封信，满纸都是斥责和臭骂，而且还有威胁。做生意的人都认为自己是大大小小的机灵鬼，实际上却往往是最蠢的蠢货。我的母亲从法国写信给我，要我注意身体，就像在战争时期那样。我要是在断头台的铡刀之下忘了戴围巾，我母亲也会骂我的。她从不错过任何机会，企图使我相信世人的宽厚，她这样教育我也是对的。母亲因为疏忽，认为这是天意，就想出了这种借口。不过，对我来说也十分容易，只要对老板和母亲的这些无聊话置之不理就行了，所以我从不回信。只是这种态度并不能使这儿的情况有所好转。

这岌岌可危的办事处里的东西，鲁滨逊几乎

全都拿走了。我要是把这件事说出来，又有谁会相信我呢？写举报信？有什么用呢？要写给谁？给老板？每天下午将近五点时，我也因发烧而打寒战，而且发烧的时间很长，我那光彩俗气的床也随之颤抖，就像在手淫一样。村里的一些黑人毫不客气地占领了我的办事处和茅屋。我并没有请他们来，但要把他们打发走又太费劲。他们围着办事处剩下的货物吵吵嚷嚷，用力摸着装烟草的桶，试着最后几条缠腰布，看看不错就拿走了，尽可能为我办事处的总撤退准备条件。橡胶满地都是，弄得乱七八糟，橡胶的汁水和丛林的甜瓜混在一起，这些甜得腻人的番木瓜，味道像带有尿臊臭的梨，我把它当作四季豆吃，吃了好多，过了十五年想起来，仍然感到恶心。

　　我想知道，自己的无能为力已到了何种程度，但我未能做到这点。"所有的人都偷！"鲁滨逊在离开之前对我说了三次。这也是总代办的看法。在发烧时，这句话像针扎一样刺痛了我。"你得自己设法应付！"他还对我说。我试图站起来，但无法做到。至于喝的水，他说的对，那是泥浆，简直是河底的淤泥。一些黑人孩子给我拿来许多香蕉，有大有小，还有红瓤柑橘，以及每次都有的那种番木瓜，但是，我吃了这些东西肚子就疼得厉害，吃什么都疼！我吃了准会把五脏六腑都呕出来。

我觉得稍微有点好转、头脑比较清醒时，就立刻感到极为害怕，害怕要向"波迪里埃尔公司"汇报。对这帮害人的家伙，我能说些什么呢？他们怎么会相信我的话呢？他们一定会叫人把我抓起来！那么谁来审判我呢？是一些特殊的家伙，他们掌握着不知从什么地方搞来的可怕法律，就像军事法庭那样，但他们从不把这些法律的真实意图告诉你，而且扬扬得意地看着你流着血爬到地狱上面陡峭的小路，就是把穷人引向死亡的道路。法律就是令人痛苦的巨大的"月神公园"[1]。穷人一旦被法律抓住，几个世纪后还会有人听到

1　Luna Park，该游乐园遍布全球，1903 年首先开设于美国纽约市科尼岛。

他的嚎叫。

我情愿昏昏沉沉地待在那儿，打着寒战，发烧发到四十度，也不愿头脑清醒，不得不去想在戈诺堡等待我的将是什么。我甚至不再服用奎宁，而是让热度来掩盖我的生活。真是今朝有酒今朝醉。我发着高烧，就像在炖肉一样，时间一天接一天、一个星期接一个星期地过去了，我的火柴也都用完。我们缺少火柴。鲁滨逊走时只给我留下"波尔多式"什锦罐头。这些罐头，我可以说他真的给我留下很多。罐头食品我吃了就吐，但要得到这个结果，还得把罐头加热才行。

缺乏火柴却使我有了消遣的机会，就是看着我的厨师用两块火石打火来点燃干草。我看着他打火就有了个主意。奇怪的是，我高烧持续不退，我想出的主意也经久不变。虽然我天生笨拙，但经过一个星期的实践之后，我也能像黑人那样用两块尖的火石打出火来。总之，我开始过原始人的生活。火是主要的，其次就是打猎，但我没有这个雄心壮志。能用火石打火已经够了。我认真地练习打火。一天又一天，我只有这件事可做。在踢掉地质期第二纪的毛虫方面，我的技巧大大不如我的前任。我还没有掌握诀窍，踩死了许多毛虫，就对此失去了兴趣。我像对待朋友一样，让它们自由进入我的茅屋。接连下了两场大暴雨，第二场暴雨持续了整整三天三夜。最后我用水壶接雨水喝，不错，雨水也是温热的，但毕竟……小仓库里的织物给大雨冲得七零八落，混杂在一起，成了一堆肮脏不堪的货物。

一些热心的黑人在森林里给我找来几束藤，以便像缆绳一样把我的茅屋系住，固定在地上，但是白费力气，稍有点风，隔板上的叶饰就发疯似的飞到屋顶上空，犹如受伤的翅膀一样。一点也没有用。总之，都像是在闹着玩。

在我乱得团团转的时候，大大小小的黑人决定亲密无间地和我生活在一起。他们喜气洋洋，玩得十分高兴。他们随心所欲地进出我的家（如果可以这样说的话），十分自由。我们打着手势，表示非常理解对方。要是没有热度，我也许会去学习他们的语言。我没有时间。至于用火石打火，我虽说有了进步，但还没有掌握他们打火的最佳方法，不能一打就着。我打火时眼前会打出许多火星，那些黑人见了乐不可支。

当我不是因发烧而躺在折叠床上，或者不在打原始的火石时，我心里就只想"波迪里埃尔"的账目。真奇怪，因账目不清而产生的恐惧很难摆脱。当然，我的那种恐惧想必来自我的母亲，她用自己的传统观念感染了我："先是偷一只鸡蛋……然后就偷一头牛，最后就把自己的母亲杀死。"这些观念，我们大家都很难摆脱。我们从小就知道这些观念，长大以后，到了关键时刻，这些观念就会使你感到恐惧，束手无策。多懦弱呀！要摆脱这种状况，只能听其自然，指望事态发生变化。可喜的是，事态的变化巨大。当时，我和代办处正越陷越深。每下一场大雨，地上就更加黏，泥积得更加厚，我们即将消失在污泥之中。这是雨季。昨天还像一块岩石，今天却已成了松软的污泥。温热的雨水顺着垂下的树枝，像瀑布一样不断地向你冲下来，流到茅屋里面，茅屋周围也到处都是，就像一条被废弃的古河的河床。蹩脚货、希望和账目，全都溶入泥浆之中，发烧时就出汗，也是湿漉漉的。这雨下得那么大，落到你的脸上，你连嘴都无法张开，就像一个温热的东西把你的嘴塞住一样。这倾盆大雨并不妨碍动物互相追逐，那些夜莺叫得像豺狼一样响亮。到处都是一片混乱，我则像方舟里的挪亚，呆若木鸡。我感到，事情了结的时刻已经来到。

我母亲不光会说老老实实做人的格言。我正好想起，有一次她在家里烧掉旧的包扎布时说："火能净化一切！"我母亲的脑子里什么货色都有，命中有什么事她就能说出什么话。问题是要善于选择。

这时刻来到了。我的两块火石选得不好，不够尖，火星都留在我的手里。第一批货物虽说潮湿，最后还是给点着了。这是库存的一批袜子，全都湿透了。时间是在太阳落山之后。火苗很快蹿了起来，猛烈地烧着。村里的土著居民闻讯赶来，聚集在屋子周围，叽里呱啦地议论着，极为激动。鲁滨逊收购来的生橡胶在中间噼啪作响，其臭味使我不由想起格勒内尔河滨街上电话公司的那场著名火灾。我是跟我叔叔夏尔一起去看的，他抒情歌曲唱得多好。这事发生在世博会[1]举办的前一年，我那时年纪还小。没有任何东西能像臭味和火焰那样，硬是使回忆显现出来。我的茅屋也发出同样的臭味。茅屋虽说潮湿，还是全部烧光，而且烧得十分彻底，连货物一起通通烧光。账已算清。森林静了下来。鸦雀无声。猫头鹰、金钱豹、癞蛤蟆和鹦鹉，想必都看得十分清楚。它们看到这种情景才会感到吃惊。就像我们看到打仗一样。现在，森林可以重新伸展到这里，把这些残垣断壁置于会发出雷鸣般声响的树叶下面。我抢救出来的东西，只有我小小的行李、折叠床和三百法郎，当然还有几个"什锦"，是准备路上吃的。

1　指 1889 年举办的巴黎世博会。

烧了一个小时之后，我的茅屋已所剩无几。只有雨中的几簇小火苗，还有几个互不相干的黑人，用矛头在灰烬里乱翻，翻出在大难临头时都会有的一阵阵气味，这气味从这个世界上的一切混乱中散发出来，是冒烟的火药味。

现在得赶紧溜之大吉。往回走，回到戈诺堡？去那儿解释我的所作所为和这次事件发生的经过？我犹豫不决……但没有很久。没什么可解释的。这世界犹如睡着的人，翻身时压到你身上，就会把你压死，犹如睡着的人会把跳蚤压死一样。我心里在想，这样死，就是说像所有的人那样去死，实在是太蠢了。相信别人，等于叫别人把自己的一小部分杀死。

尽管我处于这种状况，我还是决定朝我前面的森林走去，就是那多灾多难的鲁滨逊在离去时所走的方向。

十四

　　一路上，我常常听到森林中野兽的声音，听到它们的呻吟、颤抖和呼喊，但是，我几乎从未见到过它们。有一次，我在歇脚处附近险些踩到一只小野猪，但我没把它当回事。听到一阵阵叫声、呼喊和吼叫，人们会以为这些动物就在附近，数以百计、千计地聚集在那儿。然而，一旦走近它们叫嚷的地方，却连一只野兽都没有，只有几只肥胖的珠鸡，披着蓝色的羽毛，仿佛要去参加婚礼，又十分笨拙，咯咯地叫着，从一根树枝跳到另一根树枝，仿佛刚出了什么事故。

　　在下面一点的地方，在发霉的灌木丛上，几只笨重的蝴蝶在微微颤动，吃力地展开宽大的翅膀，翅膀的边缘如同喜帖或讣告一般。再下面就是我们，正在黄色的泥泞中行走。我们前进时十分困难，主要是因为黑人们用担架抬着我走，担架则用几只麻袋拼接而成。抬着我的那些人完全可以在经过洼地时把我扔到水里。他们为什么不这样做呢？我后来才知道其中的原因。另外，他们既然有吃人的习惯，不是也可以把我吃掉吗？

我嘴巴黏糊糊地不时向这些同路人提出问题，他们总是对我回答：是的，是的。总之，不让我感到不快。是些老实人。当腹泻稍有好转时，我的热度立即上来。真难以相信，我会病成这个样子。

我甚至变得不大看得清东西，或者确切地说，我看到的东西都是绿色的。一到夜里，地上的所有走兽都来包围我们的营地，我们就点起篝火。尽管如此，有时仍有叫声穿过使我们感到窒息的巨大黑幕。一只已被咬断喉管的野兽，虽说惧怕人和火，但还是跑到我们近前向我们哭诉。

从第四天起，我已经不再试图从发烧引起的奇特幻觉中分辨出真实的东西。这些幻觉混杂在一起，出现在我的头脑之中，同时还有一个个人的片段，然后是支离破碎的决心，是一个个失望，真是没完没了。

但是，我今天想起当时的情景时，心里还在想，那个大胡子白人应该是真的，我们是在两条河汇合的地方，在一个由卵石构成的岬角上遇到他的。当时还听到在一个瀑布附近有轰鸣声。这个大胡子和阿尔西德是同一种人，是西班牙的中士。我们从一条小道一直走到另一条小道，好不容易才走到我约德尔里约这块殖民地，即卡斯蒂利亚王国[1]古老的领地。这个西班牙穷军人也有一所茅屋。我把自己的不幸遭遇都对他讲了，还说了我如何处置自己的茅屋，说完之后，我感到他乐极了！确实，他的茅屋看上去稍微好一点，但也好不了多少。他特有的烦恼是红蚁。红蚁每年迁徙时，恰巧选中他的茅屋作为过道。这些讨厌的红蚁不断由此通过，已经有将近两个月了。

1　西班牙王国的前身。

红蚁几乎占据了屋里的所有地方，你要转个身也不容易。另外，如果你去惹了它们，它们就狠狠地咬你。

他见我拿了一些什锦罐头给他，高兴得不得了，因为他只吃西红柿，而且已经吃了三年。我没什么可说的。他告诉我，他一个人已经吃掉三千多个罐头。他现在懒得用各种不同的方式来加工这种罐头，而是用最简单的方法，在盖子上打两个洞吸着吃，就像吃生鸡蛋那样。红蚂蚁得知屋主有了新的罐头，立刻在他的什锦罐头周围设下岗哨。一个罐头打开之后，就不能随便乱放，要是乱放，红蚂蚁整个家族都会进入茅屋。像它们这样共产的还真没见过。到时候，它们说不定还会把这个西班牙人吃掉。

我从屋主那儿得知，里约德尔里约的首府名叫圣塔佩塔，在整个沿海地带乃至内地，这个港口城市以装备远洋的双桅战船而闻名于世。

我们走的那条路正好通往圣塔佩塔，我们只要继续这样走，再走三天三夜就能到达。为了医治自己的妄想症，我就问这个西班牙人，他是否知道当地有什么好药，可以治好我的病。我的脑袋难受得要命。但他不愿意听到别人谈论这些事情。作为一个西班牙殖民者，他对非洲的厌恶达到了奇怪的程度，他上厕所不愿把香蕉叶当草纸用，而一定要特意把一叠《阿斯图里亚斯报道》裁开来用。他也从不看报，和阿尔西德完全一样。

他住在这儿已经有三年了，一个人和红蚁生活在一起，有一些小小的癖好，藏着那些旧报纸，另外还有这可怕的西班牙口音，说起话来就像换了个人，声音极为洪亮，这种人，别人是很难使他对什么东西产生兴趣的。他训斥自己的那些黑人，声音就像狂风暴雨一样，阿尔西德同他相比，简直是小巫见大巫。我最后把自己的什锦罐头都给了他，他实在让我喜欢。为了感谢我，他用粗糙的纸给我做了一张十分漂亮的护照，上面画有卡斯蒂利亚王国的纹章，还精工细作，临摹了签名，足足花了十分钟的时间。

他说得对，到圣塔佩塔去，是不会走错路的，只要一直走就行。我现在已经不知道我们当时是怎么走到那里的，但有一件事情我还记得清楚，就是到了那儿之后，他们马上把我交给一个神父。我感到这个神父的脑子也是糊里糊涂的，他在我身边，我就有了比较，精神反而振作起来。

圣塔佩塔市坐落在海边的岩石山坡上，绿得要亲眼看到才会相信。从停泊处远远望去，景色确实壮丽，有着华丽的气派，可走近一看，只有一些精疲力竭的肉体，就像在戈诺堡一样，而且也满身脓疱，难忍酷暑。至于和我同行的那些黑人，我在神志清醒的片刻之中把他们打发走了。他们说，他们在森林里走了这么长一段路，对回去之后如何生活感到担心。他们在离开我时哭哭啼啼，可我连同情他们的力气都没有。我一路上病得太重，流汗过多。而且一直如此。

在这座城市里，叽叽喳喳的人实在是多。我现在还记得，有人专门在神父的住宅里为我设置了病床，之后，这些叽叽喳喳的人就来到我病床的周围，白天夜里都有，因为圣塔佩塔的娱乐活动不多。神父喂我汤药，一个金色的大十字架在他肚子上摆动，而当他走近我的床头时，从他的长袍里面传出很响的钱币撞击声。我根本无法和来访的人们交谈，连结结巴巴地说上几句都不行，会感到精疲力竭。

我心想这下真的完了，就朝神父的窗子外面张望，希望再能看看这个世界。我不敢肯定我今天在描绘这些花园时不会出难以置信的大错。当时有太阳，这不会错，还是这个太阳，就像有人对着你的脸打开一个大锅的盖子那样热，在下面仍是阳光，还有疯长的树木和花园的小径，那些像生菜一样的植物生机勃勃，长得和橡树一样高大，还有那些蒲公英，三四株合在一起就像我们这儿一棵普通的栗树那样大。那儿还有一两只癞蛤蟆，和西班牙猎狗一样重，吠叫着从一片树丛跳到另一片树丛。

人们、地方和事物以气味告终。一切奇遇都从鼻子中消失了。我闭上了眼睛，因为我确实再也睁不开来。于是，非洲的呛人气味，夜复一夜地淡了。我越来越难以闻到死寂的土地、裤裆和藏红花粉混杂在一起的浓重气味。

过去一些时间，见到一些往事，又过去一些时间，接着我一时间经受了许多撞击和新的诱导法，然后是比较有规律的摇晃，就像在摇篮里那样……

我当然还是躺着，不过是躺在一个移动的物体上。我听天由命，后来呕吐起来，就又醒了，然后又睡着了。那是在海上。我浑身发软，几乎无力记住新的气味，即缆绳和柏油的气味。我躺的角落在风浪中移动，正好在敞开的舷窗下面，十分凉快。他们让我一个人待在这儿。旅行显然在继续……是哪种旅行呢？我听到甲板上有脚步声，甲板是木头做的，在我的鼻子上方，还听到说话声，以及波浪撞击船壳时啪啪作响的声音。

不管你在哪儿，生命返回你的床头是十分罕见的事情，要不就是个恶作剧。圣塔佩塔的那些人对我的恶作剧就是一例。他们不是趁我不省人事之时才把我卖给了一艘双桅战船吗？确实，我得承认，这是一艘漂亮的战船，甲板多层，桅杆耸立，上面挂着一张张漂亮的紫红色的帆，船体是金色的，真帅，军官待的地方都装上软垫，船首挂着一幅用鱼肝油画的油画，妙极了，画的是穿马球衫的"孔比塔公主"。后来有人对我解释说，公主用她的名字和乳房来保护这个王国，又用她王室的荣誉来护卫我们乘坐的这艘船。真叫人受宠若惊。

我心里在想自己的遭遇：不管怎样，我要是留在圣塔佩塔，现在仍然会病得厉害，头晕目眩，一定会死在那神父的家里，就是黑人们把我安置的地方……回戈诺堡呢？我为账目肯定要关上十五年……在这儿，至少在动，动就有希望……仔细想来，"孔比塔公主"号船长在起锚前把我从神父那儿买了下来，即使价钱便宜，也还是有几分胆量。船长做这笔交易，他出的钱都会有风险。他可能会把这钱全丢了……他希望海上空气的有益作用能恢复我的体力。他应该得到报偿。他就要赢了，因为我的身体已经好转，我觉得他对此十分满意。我仍然常说胡话，但说话的意思有一定的逻辑性……自从我睁开眼睛之后，船长常来我的小舱房看我，头上戴着一顶有羽毛装饰的帽子。他来时总是这样。

他看到我虽有热度，仍然试图在草褥上抬起身子，感到十分高兴。我仍在呕吐。"喂，自命不凡的家伙，您很快就能和别人一起划桨了！"他对我预言道。这是他的好意。他哈哈大笑，轻轻地用鞭子打我，但十分友好，打在我的颈背上，而不是屁股上。他希望我也乐，希望我和他一起高兴，因为他把我买下，是做了笔好买卖。

我感到船上的伙食很合我的胃口。我不断结结巴巴地说话。正如船长预言的那样，我很快就恢复了相当的体力，可以不时和同伴们一起划桨。但是，在十个同伴待着的地方，我却看到有一百个：那是眼睛发花。

这次跨洋过海的航行不大吃力，因为大部分时间都在扬帆前进。我们在统舱里的条件，并不比星期天低级车厢里的普通旅客来得差，也不像我来时在"布拉格通海军上将"号上那样危险。我们从东到西横渡大西洋时，一路上都是顺风劲吹。气温下降了。我们在统舱里毫无怨言，只是觉得时间长了点。对我来说，我已看够了大海和森林的景色，觉得时间长得要命。

我本想向船长询问我们这次航行的目的和收入的细节，但自从我的身体有了明显好转之后，船长就不再关心我的命运。另外，我说话毕竟颠三倒四，无法进行谈话。我对他敬而远之，就像对真正的老板一样。

在船上，我开始在划船工中寻找鲁滨逊，在夜深人静之时，我好几次高声叫喊他的名字。没有人回答我，只有船夫的几声谩骂和威胁。

然而，越是去想我奇遇的细节和情况，我就越觉得鲁滨逊可能也在圣塔佩塔中了别人的圈套。只是他现在也许在另一条船上划桨。森林中的那些黑人，想必都串通一气，在干这种买卖。每个人都会轮到，这是个规律。人总得活下去，得把一时吃不掉的东西和人拿来卖了。土著居民对我相当客气，得到了极其卑鄙无耻的解释。

　　"孔比塔公主"号又在大西洋的波涛中航行了好几个星期，船上的乘客一会儿晕船一会儿发病，到了有一天的晚上，我们周围终于风平浪静。我已经不说胡话。我们的船准备抛锚。第二天醒来时，我们打开舷窗一看，发现我们刚刚到达目的地。真是美妙的景象！

十五

要说意外，这就是个意外。透过蒙蒙薄雾，我们突然看到的景象令人极为惊讶，使我们在开始时简直不敢相信，但后来还是眼见为实，我们虽说都是划桨的船工，但看到眼前的景象，也开始乐不可支……

你想想，他们的城市直立着，笔直地耸立着。纽约是一座直立的城市。我们已经见到过一些城市，还见到漂亮的城市，见到港口城市，甚至是著名的城市。但在我们那儿，不是吗，城市都是横卧的，在海边或在河畔，城市都横卧在景色之上，等待着旅客的来临，而这座美国的城市，却并没有晕倒在地，不，它直挺挺地站在那儿，一点都没有低头哈腰的样子，直得叫人害怕。

因此，我们乐得就像一群傻瓜。一座建造得笔直的城市，确实滑稽可笑。但是，对这种景色，我们只能伸出头来乐，因为在这个时候，透过灰色和粉色的浓雾，从海面上吹来一股寒风，这雾气既迅速又凛冽，寒风则吹进我们的裤子和这座城墙的裂缝，即城市的街道，云也随风进入其内。我们的战船划出的纤细痕迹正好和海堤平行，那儿正是屎一般的泥水的边缘，水上停着一排平底小船和拖船，拖船既贪婪，又像患上了喘鸣。

对一个穷光蛋来说，在什么地方上岸都不大方便，而对一个划桨的船工来说，情况还要糟糕得多，特别是因为美国人一点也不喜欢来自欧洲的船工。他们说："全是无政府主义者。"他们只希望接待给他们带来金钱的猎奇之士，因为欧洲所有的货币都是美元的子孙。

我也许可以像其他人已经成功地干过的那样，泅水游过港口，一上岸就放声叫道："美元万岁！美元万岁！"这是个诀窍。有许多人就是这样上岸的，后来还发了财，这靠不住，人们只是这么说说而已。在梦中，还有很坏的事情发生。我的头脑还有热度，可与此同时，却想出了另一个办法。

在双桅战船上，我学会了计算跳蚤（不仅把它们抓住，而且对它们做加法和减法，总之是进行统计），这是个微妙的行当，看上去微不足道，实际上却是一门技术，所以我想加以使用。对于美国人，你想说他们什么都行，但在技术方面，他们可是行家。他们会狂热地喜欢我数跳蚤的方法，这点我事先就能确信无疑。在我看来，这办法万无一失。

我正要为他们提供服务时，突然有人命令我们的战船到附近的一个小海湾去接受检疫隔离。那儿风平浪静，是在纽约以东两海里[1]的地方，离海湾里面专门用作检疫的一座小村庄很近，可以听到村里说话的声音。

我们待在那儿接受观察，已经有好几个星期了，我们也对此习以为常。这样，每天晚上吃完

1　1 海里约合 1852 米。

饭之后，取水队就离开我们的船前往村庄。我要达到自己的目的，就得成为取水队的一员。

　　同伴们十分清楚我想要干什么，但他们不想冒险。"他是个疯子，"他们说，"但并不危险。"在"孔比塔公主"号上，同伴们吃得不错，有时虽说要挨棍子，但打得不是太多，总之，日子还过得去。这活是比上不足比下有余。另外，还有个最大的好处，就是船上从不开除工人。国王甚至答应过，等他们年满六十二岁之后，给他们一笔小小的退休金。这个前景使他们心满意足，感到有了盼头。另外，到了星期天，为了有自由人的感觉，他们就玩选举的游戏。

　　在我们被强制接受检疫隔离的那几个星期里，他们全都在统舱里咆哮，他们有时在那儿打架，有时也在那儿互相发泄。他们不愿和我一起逃跑的主要原因，是他们不想听到也不想知道我所迷恋的美国的任何情况。每个人都有自己厌恶的东西，美国则是他们的洪水猛兽。他们甚至想使我对美国完全失去兴趣。我对他们说，我在这个国家有一些熟人，其中有我的小洛拉，她现在应该很有钱了，另外，也许还有鲁滨逊，他可能已经在商界有了地位，但我说了都白费力气，他们仍然固执己见，对美国深恶痛绝。他们对我说："你永远发不了。"有一天，我装作和他们一起到村庄里的水龙头那儿去，然后我对他们说我不回船上去了。再见！

实际上，他们是一些善良的人，十分勤劳，他们又再三对我说，他们完全不赞成我这样干，但他们还是叫我别泄气，祝我好运，祝我快乐，不过是以他们的方式。"去吧！"他们对我说，"去吧！但我们还是要告诉你：你浑身都是跳蚤，却在痴心妄想！你发烧发得头昏！你将来从美国回来时，一定比我们还要糟糕！你的嗜好会把你毁了！你想去长长见识？像你这样的身份，你长的见识已经太多了！"

我对他们回答说，我在那儿有朋友，朋友们在等着我，但是白费口舌。另外我结结巴巴，也说不清楚。

"有朋友？"他们这样说道，"有朋友？你的那些朋友才不会认你这副嘴脸呢！他们早就把你给忘了！……"

"但是，我想去见美国人！"我明知是白费口舌，仍固执己见，"他们还有别的地方没有的女人！……"

"傻瓜，跟我们一起回去吧！"他们对我回答道，"对你说，去那儿不值得！你会病得比现在更厉害！美国人是怎么样的，我们现在就告诉你！他们要么是百万富翁，要么是两手空空！中间道路没门！像你这副样子，肯定见不到百万富翁！不过，你可以指望他们让你去吃死尸！这点你可以放心！而且用不了很长时间！……"

同伴们就是这样对待我的。说到最后，他们个个把我说得毛骨悚然，真是些窝囊废、傻瓜蛋、下等人。"你们全给我滚开！"我对他们回答道，"你们说这些坏话，是因为嫉妒，就是这样！美国人是否会把我弄死，咱们走着瞧吧！不过，有一点可以肯定，就是你们这些人，全是裤裆里的小鸡巴，而且是软绵绵的！"

说了这话，我心里就满意了！

天黑了，船上吹起哨子叫他们回去。他们又开始有节奏地划桨，划桨的人只缺一个，那就是我。我等到听不见他们的声音了，完全听不见了，就开始数数，一直数到一百，然后才拼命奔跑，一直跑到村里。村庄小巧玲珑，灯火通明，那些木屋坐落在一座教堂的左右两侧，正在等待房客来临，里面也是一片寂静。我打着寒战，因为身患疟疾，也因为心里害怕。我走来走去，遇到驻地的一个水兵，见他没有戒备的样子，甚至见到一些孩子，还有一个身体健美的少女：这就是美国！我已经到了。经历了这么多枯燥无味的遭遇之后，这才让人见了高兴的事情。这就像生活结出了硕果，使人感到安慰。我正巧进入唯一没有派上用场的村庄。一些水兵的家庭驻守在这里，使村庄的一切设施都处于良好的状态，以防有一天像我们这样的一条船会把来势凶猛的瘟疫带来，并威胁这个巨大的港口。

到那时，他们就把尽可能多的外国人弄死在这些设施之中，以防瘟疫传给城里的居民。他们甚至在附近造了一座雅致的公墓，公墓里到处都种着花，准备埋藏死尸。他们等待着，已经等了六十年了，并且还在等待。

我找到了一间没人的小屋，就溜了进去，立刻睡觉。第二天一清早，村里的各条小街上全是水兵，他们身穿短装，身体结实，摇摇晃晃，而且摇得厉害，同时扫地泼水，地点在我躲藏的屋子周围，以及这个在理论上存在的村庄的所有十字路口。我想装出满不在乎的样子，但不行，我饿得慌，只好走近一个散发出厨房香味的地方。

我就在那儿被人发现，并被两个班的水兵抓住。他们决心要查清我的身份，并立刻谈到要把我扔到海里。我从近路被带到检疫隔离站站长的跟前。我虽说一直身处逆境，胆子不由得大了一点，可还是感到浑身发热，一时想不出什么应付的妙计。我只是胡思乱想，脑子里一片茫然。

最好的办法是失去知觉。我真的失去了知

觉。在站长办公室里，当我恢复知觉之后，在我周围的已不是那些男士，而是换了几个身穿浅色衣服的女士。她们对我提出的问题含糊其词，丝毫没有刁难的意思。如果只问这些问题，我一定会感到十分满意。但是，在这个世界上，任何宽容都不会长久。从第二天起，那些男士又开始对我说要把我关进监狱。我趁此机会和他们谈论跳蚤，而且装出若无其事的样子……说我能抓住跳蚤……会数跳蚤……说这是我的一技之长，还说能把这些寄生虫准确地统计出来。我清楚地看出，我的举止使我的看守们感兴趣，露出惊讶的表情。他们在听我说话。至于说到相信我的话，那就是另一回事了。

最后，站长亲自驾临。他被称为"surgeon general"[1]，如果这是一条鱼的名字倒十分好听。他态度粗暴，但比其他人更为果断。"小伙子，您在对我们胡说些什么？"他对我说，"您说会数跳

1　英语：军医处处长。

蚤？哈哈！……"他想用这种倚老卖老的办法把我弄得晕头转向。但是，我针锋相对，把事先准备好的一套不长的辩护词对他说了一遍："我认为应该对跳蚤进行调查！这是文明的一个因素，因为这种调查是最珍贵的统计材料的基础！……一个进步的国家应该了解国内跳蚤的数目，并按性别、年龄组、年份和季节进行分类统计……"

"行了，行了！说得够多的了，年轻人！"军医处处长打断了我的话，"在您之前，这儿来过许多欧洲人，他们也对我们吹过这种牛皮，但归根结底，他们和其他人一样都是无政府主义者，而且比其他人更坏……他们甚至连无政府主义也不相信！别再吹了！……明天，让您到对面埃利斯岛淋浴间的移民身上去试试！我的助理副官米斯切夫[1]先生会告诉我您是否在撒谎。两个月以来，米斯切夫先生一直向我要一名'跳蚤计数'员。您到他那儿去试试。去吧！您要是骗了我们，就

1　Mischief，英语中意为恶作剧。

把您扔到海里去！滚吧！给我小心点！"

我已从许多权贵的面前滚开过，知道该如何从这个美国权贵的面前滚开，就首先用鸡巴对着他，然后敏捷地向后一转，用屁股对着他，并且始终行着军礼。

我考虑后认为，用统计这个方法和用别的方法一样好，都能使我接近纽约。到了第二天，副官米斯切夫向我简单地介绍了我工作的部门。此人又肥又黄，眼睛近视得不得了，所以戴了一副巨大的黑眼镜。从总的神态来看，他看到我时的样子就像野兽看到猎物一样，至于细微的表情，由于他戴着黑眼镜，所以无法看出。

我们在工作中合作得不错，我现在甚至认为，在我的实习期快要结束时，米斯切夫对我很有好感。没有看到过脸，首先就是产生好感的一个充分理由，再说主要是因为我捕捉跳蚤的出色方法把他给迷住了。在整个检疫站中，没有第二个人能像我那样把那些最倔强、最角质化、最急躁的跳蚤关进盒子，我甚至在移民的身上就能对它们按性别进行分类。我现在完全可以说，这是了不起的工作……米斯切夫终于对我的技术深信不疑。

我由于不断用大拇指和食指的指甲掐死跳蚤，所以一到傍晚，指甲掐得又青又肿，但我还没有完成自己的任务，因为我还有最重要的事情要做，就是把每天掐死的跳蚤按体貌特征分类列出：波兰跳蚤为一类，还有南斯拉夫的……西班牙的……克里米亚阴虱……秘鲁疥疮跳蚤……这些东西在狼狈不堪的人们身上悄悄地跳来跳去，又叮又咬，但全都在我的指甲下丧生。看来，这是一项巨大而又细致的工作。我们得到的数据由纽约的一家专门机构进行统计，该机构配备有多台电力跳蚤计数机。每天，检疫站的小拖船横渡海湾，把我们需要进行统计或核实的数据送到那儿。

就这样，日子一天天过去了，我的健康状况渐渐好转，但随着我的谵妄和热度在这舒适的环境中逐步消失，我进行冒险和贸然行事的欲望又变得迫不及待。体温在三十七度时，一切都变得平淡无奇。

但是，我本来可以就这样待在那儿，过着极为平静的生活，在检疫站的食堂里又吃得很好，更何况有米斯切夫副官的女儿，这事我到现在还记得，她在十五岁已出落得如花似玉，每天下午五点之后，就穿着超短裙到我们办公室的窗前来打网球。要说到腿，我很少见到比她更美的腿了，还带点男子气，不过更为光润，具有一种含苞待放的肉体美。真是一种幸福的撩拨，可以到手的欢乐，会使人高兴得叫喊起来。驻地小分队的年轻军官几乎总是围着她转。

他们不必像我那样用有益的工作来表现自己，这些浑蛋！他们对我崇拜的小美人耍的花招，我全都看在眼里。为此，我气得脸色发白，一天要气上好几次。我最后心里在想，在夜里我也许会被人看成水兵。我心里充满了这种希望，但在第二十三个星期的星期六，事态急转直下。负责来回送统计材料的那位亚美尼亚同事，突然被提升为阿拉斯加跳蚤计数员，统计勘察队的狗身上的跳蚤。

要说理想的晋升，这就是一次理想的晋升，再说此人也对此欣喜若狂。确实，阿拉斯加的狗是珍贵的狗，人们一直需要它们，并对它们精心照料。而移民却不被人放在眼里，因为移民的人数总是太多。

由于我们之中已无人去纽约送统计数字，他们就随随便便地指派我去。我的头头米斯切夫和我握手道别，叮嘱我到城里后要老老实实，不要越轨。这就是他这个正人君子给我的最后忠告。他从未真正注意过我，以后也没有再见到过我。我们到达码头时，下起了倾盆大雨，雨水倾泻到我们头上，透过我单薄的上衣，落到我的统计表上，只见统计表慢慢地在我手中溶化。但我口袋里还有几份统计表，露出的部分像个大塞子，使我多少有点城里商人的模样。我充满恐惧和激动，急忙去迎接新的冒险。

抬头望着这城墙一般的大楼，感到头晕目眩，天旋地转，原因是窗口太多，而且到处都一模一样，使人感到恶心。

我衣服单薄，冻得麻木，急忙朝这些巨大建筑物中最黑暗的裂缝般的街道走去，希望在行人之中不引人注目。多余的羞怯。我其实没什么可害怕的。我选择的那条街，确实是街道中最狭窄的一条，并不比我们那儿的一条小河来得宽，而且十分肮脏，十分潮湿，四周一片昏暗。街上已经有其他许多人在行走，有矮的也有胖的，我跟在他们的后面，活像一道影子。他们和我一样朝市里走去，也许是去上班，走路时低着头。穷人到处都是。

十六

　　我就像知道去哪儿一样，装出在考虑该走哪条路的样子，然后换一条路，走我右边那条灯光更为明亮的街道。街名叫"百老汇"，我是在路牌上看到的。在大楼最高的几层的上面，在很高的地方，还有一点亮光，看得到几只海鸥和几块天空。我们在下面的灯光里往前走，那病态的灯光，就像森林里的光线，满街都是灰蒙蒙的，仿佛混杂着许多脏棉花似的。

　　这条街长得没有尽头，犹如好不了的伤口，我们待在里面，从街的一边到另一边，从一个痛苦到另一个痛苦，走向从未见到过的尽头，即世界上所有街道的尽头。

　　没有汽车通过，除了人群还是人群。

后来有人对我说，那是名贵的街区，黄金的街区，名叫曼哈顿。里面只能走着进去，就像进教堂一样。这是当今世界的银行中心。但过路的人也有随地吐痰的。得有胆量。

这是个充满黄金的街区，是真正的奇迹，奇迹的声音可以从各扇门里传出的美元的沙沙声中听到，美元总是太轻，就像真正的圣灵，但比鲜血还要珍贵。

我还是有时间去看看那些看管钞票的职员，还跟他们谈了话。他们愁眉苦脸，工资很低。

那些老主顾进入银行之后，别以为他们可以随心所欲，自行其是。完全不是这样。他们对美元说话时声音很低，而且隔着一扇铁栅栏的小窗口，他们是在忏悔。没有很多嘈杂，灯光十分柔和，小小的窗口位于高高的拱门之中，情况就是这样。他们没把"圣饼"吃掉，而是把它放在自己的心口上。我不能长时间待在那儿对他们进行观赏。得跟着街上的行人，在墙壁投下的光滑阴影之中往前走。

突然，我们的街道变得开阔，犹如在裂缝的尽头见到光明的池塘。只见前面是青绿色光线的巨大水洼，两边都是怪物一般的房屋。在这块空地中央有个亭子，有那么点田园风味，四周的草坪冷冷清清。

我询问了我身边的好几位行人，问那幢楼房是什么房子，那楼房大家都看得到，但大部分人装作没有听到我的话。一个在我身边走过的小伙子还是告诉了我，说那是市政府，他还补充说，那是殖民时代的古迹，有历史意义的东西……都留在那儿了……这片绿洲的边缘围出了一座街心公园，里面放着一条条长凳，坐在凳上望着市政府相当舒服。我来的时候，几乎没有其他东西可看。

我坐在那儿整整待了一个小时。突然，从这半明半暗的街上，从这愁眉苦脸地行走着的断断续续的人群中间，涌现出一批非常漂亮的女人。

多妙的发现！多好的美国！多么令人高兴！我想起了洛拉！我没有看错，她是典型的美国女人！确实如此！

我触及了我这次朝圣的关键问题。这时，我要不是一直感到饥肠辘辘，就会觉得自己得到了神奇的美学启示。我接连不断地看到的那些美人，也会给予我一点信心和安慰，来忍受这拙劣的人类状况。总之，我要觉得自己处于奇迹之中，只需要一块三明治。是的，我多么需要三明治呀！

然而，那是多么婀娜多姿！轻盈得难以置信！匀称得别具一格！冒险的色调搭配！各种冒险的搭配都十分成功！这么多的金发女郎，脸蛋和肉体使人充满各种各样的希望！还有棕发女郎！提香画中的女人！而且还有更多的女人过来！我心里在想，这也许是古希腊的复苏？我来得正是时候！

这些仙女使我感到不可思议，主要是因为她们一点也没有察觉我的存在。我当时就在近旁，呆呆地坐在那条长凳上面，我得承认，奎宁以及饥饿使我对她们垂涎三尺，露出色情和神秘的赞赏神情。要是灵魂能离开躯体，我的灵魂准会在这时离开，而且是一去不复返。我已迫不及待。

这些奇特而轻佻的女郎可以把我带走，使我升华，她们只要做个手势、说句话就行，我立刻会整个儿进入梦幻世界，但她们无疑有着其他的使命。

一个小时，两个小时，就这样呆呆地过去了。我已经不再抱任何希望。

我想到了肠子。你们是否看到过我们乡下的人耍弄流浪的乞丐？他们把鸡的烂肠子塞进旧钱包送给乞丐。我要对你们说，一个人就像肠子一样，只是更加粗大，更为多变，而且贪得无厌，但装在里面的却是一场梦。

得想想正经的事情，不能立刻动用我小小的货币储备。我身上的钱不多。我甚至不敢去数它们。再说，我也不能去数，因为我眼花，一个东西会看成两个。我摸摸口袋，只觉得那些钞票薄薄的，战战兢兢地和淋坏的统计表待在一起。

那儿也有男人经过，主要是年轻人，他们的脑袋像是用粉红的木头做的，目光冷淡，毫无变化，上下颌与众不同，是那么宽大和粗犷……不过，他们的妻子也许喜欢这样的上下颌。在街上的男性和女性仿佛是在各走各的路。女人们只看商店的橱窗，里面的手提包、披肩和小巧的丝织品把她们吸引住了，这些商品很少同时在每个橱窗中展览。而是以确切、明了的方式展出。人群中老人不多，也很少有一对对一双双的。我独自坐在长凳上，坐了几个小时，看着所有的人走过，但似乎没有一个人对此感到奇怪。尽管如此，有一个时刻，像墨水瓶那样站在马路中央的警察，开始怀疑我是不是打算干什么奇怪的事情。这是看得出的。

不管你在什么地方，只要你引起了当局的注意，最好还是溜之大吉，而且速度要快。不必解释，我心里想，往黑洞里钻！

在我坐的凳子右边，正好有个洞口，洞口很宽，开在人行道上，就像我们那儿的地铁一样。我觉得这个洞很合适，洞很大，里面的楼梯全是用粉红色的大理石做的。我已经看到街上的许多人钻到里面去，然后再出来。他们是到这个地下室里去方便的。我立刻打定了主意。进行方便的场所也是用大理石做的。像是个游泳池，但里面没有水，是个恶臭的池，里面只有透进的阳光，微弱得即将消失，照在解开纽扣的男人们身上，他们待在自己的臭气中间，涨红了脸在众人面前排出自己的秽物，发出粗野的噪声。

男人之间，就这样随随便便，周围的人都嘻嘻哈哈地笑着，还要互相鼓劲，就像在踢足球。人们来时先脱掉外衣，好像要进行体育锻炼。总之，他们要穿上合适的衣服，这是规定。

然后，他们就衣冠不整地蹲在粪坑上面，打着嗝，放着屁，指手画脚，就像在疯子活动的院子里一样。新来的人们在走下楼梯时要回答许多粗俗的玩笑，但他们似乎全都十分乐意。

他们在上面的人行道上举止文雅，一本正经，甚至愁眉苦脸，但一想到要在嘈杂的人群中出清自己的肠子，就仿佛得到了解脱，内心感到十分高兴。

隔间的门都污迹斑斑，门上铰链脱落，挂在那儿。人们从一个小间走到另一个小间时，都寒暄几句，等待空坑位的那些人抽着粗大的雪茄，一面拍拍占着位的人的肩膀，而正在方便的那位双手捧着面孔铁板的脑袋，拼命用力。许多人大声呻吟，犹如伤员和产妇。便秘患者则会受到仿佛是精心设计好的折磨。

当冲出的水声宣布有空位时，坑位周围就喧哗得更加厉害，人们常常用掷硬币猜正反面的方法来决定谁去占这个位置。那些报纸厚得像小坐垫一样，看过之后，立刻被这群为出清直肠而工作的人放在地上。由于有烟雾，他们的脸看不清楚。我也不敢走得离他们太近，因为臭气难闻。

这种对比十分鲜明，使一个外国人迷惑不解。在下面方便时衣冠不整，无拘无束，在街上却束手束脚！我对此十分惊讶。

我从同一个楼梯回到街上，以便在同一条长凳上休息。消化和粗俗突然成了一种享受。还发现了共同拉的乐趣。我把这同一桩奇遇中令人困惑的两个方面分别搁在一边。我无力对它们进行分析和归纳。我迫不及待的愿望是睡觉。这是美妙而又罕见的强烈欲望！

因此，我又尾随步行的人流，走进邻近的一条街道。我们走一阵停一下，原因是各家店铺的每一个橱窗都把人流分隔开来。一家旅馆的大门在那儿开着，形成了一个很大的人的旋涡。一些人从转门涌到人行道上，而我却朝相反的方向，被吸进里面的巨大门厅。

一开始让人吃惊……对于这座建筑物的雄伟和宽阔，必须进行猜测和想象才能知道，因为里面的灯光都十分暗淡，要过一段时间才能适应。

在这半明半暗的光线之中，有许多年轻的妇女坐在深深的安乐椅里，就像放在盒子里的一件件首饰。周围的一些男人心驰神往，在离她们一定距离的地方静静地走来走去，既好奇又害怕地望着这一排丝袜穿到美妙高度的交叉着的腿。我感到这些时髦的女郎是在那儿等待十分重要、费用昂贵的事件发生。显然，她们期望的并不是我。

因此，我也在这一长排清晰可见的诱惑面前走过，而且是神不知鬼不觉地走过。

这些撩起裙子的迷人女郎至少有一百来个，而且坐在同一排安乐椅上，当我来到服务台时，由于吸入的美妙剂量大大超过了我体质所能忍受的限度，所以就像在做梦一样，走起路来跟跟跄跄。

在柜台后面，一个抹了发蜡的伙计态度粗暴地给了我一个房间。我决定住旅馆里最小的房间。当时，我大概只有五十美元，对下一步几乎没有考虑，连一点信心也没有。

我希望那伙计给我的真是美国最小的客房，因为他那家名叫"欢笑的卡尔文"[1]的旅馆，在广告上被说成是美洲大陆最豪华的旅馆中顾客最多的一家。

在我的头顶上面，配备家具的客房不知其数！

---

1 Laugh Calvin，这个古怪的名字源自 1923 年至 1929 年任美国总统的卡尔文·柯立芝（Calvin Coolidge，1872—1933），以不苟言笑著称。

在我旁边的那些安乐椅上，又是一排诱人强奸的女人！何等的深渊！多么危险！穷人受到美的折磨难道无穷无尽？比饥饿还要持久？但是，我没有时间再受这种诱惑，服务台的职员们办事麻利，这时已经将一把沉甸甸的钥匙塞到我的手里。我再也不敢动弹。

　　一个机灵的小伙子，穿得像十分年轻的准将，突然从暗处走出，来到我的面前，犹如威风凛凛的指挥官。服务台那个头上油光光的职员在他金属铃上敲了三下，小伙子就开始吹起口哨。他们让我踏上征途。部队开拔，我们举步疾行。

　　我们先是飞速穿过一条走廊，在黑暗中就像一列地铁那样果断。小伙子在前面带路。到拐角处拐个弯，然后又拐个弯。我们快步向前。我们走的路有点弯弯曲曲。这儿可以进去，是电梯。突然感到乏力。我们到了吗？没有。还有一条走廊。更加黑暗。我感到两边的墙好像都是用乌木做的。我没有时间仔细观察。小伙子吹了声口哨，拿走了我可怜巴巴的行李。我什么也不敢问他。

我心里十分清楚，得跟着他走。在黑暗之中，在我们经过的地方，不时有盏红灯或绿灯在发出信号。每扇门上都有长长的金色号码。我们早已走过了一千八百号，然后又走过三千号，但我们仍在被我们同样看不见的命运拉着往前走。身穿制服的小服务员跟随着这位无名氏，就像听从自己的本能一样。看来，在这洞穴一般的地方，任何东西都不会使他措手不及。当我们超过一个黑人男子或者也是黑人的女佣时，他的口哨声就带有悲哀的调子。就是这样。

我在沿着这些一模一样的走廊拼命加快脚步时，已经失去了我在逃离检疫站后还剩下的一点镇静。我如同散了架一样，就像我在非洲的茅屋，在温热的倾盆大雨之中，被风吹得散了架一样。这时，从未有过的感觉像洪水一般向我涌来，使我不得不进行招架。有这样一种时刻，你会突然处于两种人类之间，在虚无中挣扎。

突然，小伙子不打一声招呼就转过身来。我们到了。我撞到一扇门上，那是我的房间，像是用乌木做的大盒子。仅仅在桌上有一点灯光，是一盏暗绿色的台灯发出的，仿佛有点战战兢兢。"欢笑的卡尔文"旅馆经理敬告旅客，他对旅客友好相待，并保证旅客在纽约期间天天愉快。这张告示放在十分显眼的地方，我看过之后反而更加萎靡不振。

一旦独自待在房间里，情况就更加糟糕。我感到整个美国都来烦我，向我提出种种闻所未闻的问题，使我产生不祥的预感，而且就是在这个房间里。

我焦虑不安地躺在床上，想先适应一下这小房间半明半暗的光线。靠窗子那边的墙壁，随着周期性的轰隆声而颤动。是地铁在高架道上驶过。地铁如一颗炮弹，在对面的两条街之间冲向空中，里面装满了抖动的肉糜，它从一个街区驶向另一个街区，穿过这月光下的城市。可以看到地铁在那儿抖动，躯体正好在洪流般的四肢上面，其回声在它身后很远的地方轰隆作响，从一堵墙传到另一堵墙，这时它的速度达到每小时一百公里。

就在这灰心丧气之时，晚饭的时间到了，然后睡觉的时间也随之来到。

让我感到心神不定的，主要是疯狂的地铁。在这井一般的小院子的另一边的墙上，亮起了一个房间、两个房间，然后是几十个房间。我可以看到其中几个房间里发生的事情。一对对夫妻正躺下睡觉。站了一天之后，美国人看起来也和我们那儿的人一样疲惫不堪。女人们的大腿十分丰满、苍白，至少我看到的是这样。大部分男人在睡觉前一面刮胡子，一面抽着雪茄。

在床上，他们先取下眼镜，然后取下假牙放进一个玻璃杯，并把这些东西都放在显眼的地方。男女之间说话的样子同街上不完全一样。他们就像十分驯化的巨兽，已经习惯于无聊的生活。我总共只发现有两对夫妻在灯光下干我所期待的事情，但干得一点也不剧烈。其他女人则在床上吃糖，等待丈夫梳洗完毕。接着，所有的人都熄了灯。

这些人睡觉的样子真叫人扫兴。可以清楚地

看出，他们对世事任其自然，毫不在乎；可以清楚地看出，他们不想去弄清楚人为什么活着。这些事对他们来说都无关紧要。他们睡觉随随便便，不会提出疑问，就像贝壳里的牡蛎，对周围麻木不仁，美国人这样，不是美国人也这样。他们总是心满意足。

我过去看到的不清不楚的事情太多了，所以不会感到满足。我知道的事情太多，但对这些事情的了解又不够多。我对自己说，得走出去，还是得出去。也许你会遇到鲁滨逊。这显然是愚蠢的想法，但我这样想是为了有个借口，可以再次出去，再说我在小床上辗转反侧，连一点睡意也没有。在这种情况下，即使手淫，精神也不会振作，更不会感到快活。真叫人失望。

更加糟糕的是，人们心里在想，第二天如何会有足够的精力来干前一天干过而且已经干了这么久的事情。在什么地方可以恢复精力，以便进行这些愚蠢的活动，实现这上千个毫无结果的计划，以及想要摆脱难以忍受的贫困的愿望，这些愿望总是以失败告终，而且都再次使人相信命运的不可战胜，相信自己每天晚上得再次跌落墙脚，对这个越来越靠不住、越来越糟糕的第二天忧心忡忡。

也许年龄也是潜在的危险，向我们预示着最坏的事情将要发生。人的身上已经没有很多音乐，无法让生活舞动，情况就是这样。整个青春都已死在世界的尽头，死在真理的沉默之中。我要问你们，人身上一旦失去了足够的谵妄，在外面又能到什么地方去呢？真理是，这是一场无法结束的煎熬。这个世界上的真理，就是死亡。必须做出选择，要么死，要么撒谎。可我却一直没能把自己杀死。

因此，最好是走到街上去，这是慢性自杀。每个人都有小小的才能，都有办法睡觉、吃饭。我总得睡觉，这样到第二天就有足够的体力来挣钱糊口。恢复精力，明天要找到一件活儿就需要这个，而现在得立刻闯过睡觉这一关。别以为睡着容易，一旦你开始怀疑一切就不容易睡着，特别是因为你受过这么多的惊吓。

我穿好衣服，好不容易才找到电梯，但有点昏头昏脑。我还得来到门厅，在其他几排女人面前走过，这些迷人的女人是一个个的谜，大腿叫人销魂，脸蛋妖艳、严肃。真是些女神，拉客的女神。本来倒可以试试，让我和她们互相了解。但我害怕被人逮捕。这样就复杂了。穷人的所有欲望几乎都会受到监狱的惩罚。街道又接纳了我。街上已不再是像刚才那样的人群。现在的人群显得胆子稍微大些，在两侧的人行道上如同起伏的波浪，仿佛已到达一个更加热闹的国家，即娱乐之国，夜晚之国。

人们朝悬挂在远处黑夜中的灯光走去，灯光犹如一条条游动的彩蛇。他们从周围的各条街道蜂拥而来。我心里在想，像这样的人群，可是好多美元哪，光是手帕，或是长筒丝袜，就不少呢！即使香烟也是这样！真想不到你可以在所有这些钱中间散步，但这样不会有人给你一分钱，哪怕是给你去吃饭！想到这里，真叫人失望，人与人之间各不相干，就像房屋一样。

我也朝灯光慢慢走去，是一家电影院，走一会儿旁边又是一家，再走一会儿又是一家，整条街上都是这样。人群在每个电影院前都要少掉几大块。我选了一家电影院，那儿贴着的照片上女人穿着连衫衬裙，多美的大腿！先生们！大腿又粗！又宽！又结实！另外，上面那些漂亮的脸蛋，就像用铅笔画出来的那样，明暗对比分明，模样娇媚，弱不禁风，画得完美无缺，无须修改，没有一点疏忽，没有一点毛病，真是十全十美，错不了，脸蛋漂亮，但又神态坚决，线条简洁。生活中最危险的东西，莫过于真正轻率的美，莫过于贸然去探索那神奇而深刻的和谐。

这家电影院舒适、温柔、暖和。有声音极其柔和的大管风琴，就像在大教堂里一样，不过这里有暖气，那些大管风琴就像大腿一样温柔。一刻也没有浪费掉。人们完全沉浸在温柔的宽恕之中。这时你只要听其自然，就会认为，世界也许终于皈依于宽容的教门。你几乎已经处于这一世界之中。

于是，梦幻在黑夜中升起，在活动着的光的幻景中璀璨夺目。在银幕上发生的事情并非完全栩栩如生，里面还有很大一部分模糊不清的成分，穷人、梦幻和死人都是如此。得赶紧用梦幻来充满自己的头脑，以便度过你走出电影院以后在外面等待着你的生活，以便在这种残酷的事物和人们中多熬上几天。你会选择最能使你的灵魂得到温暖的梦幻。可我呢，我得承认，选择的却是下流的梦幻。没什么可骄傲的，你在一桩奇迹中得到的只是你能得到的东西。一个金发女郎长着令人难忘的乳房和颈背，这时觉得应该打破银幕上的寂静，就唱起了自己的孤独。大家真想和她一起哭泣。

这才好呢！这使你多来劲！我已经感到，我至少在以后的两天里身上会勇气十足。我甚至没有等到大厅里灯亮就走了。我现在已从这灵魂的美妙谵妄中吸收了一点养分，准备用各种方法来解决睡觉问题。

　　回到"欢笑的卡尔文"之后，我和门房打了招呼，虽然如此，门房却没有向我道晚安，就像我们那儿的门房一样，但我现在对门房的蔑视毫不在乎。有充实的内心生活就够了，它可以融化结了二十年的大浮冰。就是这样。

　　在房间里，我刚闭上眼睛，电影院的金发女郎立刻又对我唱起歌来，这次是对我一个人唱，唱起了她忧伤的旋律。我进入梦乡，可以说是在捧她的场，我很快就做到了这点……我不再完全孤独了……一个人是无法睡觉的……

十七

在美国要吃得节约，可以去买一个里面夹香肠的热的小面包，这很方便，在小巷的拐角处都有卖，一点也不贵。在穷人区吃饭我倒觉得没什么，但再也见不到那些侍候有钱人的美人，却使我非常难受。我甚至连饭也不想吃。

在"欢笑的卡尔文"，在那些厚厚的地毯上，我还可以装作在大门里这些妩媚的女人中间寻找什么人，慢慢地进入她们捉摸不定的氛围之中。想到这里，我心里承认，"孔比塔公主"号上的那些人说得对，我也从自己的经历中明白了这点，就是我的兴趣爱好不实在，对一个穷光蛋来说不合适。战船上的伙伴们骂我骂得对。然而，我的勇气一直没有恢复。我频频出入电影院，就像吃药那样，有时去这家，有时去那家，但提起的精神只够一两次散步。别的就不能做了。在非洲，我也有过野兽一般的孤独，但在这蚁穴般的美国，孤独更加令人难受。

我过去一直害怕内心空空，害怕没有任何充分的理由存在于人世。现在，在事实面前，我对自己个人的微不足道已经确信无疑，这个环境和我习以为常的环境区别过大，我立刻觉得自己犹如分崩离析一般。我感到自己就要不再存在于人世。只要别人不再对我谈论熟悉的事情，我就会发现这点。不再有任何东西可以阻止我陷入一种不可抗拒的无聊，一种既甜腻又可怕的心灵上的灾难：厌世。

在把我最后一美元花在这种事情上的前一天，我仍然感到无聊。我无聊得要命，甚至不想去考虑最迫切的事情，就是弄到钱的办法。我们生来就没有出息，只有娱乐才会使我们真正不想去死。我这时对电影院的迷恋，已经到了极其狂热的程度。

　　我从旅馆谵妄的黑暗中出来之后，还想到周围大厦林立的那些街上去转几圈，那儿是令人头晕的大楼构成的乏味的狂欢节。看到这些广阔的楼面，千篇一律的铺路石和墙砖，一望无际的跨梁，一家接一家的商店，我越来越感到没劲。这是世界的下疳，广告鲜艳夺目，自吹自擂，却是浑身脓疱。十万个啰唆的谎言。

　　在河流那边，我走过一些又一些小巷，只见它们的大小和通常的小巷差不多，就是说，你如果站在我所在的人行道上，可以砸碎对面一幢房子上的所有玻璃。

　　这些街区不断油炸食品，有一种难闻的气味，商店都因失窃而不再设摊。这一切使我回想起我在犹太城[1]住过的医院附近的情景，甚至连人行道上胖胖的膝盖外翻的小孩和市集上的管风琴也一

1　Villejuif，巴黎南郊重要的卫星城。塞利纳在圣宠谷医院住了一段时间之后，于1915年1月转到犹太城治疗，塞利纳在此地的主治大夫居斯塔夫·鲁西（Gustave Roussy）即为小说中贝斯通布的原型。但在小说中，巴尔达米由圣宠谷医院转到比塞特尔棱堡治疗。

样。我本来可以和他们待在一起，但他们这些穷人也不会给我饭吃，我会认识他们所有的人，但他们实在太穷了，我见了就害怕。因此，我最终还是回到有钱人的街区。"浑蛋！"我心里在骂自己，"实际上，你是缺德鬼！"你已经没有勇气来结束这唉声叹气的生活，那就只好每天对自己有一点新的认识。

一辆有轨电车沿着哈得逊河向市中心开去，这是辆旧车，所有的轮子都会颤动，车身也在胆怯地颤动。驶完全程要花整整一个小时。乘客们无不耐心地履行着复杂的付款仪式，朝放在车厢门口的一个像咖啡磨的盒子里扔硬币。售票员看着他们扔硬币，身上穿的制服和我们那儿一样，像是"被俘虏的巴尔干民兵"。

最后，到站了，大家都精疲力竭。我从平民区散步回来，经过坦塔罗斯[1]的门厅时又得从两排

---

1 坦塔罗斯是希腊神话中宙斯之子，因藐视众神的权威，被罚永世站在上有果树的水中，水深及下巴，他口渴想喝水时水即退落，腹饥想吃果子时树枝即升高。

漫无止境的美人面前走过，我走过时总是想入非非，欲火中烧。

我几乎囊空如洗，所以不敢再去摸自己的口袋，数数还有多少钱。我心里想，但愿洛拉不要选择在这时出纽约去！……不过，首先要看她是否愿意见我？我是否先向她借五十或一百美元？……我犹豫不决，我感到我只有吃饱睡足之后才会勇气十足。另外，我要是第一次借钱就马到成功，我会立刻去寻找鲁滨逊，就是说，等我有足够的精力之后立刻去。鲁滨逊可不像我这号人！他至少果断，是个好汉！啊！他现在想必已经知道在美国混的一些诀窍！他也许还有得到信心和安宁的办法，而这两点正是我十分缺乏的……他要是像我猜想的那样，也是乘一条战船来的，脚踩到这个岸上的时间要比我早得多，那么到现在，他肯定已经在美国站住了脚！那些冒失鬼若无其事的拥挤，不应该使他感到难受！也许我也一样，我要是考虑好了，也能在办公室里找到一份工作，我从外面看得到这些办公室里鲜艳的布告牌……但是，一想到要走进这样的屋子，我就会惊慌失措，吓得倒在地上。我有旅馆住就够了。热闹得令人讨厌的巨大坟墓。

建筑材料和商业用蜂房的堆积，令我产生强烈的印象，但对常客来说，是否完全不会有这种印象？还有这些无边无际的框架结构？对他们来说，所有这些悬在空中的，如洪水般涌现的东西也许十分安全，可对我来说，这只是用砖、走廊、门闩和营业窗口构成的一个可恶的约束体系，一种无法缓解的、巨大的建筑式折磨。

高谈阔论只是害怕的另一种方式，是胆怯的伪装。

我口袋里只剩下三块美元，就把它们放在手心里，看着它们在时代广场广告的灯光下跳来跳去。这个小广场十分出色，上面的广告灯光四射，下面的人群正在为自己选择一家电影院。我决定找一家非常便宜的饭店，就来到一家卖套餐的公共食堂，那里的服务降到最低的程度，进餐的仪式简化到刚好能填饱肚子。

你一进门，食堂里就给你一个托盘，让你拿在手里，然后你按次序排队等候。我前后的女顾客和我一样，也是晚餐的候选人，她们长得十分可爱，但对我默无一言……我心里想，对这些长着迷人鼻子的小姐，你要是能和其中的一位搭讪，对她说"小姐，我有钱，非常有钱……请您告诉我，您愿意接受什么礼物……"，一定会十分有趣。

于是，一切都立刻变得十分简单，也许不可思议，这一切在片刻之前还是如此复杂……一切都在变化，如狼似虎的世界，在顷刻间滚到了你的脚下，像是隐隐约约、百依百顺的绒球。这时，你也许不会再去拼命地胡思乱想，再想成名、发财，因为你已经能摸到这些东西。对没有钱的人来讲，生活只是在漫长的谵妄中漫长的舍弃，他们真正了解的，且他们能摆脱的，只是他们所拥有的东西。由于我不断进行梦想和放弃梦想，所以脑子里经常有穿堂风经过，吹得都是裂缝，老是要出令人讨厌的故障。

此刻，我还不敢和食堂里的那些姑娘进行无

关紧要的谈话。我乖乖地拿着自己的托盘，默不作声。当我排队走到装满猪血肠和豌豆的陶缸前面时，我拿了给我的一份。这个食堂干净，灯光又十分明亮，使人感到自己仿佛附着在镶嵌瓷砖的表面上，就像是牛奶上的一只苍蝇。

女服务员就像护士一样，一个个站在面条、米饭和果泥的后面。每个人都有自己的专职。我拿了最大方的那些女服务员分发的食品，我感到遗憾的是，她们不对顾客微笑。领到饭菜之后，得一声不响地坐下吃饭，然后把座位让给别人。顾客迈着小步，拿着保持平衡的托盘，就像穿过手术室一样。同"欢笑的卡尔文"以及我那四壁用镶金边的乌木制成的客房相比，这儿别有风味。

但是，他们把如此大量的灯光倾泻在我们这些顾客身上，在片刻之中把我们拉出习以为常的黑夜，那是计划中的一个部分。老板有自己的用意。我心中有数。你在阴暗之中度过了这么多天，这时突然沐浴在洪流般的灯光之中，就会有新奇的感觉。对我来说，这又使我多了一点谵妄。我的谵妄可不能多，这是事实。

我坐着的那张小桌子，犹如洁白无瑕的熔岩，我无法把自己的双脚藏在桌子底下，脚放在任何地方都会露出来。我真想把自己的脚暂时寄放到别处，因为在商店门口的街上，在我们刚才排队的地方，排队的顾客正在注视着我们。他们等我们吃完饭，就可以坐到桌子旁边。正是为了这点，为了使他们垂涎欲滴，我们才十分注目地坐在灯火通明的店里做活广告。我馅饼上的草莓被照得光彩夺目，使我不舍得把它们吃掉。

美国的商业是无法摆脱的魔掌。

透过耀眼的灯光和拘束，我还是看到一个十分殷勤的女服务员在我们近旁走来走去，动作优美，我决定不放过她的任何一个动作。

当她来给我换餐具时，我注意到她眼睛的形状特别，同我们那儿的女子相比，她外侧的眼角更尖，翘得更厉害。眼皮也朝着太阳穴那儿的眉毛泛起微微波浪。总之是一副凶相，但凶得恰如其分，可以让人接吻，就像莱茵省的葡萄酒那样，隐隐有点苦涩，却还是十分可口。

女服务员走到我身边时，我就对她打暗号，仿佛我认识她似的。她对我仔细打量了一下，没有任何好感，就像一头野兽那样，但还是露出好奇的神色。我心里想："这是第一个不得不看我一眼的美国女人。"

吃完光彩夺目的水果馅饼之后，我得把座位让给别人。这时，我走路有点摇摇晃晃，我没有笔直地朝出口处走去，而是大着胆子，把在收银台等着我们大家付钱的男人撇在一边，直接去找那个金发女郎，这样就完全出了格，脱离了灯光下秩序井然的人流。

二十五名值勤的女服务员站在烧好的饭菜后面，同时对我发出信号，意思是我走错路，误入歧途了。我在橱窗里看到，正在等候的顾客动荡不安，在我后面即将吃饭的顾客也因此而犹豫起来，不知该不该坐下。我扰乱了这里的秩序。周围的人都大声惊叫。他们说："这又是个外国人！"

但是，我有我的想法，这个想法自有它的道理，我再也不肯放过侍候过我的美人。这个小姐瞧了我一眼，算她倒霉！不要梦幻！要同情！要接触！"小姐，您对我还不大熟悉，但我已经爱上了您，您是否愿意嫁给我？……"我就是这样对她说的，说得彬彬有礼。

我永远也不会听到她的回答，因为正在这时，一个全身穿白色的彪形大汉走了过来，把我推到门外，推得恰如其分，又十分干脆，既没有谩骂，也不粗暴，把我赶到黑夜之中，就像在赶一条随地大小便的狗。

这一切都十分正常，我没有什么可说的。

我又返回"欢笑的卡尔文"。

在我的房间里，仍然是雷鸣般的声音，轰隆轰隆的回声犹如龙卷风一般，地铁如闪电似的首先出现，仿佛从遥远的地方向我们袭来，每次开过时仿佛带走了它驶过的所有高架桥，以便把城市砸碎，而地铁开过之后，则从下面街上传来机械发出的断断续续的声音，还有动荡不安的人群无精打采的嘈杂声，人群犹豫不决，总是惹人讨厌，总是在启程，然后又犹豫，又回来。城里真是乱七八糟。

从我所在的高处，完全可以对他们嚷嚷，想叫什么都行。我试了试。他们都使我感到厌恶。白天我站在他们面前时，没有胆量对他们说话，但我从现在所在的地方说话，就不会有任何风险。我对着他们叫喊："救命！救命！"只是想看看他们是否有什么反应。一点反应也没有。这些人打发生活、夜晚和白昼。生活使他们什么也看不到。他们自己的噪声使他们什么也听不见。可他们并不在乎。而城市越大，楼房越高，城里的人对此就越不在乎。这是我对你们说的，没错。我试过，觉得不值一试。

十八

当时，钱的问题迫在眉睫。正是出于这个原因，我才去寻找洛拉！要不是这种可怜的需要，我永远也不会去见这个讨厌的朋友，而会听任她衰老、死去！总之，她过去对我太放肆了，只要仔细想想，就不会对此产生任何疑问。

年老之后，想起和我们一起生活过的人们，就会感到他们的自私是无法否认的，就是说，像用钢、用铂金做成的那样，而且要比时间更为耐久。

在青年时代，你会为冷酷无情和厚颜无耻进行辩解，说这是头脑发热、异想天开的结果，然后找出不知是怎么样的迹象，来说明这是缺乏经验的浪漫主义。但到后来，生活清楚地向你表明了它对狡诈、冷酷和恶意的全部要求，你要满足这些要求才能勉强保持在三十七度，到这个时候你才明白，你心里才有底，而且有条件了解过去所有的卑劣勾当。要做到这点，只要仔细地观察自己，看看自己染上了什么污泥浊水。不再有秘密，不再有蠢事，你活到了现在，也就吃掉了自己身上所有的诗意。你一无所得，这就是生活。

我那没有教养的女朋友，最终还是找到了，不过费了很大的劲，她住在第七十七街的二十四楼。你准备请人家帮忙，而这些人却使你感到厌恶，真是怪事。她家里很阔，和我想象的完全一致。

我已经预先进过那么多家电影院，所以基本上精神振作，已经摆脱了从纽约上岸以来一直处于的萎靡不振的状态。首次重逢的情况比我预料的要好。但洛拉见到我时好像并不感到十分惊讶，只是在认出我时有点不快。

我的开场白是用我们过去的共同话题来进行一种无关痛痒的谈话，用词当然尽量谨慎，另外还顺便提到了战争，但只是作为插曲一带而过。

这儿我犯了个大错。她再也不想听到别人谈论战争，一点也不想听到。这会使她觉得自己老了。她感到恼火，就针锋相对地告诉我，要是在街上碰到，她会认不出我，年龄已使我皱纹密布，脸上浮肿，活像一幅漫画。我们只是这样客客气气地寒暄了几句。这个下流女人要是以为能用这样的陈词滥调来击中我的要害，那就错了！我甚至不屑对这种出言不逊进行还击。

她的家具没有任何出人意料的雅致，但还是显得风格明快，看得顺眼，至少我觉得是这样，在离开"欢笑的卡尔文"之后。

迅速发迹的方法和细节，总是使你感到像魔术一样不可思议。自从米西娜和埃罗特太太发财之后，我就知道屁股是穷人的小金矿。女人的这种突然蜕变对我有很大的诱惑力，我可以把最后一块美元送给洛拉的女门房，只是为了听听她的唠叨。

但是，洛拉的房子没有门房。整个城市都没有门房。一个城市没有门房，就没有麻烦，也没有趣味，没有味道，就像不加胡椒也不放盐的汤，就像烧烂的焖菜。哦！有趣的渣滓！垃圾和污垢要像瀑布一样，从凹室、厨房和顶楼上，通过女门房的房间涌出，正好流进生活，那如此美妙的地狱之中！我们那儿有些女门房被繁重的工作压垮了，只见她们说话简洁，咳嗽不断，爱吃美食，粗枝大叶，原因是这些牺牲品被真实弄得神志不清，精疲力竭。

我们得承认，对付可恶的贫困是一种义务，什么都得尝试一下，想让自己醉可以用任何东西，用酒，用价钱不贵的酒，用手淫，用电影。你不能挑剔，在美国则说不能"搞特殊"。咱们得承认，不管在什么年头，我们那儿的女门房都会向那些善于把仇恨放在心头并使其加温的人提供万能和无用的仇恨，足以炸毁一个世界。在纽约，人们特别缺少这种必不可少的刺激，这种刺激趣味低级却充满活力、无可辩驳，没有这种刺激，精神就会窒息，就只能说些模模糊糊的坏话，进行苍白无力的诽谤。没有女门房，就没有东西会咬人、伤害人，把人隔开，使人烦恼，不得安宁，世界上的仇恨就一定不会增加，仇恨的火焰也不会增添许多无法否认的细节。

洛拉生活在自己的环境之中，使我产生一种新的厌恶感，头脑里更加乱七八糟，她的成功平淡无奇，傲慢得叫人讨厌，我对这种俗气感到十分恶心，真想呕吐，但吐什么呢？就像立刻被传染一样，我想到米西娜时也有同样的反感和厌恶。我对这两个女人产生了强烈的仇恨，这种仇恨至今尚未消失，并且已融入我生存的理由。我当时没有完整的资料，所以无法及时地、一劳永逸地使自己得到解脱，而且在现在和将来都对洛拉采取宽容的态度。人生无法重写。

勇敢不在于宽恕，而人们的宽恕总是太多！宽恕毫无用处，这已被事实证明。难怪大家把好人看成最差劲的人。我们永远不要忘记这点。我对你们说，就该在一天晚上，在幸福的人们睡觉时叫他们长眠不醒，让他们和他们的幸福通通完蛋。到第二天，大家就不会再谈论他们的幸福，就可以自由自在地成为不幸的人，只要自己愿意就行，同好人一样不幸。我现在来说说当时的情况：洛拉在房间里走来走去，身上穿的衣服有点露肉，她的肉体还是能激起我强烈的欲望。华贵的肉体总有可能被人强奸，使人因其贵重而破门而入，直接进入隐秘的地方，攫取财富和豪华之物，而又不必担心要物归原主。

她也许只是在等待我的手势，以便叫我离开那儿。可喜的是我饥肠辘辘，有了灵感，知道要谨慎行事。先得填饱肚子嘛。但她却没完没了地和我谈论她生活中鸡毛蒜皮的琐事。要是再也没有谎话可说，准得把这个世界关停长达两三代人的时间。这样，人们相互之间就无话可说，或者几乎无话可说。她最后问我对她的美国有什么看法。我开诚布公地对她说，我的虚弱和焦虑已经到了这样的程度，就是几乎任何人和任何东西都使我感到毛骨悚然。至于她的国家，它使我感到十分恐惧，比我在这儿看到的所有直接的、隐秘的和无法预料的威胁加在一起还要可怕，特别是因为它对我冷若冰霜，这是我对美国的概括。

　　我还向她承认，我得挣钱糊口，因此，我得在短期内把这种神经过敏的缺点全部克服。在这方面，我已经十分落后，所以我向她保证，我一定对她十分感激，只要她能把我推荐给其他雇主……她的一个熟人……不过要尽快推荐……只要有微薄的薪水，我就会感到心满意足……我还对她说了许多好话和废话。这个要求不算过分，但还是显得冒失，所以她听了相当不快。她马上来泼冷水。她回答说，能给我工作或帮助的人，她一个也不认识。因此，我们只好泛泛地谈论生活，特别是她的生活。

　　正当我们在精神和肉体上这样窥视对方时，门铃响了。接着，几乎既无过渡又无停顿，四个女人就闯进了房间。她们涂脂抹粉，十分成熟，浑身是肉，身体结实，一点也不拘礼节。我被非常简单地介绍给她们之后，洛拉十分尴尬（这点显而易见），就想把她们引到别处，但她们却偏偏不肯，全都对我发生了兴趣，向我叙述她们所了解的欧洲，说欧洲是古老的花园，里面全是陈旧、好色和贪婪的疯子。她们像背书一样说到沙巴奈妓院[1]和荣军院[2]。

至于我，这两个地方我都没去过。前者太贵，后者太远。我在回答时，突然充满了自发的和疲乏的爱国主义激情，这比你平时在这种场合产生的爱国主义更加幼稚。我反唇相讥，说她们的城市使我感到恶心。我对她们说，这像是失败的市集，令人厌恶，可你们却硬要让它获得成功……

我一面夸夸其谈，巧妙地说出约定俗成的话语，同时不能不更加明显地看到，除了疟疾之外，我身体疲惫、精神抑郁还有其他的原因。是习惯的改变。我得再次学会在新的环境中观察新的面孔，学会用另外的方式来说话和撒谎。惰性的力量几乎和生命一样强。你得要弄的新花招平庸无

---

[1] Chabanais，当时巴黎最著名、最奢华的妓院，开设于1878年，位于巴黎第十二区的同名街道。

[2] Invalides，位于巴黎第七区的古迹，1670年由法国国王路易十四下令建造，用于收容退伍军人及残疾军人。拿破仑一世葬于此处的圣路易教堂。

奇，会在精神上把你压垮，因此，你要从头开始，更需要的是懦弱而不是勇敢。这就叫远居他乡，这就叫外国人。对生活的这种无情观察，在这几个小时的清醒中才真正显现，而在人类时间的网络中，这几个小时是个例外，这时，从前的国家的习惯已和你毫不相干，而新的习惯还没有把你的脑子弄得稀里糊涂。

在这些时刻，你不堪忍受的困境中会出现某种东西，迫使虚弱的你去看清事物、人们和未来的真相，就是看清它们骨子里什么也不是，却要喜欢、珍爱和捍卫它们，给它们以活力，仿佛它们确实存在。

另一个国家，你周围的另一些人，行为有点古怪，少了一些小小的虚荣心，无拘无束，却有一种已经没有意义的傲慢，还有它的谎言，它那习以为常的反响，光是这些，就会把你弄得晕头转向，使你疑虑重重，你面前就会出现个无底洞，一个小而可笑的无底洞，你就会掉到里面……

旅行就是寻找这种什么也不是的东西，寻找

这种使傻瓜上钩的片刻陶醉……

洛拉的四位女客听到我这样哇啦哇啦地忏悔，在她们面前像个让-雅克[1]，就乐得哈哈大笑。她们用一大堆名字叫我，但我差不多都没听懂，原因是美国口音使它们变了样，也因为她们说的话过于甜蜜、下流，真是些动人的母猫。

当黑人仆人进来沏茶时，我们就不作声了。

但是，其中一位女客的眼力想必比其他人好，因为她大声宣布，我发烧得直打战，而且渴得非同寻常。我虽然在打战，但对端上来的点心却十分喜欢。我可以说，这些三明治救了我的命。

接着就谈到，相比之下巴黎的妓院有什么长处，但我没有费神参加谈话。这些美人还品尝了许多调配复杂的利口酒，喝得头脑发热，口吐真言，为"婚姻"问题争得面红耳赤。我虽说忙于填饱肚子，但偶尔也还是听到片言只语，知道她们说的是非常特殊的婚姻，甚至可能是少年、儿

1　即让-雅克·卢梭（Jean-Jacque Rousseau，1712—1778），著有《忏悔录》。

童之间的结合，她们则从中收取佣金。

洛拉发现这些谈话使我全神贯注，十分好奇。她用相当严厉的目光盯着我看。她不再喝酒。洛拉在这儿认识的男人，那些美国人，不像我那样会犯下好奇的罪孽，永远不会。我在她的监视之下有点不大自在。我真想对这些女人提出一千个问题。

最后，客人们总算向我们告辞。她们拖着沉重的脚步，被酒精弄得兴奋异常，欲火中烧。她们兴高采烈地谈论着不知廉耻的风流韵事。我预感到其中有伊丽莎白时代文学[1]的某种特点，我自己也很想感受到这种文学激起的冲动，这种冲动当然十分珍贵，并集中在我性器官的顶端。但是，这种对一次旅行过程有着决定意义的生物性相通，这种生死攸关的信息，我只是预感到而已，对此我十分遗憾，更加伤心。无法消除的忧郁。

---

1 伊丽莎白时代文学指写于英国女王伊丽莎白一世在位期间（1558—1603）的文学作品。在此期间，有莎士比亚等一批杰出作家活跃于文坛。

女友们刚跨出房门，洛拉就明显地露出厌烦的神情。这个插曲使她十分不满。我一句话也没说。

"真是一群巫婆！"她停了几分钟之后骂道。

"您是在哪儿认识她们的？"我问她。

"她们是老朋友……"

此刻，她不愿再吐露更多的事情。

她们对洛拉的态度相当傲慢，我从这点感到，这些女人在某个圈子里比洛拉吃得开，甚至有一种相当大的、不容置疑的威望。至于更多的情况，我一直未能了解到。

洛拉说她要到市里去，但她要我待在家里等她回来，我要是肚子还饿，可以再吃点东西。我在离开"欢笑的卡尔文"时没有结账，也不想再回去，其原因就不必说了，因此我对她允许我留在她家里感到十分高兴，在回到街上之前，还可以有片刻的温暖，我的老祖宗，那又是什么样的街呀！……

房间里只剩下我一个人之后，我立刻从走廊

朝我看到她的黑人仆人出现的地方走去。在去配膳室的半路上，我遇到了那个黑人仆人，并和他握了手。他相信我，把我带到厨房。厨房里井井有条，是个好地方，比客厅更为整齐、漂亮。

到了那儿，他立刻当着我的面把痰吐在瓷砖地板上，吐得又远又多又漂亮，只有黑人才会这样吐痰。我出于礼貌也吐了痰，但只是尽力而为。我们立刻说起了知心话。我从他那儿得知，洛拉在河里有一艘游艇，在大道上有两辆汽车，还有一个地窖，里面存放着世界各国的烧酒。巴黎各大商店向她寄送商品目录。他说的情况就是这些。他没完没了地向我重复这些简略的情况。我就不再听他说话。

我昏昏沉沉地待在他的身边，不觉想起了过去的年代，在那时，洛拉在战争时期的巴黎离开了我。那种追击、围捕和埋伏，废话连篇、撒谎成性、花言巧语的米西娜，那些阿根廷人和他们装满肉的船只。托波，克利希广场上那队将被人开膛剖腹的士兵，鲁滨逊，波浪，大海，贫困，洛拉那如此洁白的厨房，她的黑人仆人，然后就什么也没有了，我待在里面仿佛是另一个人。一切都可能继续下去。战争烧伤了一些人，也暖和了另一些人，就像火能使人痛苦也能使人舒服一样，这要看人是在火中还是在火旁。你得自己去应付，事情就是这样。

她说我变了很多，这点也是事实。生活会把你扭曲，会把你的脸压坏。生活也把她的脸压坏了，但坏得较少，坏得很少。穷人们遍体鳞伤。苦难是个巨人，要把你的脸当成抹布，用来擦净世上的垃圾。但还有很多擦不干净。

但是，我觉得在洛拉身上发现了某种新的东西，发现她有消沉、忧郁的时刻，她在乐呵呵的蠢话中也留有空白，在这种时刻，人应该重新镇定一下，以便把他生活和岁月的成果再往前推进一步，但同他的愿望相反，他的岁月已变得过于沉重，使他尚存的活力和该死的诗意不堪重负。

她的黑人仆人突然又开始忙个不停。这使他重新振作起来。我的新朋友把蛋糕塞给我吃，把雪茄拿给我抽。最后，他小心翼翼地从一只抽屉里拿出一个铅制的圆球。

"炸弹！"他极其激动地对我说。我不由往后倒退。"Liberta! Liberta!"[1] 他高兴地叫道。

他把所有的东西都放回原处，然后又优雅地吐了口痰。多么兴奋！他高兴到了极点。他的笑声也感染了我，使我有腹绞痛的感觉。我心里想，多一个动作或少一个动作，这倒无关紧要。洛拉采购回来之后，看到我们俩都在客厅里，一面抽烟一面说笑。她装出什么也没有看到的样子。

黑人见了赶紧溜走，我呢，则被她带到房间里。我看到她很伤心，脸色苍白，微微颤抖。她去了哪儿呢？这时，时间已经很晚。这是美国人不知所措的时候，因为在他们周围，生活的节奏降低到最低的程度。在车库里，两辆汽车中只有一辆停着。这是吞吞吐吐地说知心话的时刻。但是，得赶紧加以利用。她询问我，使我对此有了

1　意大利语：自由！自由！

思想准备，但是，她向我提出某些问题、询问我在欧洲的生活时所用的语调，使我感到十分不快。

她毫不掩饰地说，她认为我会干出各种卑鄙的勾当。这种看法并没有使我生气，只是使我感到尴尬。她清楚地预感到，我来看她是为了向她要钱，这一事实就足以使我们之间十分自然地产生了敌意。所有这些感情都会导致凶杀。我们仍然停留在空泛的谈话之中。我尽量避免我们之间的谈话以谩骂告终。她还详细打听我在生殖方面的荒唐事，问我在别处流浪时是否在某处留下了一个她可以收养的私生子。她想出的真是怪念头。她一直想要领个孩子。她的想法相当简单，像我这样一事无成的人，一定会到处留下秘密的根苗。她对我说，她有钱，却不能尽心尽力地去抚养一个小孩，所以日渐消瘦。她看过育儿法的所有著作，特别是那些抒发母子感情的书籍，你要是完全掌握了这些书的内容，就会从交配的欲望中解放出来，而且是永远解放。每种德行都有其邪恶的专著。

既然她只想为一个"小孩"做出牺牲,我就只好装出不走运的样子。我只有我这个"大孩"可以奉献给她,但她觉得我极为讨厌。总之,非常叫座的只有演得棒的贫困,那些经过想象出色加工的贫困。我们的谈话无精打采。"喂,费迪南,"她最后对我提议道,"我们谈得够多了,我带您到纽约的另一头去,去看看我的宠儿,我十分乐意照顾他,但他的母亲叫我讨厌……"这真是奇特的外出。在路上,我们在汽车里议论她那讨厌的黑人。

"他给您看了他的炸弹?"她问道。我老实告诉她,他让我经受了这一考验。

"您要知道,费迪南,这个怪人并不危险。他在他的炸弹里塞了我那些旧发票……以前在芝加哥,他曾经出过名……他当时参加一个十分可怕的秘密团体,为的是黑人的解放……别人对我说,这些人非常可怕……这帮人后来给当局解散了,但我那个黑人却仍然喜欢炸弹……他从来没有在里面放过炸药……他只要想象一下就过瘾了……其实他只是在演戏……他的革命要永远干下去……但我把他留了下来，他是个出色的仆人！从各方面来看，他也许比那些不干革命的人更加诚实……"

接着，她又重新谈起她收养孩子的癖好。

"费迪南，您没有在什么地方生下个女儿，总归是件可惜的事情，一个孩子像您这样想入非非，对女人来说非常合适，可对男人来说，就一点也没有好处……"

雨扑打在我们车上，把我们封闭在黑夜之中。我们的汽车在一长条光滑的水泥上滑行。我感到一切都怀有敌意，都冷若冰霜，连她的手也是这样，而我正把她的手紧紧地握在我的手中。我们身体的其他部分都是分开的。我们来到一幢房子前面，这房子的样子和我们刚才离开的那幢房子有很大的区别。在二楼的一间公寓里，一个十来岁的男孩站在母亲旁边等待我们的到来。这些房间的陈设追求路易十五时代的风格，房间里可以闻到刚烧过菜的味道。男孩过来坐到洛拉的膝盖上，并十分亲热地拥吻了她。我觉得孩子的母亲对洛拉也十分亲热。我在洛拉和孩子说话的时候，设法把他的母亲带到隔壁房间里去。

当我们回来时，男孩正在洛拉面前表演他刚从音乐戏剧学院学来的一个舞步。"还得对他进行几个小时的个别辅导，"洛拉总结道，"我也许可以把他介绍给我在环球剧院的女友薇拉[1]！这孩子也许会有所作为！"母亲听到这些鼓励的话，连声道谢，感激涕零。同时，她收下了一小叠绿色的美钞，像放情书一样塞到胸衣里面。

我们走到外面时，洛拉总结道："这孩子会使我相当喜欢，但我在容忍儿子的同时还得容忍母亲，而我并不喜欢过于机灵的母亲……另外，这孩子毕竟太会耍花招……我要的不是这种亲热……我想要体会一种完全是母亲的感情……您

1　塞利纳写于 1926 年的戏剧《教堂》(*L'Eglise*) 中的人物薇拉·斯特恩（Véra Stern），是纽约一家剧院的导演。该作被视为塞利纳写《长夜行》之前的习作。

懂我的意思吗，费迪南？……"为了糊口，我什么意思都能懂，这已经不再是聪明才智，而是橡胶的弹性。

她没有放弃自己纯洁的欲望。当我们开过几条街之后，她问我晚上在什么地方睡觉，并同我一起又在人行道上走了几步。我对她回答说，如果我不能立刻弄到几块美金，我就没有地方睡觉了。

"好吧，"她回答道，"您先陪我回家，我回家后给您一点钱，然后，您愿意去哪儿就去哪儿。"

她想把我打发到黑夜之中，越早越好。这很正常。我心里想，老是这样被人推到黑夜之中，最后好歹也该到达某个地方。这是种安慰。"勇敢些，费迪南，"我再三对自己说，给自己鼓劲，"你虽然老是被人赶到门外，但最终一定会找到办法，叫他们这些浑蛋个个心惊肉跳，而这个办法想必就在夜的尽头，正因为如此，他们才不到夜的尽头去！"

在这之后，我们俩在她的车里都十分冷淡。我们穿过的那些街道用自己的沉默来威胁我们，沉默用无限高的石块来武装自己，仿佛是悬在空中的洪水。一座戒备的城市，犹如玩偶盒中跳出的魔鬼，被沥青和雨水弄得黏糊糊的。最后，我们的车放慢了速度。洛拉走在我前面，朝家门走去。

"上来吧，"她对我发出邀请，"跟我来！"

又来到她的客厅。我心里想：她会给我多少，以便一劳永逸地把我打发走？她拿起放在一件家具上的一个小包，在里面寻找钞票。我听到弄皱的钞票响亮的簌簌声。多美妙的几秒钟！在城市里只有这种声音。但是，我仍然非常不自在，不知为什么竟会提出如此不合时宜的问题，问起我已经忘掉的她母亲的情况。

"我母亲病了。"她说着回过头来，正视着我。

"现在她在什么地方？"

"在芝加哥。"

"您母亲得的是什么病？"

"肝癌……我请市里一流的专家给她看病……他们的治疗花了我很多钱，但可以救她的性命。他们答应过我。"

她又迅速给我说了有关她在芝加哥的母亲的病情的许多细节，她突然变得十分温柔、亲切，不禁向我寻求一点内心的安慰。我抓住了她的感情。

"费迪南，您也认为他们会把我母亲的病治好，是吗？"

"不，"我十分清楚、毫不含糊地回答道，"肝癌是绝对治不好的。"

她的脸一下子就白了，一直白到耳根。我还是破天荒第一次看到这婊子因某件事而张皇失措。

"但是，费迪南，专家们肯定地对我说，她的病可以治好！他们还对我做了保证……给我写了下来！……他们都是名气很大的医生，您知道吗？……"

"是为了钱，洛拉，好在将来永远都会有名气很大的医生……要是处在他们的地位，我也会对您这样说……您也一样，也会这样做的……"

我对她说的话，突然使她感到无法否认、十分明显，所以她再也不敢争辩了。

这一次，也许是她生平第一次，她畏缩不前了。

"您听着，费迪南，您使我无比痛苦，您知道吗？……我非常爱我的母亲，您知道我非常爱她，是吗？……"

这事来得真巧！他妈的！爱不爱自己的母亲，这跟别人有什么关系？

洛拉心里空荡荡的，就抽抽搭搭地哭了起来。

"费迪南，您真是可恶的丧门星，"她怒气冲冲地说道，"十恶不赦的坏人！……您穷困潦倒，却如此卑鄙地进行报复，对我说出这样倒霉的话……我甚至可以肯定，您这样说会使我母亲大祸临头！……"

她在绝望之中，产生了使用库埃法[1]的怪念头。

她的冲动并不像"布拉格通海军上将"号上军官们的冲动那样使我感到害怕，那些军官为了使无所事事的女士们高兴，曾想把我干掉。

我注视着洛拉，看着她对我破口大骂，什么话都骂了出来，但我感到有点自豪，因为我发现，她骂我骂得越凶，我就越是无所谓，或者说，就越高兴。人的内心是善良的。

"要把我打发走，"我心里盘算着，"她现在至少给我二十美元……也许还要多些……"

我发动了攻势："洛拉，请您把答应我的钱借给我，不然我就睡在这儿，您就会听到我不断向您介绍我所知道的有关癌症的情况，以及它的并发症，它的遗传性，因为癌症是会遗传的，洛拉。咱们可别忘记！"

---

1 法国药剂师、心理治疗师埃米尔·库埃（Emile Coué，1857—1926）发明的疗法，在美国盛极一时。该疗法让患者不断重复如下的话，获得心理暗示而自愈："我每天在各方面都变得越来越好。"

我清楚、仔细地讲述她母亲病情的详细情况。我看到，我越是讲下去，我面前的洛拉的脸色就越是苍白，人就越是软弱无力。"啊，这个婊子，"我心里想，"把她紧紧抓住，费迪南！这次你可抓住了要害！……别把绳子放松……再等很多时间也不会找到这样结实的绳子！……"

"给，拿着，"她精疲力竭地说，"这是给您的一百美元，您给我滚，永远别再回来，您听到了吗？永远别来！……Out! Out! Out![1] 臭猪！……"

"洛拉，还是跟我吻别吧。哦！……别伤和气！"我提议道，以便看看我使她讨厌到了什么程度。只见她从一个抽屉里拿出一支手枪，这可不是开玩笑的。我走楼梯就行了，连电梯也没乘。

这次大吵大闹之后，我倒又有了工作的兴趣，而且精神很振作。到了第二天，我就乘火车去底特律，因为别人对我担保，说那儿找工作容易，有许多粗活可以干，要求不高，挣的钱多。

---

1 英语：滚！滚！滚！

十九

　　行人们对我说的话，就像森林中那个中士对我说的话一样。"那儿就是！"他们对我说，"您是不会走错的，就在您的对面。"

　　我真的看到了那些宽大、低矮的玻璃房子，就像关了无数苍蝇的笼子，可以看到里面的男人们在动，但又几乎不动，仿佛他们只是在做微弱的挣扎，以摆脱不知是何种无法摆脱的困境。这就是福特？另外，四周和上空都是机器源源不绝地发出的低沉、繁复的闷响。机器不停地转动、滚动、呻吟，总是准备砸碎什么，却什么也没有砸碎。

　　"原来在这儿，"我心里想，"没劲……"甚至比其他所有地方都要差。我来到近前，一直走到门口，只见一块石板上写着招工启事。

除了我之外，还有其他人在那儿等待。其中一个人告诉我，他已经等了两天了，但还是排在原来的地方。这个老实人是从南斯拉夫来这儿找工作的。另一个穷光蛋也跟我说了话。他说来干活只是为了取乐，真是个爱吹牛的怪人。

在这群人中，几乎没有人会讲英语。他们互相窥伺，犹如互不信任、常常挨打的畜生。从他们之中散发出裤裆里的尿臊气，就像在医院里那样。当他们对你讲话时，你会避开他们的嘴巴，因为穷人的嘴里有着死亡的气味。

雨下在我们这一小群人的头上。一排排队伍在檐槽下被压得扁扁的。找活儿干的人们可以被压得很扁。一个俄罗斯老人对我说了心里话：他觉得福特的好处是什么人和什么工种都招。"只是你得注意，"他又补充了几句给我作参考，"别在那儿逞能，因为你要是逞能的话，他们很快就会把你赶出门外，你很快就会被一个像机器一样的家伙替代，这种家伙厂里一直备着，你回去时只能听到他们对你说‘晚安’！"这个俄罗斯人能说一口流利的巴黎话，因为他开过几年"出租车"，后来因伯宗的一桩可卡因案件被赶了出来。最后，他在比亚里茨和一个乘客赌掷骰子，把自己的车也给押上，结果输了。

他对我说的没错，福特厂确实什么人都招。他没有撒谎。但我还是不大放心，因为穷光蛋很容易胡说八道。在贫困之中，精神已经不会再时刻伴随着肉体。精神在那儿实在太不舒服。这几乎是一个灵魂在跟你说话。而一个灵魂是不负责任的。

当然喽，开始时让我们把衣服都脱光。体检在一间实验室那样的屋子里进行。我们慢慢地往前走。"您的身体真糟，"一个男护士看了看我说，"但不要紧。"

我担心他们会因非洲的热病不录用我，他们只要摸摸我的肝就会发现这一点！但恰恰相反，他们看到我们来的人中有一些丑八怪和残疾人，好像显得十分高兴。

"对于您将在这儿干的活来说，您身体有多糟也没关系！"体检的医生立刻叫我放心。

"太好了，"我回答说，"但是您知道，先生，我受过教育，我过去还学过医……"

他立刻冷冷地看了我一眼。我感到自己又说错了话，而且对我不利。

"小伙子，在这儿，您的学业对您毫无用处！您来这儿不是为了思考，而是为了按指令做出规定的动作……我们厂里不需要想象力丰富的人。我们需要的是黑猩猩……还有一个忠告。您永远别再对我们提起您的智慧！朋友，有人会代您思考！您要牢牢记住。"

他预先给我打招呼是对的。我对公司的规矩还是应该做到心中有数。我干的蠢事也够多的了，而且至少已有十年的历史。我希望从今以后被人看作自得其乐的人。穿好衣服之后，我们被分成一行行拖拖拉拉的队伍，一队队犹豫不决的援军，走向传来机器巨大轰隆声的地方。在宽阔的厂房里，一切都在震动，你自己也从头震到脚，震动自上而下，来自玻璃窗、地板和废铁。震到后来，你自己也变成了机器，浑身的肉都在这震耳欲聋的嘈杂声中微微颤动，这声音钻到你的体内，在你的脑袋里转着，搅动你底下的肠子，又蹿到你的眼睛，像是在轻轻地敲着，迅速、无限而又不知疲倦。我们越往前走，同行的人就越少。我们同他们告别时微微一笑，仿佛发生的一切都十分如意。我们再也无法交谈，也听不见对方说的话。每次都在一台机器旁留下三四个人。

人们还是会进行抵制，原因是很难对自己感到厌恶，所以很想让这些都停下来，以便对此进行思考，还想听到自己的心脏轻松地跳动，但这一点再也做不到了。这些再也不会停止。这个无边无际的钢盒出了重大事故，我们则在里面转着，和那些机器一起转，和地球一起转。大家一起转！那千百个滚球和那些锻锤，永远不会同时落下，发出的声音像是在互相压碎，有些震耳欲聋的声音在周围掀起一种寂静，那寂静能使你稍稍舒缓。

装着金属制品的小火车忙忙碌碌、蜿蜒曲折，以便在机床之间经过。要我们排成一行！要我们跳起来，让这辆歇斯底里的小火车再次启动。嗨！这光彩、俗气的疯子将要在传送带和驾驶盘之间摇摇晃晃地走到更远的地方，把硬性规定的份额送至工人手中。

工人们哈着腰，想尽量讨好机器，叫你看了恶心，他们接连不断地把螺栓放进卡钳，而不是干一次就完事，还有那股油味，那种水蒸气，会把鼓膜烫伤，并通过咽喉把耳朵里面烫伤。他们低着头，并不是因为羞愧。人们屈服于噪声，就像屈服于战争一样。人们听凭机器摆布，脑子里只剩下三个模糊的想法。完了。你看到的一切，手摸到的一切，现在都是硬邦邦的。你还能回忆起的一切，也变得像铁一样僵硬，在思想中失去了滋味。

人们一下子变得十分衰老。

必须取消外部的生活，也把它变成钢，变成某种有用的东西。人们对现在这样的生活不怎么喜欢，原因就在这里。因此，得把它变成一个物件，变成实在的东西，这就是规定。

我试图对着工头的耳朵说几句话，但他像猪那样叫了一声作为回答，他只对我比着手势，十分耐心，把我之后一直要完成的十分简单的操作做给我看。我的每一分钟、每一小时，我剩余的时间，就像这儿的人们一样，都将用于把一个个小销钉递给旁边的瞎子，让瞎子用卡钳来量，他已经干了好几年，量的是同样的销钉。我立刻干了起来，但干得很差劲。别人没有责备我，只是在这第一个活儿干了三天之后，我还是不合格，就被调去推装满垫圈的小车，从一台机器推到另一台机器。我往那儿送去三个，往这儿送去一打，那边只送去五个。谁也不和我说话。人们在麻木不仁和胡言乱语之间犹豫不决，而且只是通过这种犹豫才存在于世。成千台机器指挥着人们，除了它们持续不断的轰鸣之外，其余的一切都不重要。

到下午六点，一切都停了下来，人们把脑子

里的噪声带走，整个夜晚，我脑中都有嘈杂的声音，还有油的味道，仿佛我从此以后换了个鼻子和脑子。

由于不断克制自己，我逐渐变成另一个人……一个新的费迪南。几个星期之后，我还是重新产生了欲望，想去看看外面的人们。当然不是车间里的那些伙伴，他们跟我一样，只是机器的回声和气味，只是没完没了地震动着的一堆肉。我想触及的是一个真正的肉体，一个玫瑰色的肉体，是真正安静而又缠绵的生活。

我在这个城市里没有一个熟人，特别是不认识女人。我费了不少周折，最后才打听到一家"堂子"不确切的地址，那是家地下妓院，在城市的北区。我下班之后，连续几个晚上去那儿散步，进行侦察。这条街和其他街道一样，但也许要比我住的那条街收拾得干净一些。

我已经侦察到干这种事的小楼的位置，小楼周围都是花园。要进去就得快快走，这样在门口站岗的警察就什么也不会发现。这是我在美国没有受到粗暴接待的第一个地方，我花了五美元，就受到殷勤的接待。一些年轻、漂亮的女子长得丰满，身体健康，十分优雅，几乎和"欢笑的卡尔文"里的那些女人一样美。

另外，这里的女人，你至少可以明目张胆地去摸。我不由自主地成了这个地方的常客。我的工资全花在那儿了。一到晚上，我就要同这些殷勤好客的美女进行色情的厮混，以便改变自己的灵魂。光看电影已经不够了，因为电影是一种温和的解毒剂，对工厂的物质毒害没有实效。要活下去，就得使用滋补性极强的补药和必需的泻药。这家堂子对我收费很少，是对朋友的照顾，因为我给这些女士带来了法国的诀窍和门道。到了星期六晚上，只要用上这种诀窍，生意就会兴旺。我则把位子都让给偷偷溜出来的棒球队员。他们强壮有力，身体结实，得到幸福就像呼吸一样轻而易举。

正当棒球队员寻欢作乐时，我也兴头十足，在厨房里为我自己写短篇小说。当然，这些运动员对青楼女子的感情并不像我那样热烈，虽说我有点阳痿。这些健壮的运动员对自己的力量确信无疑，所以对肉体的完美无动于衷。美犹如酒精或舒适，人们一旦对此习以为常，就不会再加以注意。

他们去妓院主要是为了取乐。他们弄到最后往往大打出手。警察立即赶来，把他们通通拉进几辆小卡车里带走。

对那儿的一个年轻女子莫莉，我很快产生了一种异乎寻常的信任感，在胆小怕事的人们心中，这种感情是爱情的替代。我想起她来，仿佛就在昨天，清楚地记得她体贴的言行，她金黄色的长腿，那两条腿纤细秀美，又十分结实，真是典雅高贵。人类真正的贵族称号——随你怎么说——是两条腿授予的，这不会错。

我们俩成了肉体上和精神上的知己，每个星期我们都要到城里去散步几小时。这位女友收入不少，每天可在堂子里赚到几百美元，而我在福特厂赚的钱还不到六美元。她为了生活而做爱，但并不感到疲倦。美国人干这种事就像鸟儿一样。

到了傍晚，我在推完别处送货的小车之后，还得强打起精神，装出高兴的样子，以便在晚饭之后和她相会。和女人们在一起得高高兴兴的，至少在开始时得这样。我有一种模糊的欲望，想对她提出一些建议，但我已经没有力气。莫莉常常接触工人，对工业造成的痴呆十分清楚。

一天晚上，她就这样无缘无故地给了我五十美元。我先是看了看她。我不敢要。我想到在这种情况下我母亲会说出什么话来。另外，我又想，我母亲很穷，从来没有给过我这么多钱。为了让莫莉高兴，我立刻用她给的美元去买了一整套漂亮的粉米色西装（four piece suit[1]），是那年春季的时尚。从未有人看到我来妓院时穿得这样漂亮。鸨母开了她那台大留声机，只是为了教我跳舞。

之后，我穿着这套崭新的西装，带莫莉去看

---

1 英语：四件套装。

电影。她在路上问我是否会吃醋，因为我穿了这套西装便愁眉苦脸，而且不想再回工厂。一套新的西装，可以搅乱你的思想。当别人没有在看着我们时，莫莉就用短促、热情的吻来吻我的西装。我竭力去想别的事情。

这个莫莉，毕竟是不错的女人！多么慷慨！多美的肤色！多么焕发的青春！真是欲望的盛宴。我又担心起来。拉皮条！……我心里想。

"您就别再去福特厂了！"莫莉还对我泼冷水，"您不如在办公室找个小小的差使……譬如说当笔译，这适合您……您喜欢书……"

她就这样十分温柔地对我提出劝告，她希望我幸福。我敢说，这是第一次有人发自内心地关心我，关心我的利益，设身处地为我着想，而不是站在自己的地位来对我评头论足，就像其他所有人一样。

啊！我要是早一点遇到莫莉该多好！那时，走什么道路还可以选择！就是在我对米西娜这个婊子和洛拉这个骚货还没有失去热情的时候！但是，现在为时已晚，我已无法恢复青春。我再也不相信这一套了！人衰老得很快，而且无法挽回。只要看看人们如何不由自主地喜欢上自己所经历的不幸，就可以发现这一点。自然的力量比你更强，事情就是这样。它要我们过一种生活，我们就无法摆脱这种生活。我已经走上了焦虑不安的道路。人们在不知不觉之中对自己扮演的角色和自己的命运渐渐信以为真，所以回过头来一看，再要改变就为时已晚。人们已经变得焦虑不安，当然以后也会永远如此。

莫莉和颜悦色地劝我留在她的身边……"您知道，费迪南，这儿的生活和欧洲一样好！我们在一起不会受苦的。"从某种意义上来看，她说得有道理。"咱们可以把钱存起来……买一家商铺……跟大家一样过日子……"她说这些是为了消除我的顾虑。这些计划，我认为她说得有理。我见她为了留住我费了这么多的唇舌，甚至感到不好意思。我当然很喜欢她，但我更喜欢自己的恶习，即想要逃离各个地方，去寻找我也不知是什么的东西，这样做也许是出于一种愚蠢的傲慢，出于对一种优越感的坚信不疑。

我不想使她生气，她知道我担心什么，并抢先说了出来。我见她这样能体贴人，最后就向她承认我有逃离各个地方的癖好。她听着我说话，听了几天又几天，听我夸夸其谈，不厌其烦地讲述自己的情况，看我在幻想和傲慢之间不能自拔，但并没有感到不耐烦，而是恰恰相反，她只是想帮助我战胜这种徒劳无益的焦虑。她不大清楚我这样东拉西扯的目的是什么，但她还是认为我有道理，不管我是抵抗幻想，还是投身幻想。由于不断感受到有说服力的温柔，她的善良使我感到亲切，几乎成了我自己的东西。但是，我感到我会因此开始背叛我那少有的命运，那被我称之为"存在之理由"的命运，于是，我从此不再向她倾诉我的真实想法。我内心孤独地回去了，但一想到自己比过去更加不幸，我就高兴，因为我往自己的孤独中带入了一种新的苦恼，那是一种同真情实感相似的东西。

　　所有这些都是十分平常的事情。但是，莫莉具有一种天使般的耐心，她对志向的信念坚定不移。譬如说，她在亚利桑那大学的妹妹产生了一种嗜好，喜欢拍摄窝里的鸟儿和巢穴里的猛禽。莫莉就每月给爱好摄影的妹妹寄去五十美元，使她能继续学习这项专门技术的古怪课程。

　　一颗真正宽广的心，怀有真正高尚的感情，可以变成金钱，而不像我的心和其他许多人的心那样，会变成虚情假意。对于我稀里糊涂的冒险，莫莉巴不得从金钱上给予关心。虽说她有时觉得我是个愣头愣脑的小伙子，但她感到我的信念是实实在在的，确实不该泼冷水。她只要我对她的资助附一份简单的预算表。我无法决定是否要接受这笔捐款。所剩无几的正直使我不愿再支取更多的钱，不愿再利用这个心地过于纯洁、善良的女人。就这样，我毫不犹豫地跟天意作了对。

　　在那时，我甚至还做过一些努力，想要重返福特厂。但这只是虎头蛇尾的英雄主义。我刚走到工厂门前，就在这起点的地方呆住了，一想到将要看到所有那些正在转动的机器，我心里想干活的微弱愿望就消失得一干二净。

我走到发电机房的大玻璃门前，只见这个有多种形状的庞然大物正在咆哮，不知在吸入和压出什么东西，也不知从什么地方吸入和压出，但通过的是千百条闪闪发光、错综复杂、像藤蔓一样到处攀缘的管道。一天早晨，我就这样站着，呆呆地进行观赏，只见开过出租车的那个俄国人走了过来。"喂，"他对我说，"调皮鬼，你开了个玩笑！……你已经有三个星期没来了……他们已经用一台机器把你换掉了……我早就跟你打过招呼……"

"这样，"我当时心里想，"至少是结束了……无法再挽回了……"于是，我又朝市里走去。在回家的路上，我顺便去了领事馆，想问一下他们是否听说过一个名叫鲁滨逊的法国人。

"当然！当然听说过！"领事馆的职员们对我回答道，"他还来过我们这儿两次，他使用的还是假证件……警察局正在找他呢！您认识他？……"

我没有再问下去。

之后，我一直希望遇到鲁滨逊。我感到这一天会来的。莫莉仍然对我温柔、亲切。自从她确信我会最终离开之后，就比以前还要体贴。但对我体贴毫无用处。莫莉下午不干活，我常常和她一起去市郊散步。

那儿有光秃秃的小山冈，小湖周围是桦树丛，到处有人在乌云密布的天空下阅读平淡无奇的杂志。我和莫莉对复杂的心事避而不谈。另外，她已经打定了主意。她过于真挚，所以对忧愁没有很多话可以说。她心里想想就够了。我们拥吻。但我不能像我应该做的那样，亲热地拥吻她，而是真正地对她卑躬屈膝。我总是同时在想其他一些事情，又不想浪费时间、失去温情，仿佛我什么都想要，为了我也说不清的某种美好和崇高的东西，为了将来，而不是为了莫莉，不是为了这个。仿佛生活将要带走、向我隐瞒我想了解的她的情况，以及我想了解的黑暗中的生活，与此同时，我将失去拥吻莫莉的热情，我不再会因此感到厌倦，我最终会因精力不足失去一切，生活会像欺骗其他所有人一样欺骗我，生活是那些货真价实的男人的真正的女主人。

我们又回到人群之中，然后我在堂子门口和她分手，因为她夜里要接客，直至清晨。当她在接客时，我还是感到有点难受，我在难受中想到她，比在现实中和她在一起更加舒服。我走进一家电影院去消磨时间。电影散场之后，我乘上一辆有轨电车，到处去逛，我就这样夜游。两点敲过之后，上来一批战战兢兢的乘客，这种乘客只有在这个时间才能见到。他们总是脸色苍白，昏昏欲睡，像包裹一样听话，一直乘到市郊下车。

跟他们一起回家，就会走到很远的地方。比那些工厂还要远得多，在远得模糊不清的小块土地上，陌街小巷的两侧是影影绰绰的房屋。被细雨淋得湿漉漉的街石映照出蓝色的曙光。跟我同乘一辆电车的乘客们和他们的影子一起消失。他们对黎明视而不见。要让这些拖着影子的人开口说话很难。他们太累了。他们并没有抱怨，没有，是他们在夜里关门之后打扫一家家店铺，还有全市的办公室。他们不像我们这些白天干活的人那样，好像并不焦虑不安。也许是因为他们已经是最下等的人，在干最下等的事。

一天夜里，我乘上另一辆有轨电车，到了终点站，大家都小心翼翼地下车。这时，我感到有人在叫我的名字："费迪南！喂，费迪南！"在昏暗的光线中，这会让人议论纷纷。我不喜欢这样。在屋顶上面，天空被檐槽分割成冰冷的小块。肯定有人在叫我。我回头一看，立刻认出了莱昂。他走到近前和我低声说话，我们俩聊了起来。

他刚和其他人一起打扫完一个办公室。这就是他找到的活儿。他走起路来十分镇静，真有点威风凛凛的样子，仿佛刚在市里完成危险而神圣的使命。而所有这些夜间的清洁工人也都显出这副模样，这点我已经发现。在疲倦和孤独的时候，人们会显出神圣的样子。他的两只眼睛睁得比平时大得多，在蓝色的晨曦中也充满了神圣的光芒。他已经打扫过数不清的洗手间，他擦得锃亮的那些寂静的层楼，加起来真像山一样高。

他又说："我立刻就认出了你，费迪南！是从你上电车的样子认出来的……你看，只是从你愁眉苦脸的样子认出来的，你看不到女人时就是这样。对不对？你是不是这个样子？"确实，我就是这个样子。我的灵魂真是像开着裆的裤子那样落拓。对这种正确的评价，我当然毫不感到惊讶。但是，我感到惊讶的是，他也没有在美国取得成功。这一点我完全没有料到。

我对他说了在圣塔佩塔双桨战船上干的勾当。但是，他弄不懂我说的是什么事情。"你发烧了吧！"他只是这样回答我。他是乘一艘货轮来的。他本来也想到福特厂去做工，但他的证件显然是伪造的，不敢拿出来给别人看，所以就没去成。"这只能放在口袋里。"他指出。清洁队对身份证件的要求不严。他们付的钱也不多，但不来管你。这是一种夜间的外籍军团。

"那你呢，你在干些什么？"他问我，"你难道还疯疯癫癫的？那些花招你还没有耍够？你难道还想旅行？”

"我想回法国，"我对他说，"这样的事我已经看够了，你说得对，好吧……"

"还是你好，"他对我回答道，"我们已是生米煮成了熟饭……人在不知不觉中老了，你知道这意味着什么吧……我也想回国，但还是证件的问题……我要再等一段时间，以便搞到合法的证件……我们干的活不能说不好。还有更差的。但我学不会英语……当清洁工的有人三十年只学会个 Exit[1]，原因是擦洗的门上都有这个词，还有就是 Lavatory[2]。你明白吗？"

我明白，要是有一天莫莉离开了我，我也只好去干夜里的活儿了。

没有理由让这个关系断掉。

总之，在战争时期，你会说，和平后情况就会好转，然后就抱着这种蜜糖般的希望，到头来却只有空屁。开始时，你不敢说出来，怕惹人讨

---

1 英语：出口。

2 英语：洗手间。

厌。总的来说是好心嘛。但到最后，某一天，你还是会当众把事情挑明。你受够了回到一贫如洗的生活。但是，大家却突然觉得，是你的教养太差。事情就是这样。

这以后，我和鲁滨逊又互相约定，见了两三次面。他的脸色很不好。一个为底特律的那些坏蛋非法制酒的法国逃兵，把自己的"business"[1]让了一些给他。这对鲁滨逊有吸引力。"我也要制点酒，灌进他们的臭嘴尝尝，"他推心置腹地对我说，"不过，你看得出，我已经没有勇气了……我感到，一看到警察在缠着我，我就像瘪了的皮球……我看到的太多了……另外，我总是困得要命……确实，白天睡觉，等于没睡……还有那些'办公室'里的灰尘，干活时肺里都吸满了……你知道吗？……这会把一个人折腾死的……"

我们又相约在另一个夜里见面。我回去找莫莉，把事情都告诉了她。为了不让我看出我给她

---

1 英语：生意。

带来的痛苦，她竭力克制自己，但还是不难看出她心里难受。我更加频繁地拥吻她，但她的伤心来自内心深处，比我们这些人更加真切，因为我们常常是嘴里说得多，心里想得少。而美国女人却恰恰相反。这点人们不能理解，但可以接受。这使人感到有点丢脸，但这确实是伤心，而不是傲慢，也不是嫉妒，没有发脾气，只是心里真正伤心，应该说这些都是我们心里所缺乏的，我们冷酷无情，所以没有伤心的乐趣。我们感到羞耻的是内心的贫乏和在所有方面的贫乏，是我们曾把人类看得过于低下，而事实却并非如此。

有时，莫莉还是不禁要责备我几句，但措辞很有分寸，又十分温和。

"您真好，费迪南，"她对我说，"我也知道您尽量不使自己变得像其他人那样坏，只是我不知道您是否清楚自己到底想要什么……您好好想一想！费迪南，您回到那边之后，就得找到饭碗……而到了别的地方，您就不能再像在这儿一样整夜整夜地一面闲逛一面胡思乱想……您又是多么喜欢这样……当我在工作的时候……费迪南，您想过这点吗？"

从某种意义上说，她是一千个有理，但各人有各人的性格。我怕刺伤她的心。她的心尤其容易受伤。

"我向您保证，我非常爱您，莫莉，我会永远爱您……尽量地爱……用我的方式来爱。"

我的方式，没什么了不起的。莫莉倒是长得十分丰满，十分诱人。但我却有该死的嗜好，喜欢皮包骨头的人。这也许不完全是我的过错。是生活迫使你过多地和皮包骨头的人待在一起。

"您真多情，费迪南，"她安慰我说，"别为我伤心……您总是想多知道点东西，想得就像生了病一样……就是这样……总之，这应该是您的道路……您独自一人走……孤独的旅行者前程最为远大……您不久就要走了，是吗？"

"是的，我将在法国完成自己的学业，然后我再回来。"我大胆地向她保证。

"不，费迪南，您是不会再回来了……另外，我也不会再待在这儿了……"

她并不傻。

动身的时刻到了。一天晚上，我们一起去火车站，时间比她回堂子的时间要早一点。在白天，我去和鲁滨逊告别。我要离开他，他也感到没劲。我老是要离开所有的人。在车站的月台上，我和莫莉一起等待火车的时候，有几个男人走过，装出不认识她的样子，但他们在窃窃私语。

"您要到很远的地方去，费迪南。您做的事，费迪南，正是您想做的，是吗？这点才是重要的……只有这点至关重要……"

火车进站了。我看到火车之后，对自己的冒险不再有十分的把握。我用身上所剩的全部热情拥吻了莫莉。我心里难受，真正难受，就这么一次，是为了大家，为我，为她，为所有的男人。

在一生中，人们寻找的也许就是这个，只是这个，即尽可能大的哀愁，以便在去世之前成为真正的自我。

我这次动身之后过去了几年，后来又过了几

年……我常常把信写到底特律，然后又写到我所记得的所有地址，在那些地方有人会认识她，知道她的下落。但我从未收到过回信。

现在，这个堂子已经关门。我能打听到的就是这些。善良、可爱的莫莉，要是能在我不知道的一个地方读到我这本书，我希望她能知道，我对她没有变心，我还爱她，而且永远爱她，用我的方式爱她，她要是愿意分享我的面包和我鬼鬼祟祟的命运，她可以来我这儿。她要是失去了美貌，那就算倒霉！我们会合得来的！我身上保留了她这么多的美貌，而且如此生气勃勃，如此热情洋溢，足够我们俩分享，至少还可以用上二十年，正好度过我们的晚年。

当然，离开她，我确实荒唐，而且是该死而又冷酷的荒唐。不过，我至今仍维护着自己的灵魂，如果死神明天把我带走，我可以肯定，我也不会像其他人那样冷酷、卑鄙、笨拙，因为在美国度过的这几个月中，莫莉送给了我这么多的温情和美梦。

二十

从另一座大陆回来之后，事情还没有完结。日子过得还是这样，就像我走的时候那样，慢吞吞的，又动荡不定。这种日子在等着你去过。

我在我的出发点克利希广场周围以及附近的街区转了几个星期、几个月，在巴蒂尼奥勒街区那边打点工糊口。没什么可说的！要么在雨中淋，要么到了六月份在汽车里热，热得你喉咙发干，鼻子发烧，几乎和在福特厂一样。晚上没事，我就望着一批批行人朝剧院或布洛涅林园走去。

我在空余的时间总感到有点孤独，就用阅读书报来消磨时间，同时也回忆我过去的见闻。重新开始学习之后，我左右开弓，通过了所有的考试。科学的大门防卫森严，这是我说的，没错，而医学院则是一个关得十分严实的柜子。罐子很多，果酱很少，真是僧多粥少。我总算结束了这五六年的艰苦学习，拿到了华而不实的证书。于是，我就来到合我胃口的郊区，在拉加雷讷-朗西[1]扎下了根。从巴黎市区出来，一出布朗雄门[2]就到了那儿。

我既没有奢望，也没有雄心，只想过得舒服一点，吃得好一点。我在门口挂上招牌，就开始等病人来。

住在这个街区的人们走来看看我的招牌，疑虑重重。他们甚至去问了警察分局，了解我是否真是医生。局里对他们回答说：是的，他出示过文凭，是真的。于是，整个朗西都在说，又来了个真正的医生。"这儿他挣不到牛排！"我的女门

---

1 La Garenne-Rancy，为作者虚构，但巴黎郊区有一座真实的名为拉加雷讷-科隆布（La Garenne-Columbes）的市镇，离此虚构地不远。"Garenne"在法语中意为养兔林，"Rancy"与英语中"rancid"（有馊味的）一词谐音。

2 小说中其他线索都暗示拉加雷讷-朗西位于巴黎的东北偏北，但布朗雄门位于城市南端。

房立即预言道，"这儿的医生已经太多了！"这个看法中肯极了。

在郊区，早上给你带来生气的主要是那些有轨电车。一清早，满载乘客的电车就一辆辆开过，昏昏沉沉的乘客在里面摇摇晃晃，电车经过米诺陶大道，往干活的地方开去。

年轻人好像还很乐意去干活。这些可爱的年轻人想快点去上班，就站在上下车的踏脚板上，还有说有笑。这你可得亲眼看看。但是，当你看到二十年来小酒馆的电话亭一直脏得像茅厕一样时，你就会产生一种愿望，想对严肃的东西开玩笑，特别是对朗西开玩笑。这时你才知道别人把你安插在什么地方。房屋把你占有，它们全都有尿臊味，外表平淡无奇，心属于房东。房东从未有人看到过。他不敢露面。他让中介这个浑蛋出面，不过街区里的人还是说，房东在遇到别人时十分和气。但这和气可要不了他一个子儿。

在朗西，天空的光线就像在底特律一样，清咖啡似的烟雾从勒瓦卢瓦起就笼罩着平原。废品一样的房屋建造在黑色的烂泥地上。高高低低的烟囱，从远处望去，就像海边插在淤泥里的大木桩。在屋里的就是我们。

在朗西，还得有螃蟹的勇气，特别是当你上了年纪，而且肯定会永远待在那儿的时候。有轨电车的终点是一座脏得发黏的桥，这桥横跨塞纳河，而塞纳河犹如一条什么脏东西都有的大阴沟。沿着河岸，在星期天或是在夜里，人们会爬到土堆上去撒尿。男人们望着流过的河水，会感到自己在沉思默想，他们在撒尿时有一种永恒的感觉，就像海员一样。女人们从不沉思默想，有没有塞纳河都一样。因此，在早晨，电车把一群群人运走，让他们钻到地铁里面。看到他们全往这个方向逃跑，真像是他们在阿让特伊[1]那边大祸临头，住的地方着了火一样。每一天的天亮，他们都这样，一串串地拼命抓住车门和扶手。真像是一场大逃亡。而他们去巴黎，都是为了找一个老板，一个

1　Argenteuil，位于巴黎郊区的市镇。

不会让你饿死的老板，这些懦夫非常害怕会失去自己的老板。他给你吃饭，但要叫你流汗。你要流汗发臭十年、二十年，甚至更长时间。饭可不是白吃的。

电车里人们已在吵架，从大清早一直吵到晚上。女人们比孩子还要啰唆。为了逃一张票，她们可以让整条线路停止行驶。确实，在女乘客中，有人已经醉了，特别是那些在下车去圣旺市场买东西的半拉子中产阶级女士。"胡萝卜要多少钱？"她们还没有到市场就问，好让别人知道她们有的是钱。

人们像垃圾一样挤在铁制的车厢里面，穿过整个朗西，同时发出强烈的气味，在夏天尤其如此。开到巴黎旧城墙[1]，大家互相威胁，骂了最后一句才互相分手。地铁吞没了所有的人和所有的事；不挺括的西装，泄了气一样的裙子，长筒丝袜，

1　此处提到的城墙建于 1841 年至 1844 年路易 - 菲利普一世在位时期，1870 年普法战争期间起到了抵御外敌之用，"一战"中被损毁。

子宫炎，和鞋子一样脏的脚，生硬得像话语那样耐用、挺括的领子，将要进行的流产，战争中光荣的士兵，所有这些都沿着带有煤焦油和石炭酸的楼梯慢慢流下，一直流到黑暗的尽头，而回来的票子，一张就可以买两只小面包。

当老板将要裁减经费总额时，迟来的人们（单凭一张证书在身上）老是担心并不悦耳的辞退。回想起上次失业时出现的"危机"，以及每一份必读的《不妥协者报》，五个苏五个苏地花……希望能找到工作……这些回忆会使你这个男子汉感到难受，尽管你穿着"四季通用"的大衣。

城市尽量把脚脏的人群藏在长长的电气化的阴沟里。他们到星期天才回到地面上来。当他们出来时，你不能露面。你只要在星期天看他们娱乐一次，就会永远失去娱乐的兴趣。在地铁周围，棱堡附近，到处疮痍满目，有历次战争的创伤，有烧掉一半的村庄没有烧完的焦味，有流产的革命和破产的商行的遗迹。几个季度以来，在"片区"[1]捡破烂的一直在防风的壕沟里烧一小堆一小堆湿漉漉的东西。这些人是拙劣的野蛮人，肚子里灌满了酒，浑身没有力气。他们去附近的诊所咳嗽，而不是乘坐有轨电车在开阔地里摇晃，也不到入市税征收处[2]去撒上一大泡尿。血流完了，事情也就没了。下一场战争爆发时，他们还会再次发财，靠的是贩卖老鼠皮、可卡因和瓦楞铁皮制的掩体。

我为了开业，已在片区的边上找了一间小公寓，从那儿我能清楚地看到开阔地，以及老是站在上面的一个工人，他睁着眼睛却看不见东西，一只胳膊包着白色的大绷带，是工作中受的伤，他不知该干什么，该想什么，也没有钱去喝酒解愁。

莫莉当时说得对，我开始理解她的意思了。

---

1 La Zone，指"巴黎军事区"（La Zone Militaire de Paris），郊区和前文提到的旧城墙之间的地带。出于军事原因，此地禁建房屋，是城区边缘的荒地。

2 直至 20 世纪晚期，特定的食物种类在进入巴黎城区时还须缴纳入市税，在城区边缘建有征收处。

学习会使你发生变化，会使一个人骄傲。要深入了解生活，还是得过这一关。过去，你只是在生活的周围转。你以为自己无拘无束，但碰到一点事就会摔跤。你空想太多，空话连篇。你要找的没有找到。这只是愿望，只是表象。果断的人需要的是另一种东西。干医生这一行，我不大有才能，但我毕竟接触过人和动物，什么都接触过。现在，只有大胆地往前走，在实践中干。死神在追赶着你，你得赶快走，也得在摸索中混饭吃，然后还要从战争下面钻过去。这样就有许多事情要干。这可不容易。

至于病人，暂时还没有"大量涌现"。过一段时间会好的，别人安慰我说。目前，病人主要是我。

在我没有病人的时候，我认为拉加雷讷-朗西再糟糕也没有了。现在也可以这么说。在这些地方不必思考，而我来到这儿恰恰是为了安静地思考，而且还是从地球的另一头来的！我来得真是时候。傲慢的家伙！这念头压得我脑袋瓜黑糊糊、沉甸甸的……没什么可高兴的。另外，它老是缠着我不放。大脑就是最大的暴君。

在我楼下，住着开小旧货店的贝赞，我在他门口停下时，他总是对我说："得进行选择，大夫！要么赌赛马，要么喝开胃酒，两样东西得选一样！……不能什么都干！……我喜欢开胃酒！我不爱赌博……"

他喜欢的开胃酒，是龙胆酒和黑加仑酒。这嗜好不坏，但喝了之后就要变坏……他到跳蚤市场去采购时，就要在外面待上三天，用他的话说，是去"远征"。别人把他送回家时，他就预言道："我知道未来是怎么样的……这像是永远不散的放荡聚会……就像电影里那样……只要看看就知道是怎么回事……"

在这种时候，他甚至看得更远："我还知道他们再也不喝酒了……未来，我是最后一个喝酒的……我得赶紧喝……我知道自己的恶习……"

我住的那条街上人人都咳嗽。这叫人担心。要见到太阳，至少得走到圣心教堂这样高的地方，因为低处全是烟雾。

从那儿往下看，风景倒是挺美，可以清楚地看到平原里的我们，还有我们住的房屋。但要寻找一幢幢房子，那就找不到了，连自己的房子也找不到，因为看到的那些房子太难看，而且全都一样难看。

再往里面看，就都是塞纳河，那河像一条粗大的蛋清，弯弯曲曲的，从一座桥流向另一座桥。

你住在朗西，甚至不知道自己已变得愁眉苦脸。你不再有干大事的愿望，就是这样。你什么地方都要节约，原因又是什么样的都有，你所有的愿望也就都落了空。

几个月的时间里，我到处借钱。在我的街区里，居民们穷得要命，又疑神疑鬼，他们要等到天黑才肯把我这个收费不多的医生请去。这样，我就在一个又一个的夜晚，穿过没有月光的小院子，去寻找这十法郎、十五法郎的出诊费。

早晨，人们拍打地毯的声音让街道成了一面大鼓。

　　这天早晨，我在人行道上遇到贝贝尔，他在替出去办事的姑妈照看门房。贝贝尔用一把扫帚扫出了一团灰尘。

　　快到七点钟的时候，谁要是不在这些地方扫出灰尘，就会在自己的街道里被看作懒猪。抖过的小地毯是清洁的标志，说明家里料理得井井有条。做到这点就够了。嘴巴发臭不要紧，可以心安理得。贝贝尔吸进了他扫出的所有灰尘，然后又吸进各层楼上扫下的灰尘。在马路上有时也会出现几个阳光的斑点，但就像在教堂里一样，斑点苍白、柔和而又神秘。

　　我来时贝贝尔是看到的。我是那个地方的医生，住在公交车站附近。贝贝尔脸色过于发青，就像一只永远不会成熟的苹果。他在搔痒，看到他，我也产生了搔痒的欲望。原因是我身上确实也有跳蚤，是夜里出诊时从病人身上传来的。跳蚤乐意跳到你的外套里，因为那儿是最暖和、最潮湿的地方。这些都是医学院教的。

　　贝贝尔放下小地毯来向我问好。所有窗子里

的人都看得见我们俩在说话。

如果非得喜欢什么，那么喜欢孩子就不像喜欢大人那样危险，你至少可以抱有希望，希望他们以后不要像我们这样坏。当然，以后的事难以预料。

在他苍白的脸上，总是浮现出这种表露纯洁情感的微笑，使我一直难以忘怀。世界上什么事情都会使他快乐。

过了二十岁之后，很少有人还保留一点这种自然的情感，即动物的情感。现在的世界已不是我们过去认为的那样了！事情就是这样！于是，人们的嘴脸也变了！当然要变喽！因为过去错了！人们很快变得凶相毕露！过了二十岁之后，我们脸上留下的就是这个！一个错误！我们的脸只是一个错误！

"喂！"贝贝尔对我说，"大夫！昨天夜里在节日广场抓住了一个，是吗？是用剃刀割断了喉管？是不是您在值夜班？这是真的吗？"

"不，不是我值班，贝贝尔，不是我，是弗罗利雄[1] 大夫……"

"那就算了，可我姑妈说她希望是您在值班……这样您就会把一切都告诉她……"

"那就等下次吧，贝贝尔。"

"这儿常常有人被杀，是吗？"贝贝尔又问道。

我穿过他扫出的灰尘，但这时市里的扫路车正好开过，发出隆隆的响声，只见一股强台风从路边卷起，使整条街道充满一团团的灰尘，比云团更加稠密，像胡椒一样呛人。在街上已经看不见别人。贝贝尔或左或右地跳来跳去，一面打喷嚏一面哇哇直叫，十分高兴。他那周围有一圈黑色的脑袋，发黏的头发，两条像瘦猴一样细的腿，都在扫帚柄的那头痉挛地跳动。

贝贝尔的姑妈办完事回来了。她已经喝过一小杯，同时还得说，她吸过一点乙醚，这是她去看医生时养成的习惯，而她的智齿刚才痛得十分厉害。她前面的门牙只剩下两颗了，但她从不忘

---

1 Frolichon，由英语中的 "frolic"（嬉戏）与法语中的 "folichon"（有趣的）二词组合而成。

记刷这两颗牙齿。"像我这样的人，看过医生，懂得卫生。"她看医生是在附近的地方，有时也到相当远的伯宗去看病。

我很想知道，贝贝尔的姑妈有时是否在考虑什么问题。不，她什么问题也不考虑。当我们单独待在一起，周围又没有不知趣的人在听时，她就会让我给她看病，但不给钱。从某种意义上来说，这叫人高兴。

"大夫，我得对您说，因为您是医生，贝贝尔是个小坏蛋！……他在'摸'自己的东西！我发现这事已经有两个月了，我在想，谁会把这种下流事教给他？……我可是把他调教得不错！我不准他摸……可他还是摸……"

"您告诉他，他这样干会变傻的。"我按惯常的说法对她提出了建议。

贝贝尔听到我们说的话，显出不高兴的样子。

"我没摸自己的东西，这不是真的，是加加[1]

---

1 Gagat，法语中与"gaga"（疯傻）一词同音。

这小子让我摸的……"

"您看,我早就料到了,"姑妈说,"在加加家里,您知道,就是住在六楼的……全都是色鬼。祖父好像追求过驯兽女郎……喂,我问您,怎么会有人追求驯兽女郎?……请告诉我,大夫,您在这儿,是不是能给他开点使他不摸自己的药水?……"

我跟着她走进门房,给贝贝尔这孩子开了一种专治这种恶习的药水。我对大家过于客气,这点我自己也十分清楚。没有人付钱给我。我看了病没有收钱,主要是出于好奇。这是一种错误。你帮了别人的忙,别人却会恩将仇报。贝贝尔的姑妈像其他人一样,利用了我傲慢的无私。她甚至卑鄙地滥用了这种无私。我听其自然,就得撒谎。我顺从他们。那些病人缠着我,对我哭哭啼啼,而且越来越多,他们要我听凭他们摆布。同时,他们把隐藏在灵魂这个铺子里的丑陋东西全都对我抖了出来,这些东西他们不告诉任何人,只讲给我一个人听。你绝不会出大价钱来买这些丑陋的东西。只不过，它们会从你的手里溜掉，就像滑不唧溜的蛇那样。

总有一天，我会全说出来，要是我能活得相当长久，就可以把一切都说出来。

"卑鄙无耻的家伙，请你们注意！等我再干几年好事。现在别把我杀死。我现在低声下气、无能为力，但将来会把一切都说出来。我可以肯定地对你们说，你们将会一下子退后，就像在非洲爬到我茅屋里来的黏糊糊的毛毛虫一样，我将要以更微妙的方式，把你们说得更懦弱、更邪恶，最后，你们也许会因此而死去。"

"这甜吗？"贝贝尔听说是药水就问道。

"就是不要给他开甜的。"姑妈叮嘱道，"别给这小坏蛋开……他不配喝甜的，另外，他偷吃我的糖真不少！他什么恶习都有，真是胆大包天！他最终会把自己的母亲杀掉！"

"我没有母亲。"贝贝尔头脑十分清楚，斩钉截铁地反驳道。

"他妈的！"姑妈骂道，"你再顶嘴，我就用鞭子打你一顿！"她说着就要去取挂着的鞭子，但贝贝尔已经跑到了街上。"坏女人！"他在走廊里叫道。姑妈气得脸色通红，但又转身走到我的跟前。一阵沉默。我们换了话题。

"大夫，您也许应该去看看住在少女街 4 号中二楼上的那位女士……她过去在公证人那儿当职员，别人对她谈起了您……我对她说，您是个对病人十分和气的医生。"

我一眼就看出贝贝尔的姑妈在对我撒谎。她喜欢的医生是弗罗利雄。她一有可能，就总是向别人推荐弗罗利雄，对我则相反，一有机会就说我的坏话。她对我的人道主义有一种野兽般的仇恨。她是个畜生，可别忘了这点。只是她欣赏的弗罗利雄要她付现钱，而她叫我看病，却是一个子儿也不给。她把我推荐给别人，一定又是个没钱的差使，或者是见不得人的丑事。我走的时候，还是想到了贝贝尔。

"得让他出去走走，"我对她说，"这孩子出去的时间太少……"

"您要我们俩到哪儿去？我要看门房，不能到很远的地方去……"

"您至少得跟他一起到公园里走走，在星期天……"

"但公园里的人和灰尘比这儿还多……真像人踩人一样。"

她的看法是中肯的。我就再建议她去一个地方。

我胆怯地提议她去公墓。

拉加雷讷-朗西的公墓，是这个地区唯一种了点树木又比较宽敞的地方。

"这倒是，我没有想到，那儿倒是可以去！"

这时，贝贝尔正好回来。

"你呢，贝贝尔，你是不是愿意到公墓里去散步？我得问问他，大夫，因为要去散步，他也会发牛脾气的，我得提醒您！……"

贝贝尔正好没有意见。而这个主意他姑妈挺喜欢，这就行了。他姑妈喜欢公墓，就像所有的巴黎人那样。从这点来看，她好像终于开始思考问题了。她权衡利弊。在旧城墙那儿，流里流气的人太多……在公园里，灰尘实在太多……而公墓倒确实不错……再说，星期天去公墓的，大多是体面的规矩人……另外又十分实惠，回来时从自由大道走，还可以采购食品，那儿有些商店星期天不关门。

于是，她下了结论："贝贝尔，把大夫带到昂鲁伊太太家去，在少女街……你知道昂鲁伊太太住在哪里，对吧，贝贝尔？"

贝贝尔知道，那儿什么东西都有，而且这又是出去溜达的一个机会。

二十一

　　在大肚子街和列宁广场之间，几乎都是租赁的楼房。承包商们把那儿尚存的田地几乎全占了，大家都把他们称为加雷讷家族。在边上还剩下几块空地，就是在最后一盏煤气路灯的外面。

　　在这些楼房中间，还有几幢不愿拆除的独立小屋被夹在里面发霉。小屋有四个房间，楼下走廊里有一个大火炉，炉里的火就像没有点着那样，是为了省钱。炉里潮湿得直冒烟。剩下的几幢小楼，主人都是年金收入者。走进他们的屋子，立刻会被烟呛得咳嗽。留在这儿的不是富裕的年金收入者，不是，特别是让我去出诊的昂鲁伊家。但是，这些人总还有点财产。

　　走进昂鲁伊家，除了烟味之外，还有厕所和

杂烩的味道，买小屋的钱他们刚刚付完。这相当于他们整整五十年的积蓄。走进屋子一看到他们，就会觉得他们不知有什么不舒服。好吧，我来说，昂鲁伊夫妇之所以不大自然，是因为在五十年中，他们俩每花一个子儿都要后悔一番。他们耗费了自己的肉体和灵魂才得到自己的房子，就像蜗牛一样。但蜗牛是在不知不觉中得到的。

昂鲁伊夫妇活到现在，只是为了拥有一幢房子，不久前，有人的房子给拆了，使他们感到惊讶。那些从老屋里被赶出来的人，脸色一定难看。

在结婚前不久，昂鲁伊夫妇就已经打算买一幢房子。他们先是分开住，后来就住在一起。在半个世纪中，他们不去想别的事情，而当生活迫使他们去想别的事情，譬如战争，特别是他们的儿子时，他们就真的生起病来。

当他们搬进自己的小屋时，这对年轻的夫妇每人已有十年的积蓄，这时小屋尚未完全竣工。小屋的周围还都是一片花田。要走到小屋，冬天得穿上木鞋，早晨六点去上班时，把木鞋留在造反大道[1]拐角处的水果店里，然后乘公共马车去上班，三公里的路程要花两个苏。

　　一辈子保持同样的作息制度，是身体健康的表现。他们的照片挂在二楼卧室床上方的墙上，是在结婚那天拍的。他们的卧室和那些家具也是花钱买的，甚至早就付了钱。发票的贷款已在十年、二十年、四十年前付清，所有的发票都用大头针别在一起，放在五斗橱上面的抽屉里，而每天账都结清的账册，则放在楼下从不在里面吃饭的餐厅里。你要是愿意，昂鲁伊会把这些东西都拿给你看。每星期六，由他在餐厅里结账。他们俩一直在厨房里吃饭。

　　所有这些事，我是逐渐得知的。先是昂鲁伊夫妇告诉我，后来是其他人告诉我，再后来则是贝贝尔的姑妈告诉我。我跟他们熟悉之后，他们就自己对我叙说他们十分担心的事情，他们一生都担心的事情，担心他们经商的独生儿子做了亏

1　Révolte，并非一条具体的路，而是法国国王路易十五修建的一条古老路线，以连接凡尔赛与圣但尼，途经克利希。

本的生意。在三十年中,这种不吉利的想法几乎每夜都会或多或少地把他们惊醒。这孩子是在做羽毛生意!您想想,三十年来在羽毛业中有多少次危机!也许没有比羽毛业更差劲、更靠不住的行业了。

有些生意实在差劲,人们甚至不会想到要去借钱加以扶植,但也有些生意,人们在谈起时多少要提到借钱的问题。当昂鲁伊夫妇想到这样一笔借款时,即使现在房子的钱都已付清,他们也会从椅子上站起来,红着脸面面相觑。碰到这样一种情况,他们会怎么办呢?他们会断然拒绝。

他们早已决定拒绝任何借款……从做人的道德来看,是为了给他们的儿子留下一笔积蓄、一笔遗产和一幢房子,总之是家产。他们就是这样想的。他们的儿子当然是个正派的孩子,但在做生意时,也可能被人牵着鼻子……

问到我,我的看法和他们一样。

我母亲也是做生意的,但她的生意只给我们带来了贫困,挣到了一些面包,但也带来了许多烦恼。因此，我不喜欢做生意。他们的儿子面临的危险，他在迫不得已时借款可能遇到的风险，我一下子全明白了。而他，小昂鲁伊的父亲，在塞瓦斯托波尔大道一个公证人那儿当过五十年的小书记员。因此，他对侵吞财产的事情了如指掌！他还对我讲过一些著名的事例。首先是他父亲的事。昂鲁伊在通过中学毕业会考之后，没能继续学业，取得任教的资格，是因为他父亲破了产，只好立刻去干文书的工作。这些事情我至今还记忆犹新。

最后，房子的钱付清了，房子完全属于他们了，一个子儿的债也不欠了，他们俩不放心的事就再也没有了！他们已经活到第六十六个年头。

但正在这时，他开始感到一种奇怪的不舒服，确切地说，他早已感到这种不舒服，只是由于要付清买房子的钱，他没有去想这件事。当这方面的事情签字画押、完全解决之后，他就开始想他那奇怪的不舒服。他先是头昏眼花，然后仿佛两只耳朵里都有汽笛鸣响。

也是在这个时候，他开始购买报纸，因为现在有钱买了！而报上写的和描述的，正好是昂鲁伊耳朵里的所有感觉。于是，他买了广告里推荐的药品，但他的不舒服一点也没有好，相反，他耳朵里的汽笛声好像更响了。也许是只要想到这事就更响了？不管怎样，他们还是一起去找门诊所的医生看病。"是高血压。"医生对他们说。

这句话使他感到震惊。但实际上，这种无法摆脱的烦恼来得正是时候。在这么多年的时间里，他为了房子和儿子的到期票据，操了这么多的心，现在，四十年来一直把他浑身的肉牵住的焦虑不安的网消失了，他不用为到期付款而终日胆战心惊，这样，他心里就突然出现一个空当。这时，医生对他谈起他的血压，他就听着自己的动脉在耳朵上、耳朵里跳动。夜里，他甚至坐起来按着自己的脉搏，然后一动不动地坐在床边，久久地坐着，以便在他心脏每次跳动时，感觉到自己的身体在微弱地震动。他心里想，所有这些都是死亡的预兆，过去他一直害怕生活，现在他却害怕

某种东西，害怕死亡和他的血压，就像在四十年
中他害怕不能付清房款的危险一样。

他一直不幸，一直这样不幸，但现在，他得
赶紧找到新的和充分的理由才能成为不幸的人。
这事并不像看起来那样容易。心里想"我不幸"
并不能解决问题。还得向自己证明这点，使自己
确信无疑，永不反悔。他的要求也就是这样：能
给他的害怕找到一个站得住脚的充分的理由。据
医生说，他的血压是 22[1]。22 已经很高了。医生
让他找到了死亡之路。

那个做羽毛生意的儿子，几乎从不来看望父
母。只在新年前后来一两次。现在，他本来可以
常来常往！但爸爸妈妈那儿再也没有钱可借了。
因此，儿子几乎不再来了。

对于昂鲁伊太太，我花了更长的时间才了解
她。她没有任何忧虑，也不担心自己会死，对于
死，她连想也没想过。她只是抱怨自己的年龄，

---

1 指收缩压，此处的单位为 cmHg，正常值一般不超过 14。

但并没有认真地去想，就像所有的人那样，另外也抱怨生活成本"提高了"。他们的大事已经完成，房子的钱已经付清。为了尽快付清最后一笔房款，她就替一家百货商店缝背心的纽扣。"为了五法郎得缝多少纽扣，真是不可想象！"她乘公共汽车去交货，总是在二等车厢里发生麻烦，一天晚上，她甚至被人殴打。那是个外国女人，这是她生平第一次也是唯一一次和一个外国女人说话，骂了这个外国女人。

在过去，小屋周围空气流通，屋子的墙壁也就十分干燥，但现在，出租的高楼把小屋围在中间，他们家的东西全是湿漉漉的，连窗帘都是霉点斑斑。

房子到手之后，昂鲁伊太太在整整一个月里都显得笑容可掬、十全十美，高兴得像个领了圣餐的修女。她还向昂鲁伊先生提出建议："朱尔，你知道，从今天起我们每天都买报纸，我们可以买了……"就是这样说的。她想到了自己的丈夫，看了看他，然后看了看自己的周围，最后想到了他的母亲，即她的婆婆。她突然又变得严肃起来，就像还没有付清房子的钱时那样。想到这事，一切就得重新开始，因为还得积蓄一些钱，为的是她丈夫的母亲、这个老太太，夫妻俩不常谈起老太太，也不对外人谈起。

老太太住在花园深处一小块围起来的土地里，那儿堆放着旧扫帚和旧鸡笼，还有周围房屋的阴影。她住在一间低矮的屋子里，几乎从不出来。另外，给她送饭时会遇到数不清的麻烦事。她不愿让任何人走进她的小屋，连她的儿子也不准进。她说，她害怕被人杀死。

儿媳妇又想要攒钱时，就先对丈夫提起此事，以便对他进行试探，看看是否能够把老太太送到圣文生养老院去，那儿的修女就是照料行动不便的老人的。儿子既不说好，也不说不好。现在他关心的是别的事情，是他耳朵里不停歇的声音。他不断想到和听到这些声音，心里就产生了想法，认为这些可恶的声音会使他睡不着觉。他确实在听这些声音，而不是在睡觉，声音像汽笛声、鼓声、轰鸣声……这是一种新的折磨。他整日整夜都在操心这件事。他耳朵里什么声音都有。

不过，这样过了几个月之后，焦虑却渐渐减弱，所剩无几的焦虑不足以使他只去关心此事。于是，他就和妻子一起去圣旺市场。听别人说，圣旺市场是附近地区价钱最便宜的市场。他们早晨出发，一去就是整整一天，因为他们要做加法，还要对货物的价格交换意见，看看买这个货而不买那个货是否可以节省一些钱……晚上将近十一点时，他们在家里又害怕起来，害怕被人杀死。这种害怕会定时出现。他不像他妻子那样害怕。他害怕的主要是耳朵里的声音，在那个时候，街上鸦雀无声，但耳朵里的声音又把他弄得极其难受。"有这种声音，我永远也睡不着！"他十分苦恼，就反复地大声自言自语，"你无法想象！"

但是，她从来不想去理解他说的是什么意思，也不想去设想一下他耳朵难受是多么苦恼。她只是问他："你听到我的话了吗？"

"听到了。"他对她回答道。

"这就行了！……你最好想想你的母亲，她让我们花了这么多的钱，而生活费用却天天上涨……还有，她的屋子奇臭难闻！……"

女用人一星期来他们家三个小时，给他们洗衣服，这是许多年来他们家唯一的外人。她也帮昂鲁伊太太整理床铺，十年来，为了使女用人乐意把话传给左邻右舍听，每当她们一起把床垫翻过来时，昂鲁伊太太总是尽量提高嗓门说："我们家里从来不放钱！"这是为了暗示，也是为了提防，使可能会来的小偷和杀人犯打消念头。

在上楼去房间之前，他们十分仔细地把所有的门都关好，一个人关，另一个人检查。然后，到花园深处老太太那儿去瞧一眼，看看灯是否亮着。灯亮就说明她还活着。她还在耗油！她从不熄灯。她也害怕杀人犯，同时害怕自己的孩子。住在这儿二十年以来，她从不打开窗户，冬天和夏天都不开，也从不熄灯。

儿子替她保管钱，管理她的几笔数目不大的年金。他们把三顿饭送到她屋子门口，把她的钱留下。这样倒也不错。但她抱怨这种种安排，而且不光是这些，她对什么都抱怨。任何人走近她的破屋，她就会在门里破口大骂。"婆婆，您年纪老了，这不是我的过错，"儿媳妇试图跟她好好谈谈，"您有自己的苦楚，就像所有的老人一样……"

"老的是你们！小坏蛋！不要脸！你们谎话连篇，要把我气死！……"

昂鲁伊老太太怒气冲冲地否认自己的年龄……她在门洞里和全世界的恶棍进行着不可调和的斗争。她拒绝与外界接触，不相信命中注定，不愿意听天由命，把外界的生活看作肮脏的骗局，所以对这些话一点也听不进。"这是在骗人！"她吼叫道，"这些话是你们自己想出来的！"

她竭力使自己不受她破屋外发生的任何事情的影响，也竭力反对同她接近、和解的一切企图。她确信，她只要打开自己的大门，敌对的势力就会在她屋里兴风作浪，把她制服，她就会彻底完蛋。

"他们现在诡计多端，"她叫道，"他们的脑袋上到处都长眼睛，嘴巴一直长到屁股眼，长得到处都是，而且只是为了撒谎……他们就是这样……"

她说起话来像开机枪，这是她在少女时代学会的，当时她和母亲一起，在巴黎的圣殿市场卖旧货……她来自这样一个时代，在那个时代里，平民还不习惯听到别人说自己老了。

"你要是不想把我的钱还给我，我就去工作！"她对儿媳妇喊道，"你这个骗子，你听到我的话了吗？我要去工作！"

"可是，您不能再工作了，婆婆！"

"啊！我不能再工作了！你到我屋里来看看！我要给你看看我是不是不能再工作了！"

于是，他们只好让她待在屋里保护自己。但是，他们还是想设法让我见见这个老太太，我来也是为了这事。为了让老太太见我们，大家一起策划了一番。不过，我还不大清楚他们想叫我干什么。那个女门房，就是贝贝尔的姑妈，老是对他们说起我，说我这个医生脾气很好，十分和气，乐于助人……他们想知道，我是否能用药物使老太太安静下来……但实际上，他们（尤其是儿媳妇）还有进一步的要求，就是要我把老太太永远收容进去……老太太的门我们整整敲了半个小时，她最后突然把门打开，我看到她站在我的面前，两只眼睛周围都是粉红色的浆液。但是，在干瘪的、灰褐色的面颊上面，她的目光仍然十分活跃，会吸引你的注意力，使你忘掉其他的东西，因为它会使你不由自主地产生一种轻微的快感，而你也本能地想要留住这种因青春而生的快感。

在阴暗之中，这种活泼的目光使周围增添了一种年轻人的喜悦和一种微弱而又纯洁的生气，就是我们已经失去的那种生气。她在大喊大叫时声音颤抖，但在和常人一样说话时又恢复了轻快活泼的声调，说出的句子和格言仿佛在你面前蹦蹦跳跳，而且跳得十分活跃，就像古代的人们那样，能用自己的声音和周围的东西把故事说得有声有色，因为在那个时候，要会讲故事、唱歌，而且要讲了又唱，滚瓜烂熟，要是不会，就会被人看作傻瓜，就会感到脸上无光，就像有毛病一样。

年龄给她披上了一件新装，就像微微颤动的老树长出了绿油油的新枝。

昂鲁伊老太太快活，虽说她心怀不满、十分肮脏，但是她快活。二十多年来，她一无所有，但她的心灵中没有留下一无所有的痕迹。相反，她集中精力对付外界，仿佛寒冷、恐怖和死亡只会从外面向她袭来，而不会来自里面。对于里面，她看起来也丝毫不害怕，她好像绝对地相信自己的脑袋，就像相信不可辩驳、显而易见的事情那样，而且是永远相信。

而我呢，跟着自己的脑袋跑了这么多路，还绕地球转了一圈。

有人说老太太"疯了"，这话很快就传开了。在二十年中，她走出这个小屋的次数不超过三次！她也许有自己的道理……她不愿失去任何东西……她不会把自己的道理告诉我们，因为我们已不会再从生活中得到启迪。

她的儿媳妇再次提到打算把她收容进去。"大夫，您不相信她是疯子？……再也没法让她出来！……常常出来对她可是有好处的！……是的，婆婆，这对您有好处！……别说不嘛……这对您有好处！……我可以向您保证。"别人这样请老太太出来，她就摇摇头，她无动于衷，固执己见，离群索居……

"她不愿别人去管她……她喜欢待在偏僻的地方……她屋里冷，没有生火……瞧她这样待着，没法住……是不是，大夫，这样没法住吧？……"

我装出不明白的样子。昂鲁伊先生仍待在火炉旁边，他不想确切地知道他妻子、母亲和我之间在商量什么事情……

老太太再次勃然大怒。

"你们把我的钱全都还给我，然后我就离开这儿！……我不愁吃穿！……这样你们就再也听不到别人讲我了！……咱们一了百了！……"

"不愁吃穿？不，婆婆，您每年三千法郎是无法过的！……从您上一次走出屋子以来，生活费用已经涨了！……大夫，她最好还是听我们的话，到修女那儿去，对吗？……那些修女会很好地照顾她的……她们对人体贴……"

老太太听说要到修女那儿去，心里十分反感。

"到修女那儿去？……到修女那儿去？……"她立刻表示反对，"修女那儿我从未去过！……你们去神父那儿，我为什么不能去！……嗯？即使像你们说的那样，我的钱不够糊口，我还可以去工作！……"

"工作？婆婆！在哪儿工作？啊！大夫！您听听这种想法：工作！她这样的年纪！快八十岁了！真是疯了，大夫！谁会要她？婆婆，您疯了！……"

"疯了！没有疯！一点也不疯！……你们才有点疯呢！……真是狗屎不如！……"

"您听听她的话，大夫，她在胡说八道，在侮辱我！我们怎么能把她留在这儿呢？"

这时，老太太把脸转向我这边，因为我构成了她新的危险。

"这个人知道什么？知道我是否疯了？他进过我的脑袋？进过你们的脑袋？他得进过才能知道，对吗？……你们俩都给我滚！……从我这儿滚开！……你们来纠缠我，比六个月的冬天还要讨厌！……你们待在这儿恶语中伤，还不如去看看我的儿子！我儿子比我更需要医生！他的牙齿已经没了，我过去照看他的时候，他那口牙齿多漂亮！……去吧，去吧，我对你们说，你们俩都给我滚！"说完，她砰的一声把我们关在门外。

她还在油灯后面窥视着我们，看着我们从院子离去。我们穿过院子，离开她相当远之后，她又开始乐了。她出色地保护了自己。

我们碰了一鼻子灰回来，看到昂鲁伊先生仍站在火炉旁边，背对着我们。他妻子继续对我提出一个个令人厌烦的问题，涉及的还是同一个话题……这儿媳妇的小脑袋上长着茶褐色的头发，真是机灵。她在说话时，两肘从不离开自己的身体。她不做手势，也没有表情。她还是希望这次出诊没有白费力气，能够有点用处……生活成本在不断提高……婆婆的年金收入不够用了……另外，他们自己的年纪也大了……他们不能再像过去那样，老是担心老太太在无人照顾的情况下死去……譬如说，她烧着了什么东西……在她那全是跳蚤和垃圾的屋子里……还不如去一家合适的精神病院，在那儿她会得到很好的照顾……

由于我装作同意他们的看法，他们俩就更加客气……他们答应在街区里为我多说好话。只要我愿意帮助他们……可怜他们……帮他们甩掉老太太……老太太状况这么差，却死也不肯走，真是不幸……

"那可以把她的屋子出租。"丈夫仿佛突然醒了过来，就提出了建议……他在我面前说这种话，实在不合适。他妻子在桌子下面踩了一下他的脚，可他却不知道为什么要踩他。

他们夫妻俩在争论时，我心里在想，我只要给他们开一张收容证明，就可以拿到一千法郎现钞。看来他们一定要得到这张证明……贝贝尔的姑妈也许对他们说过，叫他们相信我，还说在整个朗西没有一个医生像我这样穷……别人要我干什么，我就会干什么……这种事是不能请弗罗利雄去干的！弗罗利雄可是个正派人！

我正在全神贯注地想着这些事情，老太太突然闯进我们正在密谋的屋子。她像是猜到了这点。多么意外！她已穿上自己的破裙子，见到我们就撩起裙子破口大骂，特别是骂我。她走出深院，就是为了骂人。

"坏蛋！"她直接对着我骂，"你可以滚了！你给我滚，我已经对你说过！不用待在这儿！……我不会去疯人院！……也不到修女那儿去，这是我说的！……你是白费心机，骗人也没用！……你骗不了我，无耻的家伙！……他们会比我先死，这些浑蛋，抢老太婆的钱！……你也是浑蛋，你会进监狱，而且用不了多久，这是我说的，不会错！"

我真不走运。一下子能到手的一千法郎没了！

我转身就跑。

我走到街上，只见她在小列柱廊的上面俯着身子，远远地对着我骂，而我则已经逃到黑暗之中。"浑蛋！……浑蛋！"她吼道。这骂声在空中回荡。雨下得多大！我迅速从一盏路灯跑到另一盏路灯，一直跑到节日广场的小便池。这是最近的能躲雨的地方。

二十二

在公共厕所里，我朝腿的高度一看，正好看到贝贝尔。他进厕所也是为了避雨。他看到我从昂鲁伊家跑着出来。"您是从他们家出来的？"他问我，"现在得去我们那幢房子六楼的人家，是为他们的女儿……"他对我说，那个女病人我很熟悉，就是骨盆很宽的那个……她漂亮的大腿又长又光滑……她的动作中有某种故意装出的温柔和恰如其分的优雅，这对身材匀称的女性来说是锦上添花。她自从肚子痛之后，已到我这儿来看过好几次病。她二十五岁，已人流三次，得了并发症，她家里的人把这种病称为贫血。

你瞧，她多么健壮、结实，性交的欲望之强在女人中实属罕见。她在平时的生活中不引人注目，举止和言谈也很有分寸。没有任何歇斯底里的症状。但她天赋好，吃得好，又十分沉着，成了她这类人中的佼佼者，情况就是这样。她是欢娱场中体格强健的美女。这倒没有坏处。她交往的都是有妇之夫。而且只找风月场上的行家，就是善于识别和欣赏大自然尤物的男人。这些男人并不是把任何放荡的姑娘都看作合适的对象。不是，她那没有油光的皮肤，含情脉脉的微笑，走路的姿势，屁股优雅的扭动，理所当然地使得某些精于此道的办公室主任对她一往情深。

不过当然，他们不能为此和老婆离婚。相反，这成了保持家庭幸福的一个理由。于是，每当她在事后第三个月发现自己怀孕，她就必定要去找接生婆。一个女人性欲旺盛，又没有戴绿帽子的丈夫，但总有乐不出来的时候。

她母亲给我微微打开楼梯平台上的门，仿佛怕被人杀死那样。她母亲说话声音很低，但说得十分有力、十分紧张，真是比祈神降祸还要难听。

"大夫，我对老天做了什么事情，才会有这样一个女儿！啊，您至少别对我们街道的任何人说，大夫！……我拜托您了！"她没完没了地诉说自己的担忧，急于知道男女邻居得知后会怎样想。她在为一些鸡毛蒜皮的事情担心。这种精神状态会持续很长时间。

她使我逐渐习惯于走廊的昏暗、汤里的大葱味、墙纸的气味、难看的花枝图案和她那被人勒死般的声音。她说话时而结结巴巴，时而大喊大叫，最后，我们走到她女儿的床边，只见她女儿病得已经虚脱，就像随波逐流的小舟。我想对她进行检查，但她出了这么多的血，阴道里全是血，所以一点也看不清楚。血"咕噜咕噜"地从大腿中间流出来，就像战争时期上校的脖子被炸断时那样。我把大块棉花重新塞好，再把她的被子盖上。

她母亲什么也不看，只顾自己说话。"这真要命，大夫！"她大声叫道，"我真要给羞死了！"我没去劝她。我不知该怎么办。在隔壁的小餐厅里，我们看到姑娘的父亲在里面踱来踱去。他想必还没有决定对目前的情况应采取怎样的态度。也许他要等事情明朗之后才做出决定。他现在仍处于一种模糊的状态。好比人们演完一场喜剧之后又要演另一场喜剧。在这个时候，戏尚未排好，他们还没有弄清戏的轮廓，不知道自己扮演什么角色合适，于是，他们就待在那儿晃着胳膊，观察着事态的发展，他们的本能犹如收起的伞，支离破碎，收缩成原来的样子，也即什么都不是的样子。真是肢体不全的畜生。

但是，母亲在女儿和我之间扮演着重要的角色。剧院可能会倒塌，但她并不在乎，她在那儿感觉不错，演得恰如其分，又十分漂亮。

我只能依靠自己来破除这种污秽的魔法。

我提出试探性的建议，建议把病人立即送到医院进行手术。

啊！算我倒霉！我这下可为她提供了最好的答词，即她所期待的答词。

"多丢人！医院！多丢人，大夫！让我们去！真受不了！太过分了！"

　　我再也没什么可说的了。我坐了下来，听病人的母亲用更响的声音说出一大堆可悲的废话。过多的耻辱、过多的拘束到头来会使人死气沉沉。世界太过沉重地压着人们。活该！当她在祈求老天、挑动地狱、用雷鸣般的声音进行诅咒时，我低着脑袋，十分尴尬，看到女儿的床下积起了一小摊血，并沿着墙慢慢地向门口流去。一滴滴血定时从床绷上落下。嗒！嗒！她双腿之间的棉巾已全红了。但我还是用胆怯的声音问，胎盘是否已经全部取出。女儿的双手白里透青，垂放在床的两边。我的问题还是由母亲作答。她怨天尤人，令人讨厌。但要我做出反应，却又实在为难。

　　长期以来，我脑子里老是在想运气不好，睡得又非常不好，所以在漂泊的生涯中，对发生的这件事是否要比那件事好，已经不再有任何兴趣。我只是在想，听这位大声嚷嚷的母亲说话，坐着要比站着来得舒服。当你已变得逆来顺受之时，一点小事就能使你高兴。另外，这个粗野的女人"不知如何挽救她家的名誉"，在这个时候，我有

任何力量也无法使她停止说话。多好的角色！她
演出时还要吼叫！据我所知，每次人流之后，她
都要大喊大叫，而且一次比一次更厉害！要她停
止除非是她不想再叫！今天，我感到她准备把效
果提高十倍。

我看着那母亲，心里在想，她年轻时想必是
个十分丰满的美人，但比女儿更会说话，精力过
剩，感情更加外露，而女儿的内向性格确实是大
自然的成功之作。这些问题没有得到应有的重视，
所以尚未进行很好的研究。母亲猜到女儿在动物
的本能方面超过自己，感到嫉妒，就出自本能地
反对女儿所做的一切，即女儿同别人发生关系达
到令人难忘的地步，并像禁欲者那样求欢。

不管怎样，这次闯祸的戏剧性的一面使她欣
喜若狂。她用痛苦的震音笼罩着我们狭小的世界，
在这个世界里，我们因她的错误而在一起浪费时
间。你别想让她走开。然而，我却应该进行这种
尝试。做点什么事……这是我的义务，就像人们
说的那样。可惜的是，我坐着太舒服，站着又太

不舒服。

在她们家，要比在昂鲁伊家快活一点，虽说一样难看，但更加舒服。屋子里温度宜人。不像那边那样阴沉，只是难看，但是平静。

我累得不想动，只是用目光环顾房间里的东西。一些没有价值的小东西，是家家都会有的，特别是壁炉上面挂着的粉红色的丝绒铃铛，在商店里已经无法买到，而本色的那不勒斯瓷人，以及配有磨出斜边的镜子的缝纫桌，一个外省的姑妈也会保存这样的东西。我没有告诉那母亲，说我看到床底下积起一摊血，也没有说一滴滴血还在定时往下落，她要是知道了，就会叫得更加厉害，就不会再听我的话。她就会没完没了地抱怨、发怒。她就是这种脾气，改不了。

我还不如默不作声，看着窗外，灰丝绒般的夜晚已经笼罩着对面的街道，笼罩了一幢又一幢的房屋，先是最矮小的房屋，然后是其他房屋，最后是高楼大厦，再后来是街上的行人，他们越来越小，越来越模糊不清，犹豫不决地从一条人行道走到另一条人行道，最后消失在黑暗之中。

在远处，在比旧城墙远得多的地方，一行行、一排排昏暗的灯光，像人行横道线一般散布在宽阔的黑夜之中，仿佛给城市布下遗忘的网，还有其他灯光在闪烁，有绿的，也有红的，都是些船只，构成了一个船队，来自各个地方，在那儿等待黑夜的大门在铁塔[1]后面敞开。

如果那母亲用片刻的时间来喘口气，或者沉默一段时间，你至少可以什么也不做，试图忘记生活的必要性。但是，她缠着我不放。

"大夫，我是否给她洗洗？您看怎样？"我既不说行，也不说不行，但既然要我说话，我就再次建议把病人立即送到医院。她又尖叫起来，而且回答时的叫声更尖锐、更坚决、更刺耳。真没有办法。

我慢慢地朝房门走去，声音很轻。

现在，我们和床之间隔着一片黑暗。

---

1 指埃菲尔铁塔。

我几乎看不清姑娘搁在被单上的双手，因那手和被单一样苍白。

我又走了回来，以便按一下脉，只觉得她的脉比刚才更加微弱，更加游移不定。她的呼吸断断续续。我仍然清楚地听到血落到地板上的声音，就像一只越走越慢、声音越来越轻的表的嘀嗒声。毫无办法。那母亲走在我的前面，朝门口走去。

"特别是，"她呆呆地对我叮嘱道，"大夫，请您答应我，您什么也别对任何人说，好吗？"她在恳求我。"您能对我发誓吗？"

对她的要求，我都答应。我伸出了手。给了二十法郎。她在我身后渐渐把门关上。

在楼下，贝贝尔的姑妈正等着我，脸上笑嘻嘻的。"事情成了？"她问道。我知道，她在楼下等了我半个小时，是为了领取惯常的回扣，两法郎。她是怕我溜掉。"那么，在昂鲁伊家，事情也成了？"她想打听消息，以便领取另一份回扣。"他们没给我钱。"我回答道。这也是事实。那姑妈立刻收起笑脸，撅起了嘴。她对我有所怀疑。

"大夫，不会叫人付钱，总是件遗憾的事！您怎么叫别人尊敬您呢？……人们要么当天付现钱，要么就永远不会付！"这话也不假。我听了立刻就走。我在出门前已把四季豆放上去煮了。现在天黑了，该去买我的牛奶了。在白天，人们碰到我时，看到我拿着酒瓶就微笑。当然该笑。不是什么好酒。

接着是漫长的冬天，持续了几个月，又持续了几个星期。人们再也无法摆脱薄雾和淫雨，到处都是如此。

病人倒是不少，但付得起钱或愿意付钱的却不多。搞医学，赚不到钱。你请有钱人付给你酬金，样子就活像用人，叫穷人付钱，就像是小偷。"酬金"？这可是空话。病人们吃饭和看电影的钱都不够，还能叫他们付"酬金"？特别是在他们快要死的时候。这不合适。我们就听之任之。大家客客气气。可我们也就完了。

一月底，我先是卖掉碗橱，以便腾出地方。我在街道里解释说，我要把餐室改成健身房。谁会相信我的话呢？二月，为了付清捐税，我赶紧卖掉我的自行车和莫莉在临别时送给我的留声机。留声机常放《别再烦恼！》（"No More Worries!"），我现在还记得这首歌的曲调。我记得的就是这些。我的那些唱片在贝赞的店里寄售了很长时间，但最后还是卖掉了。

为了装出有钱的样子，我就对别人说，我将在春天来临之际买一辆汽车，为此，我要先筹集一点钱。实际上，我缺少的是认真行医的魄力。当我对病家提了建议，交了药方，被送到门口之后，我就开始大加评论，目的只是为了把付钱的时间推迟几分钟。我不会像妓女那样要钱。我的大部分病人一副穷相，身上又那么臭，又那么恶狠狠地看着我，所以我心里总是在想，他们能在什么地方搞到应该付给我的二十法郎呢，他们会不会以怨报德，把我杀死。可我还是十分需要这二十法郎。多不好意思！我·想到这点就要脸红。

"酬金！……"同行们仍然在用这个名称。没有听腻！仿佛这个词合情合理，不需要再进行解释……可耻！我心里不禁要想，但总是想不通。现在一切都能解释，这点我十分清楚。尽管如此，从穷人和坏人那儿拿了二十法郎，就永远是个无耻之徒！从那时起，我就确信自己和别人一样，也是无耻之徒。这并不是因为我拿了他们二十法郎或十法郎就去狂饮，就去挥霍。不是！我的钱大部分给房东拿去了，不过，这不能作为辩解的理由。我很希望这能成为一条理由，但算不上。一句话，房东比狗屎还臭。

由于我心里常常烦恼，又经常在这个季节冰冷的大雨间行走，我的模样就像肺病患者一样。这是必然的结果。一个人如果几乎没有任何乐趣，就会出现这样的情况。我不时去买些鸡蛋，但我的主要食品是豆类。豆类要花许多时间去煮。我出诊回来，要在厨房里待上几个小时，看管在水里沸腾的豆类。由于我住在二楼，我从那里看后院一目了然。后院是一组房屋中被人遗忘的角落。我花了很多时间来观看后院的动静，特别是倾听后院的声音。

　　二十幢房子围成一个方形，房子里的叫喊声和吆喝声在后院此起彼伏，还有门房养的小鸟，关在笼子里永远见不到春天，过了春天就绝望得叽叽喳喳地乱叫，还有那些厕所，都集中在一起，在阴暗的角落里，厕所的门总是弄得七零八落，摇来晃去。一百多个男女酒鬼住在那些砖房里面，使回声中充满了他们自吹自擂的吵闹声，他们模糊不清而又感情洋溢的咒骂声，星期六午饭之后尤其如此。这是家庭生活中热闹的时刻。他们先用嘴巴互相挑战，喝醉之后，爸爸抡起椅子当斧头，妈妈拿起烧焦的木柴当大刀！那时，弱者可要当心！挨打的是小孩。雨点般的拳头把所有像小孩、狗或猫那样无法自卫和反击的生物都打落墙脚。第三杯酒最坏，这杯酒一下肚，狗就开始遭殃，人们用鞋后跟用力踩狗的脚。这样狗就会养成习惯，和人们一起挨饿。人们看到它像被剖腹开膛一样，尖叫着钻到床底下去，感到十分快活。这是信号。畜生的痛苦最能使微醉的女人感到兴奋，但斗牛却又不是每天都能看到。然后，争论重新开始，双方都蓄意报复，蛮横无理，就像谵妄发作一样，女人尖叫着向男人发出一系列挑战。接着是一场混战，被砸碎的东西四分五裂。喧闹声传到院子里，回声在阴暗处回荡。孩子们吓得要命，发出刺耳的尖叫。他们发现了爸爸和妈妈的真面目！他们的叫喊引来了雷霆般的怒火。

我用好几天的时间来等待家里吵架后时常会发生的事情发生。

这事发生在四楼，在我窗子对面的那幢楼里。

我什么也没有看到，但我听得十分清楚。

什么事情都有个终结。但并非都是以死亡告终，有时往往以别的形式，不过相当糟糕，涉及孩子时尤其如此。

这家房客住的屋子，正处在阴暗的院子开始变得明亮的那层。当父母单独在家的时候，他们先是争吵很长时间，然后是长时间地互不理睬。

事情将要发生。他们先是怨恨小姑娘，把她叫来。小姑娘心里明白。她立刻哭了起来。她知道等待着她的是什么。听声音，她大约十岁。我听了好几次才明白父母俩对她干的是什么事情。

他们先把她绑起来，这要花很长时间，就像动手术一样。这使他们感到刺激。"你这个死人！"父亲对她骂道。"啊！小婊子！"母亲骂道。"我们要教训你这个婊子！"他们一起叫道，还一起对她横加指责，都是他们想出来的事情。他们大概把她绑在床架上。这时，小姑娘哭哭啼啼，犹如被捕鼠器逮住的耗子。"兔崽子，你使劲也没用，你跑不了！得了！你跑不了！"母亲又开了口，然后是一阵谩骂，就像在骂一匹马。她十分兴奋。"别说了，妈妈，"小姑娘低声回答道，"别说了，妈妈！你打我吧，妈妈！但你别说了，妈妈！"小姑娘没有跑掉，她像是在被人毒打。我一直听到结束，以便确信自己没有弄错，确信发生的正是这种事情。要是事情还没有结束，我连四季豆也吃不下。我也不能把窗子关上。我毫无用处。我无能为力。我只能待在那儿听着，就像过去那样，就像在其他地方那样。然而，我现在认为，我当时有精力去听这些事情，有精力走得更远，真是奇怪的精力。到下一次，我会走到下面，去倾听我尚未听到过的别的呻吟，或者我过去难以弄清的呻吟，因为有人会说，在这些呻吟之后，还会有尚未被听到和理解的呻吟。

他们把小姑娘打得不能大声叫喊，但她每喘一次气还是要低叫几声。

这时，我听到那男的说："你过来，老婆子！快点！到这儿来！"他十分高兴。

他是在对那母亲说话，然后隔壁的门砰的一声给关上了。有一天，我听到那女的对男的说："啊！我爱你，朱利安，爱得可以吃你的屎，即使你拉的屎那么粗……"

他们那幢楼的门房对我说，他们俩就是这样做爱的，是在厨房里靠着洗碗槽干的。否则他们就无法做爱。

他们所有这些事情，我是陆陆续续在街上听

到的。当我见到他们一家三口在一起时，我什么也看不出来。他们散步时就像是和睦的一家。那父亲，我在他商店的货架前走过时能看到他，商店位于普恩加莱大道的拐角，名叫"舒适鞋店"，他在店里当高级售货员。

在大部分时间里，我们院子里只会传来平淡而讨厌的声响，特别是在夏天，院子里轰轰作响，有威胁声、回声、打击声、跌倒声和模糊不清的谩骂声。太阳永远照不到院子下面。院子仿佛涂上了深蓝色的漆，而且漆了厚厚的一层，在四个角落尤其如此。那些门房的小间厕所在那儿，犹如一个个蜂箱。夜里去撒尿时，那些门房会撞到垃圾箱上，在院子里发出雷鸣般的声音。

一扇扇窗口外面都晾着衣服。

晚饭后，如果没有吵架打架，则主要是议论赛马的声音。但这种以运动为题的争论，也往往以各式各样的拳击收场，每次至少有一个窗口是如此，由于这样或那样的原因，他们的争议以大打出手告终。

夏天还有刺鼻的臭味。院子里已经没有新鲜的空气，只有各种各样的臭气。其中菜花的臭气压倒了其他所有的臭气。一棵菜花的味道和十个厕所加起来一样臭，即使厕所粪便溢出也是如此。这是毫无疑问的。三楼的厕所经常有粪便溢出。这时，8号的门房塞尚大妈就拿着捅厕所的杆子来了。我看着她用力捅。就这样，我们终于拉开了话匣子。她对我建议道："我要是您的话，就慢慢地把怀孕的女人都搞掉……在这个街区里，有些女人生活放荡……真是难以想象！……她们巴不得叫您干活！……这可是我说的！这总比替小职员治静脉曲张来得好……特别是这付的是现钱。"

塞尚大妈瞧不起所有工作的人，我不知道这种贵族式的蔑视从何而来……

"这些房客老是不满意，就像是关在监狱里的犯人，他们要折磨所有的人！……今天他们的厕所给堵住了……明天煤气漏气了……还有他们的信给别人拆了！……老是找碴儿……老是叫人讨厌！……有人甚至当着我的面在放房租单的信封里吐痰……您看到过吗？……"

对于疏通厕所的管道，塞尚大妈也往往只好撒手不管，因为实在太难捅了。"我不知道他们在里面拉了些什么，但首先不能让屎干掉！……这个我有数……他们总是拖到很晚才通知你！……他们是故意这么干的！……我过去干的地方，有一次甚至要把一根管子熔化掉，你看，里面的东西有多硬！……我不知道他们吃了什么东西……可拉的是双料货！……"

二十三

　　我旧病复发，而且觉得这主要是由于鲁滨逊，这种想法别人很难叫我放弃。起先我对身体不适不是十分在意。我继续勉强撑着，从一个病人家走到另一个病人家，但同以前相比，我越来越感到不安，就像在纽约时那样，我又开始睡不好觉，比平时睡得更差。

　　同鲁滨逊再次相逢，使我受到了刺激，就像是某种旧病复发一般。

　　他那张饱受沧桑的脸，仿佛给我带来了一场噩梦，这么多年以来，我一直无法摆脱这种噩梦。我结结巴巴说不出话来。

　　他再次来到我的面前。真没个完。他肯定是来这儿找我的。可我不想再见到他，当然不想……

他一定还会再来，迫使我再次想起他的事情。再说，现在的一切都使我再次想起他这个坏蛋。我从窗口里看到的那些人装出若无其事的样子，我看着他们这样在街上行走，就不由得想起鲁滨逊，我还看到他们在门的角落里闲谈，互相摩肩接踵而过。我知道他们在寻找什么，知道他们用若无其事的样子在掩盖什么。他们想要杀人，想要互相残杀，当然不是一下子杀掉，而是慢慢地杀，就像鲁滨逊那样，是用他们所能找到的一切，用老的忧愁、新的痛苦以及还未命名的仇恨，这时虽然没有公开的战争，但事情的发生却比平时来得快。

我甚至不敢再出门，原因是害怕遇到鲁滨逊。

我要让别人连续请我两三次，才会去病人家里出诊，所以当我到达病人家里时，大多数病人家已经请来了另一位医生。我的思想杂乱无章，就像我的生活一样。圣文生街我只去过一次，这条街 12 号四楼的人家派人请我去看病。他们甚至派了一辆车来接我。我立刻认出了那家的外公。

他低声说话，两只脚在门口的鞋毡上擦了很长时间。他鬼鬼祟祟，是个头发灰白的驼背老人，他要我赶快去给他的外孙看病。

我对他的女儿记忆犹新，她也是个轻佻的女子，已经憔悴，但仍很结实，而且沉默寡言，她回父母家来做人流已有好几次了。她父母一点也没有责备她。他们只是希望她最终能结婚，特别是因为她已经有了个两岁的小男孩，寄养在外公外婆的家里。

这孩子动不动就要生病，他一生病，外公、外婆和母亲就会一起哭，而且是大哭一场，主要是因为孩子没有合法的父亲。在这种时候，家庭情况不正常最使人感到难受。外公外婆虽说没有完全承认，但还是认为私生子要比其他孩子更加脆弱，生病的次数更多。

最后，孩子的父亲，至少是他们认为的那位，是一去不复返了。他们老是叫他结婚，结果使他感到厌烦。他要是还在赶路，现在大概已在很远的地方。谁也不明白他为什么会这样抛弃他们，那姑娘更不明白，因为他在同她接吻时感到十分愉快。

因此，自从这负心汉走了之后，他们三人就唉声叹气地看着孩子，情况就是这样。她把自己奉献给这个男人，用她的话说，是献出了"肉体和灵魂"。这事是必然要发生的，据她说，这足以说明一切。孩子从她肉体里钻了出来，而且是一下子钻出来的，使她肋部周围布满皱纹。灵魂听到好话就会满足，可肉体却不同，要求较高，它需要发达的肌肉。肉体永远是实在的东西，正因为如此，看着它几乎总会感到难受、讨厌。确实，我很少看到有人生了孩子就一下子失去这么多的青春。可以说，这个母亲只剩下一些感情和一个灵魂。不会有人要她了。

在孩子秘密出生之前，他们家住在"菲耶-迪-卡尔韦尔"[1]街区，而且已住了好几年。他们全家搬到朗西来住，并不是因为喜欢这儿，而是

1　Filles-du-Calvaire，法语中意为受难的姑娘们。

为了躲藏起来，让人遗忘，在人群中销声匿迹。

当女儿肚子大到无法向邻居隐瞒时，他们就立刻决定离开他们在巴黎住的街区，以免引起种种议论。搬家是为了保全面子。

在朗西，左邻右舍并不一定要互相尊重，另外，在朗西，首先别人都不认识他们，其次政府正好在执行一项糟糕透顶的政策，可以说是无政府主义的政策，说到这种政策，整个法国都说是流氓政策。在被社会抛弃的人们中间，对别人的评价可以置之不理。

他们家对自己进行了自发的惩罚，同亲戚和过去的朋友一刀两断。要说悲剧，这倒是一场十足的悲剧。他们心里想，要失去的东西都已失去，他们的地位已经下降。你不想受人尊重，那就到平民那儿去。

他们没有责怪任何人。他们只是在无用的怒火烧起来的时候，试图弄清命运之神在对他们泼这盆脏水的那天到底喝下了什么苦酒。

那姑娘住在朗西，只有一种安慰，但十分重

要，那就是从此以后她可以毫无拘束地和所有的人谈论"她的新责任"。她的情夫开了小差，却唤起了她本性中的迷恋，对英雄主义和超群绝伦的渴求。当她确信她在今后的日子里永远不会有与她那个阶级和生活环境的大部分女子完全相同的命运时，当她确信她还是可以把她那自初恋起就被搅乱的生活说成一段韵事时，她就立刻忍受了自己遭到的巨大不幸，并且以此为乐，而命运带来的创伤也就受到悲剧般的欢迎。她十分高兴成为未婚妈妈。

她父亲和我进屋时，餐室里点着一盏经济灯，照得里面半明半暗，人的脸看上去就像一个个苍白的斑点，一块块疙疙瘩瘩的肉，零乱地散布在昏暗之中，家里的所有家具都散发出陈胡椒的气味，使这种昏暗显得沉闷。

在桌子中间，孩子仰卧在襁褓之中，让我进行触诊。我先是按着摸他的腹壁，摸时十分小心，从脐部一直摸到阴囊，然后给他听诊，仍然十分认真。

他心脏跳动的节律就像一只小猫，迅速而又激烈。但到后来，小孩对我手指到处乱摸和我的诊察感到不耐烦，就开始大声喊叫，这种年龄的小孩都会这样叫，叫得令人难以想象。够了。自从鲁滨逊回来之后，我的脑袋和身体都变得十分古怪，这无辜的孩子的叫声使我感到厌恶。叫得这样，天哪！叫得这样！我再也受不了了。

我做出愚蠢的行为，也许还出于另一种想法。我精疲力竭，无法控制自己，就向他大声说出我内心中积压得过久的怨恨和厌恶。

"喂！"我对大叫大嚷的孩子说道，"你别着急，小傻瓜，你要叫有的是时间！别担心，还会有的，小蠢驴！你省点力气！将来你有的是烦恼，够你哭坏眼睛，哭坏脑袋，你要是不留神，还会哭坏身体！"

"您在说什么，大夫？"那外婆惊跳起来。我只是重复道："还会有的！"

"什么？还会有什么？"她惊讶地问道……

"得自己动动脑子！"我对她回答道，"得自己动动脑子！我对你们解释得太多了！真倒霉！您自己去理解吧！动点脑筋！"

"还会有什么？……他在说什么？"他们三人同时问道。那"负有责任"的女儿怪眼圆瞪，也开始发出长久的叫声。她找到了发作的绝妙时机。她不会错过这个机会。于是就开战！我要踢你！叫你透不过气来！叫你眼睛斜视得难看！我受够了！竟有这样的事！"他疯了，妈妈！"她叫得透不过气来，"大夫疯了！妈妈，把我的孩子从他那儿抱过来！"她要救自己的孩子。

我永远不会知道其中的原因，但她极为激动，开始说出巴斯克[1]口音："他说的真可怕！妈妈！……他是个疯子！……"

他们从我的手里抢走了孩子，就像把孩子从火里抢救出去一样。那外公刚才还战战兢兢，现在却从墙上取下用桃花心木做的温度计，有狼牙棒那样粗……他远远地跟在我的后面，把我送出

---

1 巴斯克地区位于法国西南端，与西班牙巴斯克省交界。巴斯克人的语言是欧洲西南部拉丁化以前若干语言中唯一幸存的语言。

门口，然后用力一脚把门关上。

当然喽，他们趁此机会，没有付给我出诊费……

我走到街上，对刚才发生的事情并不十分高兴。倒不是因为我的名声。我即使没有这件事，在街道里也已声名狼藉。而是因为鲁滨逊。我希望用直言不讳的方法来摆脱他，希望在故意挑起的事端中找到不再见他的决心，就对自己大发脾气。

因此，我心里盘算：作为试验，我可以清楚地看到，对自己闹一下可以闹得多凶！只是吵闹和激动永无止境，你永远不会知道直言不讳会迫使自己走得多远……别人还对你隐瞒的事情……他们还会告诉你的事情……如果你活得相当长久……如果你太相信他们的废话……得完全重新开始。

这时，我也急忙要躲起来。回家时，我先走吉贝胡同，再走情人街。这段路很长，改变主意还来得及。我朝有亮光的地方走去。在过渡广场上，我遇到了点路灯的工人佩里东。我们寒暄了几句。"大夫，您去看电影？"他问我。他的话使我有了个主意。我觉得这主意不错。

乘公共汽车要比乘地铁来得快。发生了这样不光彩的插曲，我要是能走，准会离开朗西，真的离开，永不回来。

在一个地方待得久了，人和物就会为所欲为，腐烂变质，就会有意对你发出臭气。

二十四

不管怎样，我第二天回朗西还是对的，因为贝贝尔正在这时病了。同行弗罗利雄刚去度假，贝贝尔的姑妈犹豫了一下，但还是请我给她侄子看病，这也许是因为在她认识的医生中我收费最少。

这事发生在复活节之后。天气开始转晴。南风已吹到朗西，但也吹来了各家工厂的烟，把它们带到千家万户的窗子上。

贝贝尔病了几个星期。我每天去看他两次。街区里的人们在门房前面等着我，但又装出不在等我的样子，那些邻居也在屋子门口等候。对他们来说，这就像散心一样。有人从远道来打听情况，看看病情是好是坏。阳光透过的障碍物过多，所以照到街上时，变得像秋天的阳光一样，带来了遗憾和乌云。

关于贝贝尔的病，我听到了许多建议。确实，整个街道都在关心他的病情。他们先是说我有才智，后来又说没有。当我走进门房时，周围总是鸦雀无声。这寂静包含着指摘和深深的敌意，并因愚昧而显得特别沉闷。门房里总是挤满了说三道四的女友，都是些知心朋友，因此里面有着强烈的衬裙味和兔尿味。每个人都有自己喜欢的医生，一个比一个明察秋毫、知识渊博。我只有一个优点，但这个优点别人不大会眼红，那就是收费低廉，几乎等于免费。但医生完全免费会使病人及其家属感到不快，不管病人的家里有多穷。

贝贝尔还没有病到说胡话的程度，他只是一点也不想动。他的体重每天都在减轻。他身上只剩下发黄的、老是在动的肉。他的心脏跳动一次，身体就要自上而下微微颤动，仿佛他皮下到处都有心脏。病了一个多月，贝贝尔已是瘦骨伶仃。我去看他时，他总是对我发出懂事的微笑。他就这样用微笑来忍受三十九摄氏度，然后是四十摄氏度的高温，在沉思中度过了一天又一天，一个星期又一个星期。

贝贝尔的姑妈最后不再啰唆，不来打扰我们。她知道的全都说了，就不知所措地在门房的角落里唉声叹气，四个角落她轮流去。话说完了，她就感到悲伤，看来她不知该如何消除悲伤，就想用擤鼻涕的方法把悲伤擤掉，可悲伤又回到她的喉咙，跟眼泪一起回来，她就重新再擤。她到处擤鼻涕，这样她就弄得比平时更脏，连自己也对此感到惊讶。"天哪！天哪！"她说。事情就是这样。她老是哭哭啼啼，已经精疲力竭，两条胳膊无力地垂着，呆呆地望着我。

在悲伤之中，她有时也会振作一下，然后又开始哭哭啼啼。这样，在几个星期之中，她的难受反反复复。这时应该预感到贝贝尔的病情将会恶化。那是一种危险的伤寒，我采用的一切疗法都失败了，如沐浴、血清……禁食……疫苗……全都无效。我白忙了一阵，全是白费力气。贝贝尔无药可救，即将死去，可仍然面带微笑。他体温高，却若无其事，我体温低，却在心烦意乱。当然喽，到处有人在出主意，还一定要贝贝尔的姑妈直截了当地把我辞掉，赶紧派人去请一位更有经验、更加可靠的医生。

"负有责任的"姑娘的事件已在周围地区传开，并引起了广泛的议论。街道里的人们也喜欢谈论这件事。

但是，其他医生在得知贝贝尔的病情之后都溜之大吉，所以最后只有我一个人留了下来。既然贝贝尔已经交给了我，我就要继续给他治病，那些同行就是这样想的。

说到我还有什么办法，那就是时常去酒吧打电话，打给几位我过去在巴黎的医院里认识、目前在那儿开业的医生，向这些能随机应变、受人尊重的同行请教，问他们如果碰到这种把我弄得走投无路的伤寒会如何应付。他们在回答时都对我提出了妙计良策，虽说没有效果，但我还是乐意听到他们这样鼎力相助，而且分文不收，为的是挽救我所治疗的陌生孩子。到最后，人会因一点小事而感到高兴，庆幸生活还是留给了我们一点安慰。

当我在进行这样仔细的研究时，贝贝尔的姑妈到处倒下，见椅子就倒在椅子上，见楼梯就倒在楼梯上，只有在吃饭时才不呆头呆脑。我得说，她从来没有错过一顿饭。不过，别人也不会让她忘记时间。她的邻居在关心着她。他们在她不哭的时候让她吃饱。"这样就会有力气！"他们肯定地对她说。她甚至开始发胖。

说到球芽甘蓝的气味，在贝贝尔病得很重的时候，这种气味就像酒神节时的酒味一样浓。那时正是收获的季节，到处都有人把球芽甘蓝送给她，是煮好的，还冒着热气。"对，我吃了会长力气！……"她乐意地接受了，"这还可以利尿！"

她为了睡得更加轻，外面一按铃就能马上听到，就在天黑前喝好多咖啡，这样房客就不需要连续按两三次铃，也就不会吵醒贝贝尔。晚上，我经过她门房时就进去待一会儿，看看孩子的病是否好点了。"您看，他是不是在自行车比赛那天，在水果店老板娘那儿喝了掺朗姆酒的洋甘菊茶才得这种病的？"那姑妈大声做出这种假设。这种想法从一开始就在她的脑中萦绕。真是愚蠢的想法。

"洋甘菊茶！"贝贝尔无力地低语道，犹如消失在高烧中的回音。要她放弃自己的想法，又有什么用呢？我迎合她的想法，再次装模作样地玩弄了医生的两三个小把戏，然后回到黑夜之中，心里感到惆怅，因为我像我母亲一样，对将要发生的不幸，永远不会感到完全没有责任。

到了第十七天，我心里还是在想，我最好到比奥迪雷·约瑟夫研究所[1]去，问问他们对这类伤寒病例有何看法，同时请他们出个小小的主意，也许他们还会向我推荐某种疫苗。这样，我就什么都做了，什么都试了，甚至连稀奇古怪的方法也都试了。那么，万一贝贝尔死了，别人也许就

---

1 Institut Bioduret Joseph，显然指现实存在的巴斯德研究所。

无法指责我了。一天上午，在将近十一点的时候，我去了那儿。研究所位于巴黎的边缘，在拉维耶特街的后面。所里的人首先让我穿过一个个实验室，去找一位学者。这些实验室还空无一人，既没有学者，也没有参观者，只有放得乱七八糟的物品，剖了腹的小动物尸体，一个个烟蒂，有缺口的煤气灯，关着正在窒息的老鼠的笼子和广口瓶，到处乱放着的曲颈瓶和气囊、被踩坏的凳子、书籍和灰尘，还有，仍然是烟蒂，烟蒂的气味和小便池的气味最为强烈。既然我来得太早，我就决定趁此机会在里面转一圈，一直走到伟大的学者比奥迪雷·约瑟夫的墓前，他的墓就在研究所的地下室里，用大理石建成，饰有金字。这是资产阶级拜占庭式的高雅之作。募捐在地下墓穴的出口处进行，看守者还在抱怨有人塞给了他一枚比利时硬币。半个世纪以来，由于出现了这位比奥迪雷，许多年轻人选择了科学的道路。但其中也有失败者，人数同巴黎音乐戏剧学院的失败者一样多。另外，经过几年的努力，结果却都是一样，没有成功。在这种大量淘汰的阴沟里，一个"全系第一"就等于一个"罗马奖"。这就像乘公共汽车，大家不能都在同一个时间上车。就是这样。

接着，我又在研究所的花园里等了相当长的时间。那研究所犹如拘留所和街心花园的拙劣结合。花园里的花被精心种植在墙的周围，可那些墙的装饰却使人感到虎视眈眈。

最后，总算来了第一批人，那是些当小职员的青年，他们中有许多人已经拿着在附近市场里买来的食品，装在大网兜里，慢吞吞地走着。然后，学者们也进入栅栏门，走起路来比他们谦卑的下属还要慢条斯理，还要犹豫不决。他们的胡子没刮干净，三三两两地窃窃私语。他们向各条走廊散开，在粉刷过的墙边擦过。这就像学生开学，不过他们已是头发花白的老学生，手里拿着雨伞，被细致入微的例行程序和令人头痛的操作规程弄得麻木不仁。为了微薄的工资，他们在年富力强之时被关在这些培植细菌的小厨房里，没完没了地用文火煮着切碎的蔬菜、窒息的豚鼠和其他叫不出名称的腐烂物。

总之，他们自己也成了啮齿类老家畜，成了穿外套的怪物。在今天，荣誉只会对有钱人微笑，不管他们是不是学者。搞科研的平民要使有钱人一直对他们青睐，只能以自己的担惊受怕作为动力，因为他们担心自己失去在这个闻名的单位里的工作，即便这个分成小间的单位像个闷热的垃圾箱。他们特别珍惜学者的正式头衔。有了这个头衔，全市的药剂师就会更加相信他们对病人的尿和痰的化验结果，不过化验费还是给得十分小气。可这是学者在贫困中的额外收入。

一到所里，做事有条不紊的研究人员照例要对上星期解剖的兔子发黄的烂肠子观察几分钟，死兔通常固定地存放在室内的一个角落，那个堆放垃圾的角落。当死兔的气味变得实在难闻的时候，他们就把另一只兔子当作牺牲品，但一定要到这时才杀，原因是要节约，在这时，研究所的秘书长若尼塞[1]教授正在狠抓节约。

1　Jaunisset，源自法语中的"jaunisse"（黄疸）。

由于节约，有些动物的尸体保存时间过长，已经烂得面目全非。这都是习惯问题。实验室里某些受过良好训练的青年，甚至可以在棺材里做这种煮煮烧烧的工作，他们对腐烂的气味已经久闻不知其臭。在伟大的科学研究中，这些谦卑的助手在节约方面甚至胜过以吝啬著称的若尼塞教授本人，并在他发起的竞赛中打败了他。例如，他们用他的恒温箱的煤气来为自己炖了好多蔬菜牛肉浓汤，还烧了其他许多费时更多、风险更大的焖菜。

学者们漫不经心地看完了按常规要观察的豚鼠和兔子的肠子之后，就慢条斯理地开始进行日常科学生活中的第二项工作：抽烟。他们想用烟雾来冲淡周围的臭气，来消除心中的烦恼。香烟一支支变成烟蒂，学者们总算挨到下午五点，结束了一天的工作。于是，他们把煮烂的东西放到摇摇晃晃的恒温箱里去凉一凉。小青年奥克塔夫把烧好的四季豆包在一张报纸里，这样在走出大门时就不会被女门房发现，也就不会受到处罚。

这是在蒙混过关。他要把烧好的晚餐带到加尔冈。他的老师是一位学者，这时还在实验记录簿的一个角上记点什么东西。他写的时候犹豫不决，仿佛还有怀疑，记上是为了将来有案可查，虽说这毫无用处，但可以说明他在所里工作，多少有点贡献，这种苦差事还得长期干下去，以便应付某个铁面无私的学会。

真正的学者一般要花整整二十年的时间才能有重大发现，也就是确信一些人的狂热绝不会给另一些人带来幸福，确信尘世间的每个人都会对邻居的癖好感到不快。

同其他狂热相比，科学的狂热更为理智，也更有分寸，同时却最令人难以容忍。人们如果获得生活上的某些便利，依靠阿谀奉承在某个地方过着相当拮据的生活，他们就得这样活下去，或者心甘情愿地像豚鼠一样死去。习惯的养成比勇气的获得更快，填饱肚子的习惯更是如此。

我走遍了研究所去寻找帕拉宾，我可是专程从朗西来找他的。因此，我一定要找到他。但事情并不顺利。我来回找了好几遍，在这么多的走廊里和这么多的门口犹豫了很长时间。

这个老单身汉中午什么也不吃，晚饭一星期最多只吃两三次，但每次都吃得很多，这是俄国大学生的怪癖，他至今仍保持着俄国大学生所有的奇特习惯。

这位帕拉宾被认为是他这个专业的权威。他对涉及伤寒的一切都了如指掌，既熟悉动物的伤寒，也熟悉人类的伤寒。他在二十年前就已成名，当时，有几位德国学者在文章里宣称从一个十八个月的女婴的阴道分泌物中分离出活的艾伯特[1]杆菌。这在揭示真理的领域里引起了轰动。可喜的是，帕拉宾在极短的时间里就以国立研究所的名义进行了反击，他在一位七十二岁的残疾人的精液中培植出同样的病菌，而且不含杂质，这样就超过了自吹自擂的德国佬。他立刻就出了名，而要保持名人的地位，他在余生中只需定期在各种

1　即卡尔·艾伯特（Karl Eberth，1835—1926），德国医生、细菌学家，1881 年发现伤寒杆菌，即艾伯特杆菌。

专业杂志上发表几篇天书般的专栏文章。自从他大胆反击、鸿运高照之日起，他也一直在毫不费力地写这类文章。

现在，科学界严肃的读者都对他深信不疑，这样他们就不必再去阅读他的大作。

如果这类读者开始进行批评，那就不会再有进步。他的每一页文字足以让他们读上一年。

当我来到他实验室的门口时，谢尔盖·帕拉宾正在实验室的各个地方吐着唾沫，而且不停地吐，脸上显出感到恶心的鬼脸，你看到后就会进行深思。帕拉宾有时也刮刮胡子，但总是在脸颊下面留有相当多的胡子，看上去像个逃犯。他老是在哆嗦，至少样子像在哆嗦，虽说他一直穿着外套，外套上污渍斑斑，全是头皮屑，他把前面的一绺头发撩上去，在周围轻轻地搔头皮，让头皮屑掉落下来，可那绺头发老是拖下来，在他绿里透红的鼻子上晃动。

我在医学院的实习医院里实习的时候，帕拉宾曾几次指导我看显微镜，并在各种场合对我表现出真正的好感。我希望过了这么长的时间他还没有完全把我忘掉，希望他能对贝贝尔的病提出一流的治疗方案，因为贝贝尔的病实在使我坐立不安。

确实，我感到自己不想让贝贝尔死的愿望，要比不想让一个成年人死的愿望大得多。一个成年人死了，世界上就少了一个浑蛋，大家心里是这样想的，所以绝不会感到非常难过，而要是死了一个孩子，大家就不会这样去想，孩子可是未来。

帕拉宾得知我遇到的难题之后，非常想帮我的忙，对我棘手的治疗进行指导，只是在二十年中，他看到过无数伤寒病例，而且五花八门，往往互相矛盾，所以现在要他对这一如此普通的病例及其治疗的方法提出一点明确的或毫不含糊的看法，实在是困难重重，甚至简直是没有可能。

"首先，亲爱的同行，您是否相信血清？"他先是对我提出问题，"嗯？您对血清有何看法？……还有疫苗呢？……总之，您有什么想法？……现在，杰出之士已经不想听到别人谈论疫苗……当然喽，这很大胆，同行……我也是这样看的……不过？嗯？至少？那么，您是否认为这种否定的态度也有正确的地方？……您对此有何高见？"

在他的嘴里，一句句话在雪崩般的大舌音之中奔腾而出。

他如猛狮搏斗一般，在探讨其他各种极端而又绝望的假设。正在这时，当时还健在的著名秘书长若尼塞，正好紧绷着脸从我们窗前经过。

帕拉宾一见到他，脸色就变得更加苍白，并神经过敏地改变了话题。他赶紧对我说，每天只要一看到这位到处受到赞美的若尼塞，他心里就感到厌恶。在片刻之间，他就给这位大名鼎鼎的若尼塞做出种种诊断，说若尼塞弄虚作假，是最可怕的躁狂症患者，还给若尼塞加上种种滔天罪行，这些罪行前所未有、秘而未宣，比一个苦役监的所有犯人在一百年中所犯的罪还要严重。

这样，我就再也无法阻止帕拉宾向我罗列研

究人员的可笑职业数以千计的可憎之处，但他为了吃口饭，也只好干这一行，同办公室或商店的职员相比，虽说条件相同，但他的憎恨更为确切，也确实更有科学性。

他用十分响亮的声音说出这些话，我对他的直率感到惊讶。他手下的实验员在听我们谈话。此人也已经烧好了自己的小锅菜，这时还在恒温箱和试管之间走来走去，但只是为了装装样子，实验员对帕拉宾的咒骂早已习以为常，因为这种咒骂可以说每天都有，所以不管这些话如何出格，他还是把它们看作纯学术性的、毫无意义的谈话。实验员十分认真地在实验室的一个恒温箱里继续进行着某些私人的小实验，并感到这些实验十分奇妙，具有美滋滋的教益，这同帕拉宾说的恰恰相反。帕拉宾破口大骂，却未能使实验员分心。临走之前，实验员把装有他私人细菌的恒温箱门关好，关时含情脉脉、小心谨慎，就像给圣体柜关门一样。

"同行，您看到我的实验员了吧？您看到我

那个老傻瓜实验员了吧？"帕拉宾在他走后就立刻谈论他，"快要三十年了，他在替我扫垃圾的时候，只听到周围的人在谈论科学，他听到很多，而且确实是真心诚意地在听……但是，他并没有感到厌烦，而且最终相信了科学，现在这儿只有他一个人相信！他一直在摆弄我培养的细菌，所以觉得细菌妙不可言！他满意得舔起了嘴唇……我有一点点奇特的举动，他就会欣喜若狂！在所有的宗教中，不都是这样吗？本堂神父已不想仁慈的上帝，而在想别的事情，可他的教堂执事仍然相信上帝……而且是坚信不疑。这真叫人恶心！……我的那个傻瓜，竟可笑地去模仿伟大的比奥迪雷·约瑟夫的服装和山羊胡子！您注意到这点了吗？……这话就在我们之间说说，伟大的比奥迪雷和我的实验员的区别，只在于他在全世界的声望及其离奇的想法……这位实验天才有一种癖好，要把瓶子洗刷得干干净净，对蛙虫的孵化观察得极为仔细，所以我总是感到他俗不可耐。伟大的比奥迪雷像家庭妇女那样斤斤计较，要是撇开了这点，您说说，他还有什么令人钦佩的地方？您说呢？只有一张敌视的面孔，活像事事挑剔、心怀叵测的门房。就是这么回事。另外，他在科学院度过的二十年中，清楚地显示了他那猪一样的坏脾气，几乎所有的人都恨他，他在那儿几乎和所有的人都吵过架，而且是大吵特吵……他是个有创造才能的夸大狂患者……就是这样。"

帕拉宾也在慢慢地做下班的准备。我帮他在脖子上围上一条长围巾，还在他一直有头皮屑的地方戴上一块头巾。这时，他想起我来找他是为了一件十分确切而又紧急的事情。"对了，"他说，"我只顾对您说自己的小事，使您感到厌烦，却忘了您的病人！请原谅我，同行，咱们赶快言归正传！不过，您既然已经知道，我还能对您说些什么呢？现在有无数摇摆不定的理论、令人争议的实验，理智要求我们别在其中进行选择！因此，您还是尽力而为，同行！既然您得去干，那就尽力而为吧！另外，从我的角度来说，我可以在此对你推心置腹，这种伤寒使我感到极为厌恶，而且超出了任何限度！甚至超出了任何想象！我年轻时开始搞伤寒的时候，我们只有几个研究者在这个领域里进行探索，总之，我们的人数屈指可数，大家可以互相吹捧……而现在，怎么对您说呢？有人来自拉普兰[1]，亲爱的！还有人来自秘鲁！来的人一天比一天多！那些专家来自世界各地，在日本，专家是成批生产出来的！我看到，在几年之内，世界真的变得混乱不堪，那些包罗万象、稀奇古怪的出版物，都在论述这同一个老生常谈的题目。我为了在其中占有一席之地，为了能勉强保住这个位子，就只好把一次大会上的一篇小文章发了再发，从一家杂志登到另一家杂志，我只是在每个季度即将结束之时，对这篇文章做一些微不足道、无关紧要的修改，十分次要的修改……然而，请您相信我，同行，在今天，伤寒受到的玷污，就像曼陀林或班卓琴一样。我

1　北欧地区，大部分在北极圈内，从挪威、瑞典、芬兰北部伸展到俄罗斯西北角。

对您说，这真要把人气死！每个人都想用自己的方式来弹一小段曲子。不，我要坦率地对您说，我感到自己已经没有精力再这样折腾了，我想找个小地方安静地搞搞研究，来度过自己的余生，在那儿既没有对手，也没有学生，只有无人嫉妒的小名声，对这种名声我会感到心满意足，也十分需要。在平淡无奇的研究中，我想要研究暖气设备在北方和南方对痔疮产生的不同影响。您对此有何看法？对保健学呢？对饮食呢？这些都是时髦的课题！是不是？我相信，这项研究只要搞得得当，时间拖得长，我就会得到科学院的支持，因为科学院院士大多是老人，对暖气设备和痔疮这样的问题不会无动于衷。您看看，他们对于和自己密切相关的癌症做了些什么！……搞到后来，科学院会给我荣誉，也许授予我一项保健学奖？还有什么呢？一万法郎？嗯？正好让我去威尼斯旅行一次……您要知道，威尼斯我年轻时去过，老弟……是啊！像别的地方一样，那儿也有饿死的人……但在那儿死人讲究排场，您看到后会永世难忘……"

到了街上，我们又得赶紧回去，去找他忘了换上的套鞋。这样我们就耽误了一些时间。然后，我们急忙朝一个地方走去，但他没有对我说是什么地方。

长长的沃日拉尔街[1]上都是蔬菜摊和拥挤的行人。我们沿着这条街走到一个广场的边上，广场四周种着栗树，站着警察。我们钻进一家小咖啡馆的后厅，帕拉宾在一扇窗子后面坐了下来，让窗帘遮着自己。

"太晚了！"他扫兴地说，"她们已经出来了！"

"谁？"

"高中的女学生……您要知道，她们中有的十分迷人。我对她们的腿部了如指掌。干了一天的工作，我只想看这个……咱们走吧！改天再来……"

在分手时，我们已成了好朋友。

---

1 现实存在的巴斯德研究所位于这条街上。

二十五

要是我永远不必再回朗西，我就会感到高兴。自从我那天上午离开那儿以来，我几乎已把平时的忧虑全部忘掉；这些忧虑已在朗西扎了根，所以没有跟我出来。我的忧虑无人照管，也许已经死了，就像贝贝尔那样，我要是不回去他也会死的。这是在郊区的忧虑。然而，在接近波拿巴街时，忧郁的思想又回到了我的脑中。这可是一条会给行人带来快乐的街道。很少有这样可爱、这样优雅的街道。但是，当我靠近河滨街时，我还是感到心里发慌。我走来走去。我不能决定是否要跨过塞纳河。并非人人都是恺撒！[1] 在另一边，在对

---

1 在罗马共和国时代，卢比孔河是山南高卢和意大利的分界线。公元前49年，恺撒跨过这条河进入意大利。此举违背了将军不得领兵越出他所派驻的行省的法律，因此等于向罗马元老院宣战。"跨过卢比孔河"从此具有"采取断然行动"的含义。

面的河岸上，我又会开始烦恼。我想还是在左岸这边一直等到天黑吧。我心里想，这样倒可以享受几个小时的阳光。

河水在钓鱼的人们身边荡漾，我坐下来看他们钓鱼。说真的，我一点也不着急，和他们一样不着急。仿佛到了这种时候，也许是到了这种年龄，我十分清楚每过一个小时失去的是什么。但是，你这时还没有大彻大悟，不能在时间的道路上骤然停下，再说，即使你能停下来，但如果失去了从青年时代起一直赞赏的、促使你前进的狂热，你就会不知所措。人们对自己的青春已不再感到如此自豪，不过还不敢公开承认这点，即自己的青春也许只是促人衰老的活泼。

在自己所有可笑的过去之中，人们发现了很多可笑、欺骗和轻信的事情，所以也许想立刻中止青年时代，等待青春和你脱离关系，等待它把你超越，看到它离去、走远，望着它虚无的一切，看到它再次从你面前走过，然后你自己也走了，确信自己的青春已经逝去，就从容不迫地从自己那边慢慢走到时间的另一边，以便看清人和事物的真实面目。

在河堤边，钓鱼的人们什么也没有钓到。他们甚至好像不是非常想钓到鱼。鱼儿想必也知道他们的心思。他们待在那儿是装装样子。艳丽的夕阳还在我们周围散发着余热，照得水面上蓝色和金色混杂的反光闪烁跳跃。透过棵棵大树，穿过千片绿叶，迎面吹来阵阵柔和的清风，微笑的清风。真舒服。整整两个小时，人们就这样待着，什么也没有钓到，什么事也没干。然后，塞纳河开始变得昏暗，桥的一角被夕阳染得通红。行人在河堤上走过，把我们这些人留在那儿，留在河岸和河水之间。

黑夜从桥拱下面走了出来，沿着城堡[1]往上爬，占据了城堡的正面，占据了一个又一个的窗户。这些窗户在黑暗中亮了起来。然后，窗户上的亮光也熄灭了。

1　指位于塞纳河右岸的卢浮宫。

没有办法，只好再次上路。

河滨街上的那些旧书商正在关上自己的箱子。"走吧！"妻子隔着护墙对丈夫叫道。那丈夫在我旁边，正在收拾自己的渔具、折椅和用作钓饵的蛆。他低声埋怨，其他钓鱼的人也跟着低声埋怨，我也和他们一起低声埋怨着走到河堤上，和那些行人混杂在一起。我凑上去和他的妻子搭话，想在天色全黑之前对她说上几句吉利的话。可她立刻想卖给我一本书。据她说，这本书她忘了放进箱子。"那就便宜一点，几乎等于白送……"她补充道。一本旧的小开本蒙田 [1]，实打实地说，只要一法郎。我很想花上这么点钱，让这个女人高兴一下。我就买下了她那本蒙田。

在桥下，河水变得凝滞。我不想再往前走了。在林荫大道上，我喝了一杯牛奶咖啡，并打开她卖给我的那本书。我正好翻到蒙田写给妻子的一

---

1 Montaigne（1533—1592），法国思想家、散文家，著有《随笔集》三卷。

封信，是在他们儿子死的时候写的[1]。这段文字立刻使我感兴趣，也许是因为我马上把它和贝贝尔联系了起来。蒙田大致是这样对妻子说的。啊！你别难过，我亲爱的妻子！你得想开点！……这事一定会顺利解决的！……生活中一切都会顺利解决的……另外，他还对她说，我昨天在一位朋友的旧稿中，正好发现普鲁塔克[2]寄给妻子的一封信，他们当时的情况和我们完全相同……我觉得他的信写得好极了，我亲爱的妻子，就把它一起寄给你！……这封信写得真妙！另外，我希望让你尽快看到这封信，并请你把悲伤消除的消息告诉我！……我亲爱的妻子！我把这封美妙的信寄给你！普鲁塔克的信基本上就是这样！……可以这样说！它还会使你感兴趣！……啊！不！你得看看这封信，我亲爱的妻子！你要好好念念！你把这封信给朋友们看看。你要反复地看！我现在

1　事实上，蒙田死的不是儿子，而是两岁的长女。

2　Plutarque（约46—约120），古希腊传记作家、伦理学家，著有《希腊罗马名人传》等。

放心了！我相信，这封信一定会使你重新振作起来！……你忠实的丈夫米歇尔。我心里想，这就是人们所说的杰作。他的妻子有一个像米歇尔那样无忧无虑的好丈夫，应该感到自豪。不过，这毕竟是他们那些人的事情。在评论别人的心事时，也许总是会出差错。也许他们的确悲伤？是时代的悲伤？

但是，贝贝尔的事，我忙了整整一天。我和贝贝尔运气不好，这时不知他是死是活。我感到，世上的万事都和他无关，甚至蒙田书里的事也是如此。不过，也许对所有的人来说都是这样，只要稍微认真一点，就会感到一片空虚。没什么可说的。我上午离开朗西，现在该回去了，但我是空手而归。我没有任何东西可带给他，也没有东西可给他姑妈。

回家以前，我在白色广场那边转了一圈。

我看到整条勒皮克街上都有人，而且比平时要多。因此我也沿街走走，想去看看。一家肉店的角上挤着一群人。得拼命挤进去才能看到围成一圈的人群里发生了什么事情。只见里面有一头猪，又肥又大。在人群围成的圆圈中央，猪也在哼哼唧唧地叫着，就像被打扰的人那样，但声音要大得多。另外，人们还在不停地折磨它。他们扭它两只耳朵，让它嗷嗷直叫。猪想要挣脱绳子逃跑，就四脚朝天拼命扭动。另一些人撩拨它，猪挣扎得疼了就叫得更响。围观的人看了就更乐了。

肥猪不知如何才能躲到干草里去，可给它的干草又是这么少，而且它叫着在干草里喘气的时候，草都飞了起来。它不知该怎样躲避这些人。但它知道没法躲。它拼命撒尿，但无济于事。哼哼唧唧、大声吼叫也没用。毫无办法。围观的人可乐了。肉店老板在店里和外面那些顾客打招呼、说笑话，还手握屠刀做着手势。

肉店老板也很高兴。他买下这头猪，捆在门口做广告。他女儿出嫁时他也不会这样高兴。

肉店前的人越来越多，他们来看躺在地上的猪，看到它每次使劲想逃跑，绳子就在它身上留下一道道很粗的粉红色的印痕。但这样还不过瘾。有人让一条凶恶的小狗爬到猪的身上，叫它一面在上面跳，一面咬猪身上的肥肉。行人们高兴得不得了，纷纷停下来观看。警察见了就来驱散围观的人群。

这时走到科兰库尔桥上，透过公墓上方大湖一般的黑夜，可以看到朗西的首批灯光。朗西就在对岸，要绕一个大圈子才能到达。真远哪！就像要绕过黑夜一样，得在公墓周围走这么多时间、这么多路才能到达旧城墙的遗址。

另外，走到城门的入市税征收处[1]之后，还要经过陈旧的税务所，里面那个年轻的小职员终日无所事事。快到了。那个地区的狗在自己的岗位上汪汪直叫。在一盏煤气路灯下面，还摆着一些鲜花，是卖花女的花，她一直等在那儿，因为每一天、每个小时都会有死人运来。公墓，然后是附近的另一座公墓[2]，然后是造反大道。大道又直

1　克利希门的入市税征收处已于1918年撤销。

2　显然指蒙马特公墓和巴蒂尼奥勒公墓。

又宽，在黑夜中和路灯一起向前延伸。只要沿着大道的左边往前走，就能走到我住的那条街。一路上不会遇到任何人。但我真希望自己能身处别的地方，遥远的地方。我也希望能穿上布鞋，使我在回家时不会被别人听见。即使贝贝尔的病没有任何好转，我也没有任何责任。我已经尽了最大的努力。我是无可指责的。对这样的病无能为力，也不是我的过错。我一直走到我家门口，觉得自己没有被人发现。上了楼之后，我没有打开百叶窗，就立刻从窗缝向下面张望，看看贝贝尔家的门口是否还有人在聊天。屋子里又走出几个探望的人，但他们的样子同昨天的探望者不同。附近的一个女佣出来时哭哭啼啼，这个女人我认识。"看来情况更糟了。"我心里想。"不管怎样，情况肯定不会好……也许他已经死了？"我又想道。"已经有个女人在哭了！……"这一天就此结束。

　　我还是在想，这件事我是否一点责任也没有。我家里又冷又静。仿佛是在茫茫黑夜的一个角落里，专门为我一人划出了小小的一块。

脚步声不时传来，传进我房间的回声越来越响，发出嗡嗡的声音，然后又变得模糊不清……寂然无声。我再次朝外面张望，看看对面是否发生了什么事情。事情只是发生在我的心里，因为我一直在对自己提出同样的问题。

我在这棺材一般的黑夜中提着问题，最后竟睡着了。我走了这么多路，却一无所获，我实在太累了。

二十六

　　要是不抱幻想，人们之间就无话可说。当然喽，他们之间说的也是自己的痛苦。人人为自己，世界为大家。他们在做爱的时候，想要甩掉自己的痛苦，把痛苦扔给对方，可这是办不到的，他们是白费力气，他们仍然完整无缺地保存着自己的痛苦，然后他们故伎重施，再次想把痛苦甩掉。"您真漂亮，小姐。"他们说。之后他们又被生活攫住，直到下一次，他们又使用同样的伎俩。"您真漂亮，小姐！……"

　　与此同时，他们又自吹自擂，说总算甩掉了自己的痛苦，可大家都十分清楚，这全都是假的，他们的痛苦仍然保存得完整无缺。使用这种伎俩，年纪一天天上去，人变得越来越难看，越来越令人讨厌，就无法再隐藏自己的痛苦和失败。最后，脸上全是一副丑态，这种丑态要花二十年、三十年或更多的时间，才从你的肚子上最终爬到你的脸上。人的一生就是为了这个，为了给自己绘制一幅丑态，而且并非总是能够完成，因为这丑态极其错综复杂，绘制出来是为了展现，并且是一滴不漏地展现出人的真实的灵魂。

我自己的丑态，我正在精心绘制，用的是我无法支付的数额不大的账单，我付不起的房租，我在这种季节穿过于单薄的外套，水果店老板看到我一个一个地数着铜板，在他的布里奶酪前犹豫不决，在葡萄开始涨价时脸红，就在一边暗暗发笑。另外，也由于那些永不满意的病人。贝贝尔的死也使周围地区对我产生不良的印象。但是，他姑妈并没有责怪我。在这种情况下，可不能说她不好，不能。我突然有了许多麻烦，开始提心吊胆，主要是因为住在小屋里的昂鲁伊夫妇。

有一天，昂鲁伊老太太就这样离开了小屋，离开了儿子和儿媳妇，决定对我登门拜访。这样做可不蠢。以后，她又经常来我这儿，问我是否认为她疯了。对这位老太太来说，专程来我这儿提出这个问题，仿佛是一种消遣。她在我那间用作候诊室的房间里等着我。房间里有三把椅子和一张三只脚的小圆桌。

那天晚上我回到家里，看到昂鲁伊老太太正在候诊室里安慰贝贝尔的姑妈，一面谈论自己失去的所有亲人，说他们都没有活到她这么大的年纪，其中侄女、外甥女不知其数，叔伯舅舅到处都有，父亲早就仙逝，是在上世纪中叶，还有姑妈、婶婶、伯母、舅母，然后是死在各地的亲生女儿，她对女儿的印象已经模糊，也记不清她们死在什么地方、是怎么死的，这些亲生女儿在她的脑中已变得模糊不清，所以现在要向别人谈起她们，就只能凭自己的想象，而且还十分费劲。她说到自己的孩子，已经不完全是对往事的回忆。她把一大批死去的小人物召集到她那老态龙钟的身体旁边，这些幽灵早已默默无言，成了一些难以察觉的忧伤，她现在花费九牛二虎之力，才把这些忧伤挖了点出来，以便安慰贝贝尔的姑妈，而我正好在这时回来。

接着，鲁滨逊也来看我。我给他们介绍。都是朋友嘛。

我记得，就是从那天起，鲁滨逊常常在我的候诊室里和昂鲁伊老太太见面。他们俩互相交谈。第二天是贝贝尔的葬礼。"您去吗？"贝贝尔的姑妈遇到熟人就问，"您去我会十分高兴……"

"我当然去喽，"老太太回答道，"这种时候周围都是人，叫人高兴。"别人再也无法把她关在小屋里。她已经变成经常外出的人。

"啊！您来真是太好了！"贝贝尔的姑妈表示感谢，"那您呢，先生，您也去吗？"她问鲁滨逊。

"我害怕葬礼，太太，您别见怪。"他为了脱身就这样回答。

接着，他们又各自说了一通，都是为了自己，语气近于粗暴，连昂鲁伊老太太也加入了谈话。他们说话的调门高得不得了，就像在疯人院里那样。

这时，我来叫老太太，把她带到隔壁的房间，即我的诊察室。

我没有很多话要对她说。主要是她问我一些事情。我答应不会硬给她开收容证明。说完我们就回到了候诊室，和鲁滨逊以及贝贝尔的姑妈坐在一起，对贝贝尔生的那种倒霉的病整整谈了一个小时。街道里的人都持同样的看法，认为我为了救小贝贝尔的命，花费了不少心血，孩子的死是命中注定，总之，我表现不错，这对大家来说有点出乎意料。昂鲁伊老太太听说孩子只有七岁，心里就舒服一点，仿佛不再对此感到不安。在她看来，这么小的孩子死了，只是一个意外事故，而不是一种正常死亡，也不会使她思虑万千。

鲁滨逊再次对我们说，那些酸灼伤了他的胃和肺，使他呼吸困难，吐出的痰发黑。但昂鲁伊老太太没有痰，也不在制酸厂工作，因此鲁滨逊谈的这个问题不会使她感兴趣。她来这儿只是为了对我进行了解。在我说话的时候，她那灵活的、浅蓝色的小眼珠在偷偷地注视着我，鲁滨把我们之间这种潜在的不安通通看在眼里。我的候诊室里变得阴暗，街对面的那幢大楼渐渐暗淡起来，最后陷入黑暗之中。然后，我们之间只能听到说话的声音，这些声音总是像要说出什么事情，但一直没有说出来。

当只剩下鲁滨逊一个人的时候，我就想让他明白，我一点也不想再见到他，但他在月底时还是来了，接着几乎每天晚上都来。确实，他肺部的情况很糟。

"鲁滨逊先生又来找您了……"我那幢楼的女门房对他感兴趣，就告诉我。"他的病治不好，是吗？……"她又问道。"他来的时候还在咳嗽……"她很清楚，对我讲这事，会使我感到不快。

确实，他在咳嗽。"没办法，"他自己也这么说，"我的咳嗽好不了……"

"你要等到今年夏天！耐心一点！你看着吧……这病自己会好的……"

总之，医生对这种病人都是这么说的。只要他在制酸厂工作，我就无法治好他的病……但我还是想让他振作起来。

"我的病自己会好？"他问道，"你说得好！……说得好像我呼吸并不困难一样……我真想让你也有那个东西，就像我胸口里那样……有了我胸口里的那个东西，人就会泄气……另外，我要对你说……"

"你消沉，是因为现在身体不好，等你身体好转之后……即使只是有一点点好转，你就会看到……"

"有一点点好转？死了我才会有一点点好转！我要是死在战场上就好了，那可就真正好转了！你回来后不错……你没什么可抱怨的！"

人们总记着自己倒霉的往事，记着自己所有的不幸，别人无法使他们忘怀。这些事占据着他们的灵魂。他们在心里对未来抹上狗屎，以便对现在的不公正进行报复。实际上，他们正直而又懦弱。这就是他们的本性。

我没有再回答他，他就生我的气了。

"你心里清楚，你也是这样看的！"

为了感到心安理得，我去给他找一点止咳药水。因为他的邻居都抱怨他不停地咳嗽，使他们睡不着觉。我给他把药水倒进瓶子时，他心里还在想，这种无法抑制的咳嗽是怎么得的。他同时还要求我给他打针：注射金盐[1]。

"你知道，要是我打针打死了，我也不会有任何损失！"

我当然不想使用任何新的疗法。我首先希望把他撵走。

只要看到他赖在那儿，我就一点劲儿也没了。世界上什么苦我都吃过，为的是不使自己贫困潦倒，不让自己关门大吉。我每天心里都要反复想上二十次："有什么用？"现在还要听他没完没了地叹苦经，真吃不消。

"鲁滨逊，你是孬种！"我最后对他说，"你应该结婚，这样你也许会对生活产生兴趣……"他要是娶了老婆，就会对我疏远一点。听到这话，

1　金的化合物具有抗炎症的特性，于 1935 年首次被科学化地用于治疗类风湿性关节炎。

他就生气地走了。他不喜欢听我的劝告，特别是这种劝告。对结婚的问题，他甚至不屑回答。说实话，我对他的劝告也十分荒唐。

有一个星期天，我没有值班，就和鲁滨逊一起出去。我们来到高尚大街的转角上，在一家咖啡馆的露天座上喝一小杯黑加仑酒和一杯果汁汽水。我们说话不多，也没有很多话可说。首先，你一旦拿定了主意，说话又有什么用处？只能用来吵架，别的就没用了。星期天，来往的公共汽车不多。从露天座上望去，看到自己面前的大街干干净净，仿佛也在休息，真可以说是一种乐趣。身后则是酒店的留声机在播放音乐。

"你听到了吗？"鲁滨逊问我，"留声机在放美国音乐，我听出了这些曲子，就是过去在底特律莫莉家里放的曲子……"

他在那儿度过的两年时间里，并没有深入美国人的生活，而只是接触了他们的音乐，他们也想用音乐来摆脱繁重的日常事务，以及每天干同样事情的烦恼和辛劳；在播放音乐的时候，他们随着乐曲摇摆身子，想调剂一下毫无意义的生活。在这儿也好，在那儿也好，都像是跳舞的狗熊。

他慢慢地喝着他的黑加仑酒，一面思考着所有这些问题。这时，四周扬起了一些灰尘。在那些梧桐树的周围，有一些蓬头垢面、肚子凸出的小孩在那儿游荡，他们也被唱片的音乐吸引住了。实际上，谁也挡不住音乐的魅力。既然你心里寂寞，你就愿意把心掏出来。你要听得出，所有音乐的基础都是同一段没有音符的曲调，这曲子为我们而作，名为死亡。

有几家商店星期天仍然开门。拖鞋店老板娘走出店门，她拖着静脉曲张的沉重双腿，一面聊天，一面从隔壁那家店的橱窗走到另一家的橱窗。

在报亭里，那些晨报无精打采地挂着，已经有点发黄，那些新闻就像是正在变老的洋蓟。一条狗在上面撒尿，亭子里卖报的女人很快就睡着了。

一辆不载客的公共汽车朝终点站飞速驶去。

思想最终也过上了星期天，人们要比平时更加昏昏沉沉。我们待在那儿，头脑空空。我们会因此受苦受累。但我们现在感到满足。我们没什么可谈的，因为实际上没有发生任何事情，我们太穷了，也许我们已经失去了生活的欲望？即使是这样，那也正常。

"这工作把我累得要死，我不想再干了，你是否知道有什么工作是我可以干的？"

他已从沉思中清醒过来。

"这工作我不想干了，你明白吗？我累得像头骡子，真受不了……我也想到处逛逛……你认识的人中是否有人需要司机？……你可认识不少人，是吗？"

他脑中萦绕的是星期天的想法，绅士的想法。我不敢劝他打消念头，也不敢对他进行暗示，让他知道凭他那寒酸的杀人犯的面相，是不会有人把自己的汽车交给他开的，让他知道他不管是否穿上制服，都会显出奇形怪状。

"总之，你叫人泄气。"他得出了结论，"照你看，我难道永远得干这一行？……我难道连试也不用试？……在美国，你说我走得不够快……在非洲，又把我热得要死……在这儿，我不够聪明……总之，不管在什么地方，我总有什么东西太多或太少……但我明白，所有这些都是因为'好吃懒做'！啊！我要是有钱就好了！……大家就会觉得我十分可爱。在这儿……在那儿，都是这样……到处都这样……在美国也是……我说得不对吗？你的想法呢？……我们只缺一幢供出租的小屋，缺六户能付高额房租的房客……"

"确实如此。"我回答道。

一旦他独自得出这个重要的结论，就无法平静下来。于是，他古怪地看了看我，仿佛突然发现我也有卑鄙得出奇的一面。

"那么你呢，我只要想到你，就觉得你做得很得法。你只管把自己吹的牛皮卖给病人，别的一概不管……没人来管你，什么也不管……你想来就来，想走就走，总之，你有自由……你表面和蔼，内心狠毒！……"

"你这话说得不公平，鲁滨逊！"

"好吧，那你就替我找个工作！"

他坚持自己的计划，要把自己在制酸厂的工作让给别人……

我们回家时走的是边上的那些小街。傍晚时，朗西看上去还像个村庄。菜农家的门微微开着。大院子里空荡荡的，狗窝里也是如此。有一天晚上，就像这天晚上一样，不过已经是很久以前的事了，农民们离开了自己的家，他们是被扩张的巴黎赶走的。当时的遗迹，现在只剩一两家卖不出去的杂货店，店里霉斑点点，店屋上已经爬满懒洋洋的紫藤，紫藤又沿着斜屋顶往下爬，爬到张贴海报的深红色的矮墙上。挂在两根排水管之间的钉耙已经锈得不能再锈。过去不再被人触及，就会悄然消逝。现在的那些房客一到晚上就累得要命，回家时不会先去触摸家门口的任何东西。他们一家家挤在公用房间空余的地方喝酒。天花板上还能看到过去摇晃的吊灯留下的一个个烟圈。在新的工厂不断发出的隆隆声响中，整个街区都在微微颤抖，但毫无怨言。长满青苔的瓦片纷纷落到用中央凸起的铺路石砌成的高高路面上，这种铺路石现在只有在凡尔赛和古老的监狱里才能看到。

鲁滨逊一直陪我走到市里的小公园。公园里到处都是砌成拱形的仓库，在一块块像癞痢头一样的草坪上，都是周围遗弃的东西，即在破破烂烂的滚球场、残缺不全的维纳斯雕像和供人撒尿玩耍的沙丘之间遗弃的东西。

我们又东拉西扯地谈了起来。

"你看，我缺少的是对饮料的承受能力。"这是他的想法，"我一喝酒胃就痉挛，叫人受不了。真糟糕！"他立刻打了好几个嗝，来证明他甚至不大能忍受我们下午喝的一小杯黑加仑酒……"就是这样，你看到了吗？"

在他家门口，他和我分了手。用他的话来说，他住的是"穿堂风城堡"。他消失在屋里。我心里想不会很快就见到他。

我的生意似乎有了点起色，而且正是在那天

夜里。

光是在警察分局这幢楼里，我就被两次叫去急诊。星期天晚上，人们把所有的叹息、激动和焦急都抖了出来。自尊心待在"星期天"这座桥上，喝了酒还兴致勃勃。自由自在地痛饮了整整一天之后，这些奴隶就战战兢兢的，要叫他们站着都难，他们用鼻子吸气、喷气，拴着他们的锁链叮当作响。

光是在警察分局这幢楼里，就同时演出了两场悲剧。在二楼，一个癌症患者奄奄一息，而在四楼则有人流产，连产婆也无法应付。这个产婆一面胡说八道、对众人指手画脚，一面没完没了地冲洗着毛巾。另外，她利用两次注射之间的空闲时间，溜到下面给癌症患者打针，注射一安瓿[1]樟脑油要收费十法郎。她这一天收入可不少。

在这幢楼里，每个家庭都穿着浴衣或衬衫度过星期天，以应付发生的事情，他们吃辛辣的食

1　装注射剂用的密封小玻璃瓶。

物来提神。条条走廊里和楼梯上都是大蒜味，还有种种更为奇特的味道。那些狗乐得直跳，一直跑到七楼。女门房想要了解所有的情况，因此到处都能见到她。她只喝白葡萄酒，因为喝红葡萄酒会月经过多。

产婆身材高大，上身的衣服鼓起，导演着二楼和四楼这两场悲剧。她上蹿下跳，浑身是汗，兴高采烈，报复心强。我的到来使她十分恼火。从早上起，她一直控制着观众，她是明星。

我明知白费力气，还是尽量让她三分，尽量少炫耀自己，对她所做的一切都说好话（实际上，她的治疗都愚蠢之极）。但是，我的到来，我说的话，立刻使她感到恐惧。毫无办法。一个产婆被人监看着，就像生甲沟炎那样难受。你不知该怎么对待她才能使她少出些洋相。两家人从厨房排到住房，然后一直挤到楼梯口，同家里的其他亲戚混杂在一起。亲戚真多！在吊灯的灯光下，胖子和瘦子像一串串葡萄那样挤在一起打盹儿。过了一些时间，从外省又来了一些亲戚，外省的人比巴黎的人睡得早。这些人感到厌烦。不管是楼下那出悲剧中的亲戚，还是楼上那出悲剧中的亲戚，对我说的话都不以为然。

二楼的病人很快就咽气了。太好了，又糟透了。正当他要断气的时候，他平时的医生奥马农大夫上来看他，看病人是否已经死了，他看到我在病人的床边，就指桑骂槐地责怪我。我对奥马农解释说，我星期天在区政府值班，所以我来这儿是十分自然的事情，说完我就理直气壮地上四楼去了。

四楼的女病人下身仍在出血。过不了很长时间，她也会死去。我给她打了一针，就立刻下楼回到奥马农的病人身边。病人已经死了。奥马农也刚走。但这个浑蛋还是拿了应该给我的二十法郎。没治了。这样，我就不愿再放掉我在流产的女人那儿的工作。因此，我急忙跑到上面。

看到病人的外阴还在出血，我就对她家里的人做出解释。当然，产婆的看法和我不同。她几乎是用和我唱反调的方法来赚钱的。但是，我在这儿，她就倒霉，管她高兴不高兴！别再让她为所欲为！我只要干得好，干下去，至少能挣到一百法郎！他妈的，还得镇静，要有本领！要挡住全是白葡萄酒味的评语和问题对你纯洁无邪的头脑进行的无情袭击，这是件吃力的工作，要做到可不容易。病人家里想到什么就说什么，一面唉声叹气，不断打着嗝。产婆等在那儿，希望我束手无策，灰溜溜地走掉，那一百法郎就是她的了。她真是痴心妄想！要是这样，我的房租怎么办？谁来付？这次小产从早上起一直不顺利，这正合我意。她还在出血，这也合我意，但胎儿弄不出来，可得坚持下去！

现在，下面的癌症患者已经断气，他临终时的观众就悄悄来到楼上。既然在度过不眠之夜，既然已经做出了牺牲，就得到附近的地方来看热闹，作为消遣。下面的那家也来了，看看这儿的结局是否也会和他们家里一样悲惨。一夜之间在同一幢楼里死两个人，可是件会使人终生激动的大事！就是嘛！听各家的狗颈圈上铃铛的声音，它们在楼梯上蹦蹦跳跳。它们也上楼了。远道而来的人已经太多，他们正在窃窃私语。姑娘们像那些母亲所说的那样，一下子就"学会了生活"，她们看到这不幸的事情，都装出要虚心吸取教训的样子。这是女人安慰别人的本能。一个表兄对此深有感触，他从早上起就暗中注意她们。他和她们形影不离。这从他疲惫的神色中就能看出。所有人都衣冠不整。这个表兄将和她们中的一个结婚，但他也要趁自己在这儿的时候，好好欣赏她们的大腿，以便能做出更好的选择。

取出胎儿未能成功，骨盆口想必已经干了，所以胎盘滑不出来，但是还在出血。这大概是她的第六胎了。她丈夫在什么地方？我要把他找来。

得找到她的丈夫，以便能把她送往医院。她的一个女亲戚曾建议由我把她送往医院。一个家庭主妇要照顾几个孩子，所以想回去睡觉。但是，当有人再提到医院时，就没有人赞成了。一些人对医院有怨气，另一些人是为了顾全面子，就表示坚决不能同意。他们甚至不愿意别人提起医院。为了这件事，亲戚之间甚至说了些不大好听的话，令人终生难忘。这种疙瘩就留在家里人的心中。产婆看不起所有人。但在我看来，最好能把她丈夫找来，以征求他的意见，最后做出这样或那样的决定。这时，他突然从人群中出现，但他比其他人更为优柔寡断。可是，要拿主意的却偏偏是他。送医院？还是不送医院？他想怎么办？他不知道。他想看一看。于是，他就看了。我把他妻子的下身给他看了，只见血块从里面流出来，然后是咕嘟咕嘟地直冒血，我再给他看他妻子的全身。她哼哼直叫，活像一条被汽车碾过的大狗。总之，他不知该怎么办。有人递给他一杯白葡萄酒，让他提提神。他就坐了下来。

但他仍然拿不定主意。他白天干的是重活。大家都知道他在市场，特别是在火车站干活，替菜农扛包，已经干了十五年，扛的不是小包，而是沉甸甸的大包。他人挺不错。他的裤子又肥又大，上衣也是这样。他不嫌衣裤宽大，但也不是十分喜欢。只有在他笔直地站在地上时，他才好像喜欢自己的衣裤，只见他两腿分开，站在地上，仿佛大地随时都会震动。他名叫皮埃尔。

大家都等着他拿主意。"皮埃尔，你是怎么想的？"周围的人都问他。皮埃尔搔了搔头，然后坐了下来，坐在他妻子的床头旁边，仿佛他无法认出她，而她却不断生出这么多的痛苦，他见了流下泪来，然后又站了起来。于是，大家又对他提出同样的问题。我已经准备好住院的证明书。"皮埃尔，请考虑一下！"大家都恳求他。他动了很多脑筋，还是说拿不定主意。他站着，并拿着酒杯摇摇晃晃地朝厨房走去。干吗还要等他拿主意呢？这个丈夫犹豫不决，会一直犹豫到天亮，这点周围的人都很清楚。还是离开这儿为好。

对我来说，大不了丢掉一百法郎！不管怎样，跟这个产婆在一起，我就会有麻烦！……这是意料之中的。另外，我已经累得够呛，也不想在众人面前动手术！"真倒霉！"我心里想，"还是走吧！等下一次再说……还得忍着点！听其自然！

婊子！"

我刚走到楼梯平台，他们就全都出来挽留我，病人的丈夫也冲了出来。"喂！"他对我叫道，"大夫，您别走！"

"您要我干什么呢？"我回答道。

"请您等一下！大夫，我来送您！……我请求您，大夫先生！……"

"好吧。"我对他说，并让他把我一直送到楼下。我们俩往下走。走到二楼时，我还是去向死于癌症的病人的家属告别。女病人的丈夫也和我一起进了房间，告别后我们就出来了。走到街上，他跟上我的脚步，和我并排走着。外面冷得有点刺骨。我们看到一条小狗，正在练习用长吠来回答本区其他狗的叫唤。它着迷地叫着，叫声十分悲哀。它已经学会大声叫喊。过不了多久，这就是一条好狗。

"瞧，这是'蛋黄'，"病人的丈夫指出，他很高兴认出了这条狗，可以改变话题，"这条名叫'蛋黄'的黄狗，是戈内斯街洗衣店老板的几个女儿用奶瓶喂大的！……洗衣店老板的那些女儿，您认识吗？”

“认识。”我回答道。

我们在一起走着，他开始告诉我用牛奶喂养狗的方法，以及如何才能不花过多的钱。他嘴里说着这些话，心里却一直在给他妻子拿主意。

在城门附近，有一家店仍然开着。

“大夫，您进去吗？我请您喝一杯……”

我不想让他扫兴。“咱们进去吧！”我说，“两杯牛奶咖啡。”我借此机会，又跟他谈起他的妻子。我谈起此事，他就变得神情严肃，但我还是没法让他做出决定。在柜台上喜气洋洋地摆着一大束花。那天是老板马特罗丹的生日。“这是孩子们送的礼物！”老板亲自向我们宣布。于是，我们和他共饮了一杯苦艾酒，以示祝贺。柜台上方还贴着禁止酗酒的法令，并用镜框挂着一张学业证书。看到这个，病人的丈夫就一定要酒吧的老板给他说出卢瓦和谢尔省的几个区政府所在地，这他以前学过，现在也还记得。这以后，他又硬说证书上的名字不是老板的，而是别人的，这样他们俩就闹翻了，病人的丈夫又回到我的身边坐下。他疑虑满腹，心里老想着这件事，连我走掉也没有发现……

女病人的丈夫，我后来再也没有见到过。再也没有见到。我对这个星期天发生的事情都感到十分失望，另外我也累得要命。

在街上，我还没有走出一百米，就看到鲁滨逊朝我这边走来，手里拿着各种各样的木板，有大有小。虽然天色已黑，我还是清楚地认出了他。他看到我十分尴尬，想要溜掉，但我把他拦住了。

"你还没睡？"我问他。

"轻点儿！……"他对我回答道，"我是从建筑工地来的！……"

"你拿了这些木板干什么？也要造房子？……做口棺材？……你是偷来的吧？……"

"不是，要搭个兔棚……"

"你现在要养兔子？"

"不，是给昂鲁伊夫妇搭的……"

"昂鲁伊夫妇？他们有兔子？"

"是的，有三只，他们要养在小院子里，你知道，就是他们的老太太住的地方……"

"那么，你在这个时候还要做兔笼？选的时间真怪……"

"这是他妻子的主意……"

"这主意真怪！……她养兔子干什么？以后再卖掉？做成礼帽？……"

"这个你等见到她时再问她吧。我只要她给我一百法郎……"

不管怎样，我总觉得在深更半夜搭兔棚是件怪事。我一定要问得一清二楚。

但他避而不谈。

"你怎么会去他们家的？"我又问道，"你可不认识昂鲁伊夫妇，嗯？"

"我告诉你，是老太太带我去他们家的，就是她在你那儿看病时我遇到她的那天……这老太太很健谈，只要她打开话匣子……你无法想象……没完没了……于是，她就跟我交了朋友，然后跟他们夫妻俩也搞熟了……你知道，有些人会对我感兴趣！……"

"这些事你可从来没对我说过……但是，既然你常去他们家，你就应该知道，他们是不是要把老太太关起来？"

"没有，据他们说，他们没有办成……"

他对这次谈话感到十分不快，这点我感觉到了，但他又不知如何摆脱我。可是，他越是躲躲闪闪，我就越想知道……

"生活难呀，你说呢？总得搞出点名堂，是吗？"他含含糊糊地重复道。但我要叫他言归正传。我决心不让他回避问题……

"听说昂鲁伊夫妇看上去没什么钱，实际上却很有钱。你现在常去他们家，你是怎么看的？"

"是的，他们很可能有钱，但不管怎样，他们都想甩掉老太太！"

隐瞒从来就不是鲁滨逊的特长。

"你知道，现在生活费用越来越贵。他们是为了生活才想甩掉她。他们就这样对我说，说你认为她不是疯子……对吗？"

他提出这个问题之后，没有等我回答就立刻问我往哪儿去。

"你是出诊回来？"

我简单地对他说了说我如何在半路上甩掉病人的丈夫。他听了乐不可支，只是他同时又开始咳嗽。

在黑暗中，他咳得缩成一团，我几乎看不到他就在我的身边，只有他的手我还能看到一点，只见他的双手轻轻地捂住嘴巴，就像一朵很大的白花在黑夜中颤动。他不停地咳嗽着。我们走到他家门口时，他才总算止住，就说："是因为穿堂风！"

"是的，我家里有穿堂风！还有跳蚤！你家里也有跳蚤吗？……"

我也有。"当然有，"我对他回答道，"我是从病人那儿带回来的。"

"你不觉得病人身上有尿臭？"他问我。

"有，还有汗酸臭……"

"不管怎样，"他经过深思之后慢慢地说道，"我原来很想当护士。"

"为什么？"

"因为你知道，人们身体好的时候，不用说，会使你感到害怕……特别是战争爆发以来……我知道他们在想什么……可他们自己并非总是清楚……但我知道他们在想什么……他们站着时，就想把你杀死……在他们生病时，不用说，他们就没有这样可怕了……我对你说，只要他们站着，你就得防着点。你说对吗？"

"完全正确！"我只好随声附和。

"那你呢，你是不是因为这个原因才当医生的？"他又问我。

我想了一下，觉得鲁滨逊讲的也许有道理。但他立刻又一阵阵地咳嗽。

"你的脚湿了，你夜里到处溜达会得胸膜炎的……你还是回去吧，"我劝他，"去睡觉吧……"

这样不停地咳嗽，他感到受不了。

"要说会得重感冒，昂鲁伊老太太就是一个！"

他一面咳嗽一面开玩笑，在我耳边说道。

"怎么会呢？"

"你等着瞧吧！……"他对我说。

"他们想出了什么花招？"

"我不能对你说得更加详细了……你等着瞧吧……"

"你告诉我吧，鲁滨逊，别卖关子，你知道我的嘴向来很紧……"

这时，他突然想把一切都告诉我，也许是想以此来向我证明，他从表面上看逆来顺受、胆小怕事，实际上却并非如此。

"你说吧！"我低声催促他，"你知道我向来守口如瓶……"

要他说出事情的真相，就得有这样的理由。

"这倒是的，你守口如瓶。"他表示同意。

于是，他就开始说了，老老实实地说了，就像竹筒倒豆子……

这时，在库蒂芒斯大道上只有我们两人。

"卖胡萝卜的小贩的事，"他开始说，"你还记得吗？"

卖胡萝卜的小贩的事，我一开始想不起来。

"你是知道的，是吗？"他坚持道，"这件事是你告诉我的！……"

"啊！是的……"我突然想了起来。

"是雾月街的那个铁路工人？……就是去偷兔子时被炸伤睾丸的那个？……"

"是的，你知道，是在阿让特伊河滨街的水果店里……"

"不错！……我现在想起来了，"我说，"那又怎么了？"我还不清楚这件陈旧的往事和昂鲁伊老太太有什么关系。

他立刻对我详细说明。

"你明白了吗？"

"不明白，"我说……但我想了一会儿就不敢再往下想了。

"你的脑子还是不大灵活！……"

"可你也说得太玄乎了……"我不禁反唇相讥，"为了讨好那儿媳妇，你们总不见得把昂鲁伊老太太杀死吧？"

"哦！你知道，我只管做他们要我做的兔棚……至于炸药，则由他们来负责……如果他们愿意……"

"这事他们给了你多少？"

"一百法郎买木料，二百五十法郎做工钱，另外再付一千法郎，是保密费……你得明白……这还只是个开头……要是讲得好，这可是个动人的故事，真像是一笔年金收入！……喂，老兄，你明白吗？……"

我确实明白了，但并不感到十分意外。我只是感到稍微多了一点伤心。在这种情况下，别人的任何劝阻都是毫无意义的。生活对他们好吗？要他们可怜谁，可怜什么呢？干吗要可怜呢？可怜别人？什么时候看到有人下地狱去替换别人呢？从未有过。看到的只是叫别人下地狱。事情就是这样。

鲁滨逊突然有了杀人的念头，在我看来倒是一种进步，因为根据我过去的观察，其他人总是不好不坏，他们没有明确的倾向，所以总是令人讨厌。确实，我在黑夜中对鲁滨逊刨根问底到了这种程度，还是学到了一些东西。

但是，这事有一个危险，那就是法律。"这事危险，"我提醒他注意法律，"你要是给抓起来，你这样的身体是出不来的……你就会死在监狱里……你会受不了的！……"

"那就算我倒霉，"他对我回答道，"我对大家规规矩矩的那套已经腻透了……你老了，却还在等待轮到你乐的时候，当轮到你的时候……即使能轮到，你也要耐心等待……你早已像死人一样，早已被人埋葬……正派的职业是老实人干的活儿，就像大家说的那样……这点你和我一样清楚……"

"也许是的……但其他的活儿，那些棘手的事情，要是没有危险，大家都会去试一试……不过你知道，警察局可不是吃素的……事情总是有利有弊……"我们在对情况进行仔细的分析。

"我不和你唱反调，但你得明白，干我这样的工作，又是这样的条件，睡不好，要咳嗽，干的活连牛马也不愿意干……我现在的情况已经坏到了极点……这是我的看法……坏到了极点……"

我不敢对他说"总的来说他是有道理的"，因为我怕新的计划一旦失败，他就会对我横加指责。

为了让我心情舒畅，他最后对我列举了几条充分的理由，叫我不必为老太太担心。首先，不管怎样，她活的时间也不会很长了，因为她的年纪实在太大。总之，他会安排好老太太的后事，就是这样。

不过，要说手段卑鄙，不管怎么说，这都称得上是卑鄙的手段。所有的细节都已在他和昂鲁伊夫妇之间商定：既然老太太已恢复外出的习惯，那么只要在某天晚上让她去给兔子喂食……炸药已经放在那儿了……只要她一碰到笼子的门，炸药就会炸到她的脸上……过去在水果店发生的事就是这样……她在街道里已被看作疯子，所以出了事没有人会感到意外……家里可以说，已经对

她说过别到兔棚那儿去……可她就是不听……她
这样的年纪，又给她准备了这样的炸药，肯定会
被炸死……炸得像打碎的扑满那样。

　　没什么可说的，我过去给鲁滨逊讲的故事太
动听了。

二十七

音乐又回到了市集上，这种音乐，我们从现在还能记得的童年起就一直听到，这种音乐从不停止，到处都有，在城市的各个角落，在穷乡僻壤，在穷人们周末出去坐坐的地方，到处都能听到这种音乐，而穷人们出去坐坐，是想知道自己有了什么变化。是天堂！别人对他们说。另外，还有专门为他们演奏的音乐，有时在这儿，有时在那儿，从一个季节演到另一个季节，那音乐浮华、粗俗，都是在前一年曾使有钱人手舞足蹈的陈旧曲调。这是机械的音乐，来自旋转木马，来自冒牌汽车，并非真的来自俄罗斯的过山车 [1]，来自既

1　法语中"montagnes russes"（过山车）一词的原意是俄罗斯的山。

没有二头肌也不是来自马赛的摔跤手[1]表演的露天舞台，来自没有戴假胡子的女人，来自戴绿帽子的魔术师，来自并非真金做的管风琴，来自用空鸡蛋壳做靶子的射击台后面。这是在周末骗人的市集。

没有泡沫的啤酒，大家来喝！服务员在假树丛下忙得气喘吁吁，满嘴臭气。他找出的零钱，有一些是奇怪的硬币，怪得可以让你研究几个星期也难辨真假，你要把它们用出去十分困难，只好在施舍时丢掉。这就是市集嘛。在饥饿和监狱之间，能乐就乐一乐，既来之则安之。既然坐了下来，就不要抱怨。总归是赚到了。那个"国际射击台"我又看到了，就是许多年前洛拉在圣克卢公园的小径里看到的那个。在市集上，过去的一切又重新展现，市集又把欢乐送了回来。从那时起，一群群的人大概又回到了圣克卢公园的大路上散步。喜欢散步的人们。战争早已结束。总之，

1　指涉 19 世纪知名的杂要演员、摔跤手马赛兄弟（Frères Marseille）。

射击棚是否换了主人？他从战场上活着回来了吗？我对一切事情都感兴趣。我认出了那些靶子，但现在又新设了飞机靶。新鲜。进步。时髦。婚礼靶还在那儿，士兵们也在，还有插着国旗的市政府。总之，全都一样。可以射击的东西，比过去还要多。

但是，游客玩得高兴的还是碰碰车这种新发明，原因是你坐在里面会险情百出，会被震得头昏脑涨、肠胃翻腾。汽车之间常常会猛烈相撞，不断有人被撞得目瞪口呆，大喊大叫，在上下颠簸时，车座里的游客就像肚子要爆裂一样。可又不能让他们停下来。他们从不讨饶，他们好像从来也没有这样高兴过。有些人甚至高兴得发狂。不能让他们发生意外。他们花了一法郎，坐在这车里横冲直撞，真该赏他们一场死亡。下午四点左右，军乐队将在市集上演奏。要把军乐队队员集齐，可得花费九牛二虎之力，那些酒吧都想请乐师们去他们那儿轮流演奏，所以总是差一个。大家就等他来，或是派人去找。大家在等他的时候，或是把他找了回来之后，有人口渴了，就又走掉两个。一切又得从头开始。

加上辛香作料的烤猪，像圣骨那样转动着，虽说上面全是灰尘、弄得很脏，可中奖者闻到味道还是垂涎三尺。

全家都出来的游客，要等到放完烟火后才回去睡觉。等待也是过节。上千只空酒瓶在阴暗处颤动，每时每刻都在桌子底下叮当作响。一只只脚在那儿摇摆不定，或表示同意，或表示反对。那些乐曲人们都听熟了，所以就听而不闻，对木棚后面马达的汽缸发出的啪哒啪哒声也是如此，那里的玩意儿看一看要两法郎。你稍微有点累的时候，就会感到两边的太阳穴在跳。怦！怦！敲打着脑袋周围像绷紧的丝绒一般的东西，敲打着耳朵里面。这样下去，总有一天要爆炸。但愿如此！有一天，当外面里面一起敲打的时候，你的所有思想就会散落到各处，最后将同星星一起戏要。

在市集上，也有许多人哭泣，因为在椅子之

间，到处都有人在无意中踩到了孩子，另外这些孩子也受到大人训斥，叫他们玩得要有节制，而孩子们却要在旋转木马上一圈一圈地转下去才高兴。要利用市集来锻炼自己的意志。要锻炼意志就得从小开始。这些娃娃还不知道什么都得花钱。他们以为在五彩缤纷的账台后面，大人叫顾客来领略各种奇观是一种盛情美意，这些大人面带微笑，大喊大叫，来维护他们设置和控制的奇观美景。孩子们不知道这种规律，父母得用耳光来教会他们，使他们在玩乐时有所节制。

真正在过节的只有商人，但这点却深藏不露，秘而不宣。商人们高兴的时候是在晚上。到那时，这些糊里糊涂的顾客、创造利润的傻瓜都已离去，到那时，广场上又恢复了平静，到那时，最后一条狗终于对着日本弹子台撒完最后一滴尿。到那时就可以动手结账。这是商人们用钞票来统计自己的兵力和伤亡的时刻。

在市集的最后一个星期天的晚上，酒吧老板马特罗丹的女佣在切红肠时划破了手，伤口相当深。

在这天晚上的最后几个小时中，我们周围的一切都变得相当明朗，仿佛事物对自己从命运的此岸漂泊到彼岸已感到厌倦，仿佛它们同时从暗中走了出来，开始对我吐露真情。但是，对这种时候的人和事物不能轻信。你以为事物将要吐露真情，可它们却默无一言，而且往往被黑夜吞噬，你就无法知道它们要告诉你什么事情。至少我不信，这是我的经验之谈。

最后，我还是在马特罗丹酒吧见到了鲁滨逊，就是在同一天的晚上，当时我正要给酒吧的女佣包扎伤口。我至今还清楚地记得当时的情景。在我们旁边有几个阿拉伯人在喝酒，他们像一堆堆货物，坐在软垫长椅的角落里昏昏欲睡。他们似乎对周围发生的一切丝毫不感兴趣。我在同鲁滨逊谈话时，不想让他重提前一天晚上的话题，就是他拿着木板被我撞见的那天晚上的话题。女佣的伤口很难缝合，因为我在店里看不大清楚。我得全神贯注，所以不能说话。伤口缝好之后，鲁滨逊立刻把我拉到一个角落，主动向我证实，说他的事情已经安排定当，很快就要动手。这个秘密使我感到十分为难，我情愿不要听到。

"很快就要干什么？"

"你心里明白……"

"还是那事？……"

"你猜猜，他们现在给我多少？"

我不想猜。

"一万！……只是要我保密……"

"这可是一大笔钱！"

"我这下可出头了，"他补充道，"我过去缺的就是这一万法郎！……作为本钱的一万法郎！……你明白吗？……我从来没有干过真正的行当，但有一万法郎就行了！……"

他想必已经对他们进行了要挟……

他让我自己去猜，他会用这一万法郎干些什么，搞些什么名堂……他给我一些时间，让我自己去考虑这个问题，而他则挺直身子靠在墙上，处于半明半暗的光线之中。一个新的世界。一万法郎!

我在重新考虑他的事情时，心里还是在想，我个人是否会有某种风险，我没有立即谴责他干的勾当，是否意味着我也成了同谋。我本该去告发他的。对于人类的道德，我并不在乎，一点也不在乎，再说大家都是这样。另外，司法机关在审理凶杀案时抖出种种丑事，做出扭扭捏捏的样子，也只是为了哄骗纳税者，这些坏蛋……这样，大家就不知该如何摆脱……这种事我见过。虽说都是些倒霉的事情，我情愿碰上秘而不宣的坏事，也不愿遇到登报宣扬的丑事。

总之，我既为难又烦恼。到了这种地步，我的勇气又没了，就不能真正把事情搞得水落石出。现在需要在黑夜中睁开眼睛，可我却情愿让眼睛闭上。但是，看起来鲁滨逊是希望我睁开眼睛，弄清事情的真相。

为了改变话题，我一面走，一面谈起了女人。可他对女人不感兴趣。

"你知道，我不需要女人。"他说，"虽说她们有迷人的屁股、丰满的大腿和樱桃般的小口，可她们肚子里老是要长出什么东西，有时是孩子，有时是疾病……她们的微笑不能用来付房租！对不对？即使我住茅屋也不行。我要是有个女人，每月十五号把她的屁股送给房东看也是白给，房东不会给我减房租！……"

无牵无挂，这可是鲁滨逊的嗜好。他自己也这么说。但是，老板马特罗丹对我们躲在角落里"密谈"和密谋已经感到厌烦。

"鲁滨逊，妈的，洗杯子！"他命令道，"难道要我给你洗？"

鲁滨逊吓了一跳。

"你知道了，"他告诉我，"我在这儿打工！"

这毕竟是节日。马特罗丹感到很难点清账台里的现金，十分恼火。阿拉伯顾客除了两个之外全都走了。那两个仍靠在门上打瞌睡。

"他们在等什么？"

"女佣！"老板对我回答道。

"生意好吗？"我无话可说，就这样问他。

　　"还好……不过得花力气！您看，大夫，这份产业我是在危机发生以前买的，花了六万法郎的现金。我至少得从中赚回二十万……您明白吗？……不错，我的顾客不少，但大多是阿拉伯人……这些人不喝酒……还没有这种习惯……我得有波兰顾客。大夫，波兰人喝酒，这点可以肯定……我过去在阿登省时就有波兰顾客，他们是从搪瓷窑过来的，您明白吗？是因为那些搪瓷窑，他们才感到热！……我们需要的就是这个！……口渴！……到了星期六，钱都花在这上面了……他妈的！真够忙的！全部工资，都给刮光！……可这些阿拉伯人，兴趣不在喝酒，而在屁股……看来，他们的教规禁止喝酒，但不禁止玩屁股……"

　　马特罗丹看不起那些阿拉伯人。"是些下流的东西！看来，他们搞上了我的女佣！……是些疯子，嗯？有怪癖，嗯？大夫，您说呢？"

　　老板马特罗丹用短短的手指压了压眼睛下面的眼袋。"肾脏怎么样？"我看到他这样做就问他，我在给他治肾病，"现在至少不吃盐了吧？"

"但小便里还有蛋白，大夫！我前天请药剂师化验……哦，死我倒无所谓，"他补充道，"不管是死于小便里的蛋白还是别的什么东西，但让我感到厌烦的是，我这样干活……却利润微薄！……"

这时，女佣已经洗完了餐具，但她伤口上的包布也给残羹剩菜弄得全是油污，所以得重新包扎。她给了我一张五法郎的钞票。我不想要这五法郎，但她一定要给我。她名叫塞韦丽娜。

"塞韦丽娜，你把头发剪短了？"我说。

"得这样！这是时髦！"她说，"另外，头发长，在这儿的厨房里干活，会沾上各种各样的臭味……"

"你屁股最臭！"马特罗丹打断了她的话，因为我们说话妨碍他结账，"不过，你的那些顾客倒不怕……"

"是的，这情况不同，"塞韦丽娜十分生气地反驳道，"身体的各个部分都有臭味……老板，您要不要我告诉您，您身上有什么臭味？……不光是您身上的一个部分，而是您的全身，要不要？"

塞韦丽娜十分恼火。马特罗丹不想再听下去。他一面低声埋怨，一面又去结他那叫人头疼的账。

塞韦丽娜站着干活，站得脚也肿了，脚上的布鞋脱不下来，也无法换上皮鞋。她就穿着布鞋走了。

"我就穿着这鞋睡觉！"她最后大声说道。

"喂，去把里面的灯关掉！"马特罗丹又对她命令道，"人人都看得出，给我付电费的可不是你。"

"我要好好睡一觉！"塞韦丽娜站起来时再次说道。

马特罗丹没完没了地做加法。他为了更好地进行计算，先是解下围裙，后又脱掉背心。他忙碌着。从无法看见的酒店里间传来茶碟的叮当声，那是鲁滨逊和另一个洗碗工在干活。马特罗丹用蓝铅笔写下一个个宽大的数字，就像小孩写字那样，握铅笔的手指又粗又短，犹如刽子手一般，仿佛要把铅笔捏得粉碎。女佣伸展四肢，靠在我们前面的椅子上睡觉。她不时从睡梦中醒过来。

"啊！我的脚！啊！我的脚！"她惊醒时说，然后又昏昏沉沉地睡着了。

但是，马特罗丹大声把她叫醒。

"哎！塞韦丽娜！把你的阿拉伯人带走！我受够了！……你们都给我滚出去，妈的！到时间了。"

虽然关门的时间已到，可那两个阿拉伯人却好像一点也不着急。塞韦丽娜终于醒了。"确实，我得走了！"她承认。"我谢谢您，老板！"她把那两个阿拉伯人都带走了。他们俩合在一起付钱给她。

"今晚这两个客人我都接，"她在临走时对我解释道，"因为下个星期天我不能干了，我要去阿谢尔看孩子。您知道，下星期六我去奶妈家。"

两个阿拉伯人站起来跟她走了。他们一点也没有害臊的样子。塞韦丽娜感到疲倦，但还是斜着眼看看他们。"我可不同意老板的看法，我还是喜欢阿拉伯人！阿拉伯人不像波兰人那样粗暴，但好色……没什么可说的，好色……总之，他们想怎么搞就怎么搞，我看这不会影响我睡觉！咱们走吧！"她叫他们，"小伙子，往前走！"

他们三个就这样走了，她稍稍走在他们的前面。我看到他们穿过冷落下来的广场，只见广场上都是节日的垃圾，边上最后一盏煤气路灯把他们照得发白，但在片刻之后，他们就被黑夜吞噬。我还听得到他们说话的声音，然后就什么也听不见了。什么也没有了。

我也离开了酒吧，但没有跟鲁滨逊说一声。老板对我说了许多祝愿的话。一个警察在大街上走来走去。人走过时打破了寂静。这会把算不清账的商人吓一跳，商人的样子咄咄逼人，活像正在啃骨头的狗。有一家人还在一条街上闲逛，他们走到让-饶勒斯广场的角上大声喊叫，不再往前走了，他们在一条小街前犹豫不决，就像一支捕鱼的船队遇到了风浪。这家人的父亲从一条人行道走到另一条人行道，并且老是撒尿。

这家人与黑夜做伴。

二十八

我至今还记得这个时期的另一天晚上，因为当时的情况令人难忘。一开始，晚饭的时间已经过了一会儿，我听到很响的声音，像有人在挪动垃圾箱。把垃圾箱弄得嘭嘭作响，这在我家外面的楼梯上是常有的事。然后，是一个女人的呻吟声，叫痛的声音。我微微打开通往楼梯平台的门，但没有动弹。

我要是在事故发生时出去，别人也许会以为我只是作为邻居在帮忙，我的救护工作就会被视为免费。如果他们要请我，按规定他们只要叫我一声就行了，这样我就可以拿到二十法郎。贫困无情而又精心地折磨着利他主义，主动做好事会受到无情的惩罚。因此我就等待别人来按我的门铃，但是没有人来。也许是为了省钱。

然而，当我不想再等下去的时候，一个小姑娘出现在我的门前，她竭力想要看清门铃上的姓名……最后才弄清，她是昂鲁伊太太派来找我的。

"他们家什么人病了？"我问她。

"是一位先生在他们家受伤了……"

"一位先生？"我立刻想到昂鲁伊先生本人。

"是他？……昂鲁伊先生？"

"不是……是在他家的一个朋友……"

"你认识吗？"

"不认识。"这个朋友她从未见到过。

外面很冷，女孩小步跑着，我则快步走着。

"是怎么受伤的？"

"我什么也不知道。"

我们沿着另一座小公园往前走，这公园是从前的一座林园剩下的最后一块绿地，在天黑的时候，冬天柔和的薄雾如同一条条长长的丝巾，在树木之间缓慢地缭绕。我们走过一条又一条小街，不一会儿就来到他们的小屋前。女孩向我道别。她害怕，不敢再走过去。昂鲁伊家的儿媳妇在装有挑棚的台阶上等我。她拿着油灯，灯光随风摇曳。

"往这儿走。大夫！往这儿走！"她对我叫道。

我立刻问道："是您丈夫受伤了？"

"请进来！"她说话相当生硬，不让我有考虑的余地。我正好遇到老太太，她走到走廊里就开始尖声叫喊，对我纠缠不休，然后破口大骂。

"啊！这些坏蛋！啊！这些强盗！大夫！他们想杀死我！"

这么说事情砸锅了。

"杀死你！"我假装惊讶地说，"那是为什么？"

"当然喽，是因为我不想很快就死！只是为了这个！他妈的！我当然不想死！"

"妈妈！妈妈！"儿媳妇打断她的话，"您脑子糊涂了！您对大夫说得太可怕了，妈妈！……"

"我说得太可怕？好呀，你这下流的东西，你们胆大包天！我脑子糊涂了？我脑子清醒得很，可以叫人把你们通通绞死！这话我要告诉你们！"

"是谁受伤了？他在哪里？"

"您会看到的！"老太太打断了我的话，"他在上面，在床上，那个杀人犯！他把床弄得很脏，对吗，婊子？把你的床垫弄得很脏，用他的猪血！而不是用我的血！是血，像垃圾一样！你还没有把血洗干净呢！我对你说，杀人犯的血会一直臭下去！啊，有人去看戏是要使自己激动！但我要对您说：戏在这儿！就在这儿，大夫！就在上面！而且是一出真戏！没有一点是装出来的！不要错过机会！您快上去！等您到了上面，那个肮脏的坏蛋也许已经死了！这样，您就什么也看不到了！"

媳妇害怕街上的人听到婆婆的话，就叫婆婆别说了。在这种情况下，我感到媳妇并没有惊慌失措，她只是十分恼火，因为事情完全搞砸了，但她仍有自己的主见。她甚至完全相信自己做得对。

"大夫，您听听她的话！听到这种话真叫人难受！可我恰恰相反，总是想让她生活得更好一些！这点您清楚，是吗？……我一直劝她住到修女那儿去……"

老太太听到儿媳妇再次提起修女，更感到受不了。

"去天堂！对，婊子，因为你们都想让我去！啊，强盗婆！你和你丈夫，叫楼上那个浑蛋到这儿来，就是为了这个！是为了把我杀死，对，而不是为了把我送到修女那儿去，当然不是！他把事情搞砸了，你们可以说，是没有策划好！去吧，大夫，您去看看，上面那个浑蛋弄成了什么样子，那可是他自找的！……他也许会死！去吧，大夫！您去看看他，现在还来得及！……"

既然儿媳妇没有垂头丧气的神情，老太太就更不会有了。老太太差点在这次杀人未遂的事件中丧命，但她并不像脸上装出的那样气愤。脸上是装出来的。这次未遂的谋杀反而激励了她，使她脱离了坟墓般阴暗的地方，而她在这发霉的花园深处已隐居了这么多年。在她这把年纪，却有一股顽强的生命力重新注入她的全身。她在拼命享受胜利的喜悦，同时也很高兴从此有办法来对付那顽固不化的儿媳妇，让儿媳妇烦恼不已。她现在已把儿媳妇捏在手心之中。她希望我知道这次未遂谋杀的全部细节，以及事情的起因。

"另外，您知道，"她继续对我说，语调仍然十分兴奋，"我是在您家里认识杀人犯的，是在您家里，大夫先生……我当时就不相信他！……啊，我对他不相信！……您知道他一开始就劝我干什么？劝我把你们干掉，我的儿媳妇！干掉你们，婊子！而且要价也不高！我敢向你们担保！另外，他对所有的人都提同样的建议！这大家都知道！……你瞧，婊子，给你干活的人干的是哪一行，我一清二楚！我知道他的底细！他的名字叫鲁滨逊！……这是不是他的名字？你说，这是不是他的名字？看到他在这儿跟你们鬼鬼祟祟，我马上就产生了怀疑……我怀疑得对！我要是没有提防，现在还不知在什么地方呢！"

老太太一五一十地对我讲述事情发生的经过。鲁滨逊把炸药拴在笼门背后时，笼里的兔子动了一下。这时，老太太正在她的棚屋里看着他干，用她的话说，是"坐在二楼包厢里！"，就在他拴上这玩意儿的时候，炸药爆炸了，大粒霰弹炸到他整个脸上，还炸到他的眼睛里。"要杀人，就会心神不定。肯定是这样！"她得出了这个结论。

总之，事情干得笨手笨脚，全砸了。

"现在的人啊，都变成了这样！正是这样！他们养成了这种习惯！"老太太强调道，"现在他们要靠杀人吃饭！光偷面包已经不够了……而且要杀老太太！……这事以前从没见过……从没见过！……这是世界末日！人的身上没有别的东西，只有邪恶！你们全都中了邪！……那小子现在成了瞎子！他的生活你们得负担一辈子！……嗯？……你们还可以跟他一起学坏呢！……"

儿媳妇一声不吭，但她想必已经胸有成竹，以便摆脱困境。她是个十分内向的卑鄙之徒。正当我们凝神思考之时，老太太开始在各个房间寻找自己的儿子。

"不错，大夫，我有个儿子！他到底在什么地方？他又在搞什么鬼？"

她没完没了地笑着，摇摇晃晃地穿过走廊。

一个老人笑得这样厉害，只有在疯人院才能看到。听到这样的笑声，你就会感到不知所措。但她一定要找到自己的儿子。儿子已经逃到街上。"那么，就让他藏起来吧！让他长命百岁！这是他的报应，应该和上面那个家伙生活在一起，两个人都和那个眼睛瞎了的小子生活在一起！养活他！他的炸药都炸在自己的脸上！我亲眼看到！我全都看到！就这样，嗵！这我全都看到！我可以向你们担保，挨炸的可不是兔子！啊！见鬼！我儿子在什么地方，大夫，他在哪儿？您没有见到过他？他也是个坏透了的坏蛋，一直阴险毒辣，比那个家伙还要坏，可现在，他可恶的本性总算暴露了出来，这可是他的本性！啊，像他这样可怕的本性暴露出来，得要很长的时间！但一旦暴露，可真是臭气冲天！没什么可说的，大夫，真可恶！

可不能放过他！"她说完还在笑。出了这些事，她觉得自己理直气壮，想让我大吃一惊，想一下子把我们全都弄得哑口无言，总之，是要我们出洋相。

她扮演了一个自命不凡的角色，感到兴致勃勃。人一高兴就会没完没了。人只要还能扮演一个角色，就绝不会对幸福感到厌倦。老人们则是没完没了地诉苦。二十年来，昂鲁伊老太太就是这样。可现在她不想再诉苦了。她现在出乎意料地得到了这个泼妇的角色，就再也不想放弃了。人老了，就再也演不了激动人心的角色，就会闲得发慌，只好等死。老太太扮演报仇雪恨的角色，突然恢复了生命的乐趣。她突然不再想死了，一点也不想死。她精神焕发，说明她有求生的欲望。重新找到激情，正剧中真正的激情。

她心里重又热了起来，不想再失去新的激情，不想再离开我们。在很长一段时间里，她已经几乎不再相信激情的存在。她已经到了这种地步，不知道如何才能使自己不至于死在这死气沉沉的花园深处。正在这时，她突然遇到了现实中的暴风骤雨，这现实严酷而又灼热。

"要我死！"昂鲁伊老太太这时吼叫起来，"我要看到我死是什么样子！你听到吗？我有眼睛，可以看到死的样子！你听到吗？我有眼睛！我要好好看看死的样子！"

她不想死了，永远不想。很清楚。她再也不相信自己会死。

路易-费迪南·塞利纳年表

1894 年： 5 月 27 日，生于巴黎郊外的库尔贝瓦。

1907 年： 小学毕业。因父母希望他长大后从商，被送往德国学习。两年后转至英国学习。

1912 年： 入伍，在法国第 12 重骑兵团服役。

1914 年： 10 月，去前线执行一项通讯任务，右臂中弹受伤。后被授予军事勋章。

1915 年： 被调任至法国驻伦敦领事馆工作。

1916 年：前往非洲喀麦隆的桑加 – 乌班吉木材公司任职。次年回国。

1918 年：受美国洛克菲勒基金会聘用，从事肺结核预防工作。

1919 年：通过中学毕业会考，同雷恩医学院院长的女儿埃迪特·福莱结婚。次年进入雷恩医学院，开启为期两年的课程学习。

1924 年：在巴黎取得博士学位，之后任职于国际联盟，多次前往非洲和美国，在底特律参观福特工厂，印象深刻。

1926 年：同妻子离婚。在日内瓦认识伊丽莎白·克雷格，开始写作剧本《教堂》。

1927 年：回国，在巴黎西北郊开设诊所，与伊丽莎白·克雷格同居。

1929 年：开始创作《长夜行》。

1932 年：父亲去世。10 月，以塞利纳为笔名，出版《长夜行》，引发轰动。与龚古尔文学奖失之交臂，但获雷诺多文学奖。

1933 年：出版《教堂》。伊丽莎白·克雷格回到美国处理遗产问题，一去不返。

1935 年：结识巴黎喜歌剧院的舞蹈演员吕塞特·阿尔芒索尔。

1936 年：发表小说《死缓》。辞去医生职务。次年发表反犹主义小册子《对屠杀说些无足轻重的话》。

1943 年：2 月 15 日，同吕塞特结婚。

1944 年：逃离巴黎，经德国前往丹麦。将小说《战争》《伦敦》等手稿遗落在巴黎公寓内。

1945 年：3 月 9 日，母亲去世。4 月 19 日，以叛国罪被法国政府通缉。12 月 17 日，被丹麦当局逮捕，关押一年零两个月后出狱。

1949 年：为《长夜行》撰写再版序言。

1951 年：4 月 20 日，以"一战"重大伤残者的身份获特赦。7 月，回到法国。10 月，搬到巴黎郊外默东，持续写作，出版《一座城堡到另一座城堡》等作品。

1961 年：7 月 1 日，患脑溢血于家中去世。临死前一天，为自己的最后一部小说定下书名：《轻快舞》（*Rigodon*）。

野 SPRING
更具体地生长

主　　编｜苏　骏
特约编辑｜夏明浩

营销总监｜闵　婕
营销编辑｜狄洋意　许芸茹

版权联络｜rights@chihpub.com.cn
品牌合作｜zy@chihpub.com.cn

野 SPRING
望 MOUNTAIN

出品方　春山望野（北京）
文化传媒有限公司

Room 216, 2nd Floor, Building 1, Yard 31,
Guangqu Road, Chaoyang, Beijing, China

SPRING 野

更具体地生长

All This Wild Hope

我们的躯体由动荡不安、平凡无奇的分子构成，
　　每时每刻都在反抗生存这种痛苦的闹剧。

……在我们离开世界之前，
世界早已离开了我们。

Louis-Ferdinand Céline
1894—1961

长夜行

Voyage au bout de la nuit

III

Louis-Ferdinand Céline

[法] 路易－费迪南·塞利纳 著

徐和瑾 译

GUANGXI NORMAL UNIVERSITY PRESS
广西师范大学出版社
·桂林·

目
录

二十九

大家知道，这种事情总是很难顺利解决，要顺利解决，总得付出很高的代价。一开始，大家甚至不知道该把鲁滨逊安置在什么地方。送到医院？这样肯定会招来无数闲话，引起风言风语……把他送回家？这也不能考虑，因为他的脸已经炸成这样。因此，不管是否愿意，昂鲁伊夫妇都得把他留在自己家里。

他躺在楼上房间昂鲁伊夫妇的床上，心里忐忑不安。他感到十分恐惧，害怕被赶出门外，受到刑事诉讼。这是可以理解的。这种事确实不能讲给任何人听。我们把他房间的百叶窗关得很严，但那些邻居到街上去的次数却比平时更多，他们只是为了看看百叶窗，问问受伤者的情况。我们对他们说了受伤者的情况，说些胡编乱造的情况。但怎样才能使他们不感到惊讶，不散布流言蜚语？他们还会添油加醋。怎样才能避免别人的猜测？幸而检察院还没有收到任何明确的起诉。这已经不错了。至于他脸上的伤，我设法在治。没有出现任何感染，虽说他的伤口高低不平，十分肮脏。至于眼睛，我预料在角膜上会留下伤疤，即使光线能透过这些伤疤，透过时也一定十分困难。

只要还有一点希望，就要让他恢复一点视力。这时，我们只能进行急救，特别是不能让老太太在邻居和看热闹的人们面前用尖叫的声音讲我们的坏话。说她是疯子没用，总不能老是用发疯来解释所有的事情。

要是警察插手我们的事情，我们就不知会被警察带到什么地方。现在，不让老太太待在她的小院子里大吵大闹，就成了一件棘手的事情。我们轮流去劝她安静下来。我们不能板起面孔硬要她就范，但和颜悦色也并非总是能够奏效。现在她一心要报仇，就对我们进行要挟。

我去看鲁滨逊，每天至少两次。他头上扎着绷带，一听到我上楼梯的声音就开始呻吟。他疼得难受，这是事实，但并不像他装给我看的那样厉害。我心里想，他难受的时候还在后头，就是在他发现自己的眼睛已经瞎掉的时候，而且要比现在难受得多……我在谈到将来时相当含糊其词。他感到眼皮上像针扎一样疼。他认为是由于这种针刺般的疼痛，他才看不到自己面前的东西。

根据我的嘱咐，昂鲁伊夫妇对他进行细心的照料。在这方面倒没有麻烦。

我们再也不提谋杀的企图，也不谈将来如何。当我在晚上离开他们的时候，我们就互相打量着对方，挨个看过去，每次都是这样，态度十分坚决，所以我总是感到，我们仿佛想立即把对方除掉。我觉得，思考后得出这样的结论是合乎逻辑、恰如其分的。我很难想象如何在这幢房子里过夜。然而，我在第二天早上又见到他们，并在一起继续干着前一天晚上撂下的事情，接触在前一天离开的人们。我和昂鲁伊太太一起给鲁滨逊换上用高锰酸钾消过毒的绷带，在换时把百叶窗打开一点进行试验。但每次都白费力气。鲁滨逊根本就没有发现我们已将百叶窗微微打开……

这样，世界就在阴森、寂静的黑夜之中旋转。

老太太的儿子每天早上都来接我，说的是乡下人爱说的话："喔！大夫来了……天冷得不得了！"他说着，在小列柱廊下抬起眼睛看看天空，仿佛天气起过重要的作用。他的妻子再次去找婆婆，想隔着街垒一般的房门和婆婆谈判，结果却火上浇油。

鲁滨逊在头上扎着绷带的时候，曾对我讲述他是怎样走上生活的。那是从做买卖开始的。在他十一岁的时候，他父母就让他在一家高级鞋店里跑腿。有一天他去送货的时候，一位女顾客让他感受到一种乐趣，这种乐趣他以前只有在想象中才体会过。老板那儿他再也没有回去过，因为他觉得自己的行为太可恶了。在他所说的那个时候，和一位女顾客接吻，是一种不可原谅的行为。特别是那位女顾客的衬衫料子很薄，使他产生一种异乎寻常的感觉。三十年之后，他还清楚地记得那件衬衫。那位夫人的公寓里有许多垫子和带流苏的门帘，她在房间里走动时发出窸窸窣窣的声音，她那芳香扑鼻的粉色肉体，小鲁滨逊一直没有忘记，并且不断以此来进行绝望的对比。

然而，在这以后，发生了许多事情。他到过几个大陆，见过整整几场战斗，但从未真正摆脱这次艳遇对他产生的消极影响。不过，他喜欢回忆这件事，喜欢对我讲述他在少年时代和女顾客一起度过的美妙时刻。"像这样闭着眼睛，就会东想西想，"他指出，"眼前有一幅幅画面不断出现……就像脑袋里装着一部电影……"我这时还不敢对他说，他将来会看厌自己的小电影。由于所有的思想都通向死亡，到将来的某个时候，他在自己的电影里会看到，伴他同行的只有死亡。

在昂鲁伊夫妇的小屋旁边，现在办起了一家小工厂，工厂里开动着一台很大的马达。他们的小屋里从早到晚都在震动。另外，在稍远的地方还有其他一些工厂，不断在咚咚地捣碎什么东西，没完没了，在夜里也是这样。"等这破屋倒了，我们也就完了！"昂鲁伊开玩笑地说，但还是有点不安，"这屋最终是要倒的！"确实，天花板上已经有一些小块石灰落到了地板上。一位建筑师叫他们放心，但不起作用，当屋里的人停下来倾听外面的响声时，就感到像是坐在一条船上，老是担惊受怕。关在里面的乘客，长期在制订比生活还要悲伤的计划，也在积蓄着钱，另外还在提防着光明，也在提防着黑夜。

午饭后，昂鲁伊到楼上的房间里去给鲁滨逊读点东西，就像我对他要求的那样。日子一天天过去了。鲁滨逊在当学徒时和那位漂亮的女顾客发生关系的事，他也对昂鲁伊说了。这件事最后成了屋里所有人取乐的笑料。我们的秘密在大庭广众下说出了口，就不再成为秘密。在我们心里，在人间、天上，也许只有尚未说出的东西才是可怕的。你只有把事情全都说出来才会感到安宁，然后就保持沉默，并且再也不会因沉默而感到害怕。事情也就好了。

在鲁滨逊的眼皮还在化脓的几个星期里，我在谈到他的眼睛和未来时可以敷衍塞责。有时说窗子关着，实际上窗子大开，有时说外面很暗。

然而，有一天，当我转过身去不注意的时候，他自己走到窗前，以便弄清事情的真相，他把蒙在眼睛上的布条拿了下来，我想阻止已经为时过晚。他犹豫了好长时间。他先是在右边，然后在左边摸了摸窗子的边框，开始时他不愿相信，到后来也只好相信这个事实。他只好这样。

"巴尔达米！"他对着我吼道，"巴尔达米！窗开着！我对你说，窗开着！"我不知该如何回答他，我傻乎乎地站在他面前。他把双臂伸到窗外，伸到清凉的空气之中。他当然什么也看不到，但他能感觉到清凉的空气。他把自己的双臂尽量伸到眼前的黑暗之中，仿佛想摸到黑暗的尽头。他不愿相信这点。他眼前一片黑暗。我又把他推到床上，还对他说了些安慰的话，但他再也不相信我的话了。他哭了。他已经到了山穷水尽的地步。别人已经没有话可以对他说了。当你什么坏事都碰上的时候，你就会在一瞬间感到十分孤独。就像是到了世界的尽头。悲伤，你的悲伤，已经不能解决你的任何问题，这时，你就得退回到人们之中，回到随便哪些人的中间。在这种时候，人的要求不高，因为即使要哭，也得回到重新开始的地方，得跟人们一起回来。

"那么，等他身体好转之后，你们将对他做出什么安排？"这件事发生后，我在午饭时问那个媳妇。那天他们正好要我留下来和他们一起在厨房里吃饭。实际上，他们俩都不大清楚该如何摆脱目前这种局面。他们一想到要付膳宿费，就感到十分害怕，那媳妇更是如此，因为她对残疾人膳宿的价格比丈夫更加清楚。她甚至已经去公共救济事业局找过门路。但这件事他们对我避而不谈。

有一天晚上，我在第二次去看望鲁滨逊之后，他想方设法要叫我留在他的身边，就是要我晚一点回去。他不停地讲述他能拼凑在一起的所有事情，回忆我们一起做过的事情，一起进行的旅行，甚至还有我们从未想过要去回忆的事情。他回想起我们至今还从未有时间回忆的事情。在他与世隔绝之时，我们生活过的世界仿佛涌上了脑海，其中有种种抱怨，有温情体贴，有旧的衣服，有我们离开的朋友，真像是他在瞎了眼睛的脑袋之中，为一个展示陈旧感情的市集举行的开幕典礼。

"我要自杀！"他在过于痛苦时对我说。不过，他还是把自己的痛苦搁到了稍远的地方，就像放置一件对他来说过于沉重又毫无用处的物体，把痛苦放在一条他找不到任何人来诉苦的路上，痛苦是多么巨大、多么复杂。这痛苦他本来是无法解释的，因为他所受的教育无法对此做出解释。

我知道他是个懦夫，他生性懦弱，总是希望别人来救他，使他看不到真相，但另一方面，我却开始在想，是否在什么地方存在着真正的懦夫……看来，任何人都可以找到一种东西，使他为这种东西去死，立刻去死，而且还十分高兴。只是机会来的时候，他并非总是可以死得漂亮，就是说这不是他中意的机会。于是，他只好将就着去死，死在某个地方……人待在世界上，样子傻乎乎的，在众人看来是个懦夫，其实只是没有自信而已。懦弱只是一种表象。

别人给鲁滨逊提供了机会，但他并不准备去死。也许以另一种方式提供机会，会使他感到十分高兴。

总之，死亡有点像结婚一样。

这种死他一点也不中意，就是这样。没什么可说的。

这样，他就只好听天由命，过着死水一潭的忧郁生活。但在这时，他还十分忙碌，正在热衷于用自己的不幸和忧伤来玷污自己的灵魂，而且方式令人厌恶。到后来，他把自己的不幸理出了头绪，这时才真正开始新的生活。总得这样。

晚上吃过晚饭，他就这样回忆着一些零星的往事。"你要是愿意，就相信我的话！"他把我叫来后说，"你知道，我从来就不是学语言的材料，但在英语方面，我后来在底特律还是能进行些简单的会话……不过我现在差不多全都忘了，只记得一句话……两个词……自从我的眼睛出了毛病之后，我老是想到这句话：Gentlemen first！[1] 我现在会说的英语几乎只有这句了，我也不知是为什么……这容易记，不错……Gentlemen first！"为了让他散散心，我们就在一起说英语取乐。我们常常翻来覆去地说"Gentlemen first！"，而且是无缘无故地说起这句话，就像傻子一样。这只是我们的一句玩笑。我们最后把这句话教给昂鲁伊，他有时上楼来看看我们。

在回忆往事的时候，我们心里在想，在所有这些事物之中，有哪些至今尚存……在我们都认识的人们之中，有哪些至今健在……我们在想，莫莉现在怎么样了，我们可爱的莫莉……至于洛拉，我很想把她忘掉，但我还是希望得到她们的音信，还有小米西娜的消息，要打听就都打听一下……米西娜现在在巴黎，不会住得很远。就在附近……但是，要搞到米西娜的消息，我还是得

---

1 英语：先生们先请！

东跑西问，就像是探险一样……要向这么多人打听，这些人的姓名、习惯和地址我已经忘记，他们的和蔼可亲、笑容满面，经过这么多年的忧虑和对食物的渴望之后，想必已像陈年干酪一样，变成不堪入目的愁眉苦脸……往事也有自己的青春……它们一旦被搁在一边，就会变成令人厌恶的鬼怪，充满着自私、虚荣和欺骗……它们会像苹果一样烂掉……我们在一起谈论我们的青年时代，反复品尝其中的滋味，感到疑虑重重。对啦，我的母亲，我已经有很久没去看她了……可每次去看她，我的神经系统就受不了……母亲比我还要愁眉苦脸……她一直在自己的小店里，仿佛在这么多年之后，她把周围的失望全部聚集在自己的身上……当我去看她时，她就告诉我："你知道吗，奥尔唐斯姑妈，她两个月以前在库唐斯去世了……你本来应该去看看她，对吗？还有克莱芒坦，你还记得吗？……就是那个地板打蜡工，你小的时候常跟他一起玩……前天，他倒在阿布基尔街上，被人扶了起来……他已经有三天没有吃东西了……"

鲁滨逊想到自己的少年时代时，不知该从何谈起，原因是他的少年时代十分乏味。除了同那位女顾客的艳遇以外，其他的一切都使他感到失望，想起来真想在角落里呕吐一场，就像在一幢房子里，只有令人讨厌和发臭的东西，如扫帚、小木桶、家庭妇女、耳光……昂鲁伊先生对自己在服兵役以前的青少年时代也没什么可说的，值得一提的只有他在那个时候精心打扮后拍的一张照片，这张照片至今还在，挂在大立柜的正上方。

等昂鲁伊下楼之后，鲁滨逊就对我谈起自己的担心，他担心现在再也拿不到答应给他的一万法郎……"是呀，别再抱太大的希望了！"我对他说。我情愿让他对再次失望有个思想准备。

爆炸后留下的小铅弹，已经在伤口的边缘露了出来。我分好几次把它们取了出来，每天取出几颗。每当我碰到他结膜的上面，他就疼得要命。

这件事我们是防不胜防，街道里的人们已经在开始议论，什么话都有。幸而鲁滨逊不知道有这些议论，他要是知道，准会病得更加厉害。不用说，我们受到周围人们的怀疑。昂鲁伊家的媳妇穿着便鞋在屋里走动时的声音越来越轻。我们没想到她会来，她却已经来到我们面前。

我们现在仿佛行驶在暗礁丛生的水面上，稍一犹豫就会船毁人亡。到那时，船就会噼啪一声裂开，碎片到处碰撞，有的消失，有的被冲到岸上。鲁滨逊、老太太、炸药、兔子、眼睛、靠不住的儿子、想杀人的儿媳。我们就像被冲到岸上的东西，在那儿展览，把我们所有的赃物和无耻的想法都抖出来，让好奇的人们看了气得直发抖。我感到惭愧。并不是因为我真的犯了什么罪。不是。但我还是感到自己有罪。我有罪主要是因为我心里希望这件事继续干下去。我甚至看不出，我们大家一起在黑夜中游荡得越来越远会有什么坏处。

首先，现在连希望也不需要了，事情会顺利进展下去，而且十分神速！

三十

有钱人不用杀人就能吃上饭。据他们说，他们让别人去干。有钱人自己不做坏事。他们雇人干。为了讨有钱人喜欢，人什么都干，这样大家就都满意了。有钱人的老婆漂亮，穷人的老婆难看。这是几个世纪下来的结果，同穿着打扮没有关系。娇滴滴的美人们吃得好，洗得干净。这些人活着，就能过上这样的日子。

至于其他的人，拼命干也没用，他们滑到岔路，就重新开始酗酒，因为酒精对活人和死人都有防腐作用，但喝上了酒就一事无成。这点已经得到证实。这么多世纪以来，我们亲眼看着我们的家畜出生、干活、死亡，但它们也从未发生过任何异乎寻常的事情，只是像其他许多动物一样，不断生老病死，平淡无奇。对于目前发生的事情，我们本来是应该理解的。无用的人们就像源源不绝的波涛一样，从岁月的深处涌现出来，接连不断地在我们面前死去，而我们却待在那儿，希望得到一些什么……人总是要死的，去想它又有什么用。

有钱人的老婆吃得好，保养得好，不知道生活的艰难，就变得漂亮。这确实如此。总之，这点也许就够了。我们可不知道。不过，这至少是活下去的一个理由。

"美国的女人，你不觉得她们比这儿的女人漂亮？"自从鲁滨逊回忆起自己的那些旅行以来，他就一直问我这样的事情。他好奇，甚至谈起了女人。

这时，我去看他的次数稍微少了一点，因为在这个时候，我被任命为一家小门诊所的主治医生，给附近的结核病患者治疗。直说了吧，干这事我每个月可以得到八百法郎。我的病人主要是市郊贫民区的居民，贫民区就像是永远无法完全

去掉泥土味的村庄，到处都是垃圾，四周是一条
条小路，那些早熟的黄毛丫头不去上学，站在小
路上的栅栏旁，想从好色之徒那儿捞到一法郎去
买薯条吃，却得了淋病。这种地方在先锋派的电
影里可以见到，在那儿，脏衣服挂在树上，把树
都弄臭了，在那儿，地上的所有生菜在星期六晚
上都被小便浇得湿淋淋的。在这几个月的专科门
诊之中，我没有在自己管辖的范围之内创造出任
何奇迹。然而，治病十分需要有奇迹出现。但是，
我的病人们并不希望我创造奇迹，相反，他们要
依靠自己的结核病，才能从绝对贫困的状态转入
相对贫困的状态，才能摆脱永远喘不过气来的状
况，从政府那儿领到微薄的津贴。战争以来，他
们经历了一次又一次的改革，但他们的痨病还是
没有治好，不过他们的病多少起到一点作用。他
们越来越瘦，原因是一直有低热，再加上吃下去
的少，吐出来的多，大量饮酒，还得干活，只是
三天中只干一天。

他们一心一意希望得到补助。只要他们在咽

气以前还能等一等，补助就会来，像是上帝发了慈悲。要是没有亲眼看到希望得到补助的穷人们起死回生并且等到了什么，你就不会知道"起死回生的等待"意味着什么。

他们几个下午、整整几个星期都在盼望，外面下雨时就等在我破旧的诊所的入口处和走廊，希望含菌的百分比高，希望痰里确实带有结核杆菌，货真价实，痰里"百分之百"都带结核杆菌。他们希望在领到补助之后才把病治好。当然，他们也想到要把病治好，但想得不是很多，因为他们心里只想定期领到补助，只要领到一丁点儿补助，什么条件都能接受。除了这种毫不动摇的巨大欲望之外，他们只有一些次要的愿望，相比之下，他们的死亡也成为某种相当次要的事情，最多只是一种体育上的冒险。死亡毕竟只是几个小时甚至几分钟的事情，而定期补助则像贫困一样，能持续一辈子。有钱人感到满足的方式不同，所以不能理解人们何以会如此狂热地追求生活上的保障。成为有钱的人，是另一种陶醉，是忘却。

有人要成为有钱的人，甚至就是为了这点，就是为了忘却。

我渐渐改掉了一种不良习惯，即答应让我的病人们恢复健康。身体健康的前景，不会使他们感到十分高兴。总之，身体健康只是一种权宜之计。身体健康就可以去干活，但又怎么样呢？而国家的补贴，即使微不足道，也是非常好的，而且是不折不扣的好。

当你没有钱可以给穷人的时候，你最好还是一声不吭。当你在对他们谈论钱之外的其他东西时，你就在欺骗他们，就在撒谎，几乎总是这样。要使有钱人高兴不难，只要用镜子，让他们在镜子中自我欣赏就行了，因为在世界上没有比有钱人更好看的东西了。为了给他们鼓鼓劲，每隔十年让他们的荣誉勋位升上一级，就像老妇的乳房需要定期隆一样，他们就可以再干上十年。事情就是这样。我的那些病人是一些自私自利的穷人，他们追求物质利益，一心只想用带血、阳性的痰来实现他们卑鄙的退休计划。他们对别的事都毫不在乎，甚至对一年四季也毫不在乎。他们对四季的感觉和了解，只局限于同咳嗽和生病有关的事情，例如冬天得感冒要比夏天容易得多，但春天更容易咯血，而在天气热的时候，体重每星期会减少三公斤……有时我听到他们之间的谈话，他们在候诊时以为我在别的地方。他们说我的坏话没完没了，说的谎话叫人难以想象。他们这样说我的坏话，大概可以给自己鼓鼓气，使他们具有他们所必需的某种神秘勇气，以便变得更加冷酷无情，更能吃得起苦，变得狠巴巴的，以便活下去、顶得住。说坏话、诽谤、蔑视、威胁，这样做对他们有好处，这一点应该相信。但是，我还是尽量去讨好他们，而且是千方百计，我站在他们一边，设法为他们效劳，开给他们许多碘化物，让他们把该死的杆菌咳出来，但这样做却从未使他们的恶言恶语有所收敛……

我询问他们的病情时，他们待在我的面前，脸带微笑，就像用人一样，但他们并不喜欢我，首先是因为我要把他们的病治好，其次是因为我没有钱，他们叫我看病，就意味着看病是免费的，这对病人来说总是不光彩的事，即使对就要领到补助的人也是如此。因此，在背后，他们对我什么下流话都说。我也没有汽车，就像郊区大多数医生一样，但在他们看来，我得用脚走路也是一种短处。只要有人对我的病人们稍加挑动——同行们做这种事并不少见——他们就会进行报复。我是热心助人，尽心尽力，可他们却以怨报德。这都是常有的事。而时间照样流逝。

有一天晚上，我的候诊室里几乎空无一人，一个神父就进来跟我谈话。我不认识这神父，差点儿把他打发走。我不喜欢神父有自己的道理，特别是在圣塔佩塔被人卖到船上之后更是如此。但这个神父，我怎么也认不出来，所以无法用确切的事情来责骂他，我以前确实从未在任何地方见到过他。可他想必像我一样，夜里常常要在朗西行走，因为他负责附近的地区。也许他在外出时总是避开我？这点我想到了。另外，别人应该对他说过，说我不喜欢神父。这点从他闪烁其词的开场白中可以感觉得到。总之，我们从未在同一个病人的床边遇到过。他对我说，他在附近的一所教堂里任职，已经有二十年了。信徒倒是不少，但施给他钱的却不多。他可以说像个要饭的。这点使我们俩感到亲近。我觉得他身上穿的袍子就像马赛鱼汤里的一片海鲜，这样在贫民区里走来走去很不方便。我对他指出了这点。我甚至坚持认为，穿着这样的袍子极不方便。

"习惯了！"他对我回答道。

我这种放肆的话并没有使他感到生气，反而使他变得更加和蔼。他显然有什么事要求我。他说话的声音不高，就像在说单调乏味的知心话，我想这跟他从事的职业有关。当他小心谨慎地做开场白时，我却在想象这个神父为了赚取身上所需要的卡路里每天在做些什么，要装出各种各样的面孔，还要做出允诺，就像我做出的那样……另外，我为了自娱，还想象他亦身裸体站在祭坛前面是什么样子……得养成习惯，一开始就把你的来访者剥光衣服进行想象，这样做了以后，你对他们的了解就会快得多，无论来者是谁，你都能立刻在他身上看出其巨大而贪婪的蛆虫本质。这就是想象的妙处。他那讨厌的名声消失得无影无踪。他赤身裸体，在你面前只是个可怜的叫花子，自命不凡，自吹自擂，竭力想结结巴巴地说出某种无关紧要的事情。没有什么能经得住这种想象力的考验。这能让你立刻搞清状况。除却这赤裸的肉体，剩下的就只有思想，而思想从来就不能使人害怕。有了思想，什么也不会失去，一切都会顺利解决。而一个衣冠楚楚的人的名声，有时是相当难以忍受的。他的衣服里全是讨厌的气味和秘密。

神父的牙齿非常不好，呈黄褐色，边上是暗绿色的牙垢，看来是严重的牙槽脓漏。我想要对他谈他的脓漏，但他忙于对我叙说事情，使我无法开口。他对我叙说的事情在舌头的推动之下，正好不断地撞在残牙断齿之上，而我在暗中注视舌头的每一个运动。他的舌头在许多小地方被擦破，所以边缘在出血。

　　我已养成这种私下进行仔细观察的习惯，而且饶有兴致。当你留神注意词语形成和说出的方式时，就会看到这些词语令人不快地把口水一起带出。我们在谈话中所做的机械努力，要比排便更为复杂，更加难受。口腔是用浮肿的肉构成的花冠，它抽搐着嘘嘘作响，吸进空气，里面忙乱不堪，透过龋齿发臭的屏障，发出各种叫人讨厌的声音，这是多大的惩罚！可有人却要我们把这种事说得妙不可言。难哪。既然我们肚子里只有温暖、腐烂的肠子，我们就永远不会有什么感情。爱上谁倒不难，难的是当白头偕老的夫妻。粪便不会老是待在那儿，也不会变大。在这方面，我们比粪便要不幸得多。我们硬是要维持自己的状况，这真是无法想象的折磨。

　　显然，我们奉若神明的，就只有自己的气味。我们的全部不幸，就在于我们必须是让、皮埃尔或者加斯东，不管日子过得怎样，我们都必须活下去。我们的躯体由动荡不安、平凡无奇的分子构成，每时每刻都在反抗生存这种痛苦的闹剧。

我们那些可爱的分子，都希望尽快在宇宙中消失！它们感到痛苦，因为它们只是"我们"，而不是无限。我们要是有勇气，就会把自己炸成碎片，可我们只是在一天天地混日子。我们心爱的折磨，原子的折磨，就在我们的皮肤里面，和我们的傲气关在一起。

我想起这些与生命有关的丑事，心里十分沮丧，就默不作声，神父却以为把我控制住了，并趁机对我亲热起来，甚至还有点不拘礼节。显然，他事先了解过我的情况。他极其小心地谈到我在附近地区的医疗声誉这个不祥的话题。他对我说，如果我在朗西行医的头几个月中就能以完全不同的方式行事，我的声誉可能会好些。"亲爱的大夫，咱们永远不能忘记，病人基本上都是保守的……他们担心地会陷下去，天会塌下来，这点是不难理解的……"

因此，他认为，我一开始就应该接近教会。这就是他在精神和实践方面的结论。这想法不坏。我不去打断他的话，而是耐心地等待他说出自己的来意。

要谈伤心的知心话，现在外面的天气是再合适也没有了。天气可以说是坏透了，而且又这么冷，一点都没有好转的迹象，走到外面，你就再也看不到世界的其余部分，世界一旦感到恶心，就变得模糊。

我的护士终于写完了所有的病历，写好了最后一张。她再也没有借口留在这儿听我们谈话了。她走了，但走时很不高兴，把门砰的一声给关上了，然后走到一阵大雨之中。

三十一

　　在这次谈话中，神父说出了自己的名字，他自称是普罗蒂斯特[1]神父。他吞吞吐吐地告诉我，他和昂鲁伊家的媳妇一起找门路已经有一段时间了，为的是把她婆婆和鲁滨逊一起安置在一所收费不高的修道院里。他们现在还在寻找合适的修道院。

　　仔细看来，普罗蒂斯特神父的样子有点像站柜台的店员，也许还可以被看成百货商店一个部门的主任。他脸色发青，老是出汗，不断擦干。他真像平民百姓，这可以从他拐弯抹角的谦卑口吻中看出，也可以从他嘴里的气味中闻出。此人

---

[1] Protiste，法语中意为单细胞生物。

吃饭过快，喝白葡萄酒。

他对我说，昂鲁伊家的媳妇起先到本堂神父住宅去找他，时间是在谋杀发生后不久，要他帮他们摆脱困境。我感到他说这件事时在寻找借口，进行解释，仿佛他对这种合作感到羞耻。其实，他没有必要对我装模作样。这种事可以理解。他在天黑时来找我。就是这样。再说这神父也算倒霉！有了钱，他的狗胆慢慢大了起来。算他倒霉。由于我的诊所里一片寂静，黑夜正笼罩着这个地区，所以他就压低声音，以便对我一个人说秘密的话。但他压低声音还是不管用，在我听来仍然十分响亮，响得无法忍受，这也许是因为我们周围很静，回声很大。也许只是我自己的感觉？嘘！我真想在他说话的每个间歇都对他这么说。我害怕得嘴唇也有点发抖，等他讲完一段话，才会不去胡思乱想。

现在，神父加入了我们这焦虑不安的一伙，他不知该怎么办才能跟着我们四人在黑暗中前进。小小的一伙。他想知道已经有多少人卷入此事，我们将何去何从，以便使他也能跟新朋友们手拉着手，向着我们大家要一起达到或永远无法达到的目标前进。现在我们是同路人。神父将学会黑夜行路，就像我们一样，就像其他人一样。他还会绊倒。他问我怎么走才不会摔倒。他要是害怕，就别来！我们一起干到底，就会知道在冒险中寻求的是什么。生活就是这样，是一段在黑夜中结束的光明。

不过，我们也许永远不会明白，什么都找不到。到那时就只有死亡。

目前得摸索着前进。再说，我们到了这种地步，已经没有退路。没有选择的余地。那该死的司法和法律到处都有，在每个走廊的拐角都有。昂鲁伊家的媳妇握着老太太的手，她儿子和我握着他们的手，鲁滨逊也是如此。我们都在一起。就是这样。我立刻把这一切都解释给神父听。他一听就明白了。

现在的情况下，不管我们是否愿意，我们给过路人碰到、发现总不是件好事，这话我也对神父说了，并且还特别强调。要是碰到什么人，得装出散步的样子，装得若无其事。这是命令。要装得十分自然。因此，神父现在全都知道了，全都明白了。他也紧紧地握着我的手。他一定也十分害怕。刚开始干嘛。他犹豫不决，甚至像老实巴交的人那样说话结结巴巴。走到我们这一步，既没有路也没有亮光，只有小心谨慎，我们互相提醒要小心，但又不大相信会有什么用处。在这种场合下所说的互相鼓励的话，任何人都不会信以为真。对它们不会有任何反应，因为我们已经脱离了社会。恐惧既不会说对，也不会说不对。我们说什么、想什么，恐惧都照单全收。

在这种情况下，在黑暗中圆睁双目也不管用。恐惧也没有用处。黑夜吞噬了一切，甚至是眼睛里的光亮。我们都给它掏空了。我们还是得手拉着手，否则就会跌倒。白天的人们不会再理解我们。恐惧把我们和他们分隔开来，我们被恐惧压得透不过气来，直至这件事以某种方式结束为止，到那时，我们才能和世上的那些浑蛋重新聚在一起，要么在一起死，要么在一起活。

目前，神父只能帮助我们，只能赶紧学习，这是他的工作。再说，他来也是为了此事，首先是要设法安置昂鲁伊老太太，而且要抓紧，同时也要安置鲁滨逊，安置在外省的修道院里。看来这办法是可行的，我也是这样看的。只是要等几个月才会有一个空缺的名额，而我们已经不能再等了。受够了。

媳妇说得很对，越早越好。让他们离开这儿！把他们打发走！于是，普罗蒂斯特设法做出另一种安排。我立刻看出，这安排极为巧妙。另外，这样安排，我和神父两人都有佣金可拿。这个安排几乎立刻就要拍板成交，我将在其中扮演一个小小的角色。就是让鲁滨逊决定去南方，对他进行劝说，当然是以十分友好的方式，但也要逼着他去。

我要是不知道神父所说的办法的底细，也许会对此有所保留，为我的朋友搞到某些保证……因为仔细想来，普罗蒂斯特神父给我们提出的办法有点怪。但是，我们都为形势所迫，主要的问题是不让这件事拖下去。我答应了他提出的全部要求，即我的支持和保密。这个普罗蒂斯特似乎对这种棘手的事情习以为常，我感到他会在许多事情上给我提供方便。

首先是从何着手？得组织一次秘密的南方之行。鲁滨逊对南方会有什么看法？另外还要和老太太一起去，就是差一点被他杀死的老太太……我得坚决要求……就是这样！……得让他就范，用各种理由去说服他，虽说理由都并不十分充分，却都能站得住脚。

要说奇特的工作，给鲁滨逊和老太太在南方找到的工作就是这样。那是在图卢兹。图卢兹是座美丽的城市！我们就要见到这座城市！我们将要去那儿看望他们！我答应等他们在图卢兹安置好了之后立刻去那儿，到他们家里和工作的地方去看他们。

不过，再一想，鲁滨逊这么快就去那儿，我倒感到有点寂寞，但与此同时，我又感到十分高兴，因为这一次我真的可以得到一小笔酬劳。他们将给我一千法郎。这也是说好的。我只要说服鲁滨逊去南方，对他说那里的气候最适合他眼睛养伤，他待在那儿再好也没有了，总之，他的运气很好，他的事情可以得到如此圆满的解决。这就是让他做出决定的办法。

这样反复考虑了五分钟之后，我信心十足，准备充分，要去进行一次决定性的会谈。打铁得趁热，这是我的看法。不管怎样，他待在那儿情况不会比这儿更坏。我再三考虑，觉得普罗蒂斯特想出的主意确实十分恰当。你即使有天大的丑事，这些神父也可以把它化为乌有。

他们交给鲁滨逊和老太太干的，是一桩不算太坏的买卖。我要是没有弄错的话，是要让他们看管一个存放干尸的地窖。地窖在一座教堂的下面，是供旅游者参观的，收费不多，等于募化。普罗蒂斯特对我说，这真是一桩好买卖。我可以说相信了他的话，并且立刻感到有点嫉妒。要让死人干活，可不是每天都能办到的。

我关上了诊所的门，和神父一起去找昂鲁伊夫妇，我们俩都迈着坚定的步伐，走在坑坑洼洼的路上。要说新鲜，这可是件新鲜事。可以盼到一千法郎！我对神父的看法已经改变。走进小屋，我们看到昂鲁伊夫妇在二楼的卧室里陪着鲁滨逊。可当时的鲁滨逊又处于怎样的状况啊！

"是你，"他听到我上楼的声音，立刻极为激动地对我说，"我感到将要发生什么事情！……对不对？"他气喘吁吁地问我。

没等我回答一个字，他就已经哭得像泪人一般。正当他向我求救时，昂鲁伊夫妇在给我做手势。我心里想："真糟糕！这些人太心急了！……总是那么心急！他们就这样直截了当地把事情对他说了？……事先毫无准备？也不等我来？……"

幸好我换了一种讲法，把整件事情又说了一遍。鲁滨逊没有更高的要求，只要求同样的事情以新的面貌出现。这样就行了。神父待在走廊里，不敢进入房间。他害怕地在那儿踱来踱去。

"请进！"昂鲁伊家的媳妇最后请他进来，"进来呀！神父先生，您可不是多余的人！您降临到一个处于不幸之中的可怜家庭！……医生和神父！……在生活中痛苦的时刻，不总是这样的吗？"

她在夸夸其谈。摆脱烦恼和黑夜的新希望，使这个悍妇充满激情，充满她那种该死的激情。

神父心慌意乱，已经不知所措。他同病人保持着一定的距离，开始结结巴巴地说话。他的慌乱也传染给了鲁滨逊。只见鲁滨逊又激动起来，大声叫嚷："他们在骗我！他们都在骗我！"

说话喋喋不休，而且只涉及事情的表象。感情用事。总是老一套。但是，我却因此来了精神，壮了胆。我把昂鲁伊家的媳妇拉到一个角落里，直截了当地对她提出了条件，因为我清楚地看到，在这件事情中，唯一能使他们摆脱困境的人还是我。"先给一点钱，"我对那媳妇说，"立刻把钱给我！"常言道，当你不再信任的时候，你就不必感到不好意思。她明白了我的意思，就把一张一千法郎的钞票塞到我的手里，为了保险起见，她接着又塞给我一张。这事我是逼着她做的。我趁自己在那儿，就开始劝鲁滨逊去南方。当时得让他做出去南方的决定。

背叛说起来容易。但还得抓住机会。背叛就像在监狱里打开一扇窗。大家都想这样做，但能做到的却十分罕见。

三十二

　　我以为鲁滨逊一离开朗西，我的生活就会好起来，比如说，病人会比平时多一点，可事实却并非如此。首先是附近地区出现了失业，发生了经济危机，这可是最糟的事情。其次是天气，虽说是冬天，却变得温暖、干燥，而我们行医的却需要潮湿、寒冷的天气。也没有流行病。总之，天气反常，整个季节都泡汤了。

　　我甚至看到一些同行步行去出诊，这点就可以说明问题，他们的样子像是乐于散步，而心里却十分生气，因为他们不开车出来只是为了省钱。我出来时只穿一件风衣。是不是因为这个，我才得了感冒，老是不好？或者是因为我已养成吃得过少的习惯？都有可能。是不是我的热病复发了？

总之，在春天即将来临之际，我着了一点凉，就开始不停地咳嗽，病得很重。真倒霉。有一天早上，我压根爬不起来了。当时，贝贝尔的姑妈正好走到我的门前。我让人把她叫来。她上来之后，我立刻派她去把街区里的人欠我的一小笔钱取来。这是唯一的一笔，也是最后的一笔。这笔钱讨回来一半，够我躺在床上十天的开销。

在床上躺了十天，就有考虑的时间。我病情好转之后，就立刻离开朗西，这就是我做出的决定。还拖欠两个月的房租……那就用我的四件家具来抵账！当然不跟任何人说，我悄悄地溜之大吉，到那时我就在拉加雷讷－朗西销声匿迹了。我走的时候既不留下痕迹，也不留下地址。贫困是臭气冲天的野兽，逼得你走投无路，你干吗还要争辩呢？没什么可说的，一走了之最聪明。

我有文凭，到什么地方都能开诊所，这是毫无疑问的……但到了另一个地方，情况仍将如此……当然喽，到了新的地方，在开始时会稍有好转，因为要别人来了解你，总得需要一点时间，他们要找到伤害你的办法，也需要一点时间。当他们还在寻找伤害你最容易的办法时，你会有片刻的安宁，但只要他们找到了窍门，就又会是那么回事，什么地方都一样。总之，在每个新的地方，你尚未被人了解的那段短暂的时间是最愉快的。在此之后，同样的勾当会重新开始。这是他们的本性。问题是不要待得太久，让那些家伙摸到你的弱点。得在臭虫回到缝隙之前把它们掐死。对吗？

至于那些病人、顾客，我对他们也不抱幻想……另一个街区的病人在贪婪、愚蠢和懦弱方面都不会比这儿的病人逊色。同样的葡萄酒，同样的电影院，同样的体育新闻，同样高兴地服从嘴巴和屁股的自然需要，所以在那儿也和在这儿一样，都是一群乡巴佬的乌合之众，他们从一个牛皮吹到另一个牛皮，老是夸夸其谈，他们弄虚作假、心怀叵测，不是惊慌失措，就是咄咄逼人。

但是，既然病人在床上可以辗转反侧，我们在生活中也可以改弦易辙，要抗拒自己的命运，我们只能这样做，也只能找到这种办法。别指望把自己的苦难留在旅途的某个地方。苦难就像是已经过门的丑媳妇。与其花上一辈子的时间拼命打她，也许还不如对她有一点爱。你当然没法把她打死，对吗？

不过，我还是悄悄地离开了我在朗西的中二楼。当我最后一次经过门房时，女门房一家正坐在桌边，桌上放着普通的葡萄酒和栗子。我没让他们看到，也没被认出。女门房在搔痒，她丈夫靠着火炉，暖和得不想动弹，他已经喝了很多，脸上通红，眼睛也睁不开。

对于这些人来说，我销声匿迹，犹如钻进一条没有尽头的长隧道。认识你的人少了三个，这可是件好事，因为少了三个监视你、伤害你的人，他们甚至一点也不知道你后来的情况。这是好事。说三个人，是因为我把他们的女儿也算在里面。他们的女儿泰蕾兹给跳蚤和臭虫咬得痒极了，搔痒抓破了皮肤，就化脓生疖子。确实，我那幢楼的女门房一家给咬得厉害，走进他们的门房，就像慢慢钻进灌木丛里一样。

　　大门口煤气灯长长的火焰，发出强烈的光线和咝咝的声音，照在人行道边行人们的身上，他们出现在黑暗的门框之中，就像惊慌而又实在的鬼魂。然后，行人们在一个个窗前和路灯前面又有了一点血色。最后，他们像我一样，黑魆魆、懒洋洋地消失在黑夜之中。

　　现在，再也没有必要去认出这些行人。然而，我很想在他们心不在焉地闲逛时让他们停留片刻，以便对他们说，我要走得远远的，走到十分遥远的地方，可以不把他们放在眼里，而他们也无法再来算计我，做任何坏事……

　　走到自由大道时，看到运菜的车子摇摇晃晃地向巴黎驶去。我跟在它们后面走着。这时，我几乎已经完全走出了朗西。天气有点儿冷。我想取取暖，就绕了个弯，来到贝贝尔的姑妈的门房。她屋里的灯在走廊尽头亮着。我心里想："走了，总得对她说声'再见'。"

　　她仍像往常那样坐在椅子上，门房里有各种

各样的气味，小火炉使一切都变得暖和，自从贝贝尔死了之后，她那张老脸总是像要哭的样子。另外，在墙上，在针线盒的上方，挂着一张贝贝尔读小学时的大照片，只见他身穿学生罩衫，头戴贝雷帽，胸前挂着十字架。这张"放大照片"是她过去买咖啡时附赠的。我叫醒了她。

"您好，大夫。"她吓了一跳。我现在还清楚地记得她对我说的话。"您像是病了！"她立刻指出，"请坐……我身体也不好……"

"我出来转一圈。"我装出若无其事的样子回答说。

"这么晚了，"她说，"还要去转一圈，特别是您还去克利希广场那边去……这个时辰，街上有风，很冷！"

她说着站起身来，摇摇晃晃地走来走去，给我和她自己在烈酒里掺上热糖水，然后立刻谈了起来，同时谈起所有的事情，谈论昂鲁伊一家，当然也谈贝贝尔。

要阻止她谈论贝贝尔，可以说是毫无办法，

但这种谈话使她难过，对她没有好处，这点她也知道。我听着她说，一点也不打断她，我仿佛麻木了一般。她试图让我回忆起贝贝尔生前的所有优点，就对此一一列举，但十分困难，因为贝贝尔的优点一个也不能遗漏，而当所有的事都说到了之后，当她对我叙述了用奶瓶喂养贝贝尔的种种情况之后，她又想起了贝贝尔一个小小的优点，觉得要和其他优点放在一起来讲，于是，她又把整个故事从头讲起，但她还是有所遗漏，她最后感到无能为力，只好哭了起来。她累得晕头转向。她抽抽噎噎，就睡着了。她已经没有精力再来长久地回忆她十分喜爱的小贝贝尔的模糊往事。死亡总是在她身边游荡，甚至已经将她部分控制。只要一点烈酒和疲劳就行了。她睡着了，打着呼噜，就像是天上被朵朵白云带走的一架小飞机，在人间，她已经没有任何亲人。

看到她这样累倒了，在各种各样的气味中睡着了，我心里就想，我要走了，也许永远也不会见到她了，我想贝贝尔已经走了，走得很爽快，他的姑妈也会跟着他走的，而且用不了多久。首先，她的心脏有病，已经完全衰老。它能够把血液压到动脉之中，但让血液流到静脉中却很困难。那姑妈将要去附近的大公墓，那儿的死人正成群结队地等着她。贝贝尔病倒之前，她常带他去公墓玩。人死了，也就不能去了。到那时，有人会来粉刷她的门房，我们就可以说，我们就像高尔夫球那样，在完蛋之前，还要在洞边微微颤动，还要扭扭捏捏。

那些球射出的时候也是又快又响，但它们从未有固定的归宿。我们也没有，而整片大地就派这个用场，为了让我们重逢。现在，对于贝贝尔的姑妈来说，这不再是十分遥远的事了，她几乎失去了激情。人们在活着的时候无法重逢。五颜六色的东西太多，使你不由得分心，你周围动弹的人也太多。人们只有在寂静中才能重逢，但为时已晚，就像那些死人一样。我也还要动弹，得到别的地方去。我来了也没用，知道了也没用……我不能跟她待在这个地方。

我的文凭放在口袋里鼓鼓囊囊的，比我的钱和身份证还要凸出。在警察岗亭前面，站岗的警察等待下一班在午夜时来替换他，他在拼命吐痰。我和他互道晚安。

在林荫大道的拐角处，加油站的灯时明时暗。过了加油站，就是入市税征收处，处里的职员穿着绿色的制服，坐在玻璃房子里。这时，有轨电车已经停驶。这正是时候，可以跟那些职员谈谈生活，谈谈越来越困难、越来越昂贵的生活。里面的职员有两个，一老一少，两人都有头皮屑，都在看这么大的登记表。透过屋子的玻璃，可以看到旧城墙外宽阔、阴暗的码头在黑夜中高高地往前伸展，等待着远方驶来的船只，那些船只如此气派，你永远也见不到。这是肯定的。人们只能期待着它们的到来。

我就跟这两个职员聊了很长时间，我们还喝了一小杯在炉子上烧的咖啡。他们跟我开玩笑，问我是否经常像这样在半夜三更出发去度假，手里提着一个小包。"不错。"我对他们回答道。对这些职员，没有必要去解释非同寻常的事情。他们不能帮助我去理解这种事情。我听了他们的话有点不高兴，就立刻想使他们感兴趣，使他们感到吃惊，我马上谈起一八一六年的战役，正是在这次战役中，哥萨克骑兵把伟大的拿破仑追到我们现在待的地方，即巴黎的城门。

这件事当然是用漫不经心的口气说出来的。我用几句话就使这两个浑蛋相信，我的文化水平比他们高，我随口说说就显出了渊博的知识。我出了这口气，就沿着大街朝克利希广场走去。

你要是走到夫人街的拐角处，就会看到那儿总是有两个妓女在等待客人。她们在天黑到清晨这几个小时里干得精疲力竭。有了她们，生活在黑暗中仍然充满生气。她们的包里塞满了药方、什么都能擦的手帕和寄放在乡下的孩子的照片，干着男女苟合的勾当。你在黑暗中走近她们时，得多加小心，因为这些女人专干这种事情，已无人性可言，她们开口说话，只是为了回答两三句，概括地说出能同她们干些什么。她们穿着有纽扣的高帮皮鞋，有着昆虫一般的灵魂。

走近她们时，什么也别对她们说。她们让人害怕。我赶紧离开，开始在电车轨道中间奔跑起来。大街很长。

大街的尽头是蒙塞元帅的雕像。自一八一六年以来，元帅头戴价钱不太贵的珍珠冠，一直守卫着克利希广场，抵抗着回忆也抵抗着遗忘，结果什么也没有守住。[1] 我从空荡荡的大街跑到他的身边，但已经晚了一百一十二年。已经没有俄国人，没有战斗，没有哥萨克骑兵，也没有士兵，广场上什么也没有，只有冠冕之下的雕像底座的边缘可以占领。三个冷得发抖的家伙围着一个小火盆取暖，在发臭的烟雾中露出贪婪的目光。那里不是个舒服的地方。

几辆汽车飞快地向广场的出口处驶去。

在紧急情况下想起巴黎的林荫大道，就会觉

1　位于克利希广场中心的蒙塞元帅雕像建于 1869 年。1814 年（而不是 1816 年）3 月，蒙塞元帅（Adrien Jeannot de Moncey，1754—1842）率领部队，在克利希城门和蒙马特高地英勇抵抗了哥萨克骑兵的入侵。

得在那儿没有在其他街道上那样冷。由于发烧，我的脑袋要靠毅力才听使唤。在贝贝尔的姑妈那儿喝的烈酒又冲了上来，我就顺风而跑，风从后面吹来，倒不怎么冷。在圣乔治地铁站附近，有一个老妇人在哭诉她孙女的命运，她孙女生病住院，据她说是得了脑膜炎。她想趁机募捐，可惜找错了人。

我能给她的只是一些话。我也对她谈起小贝贝尔，还有我过去在城里治疗过的一个小姑娘，小姑娘是在我读书期间死的，得的也是脑膜炎。她死前拖了三个星期，她母亲十分难过，在旁边的床上无法入睡，于是她就开始手淫，在女儿临死前的三个星期中一直如此，女儿死后，别人也无法让她停止手淫。

这说明，人生在世不能没有快乐，哪怕一秒都不能，要真正做到心里难过十分困难。活着就是这样。

我在百货商店门口和伤心的老妇人分了手。她要到中央菜市场那里把胡萝卜卸下来。她前往菜市场，我走的也是这条路。

但是，"塔拉普"[1]吸引了我。它像是放在林荫大道上的一个发光的大蛋糕。人们从四面八方来到这儿，像一条条蛆虫挤在一起。他们从周围的黑夜中走了出来，睁大了眼睛，准备用电影的画面来一饱眼福。他们欣喜若狂。早晨乘地铁的也是这些人。但在"塔拉普"门口，他们是满意的，就像在纽约一样，在售票处前，他们从裤兜里掏出来一点零钱，然后就高高兴兴地冲进一个个明亮的门洞。人们被光线照得犹如赤身裸体一般，来往的人们和各种东西上一片光明，全是一圈圈的光，一盏盏的灯。要在入场时谈论私事是不可能的，这哪里像是黑夜，简直就是白昼。

我感到晕头转向，就走进隔壁的一家小咖啡馆。我朝邻桌一看，只见我以前的老师帕拉宾正在那儿喝啤酒，身上还是那么多头皮屑。我们再次相遇，都很高兴。他对我说，他的生活发生了

1　暗指现实存在的派拉蒙剧院。"塔拉普"（Tarapout）是反着说的"派拉蒙"（Paramount）。

很大的变化。他花了十分钟的时间才对我讲完这些变化。问题不小。研究所的若尼塞教授对他恶毒之极，极尽迫害之能事，使得帕拉宾只好请辞，一走了之，离开自己的实验室。另外，那些上高中的小女生的母亲也来到研究所的门口等他出来，要揍他一顿。一件件不愉快的事情。一次次调查。老是焦虑不安。

最后，他在一家医学刊物上刊登了一则模棱两可的启事，总算勉强另谋了一个小小的生计。这活儿当然并不重要，但干起来并不吃力，而且得心应手。这就是巧妙地应用巴里通教授最近发明的用电影来提高呆小症患者智力的理论。这是在潜意识研究中走出的重要一步，一时间成了城里唯一的话题，十分时髦。

帕拉宾把这些特殊的病人带到摩登的"塔拉普"。他先从郊区把他们从摩登的巴里通疗养院接来，看完电影之后再把他们送回去。病人们在回去时痴痴呆呆，头脑里装满了各种图像，他们高高兴兴，平平安安，变得更加摩登。情况就是这样。

一旦坐在银幕前面，就不用再去管他们了。都是非常好的观众。他们人人满意，同样一部电影连续看上十遍也看得心花怒放。他们是没有记忆的。他们会不断感到惊喜。他们的家属高兴，帕拉宾也高兴，我也高兴。我们有说有笑，一杯一杯地喝着啤酒，庆贺帕拉宾用摩登的方法来治疗病人。我们要等到凌晨两点"塔拉普"的最后一场电影散场才走，这是说定的，是去找他那些呆小症患者，让他们集合，然后赶紧用汽车把他们送回塞纳河畔维尼，也即巴里通大夫的疗养院所在地。一桩好买卖。

久别重逢，我们都十分高兴，就拉开了话匣子，天南地北地谈了起来。先是谈各人到过的地方，后来谈到克利希广场上的蒙塞元帅雕像，并说起了拿破仑。如果只是为了跟人聚聚，那你做什么事都会高兴，因为这样你就可以说自己终究是自由的。你会忘记自己的生活，也就是忘记那些关于钱的事情。

谈来谈去，就谈到了拿破仑，即使是拿破仑，我们也能找到一些笑料来互相取乐。对拿破仑的一生，帕拉宾十分熟悉。他对我说，他过去在波兰上高中时，被拿破仑的一生给迷住了。帕拉宾可不像我，他受过良好的教育。

谈到此事，他就告诉我，从俄国撤退时，拿破仑的将军们花了九牛二虎之力，不让拿破仑去华沙最后一次同心爱的波兰女人幽会。拿破仑就是这样风流，吃了大败仗、大祸临头之际还是如此。总之是乱来。约瑟菲娜的雄鹰就是这样！[1] 当时是火烧屁股，正是冒死直谏的时候。不过也没有办法，他喜欢寻欢作乐，而这种爱好人人都有。这是最可悲的。人们只想干这种事！在襁褓中，在咖啡馆，在御座上，在厕所里。在什么地方都想干！不管在什么地方！屌！不管是不是拿破仑！不管是不是王八！先取乐再说！这四十万糊涂虫，就让他们淹死在别列津纳河里吧！他吃了大败仗，可心里却在想：只要让我拿破仑再干一次就好！

---

1 约瑟菲娜是拿破仑一世的第一任皇后。雄鹰是他的纹章图案。

真是浑蛋！唉，由他去吧！生活就是这样！这样就全完了！没什么要紧！暴君对于自己演的戏生厌，要比观众早得多！他不能再对听众胡言乱语，就跑出去亲嘴。他这笔账总是要算的！命运让他很快倒台！崇拜者们并不因自己被屠杀而责备他！不是！这算不了什么！他们肯定会原谅他的！但他突然变得叫人讨厌，却是不能原谅的。严肃认真只有装腔作势的人才能忍受。流行病只有在细菌讨厌自己的毒素时才会停止蔓延。罗伯斯庇尔在断头台上被人处决，是因为他总是老调重弹，而拿破仑则在两年多的时间里没能阻止荣誉勋位的通货膨胀。这个疯子苦思冥想，只好诱使半个稳定的欧洲去进行冒险。强人所难，自己也跟着完蛋。

然而，电影是我们梦想的新雇员，我们可以花钱买下，占有一两个小时，就像妓女一样。

另外还有艺术家被安置在各处，使人们不致过于寂寞。在妓院里也有艺术家，她们在那里扭动，热情流溢，她们的真情实意会弄得你汗流浃背。所有的门都会因此而颤动。看谁扭得最厉害，扭得最大胆、最温柔，比男伴更加放荡。现在，连厕所和屠宰场也装饰起来，当铺也是这样，为的是让你高兴，替你解闷，使你摆脱自己的命运。

生活枯燥无味，就像在蹲监狱！生活就是一个教室，讨厌的是学监，他每时每刻都在监视着你，你无论如何都得装出专心的样子，仿佛听得津津有味，否则他就会过来敲你的脑袋。一天二十四个小时过得庸庸碌碌，叫人无法忍受。不管你喜不喜欢，一天就该是勉强可以忍受的长久欢娱，应该是长久的交媾。

当你生计窘迫之时，你就会产生这样一些下流的念头，因为每一秒钟，都有千百个对他物、对别处的欲望在你的脑中生灭。

鲁滨逊在出事之前也因虚无缥缈的事情而感到烦恼，但现在他得到了报应。至少我相信这是报应。

我们在咖啡馆里十分安静，我趁此机会把我们分别之后我的种种遭遇都告诉了帕拉宾。他明白事理，也能理解我的事情，我就对他直说了，说我刚砸了医生的饭碗，迫不得已离开了朗西。就该这么说。没什么可乐的。看样子，我要回朗西连想也甭想。帕拉宾也是这样看的。

就在我们高兴地畅叙衷肠之时，"塔拉普"的幕间休息时间到了，电影院的乐师们大量涌进酒吧。大家一起干了一杯。帕拉宾和乐师们十分熟络。

我从他们的谈话中得知，他们正在找一个在幕间短剧中演帕夏[1]的演员。没有台词。演帕夏的那个演员已不辞而别。这是序幕里一个很光鲜的角色，而且报酬不错。不用花什么力气。另外，咱们可别忘记，演这个角色有一群漂亮的英国舞女调皮地围着你转，你能看到无数的肉在面前抖动。这完全符合我的口味和需要。

我大献殷勤，期待舞台监督提出雇我。我这是毛遂自荐。当时时间太晚，他们没有时间再一

1　Pacha，旧时土耳其对某些显赫人物的荣誉称号。

路跑去圣马丁门[1]另找一个跑龙套的，所以舞台监督十分高兴能在这里找到我这个演员。这样就省得他跑来跑去。我也高兴。他只是粗粗地看了我一下。就是说，他立刻录用了我。他们把我拉了进去。只要我走路不瘸就行，他们对我没有别的要求，另外……

我走进"塔拉普"电影院漂亮的地下室，室内墙壁铺上软垫，里面十分暖和。一个个香气扑鼻的化妆室犹如蜂房，准备登台的英国姑娘们正在里面休息，她们骂骂咧咧，吵吵闹闹，不知在说些什么。我又找到了工作，心里十分高兴，就赶紧和这些年轻、大方的同事拉近关系。她们也热情相待，极为亲热。一群天使。一群知趣的天使。另外还有一个好处，就是不用说真心话，也不会被人瞧不起，这是英国的风尚。

"塔拉普"十分卖座。在后台什么都丰富、舒适，大腿、灯光、肥皂、三明治都是如此。依我看，

1　Porte Saint-Martin，指圣马丁门剧院，巴黎知名的历史古迹和演艺场所。

我们演出的歌舞节目取材于突厥斯坦。有了题材，就可以跳出无聊的舞蹈，在音乐中扭动腰肢，把鼓敲得咚咚直响。

我演的角色简单而又重要。穿戴上鼓鼓的金银衣饰，我开始时感到有点不大自在，在这么多活动的布景和落地灯中间难以立足，但我很快适应了环境，摆出了优雅的姿势，在聚光灯乳白色的光束下进入了梦幻世界。

在整整一刻钟的时间里，二十个伦敦姑娘扮演的印度寺院舞女，在乐曲声中围着我狂奔乱舞，大吵大嚷，要我相信她们确实富有魅力。我并不需要这么多的魅力，所以心里在想，这样的节目一天演出五次，对女人来说实在够呛，而且要保证演出质量，每次都一样出色，都要拼命扭动屁股，用的是她们民族使人感到乏味的精力，还有一往无前的精神，就像不断破浪前行的船只，驶向无尽的海洋……

三十三

不必玩命，只要等待就够了，因为一切的归宿都应该在街头。只有街头才重要。没什么可说的。它在等待我们。得走到街上，得做出决定，不是我们中的一个、两个、三个，而是所有的人。人们在走到街上之前装腔作势、扭扭捏捏，但最后还是出来了。

在屋子里没有好东西。一个人只要被关在门里，就会立刻开始发臭，他拿走的所有东西也会发臭。他待在那儿，肉体和灵魂都过了期。他在腐烂。要是人们发臭，对我们来说倒是好事。得有人来管他们！得让他们出去，把他们赶走，让他们见见阳光。所有发臭的东西都在房间里，即使精心装饰起来也还是发臭。

说起家庭，我知道圣旺大街的一个药剂师，他橱窗里贴着一张漂亮的广告，引人注目：三法郎买一盒，全家一轻松！价廉物美！饱嗝顿除！全家一起，上厕所轻松。互相恨之入骨，才是真正的家庭，但不会明说，因为住在家里，总归要比去住旅馆便宜。

谈到旅馆，那儿倒是更安静，不像公寓那样矫揉造作，住在里面不会有负疚感。人类从不安分守己，他们要到街上接受最后的审判，当然会感到旅馆和自己更加接近。那些叽叽喳喳的天使可以到旅馆来，所以我们就首先住进了旅馆。

我们在旅馆里不想过于引人注目。不过没用。只要吵架的声音稍微响一点，或者吵的次数过多，你就会引起别人注意。到最后，我们几乎不敢去厕所撒尿，因为你在房间里的一举一动，隔壁房间都听得一清二楚。我们最终变得举止文雅，就像海军军官们那样。随时都可能有什么东西震得地动山摇，但我们都有准备，毫不在乎，因为我们光是在旅馆的走廊里相遇，每天就要互相"抱歉"十次。

得要在厕所里学会识别楼道里每个邻居的气味，这不难做到。难的是在一个连家具一起出租的房间里产生幻想。旅客们没有威风凛凛的模样。日复一日，他们悄悄地在人生的旅途上行走，毫不引人注目，在旅馆里就像是在一艘船上，这船将要逐渐烂掉，到后来全是破洞，这点大家将会知道。

我住进的那家旅馆，最能吸引外省来的大学生。一走进旅馆就能闻到烟头和早餐的气味。夜里从远处就能看到旅馆大门上方暗淡的灯光，以及挂在阳台下面的金字招牌，字母的边缘参差不齐，就像一副用坏的巨大假牙。真是个住人的怪物，看上去呆头呆脑，骨子里诡计多端。

楼道里的房客互相串门。我经过这几年实际生活中的苦心经营，即人们所说的冒险，又回到了大学生中间。

大学生们的欲望仍然没变，实在而又陈旧，同过去一样乏味，同我离开大学时一样。人换了，但想法没换。他们还像过去一样，到街区的那边去啃一些医学、几段化学、一粒粒的法学和整块整块的动物学，时间大致相同。战争在他们教室上经过，但丝毫没有改变他们的思想。你要是出于关心，同他们一起遐想，他们就会直接带你想到他们的四十岁。这样他们就给了自己二十年的光阴，硬是要储蓄起二百四十个月份，以便给自己造出一个幸福。

埃皮纳勒[1]的一幅版画对他们来说是幸福的象征，同时也是成功的象征，但这成功要经过细致的工作逐渐得到。他们觉得自己犹如最后一个方阵的士兵，被家人环绕，家中人口不多，但无可比拟，十分可贵，叫人欣喜若狂。但是，他们绝不会去看自己的家庭一眼。没必要。家庭的用处多的是，可不是用来看的。拥抱自己的家人，又从不去看他们，这首先是父亲的力量、幸福和诗意。

1　Épinal，法国东北部城市，孚日省省会，法国知名的版画生产地，当地设有版画博物馆。

为了换换环境，他们会驾车去尼斯，带上有嫁妆的太太，也许还会使用银行转账支票。为了满足灵魂中可耻的部分，也许会在一天晚上把太太带到妓院。别的就没了。世界的其余部分都关在每天的报纸之中，并由警察看守。

现在，我的伙伴们住在跳蚤成群的旅馆里，感到不大光彩，所以容易发火。大学生是年轻的有产者，感到住旅馆犹如蹲监狱，既然他还不能有积蓄，他就要放荡再放荡，以便自我麻醉，因为放荡是绝望中的牛奶咖啡。

到了月初，我们经历了一场短暂的危机，真正的色情危机，整个旅馆都在发情。大家在洗脚时，把爱情远足组织停当。从外省寄来的钱使我们决定出发。我本来可以在"塔拉普"跟英国舞女们进行同样的交媾，而且还不用花钱，但考虑再三，我还是放弃了这个机会，原因是不想惹出麻烦，因为那些舞女有一些年轻的朋友，靠她们卖淫为生，又很会吃醋，老是在后台跟着她们。

我们在旅馆里看许多黄色小报，所以知道在

巴黎寻欢作乐的门路和地址！不过还是得承认，这些地址很有意思。大家都任人怂恿，我光顾过别列津纳胡同，跑过许多码头，对寻花问柳的门道了如指掌，这时也和大家一样，感到隐私是永远挖不尽的宝藏。你对屁股总会有那么一点好奇。你心里想，它对你不会再有任何秘密，你不需要在它上面再花时间了，可到后来，你又干了一次，而且只是为了弄清楚它确实没有意思，不过你还是对它有了一些新的了解，光凭这点，你就会兴致勃勃地再干一次。

你重新开始干了之后，你的头脑就不像以前那样清醒，你又开始抱有希望，而在这之前你已不抱任何希望，你又回过头来玩屁股，花的是同样的价钱。总之，对各种年龄的人来说，在阴道里总会有所发现。因此，在一天下午 —— 我来说说那天的事 —— 我和旅馆里另外两个房客一起去找廉价的风流韵事。侬靠波莫纳[1]的关系，这件事

1　Pomone，与希腊神话中的水果女神同名。

办起来易如反掌。波莫纳负责管理他在巴蒂尼奥勒街区的色情业务，他进行调配和斡旋，对顾客的要求是有求必应。他的簿子里记满了各种价格的欢聚。这个幸运儿的办事地点毫不阔气，设在小院子里面的一个小屋里，屋里灯光暗淡，在里面走要靠触觉和测算，就像在陌生的厕所里行走一样。你要拉开好几道使你感到不安的门帘，才能找到这个皮条客，他总是故意坐在这半明不暗的光线之中，以便向你吐露真情。

说实话，由于这昏暗的光线，我从未把波莫纳看得一清二楚，虽说我们在一起谈了很长时间，甚至还合作过一段时间，他给我提出过一些建议，说过各种危险的隐私，但如果我今天在地狱里遇到他，我也是认不出他来的。

我只记得那些鬼鬼祟祟的稀客在客厅里等待他的接见，他们总是坐得规规矩矩，相互间说不上随便，甚至有点拘谨，就像在有些牙科医生的诊所里那样，这些牙科医生一点也不喜欢嘈杂声，也不喜欢亮光。

我是通过医学院的一个学生认识波莫纳的。那学生常去波莫纳那儿，是想靠自己的玩意儿捞些外快，那小子真是走运，有一根妙不可言的阳物。他经常应召到郊区参加密友间举办的小型聚会，用他那了不起的玩意儿来活跃气氛。女士们不相信竟会有"这么大的玩意儿"，就对他热情接待。小姑娘们见了大吃一惊，难免要想入非非。在警察局的记录簿上，这个大学生记录在案的是可怕的化名：伯沙撒[1]！

在等候的顾客之间很难攀谈起来。痛苦可以摊开来谈，而肉欲和困窘却有难言之隐。

不管你是否愿意，寻欢和贫穷都是罪孽。当波莫纳得知我的情况，知道我当过医生之后，他就立刻把自己的痛苦告诉我。有一种恶习弄得他精疲力竭。他的顾客们想会阴想得心烦意乱，就找上门来，他在同他们谈话时，一直在桌子底下

---

1 Balthazar，新巴比伦王国最后一个国王。《但以理书》记载，他在宴席上用从耶路撒冷掠来的圣杯饮酒；饮酒时，见墙上有手指写下警语，当晚即被杀。象征渎神的享乐。

摸自己的"玩意儿",就得了这种恶习。"这是我的职业,您得明白!不让自己摸,难哪……而这些浑蛋,对我讲的又是这种事情!……"总之,是顾客使他染上了恶习,就像那些过于肥胖的肉店老板,总是要拼命吃肉。另外,我看到他腹部总是有一种来自肺部的恶热。几年以后,他确实死于肺病。女顾客们装模作样,没完没了地唠叨,以另一种方式来耗费他的精力。她们老是弄虚作假,编造出一大堆故事,她们可以无中生有,把自己的屁股吹嘘一通,听到她们介绍,真会以为走遍世界各地也找不到同样美妙的屁股。

对于男顾客,首先得给他们介绍同意并欣赏他们古怪性欲的婊子。像埃罗特太太的顾客那样愿意分享性爱的顾客,现在已经绝迹。光是上午的邮班送到波莫纳办事处的信件,里面就有相当多的欲求不满,足以永远扑灭这个世界上的所有战火。不过,这些感情的洪水从不超过屁股的高度。真可惜。

他的桌子上堆满了诉说俗不可耐的情欲的讨

厌信件。我想要了解更多的情况，决定在一段时间里注意这一大堆乱七八糟的信件的分类。波莫纳告诉我，分类按情感的类别进行，就像对领带或疾病分类一样。首先把谵妄症归在一类，然后把受虐色情狂和性欲倒错归在另一类，鞭笞者们写在这里，"女管家类"写在另一页上，依此类推。受苦之前的作乐其实并不长久。我们早已被赶出天堂！这样说完全可以！波莫纳也同意这种看法，虽说他的手总是湿的，恶习老是改不掉，这恶习既给他带来快感，又使他受罪。几个月之后，我对他的买卖和为人已十分了解。我去看他的次数越来越少。

在"塔拉普"，大家仍然觉得我彬彬有礼、安分守己，是个态度认真的龙套，但暂时的平静只持续了几个星期，不幸又奇怪地落到我的头上，我只好突然放弃我的龙套生涯，继续走我的坎坷道路。

回过头来看看，在"塔拉普"度过的时光只是旅途中被禁止的、短暂的中途停靠。可以说，我在这四个月里总是穿得衣冠楚楚，有时演王子，两次扮演百人队长，一次演飞行员，而且按时得到优厚的薪金。我在"塔拉普"吃掉的伙食费，在平时可以吃上几年。真是不领年金却过上了年金收入者的生活。祸心深藏！大难临头！有一天晚上，他们对我们的节目做了很大的改动，我也不知道是什么原因。新的序幕展现了伦敦的河滨街。我立即产生了怀疑，我们那些英国女郎要在夜幕下的泰晤士河岸上唱走了调的所谓英国歌，而我则扮演警察。这是个十足的龙套角色，只要在护墙前走来走去。我不再想这些时，她们的歌声忽然变得比生活更为艰难，甚至把命运完全唱到了不幸的一边。这样，在她们唱歌时，我就只会去想这可怜的世界的全部不幸，特别是我自己的不幸，这些婊子的歌声就像洄游的金枪鱼那样触动了我的心。而我却以为自己又把最难受的事忍耐住、遗忘掉了！但是，这比什么都要糟，她们的歌是快乐的歌，却不能使人快乐。和我搭档的那些姑娘一面唱歌，一面扭来扭去，为的是使人快活。可以说我们演得不错，我们仿佛对不幸和忧伤扬扬得意……没错！在迷雾和呻吟中游荡！她们流着汗哀叹，人们一分钟一分钟地和她们一起衰老。布景里也透出恐惧的气氛。但姑娘们继续在歌唱。她们似乎并不知道她们的歌声使我们大家都感到不幸……她们抱怨自己的一生，用自己的舞蹈和嬉笑，而且节奏分明……这来自如此遥远的地方，又是如此可靠，使人不会弄错，也无法抗拒。

人们到处都能看到苦难，虽说大厅里装饰豪华，我们身上穿的和布景上的也十分华丽，而这苦难却蔓延出去，不管怎样还是流到了整片大地。要说艺术家，她们就是……厄运从她们身上升起，但她们既不想制止，也不想理解。只有她们的眼睛是悲伤的。光是眼睛还不够。她们在歌唱存在和生活是一团糟，可她们并不知道。她们还以为这是爱情，而且只是爱情，因为人们没有把其他事情告诉这些姑娘。据说她们唱的是小小的忧愁！她们就是这样说的！人们在年轻、无知的时候，把一切都看成爱情的忧愁……

Where I go ... where I look ...
It's only for you ... ou ...
Only for you ... ou ...[1]

她们就是这么唱的。

认为全人类都包含在一个屁股里，是年轻人的癖好，这是奇妙的幻想、爱情的疯狂。她们以后也许会知道，这一切会在何处结束，到那时，她们将失去红颜，到那时，她们将回到自己讨厌的国家，重新过上贫穷的生活，她们十六个都会这样，都有牝马一般粗的大腿，都有上下抖动的乳房……再说，苦难已经控制了她们的脖子、她们的身体，这些小妞逃不掉。苦难已经通过她们尖细、走调的声波，控制了她们的肚子、她们的气息。

---

1 英语：我去何处……我看何方……/ 这只是为了你……啊……/ 只是为了你……啊……

苦难已在里面。服装也好，闪光片也好，光线也好，微笑也好，都骗不了它，都不能使它对属于它的人们产生幻想，他们躲到哪儿，它就会在哪儿找到他们；它只是一面用要挟他们来取乐，一面等待轮到他们吃苦的时候，等待他们因希望而干出各种蠢事。这会唤醒它，安慰它，激励它。

我们的痛苦就是这样，巨大的痛苦，是一种娱乐。

那么，唱爱情歌曲的人，就让他倒霉！爱情就是苦难，并且只是苦难，总是苦难，这鸟屎一样的东西跑到我们嘴里来撒谎，就是这样。这浑蛋无处不在，别把自己的苦难唤醒，假装这样做也不行。对它不能装假。可我的那些英国女郎，还是每天在布景前演出三次，在手风琴伴奏下又跳又唱。这样当然会有很坏的结果。

我对她们听之任之，但我现在可以说，我已经看到大难临头。

先是其中的一个姑娘病倒了。戏弄厄运的小姐们，该死！让她们去死，太好了！另外，也不要在街角上，在那些手风琴的后面停留，人们往往在那里得了危险的病，一命呜呼。一个波兰姑娘来替换病倒的那个姑娘，参加她们舞蹈前奏的演出。在这时，波兰姑娘也在咳嗽。她是个高个子姑娘，身体强壮，脸色苍白。我们很快成了知己。在两个小时的时间里，我了解了她的全部灵魂，而要了解她的肉体，我又等了一些时间。这个波兰姑娘有个怪癖，就是用心血来潮的热情来损害自己的神经系统。当然，她怀着自己的忧伤，和英国女郎们一起唱该死的歌真是易如反掌。她们的歌以悦耳的声调开始，听上去平淡无奇，就像所有的舞曲那样，但听到后来，它会触动你的心，使你感到伤心，仿佛听着她们的歌，你将会失去生活的欲望，她们唱的千真万确，青春什么的，都不会有任何结果，你听着歌词出神，可歌声已经过去，她们悦耳的歌声已到了远方，睡到自己真正的床上，自己的床上，千真万确，在舒适的坑里，死掉拉倒。听了两组副歌，你就仿佛想去这死亡的温柔乡，就是像迷雾那样永远温柔、立刻会遗忘的地方。总之，她们的声音就像迷雾。

大家又齐声唱起怨恨的悲歌，责备那些人还在那里苟且偷生，只见他们在河滨街的旁边，在世界上所有河滨街的旁边，等待着生活不再经过，同时做一些玩意儿，向其他的幽灵出售一些东西和橘子，还有内部消息和伪币，还有警察、色鬼、愁眉苦脸的家伙，在这永不消散的忍耐的薄雾中，不知在说些什么……

我那个波兰新女友名叫塔尼娅。当时，她的生活就像在发烧一样，据我所知，是为了一个四十来岁的银行小职员，她是在柏林认识他的。她想回柏林去，不顾一切、不惜一切代价地去爱他。为了回到那儿去找到他，她什么事都可以干。

她缠着剧团的经营人，在他们那些有尿臭的楼梯里面缠着这些轻诺寡信的人。这些坏蛋捏她的大腿，让她等他们的答复，可又一直没有答复。她几乎没有发现他们在耍花招，因为她的心思全在远方的情人身上。在这种情况下，她不到一个星期就要倒一次大霉。时间一个星期接一个星期、一个月接一个月地过去了，她给命运装满了欲望，就像给大炮装满炮弹。

流行性感冒夺走了她那美妙的情人。我们在一个星期六的晚上得到了这个噩耗。一得到这个消息，她就拉着我冲向北站，只见她披头散发，惊恐万状。这还算不了什么，她还在售票窗口胡言乱语，说要准时赶到柏林参加葬礼。来了两个站长才使她打消这个念头，才使她知道已经为时过晚。

她当时处于这样的状况，要想不陪着她也不行。另外，她把这件伤心事看得很重，更想在痛不欲生之时说给我听。多好的机会！爱情受到贫困的阻挠，又使情人远隔天涯，就像水手的爱情一样，确实是无可辩驳、十分成功。首先，情人们没有机会经常见面，就不会吵架，这已经是胜券在握。况且生活只是塞满谎言的谵妄，人们离开得越远，就越可以在里面塞进谎言，也就越满意，这很自然，也很正常。真话是不能当饭吃的。

譬如在现在，我们互相讲述关于耶稣基督的

事就很容易。耶稣基督是否会在众人的面前去上厕所？我想，他要是在公共厕所拉屎，时间一定不会很长。很少在场，这就是关键，对爱情来说尤其如此。

我和塔尼娅确信不可能再乘火车去柏林之后，就立刻用打电报来弥补这个损失。在交易所广场的邮局里，我们起草了一份很长的唁电，但要发出去，却又有困难，因为我们压根儿就不知道该发给谁。除了死者之外，我们在柏林没有一个熟人。从这时起，我们就只能谈论死者。我们谈论着，又在交易所广场转了两三圈，然后，由于我们还得使悲痛得到抚慰，就慢慢地朝蒙马特走去，一面断断续续地说些伤心的话。

从勒皮克街起，我们开始遇到一些到城市的高处来寻找乐趣的人。他们匆匆忙忙地走着。到了圣心堂，他们就俯瞰下面的夜景，只见黑夜挖了个巨大的窟窿，十分沉闷，里面是挤在一起的房屋。

小广场上的咖啡馆看样子价格最便宜，我们

就走了进去。塔尼娅对我听之任之，我想亲什么地方都行，她是想得到安慰，也是为了表示感谢。她也很喜欢喝酒。在我们周围的软垫长椅上，喝醉的顾客已经睡着。小教堂上的自鸣钟一小时敲一次，过一小时又敲一次，没完没了。我们已来到世界的尽头，这越来越清楚。我们不能再往前走了，再过去，就只有死人了。

从旁边的小丘广场开始，就是死人的天下。我们从自己坐的地方正好可以看到他们所在的地方。他们正从迪法耶尔百货[1] 上方经过，因此是在东面。

但是，还得知道如何才能看到他们，就是说从里面看出去，把眼睛眯成一条缝，因为像灌木丛一样的广告牌上的灯光是很大的妨碍，使人无法看到死人，即使透过云层也不行。看到那些死人我就立刻知道，他们把贝贝尔给带走了，我和贝贝尔还打了个招呼，就在离他不远的地方，还

---

1 Galeries Dufayel，位于蒙马特的大型家居百货，在 20 世纪 20 年代是巴黎最主要的大型商场之一。

有那个后来流产的脸色苍白的姑娘，就是朗西的那个，这时她的五脏六腑可全都没了。

还有我过去的许多病人，到处都有，有我不会再想到的女病人，还有其他一些人，那个黑人独自在一朵白云里，就是给多打了一棍的那个，我是在托波认识他的，还有格拉帕老头，就是原始森林里的那个老中尉！我不时想起他们，想起中尉、被毒打的黑人和那个西班牙神父，那天夜里神父和死人们一起来了，向上天祈祷，他的金十字架十分碍事，所以他们在天上飞来飞去不大方便。他戴着十字架紧紧抓住云彩，抓住最脏、最黄的云彩。我逐渐又认出其他一些死者，越认越多……他们的人数这么多，真叫人害臊，他们在你身边生活了好几年，可你竟没有时间去瞧瞧他们……

确实，人们总是没有足够的时间，总是只想着自己。

最后，所有这些浑蛋都已变成天使，可我却没有发现！现在，云彩上全是天使，到处是奇形怪状、不修边幅的天使。在城市上空游荡！我在他们中间寻找莫莉，这可是找她的好时机，找我可爱的、唯一的女友，但她没有和他们一起来……她在天上应该有一块小小的地方，归她一人所有，在仁慈的上帝身边，在以前，莫莉总是那么可爱……看到她没有跟这些流氓在一起，我从心里感到高兴，因为这些死人全是流氓、坏蛋，今晚聚集在城市上空的这帮幽灵全是社会的渣滓。他们主要来自旁边的那个公墓，而且还有人在来，是些默默无闻之辈。这是个小公墓，葬着公社社员，他们血淋淋的，张大着嘴巴，还想说话，可又说不出来……[1] 公社社员们和其他人一起在等待，他们在等待拉佩鲁兹[2]，就是去过安的列斯群

1　指圣彼得公墓（Cimetière Saint-Pierre），又称髑髅地公墓（Cimetière du Calvaire），是蒙马特最古老的公墓。该公墓于 1823 年关闭，所以 1871 年的巴黎公社社员不可能葬于此地。但是，在 1814 年 3 月阵亡的约一千名法国、俄国和德国士兵曾合葬在这个公墓。在这个意义上，"公社社员"一词被塞利纳赋予了新的含义。

2　La Pérouse（1741—1788），法国航海家。1779 年曾随法国舰队去安的列斯群岛，1788 年在太平洋上遇难，遗体下落不明。

岛的那个，等他在今晚指挥大家集合……但拉佩鲁兹准备起来没完没了，因为他的木头假腿装歪了……他装木头假腿总是很费劲，另外也因为得给他找到他那副很大的望远镜。

他要是不在脖子上挂上他的望远镜，就不想再走到云里去，他那探险用的著名望远镜，是个好主意，真是件宝物，可以使你看到远处的人和物，虽说你在渐渐走近这些人和物，从小孔里看却总是越来越远，也总是越来越令人向往。葬在磨坊旁边的哥萨克骑兵无法从自己的坟墓里爬出来。[1] 他们做出了努力，真可怕，他们已经尝试多次……他们总是重新落回坟墓里，他们从一八二〇年起一直醉到现在。

一阵雨总算把他们冲到城市上空，酒终于也醒了。他们分散开来围成圈子跳舞，吵吵闹闹地把夜晚搞得五彩缤纷，从一片云跳到另一片

1　指加莱特磨坊（Moulin de Galette），19 世纪建造的知名舞厅的所在地。无法考证哥萨克骑兵是否曾被葬在加莱特磨坊旁边。但可以肯定的是，1814 年 3 月 30 日，盟军在攻占巴黎之前在蒙马特高地进行最后一次战斗。哥萨克骑兵在此曾遭到激烈的抵抗。

云……看来巴黎歌剧院对他们最有吸引力，中间的那些广告像个大火盆，幽灵们见了如离弦之箭，又跳回天空的另一头，他们熙熙攘攘，数目众多，叫你看得眼花缭乱。拉佩鲁兹准备定当，终于让人把他稳稳地扶上坐骑，这时四点的钟声正敲最后一响，有人搀扶着他，把他穿戴得滑稽可笑。他坐好之后，还在指手画脚，忙个不停。四点的那一响使他震了一下，那时他正在扣纽扣。拉佩鲁兹的后面是天上蜂拥的幽灵。真像是兵败如山倒，幽灵从各地盘旋而来，历代的所有幽灵全都来了……他们按世纪分成派别，互相追逐，互相挑战，互相攻击。他们混战一场，把北方长时间地弄得阴沉沉的。地平线上露出淡淡的蓝色，太阳终于从一个大窟窿里升起，这窟窿是幽灵们逃跑时在黑夜中挖出来的。

这以后还要找到他们，就十分困难。就得设法摆脱时间的束缚。

要找到他们，就得到英国那边去找，但那边的雾总是又浓又密，就像是一张张扯起的帆，重重叠叠，从地上到高高的天上都是，而且永远如此。不过，只要熟悉，又注意看，还是可以找到他们的，但看到的时间总是不长，因为风总是会阵阵吹来，并带来海面上的水汽。

高大的妇女在那儿守卫着岛屿，她是最后一个。她的脑袋比最高的水汽还要高得多。她那凌驾一切的红头发使云彩染上了一点金黄，这就是阳光留下的全部余晖。

有人说，她在试着给自己沏茶。

她是得试着沏茶，因为她要永远待在那儿。她的茶永远也煮不好，原因是雾已经过于浓重，已经无孔不入。她把一条船的船壳用作茶壶，那是最美、最大的一条船，是她在南安普敦找到的最后一条船，她用来煮茶，用海浪煮，煮出来还是海浪……她搅动着……她用一把巨大的桨搅拌所有的东西……这使她忙得不可开交。

她不看其他任何东西，总是神情严肃，俯着身子。

幽灵们围着圆圈舞过她头顶，可她连动也不

动，大陆的所有幽灵经过这儿进入冥界，她已习以为常……都完了。

她用手指拨弄着灰烬下的火，在两片死气沉沉的森林之间，这对她来说已足够忙碌。

她想把火拨旺，现在一切都是她的，可她的茶再也煮不开了。火已经气息全无。

世界上所有的人都已气息全无，只有她还有一点气息，一切几乎都结束了……

三十四

塔尼娅在房间里叫醒了我，我们后来是到这个房间去睡的。这时是上午十点。我想甩掉她，就对她说我感到不大舒服，还想再躺一会儿。

生活重新开始。她走了，仿佛相信了我的话。她下楼之后，我也马上走我的路。我确实有事要办。前一天夜里的幽灵狂舞，使我感到十分内疚。我又想起了鲁滨逊，感到心烦意乱。确实，我把他交给了他的命运来安排，更糟的是，把他交给了普罗蒂斯特神父照料。结果会怎样就不用多讲了。当然，我听别人说他在图卢兹那边一切都好，还听说昂鲁伊老太太已改变态度，对他十分友好。在某些情况下，你只会听到你喜欢听到的事情和你听了最舒服的事情……实际上，这些含糊其词的话不能说明任何问题。

我感到不安和好奇，就去朗西探听消息，不过要切实、准确的消息。要去朗西，就得经过巴蒂尼奥勒街，就是波莫纳住的那条街。这是我必经之路。走到他家附近时，我十分惊奇地看到他站在那条街的街角上，像是在盯梢一位矮小的先生，并同这位先生保持一段距离。波莫纳可是从不出门的，他这样做，想必确实发生了重要的事情。我也认出了他尾随的那个家伙，那是个顾客，在信中自称是"熙德"[1]。但我们通过一些渠道获悉，这个"熙德"在邮电部门工作。

几年以来，他一直要波莫纳给他找一个有良好教养的相好，就是他梦寐以求的女子。但介绍给他的那些小姐，都没有他想要的那种良好教养。据他说，她们会出一些差错。就是说不行。我们只要好好想一想，就会知道相好有两大类，一类"豁达大度"，一类受过"良好的天主教教育"。这

1　Cid，与高乃依创作的知名悲剧《熙德》的主角、西班牙民族英雄同名。

是穷苦的女子感到自己优越的两种办法，也是激起不知足者和未满足者的欲望、激起"绝望"型和"荡妇"型欲望的两种办法。

时间一个月一个月地过去了，"熙德"的积蓄也在这种寻找中全部花光。现在他已被波莫纳搞得走投无路，灰心丧气。我后来听说，就在那天晚上，"熙德"到一块空地上去自杀了。另外，我看到波莫纳走出自己的家门，就立刻料到发生了什么不同寻常的事情。我就跟在他们后面，走了相当长的时间，穿过这个街区，只见街道两边的店铺即将消失，连色彩也一个接一个地消失，最后就是入市税征收处旁边的简陋小酒店。当你在闲逛时，你很容易在这些街道上迷路，你会因为这个地方的凄凉和过于冷漠而迷失方向。你如果身上有点钱，就会立刻叫一辆出租车离开这个地方，因为你待在这里实在感到烦恼。你遇到的人们都背着命运的沉重包袱，你看到了就会为他们难受。在挂着窗帘的窗子后面，几乎可以肯定有一些年金收入不多的人开着煤气自杀。真没办法。

说一声"他妈的!"并不算过分。

另外,连一张长凳也没有,坐的地方也没有。到处都是栗色和灰色。下雨时,到处都有雨水飘过来,前面和侧面都有,街道滑得像一条大鱼的背脊,中间是雨水划出的一条分界线。你甚至不能说这个街区杂乱无章,它更像一座管理基本良好的监狱,不需要大门的监狱。

我这样闲逛着,在过了醋商街[1]之后就失去了波莫纳和他的自杀者的踪迹。我来到的地方离拉加雷讷-朗西近在咫尺,就不由自主地朝旧城墙的另一边望去。

从远处看,拉加雷讷-朗西引人入胜,这是无法否认的,原因是大公墓里的树木郁郁葱葱。人们很可能会搞错,以为这就是布洛涅林园。

你一定要了解某个人的情况,就得向知情者去打听。不管怎样,我当时心想,我去看一下昂鲁伊夫妇不会有什么损失。他们应该知道图卢兹

---

1 Rue des Vinaigriers,同名的巴黎街道并不位于巴蒂尼奥勒街那边。

那边的情况。这下我可犯了个错误。你没有怀疑。你不知道自己到了黑夜中肮脏的地带，另外你也已经置身其间，而且完全陷入其中。你身上就立刻发生了一件不幸的事。而且一触即发。另外，有些人也不该去看望，特别是这两位。看望了以后，事情就没个完。

我拐来拐去，习惯性地走到了离小屋几步路远的地方。我在老地方又看到他们的小屋，感到慌乱。天开始下起雨来。街上一个行人也没有，只有我一个人，可我不敢再往前走。我正想转身回去，只见小屋的门微微打开，刚好看得见那婆娘在对我做手势，叫我进去。她当然什么都看到了。她刚才看到我一个人待在对面的人行道上。我不想过去，可她一定要我去，还叫着我的名字。

"大夫！……您快来呀！"

她就这样叫着我，不由分说……我怕被别人发现，就赶紧走上台阶，走进放置火炉的小走廊，又看到里面的一切装饰。这些东西还是使我感到一种奇特的不安。另外，她告诉我，她丈夫生病已有两个月了，而且病得越来越重。

当然，怀疑立刻产生。

"那鲁滨逊呢？"我急忙问道。

她开始时回避我的问题，但最后还是说了。"他们俩都很好……他们在图卢兹合作得很好。"她最后回答说，但就这么两句，其他就没了。接着她又开始对我讲她那生病的丈夫。她要我立刻去看她的丈夫，一分钟也不耽搁。她说我如何真心实意……说我对她的丈夫了如指掌……啰啰唆唆，叽叽喳喳……说他只相信我一人……说他不想看到别的医生……说他们不知道我的地址……最后还假客气了一番。

我有许多理由可以怀疑，她丈夫的那个病有着奇怪的起因。我吃过苦头，了解那女人的为人，也了解这家人的习惯。不过，该死的好奇心还是驱使我走到楼上的房间。

他躺的那张床，正是几个月前鲁滨逊躺过的那张。我在鲁滨逊出事后给他治过伤。

在几个月中，一个房间也会发生变化，即使

没人动过房间里的任何东西。物品虽说已十分陈旧、衰败，却还是不知从哪里找到了衰老的力量。周围的一切都已发生变化。当然，不是物品的位置变了，而是物品内部起了变化。当我们重新看到这些物品时，它们已经完全变了，它们可以说具有更大的力量，所以在我们脑中萦回时比以前更加悲伤，更加深入，更加温柔，融合在慢慢产生的死亡之中，一天天乖乖地、卑怯地融合，在这种死亡面前，我们每天都在训练，使自己比前一天少一点抵抗。我们一次次看到我们之中的生命变得软弱，起了皱纹，人和物也一起产生这种变化，而我们在上次离开时，它们却有用、珍贵，有时还很可怕。我们在寻欢作乐或填饱肚子之后在城里逛来逛去，但与此同时，对死人的害怕却使这些东西都增添了皱纹。

　　不久之后，在我们过去的周围就只会有无害、可怜和无能为力的人和物，只会有变成哑巴的错误。

　　那女的让我单独和她丈夫待在一起。她丈夫

的情况不好，血液循环不畅。他的毛病出在心脏。

"我快要死了。"他重复道，而且直截了当。

我遇到这种情况，就会有豺狼般的运气。我听听他的心脏，只是为了做做样子，做几个别人期待的动作。他的心脏关在肋骨后面拼命跳动，可以说像在赛跑一样，它是在追赶生命，一跳一跳地追赶，但它的跳动是白费力气，生命它是追不上了。这已经定了。不久之后，他的心脏由于不断失足，最终将会跌烂，里面全是血水，红红的，黏糊糊的，就像被压碎的熟石榴。几天以后，我们将会看到，在解剖之后，他那软绵绵的心脏将会放在大理石上，被刀切开，因为最后要由法医进行尸检。我已经预料到这点，因为街区的所有人都会认为他死得不正常，就像上次受伤一样，他们会说些不干不净的话。

在街区里，人们都在暗中窥视他的老婆，上次事情发生后的流言蜚语还没有被人遗忘，还在人们中流传。这件事以后再说。目前，她丈夫不知如何是好，也不知如何才能死掉。他好像已经有点脱离自己的生命，但还不能摆脱自己的肺。他把气赶出去，可气又回来了。他真想死掉拉倒，可他还是得活下去，活到底。这真是难以忍受，但他只能干瞪眼。

"我的脚已经没有知觉了，"他唉声叹气地说，"我整个人一直到膝盖都是冷的……"他想摸摸自己的脚，但摸不到。

他水也不能喝。只剩一口气了。我把他妻子煎的药递给他时心里在想，她很可能在里面放了什么东西。煎药的味道不大好闻，但味道不是个证据，缬草的味道确实很难闻。另外，像她丈夫那样喘不过气来，煎药有怪味也已经不是十分重要了。但他还是用了很大的劲，用足了他身上尚存的肌肉的全部力气，来忍受痛苦，使呼吸更加舒畅。他是在挣扎，既不想活，也不想死。在这种情况下，听其自然是对的。大自然撒手不管时，生死的界线仿佛也随之消失。在门后，他的妻子正在听我给他看病，但我十分了解他的妻子。我悄悄地走过去吓她。"喳！喳！"我这样吓她。这一点也没有使她恼火，她甚至走过来在我耳边说话。

她对我低声说道："您得让他把假牙拿下来……他的假牙可能会妨碍他呼吸……"我也确实希望他把自己的假牙拿下来。"那您去对他说呀！"我对她提议。他病成这样，这件事就很棘手。

"不！不！最好还是您去说！"她坚持道，"我去说，他会感到那个，这我知道……"

"啊！"我感到奇怪，就问道，"那是为什么？"

"假牙他戴了三十年，可从来没有对我说过……"

"那也许还是让他戴着？"我建议，"既然他习惯戴着呼吸……"

"哦，不！这样我会感到内疚的！"她对我回答道，说话的声音仿佛有点激动……

于是，我又悄悄回到房间。她丈夫听见了我回到他的身边。他高兴我回来。他一次次透不过气来，缓过气就和我说话，他甚至有点想讨好我。他询问我的情况，问我是否又有了另一些病人……"是的，是的。"我回答了所有这些问题。要对他细说，花的时间会太长，他也无法理解。这不是时候。他妻子躲在房门后面，对我做着手势，要我叫他把假牙拿下来。于是，我就凑到她丈夫的耳边，低声建议他拿下假牙。蠢事！"我已经把它扔进厕所了！……"他说道，眼神变得更加害怕。总之，是故意装出来的。说完，他又喘了好一会儿。

人要美，就用搞到的东西来打扮自己。他在自己的一生中用假牙来满足爱美的欲望。

忏悔的时刻到了。我很想趁此机会请他谈谈他对自己母亲发生的那件事的看法。可他已经不能说了。他在胡言乱语。他流出了许多口水。完了。没有办法再叫他说出一句话。我给他擦干净嘴上的口水后就下楼了。他妻子在楼下的走廊里，很不满意，她差点为了假牙骂我，好像这是我的过错。

"是金的！他的假牙，大夫……这我知道！我知道他为假牙付了多少钱！……这样的假牙现在已经不做了！……"这事说来话长。"我再上去试试。"我对她提议道，因为我极为尴尬。不过是和她一起上去！

这一次，她丈夫已经几乎认不出我们了。只认得出一点儿。当我们走到他身边时，他已经喘得不那么厉害了，仿佛他想听到他妻子和我一起说的话。

我没有出席葬礼。尸体没有被解剖，看来我的担心是多余的。事情悄悄地过去了。不过，我和昂鲁伊家的寡妇还是闹翻了，为的是一副假牙。

三十五

年轻人，做爱总是迫不及待，他们急忙抓住别人给他们的一切希望去寻欢作乐，在肉欲方面，他们不会考虑再三。这就有点像那些旅客，他们要在两次汽笛声之间把车站餐厅里给他们吃的东西吃完。只要有人给年轻人唱上两三首曲子，给谈话助助兴，让他们干那件好事，他们就心满意足了。要年轻人满意十分容易，他们首先就想得到快感，真是这样！

年轻人都向往美妙的海滩和河岸，在那里，女人们显得自由自在，在那里，她们如此美丽，甚至不需要我们自欺欺人或胡思乱想。

当然喽，冬天一到，我们就只好回去，心里想这下完了，但也只好认了。我们希望，天气寒冷，可以青春永驻。这是可以理解的。我们卑鄙下流。不能怨任何人。首先要快乐和幸福。这正是我的看法。另外，当你开始躲避别人时，就说明你害怕和他们一起作乐。这本身就是一种毛病。应该弄清你为什么硬是不治好孤僻的毛病。我战时在医院里遇到过一个下士，那家伙跟我谈起过这种感情。遗憾的是那个小伙子我后来再也没见到过！他那时对我说："大地已经死亡……上面只有我们这些蠕虫，在它肮脏的巨大尸体上，一直吃着它的内脏，而且只是它的毒素。对于我们这些人毫无办法。我们生来就是腐烂的东西……就是这样！"

尽管如此，在一天晚上，他们还是把这个思想家迅速押到棱堡那边，这说明他还有用处，可以用来枪毙。押他去的是两个宪兵，一高一矮。我记得很清楚。在军事法庭上，他们说他是无政府主义者。

几年以后，当我们回想起来时，我们就想要追回某些人说过的话，把这些人也追回来，以便问问他们，他们以前对我们说的话是什么意思……但他们已经走了！……我们当时知识浅薄，无法理解他们的意思……我们想要知道，他们后来是否改变了看法……但为时过晚……结束了！……再也没有人能知道他们的任何看法。于是，我们得继续行路，在黑夜之中。我们失去了自己真正的旅伴。在可以问的时候，我们没有对他们提出恰当的问题，真正的问题。在他们身边时，我们不知道要这样做。真是没救了。我们总是晚一步。这些后悔都没用，不能用来养家糊口。

可喜的是，一天上午，普罗蒂斯特神父终于跑来找我，要和我平分佣金，就是昂鲁伊老太太管地下墓室这笔生意的佣金。我对神父已经失去了希望。这就像是从天上掉下来的……我们每人可得一千五百法郎！同时，他带来了鲁滨逊的好消息。他的眼睛看起来好多了。他的眼皮不再出脓了。那边所有的人都要我去。再说，我也答应过要去看望他们。普罗蒂斯特也一定要我去。

我从他的话里听出，鲁滨逊即将结婚，女的

是在地下墓室旁边的教堂里卖大蜡烛的女商贩的女儿，昂鲁伊老太太管的那些木乃伊就是属于这个教堂的。婚事基本上定了下来。

说完这些，我们自然就谈起了昂鲁伊先生的死，但没有多说，就重新谈起愉快的话题，谈起鲁滨逊的未来，还有图卢兹这座城市，我对该市一点儿也不了解，但格拉帕曾对我谈起过，后来又谈到鲁滨逊和老太太两个人在那边做的那种生意，最后谈到鲁滨逊将要娶的那个姑娘。总之，我们什么话题都谈了一点，无话不说……一千五百法郎！这使我变得宽宏大量，可以说十分乐观。我感到他对我说的关于鲁滨逊的所有计划都十分明智、合情合理，完全符合实际情况……事情办得很好。至少我是这样看的。然后，我们开始高谈阔论，谈起了年龄问题。我们俩早已年过三十。我们的三十岁已过去，离没什么可流连的贫瘠河岸越来越远。对这些河岸甚至没有必要再回过头去看上一眼。在年纪变老时，失去的东西并不多。我总结道："总之，要想念某一年，而不是其他那些年，得要厚颜无耻才行！……
神父，我们变老时可以高高兴兴，而且十分高
兴！昨天难道就这样有趣？那前一年呢？……您
觉得怎样？……想念什么？……我倒要问您？青
春？……我们这些人不曾有过青春！……"

"穷人们年龄越来越大，越来越接近晚年，但
他们却变得年轻，当然是在内心之中，只要他们
在路途中曾试图摆脱所有的谎话和害怕，摆脱唯
命是从的可耻愿望，就是他们坐下来时别人就向
他们灌输的那种愿望，那么，他们就会不像以前
那样令人讨厌。世上存在的其他东西，并不是为
了他们而存在！这和他们无关！他们的任务，也
就是唯一的任务，是摆脱他们的唯命是从，把它
通通吐掉。要是他们在死掉以前做到这点，他们
就可以自吹自擂，说他们这一生没有白活。"

我确实心情愉快……这一千五百法郎激起了
我悲天悯人的兴致，我继续说道："神父，真正
的青春，唯一的青春，是一视同仁地爱所有的人，
这才是对的，这才是青春和新意。您说说，神父，

这样美好的青年，您是否知道得很多？……我可不知道有这种青年！……我到处看到的只有卑鄙、陈腐的愚蠢在年轻的躯壳里发酵，这些垃圾越发酵，年轻人就越邪门，就越以为自己年轻、了不起！但这不是事实，这是讨厌的废话……他们年轻，就像疖子那样，因为有脓使他们里面疼痛、外面肿胀。"

我对普罗蒂斯特说这样的话，使他感到尴尬……为了不再使他感到难受，我就转换了话题……特别是因为他刚才对我十分友好，甚至可以说是我的救命恩人……不过，要不去谈一个你老是在想的话题，就像我一直在想的这个话题，是十分困难的。你只要独自一人生活，你的整个一生怎么过这个问题就会把你压得透不过气来，就会把你弄得头昏脑涨。为了从中摆脱出来，你就要在来看你的所有人的脸上抹点黑，以使他们感到厌烦。孤身一人就等于把自己慢慢推向死亡。我又对他说道："应该比狗死得更有意义，如果说你要过一千分钟才能死去，那么每一分钟都应该有新意，都充满着焦虑，使你一千次忘记你在过去的一千年中可能会有多少做爱的乐趣……世上的幸福也许就是在快感之中死去……其他的一切都是空的，是你不敢承认的害怕，是装模作样。"

普罗蒂斯特听到我这样胡说八道，一定以为我又发病了。也许他猜得不错，我对所有事情的看法都完全不对。我独自一人寻找惩治普遍自私的方法，实际上是在自己的想象中手淫，我寻找这种惩治的方法，会一直寻到虚无之中！你因为没钱，很少有机会出去，搞女人的机会就更少了，这时，你就会尽情地自得其乐。

我承认，我做得并非完全正确，我用自己的那套哲理去刺激普罗蒂斯特，而那套哲理同他的宗教信仰是完全相左的，不过得要说一下，他这个人总是有那么一点令人讨厌的优越感，使许多人都感到受不了。根据他的想法，世上的所有人都拿着号码在一个永恒的大厅里等候。他的号码当然是很好的，而且通向天堂。对其他一切，他都满不在乎。

这样的想法令人无法忍受。但是，当他在那天晚上向我表示愿意预付我去图卢兹所必需的旅费之后，我就不再去惹他、驳斥他。我害怕在"塔拉普"再见到塔尼娅及其幽灵，所以就立刻接受了他的邀请。"总之，有一两个星期安静的日子！"我心里在想。魔鬼想引诱你，有的是办法！他的那些办法你永远也弄不清楚。如果我们能活得够久，就会不知道该去哪儿才能重新找到幸福。我们会到处散布如被堕的胎儿一般的幸福，这种幸福会在地球的各个角落里发臭，使人甚至无法呼吸。在博物馆里有真正的被堕的胎儿，只要看上一眼就会感到不舒服，就想呕吐。我们追求幸福的种种尝试卑鄙龌龊，使人感到恶心，因为在我们真正死去之前，这些尝试总是以流产而告终。

如果我们不能忘记这种尝试，我们就会变得衰弱。更不用说我们为达到现在的状况，以便使我们的希望、我们蜕化变质的幸福、我们的热情和我们的谎话变得振奋人心而自找的麻烦了……这样的麻烦，你想要吗？请自便！那么我们的钱呢？还有随之而来的装腔作势，还有人们孜孜以求的永恒……还有那些你让别人拿来起誓，并且自己也拿来起誓的东西，那些你认为其他人还从未提及，也从未拿来起誓的东西，趁这些东西还没充满我们的头脑和嘴巴；还有香味、抚摸和手势，总之，是所有能够尽可能掩盖这些麻烦的东西，以防那些麻烦像呕吐物一样回到我们的眼前。我们不是缺乏坚忍不拔的精神，而是不善于选择通往寿终正寝的正确道路。

总的来说，去图卢兹也是一件蠢事。我仔细考虑了一下，就看出了这点。因此，我没有借口不去。但是，像这样跟随着鲁滨逊冒险，使我对卑劣的伎俩产生了兴趣。在纽约时，我睡不着觉，就开始感到担忧，心想我是否能陪伴鲁滨逊到更远的地方去。你陷入黑夜之中，开始时感到害怕，但还是想弄弄清楚，于是再也无法离开黑夜的深处。但是，一时之间要弄清的事情实在太多。而生命又太短。你不想对任何人做出不公正的判断。你有顾忌，你犹豫不决，不想贸然地评判一切，你尤其担心在犹豫中死去，因为那样的话你就是白白地来到了世上。那才是最糟糕的事情。

得抓紧时间啊，别赶不上自己的死期。疾病和贫困消耗了你的时日和岁月，失眠给你的整天和整周漆上灰色，癌症也许已经在我们身上，从直肠慢慢地、血淋淋地往上爬。

你永远无法拥有时间，你是这样对自己说的！还没有把战争算进去，这也是一桩人出于无聊而干的蠢事，战争随时会从关着穷人的地窖里爆发。穷人是否已被杀得足够多了？这可吃不准……这是个问题？也许该把所有弄不清楚的人都宰了？然后会生出其他的人，新的穷人，一直这样杀下去，直至产生能完全领会这种玩笑的新一代……这就像给草坪锄草一样，要锄到真正长出鲜嫩的青草为止。

到达图卢兹后，我站在火车站前犹豫不决。我在车站餐厅里喝了一小瓶啤酒之后，就到街上去闲逛。陌生的城市，真好！在这种时刻和这种地方，你可以认为你遇到的人都十分可爱。这是梦幻的时刻。你可以利用这梦幻，到公园里去消磨时光。但是，过了一定的年龄，除非有家庭的正当理由，别人就会怀疑你像帕拉宾那样到公园里去找小姑娘。在进公园的栅栏门前，最好还是到糕点铺去，位于街角的糕点铺是家漂亮的商店，像妓院那样装饰着一面面磨出宽斜边的镜子，上面画着一只只小鸟。你待在里面吃糖衣杏仁，在镜子的反射下会看到糖衣杏仁无穷无尽。真是六翼天使的极乐世界。商店的女售货员在悄悄地谈论她们的情事，就像下面的谈话这样：

"于是，我对他说，他可以在星期天来找我……我姑妈听见却闹了一场，是因为我的父亲……"

"你父亲不是又结婚了吗？"女友打断了她的话。

"这跟他再婚有什么关系……他还是有权知道他女儿跟谁一起出去……"

这也是商店另一个女售货员的看法。这样，所有的女售货员都加入了这场激烈的争论。为了不打扰她们，我悄悄地待在角落里，不去打断她们的话，拼命吃着奶油泡芙和水果馅饼，同时又把这些点心放进口袋，但我还是希望她们尽快解决家里以谁为主的微妙问题，但她们的争论得不出任何结果。她们没有思辨能力，只能毫无目标地憎恨一切。商店的女售货员们缺乏逻辑，又虚荣、无知，她们受了苦，嘴里叽叽咕咕，低声骂个不停。

她们言词肮脏，争不出一个结果，但我还是给迷住了。我开始吃朗姆水果蛋糕。我不再去数吃了多少。她们也没数。我希望我在走的时候她们已得出一个结论……但是，她们激动得对别人的话充耳不闻，接着很快在我旁边默不作声。

恶言恶语说完之后，她们就板起面孔，站在糕点柜台的后面，每个人都显出不可战胜的样子，嘴巴紧闭，十分傲慢，反复考虑"重新再来"，而且内心更加难受，想着下一次要比这一次攻击得更为迅速，把她们所知道的刻毒话都说出来，去恶语中伤那个女友。这样的机会很快就会来的，因为她们会尽力促成……用残缺不全的论据去攻击鸡毛蒜皮的小事。我最终坐了下来，以便更好地倾听由词语和思想意图组成的不间断的嘈杂声，这就像在海岸上那样，不断涌来的、热情洋溢的小浪涛永远不会融合成有机的整体……

你在倾听、等待和希望，在这里和那里，在火车上，在咖啡馆，在街上，在客厅，在女门房那儿，你倾听着，等待恶毒的言行被组织得有条有理，就像在战争时那样，然而，这只是骚动一下而已，不会有任何结果，永远不会有，那些可怜的女售货员不会有，其他人也不会有。没有人会来帮我们。喋喋不休的声音像一张灰色而又单调的巨网，罩在生活的上面，如同海市蜃楼一般令人失望透顶。两位女士走进店里，我和女售货员之间内容空洞但有着隐约诱惑力的谈话就此中断。两位女顾客立即受到全体售货员的热情接待。售货员急忙迎上前去，满足她们购物的任何愿望。她们在各处挑选，像小鸟啄食一般挑了花式蛋糕和水果馅饼准备带走。在付钱时，她们又说了些客气话，然后想要互赠千层酥，以便"立即"品尝。

其中一位女士十分优雅地谢绝了，并对其他很有兴趣听的女士吐露了大量隐情。她说她的医生禁止她吃任何甜食，还说她的医生非常出色，在城里和其他地方医治便秘已经创造了奇迹，另外，他正在对她进行治疗，医治她的排便不畅，她患这种病已有十多年了，他让病人遵守一种十分特殊的饮食制度，并使用一种只有他一人知道的特效药。这些女士不想在便秘方面轻而易举地被人超过。她们的便秘比任何人都要厉害。她们表示怀疑。她们需要证据。受到怀疑的女士只是补充道，说她现在"上厕所时大量放屁，就像是放烟火那样……由于她新的大便条条成形，十分坚硬，所以她要加倍小心……有时，她美妙的新大便极为坚硬，使她感到肛门疼得要命……就像裂开一样……她只好在上厕所前涂上凡士林"。这可是无法驳倒的。

爱聊天的女顾客们出去时心悦诚服，商店全体售货员用微笑把她们一直送到布满"小鸟"的糕点铺门口。

我觉得对面的公园是适于静心思考的地方，这时可以把我的思想再整理一下，然后去找我的朋友鲁滨逊。

在外省的公园里，如果不是假日，那些长满美人蕉和雏菊的花坛边上的长凳每天上午总是空着。在假山旁边的人工湖上有一艘锌皮制的小艇，小艇周围有薄薄的一层灰状物质，一根发霉的绳子把小艇系在岸上。布告牌上写着"游船星期日开"，并标明游湖的价格："两法郎"。

有多少年？多少大学生？多少幽灵？

在各个公园的各个角落里，都有像这样被遗忘的东西，有一堆堆理想的华丽残骸，有一个个充满希望的树丛，还有一块块里面什么都有的手帕。没有一点正经的东西。

不过，还是不要再胡思乱想了！我心里想，走吧，去找鲁滨逊和他的圣埃波尼姆[1]教堂，还有那个地下墓室，他同老太太一起看管墓室的木

---

1 Sainte-Éponime，"Éponyme"源自法语中的"éponyme"（名祖，即后世用其命名城市、年号等的历史人物或神话人物）。

乃伊。我来这儿就是为了看这些东西，我该决定了……

我乘上一辆出租马车，马碎步小跑起来，拐了一个又一个弯，行驶在旧城区低凹、阴暗的街道上，那里的阳光被卡在两边的屋顶之间。在这钉上蹄铁的马匹后面，马车的车轮发出咕隆隆的声音，从街沟一直响到天桥。南方的城市已有很久没有遭到焚毁。它们从未像现在这样苍老。战争已不再波及这里。

我们到达圣埃波尼姆教堂时正好是中午十二点。地下墓室还要过去一点，在一个十字架的下面。那里的人指给我看，墓室位于一座干燥的小花园中央。这个墓室的入口是一个装有栅栏门的洞口。我在远处看到，看守墓室的是一个姑娘。我立刻向她打听我的朋友鲁滨逊的消息。这姑娘当时正在关门。她微微一笑，十分可爱，她回答了我的问题，并立刻把消息告诉我，而且是好消息。

在南方的这天，在我们所在的地方，周围的

一切都呈现出粉红的颜色，教堂长满青苔的石墙直插天空，仿佛也想同天空融为一体。

鲁滨逊的女友大约二十岁，两腿结实、挺拔，上身娇小，十分优美，头部小巧玲珑，五官端正，在我看来，她眼睛的颜色有点过于黑，也许过于专注。她完全不是幻想型的姑娘。我收到的鲁滨逊的信都是她写的。她走在我的前面，朝地下墓室走去，脚步十分利索，脚和踝部都十分秀美，还有寻欢作乐的女子爱用的搭扣，在必要时可以使胸部明显挺出。她双手短小，结实有力，是野心勃勃的女工的手。她把钥匙轻轻一转，啪的一声打开了门。热气在我们周围荡漾，在路面上颤动。我们东拉西扯，说了一会儿，门打开之后，她就决定带我去参观地下墓室，虽说这是吃午饭的时候。我开始感到轻松。她拿着手提灯，我跟着往下走，感到越来越凉。真舒服。我装作在两级台阶之间绊了一下，乘机抓住她的胳膊，这使我们开起了玩笑。我们走到下面被踩结实的土地上之后，我在她脖子周围吻了一下。她先是拒绝，但不是过于坚决。

亲热了一会儿之后，我在她肚子周围扭来扭去，真像一条爱情的虫。我们都淫荡成性，不断用唾液弄湿对方的嘴唇，以便进行灵魂的谈话。我用一只手沿着她弯成弓形的大腿慢慢地往上摸，手提灯放在地上真好，可以同时看到沿着腿移动的凸出部分。这个姿势值得推荐。啊！这样的时刻一点也不能放过！你用贪婪的眼睛去看，就得到慷慨的奖赏。多么刺激！突然而至的好心情！谈话重新开始，但有一种信任的调子，而且十分随便。我们已经成了朋友。先从臀部开始交的朋友！我们刚才节省了十年的时间。

"您经常带人参观吗？"我气喘吁吁、不合时宜地问道。但是，我又立刻接着说道："您母亲是在隔壁的教堂里卖蜡烛的吧？……普罗蒂斯特神父对我谈起过她。"

"我只是在吃午饭时替昂鲁伊老太太看管一下……"她回答道，"下午我在时装工坊里干活……在剧院街……您来的时候经过剧院了吗？"

她再次要我对鲁滨逊放心，他情况好多了，连眼科专家也认为他的视力很快就会恢复到一定程度，可以独自在街上走路。他甚至已经试过。这一切都是良好的预兆。昂鲁伊老太太也说自己对地下墓室十分满意。她生意兴隆，有了积蓄。在他们住的房子里，唯一的缺点是臭虫妨碍大家睡觉，特别是在暴风雨之夜。他们就烧硫黄来熏。看来鲁滨逊经常谈起我，而且说的是好话。我们渐渐谈到他们结婚的事情和情况。

确实，谈了这么多，我还没有问她叫什么名字。她的名字叫马德隆[1]。她是在战时出生的。其实，他们结了婚，也了却了我的心事。马德隆这个名字挺好记。当然喽，她应该知道，她嫁给鲁滨逊意味着什么……总之，他的病情即使有好转，也还是个残疾人……她还以为他只是眼睛有病……他神经也有病，精神状态又不好，还有别

1　源自军歌《当马德隆……》。

的病！我差一点对她说了，让她多加小心……关于结婚的事，我从来就不知道该如何去谈，也不知该如何结束。

为了转换话题，我突然对地下墓室里的东西产生了巨大的兴趣，既然我从很远的地方来看墓室，那么现在正是参观的大好时机。

用她的手提灯，马德隆和我把墙上的干尸一个接一个地照亮。这些东西应该使游客深思！这些古老的尸体像被枪决的人一样，紧紧地靠在墙上……他们并非完全是皮，既不完全是骨头，也不完全是衣服……有点像所有这些东西的混合物……非常肮脏，而且到处都是洞……他们死后过了几个世纪，时间一直不放过他们……时间把他们的脸皮一点点撕下来，这里撕一点，那里撕一点……它使他们身上所有的洞变大，甚至还使他们露出表皮的长纤维，那被死亡遗忘在软骨后面的长纤维。他们肚子里的东西已经全没了，于是他们的脐部就像是阴暗的小摇篮。

马德隆对我解释说，在一座放生石灰的公墓

里，尸体要过五百多年才会变成这个样子。不能称之为尸体。对他们来说，尸体的时期已经结束。他们已慢慢地到达尘埃的边缘。

这个地下墓室里的干尸有大有小，总共有二十六具，他们只想进入永生的世界。人们却还不让他们去。一些女尸的骨架上套着无边软帽，一个驼子，一个巨人，甚至还有完全烂掉的婴儿，在他干细的颈骨上，围着有花边的围嘴，还有一点别的衣服。

昂鲁伊老太太用这些已有几百年的残骸赚到了许多钱。现在想起来，在我认识她时，她同这些幽灵相差无几……就这样，我同马德隆一起慢慢地观看了所有这些干尸。他们的脑袋一个接一个默默地出现在手提灯强烈的光圈之中。他们的眼眶中并非完全漆黑一片，其中仿佛还有目光，只是更加温柔，就像学者的目光那样。你会感到难受的倒是他们灰尘般的气味，这气味会使你鼻子发痒。

昂鲁伊老太太不放过任何一批游客。她让死

人为她工作，就像在马戏团里那样。在旅游旺季，死人每天可以给她赚到一百法郎。

"他们的样子并不伤心，对吗？"马德隆对我问道。这个问题是礼仪性的。

对这个娇小可爱的姑娘来说，死亡并不意味着什么。她是在战时出生的，当时死个人十分容易。但我清楚地知道人是怎么死的。我见过。人死时极为痛苦。你可以对游客们说，这些死人十分满意。他们什么也不会说。昂鲁伊老太太甚至敲打他们的肚子，那些用羊皮纸加固的肚子，敲得"嘭嘭"直响。但这也并不说明一切正常。

最后，我和马德隆又谈到我们的事情。这么说，鲁滨逊病情好转是千真万确的事情。我希望的正是如此。看来他的女友是一定要结婚的！她在图卢兹想必十分无聊。在那里，很少有机会能遇到一个像鲁滨逊那样去过这么多地方的单身汉。他知道的故事可多呢！有真实的故事，也有不那么真实的故事。他已经对她们详细讲过美国和热带地区的情况。讲得好极了。

我也去过美国和热带地区。我也知道一些故事，打算讲讲。正因为在旅途中经常遇到鲁滨逊，我和他才成了朋友。手提灯经常熄灭。当我们把过去和未来融合在一起时，我们把手提灯重新点亮了十次。她不准我摸她的乳房，因为她的乳房过于敏感。

昂鲁伊老太太吃完午饭马上就会回来，所以我们得从陡而不牢的小楼梯上去。这楼梯难上，就像上梯子那样，这点我已经发现。

三十六

　　由于这小楼梯十分单薄，又不牢靠，所以鲁滨逊不常去展览木乃伊的地下墓室。说实在的，他经常待在门前，招徕游客，同时也往亮处看，以恢复视力。

　　在这段时间里，昂鲁伊老太太在地下忙碌。实际上，她依靠木乃伊，一个人干两个人的活儿。她为了提高游客参观的兴致，即席发表了简短的演说，介绍她那些用羊皮纸加固的死尸。"先生们，女士们，他们一点也不令人讨厌，因为他们曾保存在生石灰里，这点你们已经看到，而且保存了五百年……我们收藏的干尸举世无双……死人的肉显然已经干缩……只有皮肤保存了下来，但已经变硬……他们赤身裸体，但并不能说有失体统……请注意，一个小男孩同他的母亲一起被埋葬……这男孩保存完好……这个高个子的衬衣和花边也保存了下来……他的牙齿一颗不少……请注意……"说完，她就敲了敲死尸的胸部，就像敲鼓一样。"请看，先生们，女士们，这个只剩下一只眼睛……已经干掉……还有舌头……也像皮做的那样！"她拉了拉舌头。"他伸出舌头，但并不令人厌恶……先生们，女士们，你们走的时候，愿意给多少就给多少，但游客一般每人给两法郎，小孩减半……你们在走之前可以摸摸他们……亲身感受……但请不要用力拉……我请你们注意……他们很容易碰坏……"

昂鲁伊老太太刚来时想要提高参观的收费，这个问题要同主教府达成协议。只是这件事并非那么简单，因为圣埃波尼姆教堂的本堂神父想要从地下墓室的收入中提取三分之一，都进了他自己的腰包，另外，鲁滨逊老是怨天尤人，说她分给他的钱太少。

"我给逮住了，"他得出了结论，"像耗子一样给逮住了……又一次给逮住了……我真不走运！……老太婆的地下室可是个好东西！……我可以肯定地对你说，这条母狗把自己的腰包都塞满了。"

"你加入的时候可没有出过钱呀！"我反驳道，以便让他冷静下来，好开导他，"而且你吃得很好！……又有人照顾！……"

但是，鲁滨逊的脾气像熊蜂那样倔，真可以说是被害妄想症患者的本性。他什么也听不进去，也不想安于现状。

"总的来说，你干了那件缺德事，能这样解决，也算不错了，这点我可以肯定地对你说！……你别埋怨了！要不是别人帮了你的忙，你早就去卡宴[1]了……现在他们让你多悠闲！……另外你又找到了马德隆这样的姑娘，她想嫁给你……虽说你病得这么重！……你有什么可抱怨的？……特别是你的眼睛比以前好了，是吗？……"

---

1 Cayenne，法属圭亚那首府，曾是法国的犯人流放地中心，有"囚城"之称。

"你好像在说，我不知道自己在抱怨什么，对吗？"他对我回答道，"但我还是感到我应该抱怨……就是这样……我要对你说……这是他们允许我做的唯一事情……别人不是非得听我的抱怨。"

确实，我们俩只要单独待在一起，他就不断地叹苦经。我开始害怕这种推心置腹的时刻。我看着他，只见他眨着眼睛，他的眼睛在阳光下还有点渗水。我心里想，总而言之，鲁滨逊这个人不讨人喜欢。有这样的动物，它们虽说无辜、不幸，你也知道得十分清楚，但你还是憎恨它们。它们缺了点什么东西。

"你本来会死在监狱里的……"我又说了他一句，希望他再好好想想。

"我是蹲过监狱……但并不比我现在待的地方坏！……你孤陋寡闻……"

他蹲过监狱，这事他没有对我说起过。这应该是我们认识以前的事，是战前的事。他固执己见，并得出结论："只有一种自由，这是我对你说的，只有一种：首先要看得清，然后要口袋里全是钱。其他的都不中用！……"

"那么，你究竟想要什么？"我对他说道。每当你像这样逼着他正式做出决定、发表意见、表明态度时，他就马上瘪掉了。不过，这种时候倒是蛮有趣的……

白天，马德隆到自己的工坊去上班，昂鲁伊老太太向游客介绍她那些尸骨，我们则去咖啡馆前树下的露天座。这个地方，咖啡馆前树下的露天座，鲁滨逊十分喜欢。这也许是因为上面的鸟儿发出的叫声。这树上有鸟！特别是将近五点的时候，鸟儿都回到自己的巢里，它们因夏天的炎热变得十分兴奋。于是，它们像暴雨一般降落到广场上面。有人甚至讲了这方面的一个故事，说一个理发师的店开在公园的边上，他因为成年累月听到鸟儿在一起叽叽喳喳地叫，最后竟发疯了。确实，我们再也听不到对方的说话声了。不过，鲁滨逊听到鸟叫声还是觉得十分快活。

"要是她每个游客分给我四个苏，我就满

足了！"

他每隔十五分钟就谈起他关心的这个问题。与此同时，他仿佛又想起过去五光十色的情景，也想起过去的事情，如非洲的波迪里埃尔公司的事，这些事我们俩都十分清楚，还有他从未对我讲过的下流事。也许是不敢讲。实际上，他的嘴很紧，甚至会故弄玄虚。

情绪好的时候，过去的事我想得最多的还是莫莉，我想起她，就像想起远方敲响的钟声的回音，当我想起什么可爱的东西时，我就会立刻想到她。

总之，当自私稍微把我们放开一点的时候，当摆脱它的时刻来临的时候，我们在心里回想起来的就只有真正对男人有过一点爱情的女人，她们爱的不只是你一个人，而是所有的男人。

到了晚上，我们离开咖啡馆回家，我们什么事也没干，就像退休的士官那样。

在那个季节，游客络绎不绝。他们在地下墓室里慢慢地参观，昂鲁伊老太太逗得他们乐不可支。本堂神父并不十分喜欢她开的玩笑，但由于他拿到的钱比他应得的来得多，所以他一声不吭，再说，他对粗俗下流的玩笑一窍不通。昂鲁伊老太太站在她那些尸体的中间时，确实值得一看，值得一听。她正面看着死尸的脸部，因为她不害怕死亡，虽说她脸上全是皱纹，而且已经干瘪。她拿着手提灯，来到死人的面前，唠唠叨叨地说着，仿佛就是他们之中的一员。

回家后，大家聚在一起吃晚饭，吃饭时还在讨论地下墓室的收入。后来，昂鲁伊老太太把我称为"豺狼小大夫"，原因是我们之间在朗西发生的那些事情。当然，这都是开开玩笑而已。马德隆在厨房里忙碌。我们住的屋子光线暗淡，它是教堂圣器室的附属建筑，十分狭窄，房梁纵横交错，有许多积满灰尘的角落。"然而，"老太太指出，"虽说屋里总是漆黑一片，我们还是有自己的床睡，口袋里有钱，嘴里也有吃的，这样就足够了！"

儿子死后，她伤心的时间不是很长。"他一

直喜欢挑剔，"她在一天晚上谈起儿子时对我说，"您瞧，我已经活到七十六岁，可我从不抱怨！……他老是抱怨，他就是这种人，我给您举个例子……就像您的鲁滨逊那样。您说说，去地下墓室的小楼梯很难走，是吗？……您走过了吗？……走这楼梯我当然累，但有的日子走一级楼梯我能赚到两法郎……我算过……只要有人出这个价钱，要我走到天上我也去！"

马德隆在我们晚饭的菜里放许多作料，也放番茄。味道挺好。还有桃红葡萄酒。在南方的时间长了，连鲁滨逊也喝上了酒。鲁滨逊到图卢兹之后发生的事情，他都已对我说过。我不再听他说话。总之，他使我失望，并使我感到有点讨厌。"我最后得出结论，你是个小市民（因为在当时，这是我最恶毒的咒骂）。说到底，你心里想的只有钱……你恢复视力之后，就会变得比别人更坏！"

别人骂他，他不会生气，好像反而振作起来。他十分清楚我说得不错。我心里想，这个单身汉现在已经安顿好了，不用再为他担心了……一个个子不高的女人，脾气有点暴躁，当然也有点放荡，可以把一个男人变得判若两人……鲁滨逊，我又在想……我曾长期认为他有冒险精神，但他只是个不三不四的家伙，不管他戴不戴绿帽，是不是瞎子……就是这样。

另外，昂鲁伊老太太积蓄的癖好，很快就传给了他，还有马德隆结婚的愿望也是如此。这样就全了。他会得到自己应得的东西。特别是他要是喜欢那个姑娘。这事我有点知道。要说我对此没有一点醋意，那就是撒谎，就不符合事实。晚饭前，我和马德隆有时在她的房间里相会片刻。但这样的会面不容易安排。对此我们什么也不说。我们守口如瓶。

不要因此而以为她不爱鲁滨逊。这两件事毫不相干。只是他在演订婚的戏，而她也就自然演起忠贞的戏。这是他们之间的感情。在这种事情中，重要的是要互相理解。他要等结婚之后才同她发生关系，这是他对我说的悄悄话。这是他的想法。因此，他要的是白头偕老，我要的则是露水之情。另外，他对我谈起他还有一个计划，就是打算和马德隆开一家小餐馆，并把昂鲁伊老太太甩掉。这些话都是认真的。"她和蔼可亲，会使顾客们喜欢，"他在脑子清醒的时候预言道，"另外，你吃过她做的菜，是吗？在烧菜方面，没人比得上她！"

开餐馆的资金，他甚至想问昂鲁伊老太太借一点。这事我并不反对，但我估计要她同意十分困难。"你把一切都看得过于美好。"我对他指出，想让他冷静下来，仔细考虑一下。他突然哭了起来，说我是讨厌的家伙。总之，不应该对任何人泼冷水。我立刻承认我说错了，原因是我过于悲观。在战前，鲁滨逊从事铜版雕刻，但他现在不想再干这行了，无论如何也不想干。这是他的自由。"你要知道，我的肺需要新鲜的空气，另外，我的视力绝不会再恢复到以前那样。"从某种意义上来看，他说得没错。没什么可回答的。当我们一起经过熟悉的街道时，行人常常转过头来，向盲人表示同情。他们对残疾人和盲人有恻隐之心，可以说他们有潜在的爱。潜在的爱，我自己也曾多次感觉到。而且非常丰富。这是无法否认的。不幸的是，人们虽说有这么多潜在的爱，却仍然如此凶狠。这种爱出不来，就是这样。它被关在里面，留在里面，对他们毫无用处。他们被里面的爱弄得精疲力竭。

晚饭后，马德隆陪着他，她把他称为"她的莱昂"。她给他读报。他现在酷爱政治，南方的报纸上到处都是有关政治的新闻，而且耸人听闻。

晚上，我们的房屋陷入周围几个世纪积累下来的废墟中。晚饭后，是臭虫出来活动的时候，也是对臭虫试验一种苛性溶液的效果的时候，我想在以后把这种溶液的配方卖给一家药房，赚一点钱。配方并不复杂。昂鲁伊老太太对我的发明很感兴趣，就帮助我进行试验。我们一起寻找臭虫窝，在裂缝和角落里把臭虫窝一个个找出来，并用我的硫酸盐往窝里喷洒。昂鲁伊老太太小心地替我拿着蜡烛，只见臭虫在烛光下乱爬乱动，然后就一动也不动了。

我们一面试验，一面谈论朗西。只要想到那个地方，我就感到厌恶，我真想一直待在图卢兹，一直待到老死。我也没有更多的要求，只要有饭吃、有自己的时间就行了。这就是幸福。不过，我还是得考虑回去工作，时间过去了，神父的佣金也随之消失，连积蓄也赔了进去。

临走前，我想再开导马德隆一番，提些忠告。当然，你要是想做好事，又有这个能力，最好是给一点钱。但忠告也有用处，例如提醒一下，让她知道该如何应付，尤其是跟男人乱搞有什么危险。我当时是这样想的，特别是对那些疾病，马德隆使我感到有点担心。当然，她很机灵，但对于微生物一无所知。因此，我做了非常详细的解释，对她说在答应男人的要求之前要仔细看看……那东西是不是红的……头上有没有液体……总之，是一些应该知道、十分有用的常识……她仔细地听我说完，没有打断我的话，然后装模作样地提出了抗议。她甚至对我发了一通脾气……说她是正派的姑娘……说我恬不知耻……说我对她的看法令人发指……说我把她当作妓女！说我看不起她……说男人都坏透了……

总之，是所有的女人在这种情况下都会说的那些话。这点应该想到。是一种幌子。对我来说，重要的是让她听到我的劝告，并记住其中的主要内容。其他的一切都无关紧要。听了我的话后，她心里在发愁，因为她在想，我对她说的那些病，竟会是亲热和欢娱所带来的。搞鸡奸不管用，她觉得我像鸡奸那样令人厌恶，这样做侮辱了她。我不再坚持己见，只是再对她说戴套十分方便。最后，我们进行心理分析，分析了一下鲁滨逊的性格。"他一点也不嫉妒，"她当时对我说，"但有时同他很难相处。"

"是的！是的！……"我回答道，并开始对鲁滨逊的性格进行分析，仿佛我了解他的性格，但我立刻发现我对鲁滨逊并不了解，只知道他性格中几个明显的特点。其他的就不知道了。奇怪的是，你很难想象得出，一个人怎么才能在别人的眼里变得多少有点讨人喜欢……你想为他效劳，对他友好，可你却结结巴巴说不清楚……一开口说话，就显得可怜巴巴的……不知所措。

在今天，要像拉布吕耶尔[1]那样说教，可不是件容易的事情。你刚想接近无意识，它就会立刻从你面前逃走。

---

1 La Bruyère（1645—1696），法国作家、道德家，以《品格论》（*Les Caractères*）一书著称。

三十七

我准备去买火车票时，他们要我再待一个星期。说我该看看图卢兹的郊区，看看别人对我多次提及的阴凉河岸，特别是要带我去参观郊区美丽的葡萄园，城里所有的人都引以为豪，仿佛他们都是葡萄园的主人。我不能这样就走，因为我只是参观了昂鲁伊老太太的干尸。这样不行！最后，还要考虑礼貌……

他们这么客气，我就只好同意。我不敢坚持要留下来，是因为我同马德隆的亲密关系，这种关系已变得有点危险。老太太对我们之间的关系已有所觉察。处境尴尬。

但是，老太太不会陪我们去游玩。首先，她不愿关闭地下墓室，即使关闭一天也不愿意。因此，我同意留下来，在一个天气晴朗的星期天的早晨，我们一起去乡下游玩。我们俩一边一个搀扶着鲁滨逊的胳膊。在火车站，我们买了二等座的票。车厢里香肠味很重，和三等车厢一样。我们在一个叫圣约翰的地方下了车。马德隆好像是故地重游，她很快就遇到了来自各地的熟人。那天看起来是晴朗的夏日，可以说天气很好。我们一边走，一边得把我们看到的一切告诉鲁滨逊。"这儿是一座公园……那儿有一座桥，桥上有个人在钓鱼……他什么也没有钓到……当心骑自行车的人……"薯条的气味是他的好向导。甚至是他把我们带到做薯条的小店的，一份卖十个苏。我向来知道鲁滨逊喜欢吃薯条，我也喜欢吃。巴黎人都喜欢吃薯条。马德隆喜欢喝苦艾酒，而且要不甜的，她一个人喝这种酒。

南方的河流好像不大舒服。可以说它们有痛苦，总是在干涸。山丘、太阳、渔夫、鱼儿、船只、小沟、洗衣池、葡萄和垂柳，所有的人都需要水，所有的东西都需要水。对河水要得实在太多，所以河床里就剩下不多。有的地方倒像是没被淹没的小路，而不像是真正的河流。既然我们是来游玩的，就得赶紧去找好玩的地方。薯条吃完后，我们立刻决定在午饭前乘船兜一圈，散散心，当然由我来划船，鲁滨逊和马德隆二人坐在我的对面，手拉着手。

于是，我们就像人们所说的那样，随波逐流，在有的地方，船底被擦到，马德隆就低声叫喊起来，鲁滨逊也感到不大放心。周围到处都是苍蝇。蜻蜓用大眼睛巡视着水面，并胆怯地摆动着尾巴。天热得要命，水面上都冒出了热气。我们的船在水面掠过，在长长的小涟漪和折断的树枝之间经过……我们在热得发烫的岸边经过，去寻找阴凉的地方，尽量划到透过的阳光不是太多的几棵树木下面。说话就感到更热。谁也不敢再说自己不舒服。

当然，鲁滨逊第一个对游船感到厌倦。于是我提出把船停靠在一家餐厅前面。想出这个主意的不光是我们。在河边钓鱼的所有游客在我们来之前就已坐到酒吧里，他们贪婪地喝着开胃酒，并躲在他们的虹吸瓶后面。鲁滨逊不敢问我，我选择的这家咖啡馆的价格贵不贵，但我立刻就消除了他的担心，我对他说所有的价格都明码标出，而且都十分合理。这是事实。他握住马德隆的手就不再松开。

我现在可以说，我们在这家餐厅里付了吃一顿饭的钱，但我们只吃到很少的一点东西。给我们上了什么菜，不说也罢。现在那家餐厅还是这些菜。

接下来得安排下午的活动，同鲁滨逊一起去钓鱼未免过于复杂，而且会使他感到难受，因为他连浮子也看不见。但要我再划船，我就划不动了，虽说只划了一个上午。这样足够了。我在非洲时在河里练过划船，但现在已经不练了。在这方面我已经老了，就像在其他方面一样。

为了换换花样，我就说沿河边散散步对我们有好处，至少可以走到草长得很高的那个地方，那里离我们不到一公里，就在一排杨树的旁边。

于是，我又挽着鲁滨逊的手走了，马德隆走在我们前面几步远的地方。走在草地上比较舒服。在河流拐弯的地方，我们听到手风琴的声音。这声音来自一条驳船，船很漂亮，停泊在河流的这个地方。音乐把鲁滨逊吸引住了。从他的情况来看，这是完全可以理解的，另外，他也一直喜欢音乐。我们很高兴，总算找到了一点使他开心的东西，就在草地上坐了下来，这儿的草地上灰尘比较少，不像旁边呈斜坡的河岸的草地上灰尘那么多。可以看出，这不是一条普通的驳船。船非常干净，装修得十分讲究，只用来住人，不用于装货，上面全是花卉，还有一个非常漂亮的小狗窝。我们对鲁滨逊描绘了这条驳船。他什么都想知道。

"我也想住在一条干净的船上，就像这条一样，"他听了之后说道，"你呢？"他问马德隆……

"好，你的意思我懂！"她回答道，"不过，你这种想法要花许多钱才能实现，莱昂！我可以肯定，这比一幢有房租的房屋还贵！"

我们三人开始进行估价，算算这样一条驳船值多少钱，但我们算不出一个结果……每个人都坚持自己的数目。我们这些人都有一个习惯，不管算什么都要大声说出来……这时，手风琴动听的乐声传到了我们耳边，传来的还有伴唱的歌曲的歌词……最后，我们取得了一致意见，认为这样一条驳船至少值十万法郎。真令人神往……

闭上你漂亮的眼睛，因为时光短暂……
在神奇的地方，在温柔的梦——乡， [1]

他们在船里就是这样唱的，声音有男有女，有点走调，但在这个地方听起来还是十分舒服。这歌声同酷暑和乡村，同当时的时间和河流都十分相称。

鲁滨逊坚持要计算驳船的价格，一千、一百地算着。他认为，根据我们向他描绘的样子，船

1　这里和后文的歌词出自圆舞曲《闭上你漂亮的眼睛》（*Ferme tes jolis yeux*）。

的价格还要贵……因为船上装着彩绘玻璃窗，从船里看外面可以看得更加清楚，到处都用铜制品装饰，总之是十分豪华……

"莱昂，你累了，"马德隆想让他安静下来，"你还是躺在厚厚的草地上休息一会儿吧……十万或者五十万，又不是你的和我的，对吗？……既然是这样，那你就没有必要这么起劲……"

但是，他躺下后，还是起劲地算着船的价格，他无论如何也要弄弄清楚，并想看看这条价格如此昂贵的船……

"船有没有发动机？"他问道……但我们不知道。

既然他一定要知道，我就去看了看船尾，这只是为了让他高兴，我去看是否有小型发动机的管子。

闲上你漂亮的眼睛，因为生活只是一场梦……
爱情只是欺——骗……
闲上你漂亮的眼——睛！

　　船里的人继续这样唱着。我们最后累得躺倒在地……他们把我们唱得睡着了。

　　不知在什么时候，长毛垂耳的西班牙猎犬从小狗窝里跳了出来，跑到跳板上朝我们的方向汪汪直叫。它把我们突然叫醒，我们就把它骂了一顿！鲁滨逊感到害怕。

　　这时，一个样子像船主的人从驳船的木门中走了出来，走到甲板上面。他不喜欢别人骂他的狗，双方就吵了起来！但是，当他得知鲁滨逊是盲人之后，他的火气就立刻消了，他甚至觉得自己干了蠢事。他后悔同我们吵架，就算我们说他没有教养，他也不生气，为的是息事宁人……作为补偿，他请我们到他船上喝杯咖啡，因为据他说那天是他的生日。他说不希望我们待在太阳底下，被晒得发热，以及诸如此类的话……还说我们来得实在凑巧，因为他们十三个人同桌……船主是个年轻人，好幻想。他又对我们解释说，他喜欢船……这点我们立刻就明白了。但他的妻子害怕大海，于是他们就把船停泊在这里，可以说是停在一片小石头上。在他的船上，他们看起来相当高兴能接待我们。首先是他的妻子，就是那位像天使一般拉着手风琴的美女。另外，请我们来喝咖啡，不管怎么说总是出于好意！他们很有可能对我们不屑一顾！总之，这是他们对我们的信任……我们马上想到，不能给好客的主人丢脸……特别是在他们的客人面前……鲁滨逊虽说有不少缺点，但总的来说，他是个易动感情的男子。只要根据听到的说话声，他心里就明白我们要举止文雅，不说粗话。当然，我们穿的衣服不是十分讲究，但还是很干净、体面。我对船主进行了仔细的观察，他大约三十岁，一头棕色的美发富有诗意，穿的漂亮西服是水手式的，但做工讲究。他美丽的妻子确实有"天鹅绒般"温柔的眼睛。

他们刚吃完午饭。剩下的菜很多。我们没有拒绝小蛋糕，当然没有！同时喝波尔多葡萄酒。我已经有很久没有听到如此高雅的说话声了。高雅的人士具有某种说话的方式，会使你感到惶恐不安，我就感到害怕，特别是怕他们的妻子，虽说他们说的句子都平淡无奇、矫揉造作，但像旧家具那样擦得锃亮。他们的句子虽说并无恶意，却令人担。你只要回答他们的话，就会担心在他们的句子上滑倒。即使他们模仿下等人的腔调唱穷人的歌来取乐，他们仍然有高雅的声调，使你感到怀疑和厌恶，这种声调里仿佛有一条小小的鞭子，也总得有这么一条，以便对仆人说话。这使人感到兴奋，但同时也使你想要撩起他们妻子的裙子，看看他们所说的尊严如何消失得一干二净……

我低声对鲁滨逊介绍我们周围的陈设，家具全都古色古香。这使我回想起我母亲的店铺，但这里显然更加干净，布置得更为优雅。我母亲的店里总是有一股陈年的胡椒味。

另外，舱壁上到处挂着船主的画。他是个画家。这是他妻子告诉我的，说的时候装腔作势得不得了。他妻子很爱他，这可以看得出来。船主是位艺术家，有漂亮的女人、漂亮的头发和很高的收入，有获得幸福所必需的一切，还有手风琴、朋友和船上的幻想，船停在回旋的浅水之中，永不起航，十分幸福……这些他们家里都有，还有置身于各种糖果和小窗帘之间珍贵的凉爽，以及风扇的吹拂和神圣的安全感。

我们既然来了，就必须适应这个环境。冰镇饮料和奶油草莓是我喜欢的餐后点心。马德隆扭扭捏捏地又要了一份。现在，她的举止也优雅起来了。男人们觉得马德隆十分可爱，船主的岳父尤其如此。他穿着十分华丽，对马德隆坐在他旁边显得十分高兴，就竭力讨好她。他在整张餐桌上寻找甜食，只为了她一人，她吃得鼻尖上都沾奶油。从谈话中得知，他岳父是个鳏夫。这点他肯定已经忘记。不久之后，在上甜烧酒时，马德隆已经有点醉了。鲁滨逊的西装，还有我穿的那套，显得十分陈旧，但我们坐在角落里，所以别人不一定会发现这点。不过，坐在其他人中间，我还是觉得有点丢脸，他们是如此舒适，像洗得十分干净的美国人那样清洁，穿着十分漂亮，仿佛准备去参加时装比赛。

马德隆有点醉了，不能再坐得十分端正。她往挂着的画后仰，说起了蠢话，女主人发现了这点，就拉起了手风琴，以转移众人的注意力，大家都唱了起来，我们三个也低声唱着，但音调不准，而且平淡乏味，唱的是我们刚才在岸上听到的那首，然后再唱另外一首。

鲁滨逊设法同一位老先生谈了起来，此人好像对可可树的种植了如指掌。非常好的话题。一个殖民者，两个殖民者。"当我在非洲时，"我十分惊讶地听到鲁滨逊说，"就是我在波迪里埃尔公司当农艺师的时候，"他重复道，"我让全村的居民去采集……"他看不见我，所以可以信口雌黄……只要说得通……虚假的往事……让老先生听得着迷……全是谎话！他把能想到的都说了，以使能同老先生这样的专家平分秋色。鲁滨逊说话一向谨慎，他这样乱说使我感到不快，甚至感到难过。

他们敬重他，让他坐在充满香味的大沙发里。他右手拿着一杯白兰地，左手用手势表示原始森林的雄伟和赤道陆龙卷的厉害。他话匣子一打开，就关不住了……阿尔西德要是待在这儿的一个角落里，一定会哈哈大笑。可怜的阿尔西德！

没什么可说的，要说舒服，在他们的驳船上可真舒服。特别是这时河面上吹起了一阵微风，窗框里烫褶的窗帘摆动起来，就像在凉风中飘扬的一面面小旗。

最后，又上了冰激凌，还有香槟。船主一再说那天是他的生日。他决定让大家高兴一下，也让过路的游客高兴。对我们就是如此。在一个小时、两个小时，也许是三个小时之中，大家在他的管理之下都会言归于好，都会成为朋友，不管是熟悉的人还是不熟悉的人都是如此，连外人也是这样，譬如我们三人，就是因为没有更好的办法，才被他从岸上拉来，以免十三人同桌。我也想唱起我那首欢快的小调，但我突然意识到自己是有身份的人，就改变了主意。因此，为了证明我有资格得到他们的邀请，我头脑一热，就觉得应该告诉他们，他们邀请的是巴黎地区最杰出的医生之一！根据我的穿着，这些人当然猜不到这点！也无法从我平庸的同伴看出！但是，他们知道了我的身份之后，就说他们十分高兴，万分荣幸，每个人都迫不及待地向我叙说自己身上的小毛小病。我乘机接近一位企业家的女儿。她是船主的表妹，长得腰圆背厚，正身患荨麻疹，并且动不动就要打发酸的嗝。

你对美味的佳肴和舒适的设备还不习惯的时候，它们很容易使你感到陶醉。真实只想离你而去。总是差这么一点儿，它才能使你自由。我们并不珍惜自己的真实。你突然见到这么多高兴的事情，就会头脑发热，狂妄自大。我也开始胡言乱语，同那个表妹谈论荨麻疹。你可以摆脱平日的屈辱，办法是像鲁滨逊那样同有钱人平起平坐，用的是穷人的货币 —— 连篇的谎话。我们大家都对这身其貌不扬的肉和这副有毛病的骨架感到羞耻。我无法决定是否要向他们展示我的真实情况，这对他们来说是一种侮辱，就像给他们看我的屁股那样。我一定要给人留下良好的印象。

对于他们的问题，我用独特的想法加以回答，就像刚才鲁滨逊回答老先生那样。我也变得神气活现！……我病人盈门！……忙得不可开交！……我的朋友鲁滨逊……是工程师，他在图卢兹的小别墅里款待我……

当客人吃饱喝足之后，就很容易轻信。真幸运！一切顺利！鲁滨逊在我之前尝到了即兴吹牛、暗中高兴的乐趣，步他的后尘就无须再费吹灰之力。

由于鲁滨逊戴着墨镜，别人对他眼睛的状况就看不大清楚。我们宽宏大量，把他的不幸归咎于战争。于是，我们的处境得到了改善，社会地位随之提高，爱国的程度同客人们不相上下，他们在开始时对当画家的船主心血来潮地邀请我们感到有点惊讶，不过，他是上流社会的艺术家，有时会做出一些非同寻常的事情……客人们开始觉得我们三人都十分可爱，非常有趣。

作为未婚妻，马德隆的行为也许不够检点，她撩拨所有的人，把女人们也弄得春心荡漾，使我不禁在想，这样下去，这场聚会是否会变得淫荡。不会。大家的话逐渐减少，都在垂涎欲滴地考虑词语之外的事情。可什么事也没有发生。

我们坐在坐垫上，没话找话说，因希望幸福的共同愿望而变得呆头呆脑。我们想更加深入幸福之中，更加暖和，有更多一点的幸福，大家都这样，肉体满足之后，就只想在精神上幸福，尽一切可能在现时得到世上的全部乐趣和美好，使旁边的人也能享受到，并向我们承认，这正是他所寻找的美妙东西，这么多年以来，这正是他所缺少的东西，我们现在给了他，他就可以非常幸福，永远幸福！我们最终向他揭示了他存在的理由！他找到了他存在的理由，这点应该去告诉所有的人！让我们再来干上一杯，以庆祝这一乐趣，并希望永远这样快乐！但愿魅力不变！特别是永远不要再回到我们相识和美妙地相逢之前的时代，那可恶的时代，没有奇迹的时代！……我们从此永不分离！永远如此！永远！……

船主无法克制自己，不禁消除了魅力。

他有一种癖好，老是对我们谈论他的绘画术，即把他弄得坐立不安的绘画术，谈论他那些画，尽一切可能去谈，在任何话中都谈！我们虽然喝醉了，但由于他愚蠢而又执拗，他那些平庸的议论还是以摧枯拉朽之势传到了我们的耳边。我已经认输，就对船主说了几句很有分量又很漂亮的恭维话，艺术家们听到这种话都会感到十分高兴。他需要的正是这个。他听了我的恭维话，仿佛进行了一次交媾。他倒在边上一张软绵绵的沙发上，几乎立刻就睡着了，样子十分可爱，显然非常幸福。这时，客人们还在互相注视脸部的轮廓，目光沉重，互相吸引，在几乎是不可抗拒的睡意和奇妙的消化乐趣之间犹豫不决。

我省掉了打瞌睡的欲望，并把它留到夜里。白天提心吊胆，就会让睡眠离得远远的。你幸运地弄到一点真福，却把它浪费在毫无意义的瞌睡上，那你就是十足的傻瓜。全放在夜里！这就是我的座右铭！必须随时想着夜晚。我们应邀留下来吃晚饭，正可以再美美地吃上一顿……

我们乘大家昏昏沉沉之际溜之大吉。我们三个人出去时悄悄地避开客人，只见他们昏昏欲睡，乖乖地围着女主人的手风琴。女主人的眼睛在乐声中变得温柔，眨巴着寻找阴影。"回头见。"她见我们从她身边走过，就对我们说道。她的微笑进入了梦乡。

我们三人走得不是太远，只是走到我刚才选择好的地方，那里是河道的拐弯处，两旁各有一排杨树，杨树高大，树梢很尖。在这个地方能看到整个河谷，甚至可以看到远处凹陷的小城，小城中央的钟楼像一根钉子直插红色的天空。

"我们乘几点钟的火车回去？"马德隆立刻不安地问道。

"你别担心！"鲁滨逊叫她放心，"他们用汽车把我们送回去，这是讲好的……是船主说的……他们有一辆汽车……"

马德隆不再问了。她高兴地想着。这一天过

得真快活。

"莱昂，你的眼睛现在怎么样了？"她对他问道。

"好多了。我什么也没对你说，因为我不能肯定，但我觉得左眼特别好，我已经能看清桌上有几个酒瓶……我喝了不少酒，你注意到了吗？酒真好！……"

"左边就是心脏那边。"马德隆高兴地指出。她十分高兴，这是可以理解的，高兴他的眼睛有了好转。

"来亲亲我，让我也亲亲你！"她向他提议。我开始感到，在他们亲热的时候我是多余的。但我又很难离开，因为我不知道该去哪儿。我就装作到一棵比较远的树后面去小便，等他们亲热好了再回去。他们在互相倾诉含情脉脉的话。他们的话我都听得见。如果两个情人你都认识，那么即使最平淡的情话，听起来也总是有点滑稽可笑。再说，我还从未听到他们说这样的话。

"你真的爱我？"她对他问道。

"我爱你就像爱自己的眼睛！"他对她回答道。

"你刚才说的可不是无足轻重的话，莱昂！……但你还没有看到过我，莱昂，是吗？……你以后用自己的眼睛而不再用别人的眼睛看到我的时候，也许就不会再这样爱我了，是吗？……到那时，你会看到其他女人，你也许会见一个爱一个，是吗？……就像你那些朋友一样……"

她悄悄地说出的这个想法是针对我的。这点我没有弄错……她以为我已在很远的地方，听不到她说的话……于是她就阴了我一下……她没有浪费时间……他这个朋友提出了异议。"别这么说！……"他说道，"这全是猜测！是诬蔑……"

"我决不会这样，马德隆！"他辩解道，"我可不是他这种人！你怎么会以为我像他那样？……你对我这么好，我会这样吗？……我是有感情的！我不是坏蛋！我对你说过永远爱你，我说话算数！永远爱你！你漂亮，这我已经知道，但在我能看到你的时候，你将会更加漂亮……好啦！你现在

满意了吗？你别哭了，好吗？我能对你说的就是
这些！"

"你真好，莱昂！"她对他回答道，并同他紧
紧地抱在一起。他们正在海誓山盟，别人无法使
他们停下来，他们的誓言多得连天上也放不下。

"我希望你跟我在一起永远幸福……"他轻轻
地对她说道，"希望你什么事也不用去做，但你要
的东西却什么都有……"

"啊！你真好，我的莱昂。你比我想象的还要
好……你温柔！你忠实！你是一切！……"

"这是因为我喜欢你，我的宝贝……"

他们抱成一团，更加热乎。然后，仿佛是为
了让我远离他们极度的欢乐，他们对我进行恶意
的攻击……

她首先开火："你那个当大夫的朋友，他人好，
是吗？"她对我进行攻击，仿佛她对我无法忍受。
"他人好！……我不想说他的坏话，因为他是你的
朋友……但我觉得他对女人十分粗鲁……我不想
说他的坏话，因为我觉得他确实很爱你……只是

他不合我的胃口……我要对你说……你听了不会
生气吧？"不，莱昂对什么也不会生气。"我感到
这个大夫过于喜爱女人……有点像公狗那样，你
明白我的意思吗？……你不觉得是这样？……像
公狗那样跳到背上去干！他干完这事就走了……
你不觉得吗？不觉得他是这种人？"

他觉得是的，这个坏蛋，她希望怎样，他就
认为怎样，他甚至认为她说得完全正确，而且十
分有趣。有趣极了。他叫她讲下去，并随声附和。

"是的，马德隆，关于他的事，你说得很对。
费迪南这个人不坏，但对人体贴嘛，可以说不是
他的长处，忠诚嘛，也不是！……这点我可以
肯定！……"

"你大概知道他有许多情人，是吗，莱昂？"

她在打听我的情况，真厉害。

"要多少就有多少！"他坚决地回答道，"但
你知道……他嘛……他不挑！……"

对这些话应该下一个结论，这事由马德隆
来做。

"大家都知道，医生都是下流胚……通常是这样……但是他，我觉得他在这方面出类拔萃！……"

"你说得太好了，"我幸福的好朋友对她表示赞同，并继续说道，"他这么喜欢干这种事，所以我经常在想，他一定在吃春药……再说，他那个玩意儿这么粗！你要是看到了，准会吓一跳！这不正常！……"

"啊！啊！"马德隆听了张皇失措地说道，并竭力回忆我那个玩意儿，"那么，你认为他有病，是吗？"她心里十分不安，突然对这些秘闻感到难受。

"这事我可不知道，"他不得不遗憾地承认道，"我一点也不能肯定……不过，他过着这样的生活，有可能得这种病。"

"还是你说得对，他可能在吃春药……也许正因为如此，他有时十分古怪……"

马德隆的小脑袋立刻转了起来。她补充道："以后得防着他一点儿……"

"你不害怕吗？"他问她，"他至少同你没关系吧？……他纠缠过你吗？"

"啊，这倒没有，我也不会同意！但是，你永远不知道他脑子里在想些什么……譬如说他在发情的时候……这些人吃了春药会发情！……不管怎样，我不会请他看病！……"

"我们这样谈了之后，我也不会！"鲁滨逊表示赞同。接着，又是亲热和抚摸……

"亲爱的！……亲爱的！……"她摇晃着他。

"宝贝！……宝贝！……"他对她回答道。然后是一阵沉默，他们在狂热地亲吻。

"在我吻到你肩膀之前，你赶快对我说'我爱你'，看你能说上几遍……"

这亲吻的游戏是从脖子开始的。

"我的脸多红！……"她喘着气叫道，"我喘不过气了！……你让我喘口气！"但他不让她喘气。他又重新开始。我在旁边的草地上，想看到会发生什么事。他用嘴吮她两个乳头，一面吮一面玩。总之是在戏耍。我的脸也红了，因为有各种各样的感觉，同时也对自己的不知趣感到惊奇。

"我们俩一定会十分幸福，你说呢，莱昂？你对我说，你可以肯定我们会幸福的，好吗？"

这是幕间休息。然后谈未来的计划，没完没了地谈，仿佛要重建整个世界，但这个世界只是为他们两人而建的！首先我不会在里面。他们好像一直想摆脱我，把对我的淫秽回忆从他们的私生活中清除出去。

"你和费迪南交上朋友有很长时间了吧？"

这事使她不得安宁……

"有好几年了，是的……在这儿……在那儿，"他回答道，"开始时我们是偶然相遇的，是在旅途之中……他这个人喜欢旅行……从某种意义上说，我也是这样，我们仿佛早就是旅伴……你明白吗？……"他把我们的生活说得平淡无奇。

"好吧！你和他别再这么好了，我的宝贝！而且从现在开始！"她十分坚决、干脆、明确地对他回答道，"就此结束！……我的宝贝，就此结束，好吗？……从现在起，你的旅伴就我一个……你明白我的意思吗？……明白吗，我的宝贝？……"

"你难道嫉妒他吗？"这个笨蛋还是有点困惑，就对她问道。

"不！我不是嫉妒他，而是实在太爱你了，我的莱昂，我希望你完全属于我……不同任何人分享……另外，我现在爱你，我的莱昂，你不能同他来往……他太下流了……你明白吗？你对我说你喜欢我，莱昂！你明白我的意思吗？"

"我喜欢你……"

"好。"

三十八

我们于当天晚上回到图卢兹。

事故是在两天之后发生的。我还是要离开那儿，正当我收拾好行李准备去火车站时，我听到一个人在屋子前叫喊什么。我仔细一听……是叫我赶紧去，立刻去地下墓室……我没有看到是谁在叫我……但听他的声音，事情似乎十分紧急……看来我得赶快去那儿。

"等一会儿也不行？难道着火了？"我这样回答道，以便拖延时间……那时将近七点，正好在晚饭之前。我们说好在火车站告别。这样大家都方便，因为老太太要晚一些回家。那天晚上，她要在地下墓室等待一批朝圣的游客。

"您快来，大夫！"街上那个人再次叫道，"刚才昂鲁伊老太太出事了！”

"好！好！"我说道，"我马上去！说好了……我马上下来！"

但我想了一下，补充道："您先走吧。请告诉他们，我跟着您来了……我会跑着去的……我穿好裤子就去……"

"事情紧急！"那人又说道，"我再对您说一遍，她失去了知觉！……她脑袋里好像骨头断了！……她是从地下墓室的楼梯上滚下来的！……一下子就滚到最下面。"

"好了！"我听到这个精彩的故事，对自己说道。我不需要再考虑很多时间，就直奔火车站。我主意已定。

我赶上了七点十五分的火车，正好。

我们没有告别。

三十九

　　帕拉宾见到我时，第一个感觉是我脸色不好。

　　"你在图卢兹大概搞得很累。"他像往常一样满腹狐疑地指出。

　　确实，我在图卢兹曾经感到不安，但说到底还是不应抱怨，我至少像我希望的那样，避开了真正的麻烦，因为我在关键时刻溜走了。

　　我把这件事的详细经过说给帕拉宾听，同时对他说出了我的怀疑。但是，他并不觉得我当时做得十分高明……不过，我们没有时间讨论这件事，因为对我来说，当下最要紧的事情是找到一份工作。因此，不能把时间浪费在品头论足上……我只剩下一百五十法郎的积蓄，我不知道该到何处安身。去"塔拉普"？……那里已经不再招人了。危机。那么回拉加雷讷－朗西？再去找病人？这个我也曾经想过，但这是没有办法的办法，只有在迫不得已时才能这样做。任何希望都不会很快熄灭，就像圣火那样。

最后，是帕拉宾拉了我一把，给我在精神病院找到了一份工作，他在那里已经工作了几个月。

事情还相当顺利。在这座精神病院里，帕拉宾不仅负责把精神病患者带去看电影，而且还管放射火花。每周两次，在特定的时间，他把患忧郁症的病人专门集中在一个密封的暗室里，在他们的头顶上引放真正的磁暴。总之，这叫作精神运动，是他的老板巴里通大夫想出并付诸实施的好主意。这家伙是个吝啬鬼，他雇用了我，只付很低的工资，但合同上的条文却这么长，而且都对他有利。总之，他是老板。

我们在他的精神病院里工作，工资确实少得可怜，但吃得不错，住的条件也相当好。我们也可以和女护士玩玩。这是允许的，当然只是默许。老板巴里通不反对这种娱乐，他甚至发现，为色情活动提供这种方便可以使工作人员安心留在医院里。他不蠢，也不严。

另外，在我走投无路的时候，别人给了我一份小小的工作，所以我现在不能提出问题，也不能提出条件。我想了一下，还是不大明白帕拉宾为什么突然对我这么感兴趣。他对我的态度使我感到担心。说帕拉宾有兄弟般的感情……这未免过于美化了他……这事想必更为复杂。不过，什么事都会发生……

中午时，我们通常都聚集在巴里通的周围，同桌吃饭。我们的老板是经验丰富的精神病医生，蓄着山羊胡子，大腿又短又粗。他和蔼可亲，但谈论经济问题时除外，每当别人给他提供这种借口和机会时，他就会变得令人厌恶。

在面条和涩口的波尔多葡萄酒方面，他可以说对我们十分优待。他对我们解释说，他继承了整整一座葡萄园。算我们倒霉！我可以肯定，那酒只是土特产。

他那位于塞纳河畔维尼的精神病院里，病人总是住得满满当当。在书面介绍中，这座医院被称为"疗养院"，原因是医院周围有一座很大的花园，天气好的时候，我们的精神病患者就在花园里散步。这些疯子在那里散步时样子滑稽，脑袋很难在肩膀上保持平衡，仿佛他们老是担心绊了一跤之后脑袋里的东西就会掉在地上。各种各样变化无常、稀奇古怪的东西在他们的脑子里互相碰撞，他们极为珍视这些东西。

精神病患者对我们谈起他们的精神宝库，就会装腔作势地显出害怕的样子，或是显得屈尊俯就，以保护者自居，就像有权有势又谨小慎微的行政官员那样。即使给他们一个帝国，你也别想让这些人摆脱他们想象的世界。疯子也是具有普通想法的人，只不过他把这些想法封闭在自己的头脑里。外界的任何东西都无法钻进他的头脑，这对他来说就够了。封闭的头脑就像不通河流的湖泊，必定会发臭。

巴里通从巴黎批量购买面条和蔬菜。因此，塞纳河畔维尼的零售商不大喜欢我们。可以说，这些商人甚至讨厌我们。不过，这种厌恶并没有影响我们的胃口。我的见习期刚开始时，巴里通在吃饭时经常对我们东拉西扯的谈话进行总结，并从中得出哲理。但是，由于他在精神病患者之中度过自己的一生，在同他们的交往中挣钱糊口，同他们一起吃饭，艰难地试图消除他们的精神错乱，所以他最讨厌的是我们在吃饭时有时还要谈到他们的怪癖。"他们不应该成为正常人谈话的话题！"他怀着戒心断然说道。他自己则严格保持这种精神卫生。

他喜欢谈话，喜欢得近于病态，他喜欢有趣的谈话，特别喜欢令人安心和合乎情理的谈话。对于疯疯癫癫的人，他不想多谈，因为他对他们有一种本能的反感。相反，他非常喜欢听我们的旅行故事，而且是百听不厌。我来了之后，帕拉宾部分地从这种闲聊中摆脱出来。我正好可以在吃饭时给我们的老板解闷。我把所有的长途旅行都讲了，而且讲得十分详细，当然经过改编，具有相当多的文学色彩，十分动听。巴里通在吃饭时，舌头和嘴巴会发出很响的声音。他女儿埃梅总是坐在他的右边。她虽然只有十岁，但已经十分憔悴。在我们看来，埃梅的脸上有某种死气沉沉的东西，有一种无法医治的阴影，仿佛不祥的乌云总是一小片一小片地在她的面前飘过。

在帕拉宾和巴里通之间，有时会出现一些小小的摩擦。但是，巴里通不会因任何事情对任何人记仇，只要别人不过问他医院的收入就好。在很长一段时间里，他的账目是他生活中唯一神圣的东西。

有一天，就是在帕拉宾还对巴里通说话的时候，帕拉宾在吃饭时公开说巴里通没有道德。起初，这话使巴里通感到生气，但后来就没事了。一个人不能为这么一点小事生气。巴里通听我讲旅行的故事，不仅感受到浪漫的情趣，而且觉得节省了钱。"听了您的讲述，就不必再去那些地方了，您讲得真好，费迪南！"他想不出更好的话来称赞我。在他的精神病院里，我们只收容那些易看管的病人，从来不收非常危险和会杀人的精神病人。他的医院并不是阴森可怖的地方。里面栅栏很少，只有几个禁闭室。在所有的人中，最令人担心的也许是他的女儿小埃梅。这女孩不是病人，但她在这样的环境里感到心神不定。

有几声号叫不时传到我们的餐厅，但这些叫喊的起因总是微不足道。另外，叫喊的时间也不长。有时还能看到一群群病人为了点小事突然发起狂来，持续的时间很长，他们是在水泵、树丛和秋海棠花坛之间闲逛时发作的。这些事最终都没有闹大，也没有引起过多的不安，方法是给病人洗个温水澡，再喝点短颈大腹瓶里的鸦片糖浆。

病人们有时走到食堂临街的几个窗口去吼叫和骚扰邻居，但他们的恐惧主要留在心里。他们留着恐惧，用来抵制我们的治疗。这种抵制使他们感到十分高兴。

我现在想起我在巴里通大爷那儿看到的所有

那些疯子，就不禁感到怀疑，除了战争和疾病这两种永无止境的噩梦之外，是否还会有揭示我们内心深处的其他方法。

总之，生存之所以十分累人，也许只是因为我们花费了巨大的力气，使自己在二十年、四十年乃至更长的时间里都过着理智的生活，而不是保持自己的本色，即邪恶、残忍和荒诞。我们生来就是瘸腿的下等人，却要从早到晚把当超人作为普遍的理想，真是一场噩梦。

我们精神病院对病人的收费有高有低，收费最高的病人住在饰有软垫的路易十五式的房间里。巴里通每天去看望这些病人，并领取高额的查房费。病人们则等待着他。有时，巴里通会吃到两记耳光，耳光打得很重，是蓄谋已久的。他立刻作为特殊治疗把它们记录在案。

在吃饭时，帕拉宾仍然态度谨慎，这不是因为我在巴里通面前夸夸其谈受到欢迎使他感到有点不快，相反，他看起来不像以前研究微生物时那样忧心忡忡，而有了近于满足的感觉。应该指出，他同那些少女的事使他感到十分害怕。对于性的问题，他仍然有点不知所措。在空闲的时间里，他也像病人那样在精神病院的草坪周围游荡，当我在他身边走过时，他就对我微微一笑，但十分含糊和平淡，就像同我告别一样。

巴里通把我们俩录用为技术人员，确实十分合算，因为我们不但每小时都忠心耿耿地为他工作，而且还使他得到了消遣，让他听到了他十分喜欢但又没有经历过的冒险故事。因此，他经常向我们表示他的满意。不过，他对帕拉宾还有所保留。

他对帕拉宾总有点冷淡。"帕拉宾……您要知道，费迪南……"有一天他对我说了心里话，"他是俄国人！"对于巴里通来说，是俄国人这一事实同"糖尿病患者"和"矮黑人"一样，有着描写的、形态学的、不可饶恕的性质。这个话题憋在他的心里已经有好几个月了，他说起这个话题，是为了我好，他开始在我面前挖空心思动起了脑筋……我看到巴里通就像变了个人。当时我们正巧一起去当地的烟店买烟。

"费迪南，帕拉宾这个人，我当然觉得非常聪明……但这家伙聪明得独断独行（他说成'都断都行'）！您不觉得吗，费迪南？他首先不愿适应环境……这点一眼就可以看出……他甚至干自己的工作也不舒服……他甚至在这个世界上也不舒服！……这点您得承认！……他这样就错了！完全错了！……因为他难受！……这就是证据！您瞧，费迪南，看看我是怎样适应环境的！……（他拍了拍胸骨）譬如，明天地球朝相反的方向转。那我怎么办呢？我也会适应，费迪南！而且会立即适应！您知道是怎样适应吗，费迪南？我会多睡十二个小时，问题就解决了！事情就是这样！嗨！没有比这样更聪明的了！问题都解决了！我也适应了！而您的帕拉宾，您知道他遇到这种事情会怎么办吗？他会反复制订计划，不断地发牢骚，发上一百年！……这点我可以肯定！这是我对您说的！……对不对？地球朝相反的方向转，他就会立刻睡不着觉！……他会觉得其中有一种老天才知道的特别的不公！……过于不公！……不公也是他的癖好！……在他还愿意跟我说话的时候，他动不动就对我谈论不公……您认为他只会唉声叹气吗？这样的话问题倒不是很大！……不是！他会立刻去寻找一种方法，把地球炸掉！是为了报仇，费迪南！最糟糕的，我要对您说说最糟糕的，费迪南……不过那只是我们之间说说……那就是他会找到这种方法！……这是我对您说的！啊！费迪南，您要牢牢记住我现在对您说的话……有一种是普通的疯子，还有一种是受到文明的固定观念折磨的疯子……我一想到帕拉宾属于后一种疯子，就感到十分害怕！……您知道他有一天对我说了什么吗？"

"不知道，先生……"

"他对我说：'在阴茎和数学之间不存在任何东西！什么也没有！是一片空白！'您等一会儿！……您知道他接着对我说他在等待什么？"

"不知道，巴里通先生，不，我什么也不知道……"

"他难道没有对您说过？"

"没有，还没有……"

"他对我说了……他在等待数学时代的来临！就是这样！他决心已定！他对我如此放肆，您是怎么看的？对比他年长的人！对他的领导！……"

我总得开开玩笑，以改变话题，不再去谈论这种稀奇古怪的想法。但巴里通对玩笑不予理睬。他想方设法对其他许多事情表达自己的愤慨……

"啊！费迪南！我觉得您感到所有这些都无关紧要……是一些毫无恶意的戏言，荒谬绝伦的无稽之谈……看来这就是您的结论……就是这样，是吗？……哦，真是轻率，费迪南！请允许我提请您注意，要小心防备这种错误，无关紧要只是它们的表象！我要对您说，您完全错了！……完全错了！……是大错特错！……请您相信我，在我的职业生涯中，别人能够听到的冷漠和热情的谵语，我几乎全都听到过！我什么都经历过！……这点您不会提出异议的，对吗，费迪南？……我也不像是焦虑不安的人，您一定看到了，费迪南……不像夸大其词的人，是吗？……不像，是吗？在我看来，一个词或几个词、一些句子或长篇大论的力量都算不了什么！……我出身平凡，生性单纯，但我思想开阔，不怕人言，这点别人是无法禁止的！……因此，费迪南，我在对帕拉宾进行仔细的分析之后，不得不严加防备！……不得不极为谨慎……他的古怪和通常那些无害的古怪都不相同……我觉得这是别出心裁的一种罕见而又可怕的形式，是一种极易传染给别人的异想天开，总之，是社会上扬扬得意的异想天开！……您的朋友的情况也许还没有到精神完全错乱的地步……不是！这也许只是过于自信……我对有传染性的精神错乱了如指掌……任何疾病都不像过于自信那样危险！……我对您说，费迪南，这种自信的病人，我见到很多，而且病因各异！……总而言之，我觉得大谈正义的人精神最为错乱！……我承认，在开始时，我对这些伸张正义的人有点兴趣……可现在，这些有

怪癖的人使我感到厌烦和恼火……您是否也这样
看？……有人发现，人们很容易受到这方面的影
响，这使我感到害怕，而且所有的人都这样，您
听到了吗？……您要注意，费迪南！所有的人
都这样！就像对烈酒或色情那样……同样的倾
向……同样不可避免……极为普遍……您感到好
笑，费迪南？这样的话，我就为您感到害怕！脆
弱！不堪一击！动摇不定！真危险，费迪南！而
我却以为您十分可靠！……您不要忘记，我年纪
大了，费迪南，我可以不把未来放在眼里！我可
以这样做！但您不行！"

　　一般来说，我总是在任何事情上和老板有同
样的看法。在我充满烦恼的一生中，我实际上没
有很大的长进，但我还是学会了奴才应该遵守的
良好礼节。由于我奴性十足，我最终成了巴里通
的朋友：我从不反驳他，饭也吃得很少。总之，
是个讨人喜欢的助手，十分节约，　分钱也不贪，
对任何人来说都不是威胁。

四十

塞纳河畔维尼位于两扇闸门之间，两座光秃秃的山丘之间，它是正在发生变化的郊区村庄。巴黎即将把它吞并。

它每个月要少掉一座花园。从村口开始就是广告，花花绿绿的，就像俄国芭蕾舞那样。执达员的女儿会调鸡尾酒。唯独有轨电车想成为历史遗迹，不经过革命它是不会销声匿迹的。人们感到不安，孩子们已经失去他们父母说话的口音。人们想到自己仍然是塞纳 - 瓦兹省[1]的人，感到不大舒服，奇迹正在出现。赖伐尔[2]执政之后，最后

1　塞纳 - 瓦兹省是大巴黎地区过去的省名，1968 年析置为埃松、瓦勒德瓦兹、伊夫林三省。

2　Pierre Laval（1883—1945），法国政治家，1931 年首次出任总理，"二战"期间任职于维希政府，与德国人合作，法国解放后被枪决。

一座小花园也消失了，而自暑假以来，女用人每小时的工钱涨了二十生丁[1]。出现了第一家博彩公司。邮政局女局长买描写鸡奸的小说看，并把这类小说想象得更为具体。本堂神父动不动就骂"他妈的"，并向安分守己的人给出搞股票的建议。塞纳河里的鱼都死光了，塞纳河开始美国化，两边都有一排吸泥机、拖拉机、推土机，在河边把腐烂的垃圾和废钢铁堆得像一座座小山。三个分块出售地皮的人刚被关进监狱。生活走上了正轨。

当地这种地产上的变化还是引起了巴里通的注意。他感到痛心，后悔在二十年前没有买下旁边河谷里的其他土地，而当时别人还求你用每平方四个苏的价格买下这些土地，就像你买下不大新鲜的水果馅饼那样。那是过去美好生活的时代。可喜的是，他的精神病院还能维持下去。不过并非没有困难。永不满足的病人家属没完没了地向他提出越来越多的要求，要求使用最新的治

1　法国辅币名，100 生丁为 1 法郎。

疗方法，尽可能电气化，尽可能神秘，尽可能……特别是最新的机械设备，给人印象最深的仪器，而且要立刻买来，为了不被竞争对手超过，他就只好照办……在附近的乔木林中也有类似的精神病院，如阿涅尔、帕西和蒙特尔图的医院，它们埋伏在那儿窥伺，这些豪华的玩意儿它们都有。

在帕拉宾的指导下，巴里通赶紧去迎合现代的风尚，当然是购置便宜货，买减价的二手货和处理商品，但要不断更新，添置新的电气、充气和液压设备，这样就能使人感到院里的设备总是比其他医院好，就可以满足富裕家庭的小病人吹毛求疵的古怪要求。他抱怨说，他只好去购买华而不实的废物……只好去博得疯子们的欢心……

"我创办医院时，"他有一天对我倾吐自己的怀旧之心，"正值博览会开幕之前，费迪南，我说的是世博会……当时，我们这些精神病医生人数很少，不像现在的医生那样好奇、腐败，这点我要请您相信！……我们之中任何人都不希望自己像病人那样疯狂……当时还没有胡言乱语的时尚，说什么'这样可以提高疗效',您看,真是下流的时尚,外国来的东西几乎全是这样……

"我创业之初,费迪南,法国医生还很自重!他们觉得自己不必像病人那样胡思乱想……现在也许是为了跟上形势?……我怎么知道呢?是为了讨他们喜欢!这会把我们引向何处?……我要问您,嗯?……我们比我们医院里精神最不正常的被迫害妄想症患者更加诡谲、更加病态、更加反常,我们以一种新的卑鄙的傲慢态度沉溺于他们向我们展现的癫狂之中,这样下去,我们将走向何处呢?……费迪南,您是否能使我对我们的理智的命运感到放心?……甚至对普遍的理智的命运感到放心?……这样下去,我们的理智还会剩下多少?一点也不剩!这是可以预料的!一点也没有!我可以对您预言……这是显而易见的……

"首先,费迪南,对于真正现代的智慧来说,是否一切都失去了价值?不再有白的!也没有黑的!一切都支离破碎!……这就是新的类型!这就是时尚！从此以后，我们为什么不成为疯子？立刻成为！从自己开始！还要大肆吹嘘！宣布精神大错乱！用我们的错乱来做广告！谁能制止我们？我要问您，费迪南，嗯？是什么大而无当的人类的顾忌？……是什么枯燥无味的羞怯？嗯？……您要知道，费迪南，当我在听我的某些同行说话时——您得注意，他们都是最受人尊重、深受病人和科学院院士们欢迎的医生——我有时在想，他们会把我们引向何处啊！……这真像是地狱！这些疯子使我感到不知所措、焦虑不安，使我变得像鬼魂一样，尤其是，他们使我感到讨厌！在那些现代化的大会上，只要听到他们向我们通报他们平常研究的成果，我就会惊慌失措，吓得脸色发青，费迪南！只要听到他们说话，我就会失去理智……当今精神病学的这帮宠儿是魔鬼附身、腐化堕落、阴险狡诈、诡计多端，他们进行超意识的分析，会把我们推向深渊！费迪南，如果你们这些年轻人不进行抵制，我们就会在某一天早晨，呜呼哀哉，您知道吗，呜呼哀哉！因为我们不断伸展、升华和折磨自己的理解力，把它引向智力的另一边，即地狱的一边，到了那边就回不来了！……另外，这些极其机灵的人夜以继日地对自己的良知进行手淫，好像已被关进地狱的人待的地窖！

　　"我说的是'夜以继日'，因为您知道，费迪南，这些浑蛋夜里做梦时也在不停地行淫！……不需要多说了！……我要把你的良知挖出来！把它弄大，并暴虐地对待它！……到头来，他们周围就只剩下机体残片肮脏的大杂烩，像糖煮水果那样的谵妄症状的果酱从他们身上渗出、流出，弄得到处都是……他们的手上全是思想的残存物，弄得黏糊糊的，他们变得怪诞、可鄙、发臭。一切都将崩溃，费迪南，一切都将崩溃，我巴里通老头向您预言，而且过不了多久！……您将会看到大崩溃，费迪南！因为您还年轻！您一定会看到！……啊！我保证你们会高兴！你们都会变得像病人一样！嗨！再发一次谵妄！再多发一次！就完了！往疯人院前进！好了！你们将获得自由，就像你们说的那样！你们太想自由了，想的时间太长了！要说大胆，这样就算大胆！不过是在你们进了疯人院之后，年轻的朋友！我可以肯定地对你们说，你们将会留在那儿！

"请好好记住这点，费迪南：一切事物完结的开始，是缺乏节制！大崩溃是怎样开始的，我有资格来对您叙说……是因为放弃了节制才开始的！是因为莫名其妙地走极端！没有节制，就没有力量！这是书上说的！那么，大家都在虚无之中？为什么不呢？所有的人？当然喽！并且我们不是走着去，而是跑着去！真是蜂拥而去！费迪南，我看到理智逐渐失去了平衡，然后消失在规模巨大的毁灭世界的行动之中！这是在一九〇〇年左右开始的……这是个重要的日期！从这个时代起，在世界上和在精神病学这个领域里，就只有疯狂的竞赛，看谁变得更反常、更好色、更奇特、更下流、更有创造性，就像我们的同事所说的那样！……真是胡说八道！……看谁最早把自己交给魔鬼，交给没有心肝、没有节制的野兽！……

野兽会把我们都吃掉，费迪南，这是肯定的，真是活该！……野兽？一个大脑袋，它想怎么转就怎么转！……它的战火和唾沫已从各个方向朝我们喷来！……我们仿佛处于洪水之中！十分简单！啊，我们的思想好像感到无聊！我们不会再感到无聊了！要换换口味，我们先是互相鸡奸……这样我们就开始感受到'印象'和'直觉'……就像女人那样！……

　　"另外，在我们所处的状况，是否还需要加上'逻辑'这个靠不住的词呢？……当然不需要喽！在我们时代培养的明察秋毫、真正进步的心理学专家面前，逻辑只会是一种束缚……费迪南，您不要因此而让我说我轻视妇女！不！这点您十分清楚！但我不喜欢她们的印象！费迪南，我是个有睾丸的野兽，我一旦抓住一个事实，就很难把它放掉……有一天我遇到一件很有趣的事……有人要我接待一位作家……这作家胡说八道……您知道他一个多月以来在叫嚷些什么吗？'我们要清除！……我们要清除！……'他就是这样在医院里大喊大叫的！他脑子不正常……可以这么说……他已经到达智力的另一边！尿道狭窄的老毛病使他得了尿毒症，并使他膀胱堵塞……我不断给他导尿，把他的尿一滴一滴地排出去……他的家属一定要说他这个病是他的天才引起的……我对作家的家属说主要是膀胱有毛病，但说了也没用，他们还是固执己见……他们认为，他是在天才发挥过多的时候病倒的，就是这样……最终我还是得同意他们的看法。您知道家属是一些怎么样的人，是吗？无法使他们明白，一个人不管是不是他们的亲属，到头来都将是腐烂的尸首……他们要是知道这点，就不会为腐烂的尸首付钱。"

二十多年来，巴里通一直在满足那些家属吹毛求疵的虚荣心。他们让他的日子不好过。据我了解，他十分耐心、沉着，但他心里却积累着对那些家属的宿怨……当我在他的身边生活时，他总是十分厌烦，心里固执地寻求解脱，并想用某种方法一劳永逸地摆脱那些专横的家属……要摆脱内心的苦恼，每个人都有自己的办法，而为了做到这点，我们每个人都得根据实际情况想出巧妙的办法。只要上妓院就能得到满足的人是幸福的！

至于帕拉宾，对于自己选择了沉默之路，他好像十分满意。我到后来才知道，当时巴里通心里一直在想，他将来是否能摆脱那些家属，摆脱他们的束缚，摆脱用来糊口的精神病学中无数令人厌恶的平庸乏味的东西，总之是摆脱他的职业。他非常向往崭新的、完全不同的东西，心里已经胸有成竹，准备溜之大吉，这也许是他发表长篇批评性议论的缘故……他的自私给陈规旧习压垮了。他无法再拔高任何东西。只想一走了之，把自己的躯体带到别的地方去。巴里通一点也不懂音乐的奥妙，因此，他要了结一桩事情，就得像熊一样把什么都弄得四脚朝天。

他一向以为自己通情达理，这时却制造了一起令人遗憾的丑闻，使自己得到了自由。我以后再慢慢来叙述事情是怎样发生的。

至于我，我这时在他那里当助手，觉得十分满意。

例行的治疗工作一点也不吃力，虽说我有时感到有点不舒服，例如我跟病人谈话时间太长就会觉得头晕，仿佛他们已把我带到离我平时所在的海岸很远的地方，却又不想把我带走，只是一句接一句地说些普通的、不会伤人的话，一直把我带到他们的谵妄之中。刹那间，我心里在想如何从中摆脱出来，并担心我是否会在不知不觉中永远同他们的疯狂禁锢在一起。

我由于性格关系，同疯子们总是客客气气，所以可以说是处于精神错乱的危险边缘。我并没有倒过去，但我一直感到处于危险之中，仿佛他们已悄悄地把我拉到他们那陌生的城市的街区之中。你越是往前走，这座城市的街道就越显得萎靡不振，街道两边的房屋仿佛在流口水，没有关好的窗子东倒西歪，里面传出可疑的声音。门在摇晃，地在移动……但你还是想再往前走一点，看看是否还能在废墟之中恢复理智。理智很快会出毛病，就像神经衰弱患者的情绪和睡眠一样。你只能去想自己的理智。什么都出了毛病。可不能再开玩笑了。

因此，一切都处于疑虑之中，直至五月四日那天。五月四日是个美妙的日子。那天我恰巧感到自己的身体非常之好，就像出现了奇迹一般。脉搏每分钟七十八次。就像美美地吃了顿早饭。突然一切都转动起来！我紧紧抓住某个东西。胃里反得想要呕吐。人们开始露出奇特的表情。我觉得他们的脸变得像柠檬一样，而且比过去还要凶恶。我也许是爬得太高了，冒失地爬到健康的高度，这时又落回镜子前，兴致勃勃地看着自己衰老。

那些讨厌的日子来临时，多少年来沉积在你鼻子和眼睛之间的厌烦和疲劳已无法区分开来，好多人就是这样。对于一个人来说，这些厌烦和疲劳又实在太多。

总之，我突然想回到"塔拉普"。特别是因为帕拉宾不再跟我说话，他连跟我也不说了。但是，

"塔拉普"这条路，我已经走不通了。当你精神上和物质上的支柱只有你老板一人时，你确实十分难受，特别是你的老板是精神病医生，而你对自己的精神是否正常又不是十分肯定。现在也只好待下去。而且要保持沉默。我们剩下的唯一话题是谈论女人。这是个不会得罪人的话题，我有时还能使他高兴一下。在这方面，他甚至相信我的经验，承认我有点卑鄙下流的本事。

总的来说，巴里通有点看不起我，倒并不是一件坏事。老板看到手下的人有缺点，就会感到放心。奴隶无论如何都应该受到不同程度的蔑视。在道德和身体上有一些常见的小缺点，就可以说明奴隶应该这样命苦。每个人都各就各位，地球才会转得更好。

供老板使唤的人应该是十分平凡、到处碰壁的下等人，这样老板就会感到心安理得，即使巴里通付给我们的工资很低。雇主们如果极其吝啬，就总是有点多疑和不安。碌碌无为、贪淫好色、放荡成性和忠心耿耿可以互相解释、互相印证，总之是互相协调。如果我是警察局追查的对象，那么巴里通是不会感到不高兴的。

不过，我早已把任何自尊抛在一边。我一直感到，就我的地位而言，自尊是高不可攀的东西，我微薄的收入根本就买不起这种感觉。因此，我认为把它割爱，对我只会有好处。

现在，我只要在饮食上和身体上保持一种可以忍受的平衡。其余的一切我全都无所谓。但是，有几个夜晚我还是觉得很难度过，特别是想到图卢兹发生的事情时，我整整几个小时都无法入睡。

这时，我不禁会浮想联翩，想象昂鲁伊老太太掉到陈列木乃伊的地下墓室里之后各种悲惨的情景。于是，害怕从我的肠子里爬了上来，抓住了我的心，我的心就怦怦直跳，弄得我最终从床上跳了起来，在黑暗的房间里踱来踱去，一直走到天亮。在这种恐惧症发作的时候，我就开始担心是否还能定下心来睡觉。你们不要轻易相信人们是不幸的。你们只要问问他们是否还能睡着。……如果能睡着，就一切顺利。这样就够了。

从此，我再也不能一觉睡到天亮。我仿佛已经完全失去了信心，所以不能身处人类之中而美美地睡上一觉。我至少要生病、发烧，碰到非常倒霉的事情才能冷静下来，消除我的不安，恢复愚蠢而美妙的平静。在我的记忆之中，这许多年里能够忍受的日子，就只有我患流感发高烧的几天。

巴里通从不询问我的健康状况。他对自己的健康状况也避而不谈。"科学和生活是灾难性的混合物，费迪南！您永远别去看病，您要相信我……对身体提出的任何问题都会成为一个缺口……就会开始感到不安，无法摆脱烦恼……"这就是令人赞赏但又过于简单的生物学原理。总之，他在耍滑头。"对我来说，已知的事物就已足够！"他还经常这样说，为的是让我赞叹不已。

他从不和我谈论金钱，但这是为了更多地去想金钱，而且是独自在心里想。

鲁滨逊和昂鲁伊家的纠葛，我还是觉得弄不

大清楚，但我一直放在心上，并想给巴里通讲述其中的一些片断和事情。但巴里通对此完全不感兴趣。他喜欢我讲非洲的故事，特别是我在各地遇到的那些同行的事情，还有他们非同寻常的医疗方法，那些奇特或可疑的医疗方法。

有时，在精神病院里，我们为他的女儿埃梅感到担心。吃晚饭时，她突然不见了，在花园里和她的房间里都找不到她。我总是担心有一天晚上会在树丛后面找到她，看到她的尸体已被人切成几块。我们的精神病人在散步时什么地方都会去，她可能会遭到不测。另外，她已多次险遭强奸。每次都要叫喊、淋浴和没完没了的解释。别人不准她到某些树叶过于浓密的小路上去，但是这孩子不肯听，还是不由自主地到那些阴暗的角落里去。她每去一次，父亲就要打她屁股，而且打得她终生难忘。但打也没用。我觉得她就是喜欢这样。

我们这些工作人员在走廊里同精神病人交错或走到他们前面时，都要留一点神。同正常人相比，精神病人更容易杀人。因此，我们已养成习惯，在同他们交错时，我们就背靠墙壁，随时防备他们一上来就朝我们的小腹狠狠地踢上一脚。他们对你进行窥伺，然后走了过去。除了他们精神有病之外，我们相互之间都能完全理解。

巴里通抱怨我们之中没有人会下国际象棋。为了讨好他，我只好开始学习下棋。

在白天，巴里通主要处理叫人头痛的琐事，使他周围的人劳累不堪。每天早上，他都会想出一个实用而又平淡无奇的新主意。例如，用折叠式卫生纸替换卷筒式卫生纸的主意，就让我们思考了整整一个星期，结果我们想出了一些互相矛盾的解决办法，一星期的时间就浪费掉了。最后决定等到大减价的那个月，到各个商店去转一圈。这以后又提出了一个毫无意义的问题，就是法兰绒内衣……要穿在衬衫里面呢？……还是穿在外面？……还有，用什么方法给病人服硫酸钠？……帕拉宾用沉默来回避所有这些小儿科的争论。

我闲得发慌，就把我所有的旅行中从未有过的那些奇遇讲给巴里通听，编得精疲力竭！最后由他一个人来唱独角戏，用他的建议和微不足道的保留意见来填补谈话中的空白。谈话没完没了。他把我给困住了。我不能像帕拉宾那样把无动于衷当作自卫的武器。相反，我虽然心里不情愿，还是得回答他的问题。我只好同他争论不休，讨论可可茶和牛奶咖啡相比的优点……他胡言乱语，使我神魂颠倒。

我们什么都谈，谈到下肢静脉曲张、最佳感应电流、肘部蜂窝织炎的治疗……我已经做到在任何问题的看法上都能迎合他的旨意和喜好，就像真正的技术专家那样。巴里通陪伴和带领我进行这种老年痴呆般的散步，他的谈话使我一辈子都会感到腻烦。帕拉宾听到我们的谈话吹毛求疵，像面条一样冗长，还听到我们唾沫四溅，把老板的波尔多葡萄酒喷得台布上全是污渍，心里不禁暗暗发笑。

别再去想巴里通先生这个浑蛋！我终会让他

销声匿迹。为此，我得发挥自己的聪明才智！

在专门叫我看管的女病人中，流涎最多的病人麻烦得要命。一会儿要给她们淋浴……一会儿要给她们导尿……不能让她们手淫，也不能让她们打人，她们的嘴不能张得太大，要经常保持清洁……其中一个年轻的女病人使我经常受到老板的训斥。她摘下花朵，毁坏花园，采花是她的癖好，可我不喜欢老板的训斥……

别人称她为"未婚妻"，她是个阿根廷姑娘，相貌长得相当不错，但脑子里只有一个想法，就是想嫁给她的父亲。于是，花坛里的花给一朵一朵地摘了下来，插在她白色的大头巾上，那条头巾她日夜都戴着，到什么地方去都戴着。她家里的人笃信宗教，觉得这样的病极其丢脸。他们不让外人知道他们的女儿及其想法。巴里通认为，她得病的原因是她所受的教育过于紧张、严厉，向她灌输绝对化的道德，最终在她脑子里分崩离析。

黄昏时，我们让所有的病人都回到病房，他

们回房前我们要花很长时间来点名，我们还到各个病房去查房，主要是不让兴奋型病人在睡觉前过度手淫。星期六晚上特别要让他们节制，对他们多加注意，因为病人的家属在星期天前来探望，要是他们看到病人手淫得这么厉害，医院就会十分丢脸。

这一切都使我想起贝贝尔的毛病和治手淫的糖浆。在维尼，这种糖浆我给病人开了不知其数。我保存了糖浆的配方。连我自己最终也对这种药水的疗效信以为真。

精神病院的女门房和丈夫一起开了一家小小的糖果店，她丈夫身体强壮，我们遇到难弄的病人，常常叫他来帮忙。

这些事情和年月就这样过去了，总的来说相当顺利，如果不是巴里通突然想出了一个出色的新主意，我们就不会有什么特别的事情可以抱怨。

他也许早就在想，他出同样的钱，是否能把我用得更多、更好。他最终想出了办法。

有一天午饭后，他说出了自己的想法。首先，他叫人给我们端来满满一盆我喜欢吃的餐后点心——奶油草莓。我立刻感到这里有问题。果然，我刚吃完他的最后一个草莓，他就对我发起凌厉的攻势。

"费迪南，"他这样对我说道，"我心里在想，您是否会同意给我的小女儿埃梅上几节英语课？……您对此有什么意见？……我知道您发音很好……而英语的发音最为重要！……另外，我不是当面吹捧您，费迪南，您是助人为乐的典范。"

"当然同意，巴里通先生。"我感到措手不及，就这样回答他……

于是就立刻商定，我在第二天上午给埃梅上第一节英语课。然后，一节一节地上下去，上了几个星期……

从上这些英语课开始，我们大家都进入了一个模糊不清的时期，在这个时期，事情一件接一件地发生，而且发生的频率完全不像平时那样。

巴里通一定要来听课，我给他女儿上的所有

的课都要听。虽说我尽心竭力地教，可怜的小埃梅的英语还是学不进去，可以说一点也学不进去。实际上，可怜的埃梅并不想知道所有这些生词的意思。她甚至在想，我们这些人硬是要她记住这些生词的意义，到底对她有什么企图。她没有哭出来，但她是勉强忍住的。埃梅真希望别人不要去管她，让她用她已经知道的那点法语来过日子，那点法语的困难和容易之处，足以使她忙碌一辈子。

但是，她父亲的看法和她完全不同。"我的小埃梅，你必须成为一个摩登的姑娘！"他不懈地激励她，目的是安慰她……"你父亲吃过不少苦头，原因是英语学得不够好，不能跟外国病人打交道……好了！别哭了，我亲爱的女儿！……你还是听巴尔达米先生给你上课吧，他多么耐心，多么和气，等你会像他教你的那样，用舌头说出 the[1]，我就答应给你买一辆漂亮的自行车，全部

1　英语定冠词。

镀——镍——的……"

但是，埃梅不想说出 the 也不想说出 enough[1]，一点也不想说……结果是老板替她说了 the 和 rough[2]，然后还取得了其他许多进展，虽说他有波尔多的口音，逻辑性又特别强，是学英语的很大障碍。一个月，两个月就这样过去了。父亲学英语的兴趣越来越大，埃梅吃力地学习元音的机会就越来越少。巴里通把我完全占为己有。他甚至把我缠住，再也不放开我，把我的英语全吸了过去。我们的房间是一板之隔，我一大早就能听到他在穿衣服时把他的私人生活用英语说出来。"The coffee is black ... My shirt is white ... The garden is green ... How are you today Bardamu?"[3] 他对着隔板大声说道。他很快就喜欢上了使用英语中最为简略的句型。

1　英语：足够的。

2　英语：粗糙的。

3　英语：咖啡是黑色的……我的衬衫是白色的……花园是绿色的……巴尔达米，您今天好吗？

他这样反常，就必然使我们走得很远……他一旦接触了文学名著，我们就无法停下来了……他在八个月之后取得了异乎寻常的进步，几乎能完全按照盎格鲁－撒克逊的方式来行事。同时，他使我感到十分讨厌，比以前还要讨厌一倍。

我们渐渐地少让小埃梅参加对话了，因此就越来越不去管她。她又平静地回到自己的云彩之中，别的什么都不要。她不学英语了，一点都不学了！全给巴里通学了！

冬天又来了。圣诞节到了。旅行社贴出布告，说去英国的往返票减价出售……我陪帕拉宾去看电影，走过林荫大道，看到了这些布告……我甚至走进一家旅行社去询问票价。

吃饭时，我顺便简单地对巴里通说了这件事。起先，我的消息好像没有引起他的兴趣。他听了之后什么也没说。我甚至以为这事已被他忘了。但在有一天晚上，他主动对我提起此事，请我在有机会的时候替他把价目表拿来。

在英国文学课的课间休息时，我们经常一起

打日本式弹子，还玩"塞子"[1]，地点在一间隔离室里，隔离室正好位于门房楼上，窗上都装着坚固的铁条。

巴里通擅长要求动作灵活的游戏。帕拉宾经常向他挑战，用开胃酒打赌，但常常输掉。我们经常在这间临时性的游戏室里消磨一个晚上，冬天下雨时尤其如此，以便不弄脏老板的大客厅。有时，我们把一个烦躁症患者关在这个游戏室里进行观察，但次数相当少。

帕拉宾和老板在地毯上或地板上玩"塞子"比赛谁更灵活时，我就试图体会囚犯在单人牢房里的感觉，以消磨时间。我还没有过这种感觉。只要有诚意，你就会对郊区街道上经过的稀少行人产生好感。傍晚时，有轨电车把一批批听话的职工慢慢地从巴黎送回来，你就会感到同情。走过食品杂货店拐了个弯之后，他们就跑散了。他们将慢慢地陷入黑夜之中。你几乎来不及清点他

---

1 bouchon，一种游戏，用一圆铁片将放在塞子上的硬币击翻即算获胜。

们的人数。但巴里通很少让我安静地遐想。他在玩塞子时还会兴致勃勃地提出些古里古怪的问题。

"How do you 用 English say'不可能',费迪南？[1]……"

总之，他从不满足于取得的进步。他愚蠢之极，却向往着完美无缺。他甚至不想听到别人说"大约"或"让步"。幸好出了毛病，我才摆脱了这个工作。事情的主要经过如下。

我们在阅读英国史的过程中，我发现他失去了部分的自信，最后又失去了他的乐观。当我们涉及伊丽莎白一世时代的诗人时，他的身心发生了非物质的巨大变化。我起先感到难以相信，但我最后像大家一样，不得不承认巴里通确实发生了可悲的变化。他一向讲求实际，关心严肃的事情，现在却一心去想虚无缥缈、不着边际的事情。他渐渐地开始整整几个小时待在家里胡思乱想，

---

1 部分为英语："不可能"用英语怎么说，费迪南？

他坐在我们面前，思想却已在遥远的地方……虽说巴里通在很长时间里都使我感到十分讨厌，但我看到他精神如此恍惚，还是感到有点内疚。我觉得自己对他的精神崩溃负有一定的责任……他精神错乱并非同我完全无关……因此，我有一天向他建议，暂时中断我们的文学课，理由是我们可以休息一下，还可以利用这个时间和机会找一些参考材料……他一下子就识破了这个虚情假意的花招，并立刻拒绝了我的建议，态度虽说客客气气，但仍然十分坚决……他想再接再厉地同我一起去发现英国的精神生活……就像他在开始时那样……我对他无以为答……只好从命。他还担心没有多少时间可活，不能完全达到学习的目的……总之，虽说我已有不祥的预感，但我还是得违心地同他一起进行这种痛苦的学术性的长途跋涉。

　　实际上，巴里通已经判若两人。在我们周围，人和物反复无常，放慢了节奏，都已失去了往日的价值，连我们熟悉的人和物的颜色也变得扑朔迷离，像梦幻一般轻柔……

对医院的行政工作，巴里通只是偶尔去关心一下，并且越来越不想加以过问，可医院是他亲手创办的，在三十多年的时间里，他对医院的工作可以说是入了迷。他现在完全依靠帕拉宾来处理行政工作。他的信念越来越混乱，他起先还想在众人面前加以掩盖，但很快就变成不可驳斥的事实，被我们看得一清二楚。

居斯塔夫·芒达穆尔是我们熟悉的维尼的警察，我们有时请他来医院里干些力气活，他在我遇到过的警察中最不敏锐，但他也在这个时期的有一天问我，老板是否得到了非常坏的消息……我尽量让他放心，但不是很有说服力。

对所有这些流言蜚语，巴里通已不再放在心上。他只希望别人不要以任何借口来打扰他……在我们开始学习时，我们按他的要求以极快的速度通读了麦考利[1] 撰写的十六卷巨著《英国史》。

1　Thomas Babington Macaulay（1800—1859），英国历史学家、政治家，著有辉格史观的代表作《英国史》。

现在我们遵照他的命令重读这部名著，但他的精神状况令人十分不安。一章接一章地读。

我觉得巴里通染上了苦思冥想的毛病，越来越不可救药。我们读到其中惊心动魄的一段：觊觎者蒙茅斯[1]在肯特郡的一个海岸登陆……当时，他的冒险行动犹如空转的机器……觊觎者蒙茅斯不大清楚他想要什么……想干什么。他来这儿干什么……当时，他开始思考，想要一走了之，但他不知该去哪儿，怎么去……他面前出现了失败的前景……在清晨暗淡的光线下……海水冲走了他最后几条船……蒙茅斯第一次开始思考……这时，巴里通也变得胆小怕事，不能做出自己的决定……这一段他看了又看，而且低声读了出来……他读得累了，就合上书，躺在我们的旁边。

他半闭着眼睛，久久地背诵着整段文字，他说的英语带有波尔多的口音，不过这已是我让他

1　Monmouth le Prétendant，指第一代蒙茅斯公爵詹姆斯·斯科特（James Scott, 1st duke of Monmouth, 1649—1685），英王查理二世的私生子，为谋王位率军反叛其叔父詹姆斯二世，兵败被俘斩首。

选择的那些波尔多口音中最动听的一种。他还在对我们朗诵这段文字……

在蒙茅斯的冒险行动中，可以说，我们幼稚可笑和可悲可怜的本性在永恒面前暴露无遗，巴里通也因此而眩晕，他同我们这些凡人的命运只是系于一发，这时连这唯一的联系也松开了……从这时起，我可以肯定地说，他已不再是尘世中的人……他不能再……

深夜，他把我叫去他的院长办公室……在当时的情况下，我猜想他会向我宣布某个最后的决定，譬如说立即开除我……但事实并非如此！相反，他做出的决定对我十分有利！然而，由于我因鸿运高照而感到意外的情况极为罕见，我不禁流下了几滴眼泪……巴里通以为我的激动是伤心的表现，就劝我不要难过……

"费迪南，如果我肯定地对您说，我做出离开这所医院的决定，光有勇气是远远不够的，您难道还会怀疑我的话吗？……您知道我有深居简出的习惯，我也已经像个老人，我全部的职业生涯只是一种漫长的检验，是对这么久以来的或长或短的诡计进行坚持不懈、细致入微的检验……只过了短短几个月时间，我怎么会抛弃一切？这可能吗？……而我确实完全处于这种超脱、飘逸的状态……费迪南！ Hurrah![1] 就像您用英语说的那样！我的过去已同我毫无关系！我将脱胎换骨，费迪南！非常简单！我要离开这里！哦，好心的朋友，您的眼泪不能减少我对这么多枯燥岁月里使我留在这里的所有事物决定性的厌恶！……我受够了！够了，费迪南！我对您说，我要离开这里！我要避开！我要逃走！我当然十分难受！这我知道！我心如刀割！我就像亲眼看到一样！但是，费迪南，决不能！费迪南，不能！您不能使我回心转意！您听到我的话吗？……即使我的一只眼睛落到污泥之中，我也不会回过头把它捡起来！好了！都对您说了！您现在还怀疑我的诚意吗？"

---

1 英语：万岁！

我对什么也不再怀疑了。巴里通确实什么事都做得出来。我现在觉得，在他当时所处的状况下，我如果对他加以驳斥，他的理智就会受到致命的打击。我让他休息片刻，然后还是想让他改变主意，我冒着风险，做出了最后的努力，以便把他拉回到我们这儿来……用的论据措辞婉转……而且是旁敲侧击……

"费迪南，我求求您，请您别再希望我改变自己的决定！我对您说，我的决定无法改变！您不再对我谈这件事，会使我感到十分高兴……这是最后一次了，费迪南，请您让我再高兴一下，好吗？在我这样的年龄，很少再会有什么志向……这是事实……但是，志向是无法挽回的……"

这是他亲口说的话，几乎是最后的话。我现在把这些话如实转述。

"也许，亲爱的巴里通先生，"我斗胆打断了他的话，"也许在您过于清苦的职业生涯中，您临时安排的这种休假只是一段浪漫的插曲、一种受人欢迎的消遣和一种愉快的休息？也许在经历了另一种生活之后……这种生活更加愉快，而不像我们这里的生活那样死板乏味……您对旅行感到满意，对意外的事情感到厌倦，也许会回到我们的身边？……到那时，您自然会再来领导我们……对您新的收获感到自豪……总之是面貌一新，从此一定会对我们清苦、单调的日常工作更加体谅……像陈年的酒一样！巴里通先生，您是否允许我这样说？"

"这个费迪南真会说话！……他还想出了办法，激起我男人的敏感、苛求的自尊心，我虽说经历过这么多的艰难困苦，已经极为厌倦，但还是感觉到自己的自尊心……不，费迪南！您使用的所有妙计，都不能在刹那之间把我们内心深处的厌恶、憎恨和痛苦化为乌有。再说，费迪南，我犹豫不决、改变主意的时候已经过去！……我承认，我要大声地说，费迪南，我已精疲力竭！头脑糊涂！一败涂地！是因为四十年来一直耍小聪明，打小算盘！……这已经太多了！……我想要干什么？您想知道？……我可以告诉您，我最好的朋友，因为您愿意以令人赞赏的方式，无私地分担一个晕头转向的老人的痛苦……费迪南，我想去埋葬掉自己的灵魂，就像您把自己患螨病的、发臭的狗埋葬在遥远的地方，这狗曾给您作伴，现在却使您一直感到讨厌……总之，是孤身一人……安静……只有自己……"

"但是，亲爱的巴里通先生，我对您的话感到十分惊讶，您突然对我说出因绝望而产生的固执要求，但我在您的谈话中，却从未发现这种强烈的绝望！相反，您平时的看法，我现在仍感到十分中肯……您的创举都充满朝气，硕果累累……您的治疗措施合情合理，有条不紊……在您的日常行为之中，我无法找到沮丧、混乱的任何迹象……我确实没有看到任何类似的情况……"

但是，巴里通对我的恭维一点也不感到高兴，这在我认识他以来还是第一次。他甚至客气地劝我不要再用这种奉承的口气来继续谈话。

"不，不，亲爱的费迪南，我可以向您担保……当然，您的这些可贵的友情之举，给我待在这儿的最后时刻带来了意外的温馨，但是，您的关心并不能使我对艰难的过去的回忆变得可以忍受，而这些地方却充满着过去的回忆……在任何情况下，我都要以任何代价——您听到了吗——离开这里……"

"但是，巴里通先生，您走了以后，这所医院我们怎么办呢？这个问题您想过没有？"

"我当然想过，费迪南……我不在的时候，医院就由您来领导，就是这样！……您不是一直跟我们的病人保持着良好的关系吗？……因此，您的领导很容易被人接受……一切都会十分顺利，这点您将会看到，费迪南……帕拉宾既然不喜欢说话，那就让他去管机械设备和化验室……他熟悉这方面的事！……这样，一切就安排得十分妥当……我不再相信有什么人是不可或缺的了……您看到了，我的朋友，在这方面我也有了很大的变化……"

确实，他已经变得无法辨认。

"但是，巴里通先生，您难道不担心您的出走会成为我们周围的竞争者恶意中伤的话题？……
例如帕西的医院？蒙特尔图的医院？……加尔
冈-利弗里的医院？我们周围的所有医院……他
们都在窥伺我们……这些同行一直背信弃义……
对于您高尚而自愿的离去，他们会怎么解释
呢？……会说成什么呢？说成逃跑？还会说什么
呢？闹着玩？垮台？破产？谁知道呢？……"

对于这种可能性，他也许曾进行过长久而痛
苦的思考。他在我面前想到此事，仍然心烦意乱，
脸色苍白……

他的女儿埃梅是天真无邪的孩子，她将因此
而受到命运的沉重打击。他把她托付给外省的一
个姑妈看管，她同这个姑妈其实一点也不熟悉。
这样，他所有的个人问题都解决之后，我和帕拉
宾就只需尽力管好他的股份和财产。航行吧，没
有船长的船只！

我觉得，在说了这些知心话之后，我可以问
问老板，他想到哪个地方去冒险……

"去英国，费迪南！"他毫不犹豫地对我回

答道。

我感到，在这么短的时间里发生的这些事情很难完全理解，但我们还是要迅速适应这种新的情况。

第二天，我和帕拉宾帮助他打理好行李。护照上有这么多页以及其中的那些签证使他感到有点惊讶。他以前从未有过护照。既然要走，他真想再领几本以供替换。我们总算说服了他，让他知道这是不可能的。

最后，他又遇到了一个问题：他去旅行要带硬领还是软领，每种要带多少？这个问题一直到该去火车站的时候还没有解决。我们三人跳上了去巴黎的最后一班有轨电车。巴里通只带一只轻便的手提箱，他希望在他去的任何地方和任何情况下都能行动自如，轻装前进。

在月台上，国际列车踏板的优雅高度给他留下了深刻的印象。他犹豫不决地登上这些庄严的踏板。他在车厢前默思，仿佛站在纪念碑的下面。上车时我们帮了他一把。他等了几秒钟，微笑地对我们说出他那具有比较性和实用性的最后意见：
"一等座不见得好。"

　　我们向他伸出了手。开车的时间到了。汽笛声响，火车准时开动，发出巨大的声音，就像一堆废铁倒下来那样。我们的告别被粗暴地打断了，真可恶。"再见了，我的孩子们！"他只来得及对我们说上这句话，他的手同我们的手分开了……

　　他的手在烟雾中挥动着，在隆隆声中变得细长，移到黑夜之上，沿着铁轨渐行渐远，只剩一抹白色……

四十一

一方面来说，我们对巴里通的离开并不感到惋惜，但他的出走还是在医院里产生了一种该死的虚无。

首先是他离开的方式使我们感到难受，可以说是不由自主的难受。他的离开并不正常。我们在想，这件事之后，我们身上会发生什么。

但是，我们没有过多的时间去考虑这个问题，也没有时间去自寻烦恼。我们把巴里通送到火车站后只过了几天，就有人到办公室来看我，只看我一个人。来人是普罗蒂斯特神父。

我把消息都告诉了他！而且是好消息！特别是说到巴里通把我们都扔在这里，自己却去北方闲逛！……普罗蒂斯特听到此事后愣住了，但当他弄清楚之后，他觉得这种情况只会让我有利可图。"依我看，您的院长的这种信任，是最愉快的晋升，我亲爱的大夫！"他反反复复地对我说道，真是没完没了。

他说得津津有味，我无法使他平静下来，他说来说去就是这么几句，说我前程似锦，事业兴旺。我无法打断他的话。

费了好大的劲，我们才回过头来谈正经事，特别是图卢兹市，他是在前一天从该市来到这里的。当然，我也请他向我讲述他知道的情况。当他告诉我老太太出了事的时候，我甚至装出惊讶得目瞪口呆的样子。

"怎么？怎么？"我打断了他的话，"她死了？……那么，她出事是在什么时候？"

他一点一点地把当时的情况都说了出来。

他没有直接对我说是鲁滨逊把老太太从小楼梯上推下去的，但也并没阻止我这样猜测……她没来得及哼一声就死了！据说是这样。我们心照不宣……做得干净、漂亮……他第二次动手马到成功，把老太太给干掉了。

幸好在图卢兹的那个街区里，大家都以为鲁滨逊的眼睛完全瞎了。因此，人们认为这只是个意外事故，虽说十分悲惨，但只要仔细考虑一下，就不难加以解释，如当时的情况，老太太的年龄，还有出事的时候是在黄昏，人很疲劳……我这时不想了解更多的情况。像这样的隐情，我听到的已经够多的了。

不过，我还是很难让神父改变话题。他脑子里老想着这件事。他谈来谈去又谈到了这件事，也许是希望我的话里露出破绽，把我也牵扯进去……时间已是中午！……他可以走了……可他还是不走，仍和我谈论鲁滨逊及其健康状况……谈他的眼睛……在这方面，他已经好多了……但他的精神状况总是不好。怎么也好不了！虽说那两个女人一直对他关心、爱护……他却一直在抱怨，抱怨他的命运和生活。

我听到神父说出这些话，并不感到意外。我了解鲁滨逊。他生性悲观，忘恩负义。但我更不相信神父……他对我说话时，我一声不哼。因此，他吐露了隐情也是白费力气。

"大夫，您的朋友虽说现在的物质生活已经舒适、方便，另外还将有美满的婚姻，但他使我们所有的希望都落了空，这点我应该老实告诉您……您知道他过去不务正业，误入歧途，他现在是否旧病重犯？……我亲爱的大夫，您对他这种嗜好是怎么看的？"

总之，如果我没有弄错的话，鲁滨逊在那里什么也不想干，他的未婚妻和她的母亲起初感到不快，后来则感到难过，这点是可以想象的。普罗蒂斯特神父要来这儿对我说的就是这点。当然喽，这一切使人感到不安，但从我来说，我决定保持沉默，决不再去干涉这个家庭的琐事……这次谈话没有结果，我送神父上了有轨电车，分手时相当冷淡。我回到精神病院，心里无法平静下来。

神父来访后过了不久，我们收到巴里通从英国发来的第一批消息。是几张明信片。他祝我们大家"身体健康，万事如意"。后来他还从各个地方给我们寄来几行无关紧要的话。我们收到一张什么话也没写的明信片后，知道他已到达挪威。几个星期之后，他又给我们发来一封报平安的电报："乘船顺利到达！"是从哥本哈根发来的……

正如我们预料的那样，老板的出走在维尼和周围地区引起了恶言恶语的议论。为了医院的前途，我们对老板出走的原因还是少解释为好，对病人和周围地区的同行都应这样。

又过了几个月，在这几个月里我们小心谨慎，无精打采，沉默寡言。到后来，我们相互之间已完全不提巴里通。另外，只要想起他，我们大家都会感到有点羞耻。

接着夏季来临。我们总不能整天待在花园里看着病人。为了向自己证明我们不管怎么说总还是有点自由，我们就出去走走，一直走到塞纳河畔。

在对岸的路堤后面，热讷维利耶大平原开始伸展，一片灰色与白色的、美丽的广阔，在灰尘和薄雾之中，隐约显出一个个矗立的烟囱。纤道旁有一家为船员开设的酒吧，位于运河的入口处，黄色的川流朝船闸滚滚涌来。

我们在堤下看着船闸，一看就是几个小时，也看河边长长的沼泽地，那里的臭气一直到开汽车的公路上都还能闻到。人们对什么东西都能够习惯。那污泥已经变成黑色，因为它年代久远，被上涨的河水弄得疲惫不堪。在夏日的傍晚，天上的红霞含情脉脉，污泥有时也会变得温柔。我们走到桥上，去听驳船里传出的手风琴声，那些驳船停在船闸的前面，要等到天亮才能驶入河流。特别是从比利时来的驳船，经常传出乐声。它们到处被漆上绿色和黄色，甲板上拉起绳子晾着衣服，有深红色的连裤服，被一阵阵风吹得鼓鼓囊囊，上下翻动着。

我经常一个人到为船员开设的酒吧去，是在午饭后的休息时间去的，那时，老板的猫安静地待在房间里，房间的天花板上涂有蓝色的瓷漆，就像是为猫而造的微型天空。

我在午后也昏昏欲睡，觉得别人已经把我忘记，就在那里消磨时光。

我突然看到有个人从远处的公路走过来。我没有犹豫很长时间。他刚走到桥上，我已经认出了他。此人是鲁滨逊。不会看错。"他来这儿找我！"我立刻这样想，"神父一定把我的地址给了他！……我必须尽快甩掉他！"

我当时就觉得他在这个时候来找我十分可恶，因为我正在开始建造自己小小的安乐窝。人们总是小心提防从大路上来的人，这是有道理的。他走到酒吧的旁边。我走了出来。他看到我显出惊讶的样子。"你是从哪里来的？"我毫不客气地对他问道。——"是从拉加雷讷来的……"他对我回答道。——"好！你饭吃过了吗？"我对他问道。他不大像吃过饭的样子，但他不想刚来就立刻显出饿得要命的样子。"你又在闲逛了？"我又说了一句。我现在可以说，我当时真不想看到他。一点也不想。

这时，帕拉宾也从运河那边向我走来。真是

巧。帕拉宾经常在精神病院值班，感到厌烦。确实，在工作方面，我也想舒服一点。首先，我和帕拉宾都愿意付出很大的代价，以便确切地知道巴里通将在什么时候回来。我们希望他很快就会结束四处游荡的生活，以便重新掌管医院的事务。这件事我们无法胜任。我们俩都没有野心，对未来的前程并不在乎。当然，这种想法是不对的。

帕拉宾也有好的地方，那就是他从不过问精神病院的商务，也不问我和病人之间的关系，但我还是把这些情况告诉他，就算他不想听，我也要对他说，于是我就一个人唱独角戏。关于鲁滨逊，我必须让他知道。

"我曾经跟你谈起过鲁滨逊，是吗？"我这个问题就算是开场白，"你知道他是我在战争时期的朋友，是吗？……你想起来了吗？"

我在战争时期的故事和在非洲的故事，他已听我讲过一百次，但每次的讲法都不同。这是我的习惯。

"那么，"我继续说道，"这位就是鲁滨逊，他亲自从图卢兹来看我们……我们一起在医院里吃晚饭。"事实上，代表医院来说话，我感到有点不自在。我这样说不大合适。在这种情况下，我的态度应该显得和蔼可亲，可我却一点也做不出来。另外，有鲁滨逊在，我也无法轻而易举地做到这点。在回医院的路上，他已经显出好奇和不安的样子，特别是对帕拉宾，因为走在我们旁边的帕拉宾苍白的长脸使他感到困惑。他起先还以为帕拉宾也是个疯子。当他知道我们住在维尼的什么地方之后，他就觉得到处都是疯子。我叫他不必担心。

"那你呢，"我对他问道，"你回来之后，至少找到了一份工作吧？"

"我要去找……"他对我只是这样回答。

"你的眼睛是不是完全好了？你现在看得清楚吗？"

"看得清楚，我的视力几乎和过去一样……"

"那么，你感到满意喽？"我对他问道。

不，他并不满意。他要做别的事情，所以没

有时间感到满意。我不急于同他谈起马德隆。这
个话题在我们之间过于微妙。我们喝开胃酒喝了
很长时间，我趁此机会把医院里的许多事和其他
细节都告诉了他。我一开口就乱说一通，总之，
和巴里通相差无几。晚饭在真挚的气氛中结束。
吃完后，我总不能把鲁滨逊·莱昂赶到街上去。
我立刻决定叫人在餐厅里搭一张折叠式铁床，让
他暂时住下。帕拉宾始终不发表意见。"喂，莱
昂！"我说道，"你没有找到工作之前就住在这
儿……"——"谢谢。"他只是这样回答道。之后，
他每天早上乘有轨电车去巴黎，说是去找个推销
员的工作。

他说他已对工厂感到厌倦，他想"代表企业
推销"。为了找到这种工作，他也许已经尽了力，
这点得承认，但他始终没有找到。

一天晚上，他从巴黎回来的时间比平时要早。
我当时还在花园里看着大池塘的周围。他过来找
我，跟我说几句话。

"你听着！"他开始说道。

"我听你说。"我回答道。

"你能不能让我在这里干份活儿？……我在别的地方什么工作也找不到……"

"你好好找过吗？"

"是的，我好好找过……"

"你想在医院里找个工作？但是干什么呢？你在巴黎难道什么工作也找不到？你要不要我和帕拉宾找熟人给你打听一下？"

我向他建议由我出面来替他找工作，但他并不愿意。

"工作并不是完全找不到，"他继续说道，"也许可以找到……一份小小的工作……好吧……你马上就会明白……我必须装成脑子有病的样子……事情很急，我必须装成脑子有病的样子……"

"好！"我对他说道，"你不用再说了！……"

"不，不，费迪南，我要说，我必须再对你说，"他坚决地说道，"让你清楚地理解我的意思……再说我了解你，你理解得慢，要老半天才能做出决定……"

"那你就说吧，"我对他做出了让步，"说吧……"

"我要是不装成疯子，事情可就糟了，我可以向你保证……事情要闹大了……她会叫人把我抓起来……你现在明白了吗？"

"你说的是马德隆？"

"是的，当然是她！"

"她真行！"

"就是嘛……"

"你们彻底闹翻了？"

"你说得不错……"

"你到这儿来，给我详细说说！"我打断了他的话，并把他拉到一边，"对疯子还是小心谨慎为好……他们会听懂某些事情，然后再说出来，说得十分离奇……虽说他们是疯子……"

我们走到楼上的一间隔离室，到了里面，他没花很多时间就把事情的经过都对我说清楚了，因为我十分清楚他会干出什么事情，另外，普罗蒂斯特神父已让我猜出剩下的事……

在第二次，他没把事情办砸。不能认为他再次把事情搞坏了！没有！完全没有。没什么可说的。

"你知道老太太，我感到她越来越讨厌了……特别是在我的眼睛有点好转之后，就是说在我能够独自上街之后……从那时起，我又能看到东西了……我也看到了老太太……没什么可说的，我看到的只有她一人！……我总是看到她在我的面前！……仿佛她堵住了我的生路！……我觉得她故意待在那儿……只是为了和我捣乱……不能再做出别的解释了！……另外，在屋里，大家都待在那儿，那屋你知道，对吗，待在一起怎么能不吵架呢？……你看到过，屋里多挤！……人住在那里就像叠罗汉！确实是这样！……"

"地下墓室楼梯的梯级不大牢，是吗？"

我第一次和马德隆下去参观时，就已经发现那楼梯很危险，梯级已在摇晃。

"是的，所以这件事几乎不用我来动手。"他坦率地承认道。

"那么，那里的人呢？"我又打断了他的话。"邻居、神父、记者……事情发生后，他们没说什么吗？……"

"没有，没说什么……另外，他们觉得我不会干这种事……他们以为我是胆小鬼……是瞎子……你明白吗？……"

"总之，这件事你应该觉得自己运气好，因为否则的话……那么马德隆呢？她为这件事干了什么？她也参与进去了？"

"没有完全参与进去……不过还是干了一点，因为你知道，老太太死后，这地下墓室就完全由我们二人来掌管了……当时是这样说好的……我们俩都搬到里面去住……"

"事情成了之后，你们的爱情怎么又出问题了呢？"

"这件事，你知道，说来话长……"

"她不要你了？"

"不是，恰恰相反，她很想要我，并且急于

想要结婚……她母亲也要我，而且比以前更想要，想让我们赶快结婚，因为昂鲁伊老太太的木乃伊归我们所有之后，我们就能赚到足够的钱，三个人就可以过上安定的生活……"

"那么，你们之间到底发生了什么事？"

"是我希望她们不要来缠着我！就是这样……母亲和女儿……"

"你听着，莱昂！……"我听到这种话，就立刻打断了他，"你听我说……你这样胡说八道，简直是在开玩笑……马德隆和她的母亲，你要设身处地为她们想想……要是处于她们的地位，你会感到满意吗？怎么？你刚到那儿时，差一点连鞋也没得穿，没有地位，什么也没有，你整天不停地发牢骚，说老太太把你的钱都独吞了，唠唠叨叨，没完没了……她现在走了，确切地说是你让她走的……可你又要不高兴，耍态度……你替这两个女人设身处地想想，稍微替她们想想！……你这样别人受不了！……要是我的话，我就会把你赶走！……她们要是把你送进监狱，你去一百次也是活该！我要老实告诉你！"

我就是这样对鲁滨逊说的。

"有这个可能，"他针锋相对地对我回答道，"但你是医生，又受过良好的教育，还有诸如此类的优点，你却一点也不了解我的本性……"

"你别说了，莱昂！"我最后对他说，并下了结论，"你这个卑鄙的家伙，别再提你的本性了！你说话就像疯子！……我感到遗憾的是，巴里通现在不知到什么鬼地方去了，否则的话，他倒可以来给你治病！对你来说，这可是最好的办法！先把你关起来！你听我说！把你关起来！巴里通会来管你的本性！"

"你要是遇到过我遇到的事情，经历过我经历的事情，"他听到我的话后反驳道，"你一定也会变成疯子！我可以向你担保！也许疯得比我还要厉害！你是个懦夫，这我知道！……"接着，他对我破口大骂，仿佛他有权这样做一样。

他骂我的时候，我就看着他。像这样挨病人的骂，我已经习以为常。我并不感到尴尬。

他同在图卢兹时相比瘦了很多，另外他脸上出现了我以前没有看到过的东西，就像一幅肖像那样，在轮廓上已显出遗忘的痕迹，周身皆是沉默。

在图卢兹发生的那些故事中还有一件事情，虽说并不是那么重要，但他无法忍受，只要想起这件事，他就会感到难受。那就是他当时不得不去贿赂一大批中间人，却一无所获。他无法忍受的是，在接管地下墓室时，到处都要付手续费，要付给本堂神父、教堂里出租椅子的女人、市政府、副本堂神父和其他许多人，最后却毫无结果。他谈起此事就气得要命。他把这种手续称为盗窃。

"那么，你们后来是不是结婚了？"我最后问他。

"没有，我对你说！我不愿意！"

"小马德隆长得还是不错的，嗯？你总不能说她难看，是吗？"

"问题不在这里……"

"问题就在这里。你对我说，你们俩都自由了……如果你们一定要离开图卢兹，你们可以把地下墓室交给她母亲看管一段时间……你们可以过一段时间再回去……"

"至于相貌，"他接着说道，"你可以这样说，她确实长得可爱，这点我同意，你当时对我说得不错，特别是我刚恢复视力的时候，你想想，我第一次见到她，就像正巧在镜子里看到她那样……你能想象吗？……在阳光下！……老太太跌倒后过了两个月左右……我想看看马德隆的脸，我的视力就突然恢复了……可以说是光线一照就亮……你明白我的意思吗？"

"这样不高兴吗？"

"当然高兴……但还有别的事情……"

"你还是走了……"

"是的，既然你想知道，我就告诉你，起先是她觉得我古怪……说我死气沉沉……说我不像以前那样好了……吹毛求疵，尽找碴……"

"也许是你受到良心上的责备的缘故，

对吗？"

"良心上的责备？"

"我也不知道怎么说……"

"你想怎么说就怎么说，但我情绪不好……就是这样……但我并不认为是良心上的责备……"

"那么你是病了？"

"很可能就是病了……我至少花了一个小时，才让你说出我病了……你得承认，你理解起来不是很快……"

"好！行！"我对他回答道，"我就说你病了，既然你认为这样说最稳妥……"

"你做得对，"他坚决地说道，"因为她这个人我什么也不能保证……她过不了多久就会告发我……"

他好像在给我出主意，可我不要他出的主意。我不喜欢管这种事，因为会产生新的麻烦。

"你认为她会告发你？"我为了核实一下，就这样问他，"她在某种程度上不也是你的同谋吗？……她在告发之前，也总得考虑到这点，是吗？"

"考虑？……"他听到我的话又跳了起来，"你显然不了解她……"他听到我的话感到好笑。"她一秒钟也不会犹豫！……这是我对你说的！要是你像我一样同她经常接触，你就不会怀疑这点！我再对你说一遍，她是个多情的姑娘！……你难道从未遇到过多情的姑娘？她爱上了男人，就会发疯，这很简单！发疯！现在她爱上了我，就发疯了！……你明白吗？你懂吗？所有疯疯癫癫的事情都能使她兴奋！这很简单！她兴奋得停不下来！恰恰相反！……"

我不能对他说，我感到有点惊讶的是马德隆在几个月的时间里竟会变得如此疯狂，因为我对马德隆还是有所了解……我对她有自己的看法，但我不能明说。

根据她在图卢兹处理事情的方式，以及上驳船那天我在杨树后面听到她说的话，很难想象她在这么短的时间里性格会变化到这种地步……我觉得她有应变能力，不会把事情搞得一团糟，她生活无拘无束，但很有分寸，只要能在什么地方安顿下来，有人来听她讲讲编造的有趣故事，她就心满意足了。但在当时的情况下，我再也没什么可说的了。我只能听之任之。"好！好！行！"我下了结论，"那么她母亲呢？她母亲知道你真的要走，一定是唠唠叨叨的吧？……"

"当然喽！她甚至整天说我脾气像猪一样坏，而且你要知道，当时我恰恰需要别人对我客客气气地说话！……吵得多好听！……总之，跟她母亲也无法再一起待下去了，因此我就向马德隆提出，把地下墓室让给她们俩来看管，而我则出去转一圈，一个人去旅行，到别的地方去看看……

"'你带我一起去，'她表示反对……'我是你的未婚妻，是吗？……你带我一起去，莱昂，要么你就别去！……'另外她又坚持说：'你的病还没有完全好……'

"'我完全好了，我一个人去！'我回答道……我们都坚持己见。

"'妻子总得跟着丈夫！'她母亲说道，'你们得结婚！'她支持女儿，就是想气气我。

"我听到这些话，就感到难受。你了解我！仿佛我去打仗也需要女人陪着去！或者脱离战争！还有在非洲，我难道需要女人陪着？在美国，我难道也有女人？……听到她们连续几个小时这样争吵，我就感到肚子难受！要拉肚子！我很清楚女人能派什么用处！你也清楚，嗯？毫无用处！要知道我见过世面！有一天晚上，她们又开始胡说八道，我终于忍无可忍，把她母亲骂了一顿，把我对她的看法都说了出来！'您是个老蠢货，'我对她说，'您比昂鲁伊老太太还要愚蠢！……如果您像我那样见过一点世面，您就不会这样急急忙忙地去给所有的人出馊主意了。您一直在您肮脏的教堂的角落里捡蜡烛头，就永远也学不会生活！您也要出去走走，这样对您有好处！您稍微出去散散步，老废物！这样您会头脑清醒！您做祈祷的时间少了，就不会这么浑了！……'

"我就是这样骂她母亲的！我告诉你，我早就想要骂她一顿，而她也是贱骨头，需要别人骂她……归根到底，这对我有好处……这样我就仿佛从这种处境中摆脱了出来……这个臭婆娘好像就在等待这个时刻，等我骂够了之后，她就接着来骂我，把她知道的脏话都骂出来！她唾沫四溅，破口大骂。'小贼！懒鬼！'她对我骂道，'你连个生计也没有！……我们养你快要一年了，我女儿和我！……废物！……皮条客！……'你能想象吗？真是家里的吵架……她想了一会儿，然后压低了声音说了出来，但是从心里说出来的。'杀人犯！……杀人犯！'她这样骂我，骂得我有点寒心。

"女儿听到这话，好像担心我会立即把母亲干掉。她冲过来站在我们两人中间。她用手捂住母亲的嘴。她干得好。这两个臭婆娘原来是串通好的！我心里在想。这显而易见。最后我就算了……这不是动手的时候……另外，她们即使串通一气，我也无所谓……你可能以为，她们出了气以后，会让我安静，是吗？……没有的事！不会！这样想就是不了解她们……女儿又来劲了。她心里是一团火，屁股里也是这样……她又开始说了……

"'我爱你，莱昂，你很清楚，我爱你，莱昂……'

"她只会这一套，只会'我爱你'。仿佛这句话能解决一切问题。

"'你还爱他？'她母亲听了她的话就开口说道，'你难道没有看到他是个流氓，是个无赖？现在他在我们的照料下恢复了视力，却要给你带来不幸，我的女儿！我可以向你担保！我，你的妈妈！……'

"最后，大家都哭了起来，我也哭了，因为不管怎样，我不想同这两个婊子搞得太僵，不想同她们闹翻。

"事情就这样结束了，但我们说对方的尖酸刻薄的话说得太多了，所以不能再长期面对面生活在一起。不过还是拖了几个星期，大家为了一些小事时有争吵，后来则整天互相监视，夜里尤其如此。

"要分手，我们都下不了决心，虽说我们的

心已不在一起。特别是我们都有担心，所以没有分手。

"'你爱上另一个女人了？'马德隆不时问我。

"'没有！'我竭力让她放心，'当然没有！'显然，她不相信我的话。在她看来，在生活中必须爱上一个人，所有的人都得这样。

"'你倒说说，'我对她回答道，'另一个女人对我有什么用处？'但她爱得入了迷。我不知道该对她说些什么才能使她放心。她还想出了一些花样，这些花样我从未听到过。我真想不到她脑子里竟藏着这种东西。

"'你夺走了我的心，莱昂！'她指责我，然后又严肃起来。'你想走！'她威胁我说，'那就走吧！不过我预先告诉你，我会伤心地死去，莱昂！……'她将因我而伤心地死去？这是什么意思，嗯？你说呢？'不，你不会死的！'我安慰她说，'首先，我没有夺走你的任何东西！我甚至没让你生孩子！你好好想想！我也没有让你染上病，是吗？没有吧，啊？我只是想走，就是这样！就像去度假那样。而且非常简单……你不要不讲道理……'但是，我越是想让她了解我的想法，她就越是不喜欢我的想法。总之，我们无法再理解对方。她一想到我说的话确实是我的想法，就气得像发疯一样，其实这只是真实、普通和真诚的想法。

"她还以为是你叫我走的……她看到用责备我没有感情的办法来羞辱我不能把我留住，就设法用另一种方法来挽留我。

"'莱昂，你别以为，'她对我说道，'我爱你是因为地下墓室的收入！……你知道，我其实并不在乎钱……莱昂，我所希望的是跟你待在一起……是要幸福……就是这样……这很自然……我不希望你离开我……我们俩相亲相爱，分开就太难受了……你至少要向我保证，莱昂，你离开的时间不会很长，好吗？……'

"就这样，她啰啰唆唆地说了几个星期。可以说她既多情又讨厌……她每天晚上都要说说爱情的疯话。最后，她还是想把地下墓室交给她母亲看管，条件是我们俩一起去巴黎找工作……永远在一起！……简直是在演戏！她什么都能理解，就是不能理解我和她为什么要各走各的路……因此就毫无办法……当然喽，她越是不让我走，我就越是对她反感！

"没有必要再去给她讲道理。我最终看出，这完全是浪费时间，她主意已定，劝她只会使她更加生气。因此，我得想出些办法来，以摆脱她所说的爱情……这样我就想出了吓唬她的办法，我对她说，我有时精神有点不大正常……会突然发作……没有预兆……她斜着眼看了看我，显出怀疑的样子……她吃不准我是否又在瞎说……但因为我以前给她讲过我那些奇遇，还有我在战争中受过伤，特别是后来设计炸死昂鲁伊老太太，以及突然对她冷淡，所以她还是开始认真思考……

"她认真思考了一个多星期，我就安静了一个多星期……我发病的情况，她大概对母亲说过……不过，她们已经不那么坚持要留我了……'好了，'我心里想，'事情成了！我自由了……'

我心里已经在想，我要安安静静、不声不响地去巴黎了，不会闹出任何事来！……别着急！我想得太美了……我精心策划……我自以为找到了巧妙的办法，可以向她们证明这是事实……证明我现在精神失常……'你摸一摸！'我在一天晚上对马德隆说，'摸一摸我脑袋后面的肿块！你摸得到上面的伤疤，我的肿块很大，是吗？……'

"她仔细地摸了我脑袋后面的肿块之后，激动得我没法跟你说……她摸了更加兴奋，一点也不感到厌恶！……'这是我在佛兰德地区受的伤。医生在这儿给我做过环钻手术……'我强调。

"'啊！莱昂！'她摸到肿块后跳了起来。'我请你原谅，我的莱昂！……我过去一直怀疑你，但我从心底里请你原谅！我现在知道了！我过去对你不好！是的！是的！莱昂，我过去对你太不好了！……我再也不会对你不好！我可以对你发誓！我要对你补偿，莱昂！立即补偿！你不要阻止我，好吗？……我一定让你幸福！我一定好好照顾你！从今天开始！我将永远十分耐心地对待你！我将极为温柔！你会看到的，莱昂！我会对你心领神会，使你无法再离开我！我会把整个心重新交给你，我是属于你的！……全都属于你！我把自己的一生全交给你，莱昂！你要对我说，你至少原谅了我，好吗，莱昂？……'

"我什么也没说。全是她在说，十分简单，是她在自说自话……那么，用什么办法才能使她停下来呢？

"她摸了我的伤疤和肿块之后，仿佛突然陶醉于爱情之中！她再次用双手捧住我的脑袋，不再放掉，要让我永远幸福，不管我是否愿意！自从出现这个场面之后，她母亲就无权再来骂我了。马德隆不让她母亲说话。你要是看到她，就会觉得她完全变了。她想要保护我，而且铁了心！

"这种情况该结束了！我当然希望我们俩好聚好散……但这样根本就办不到……她爱得更加厉害，而且十分固执。一天早上，她和母亲出去买东西，我就像你一样，打了个小包，悄悄地走了……你知道了这些事情之后，不会说我耐心不够了吧？……我只是再对你说一遍，我没有别的办法……现在你全都知道了……我要对你说，这姑娘什么事都干得出来，她随时都会来找我，到那时你可别来对我说我有幻觉！我没有瞎说！我了解她！依我看，她要是看到我同疯子们关在一起，就不会来烦我们了……我要是装成呆子，就会好过得多……对付她，就得这样……装疯卖傻……"

要是在两三个月以前，鲁滨逊对我说这些还会使我感兴趣，但我现在像是突然变老了。

实际上，我变得越来越像巴里通那样，对什么都感到无所谓。鲁滨逊对我说的他在图卢兹的遭遇，对我来说并不是真正的危险，我无法对他的事产生兴趣，他的事仿佛已是陈年旧账。不管你怎么说，不管你怎么想，在我们离开世界之前，世界早已离开了我们。

你最喜欢的东西，从某一天开始，你会越来越少地谈论它们，即使谈起也十分勉强。你老是听自己说话，就听腻了……你就省略……你就不说……你已经说了三十年了……你不再坚持自己是对的。你甚至不想保存你留给自己的一点欢乐……你感到厌恶……之后，在不通往任何地方的道路上，你只要吃上一点、感到暖和、尽可能睡好也就满足了。你要重新对生活产生兴趣，就得在别人面前扮演新的角色……但是，你已经没有精力来改变自己的节目。你说话含糊不清。你还要想出些花招，寻找些借口，以便和同伴们待在一起，但死神已经来到你的身边，发出恶臭，同你形影不离，而且不如纸牌游戏那样神秘莫测。你珍惜的只有一些小小的忧郁，例如，老伯父在世时，你没有时间去鸽林村看望他，村里的小调已在二月的一个夜晚永远消失。你一生中保存下来的就只有这些东西。这种小小的后悔在折磨着你，而其他的东西，你在旅途中多多少少吐掉了一些，吐的时候用了很大的力气，怀着自己的痛苦。你就像无人问津的街角上一盏充满回忆的老路灯。

　　既然会感到烦恼，最省力的办法还是用有规

律的习惯来做到这点。我要求医院里所有的人都在十点钟睡觉。由我来熄灯。工作非常顺利。

另外，我们也没有发挥过多的想象力。巴里通想出的"呆小症患者看电影"的疗法已经使我们忙得不亦乐乎。医院积余的钱已经不是很多。我们在想，我们大手大脚地花钱也许会使老板回来，因为他知道了以后会感到焦虑不安。

我们买了一架手风琴，到了夏天，病人在花园里跳舞时，鲁滨逊可以为他们伴奏。在维尼，要想出些事情让病人在白天和晚上来干并不容易。总不能老是让他们去教堂，他们在那里感到过于无聊。

我们再也没有得到从图卢兹来的任何消息，普罗蒂斯特也不再来看我了。精神病院的生活过得单调乏味、默默无闻。从精神上说，我们并不感到十分舒服。各处的幽灵实在太多。

又过了几个月。鲁滨逊的脸色好了起来。复活节时，我们的精神病人变得有点焦躁不安，穿着浅色服装的妇女们在我们花园前面走来走去。

春天来得早。得用溴剂。

自从我在"塔拉普"跑龙套的时候起，那儿的工作人员已多次更换。他们对我说："英国姑娘们已到遥远的澳大利亚去了。我们再也见不到她们了……"

我和塔尼娅发生了那件事之后，他们不准我去后台。我也没有坚持要去。

我们给各个地方写信，特别是给我们驻北欧国家的领事馆写，以便了解巴里通可能会去什么地方。但我们没有收到任何值得注意的答复。

帕拉宾认认真真、一声不响地在我身边完成自己的技术工作。两年以来，他说的话总共不超过二十句。我实际上是一个人在处理日常的财务工作和行政工作。有时我的工作出现了一些失误，但帕拉宾从不责怪我。我们和睦相处，靠的是冷漠。另外，我们总是有足够数量的病人，医院的经济来源得到了保证。支付了供货商的货款和房租之后，剩余的钱可以使我们过上很好的生活。当然，埃梅的生活费定期寄给她姑妈。

我觉得鲁滨逊已不像他刚来时那样惶恐不安。他面色好转，体重也增加了三公斤。总之，家里只要有人精神失常，都很乐意来找我们，因为我们在首都附近，十分方便。光是我们的花园就值得来此一游。夏天，有人特地从巴黎来这儿观赏我们的圆形花坛和玫瑰花丛。

在六月的一个星期天，我好像第一次在散步的人群中看到了马德隆，她在我们的栅栏门前停留了片刻。

起初，我不想把她的出现告诉鲁滨逊，以免使他惊慌，但经过仔细考虑，我还是在几天之后劝他不要走远，至少在一段时间里不要去附近的地方闲逛，因为他已养成闲逛的习惯。这个劝告使他感到不安。但是，他并没有追根究底。

到了七月底，我们收到巴里通寄来的几张明信片，这次是从芬兰寄来的。我们都很高兴，但巴里通并没有对我们说要回来，他只是再次祝我们"万事如意"，并致以友好的问候。

两个月过去了，接着又过了几个月……夏

季的尘埃已不在大路上扬起，将近万圣节时，我们的一个精神病人对着医院前面的地方胡闹。这个病人平时安安静静、文质彬彬，这时受到万圣节追悼亡灵的不良刺激。他对着窗外叫喊，说他再也不想死了，医院的工作人员没能及时制止他……散步的人们觉得他滑稽可笑，就都来看他……这件事情发生时，我再次有一种不祥的感觉，感到自己看到了马德隆，但这次要比第一次清楚得多，看到她在人群的第一排，还是在同样的地方，在栅栏门前面。

当天夜里，我因焦虑不安而惊醒，我试图忘记我看到的景象，但我无论如何都无法忘掉。最好还是不要再想睡觉。

我已有很久没有重返朗西。既然我被噩梦缠住，我就想是否最好去一次，所有的不幸早晚都会来自那里……我在那里留下了一些噩梦……试图迎着噩梦而上，也许可以算是一种预防措施……从维尼去朗西，最短的路程是沿着河滨街一直走到热讷维利耶桥，这座桥平架在塞纳河上。

缓缓移动的轻雾在河面上被撕开，挤在一起，飘了过去，变得尖长，摇摇晃晃地落到护墙的另一边，落在那些路灯的周围。左岸巨大的拖拉机厂隐藏在一大片黑夜之中。厂房的窗子都开着，里面透出忧郁的火花，那火在里面烧着，烧得没完没了。走过拖拉机厂，河滨街上就只有我一人了……但走到这里就不会再迷路了……走得累了，就知道已经到了。

只要从布内尔街往左拐，目的地就已近在咫尺。平交道口的红绿灯总是亮着，所以不难找到。

我即使闭上眼睛，在深更半夜也能走到昂鲁伊家的那幢小屋。我以前常去那儿……

但是，在那天晚上，我走到他们家门口时，并没有再往前走，而是考虑起来……

我心里想，现在那媳妇是一个人住在小楼里……他们都死了，全都死了……她婆婆在图卢兹是怎么死的，她应该知道，至少也已猜到……这对她会有什么影响呢？

人行道上的路灯把玻璃挑棚照得发白，仿佛

在台阶上撒下了白雪。我待在那儿的街角上，呆呆地望着，望了很长时间。我本可以过去按门铃。她当然会来给我开门。我们毕竟没有吵过。我站着的地方像结冰那样冷……

这条街的尽头仍是坑坑洼洼，就像我住在这儿时一样。上面说要修，但没有动工……街上已没有行人。

我并不是害怕昂鲁伊家的媳妇。不。但我突然不想再见到她。我来找她是个错误。在她家门口，我突然觉得她已经没有任何话要对我说了……要是她现在对我说话，一定会令人厌倦，就是这样。这就是我和她现在的关系。

现在，我在黑夜中走得比她更远，甚至比已经去世的昂鲁伊老太太还要远……我们已经不在一起……已经永远分开……不仅被死分开，而且也被生分开……这是实际情况所造成的……人人为自己！我心里在想……我转身朝维尼方向回去。

昂鲁伊家的媳妇没有文化，所以现在无法跟

随我……毅力她倒是有的……但没有文化！这就是关键。没有文化！文化十分重要！因此，她无法理解我，也无法理解我们周围发生的事，不管她多么凶狠和固执……凶狠和固执是不够的……还得有胆量和知识，才能比别人走得更远……我返回塞纳河畔，从桑齐永街走，然后走瓦苏胡同。我消除了烦恼！几乎是兴高采烈！我感到自豪，因为我知道自己不必再同昂鲁伊家的媳妇打交道了，我终于在路上把这个凶女人扔掉了！……这种女人！我们曾经以我们的方式合作过……我以前同昂鲁伊家的媳妇是心领神会……而且是在很长一段时间里……但现在，她对我来说还不够低下，她无法再下降……达到我的水平……她没有文化和力量。在生活中是不会上升的，只会下降。而她却没法再下降到我所在的地方……对她来说，我周围的夜太深了。

在经过贝贝尔的姑妈当门房的那幢屋子时，我也很想进去，看看门房里现在住着的那些人，我曾在那儿替贝贝尔看过病，他就是在那儿死的。

在床的上方也许还挂着他穿学生装的肖像……但时间太晚，不能去叫醒他们。我走了，没有同他们打一个招呼……

再往前走一点，就到了自由区，我看到贝赞的旧货店里灯还亮着……这点我倒没有想到……但只是橱窗中间的一盏小小的煤气灯。贝赞经常到各个酒吧去，所以对街区的底细和新闻了如指掌。他有点名气，从跳蚤市场一直到马约门，大家都知道他。

要是把他叫醒，他就会给我讲许多事。我推了推他的门。门铃响了，但无人回答我。我知道他睡在铺子的后间，实际上那是他吃饭的地方……他坐在黑暗的屋子里，斜趴在桌子上睡着了，脑袋枕在两条手臂的中间，边上放着已经凉的晚餐，是一盘小扁豆。他刚吃了一点。他回来后觉得太困，就立刻睡着了。这时他鼾声如雷。不错，他也喝了酒。我清楚地记得有个星期四，是丁香市集的那天……他把包袱布摊在脚边的地上，布上放满了旧货。

　　我一直认为贝赞是个好人，至少不比别人坏。没什么可说的。乐于助人，脾气随和。我不会因好奇而把他叫醒，不会因一些无关紧要的小事而吵醒他……于是，我关上他的煤气灯就走了。

　　当然，他做这种生意，日子很不好过。但他要睡着至少并不困难。

　　我朝维尼的方向往回走，心里还是感到难受，因为我在想，所有这些人、这些房屋和这些肮脏、阴暗的东西，现在什么也不告诉我了，不像过去那样对我说心里话了。我不管装出多么精神的样子，仍感到我也许已经没有足够的精力，不能再这样独自往前走了。

四十二

在维尼，我们一日三餐仍保持巴里通在的时候的习惯，就是大家坐在一起吃饭，但现在比较喜欢在门房楼上的弹子房里就餐。这里要比正式的餐厅来得随便。正式的餐厅里进行过英语会话，会唤起不愉快的回忆。另外，里面贵重的家具过多，都是正宗的一九〇〇年款式的家具，并配有乳白色玻璃窗。

从弹子房可以看到街上发生的一切。这可能会有用。星期天我们整天都在这个房间里度过。说到客人，我们有时邀请附近的一些医生来吃晚饭，但我们的常客是交通警察居斯塔夫。他到我们这儿来，可以说是像上班一样。我们是通过窗口和他认识的，星期天我们总看到他站在市镇人口处的十字路口值勤。来往的汽车使他忙得不可开交。起初我们只是寒暄几句，后来每个星期天都这样，就熟了起来。在市里，我曾先后为他的两个儿子看过病，一个出麻疹，一个得腮腺炎。我们的这位常客名叫居斯塔夫·芒达穆尔，是康塔尔省人。同他谈话有点吃力，因为他吐词有困难。那些词他都知道，但说不出来，就留在他的嘴里，发出叽里咕噜的声音。

有一天晚上，鲁滨逊请他来打弹子，我觉得是说着玩的。但居斯塔夫有锲而不舍的性格，从此他就每天晚上八点准时到达。他同我们在一起很愉快，据他自己对我们说，比在咖啡馆还要开心，因为咖啡馆的常客喜欢谈论政治，经常争得面红耳赤。而我们从不谈论政治。从居斯塔夫的地位来看，政治是相当微妙的东西。在咖啡馆里，他碰到过这种麻烦。他原则上不应该谈论政治，特别是在他喝了几杯酒之后，而这种事时有发生。他甚至以贪杯著称，这是他的嗜好。而在我们这儿，他在各方面都感到安全。他自己也这样认为。

我们不喝酒。他在医院里可以无拘无束，但不会出任何问题。他来我们这儿是完全放心的。

当我和帕拉宾想到我们在遇到巴里通之前和之后的情况时，我们就不会抱怨，要抱怨就没有道理了，因为总的来说，我们交上好运就像奇迹出现一般，我们需要的一切都有了，既受到大家的尊重，又享有舒适的物质条件。

只是我总是感到这奇迹不会持续下去。我的过去并不光彩，现在又使我回想起来，犹如命运的反照。我刚到维尼时，就收到过三封匿名信，我觉得这些信写得疑神疑鬼，却又咄咄逼人。后来又收到几封，措辞也同样恶毒。确实，我们这些人在维尼经常收到匿名信，但我们通常对此毫不在意。这些信大多来自以前的病人，他们的被迫害妄想症在家里复发，就写匿名信。

但我收到的这些信，其措辞使我感到不安，它们同其他的信不同，指责的事十分确切，而且矛头只针对我和鲁滨逊。总而言之，写信人指责我们搞同性恋。这种猜疑真是混账透顶。起初我很为难，觉得不能把这件事告诉鲁滨逊，但后来我还是决心告诉他，因为我不断收到同样的匿名信。我们俩一起考虑，谁会给我们寄这些信。我们在我们俩都认识的人中把可能会写匿名信的人一一排列出来，但找不出怀疑的对象。另外，信中的指责也站不住脚。我嘛，同性恋不合我的口味，而鲁滨逊对性不感兴趣，不管是同性恋还是异性恋。如果说有什么事使他感到讨厌，那一定是屁股后面的勾当。一个人至少是出于嫉妒，才会想出这样卑鄙的事情。

想来想去，我们觉得只有马德隆才会把这样下流的信寄到维尼来同我们纠缠不清。她继续写这样的信，我倒无所谓，但我担心的是，我们对她置之不理，会使她恼羞成怒，她有朝一日会到医院里来同我们大吵大闹。得做好思想准备，以防不测。

就这样过了几个星期，一听到门铃响，我们就会心惊肉跳。我期待着马德隆的来访，或者更糟的是，检察院工作人员的来访。

每当警察芒达穆尔来打弹子的时间要比平时早一点，我心里就想，他皮带里是否塞着一张传票，但他在那时还是这样和蔼可亲，心平气和。只是到后来他才发生明显的变化。在那时，他不论玩什么，几乎每天都要输，但并没有因此而发脾气。他脾气变坏，倒是我们的过错。

有一天晚上，我出于好奇，问他为什么打牌总是不能赢，我其实没有必要这样问他，只是我有打破砂锅问到底的癖好，总想知道为什么，是怎么回事。况且我们又没有赌钱！我一面说他手气不好，一面走到他的近前，对他进行仔细观察，才发现他患有严重的远视。在我们这个房间的灯光下，他实际上只能勉强分清纸牌上的草花和方块。这样下去是不行的。

我送给他一副很好的眼镜，以纠正他的视力。开始时，他戴着眼镜十分高兴，但持续时间不长。他戴上眼镜，打牌打得好了，输的次数比以前少了，就一盘也不想输。这当然不可能，他就作起弊来。但他有时作弊还是输，就对我们生气，一生气就是几个小时。总之，他脾气变得叫人无法忍受。

我感到难受，居斯塔夫动不动就生气，另外，他还要惹我们生气，叫我们提心吊胆，心事重重。他输了之后就用他的方式来进行报复……我再说一遍，我们打牌不是为了赌钱，只是为了消遣一下，高兴高兴……但他还是要大发雷霆。

一天晚上，他牌运不好，就在走的时候怪罪于我们。"先生们，我对你们说，要小心一点！……你们跟那种人来往，我要是你们的话，一定会多加小心！……其中有一个棕发女人，几天以来总是在你们医院前面走来走去！……我觉得来的次数太多！……她来这里不是无缘无故！……她要是来找你们中的一个人算账，我不会感到十分意外！……"

芒达穆尔在临走之前就这样对我们说了些不吉利的话。他的话产生了预期的效果！……但我立刻恢复了镇定。"好。谢谢，居斯塔夫！"我十分平静地对他回答道，"我想不出您说的棕发女人到底是谁？……据我所知，在我们以前的女病人中，没有一个会抱怨我们的治疗……这也许又是一个精神失常的可怜女人……我们会找到她的……不过，您说得没错，总是了解得清楚一点为好……再次感谢您提醒我们，居斯塔夫……祝您晚安！"

这一下鲁滨逊坐在椅子上再也起不来了。警察走后，我们从各个方面仔细研究了他向我们提供的情况。不管怎样，这可能不是马德隆，而是另一个女人……像这样在精神病院的窗子下面闲逛的还有其他许多女人……但认真推测起来，也可能是她，这种怀疑足以使我们胆战心惊。如果是她的话，她又有什么新的企图呢？另外，她在巴黎待了这么多月，靠什么来生活呢？如果她最后还是要来这儿，就得及时发现她，并立即采取措施。

"你听着，鲁滨逊，"我得出了结论，"你得做出决定，现在是时候了，不要再改变主意了……你打算怎么办？你是否想跟她一起回图卢兹？"

"不！我对你说，不去，就是不去！"这就是他的回答，而且十分坚决。

"好吧！"我说道，"但在这种情况下，如果你真的不想跟她回去，依我看，你最好到国外去工作，至少要去一段时间。这样，你一定可以摆脱她……她不会跟着你去国外，是吗？……你还年轻……身体又复原了……精神也好了……我们给你一点钱，祝你一路顺风！……这就是我的意见！你要知道，这里的工作并不适合你……不能老是这样下去，嗯？……"

他要是听我的话，在那时就走，我就会感到满意和高兴。但他不愿意这样做。

"你在取笑我，费迪南！"他回答道，"在我这种年纪，这样不好……你好好看看我的样子！……"他不想走。总之，他觉得跑来跑去很累。

"我不想到很远的地方去……"他再次说道，"你再说也是白说……说什么也没用……我就是不走……"

他对我的好意就是这样回答的。但我还是坚

持己见。

"假如马德隆为昂鲁伊老太太的事去告你呢？……她什么事都做得出来。这是你对我说的……"

"那就算倒霉！"他回答道，"她想这么干，就让她去干吧……"

他说出这样的话倒是新鲜事，以前他可不是听天由命的人……

"你至少到附近的工厂去找个活干，这样你就不用老是跟我们待在一起了……要是有人来找你，我们也来得及通知你。"

帕拉宾完全同意我对这个问题的看法，借此机会，他还同我们说了一些话。显然，他觉得我们之间发生的事情十分严重和紧急。我们必须设法把鲁滨逊安置好、藏起来。在我们的关系户中，有一个是附近的工厂主，他的厂是生产车身的。他欠了我们一点情，因为我们在关键时刻在棘手的事情上帮了他的忙。他很愿意雇用鲁滨逊当油漆工，试用一段时间。这是个细活，干起来不累，报酬又不错。

"莱昂,"我们在他上班的第一天早晨对他说,"到了新的单位别胡闹,不要出些馊主意来引起别人的注意……要准时上班……不要比别人早走……要向所有的人问好……总之,要有礼貌。你在一个像样的车间工作,你是我们推荐的……"

但是,他还是立刻引起了别人的注意,不过这不是他的过错,是隔壁车间的一个家伙去告的密,那家伙看到他走进老板的私人办公室。这点就够了。打了小报告,老板一气之下就把他给辞了。

因此,在几天之后,鲁滨逊就失业了,他再次回到了我们这儿。命中注定!

几乎就在同一天,他又开始咳嗽。我们给他听诊,发现他右肺上部有连续的啰音。他只好卧床休息。

有一个星期六的傍晚,正好在吃晚饭之前,门厅里有个人要见我。

他们对我说是个女人。

正是她，戴着三角女帽和手套。我现在还记得十分清楚。不好拐弯抹角，她来得正好。我对她坦白。

"马德隆，"我打断了她的话，"如果您想见莱昂，我看还是立刻对您说，您不必坚持，最好还是回去……他的肺部和脑子都有病……而且相当严重……您不能见他……另外，他也没有话要对您说……"

"对我也没有？"她坚持问道。

"没有，对您也没有……特别是对您……"我补充道。

我以为她会跳起来。没有，她只是在我面前把头摇来摇去，抿紧嘴唇，用眼睛盯着我看，想找到我留在她的记忆中的形象。我已经不像过去那样。过去的我已经消失。在当时的情况下，如果站在我面前的是个身强力壮的男人，我会感到害怕，但对她我一点也不害怕。正如人们说的那样，她是个女人。我一直想对怒气冲冲的脑袋打一个耳光，看看这种脑袋会如何转动。打一记耳光或是给一张大额支票，就能看到在脑袋里旋转的激情突然转向。这一招十分漂亮，就像在波涛汹涌的大海中巧妙地操纵船帆。整个人会被一股新的气流吸引过去。我想看到的就是这个。

我有这种欲望。至少有二十年了。在街上，在咖啡馆里，在多少有点咄咄逼人、吹毛求疵和自吹自擂的人们发生争执的所有地方，我都有这种欲望。但我从来不敢这样，原因是害怕挨揍，以及由此产生的耻辱感。但现在却是千载难逢的良机。

"你到底走不走？"我这样问她，只是为了再次刺激她一下，使她发怒。

她看到我对她这样说话，觉得我已完全变了。她开始微笑，笑得使人十分恼火，仿佛她觉得我滑稽可笑，是个无足轻重的角色……"啪！啪！"我狠狠地打了她两个耳光，打得足以使一头驴晕头转向。

她走到靠墙的一张粉红色大沙发上坐了下来，

双手捧着脑袋。她断断续续地喘着气，像一条被打得过于厉害的小狗那样呻吟着。接着，她仿佛醒悟过来，突然站了起来，十分轻快、灵活，并走出了大门，连头也不回一下。我什么也看不到了。一切都要重新开始。

四十三

　　但是，我们这样做都没用，她的计策比我们这些人加在一起还要多得多。证明就是她终于如愿以偿，见到了她的鲁滨逊……第一个看到他们在一起的是帕拉宾。当时他们在车站对面一家咖啡馆的露天座上。

　　我已经猜到他们经常见面，但我不想再对他们的关系显出丝毫的兴趣。其实，这事和我没有关系。他能够完成他在医院里的工作，而且相当不错。他的工作是照顾瘫痪病人，非常辛苦，他要把病人洗干净，替他们擦干，给他们换内衣，擦掉他们流出的口水。我们不能对他有更多的要求。

　　下午我总派他到巴黎去办事，如果他利用这

个机会同他的马德隆见面，那是他的事情。不过，自从我打了马德隆耳光之后，我们从未在塞纳河畔维尼见到过她。但我在想，她一定对鲁滨逊说了我许多坏话！

我不再对鲁滨逊提起图卢兹，仿佛所有这些事情都从未发生过。

半年的时间就这样打发过去了。后来，我们的工作人员出现了一个空缺，我们需要一位熟悉按摩的女护士，因为我们的按摩护士不辞而别，去结婚了。

我们的招聘启事刊登之后，许多漂亮、结实的姑娘立即朝维尼蜂拥而来，前来应聘这一工作，因此，我们很难在这么多不同国籍的姑娘之间做出选择。最后，我们决定录用一个名叫索菲娅的斯洛伐克姑娘，因为我们觉得她身体灵活、温柔，又极为健康，具有无法抵挡的魅力，这点是应该承认的。

索菲娅只知道很少的法语词汇，但我很乐意立即教她法语，这是我最起码的责任。另外，同这样水灵的姑娘接触之后，我感到自己又对教学工作产生了兴趣，虽说巴里通的所作所为曾使我对此感到厌恶。真是不知悔改！而她又是多么年轻！多么生气勃勃！多么强壮！多么充分的理由！柔软！矫捷！令人惊叹！她的美貌并没有因任何虚假或真实的腼腆而有所逊色，这种腼腆会使过于西欧式的谈话变得极为拘束。总之，我对她赞赏不已。我对她的研究是从肌肉到肌肉，并按照解剖群逐步进行的……按照肌肉的走向和身体的各个部位……我不知疲倦地触摸到这种分布在时而有形时而无形的肌束中的既集中又分散的活力……在柔软、绷紧、松弛、美妙的皮肤下面……

这种生气勃勃的欢乐，在生理学和比较研究上肯定是协调一致的，但这种欢乐的时代尚未到来……神圣的躯体被我羞怯的双手抚摩……正派男人的双手，也可以说是不知名的神父的双手……首先是对死亡和词语的许可……有多少令人厌恶的装腔作势！高雅之士在一大堆污垢般的象征中弄得肮脏不堪，用艺术的废物来填塞自己，然后再来做爱……不管后来怎样！好事一桩！只用模糊的回忆来激起自己的情欲，也算是一种节约……人们有模糊的回忆，还可以一劳永逸地买到美丽、灿烂的模糊回忆……生命更为复杂，人类的生命尤其如此。是难以忍受的冒险。没有比这更绝望的冒险了。同完美的人类的这种恶习相比，可卡因只能算是火车站站长的一种消遣。

言归正传，我们再来谈我们的索菲娅！在我们医院这些爱赌气的、胆怯的和鬼鬼祟祟的人中间，她的存在就是大胆的象征。

经过一段时间的共同生活之后，我们仍然很高兴在我们的护理人员中有她这样的护士，但同时也担心她有朝一日会破坏我们谨小慎微的作风，或是会突然在某一天早上发现我们微不足道的现状……

索菲娅还不知道我们这里是死水一潭，放任自流！我们是一群碌碌无为的家伙！我们欣赏她，是因为她在我们身边生气勃勃，她只要站起身来，走到我们的餐桌旁，然后离去，就会使我们欣喜若狂……

她每次做出如此普通的动作，我们都会感到惊喜。我们看到她如此美丽，同我们相比是如此无忧无虑，感受到诗歌一般的澎湃激情。喷涌出她生命节奏的源泉不同于我们的源泉……我们的源泉总像是流涎的爬行动物。

从她的头发到踝骨都散发出这种喜悦的、确实的和柔和的活力，它以迷人的方式弄得我们心神不宁、局促不定，确切地说，使我们感到不安。

这种快乐即使出于本能，也使我们因怨恨这个世界上的事物而感到无法接受，因为我们对这个世界的认识建立在畏惧的基础之上，隐藏在生存的地窖之中，并因习惯和经验而陷入最可悲的境地。

索菲娅具有轻盈、灵活和干净利落的步伐，这种步伐在美国妇女中极为常见，可以说是她们惯有的步伐，她们是未来的伟大女性，过着轻松的生活，在虚荣心的驱使下走向新的冒险……温柔、愉快的三桅帆船，向无限远的地方驶去……

帕拉宾对女人的魅力并非兴趣盎然，但她有一次走出房间时，他也不禁微微一笑。只要对她进行观赏，你的灵魂就会受益匪浅。确切地说，我的灵魂尤其如此，因为它充满了欲望。

为了使她措手不及，让她失去一点傲气，失去一点她对我的那种诱惑能力，总之，为了压低她，使她同我们这些平庸之辈的距离有所缩小，我就经常在她睡着时进入她的房间。

这时，索菲娅呈现出完全不同的模样，十分亲切，但仍然令人惊讶，也使人感到放心。她躺在床上，没有打扮，几乎不盖被子，两条大腿歪歪扭扭地弯曲着，肌肤湿润、舒展，她听凭疲倦的摆布……

索菲娅打着鼾，整个身体都处于沉睡状态。只有在这样的时刻，我才觉得她是我触手可及的。不用施展魔法。不必嬉皮笑脸。只要认真地去干就行。她仿佛在存在的反面吮吸着生命……在这样的时刻，她显得贪婪，就像还想喝酒的醉汉。得要在这种小睡之后去看她，她全身松弛，但在她粉红色的皮肤下面，她的器官兴奋不已。这时她显得滑稽可笑，就像所有的人一样。她又幸福地摇晃片刻，然后，白昼的全部阳光又回到了她的身上，犹如在一大片乌云经过之后，重现的灿烂阳光又放射出万道光芒……

这一切都可以亲吻。触摸到物质变成生命的时刻是何等愉快的事情。你一直登上为男人们开放的无垠平原。你气喘吁吁：喔！喔！你在上面尽情取乐，犹如身处一片巨大的沙漠中……

我们与其说是她的主人，不如说是她的朋友。在我们中间，我觉得我是她最亲密的朋友。例如，她经常欺骗我——对此不必隐瞒——同烦躁症患者病房里的男护士私通，此人曾当过消防队员。她对我解释说，这是为了我好，使我不致过于劳累，因为我干的是脑力劳动，跟她冲动的性格不大相配。完全是为了我好。她从保护我的健康出发，给我戴上了绿帽子。没什么可说的。

本来嘛，这一切只会给我带来快乐，但我对马德隆的事一直问心有愧。有一天，我终于把这事全对索菲娅说了，想听听她对此有何想法。我对她诉说了自己的烦恼，心里倒觉得轻松了一点。确实，我对他们没完没了的争吵和他们不幸的爱情所产生的怨恨感到厌烦，在这方面，索菲娅完全同意我的看法。

她认为，我和鲁滨逊既然是老朋友，就应该言归于好，而且要痛痛快快，客客气气，越早越好。这是好心人出的主意。在中欧，这样的好心人为数不少。只是她不大了解这里的人的性格和反应。她出于世界上最好的愿望，却给我出了个馊主意。我发现了她的错误，但已为时过晚。

"你应该去见见马德隆，"她对我建议道，"从你对我说的情况来看，她是个可爱的姑娘……只是你冒犯了她，你对她的态度十分粗暴和恶劣！……你应该向她道歉，送给她一件漂亮的礼物，让她忘记这件事……"在她的国家里，这种事是这样处理的。总之，她向我提出的解决办法十分客气，但并不符合实际。

我听从了她的建议，主要是因为我透过这些

装模作样、外交手腕和自我炫耀，隐约看到我们四个人可以聚在一起玩乐，不但能够消遣，而且具有新意。我遗憾地发现，在那些事件和年龄的重压下，我的友谊在不知不觉中变得更为色情、背叛。此时此刻，索菲娅虽说并不愿意，却在我背叛时助了一臂之力。她有点过于好奇，所以喜欢冒险。她生性善良，一点没有反抗精神，不想贬低生活中的机遇，但在原则上又对此表示怀疑。这完全合乎我的口味。她走得更远。她知道在屁股的娱乐中不能一成不变。应该承认，喜欢冒险的女人实在是凤毛麟角。确实，我们的选择极为正确。

她希望我对她描述一下马德隆的外貌，我觉得这是理所当然的事。她担心和一个法国女人相处时会显得笨手笨脚，因为国外认为我们的女同胞具有优雅的风韵。至于同时要敷衍鲁滨逊，她也心甘情愿，这当然是为了让我高兴。她对我说，鲁滨逊无法使她感到兴奋，但总的来说，我们取得了一致意见。这是主要的。行了。

我等待了一段时间，看到有一个好机会，就向鲁滨逊简要地介绍了我的全面和解计划。一天上午，他正在办公室把病历抄写在日记簿上，我觉得这是我进行尝试的合适时机，就打断了他的工作，直截了当地对他说，我想去找马德隆，对不久前同她争吵一事表示道歉，并问他对此有何看法……与此同时，我是否能向她介绍我新的女友索菲娅？总之，他是否认为我们把事情好好地讲讲清楚的时机已到？

起初，他有点犹豫，这我看得很清楚，后来他对我回答说，他觉得这样做并无坏处，但说的时候不大热情……我现在觉得，马德隆当时曾对他说，我很快就会找一个什么借口去见她。至于她来维尼的那天我打了她耳光的事，我丝毫都没有提起。

我不能去冒这个险，让他来骂我，让他在大庭广众之中说我粗野，因为我们虽说是多年的老朋友，但在这所医院里，他毕竟是我的属下。威信第一。

实现这一计划的时间正好在一月。我们决定找一个星期天在巴黎见面，因为这样比较合适，然后一起去看电影，如果外面不是太冷，也可以先到巴蒂尼奥勒市集去转一圈。他对我说，马德隆很喜欢市集。太好了！重归于好之后的第一次见面能遇上市集，那就再好也没有了。

四十四

可以说，我们眼睛里全是节日的景象！脑子里也全是！乒乓！又是乒！我让你转圈！我把你带走！我对你叫嚷！我们处于混乱的人群之中，灯光五彩缤纷，声音吵闹，真是无奇不有！要往前走，就得灵活、大胆，还得引人发笑！叮当！每个人都穿着大衣，都想要突出自己，显出机灵而又冷漠的样子，以便向别人表明，他通常到价钱更贵——用英语来说是"expensifs"[1]——的地方去玩乐。

我们装出机灵、愉快的样子说说笑笑，虽然刮着使我们低头哈腰的凛冽北风，虽然我们害怕

---

[1] 英语中应为"expensive"。原文如此。

得提不起劲来，担心花在玩乐上的钱太多，会在第二天感到后悔，甚至会后悔整整一个星期。

旋转木马发出响亮的音乐声。它无法把浮士德的圆舞曲[1]全部吐出，但已是尽力而为。圆舞曲降到回转木马的下面，然后又升到它上面的圆顶周围，圆顶飞速旋转，上面的塔形灯泡仿佛有上千只之多。真不简单。管风琴对音管里的音乐感到难受。你想吃牛轧糖，还是想打靶？这由你来选择！……

打靶时，马德隆把帽子推到额头上，在我们当中要算她打得最准。"你看！"她对鲁滨逊说道，"我的手不抖！我可喝了不少酒呢！"你可以设想一下谈话的调子。我们刚从餐厅出来。"再打一次！"马德隆赢了一瓶香槟酒！"乒乓！打中靶心黑点！"我于是同她打赌，说她在碰碰车场上比不过我。"比就比！"她劲头十足地回答道，"每

---

1 出自法国作曲家夏尔-弗朗索瓦·古诺（Charles-François Gounod，1818—1893）的歌剧《浮士德》（Faust）第二幕中的著名乐曲。

人乘一辆！"嗨！我很高兴她同意和我比赛。这是我接近她的一个办法。索菲娅并不嫉妒。她有她的道理。

鲁滨逊在马德隆之后乘到一辆车的座位里，我在索菲娅之前乘到另一辆车的座位里，我们进行一系列精彩的碰撞！我撞到了你！我不让你走！但我立刻发现马德隆不喜欢别人撞她。莱昂也不喜欢让别人撞。可以说他同我们在一起感到不自在。我们在经过时抓住栏杆，一些年轻的水手硬是要摸摸我们，男的女的都要摸，并要向我们提供各种服务。我们冷得发抖。我们进行自卫。我们哈哈大笑。这些轻薄的男子，从四面八方涌来，在音乐声中有节奏地冲来！坐在这种带轮子的木桶里，每次被撞到时，你的眼珠子就像要从眼眶里跳出来一样，多么快活！使用暴力的玩耍！各种各样的乐趣！我想在离开市集前同马德隆言归于好。我采取主动，但她不加理睬。根本就不理我。她甚至跟我赌气。同我保持距离。我感到不知所措。她就又闹情绪。我等待着更加合适的机会。另外，她的外表也发生了变化，全变了。

我发觉她在索菲娅旁边显得黯然失色。她要显得和蔼可亲才好，但她现在就像知道什么高深的学问一样。这使我感到恼火。我真想再打她两个耳光，看看她会有什么反应，会不会对我说出她知道的高深学问。但是得微笑！我们是来逛市集的，不能哭哭啼啼！得高高兴兴！

后来，她一面走一面对索菲娅说，她在一个姨妈那儿找到了工作。那姨妈住在悬岩街，专门缝制妇女的紧身胸衣。我们也只好相信她。

从这个时候起，已经不难看出，从和解的角度来看，这次见面没有成功，我的计策也没有成功。可以说彻底失败了。

我们不应该安排这次见面。索菲娅对情况还不大了解。她没有感到我们见面使事情变得更加复杂……鲁滨逊应该预先告诉我，她已经固执到这种程度……真遗憾！好吧！叮！叮！要不顾一切！向"履带"前进！这是旋转木马的名称。这是我提议的，由我来付钱，目的是想要再次接近马德隆。但她总是提防我，回避我，她趁人多的时候爬上了鲁滨逊前面的另一个座位，我上当了。我们上下波动，在黑暗中旋转，弄得目瞪口呆。毫无办法，我在心里得出了结论。索菲娅最终同意了我的看法。她看出我是想入非非，自讨苦吃。"你看！她在生气！我觉得现在最好还是别去管他们……在回家以前，我们能不能到夏巴内妓院去转一圈……"索菲娅对此很感兴趣，因为她在布拉格时就多次听别人谈起过夏巴内妓院，所以她巴不得立刻就去，看看这家妓院是否名副其实。但我们算了一下，去夏巴内妓院要花很多钱，而我们带出来的钱又不多。因此，我们就只好继续逛市集。

在"履带"里，鲁滨逊大概同马德隆争吵过。他们从这旋转木马上下来时都是气鼓鼓的。那天晚上，她的脾气确实坏透了。为了息事宁人，我提出玩一项需要全神贯注的游戏，就是套瓶子。马德隆虽说不乐意，但还是玩了起来，而且还如愿以偿地赢了我们。她的圈圈正好扔在瓶口的上方，咔嚓一声就套住了瓶颈！摊主惊讶不已，奖给她一小瓶"马尔瓦宗大公葡萄酒"。这说明她十分灵巧，但她还是不满意。"我不喝这酒……"她立刻对我们说，"这酒不好……"因此，鲁滨逊打开瓶盖把酒喝了。嗨！一口气就喝完了！他这样做很怪，因为他可以说从不喝酒。

然后，我们走到锌制的婚礼靶前。砰！砰！我们都用子弹来交换意见。我笨手笨脚，真叫人伤心……我向鲁滨逊表示祝贺。他也是随便玩什么都比我强。但是，他虽说灵巧，却笑不出来。他们俩就像被我们带来做苦工一样。没有办法使他们打起精神，露出笑容。"我们可是出来玩的！"我想不出别的办法，就大声叫道。

但是，我虽说激励他们，不断在他们耳边说这些话，他们仍然无动于衷。他们不听我的话。"那青春呢？"我对他们问道，"你们怎么利用自己的青春？……年轻人应该更加会玩，对吗？我比你们大十岁，我会说什么呢？我的宝贝！"马德隆和鲁滨逊都看着我，仿佛我是个煤气中毒者，嘴里流涎，所以不必回答我……仿佛不必再对我说话，不管他们如何对我解释，我都不会明白……什么都不会明白……也许他们做得对，嗯？我心里在想，我十分不安地看了看我们周围的人们。

但是，其他人该怎么玩就怎么玩，他们不像我们那样愁眉苦脸。完全不是这样！他们尽情玩乐！这里花一法郎！……那里花五十生丁！……灯光……吹牛、音乐和糖果……他们像苍蝇那样在眼前晃动，手里抱着幼虫般的婴儿，婴儿脸色苍白，在过强的灯光下同白色融为一体。只剩下鼻子周围淡淡的一点红色，那是感冒和亲吻留下的痕迹。

我在所有的摊位中间走过时，立即认出了"国际射击台"，这是件往事，我从未对别人谈起过。已经有十五年了，我心里在想。十五年过去了……已经很久了！我在旅途中失去了一些同伴！我以为埋没在圣克卢公园污泥中的"国际射击台"再也不会从污泥中出来。但它现在已经修复，看上去几乎像新的一样，还有音乐和其他东西。没什么可说的。人们往纸板靶上射击。射击的地方总是有顾客。蛋形靶也像我一样回到那儿，它设在中间，要是打中了，就会上下跳动。打一次两法郎。我们走了，因为天太冷，不能打枪，最好还是走走。并不是因为我们没有钱，我们口袋里全都是硬币，走路时会发出叮叮当当的声音，就像在奏乐一般。

当时，我什么事都准备去干，只要我的同伴能改变自己的想法，但没有人来帮我一把。要是帕拉宾同我们在一起，事情也许会更糟，因为他一到人多的地方就愁眉苦脸。幸好他留下来看管精神病院。至于我，很后悔来这儿。马德隆终于还是笑了，但笑得一点也不开心。鲁滨逊在她旁边跟着傻笑。索菲娅突然跟我们开起了玩笑。这下可全了。

我们走到摄影棚前面时，摄影师发现我们的犹豫不决。我们都不大想照相，也许索菲娅除外。但由于我们在他的门口犹豫了很久，所以最后还是站到他的照相机前面。我们听从他慢条斯理的指挥，站在"美丽的法兰西"号的驾驶台上，那艘船大概是他自己用纸板制成的。船名写在假的救生圈上。我们就这样站了一会儿，眼睛望着前面，向未来挑战。其他顾客等得不耐烦了，希望我们快点从驾驶台上下来，他们觉得我们难看，就开始进行报复，并把他们的看法大声说了出来。

他们是利用我们不能动弹的机会。但马德隆却不怕，她针锋相对，用南方的口音对他们破口大骂。骂的声音很响。真是有力的回击。

镁光灯一亮。我们都是气呼呼的。每人一张照片。我们在照片上比平时更丑。雨透过帆布渗了进来。我们的脚累得发软，冻得发僵。我们在摆姿势时，风从各个地方的洞里吹进来，吹到我们身上，我们冷得就像没穿大衣一样。

得再次在木棚之间闲逛。我不敢提出要回维尼去。时间还太早。我们已经冷得发抖，旋转木马那里的管风琴却奏出感伤的乐曲，触动了我们的神经，使我们抖得更加厉害。这乐器在嘲笑整个世界的崩溃。它从银色的管子里发出逃跑的吼叫声，琴声通过沿山冈而下、发出尿臭的街道，消失在旁边的黑夜之中。

　　年轻的布列塔尼女仆咳嗽得比去年冬天更加厉害，那时她们刚刚来到巴黎。她们带有青绿色斑纹的大腿，成了木马鞍辔上优美的装饰。来自奥弗涅的小伙子们出了钱，让她们在上面转，他们是邮电局的正式职员，为人谨慎，同她们交欢时戴套，这是众所周知的。他们不想跟一个姑娘碰上两次。女仆们在旋转木马上转来转去，在很有节奏的辘辘声中等待着爱情。她们心里有点难受，但还是在零下六摄氏度的气温下摆好姿势，因为这是她们快乐的时候，是她们准备向最后选定的情人展现青春的时候，这个情人已被征服，也许就躲在这群快要冻僵的笨蛋中间。他还不敢去爱……不过，什么事都会发生，就像电影里那样，幸福也会随之降临。东家的儿子只要爱你一个晚上，就永远不会再和你分离……看到这点也就够了。何况他人好，既漂亮，又有钱。

在地铁站旁边的报亭里，女报贩对未来毫不在乎，她用指甲搔着患结膜炎的眼睛边缘，时间长了就化脓。搔痒是一种乐趣，不会被人看出，也不用花钱。她的眼病已患了六年，而且越来越痒。

一群游客冷得聚在一起，把彩票摊围得水泄不通。无法挤进去。屁股像火盆一样暖和。他们迅速地踏着脚，跳着，以便挤到对面的人群中去取暖，观看人群前面的双头牛犊。

一个失业的小伙子躲在公共厕所后面同一对外省的夫妇讨价还价，这对夫妇激动得脸都红了。风化警察已经知道这小伙子做的是什么买卖，但他不想去过问此事，现在他监视的目标是米泽[1]咖啡馆的出口。他监视米泽咖啡馆已经有一个星期了。这种事可能在香烟店或旁边黄色书店的后间发生。总之，这事早就有人告发。据说，这两家店的其中一家的老板搞来一些像是卖花姑娘的未

1　Miseux，暗指法语中的"miséreux"（穷苦的）。

成年少女。还有匿名信告发。在街角卖栗子的商人也是警察局的眼线。他没法不这样干。人行道上发生的所有事情都属于警察局管辖。

那边响起的声音犹如机枪在阵阵连射，那只是死神附身的家伙在开摩托车。有人说他是"逃犯"，但这点不能肯定。不管怎样，他骑摩托车已经两次撞破了自己的脑袋，一次在这儿，另一次在图卢兹，是在两年以前。让他再撞一次，撞得车毁人亡！让他把脑袋撞破，把脊柱撞断，让别人不再谈起他！听到他摩托车的声音，真叫人讨厌！另外，有轨电车也是这样，叮叮当当地响个不停，但还是在比塞特尔压死了两个老人，而且是在不到一个月的时间里。相反，公共汽车十分安静。它悄悄地开到皮加尔广场，小心翼翼，有点摇摇晃晃，按了几下喇叭，发出气喘吁吁的声音，车里只有四名乘客，他们下车时小心谨慎，不慌不忙，犹如神父的侍童。

我们从摊架走到人群，从旋转木马走到彩票摊，闲逛了许久后，便走到了市集的尽头，再往前是一大片漆黑的空地，有的人全家都去那儿小便……因此得往回走！在回去的路上，我们吃了栗子，以便使自己口渴。结果吃得嘴都酸了，但并不口渴。栗子里有一条小小的蛆虫，恰巧让马德隆吃到，仿佛是故意给她吃的。从此，我们之间的关系就恶化了，在此之前，她还有所克制，但栗子里的虫使她火冒三丈。

她走到人行道边上要把蛆虫吐掉，这时莱昂对她说了些什么，好像是叫她别这样做，我也不知道他是怎么回事，但莱昂突然觉得她这样去吐掉不好。他相当愚蠢地问她：是否发现里面有籽？……这也不是应该向她提出的问题……这时，索菲娅设法介入他们的争论，她不知道他们为什么要争吵……她想要弄弄清楚。

他们见索菲娅这个外人打断了他们的争论，就感到更加恼火。这时，正好有一群人大叫大嚷地过来，把我们分开。这些年轻人实际上在干为妓女拉客的勾当，但他们挤眉弄眼，念着蹩脚的诗句，发出各种各样的惊叫。当我们重新聚集在一起时，鲁滨逊还在和她争论。

"看来，"我心里想，"该回去了……要是再让他们在这儿待上几分钟，他们准会在市集上让我们出丑……今天这样够了！"事情全砸了，这点得要承认。"我们回去吧，好吗？"我向他提议。他惊讶地看着我。但是，我觉得这是最明智、最正确的决定。"你们难道还没有玩够？"我补充道。他于是对我示意，要我最好先去问问马德隆。我也很想听听马德隆的意见，但我觉得这样做不大聪明。

"那么，我们就把马德隆带走！"我最后这样说。

"把她带走？你要把她带到什么地方去？"他问道。

"带到维尼去呗！"我回答道。

这话说错了！……又说错。但我不能反悔，因为话已经说出了口。

"我们在维尼有空的房间，可以给她住！"我补充道，"我们有的是房间！……另外，我们在睡觉之前，可以一起去吃一顿夜宵……这要比老待在这儿好，我们在这儿已经冻了两个小时！这样会不错……"马德隆对我的建议不置可否。我说话时她连看也没有看我一眼，但我说的话她句句都听到了。最后，就这样说定了。

当我和其他人拉开一点距离的时候，她悄悄地走到我的旁边来问我，我请她去维尼是否又在耍什么花招。我什么也没有回答。跟像她那样善妒的女人，讲道理是讲不清楚的，要讲也只会给她提供借口，让她没完没了地闹下去。另外，我也不知道她到底在嫉妒谁，嫉妒什么。因嫉妒而产生的这些感情往往难以确定。总之，我觉得她同所有的人一样，对什么都嫉妒。

索菲娅不知如何是好，但仍然显出殷勤的样子。她甚至挽住马德隆的胳膊，但马德隆正在怒火中烧，并且还对自己发怒感到得意，所以不会去注意别人的殷勤。我们好不容易才穿过人群，以便到克利希广场去乘有轨电车。我们正准备上车时，广场上下起了倾盆大雨。天上的水仿佛都掉了下来。

在顷刻之间，所有的车都被占领。"你不会在大家面前再来羞辱我吧？……你说呢，莱昂？"我听到马德隆在我们旁边压低声音对他问道。情况不妙。"你看到我就已经厌烦了，是吗？……你说呀，你厌烦了，对吗？"她再次说道，"你说呀？你可不是经常见到我！……但是，你情愿和他们俩待在一起，是吗？……我可以打赌，当我不在的时候，你们都睡在一起，对吗？……你说呀，你情愿和他们待在一起，而不愿和我待在一起！……你说出来让我听听……"说完，她就一声不吭，把面孔一板，鼻子一翘，嘴往上撅起。我们在人行道上等着。"你的朋友们是怎样对待我的，你看到了吗？……莱昂，你说呀？"她又说道。

对莱昂得说句公道话：他没有进行反驳，没有去激怒她，他看着旁边，看着房屋的正面、林荫大道和汽车。

但是，莱昂性子火暴。她看到这种威胁不起

作用，就换一种方法来纠缠他，企图用温情脉脉来使他就范。"我非常爱你，我的莱昂，我非常爱你，你听到了吗？……我为你做的事，你知道吗？……也许我今天不该来，是吗？莱昂，你还是有点爱我，对吗？你不可能一点也不爱我……你有良心，莱昂，你还是有点良心的，对吗？……那么，你为什么蔑视我的爱情呢？……我们俩在一起曾有过美好的想望……可你现在对我多么冷酷无情！……你蔑视我的梦想，莱昂！你败坏了它！……你可以说是毁了我的理想……你难道希望我不再相信爱情吗？……现在，你希望我一去不复返？你希望的就是这样？……"她一个劲儿地问他。这时，雨水透过咖啡馆的门帘滴落下来。

雨水落到躲雨的人群身上。她确实像他事先对我说过的那样。关于她真正的性格，他一点也没有捏造。我无法想象他们的感情会在这么短的时间里发展到如此紧张的地步，但事实的确如此。

汽车和来往的车辆在我们周围发出很大的嘈

杂声，我借此机会在鲁滨逊耳边说了几句话，谈了自己对当下情况的看法，认为现在得摆脱她，既然事情砸了，就要尽快了结，并悄悄溜掉，以免情况恶化，吵得动刀动枪。担心的就是这个。"你要不要我给你找个借口？"我低声问他，"然后各走各的路，好吗？"他对我回答道："千万别这样！别这样！她会立刻在这里发作，到那时，就再也无法让她安静下来了！"我没有坚持己见。

总之，鲁滨逊也许喜欢在大庭广众下挨骂，另外，他毕竟比我更了解她。大雨停了之后，我们叫了一辆出租车。我们赶紧上车，挤在一起。开始时我们默无一言。我们之间都不开心，另外我也干了不少蠢事。我要等待片刻，然后再见机行事。

我和莱昂坐在出租车前面的折叠座上，两个女人坐在后座上。市集的夜晚，在通往阿让特伊的公路上，交通十分拥挤，在城门前面的那段尤其如此。过了城门，由于汽车多，还得花上一个小时的时间才能到达维尼。大家面面相觑地坐在那儿，一个小时不说一句话，这样可不大好，特别是天色阴暗，大家又都对其他人存有戒心。

但是，如果我们就这样待着，各自生着闷气，就什么事也不会发生。我今天回想起此事，仍然是这样看的。

总之，由于我的关系，我们又谈了起来，并且立即开始争吵，而且吵得更加厉害。我们对词语总是提防得不够，它们看起来微不足道，毫无危险，只是嘴里发出的微弱气流和声音，既不热也不冷，但它们一旦通过耳朵，就轻而易举地进入灰色、柔软、百无聊赖的脑子。我们对词语不加提防，大祸就此降临。

有些词语就像砾石一样，隐藏在其他词语之中，一点也看不出来，但它们会突然叫你胆战心惊，让你一辈子提心吊胆，在你得意和落魄时都是如此……弄得你惊恐万状……其来势犹如雪崩一般……你的处境就像吊在上面一样，受到情感的煎熬……这犹如风暴降临一般，来去无踪，迅猛异常，叫你无法抵挡，你绝不会相信情感会掀起如此猛烈的风暴……因此，我们对词语决不能掉以轻心，这就是我的结论。但我首先要讲述事情的经过：出租车慢慢地跟在有轨电车后面行驶，原因是路面在修……它发出"隆……隆……"的声音。每隔一百米有一条沟……我觉得前面的有轨电车开得太慢。我一直喜欢闲聊，又孩子气十足，就忍耐不住……我无法忍受这种出殡的速度和到处游移不定的景象……我急于打破沉默，以便弄清这沉默之中到底会有什么东西。我对马德隆进行观察，或者确切地说，是企图对她进行观察，因为她坐在出租车后座的左边，我几乎一点也看不清她。她把脸转向车外，观看外面的景色，其实是观看黑夜。我懊丧地发现她仍然固执己见。从另一方面来看，我也确实令人讨厌。我叫了她一声，只是为了让她把头转到我这边来。

"喂，马德隆！"我对她叫道，"您也许有什么玩的计划，但还不想告诉我们，是吗？您觉得我们在回家以前要不要在什么地方停一下？您快说出来好吗？……"

"玩！玩！"她对我回答道，仿佛受到了侮辱，"你们这些人只知道玩！……"说完，她接连深深地叹了几口气，我很少听到过如此感人的叹息。

"我是尽力而为！"我对她回答道，"今天是星期天！"

"那你呢，莱昂？"她转而对他问道，"你是否也在尽力而为？"这话说得直截了当。

"当然喽！"他对她回答道。

汽车在路灯前经过时，我看了看他们俩。都是怒气冲冲。马德隆欠着身子去亲吻他。看来，在那天晚上大家都干尽了蠢事。

出租汽车又开始慢速行驶，因为我们前面到处都有卡车挡路。他对她的亲吻十分恼火，相当粗暴地把她推开，当然，这样做使她很尴尬，特别是当着我们的面。

当我们到达克利希大道尽头的城门时，天已经完全黑了，店铺都已亮起了灯。在铁路桥下，声音总是很吵，但我仍然听到她再次对他问道："你不愿意吻我吗，莱昂？"她又来劲了。他始终不加回答。于是，她朝我转过身来，直接对我横加指责。她无法忍受这种侮辱。

"您对莱昂到底说了些什么，才使他变得这么坏？您敢立即告诉我吗？……您还对他说了些什么？……"她就是这样来向我挑衅的。

"什么也没说呀！"我对她回答道，"我对他可什么也没说！……你们吵架，我可不管！……"

真是岂有此理，我确实一点也没有对莱昂谈起过她。他是自由的，他要和她待在一起或和她分开是他的事情。这和我无关，但也不必去同她讲理，同她已经无理可讲。于是，我们又开始默无一言，面对面坐在车里，但形势剑拔弩张，沉默无法持续很长时间。刚才，她对我说话的声音细声细气，这是我从未听到过的，而且声音单调，犹如已下定决心。她缩在出租汽车的角落里，我几乎无法看清她的动作，感到十分局促不安。

在这段时间里，索菲娅一直拉着我的手。她不知该藏到哪里去，可怜的姑娘。

我们刚经过圣旺，马德隆就再次对莱昂进行

纠缠，而且达到疯狂的地步，她没完没了地向他提出问题，大声地询问他的感情和忠贞。我和索菲娅两人感到极为尴尬。但是，她已经火冒三丈，所以对我们听到她讲话感到无所谓，相反还高兴让我们听到。显然，我让她同我们一起坐进车里不大聪明，车里说话声音很响，她这种性格就更加来劲，要跟我们大闹一场。我想出来叫出租车，真是见鬼……

莱昂没有反应。首先，他晚上和我们一起玩得累了，其次，他总是有点睡眠不足，这是他的毛病。

"您别吵了！"我终于想出了制止马德隆的办法，"你们俩等到了之后再去吵吧……你们有的是时间！……"

"到了之后！到了之后！"她用一种难以想象的口吻对我回答道，"到了之后？我对您说，我们永远到不了！……总之，我讨厌你们所有这些肮脏下流的做法！"她继续说道："我是个规规矩矩的姑娘！……你们这些人加在一起还不如我！……你们是一群猪……你们想蒙骗我是在做梦……你们想理解我还配不上呢！……你们都烂透了，无法理解我！……干净的和美好的东西，你们都无法理解！"

总之，她是在挫伤我们的自尊心。我端坐在我的折叠座上，一声也不敢吭，以防火上浇油，但不管用。每当车速改变时，她就开始发火。在这种时候，只要有一点小事，就会大祸临头，仿佛她在以我们的不幸为乐事，她已经无法控制自己，要立刻顺着自己的性子干到底。

"你们别以为这样就可以过去！"她继续威胁我们道，"别以为你们可以悄悄地甩掉我！啊！不！这点我要立即告诉你们！不，你们绝不会如愿以偿！你们都卑鄙无耻……是你们把我害苦的！你们这些肮脏下流的家伙，我要让你们清醒一下！……"

说完，她朝鲁滨逊俯过身去，一把抓住他的大衣，用双手摇晃他。他不想从她手中挣脱。我也不去干预。鲁滨逊看到她对他发火，好像还很高兴。他暗暗窃笑，但笑得并不自然。他有气无力地耷拉着脑袋，任凭她谩骂，像木偶那样在座位上摇晃着。

我刚想劝她一下，让她停止这种无礼的行为，她就立刻顶嘴，并且揭我的老底……把心里放了很久的事都揭了出来……可以说是轮到我了！而且是当着众人的面。"您别多嘴，色鬼！"她这样对我说道，"我和莱昂之间的事与您无关！您的蛮横无理，先生，我受够了！您听到吗？嗯？我受够了！您要是再想动手打我，我马德隆就要教教您应该如何做人！……让朋友戴了绿帽子再去打朋友的老婆！……下流无耻的浑蛋！您难道不害羞？"莱昂听到了这些实情，仿佛清醒了一些。他不再笑了。我在片刻间曾经想到，我们是否会动起手来，大打一场，但我们四个人挤在车里，没有地方打架。想到这里，我就放心了。地方太小了。

尤其是现在，行驶在塞纳河畔的林荫大道上，车速相当快，颠得非常厉害，连动也动不了……

"你过来，莱昂！"她对他下了命令！"我最后一次叫你过来！你听到了吧？过来！别理他们！你听到我对你说的话吗？"

真是滑稽可笑。

"你让车子停下，莱昂！你让它停下，不然我自己来让它停下！"

但莱昂仍然一动不动地坐在位子上。他犹如被拧紧的螺钉。

"那么，你不想过来喽？"她再次问道，"你不想过来？"

她已经对我说过，我现在最好别管闲事。我已经领教过她的厉害。"你不过来吗？"她又问他。出租车继续高速行驶。现在，前面的道路已经畅通，我们颠得更加厉害。我们就像包裹一样，一会儿颠到这儿，一会儿颠到那儿。

"好，"她见他没有回答，就最后说道，"很好！好吧！是你自己想要这样！明天！你听到吗？最迟在明天，我到警察局去，我到局里去说，昂鲁伊老太太是怎么从楼梯上滚下来的！你现在听到了吗，莱昂？……你满意了吗？……你不会再装聋作哑了吧？要么你立刻跟我去，要么我明天上午去警察局！……那么，你来还是不来？你说呀！……"这威胁直截了当。

这时，他终于决定回答她几句。

"但你也卷进去了！"他对她说道，"你没什么可说的……"

她听到他这样回答，不但没有冷静下来，而是更加恼火。"卷进去！"她对他回答道，"我可不在乎！你是想说我们俩一起进监狱？……说我是你的同谋？……你想说的就是这个？……我求之不得！……"

说完，她歇斯底里地笑了起来，仿佛从未听到过如此高兴的事情……

"我再对你说一遍，我求之不得！我对你说，我喜欢进监狱！……你别以为一说到监狱我就会打退堂鼓！……监狱进多少次我都不在乎！但你也得进去，你这个浑蛋！……你至少不会再瞧不起我！……我是属于你的，好！但你也属于我！

你只能和我一起待在那儿！我只爱一人，先生！我可不是妓女！"

　　她说这话，是在同时对我和索菲娅寻衅，以便说明她忠贞不渝，值得敬重。

　　尽管如此，汽车还在继续行驶，鲁滨逊仍然没有决定让汽车停下来。

　　"那你不过来喽？你情愿去坐牢？好！……你不在乎我告发你？……我对你的爱呢？……你也不在乎，嗯？……你不在乎我的未来？……你什么都不在乎，是吗？你说呀？"

　　"从某种意义上说，是这样，"他回答道，"你说得对……但我不光对你不在乎，对其他人也不在乎……你千万别把这话看作对你的侮辱！……你心地很好……但我再也不要别人的爱……我对此感到厌恶！……"

　　她想不到他会当面对她说出这种话来，感到极为惊讶，不知该如何吵下去才好。她一时间不知所措，但很快就恢复了常态。"啊！你对此感到厌恶！……你倒说说你是怎么厌恶的？……你说呀，忘恩负义的家伙……"

"不！我厌恶的不是你，而是一切！"他对她回答道，"我不要……别因为这个恨我……"

"怎么，你说什么？你再说一遍，好吗？……我和一切？"她竭力想弄清他的意思，"我和一切？你讲讲清楚，好吗？这话是什么意思？……我和一切？……你不要说别人听不懂的中国话！……对我说法国话，当着他们的面说，我现在为什么使你感到厌恶？你做爱时那玩意儿难道翘不起来，就像别人那样？你是翘不起来喽，嗯？……你敢在这儿说出来吗？……敢在大家面前说你翘不起来吗？……"

虽说她怒气冲冲，她为自己辩解的话却未免使人感到好笑。但我没能笑上很长时间，因为她再次进行攻击。"至于他，"她说道，"他把我弄到角落里去玩时，并不是每次都能得到快感！这个喜欢乱摸女人的下流胚！他敢对我说不是这样吗？……你们还是直截了当地说出来吧，说你们想换换花样！……你们承认吧！……说你们要的

是新花样！……要开放荡的聚会！……为什么不
搞处女呢？一群败类！一群猪！为什么你们要寻
找借口？……你们都吃饱喝足，就是这样！你们
连承认自己恶习的勇气都没有！你们害怕自己的
恶习！"

这时，鲁滨逊终于开口回答她。他也发起火
来，叫得和她一样响。

"有！"他对她回答道，"我有勇气！而且肯
定和你一样！……只是我，如果你都想知道……
什么都想知道……那我就告诉你，我现在感到厌
恶的是一切！不仅是你！……是一切！……特别
是爱情！……你的爱情和别人的爱情……你想说
的那种感情像什么，你希望我告诉你吗？就像在
茅坑里做爱！你现在理解我的意思了吧？……你
为了让我跟你待在一起而想出来的所有这些感
情——你想知道我就告诉你——我觉得都是对我
的侮辱……这点你甚至没有猜到，因为你没有意
识到自己是个下流的女人……你也不感到自己是
个令人讨厌的女人！……你唠唠叨叨地重复别人

的话就感到满足了……你觉得这样很正常……你
对此感到满足，因为别人对你说，没有比爱情更
好的东西，说爱情对所有的人都管用，而且永远
如此……可我却讨厌所有人的爱情！……你听到
了吗？这对我不管用，姑娘……他们肮脏的爱
情！……你来得不是时候！……你来得太晚了！
这不管用了，就是这样！……正因为如此，你大
发雷霆！……发生了所有这些事情，你还想做
爱？……在看到这一切之后？……或者是你什么
也没有看到？……我倒觉得你对这一切都不在
乎！……你装出感情丰富的样子，实际上却是十
分粗野的女人……你想吃腐烂的肉吗？再加上你
温情的调味汁？……这样就行了吗？……我可不
要！……你要是什么臭味也闻不出，那就算你走
运！那是因为你鼻子塞住了！只有像你们这样蠢
的人才不会对此感到厌恶……你想知道你和我之
间隔着什么？……我说，你和我之间隔着整个人
生……这样你满意了吗？”

"可我是干净的，"她反驳道，"人穷也还

是可以干净！你什么时候看到过我不干净？你想用这话来侮辱我？……我连屁股也干净，先生！……你也许不能说这样的话！……你的脚也不能这样说！"

"我可从未这样说过，马德隆！这种话我一点也没有说过！……我说过你不干净？……你看，你什么也不明白！"他想叫她冷静下来，只想出这几句话。

"你说你什么也没有说过，是吗？你什么也没说？你们听听，他侮辱我，把我踩到脚下，可还说自己什么也没说！要使他不再撒谎，就得把他宰了！这样的猪，关进监狱还不够！又脏又臭的皮条客！……坐牢都还不够！……得让他上断头台！"

她再也不能冷静下来，他们在出租车里的争吵，我一点也弄不清楚。在汽车发出的噪声中，在车轮滚动的声音中，在风雨阵阵击打车门的声音中，我只听到一些骂人的脏话。在我们之间充满着威胁的气氛。"真卑鄙……"她多次重复道，她再也说不出其他的话来……"真卑鄙！"接着，她又试了一次。"你过来吗？"她对他问道，"你过来吗，莱昂？一……你过来吗？二……"她等了一会儿。"三……你不过来吗？……"鲁滨逊一动不动地回答道："不！"他甚至补充道："你想怎么干就怎么干吧！"这就是回答。

她在位子上好像往后退了一点，一直退到后面。看来，她的手枪是用双手握住的，因为子弹好像是从她腹部直接射出来的，几乎在同时，又连续开了两枪……于是，出租车里全是辛辣的烟雾。

汽车仍然在开。鲁滨逊一颠一颠地侧身倒在我的身上，一面结结巴巴地说着话。"哎哟！哎哟！"他不断呻吟着，"哎哟！哎哟！"司机肯定听到了。

他先是稍微放慢了速度，以便弄清情况。最后，他把车停在一盏煤气路灯前面。

他刚打开车门，马德隆就猛地把他推开，冲到了车外。她从陡峭的路堤上滚了下去。黑夜中，她从泥泞的田里走了。我叫不住她，她已走得很远。

我不知道该如何处置伤员。从某种意义上说，把他送回巴黎更加方便……但我们已在离家不远的地方……当地人是不会理解这件事的……我和索菲娅用自己的大衣把他裹好，让他靠在马德隆开枪时坐过的角落里。"开慢点！"我对司机吩咐道。但他还是开得飞快，因为他很着急。一路上车子颠簸，鲁滨逊也就呻吟得更加厉害。

车子开到医院门口后，司机甚至不愿给我们留下他的姓名，他担心警察局知道这件事后会给他带来麻烦，要他去做证……

他也认为位子上肯定留有血迹。他想立刻就把车开走。但我记下了他的车号。

鲁滨逊腹部中了两枪，也许是三枪，我不知道到底是几枪。

她是向自己的正前方开枪的，这点我是看到的。伤口没有出血，他坐在索菲娅和我之间，虽然我们俩扶着他，他还是晃得厉害，脑袋也随之晃动。他在说话，但很难听出他说些什么。这已经是谵妄。"哎哟！哎哟！"他继续低声哼道。他很可能在我们到家之前就死去。

街上的路面是新铺好的。一到我们的栅栏门前，我就叫女门房到帕拉宾的房间里去叫他，而且要快。他立刻下来了。依靠他和一个男护士，我们才把莱昂抬到楼上他的床上。脱去他的衣服之后，我们检查了他的腹壁，并进行了触诊。用手指触摸时，腹壁已经绷紧，有的地方甚至已变得没有光泽。我看到有两个洞。一上一下，但没有第三个洞，看来第三枪没有打中。

要是处于莱昂的地位，我情愿内出血，肚子里大量出血，那样很快就会完蛋。腹膜里灌满了血，就没法治了。而要是腹膜炎，那就会感染，时间会拖得很长。

我们还可以设想他会怎样死去。莱昂的腹部鼓起，他看着我们，目光已经呆滞，并呻吟着，但不是太多。这犹如一种平静。我已经看到过他生病的样子，而且是在各个不同的地方，但这一次情况可完全不同，他的叹息、眼睛和其他东西都不一样。看来是留不住他了，他每一分钟都在慢慢离去。他渗出黄豆般的汗珠，仿佛他整张脸都在哭泣。在这种时刻，你变得如此窝囊，如此冷漠，未免有点尴尬。你几乎是无能为力，不能帮助一个人去死。你拥有的东西只能用来过日常的生活、舒适的生活、自己的生活，总之是讨厌的生活。你的信心已在旅途中失去。你剩下的一点恻隐之心，也被你赶到身体里面，就像一粒令人讨厌的药丸。你把恻隐之心同粪便一起挤到肠子的末端。你在想，这正是它待的地方。

我待在莱昂的床前，以示哀痛，我从未感到如此局促不安。我什么也做不了……他找不到我……他在难受……他大概在寻找另一个费迪南，当然是比我高大得多的费迪南，以便去死，确切地说，是帮助他去死，死得好受一点。他竭力想弄清世界是否还会进步。这个永远不幸的人在脑子里算一本账……在他活着的那段时间里，人们是否变得好一点了，他是否在无意中有过对不起他们的地方……但是，在他身边的只有我，只有我一人，一个真正的费迪南，这个费迪南无法超越自己寻常的生活，去爱他人的生活。这种爱我没有，或者说确实少得可怜，不值一提。我不像死神那样伟大。我要渺小得多。我没有人类的伟大思想。我觉得我甚至会更加可怜一条即将死去的狗，而不是去可怜鲁滨逊，因为狗没有邪念，而莱昂不管怎么说还是有一点。我也有邪念，所有的人都有邪念……其他的一切都已在旅途中丢失，可以在垂死者身边装出的哭丧脸，也已经丢失，我在旅途中把一切都给丢了，我找不到死亡时需要的任何东西，剩下的只有邪念。我的感情就像一幢房子，只有在度假时才去。那里几乎不能住人。另外，临死的人也十分挑剔。奄奄一息还不够。还得在死的时候乐一下，在咽最后几口气的时候也得乐一下，不过是在生命的边缘，动脉里全是尿素。

垂死的人们还在哭哭啼啼，因为他们不能再痛痛快快地作乐了……他们要求……他们抗议。

临死之前，他们还要演出不幸的喜剧。

帕拉宾给他注射吗啡之后，他恢复了一点知觉。他甚至对我们谈起刚才发生的事情。他说："这样结束更好……"接着又说："这不像我想象的那样疼……"当帕拉宾问他到底什么地方疼时，我们看出他已经开始离我们而去，但也看出他还想对我们说些什么……他已经没有说话的力气，接着又失去了说话的能力。他流着泪，喘不过气来，接着又笑了起来。他不像一般的病人，我们待在他床前，不知如何是好。

现在，仿佛他企图帮助我们这些人活下去。仿佛他曾为我们寻找过活下来的乐趣。他握住我们俩的手。我们每人握一只手。我吻了吻它。在这种情况下，只有这件事不会做错。我们等待着。他什么也不再说了。又过了一段时间，大约是一个小时，不会更久，腹腔内开始大量出血，使他离开了人世。

他的心脏跳得越来越快，最后是拼命地跳。它仿佛在紧追流出的血液，追得精疲力竭，用手指触摸，它在动脉的末端颤动着，已经缩得很小。苍白的颜色从颈部开始往上升，布满了他的整张脸。他因窒息而死。他一下子就走了，仿佛猛冲了一下，用双手抓住我们俩。

然后，他几乎立刻在我们面前倒了下去，全身抽搐，开始变得像死人那样沉重。

我们站了起来，把手从他的手中抽了出来。他的双手仍伸在空中，变得十分僵硬，在灯光下呈现出黄色和蓝色。

现在，鲁滨逊躺在房间里，犹如来自蛮邦的外国人，谁也不敢同他说话。

四十五

帕拉宾十分镇静。他找人去岗亭报警。正好居斯塔夫在那儿，就是我们的常客居斯塔夫，他在那里值班，管理交通。

"啊，又是件麻烦事！"居斯塔夫走进房间，看到里面的情况就说道。

然后，他在护士吃饭的桌子旁边坐了下来，喘一口气，喝一杯酒，桌子还没有收拾过。他建议道："既然是凶杀，最好还是把尸体送到警察分局去。"然后他又指出："鲁滨逊是个很好的小伙子，连苍蝇也不会去捉弄。我在想，她为什么要杀死他？……"他又喝了一杯。他是不该喝酒的。他喝了酒会难受。但他喜欢杯中之物。这是他的嗜好。

　　我们和他一起到楼上的储藏室去找了一副担架。时间已经很晚，不能去麻烦医院里的工作人员，我们就决定自己把尸体送到警察分局去。警察分局很远，在维尼的另一头，就是过了平交道口之后的最后一幢屋子。

　　我们就这样出发了。帕拉宾在担架前面抬，居斯塔夫·芒达穆尔在后面抬。只是他们俩走起路来都歪歪斜斜。从便梯上走下来时，索菲娅只好帮他们一把。这时我才发现索菲娅不像是动感情的样子。可出事的时候她就在旁边，而且坐得这样近，那疯女人射击时，其中一颗子弹很可能射到她的身上。但索菲娅要过一段时间之后才会动感情，这点我已在其他一些场合发现。这并不是因为她冷漠，而是因为这件事像暴风雨一般突然向她袭来，她还来不及做出反应。

　　我还想跟着他们抬着的尸体走一段路，以便确信人真的已经死了。一路上，我本该好好地跟在他们的担架后面，但我没有这样做，而是在左右两边走来走去闲逛。最后，在经过平交道口旁边的一所大学校之后，我走进了一条小路，小路往下延伸，两旁都是树篱，然后急转直下，通到塞纳河边。

我从树篱上方望去，看到他们抬着担架远去，他们仿佛被夹在浓雾中间，那雾像绷带一般，缓慢地绕在他们的后面。在码头边上，河水用力拍打着为预防涨潮而系在一起的驳船。从热讷维利耶平原吹来阵阵寒风，在河面上泛起层层涟漪，使桥拱下的河水闪闪发光。

远处就是大海。但现在，我对大海已不再有任何幻想。我有别的事要做。我曾千方百计使自己销声匿迹，以便不再直面人生，但人生却到处出现在我面前。我总是回到我自己。我的游荡已完全结束了。让别人去游荡吧！……世界又封闭了起来！我们这些人已走到头了！……就像在市集上那样！……悲伤还没有完结，得要重新奏起乐来，去寻找更多的悲伤……还是让别人去找吧！……人们要的是恢复青春，却又不动声色……不感到难堪！……我也不准备再去吃苦！……然而，在生活中，我走得没有鲁滨逊那样远！……总之，我没有成功。我没有确立一种牢固的想法，可鲁滨逊却有，虽说他因此而被人打死了。这想法比我的大脑袋还要庞大，比我脑袋里全部的恐惧还要庞大，是美妙、出色的想法，要让人去死，这想法十分合适……我要有多少次生命，才能产生一种凌驾于世间万物的想法？谈不上！都失败了！我的想法都在我的脑袋里游荡，相互之间保持着很大的距离，它们就像一支支暗淡、闪烁的小蜡烛，整个一生都在阴森可怕的世界上颤抖……

跟二十年前相比，现在也许稍微有所改善，可以说我已经取得了初步的成绩，但也不能认为我像鲁滨逊那样在头脑中确立了一种想法，即比死亡还强的美妙想法，有了这种想法，我在任何地方都能兴高采烈，无忧无虑，浑身是胆。总之，会成为风流倜傥的英雄。

到那时，我就会胆大包天，到处显示自己的勇敢，生活也就会完全是勇敢的体现，并推动天地间生灵和万物的变化。另外，我还会有享不尽的爱情，死神将会被我关在心里，和温情待在一起，它会在爱情的温柔乡里尽情享受，像众人一样品尝爱情的乐趣。这样将会多么美好！将会取得成功！我独自在河滨街上想得十分高兴。我在想，我要想出多少办法和妙计，才能使自己下定无数的决心，变得神气活现……真是想吃天鹅肉的癞蛤蟆！总之是头脑发热。

我的两个朋友至少找了我一个小时！特别是他们看到我离开时脸色不好……居斯塔夫·芒达穆尔首先在煤气灯下找到了我。"喂，大夫！"他对我叫道。可以说芒达穆尔的嗓门很响。"到这儿来！警察分局局长要您去！让您做证！"他又在我耳边补充道，"您知道，大夫……您的脸色可真不好！"他陪伴着我。他甚至扶着我走路。居斯塔夫很喜欢我。我从不责备他饮酒。我对什么事都表示理解。而帕拉宾却有点严厉。帕拉宾常常责备他饮酒，使他感到难堪。居斯塔夫本可以帮我做许多事情。他甚至欣赏我。这是他对我说的。

他也不知道是为什么。我也不知道。但是他欣赏我。他是我唯一的欣赏者。

我们一起拐了几个弯，走过两三条街，才看到警察分局门口的灯。这时就不会再迷路了。居斯塔夫感到伤脑筋的是要写一份报告。这点他不敢对我说。他已经叫所有的人在报告下面签了字，但他的报告里还是缺少许多东西。

居斯塔夫的脑袋很大，就像我一样，我甚至可以戴他的警帽，这当然是闹着玩的，但他很容易忘记细节。他很难想出什么主意，口头表达困难，动笔杆子更是难上加难。帕拉宾本可以帮他写报告，但出事时帕拉宾不在现场。这样他就得杜撰，但警察分局局长不希望别人在写报告时杜撰，他只要事实，这可是他自己说的。

在登上警察分局的小楼梯时，我浑身哆嗦。我对局长也没有很多东西可说，我确实感到不舒服。

他们把鲁滨逊的尸体放在警察局档案柜的前面。

长凳周围到处都是表格，还有烟蒂，"打死警察"的字迹还没有被擦干净。

"您迷路了吗，大夫？"我到达时，秘书热情地问我。我们都累得要命，所以在依次说话时都有点颠三倒四。

最后，我们就笔录的措辞和子弹轨线的描述达成了一致意见。一颗子弹还卡在脊柱里，取不出来，就同尸体一起埋掉。其他子弹还要寻找。它们都卡在出租车里了。那手枪有很强的杀伤力。

索菲娅来找我们，她是去给我拿大衣的。她不断吻我，搂抱我，仿佛我将要死去或飞走。"我是不会走的！"我一直对她重复道，"我是不会走的，索菲娅！"但怎么说也不能使她放心。

在担架旁，我们开始和局长的秘书聊了起来。他说他见到过其他许多凶杀案、非凶杀案和重大事故，他甚至想把自己的全部见闻都讲给我们听。我们不敢马上就走，是因为怕他生气。他太热情了。他喜欢同有文化的人说话，而不是同二流子说话。因此，为了不得罪他，我们就在警察分局里待了很长时间。

帕拉宾没穿雨衣。居斯塔夫兴致勃勃地听我们讲这些事。他张着嘴巴，粗脖子往前伸着，好像在拉一辆汽车。说实话，从学生时代起，这么多年以来，我还没听到帕拉宾说过这样多的话。那天发生的一切都使他感到兴奋。不过，我们最终还是决定回家。

我们让芒达穆尔跟我们一起走，索菲娅也是，她仍然不时搂抱我，她身上和心里都因担心和温柔而充满力量，这力量她到处都有，真是妙不可言。我身上也充满了她的力量。这使我感到不自在，因为这不是我自己的力量，而我需要的是自己的力量，以便有朝一日漂漂亮亮地去死，就像莱昂那样。我不能把时间浪费在装腔作势上。"干活吧！"我心里在想。但不行。

索菲娅甚至不让我再回过头去朝莱昂的遗体看上一眼。于是我就走了，没有回头。门上写着："请随手关门"。帕拉宾感到口渴。大概是说话的缘故。他说话说得太多了。我们走到运河边上的小酒店门前，在百叶窗上敲了很长时间。这使我想起战争时期在通往努瓦瑟尔市的公路上的情景。门的上方也是即将熄灭的微弱灯光。最后，老板亲自出来给我们开门。他还不知道发生的事情。是我们把发生悲剧的消息告诉了他。居斯塔夫称之为"爱情的悲剧"。

运河边的酒吧在天蒙蒙亮的时候就开门，以接待船夫。船闸在黑夜结束时开始慢慢地移动。接着，是一片繁忙的工作景象。陡峭的河岸渐渐同河水分开，在水面上越升越高。劳动的场面从黑暗中显现出来。一切又变得清晰可见，是那么简单，又是那么艰苦。这儿是绞车，那儿是工地四周的栅栏，而在远处的公路上，人们从更远的地方回来。他们进入污浊的阳光之中，个个都冻得麻木。他们的脸上充满阳光，迎着晨曦走来。他们要走到更远的地方去。我们只能看清他们苍白、朴实的脸，其余的部分还处在黑夜之中。他们也得在某一天死去。他们会怎么办呢？

他们朝桥上走去。然后，他们逐渐消失在平原之中。总是有其他人过来，脸色也更加苍白，这时阳光已经普照大地。他们在想些什么呢？

酒店老板要我们把悲剧发生的前后经过详细地说给他听。

他名叫沃代斯卡尔，是正宗的北方人。

居斯塔夫就把事情的经过都告诉了他。

居斯塔夫啰唆地对我们讲述当时的情况，虽说这并不重要。我们又开始在词语上纠缠不清。另外，他已经喝醉，把说过的事情又说了一遍。实际上他已经没有任何东西可说。我本来还是会静静地听他说一会儿的，这样等于打个瞌睡，但其他人突然指出他说错了，这使他十分恼火。

他一怒之下，用力推了一下小火炉。东西全倒下、弄翻：烟管、炉条和燃烧着的煤块。芒达穆尔身体强壮，一个顶四个。

另外，他还想给我们表演在火炭上跳舞！脱掉鞋子，在尚未烧尽的煤炭上乱跳。

他同酒店老板曾因"吃角子"老虎机不合规

而有过龃龉……沃代斯卡尔是个阴险小人，对他得防着点，总是穿着这样干净的衬衫，就不可能是好人。他是个记仇的密探。这种人在河滨街多的是。

帕拉宾一眼就看出芒达穆尔是在找碴，目的是要局里因酗酒把他解职。

帕拉宾不让他在火上跳舞，并让他知羞。我们把芒达穆尔推到桌子的边上。他终于在那儿乖乖地倒了下来，长吁短叹，酒气熏人。他睡着了。

远处，拖船鸣了汽笛，它的叫唤声越过了一个又一个桥拱，越过了船闸，然后越过另一座桥，越传越远……它要把河面上的所有驳船都叫来，把整座城市叫来，把天空和农村叫来，把我们也叫来，它要把一切都带走，把塞纳河也带走，以便使大家不再谈论所有这些东西。

SPRING 野
更具体地生长

主　　编｜苏　骏
特约编辑｜夏明浩

营销总监｜闵　婕
营销编辑｜狄洋意　许芸茹

版权联络｜rights@chihpub.com.cn
品牌合作｜zy@chihpub.com.cn

野 SPRING 望
MOUNTAIN

出品方　春山望野（北京）
文化传媒有限公司

Room 216, 2nd Floor, Building 1, Yard 31,
Guangqu Road, Chaoyang, Beijing, China